LUISA VON KAMECKE

STÜRME ÜBER FALKENSEE

ROMAN

WESTPREUSSEN-SAGA

lübbe

Dieser Titel ist auch als E-Book erschienen.

MIX
Papier aus verantwortungsvollen Quellen
FSC® C014496

Originalausgabe

Dieser Roman wurde vermittelt durch die Literarische Agentur Kossack

Textredaktion: Ulrike Brandt-Schwarze, Bonn
Titelillustration: © yanikap/shutterstock; Here/shutterstock; © Stephen Mulcahey / TREVILLION; © Drunaa/Trevillion Images
Umschlaggestaltung: Birgit Gitschier, Augsburg
Satz: hanseatenSatz-bremen, Bremen
Gesetzt aus der Arno Pro
Druck und Verarbeitung: GGP Media GmbH, Pößneck
Printed in Germany
ISBN 978-3-404-18517-7

2 4 5 3 1

Sie finden uns im Internet unter
luebbe.de
Bitte beachten Sie auch: lesejury.de

Für Vincent, Enkel einer Westpreußin – dies ist ein Teil der Geschichte deiner Vorfahren. Und natürlich wieder für Vincents Oma, die »Elise« im Roman.

1. Kapitel

Hedda
Gut Falkensee, Westpreußen, Ende Juli 1943

»Diese übereilte Hochzeit ist *absolut* keine gute Idee.«

Als Hedda unvermittelt eine Stimme hörte, fuhr sie erschrocken herum. Mit gerunzelter Stirn starrte sie ihre Tante Alice an, die sich in der großen Eingangshalle des Herrenhauses lautlos genähert hatte und nun direkt hinter ihr stand.

»Ich habe dich gar nicht kommen hören«, sagte Hedda, die nicht die Absicht hatte, sich auf eine weitere Diskussion über ihre bevorstehende Trauung mit Eckhardt von Schliefenstein einzulassen.

Ihre Tante zuckte mit den Schultern und warf einen kurzen Blick auf ihre Füße, die in weichen Filzpantoffeln steckten. »Ich trage diese Dinger nur, wenn wir *en famille* sind.« Sie verzog den Mund, als hätte sie Zahnschmerzen.

In Wahrheit taten ihr nicht die Zähne, sondern die Füße weh. Was wahrscheinlich daher rührte, dass sie während eines Großteils ihres nun schon fünfundfünfzig Jahre währenden Lebens etwas zu elegantes Schuhwerk getragen hatte.

»Die Hauptsache ist, dass du gut darin laufen kannst.« Hedda wandte sich wieder dem Garderobenspiegel zu und zupfte an ihrem jadegrünen Seidenschal. Er war ein Geschenk Eckhardts, der behauptet hatte, das Tuch würde ihre ebenfalls grünen Augen noch mehr strahlen lassen.

»Du kannst es dir immer noch überlegen.« Ihre Tante trat neben sie und schaute ebenfalls prüfend in den Spiegel. Es war nicht ganz klar, ob sie sich selbst betrachtete oder Hedda.

»Bitte, Tante Alice! Das ist nicht dein Ernst!« Als würde die Schwester ihrer Mutter unter einer ansteckenden Krankheit leiden, machte Hedda einen hastigen Schritt zur Seite. »Wenn der Krieg nicht dazwischengekommen wäre, hätten Eckhardt und ich sicher schon vor Jahren geheiratet.«

»Aber diese Kriegstrauungen sind doch nichts Rechtes«, jammerte ihre Tante. »In aller Eile beschlossen, weil der Liebste gerade eine Möglichkeit hat, Heimaturlaub zu bekommen. Und die Feier wird geradezu peinlich bescheiden sein. Dabei könnten wir dir unter normalen Umständen hier auf Falkensee einen zauberhaften Ball ausrichten. Du müsstest nur die paar Wochen abwarten, bis die deutschen Truppen siegreich nach Hause zurückkehren. Im Höchstfall ein paar Monate.«

Hedda pustete mit einem leisen Zischen Luft durch die gespitzten Lippen. Gleichzeitig wandte sie den Kopf ab, damit die Tante nicht sah, wie sie die Augen verdrehte. Diese war die Einzige in der Familie, die noch an die Propaganda vom baldigen Endsieg der Deutschen glaubte. Man durfte es selbstverständlich nicht laut sagen, doch im Grunde wusste jeder klar denkende Mensch, dass der großartige Sieg der deutschen Wehrmacht, von dem im Radio allabendlich geredet wurde, keinesfalls unmittelbar bevorstand.

»Deine Cousine Isabella könnte aus Amerika kommen. Mit ihren beiden kleinen Töchtern. Den Fotos nach zu urteilen, wären sie hübsche Blumenmädchen. Und ich bin auch nicht mehr die Jüngste. Es wäre vielleicht der letzte große Ball meines Lebens.« Sie seufzte demonstrativ.

»Es tut mir leid«, sagte Hedda. »Aber es geht Eckhardt und mir nicht um eine große Feier mit Hunderten von Gästen. Wir wollen einander ein Versprechen geben. Das Versprechen, ein Leben lang füreinander da zu sein. Das ist uns wichtig. Alles andere ist Nebensache.«

»Das Eine schließt das Andere nicht aus.« Ihre Tante blickte drein wie eine strenge Lehrerin. »Im Gegenteil – je mehr Gäste und je größer die Feier, desto mehr Bedeutung hat das Versprechen. Oder wie wäre es mit einer Hochzeit in Berlin? Dort gibt es große Hotels, und die Familie deines Zukünftigen hat sicher viele Freunde und Bekannte.«

Hedda starrte sie verblüfft an. »Würdest du wirklich nach Berlin fahren wollen? Kannst du dir nicht vorstellen, wie es ist, wenn man ständig darauf gefasst sein muss, dass die Luftschutzsirenen losgehen?«

»Aber du warst doch bis vor ein paar Wochen noch dort und hast bei der Bank deines künftigen Schwiegervaters gearbeitet. So schlimm kann es nicht gewesen sein.« Die Tante schob das Kinn vor und erwiderte unerschrocken Heddas Blick.

»Es *war* schlimm. Ich hatte Tag und Nacht Angst, wollte aber durchhalten und meine Arbeit machen. Schließlich muss Eckhardt an der Front noch viel schrecklichere Dinge ertragen. Er wollte schon lange, dass ich nach Falkensee ziehe. Weil ich hier sicher bin. Glaube mir, auch er will keine Trauung in Berlin. Die Erholung hier draußen auf dem Land wird ihm guttun. Und ich bin jetzt auch froh, dass ich hier bin.«

Der Brief, in dem Eckhardt sie gebeten hatte, ihn so bald wie möglich zu heiraten, war kurz nach ihrer Ankunft auf Gut Falkensee eingetroffen. Als hätte er bewusst gewartet, bis er sie hier in Sicherheit wusste. Daheim im Schoß der Familie, an einem Ort, wo noch keine einzige Bombe gefallen war.

Zu ihrem eigenen Erstaunen, denn normalerweise weinte sie nur äußerst selten, hatte Hedda Tränen vergossen, nachdem sie den Brief gelesen hatte. Es waren Tränen der Freude gewesen. Der Gedanke, schon bald Eckhardts Frau zu sein und für immer zu ihm zu gehören, löste ein warmes, tröstendes Gefühl in ihr aus, wann immer sie an die bevorstehende Trauung dachte. Außerdem hoffte sie inständig, das Wissen, dass daheim eine Ehefrau auf ihn wartete, würde Eckhardt noch mehr Kraft und Mut geben, um diesen schrecklichen Krieg zu überstehen.

Noch am selben Tag hatte sie ihm eine Antwort geschickt. Wenige Worte nur, aber sie enthielten alles, was sie ihm hatte sagen wollen.

Ja, hatte sie an die Feldpostnummer 44196 geschrieben und das kleine, so bedeutende Wort mit drei Ausrufezeichen versehen. *Komm nach Falkensee und heirate mich. Komm so schnell wie möglich. Ich liebe Dich, und ich warte sehnsüchtig auf Dich.*

Knapp zwei Wochen später hatte sie seine Antwort erhalten. Er nannte ihr das Datum, an dem er nach Falkensee kommen würde, und bat sie, alles für die Hochzeit vorzubereiten und seine Eltern nach Westpreußen einzuladen, damit diese der Trauung beiwohnen konnten.

Ein Aufgebot war nicht nötig. Entsprechende Erlasse machten es den Männern an der Front leicht, während eines kurzen Heimaturlaubs die Ehe einzugehen. Das Wissen um eine Ehefrau, die daheim auf die tapferen Männer wartete, hebe die Moral der Truppe, hatte Hedda vor Kurzem in der Zeitung gelesen. Doch sie wollte einfach nur zu Eckhardt gehören.

»Viele Frauen heiraten in diesen Zeiten überstürzt, weil sie sich versorgt wissen wollen, wenn ihr Ehemann im Feld stirbt«, riss sie die Stimme ihrer Tante aus ihren Gedanken. »Aber das hast du wahrhaftig nicht nötig. Schließlich stammst du aus einer wohlhabenden Familie.« Wie zum Beweis deutete sie auf das Porträt von Heddas Großvater an der Wand.

»Es geht nicht um Geld«, stieß Hedda hervor, nachdem sie abgewartet hatte, bis der Schauer verebbt war, den die Worte ihrer Tante in ihr ausgelöst hatten. Wie konnte sie so kurz vor ihrer Hochzeit von der Witwenrente reden?

»Und wenn du auch nicht mehr die Jüngste bist, so ist zweiunddreißig heute kein Alter mehr«, fuhr die Tante unverdrossen fort. »Das war zu meinen Zeiten anders. Aber du siehst noch gut aus. Niemand würde auf die Idee kommen, dich für eine alte Jungfer zu halten.«

»Ich bin in Eile!« Hedda floh in Richtung Tür. »Grumpke ist mit dem Auto unterwegs. Deshalb muss ich die Kutsche nehmen. Und ich möchte nicht, dass Eckhardt am Bahnhof auf mich warten muss.«

Vor allem wollte sie ihn so schnell wie möglich sehen, ihn küssen, seine Stimme hören, seinen Duft einatmen.

»So etwas hätte es früher auch nicht gegeben, dass ein Angestellter mit dem Automobil herumkutschiert und ein Familienmitglied mit Pferd und Wagen fahren muss«, lamentierte ihre Tante.

Hedda achtete nicht mehr auf sie. Sie riss die Tür auf und eilte die in der Sonne schneeweiß leuchtende Freitreppe hinunter. Dann ging sie auf dem feinen Kies der Auffahrt bis zu dem schmalen Fußweg, der zur Rückseite des Hauses führte, wo die Remise lag.

Ihre Mutter hatte ihr gesagt, dass sie einen der polnischen Arbeiter beauftragt hatte, die Kutsche bereitzumachen. Der Landauer hatte viele Jahre unbeachtet in der Remise gestanden – bis von den drei Automobilen, die der Familie und dem Verwalter zur Verfügung gestanden hatten, zwei zu Kriegszwecken beschlagnahmt worden waren. Ebenso wie ein Großteil der edlen Reitpferde der bekannten Bargelow'schen Zucht. Der Gedanke, wie es den sensiblen Tieren wohl an der Front ergehen mochte, ließ Hedda den Atem stocken. Rasch konzentrierte sie sich wieder auf ihre Freude, nach mehr als zehn Monaten endlich Eckhardt wiederzusehen und ihm in wenigen Tagen ihr ganzes restliches Leben in die Hände zu legen.

Schon von Weitem sah sie vor der Remise die beiden Kaltblüter stehen – zwei von vier Brabantern, die ihnen für die Feldarbeit und als Kutschpferde geblieben waren. Bereits seit Jahrzehnten war Gut Falkensee für die Feldarbeit mit Maschinen ausgerüstet und deshalb vor dem Krieg kaum noch auf Arbeitspferde angewiesen gewesen. Doch mittlerweile gab es kaum noch Ersatzteile für die Traktoren und die Erntemaschinen. Ein Teil der Reifen war ebenfalls beschlagnahmt worden, denn Gummi war knapp, und

Reifen wurden von der Wehrmacht dringend benötigt. Ebenso wie Benzin, das nun einmal gebraucht wurde, um die Maschinen zu betreiben. Deshalb mussten nun wieder die Pferde einen Teil der Feldarbeit erledigen – und sie mussten den alten Landauer ziehen, wenn das einzige Auto nicht zur Verfügung stand.

»Ich muss los. Bitte beeilen Sie sich«, rief Hedda dem jungen Polen in seiner Muttersprache zu, als sie sah, dass er noch mit dem Anspannen beschäftigt war.

Er hob den Kopf und nickte. Dann machte er sich weiter am Geschirr zu schaffen. Hedda stand wartend neben der Kutsche und stützte sich mit einer Hand am sonnenwarmen Holz des Rads ab. Das helle Licht des Sommertags ließ das glänzende dunkelbraune Fell der beiden Pferde aufleuchten wie dunkle Spiegel. Die Tiere standen gut im Futter. Das erkannte Hedda auf den ersten Blick. Schließlich war sie auf einem Gestüt aufgewachsen.

Um ihre Ungeduld zu verbergen, tätschelte sie die Flanke der Stute Lotte, die sie schon jetzt besonders ins Herz geschlossen hatte. Lotte war für einen Brabanter recht lebhaft und hatte wunderschöne Augen. Als sie nun den Kopf wandte und Hedda ansah, war es fast, als verstünde sie beim Blick in Heddas Gesicht die Sehnsucht und Ungeduld, die sie antrieb.

Hedda lächelte und gestattete sich, ein oder zwei Minuten von Eckhardt zu träumen. Wie es ihm wohl auf Gut Falkensee gefallen würde? Es war sein erster Besuch im Elternhaus von Heddas Mutter, einer geborenen von Bargelow.

Hedda schaute hinüber zur Straße, die von Dorf Falkensee zum Gut führte. Wenn Hannes Grumpke jetzt mit dem Automobil käme, könnte sie doch noch den Wagen nehmen, um zum Bahnhof zu fahren. Sie war nicht ganz sicher, ob der junge Pole absichtlich so lange brauchte, um die Pferde anzuspannen, oder ob er sich nicht gut auskannte. Es kribbelte sie in den Fingern, ihn wegzuschicken und es selbst zu machen, aber sie wusste, dass ihre Mutter sie dafür kritisieren würde. Nicht weil es unter ihrer Würde gewesen wäre, diese Aufgabe zu erledigen, sondern weil es wichtig war, Angestellten gegenüber eine gewisse Strenge walten zu lassen. Wenn sie dem jungen Polen vor lauter Ungeduld die Arbeit abnahm, würde das sofort die Runde machen, und die Leute würden noch mehr bummeln, als sie es ohnehin schon taten.

Heddas Mutter Charlotte hatte auf dem heimischen Gestüt in Polen ein strenges, aber gerechtes Regiment geführt und tat das auch hier. Schließlich vertrat sie Ludwig, Heddas Halbbruder, der seit einigen Jahren der Herr von Falkensee war, nun aber an der Front diente. Der langjährige Verwalter des Guts war ebenfalls schon im ersten Kriegsjahr eingezogen worden. Sein Nachfolger Hannes Grumpke tat, was er konnte, doch letztlich war er in dieser Position eine Notlösung. Das hatte Hedda schon nach kurzer Zeit begriffen. Der mittlerweile sechzigjährige Grumpke hatte sein Leben auf einem Bauernhof verbracht. Er kannte sich mit Säen und Ernten und auch mit den Kühen aus, die nun anstelle der Zuchtpferde im Stall von Falkensee standen. In den Dimensionen eines großen Landbesitzes zu denken, fiel Grumpke jedoch schwer. Weder begriff er, was der Unterschied zwischen Ausgaben und Investitionen war, noch konnte er mehrere Jahre im Voraus planen oder die Aussaat und Ernte für so viele Felder organisieren.

Um die Finanzen kümmerte sich nun Hedda. Diese Aufgabe hatte ihre Mutter ihr sofort nach ihrer Ankunft auf dem Gut übertragen. Froh, eine sinnvolle Beschäftigung zu haben, hatte Hedda sich auf die Bücher und Rechnungen gestürzt und in ihrer geliebten Welt der Zahlen wenigstens einen gewissen Halt und ein wenig Freude gefunden.

Obwohl es Hedda schwergefallen war, die Stadt und ihre Arbeit bei der Bank zu verlassen, gefiel es ihr zu ihrem eigenen Erstaunen schon nach kurzer Zeit ausnehmend gut auf Falkensee. Sie liebte nicht nur ihre Aufgaben auf dem Gut, sondern auch das weitläufige Haus und die Natur, die sie umgab, sobald sie ins Freie trat; den kleinen Park hinter dem Herrenhaus, den See und die Felder und Wälder ringsum, die sich über sanfte Hügel erstreckten.

Hier im ländlichen Westpreußen spürte man kaum etwas vom Krieg. Ab und zu flogen Bomber in Richtung Osten über das Land. Dann zog Hedda für einen Moment ängstlich den Kopf ein, doch es waren stets deutsche Maschinen, auf dem Weg, ihre tödliche Last über Feindesland abzuwerfen. In diesen Momenten dachte Hedda mitleidig an die Menschen dort, die angesichts der deutschen Flugzeuge ebenso verängstigt sein mussten, wie sie es in Berlin beim Aufheulen der Luftschutzsirenen gewesen war.

Nun würde Eckhardt gemeinsam mit ihr für ganze zehn Tage die Ruhe und den Frieden dieses Landstrichs genießen. Nach ihrer Heirat würden sie eine knappe Woche als Ehepaar im Herrenhaus leben. Tage und Stunden nahezu ohne Angst und Sorge lagen vor ihr. Leider würde es Ludwig nicht möglich sein, an der Hochzeit teilzunehmen. Aber vielleicht wäre es ein zu großes Glück gewesen, sich während dieser Zeit auch um ihn nicht ängstigen zu müssen.

Hedda wandte den Kopf und sah hinüber zum Herrenhaus. Die schon tief stehende Sonne des klaren Sommertags tauchte die weißen Mauern in mildes Licht und ließ die roten Dachziegel warm aufleuchten. Die doppelten Fensterreihen funkelten golden, und das Eckfenster im zweiten Stock schien ihr zuzuzwinkern, als es geöffnet wurde. Hedda erkannte Klara, das Hausmädchen, die sich mit einem Lappen an der Scheibe zu schaffen machte und das Zwinkern in Wasser und Seife ertränkte.

»Es ist angespannt«, sagte der junge schwarzhaarige Mann und trat neben sie.

»Vielen Dank.« Hedda lächelte ihn an. Ihr Blick glitt über das große *P*, welches in Brusthöhe auf sein Hemd genäht war. Er musste es von Gesetzes wegen tragen, damit man erkannte, dass er unter die sogenannten Polen-Erlasse fiel. Er war Kriegsgefangener und Zwangsarbeiter. Nun, da ein Großteil der Männer an der Front war, wäre es ohne die Hilfe der Zwangsarbeiter, die ihnen zugewiesen worden waren, nahezu unmöglich gewesen, ein Anwesen wie Gut Falkensee zu bewirtschaften. Hier in Westpreußen stammten diese Arbeiter hauptsächlich aus Polen.

Die deutschen Bauern und Großgrundbesitzer, für die diese Kriegsgefangenen arbeiteten, waren angewiesen, ihnen schlechtere Verpflegung zu geben als ihren anderen Angestellten. Nach Einbruch der Dunkelheit war es ihnen nicht gestattet, ihr Quartier zu verlassen. Sie durften kein Geld, keine Gegenstände von Wert, ja nicht einmal ein Feuerzeug besitzen. Eigentlich durften sie nichts außer arbeiten, essen und schlafen. Und wann und wie sie das taten, wurde ihnen vorgeschrieben.

»Danke«, wiederholte Hedda. Immer wieder brachte sie der Gedanke, dass niemand diese Männer gefragt hatte, ob sie hier sein und für sie arbeiten wollten, in Verlegenheit. Dass sie die Sprache der Zwangsarbeiter sprach, weil sie in Polen aufgewachsen war, machte die Sache nicht einfacher. Ihr Vater war Pole, und in ihren Adern floss zur Hälfte polnisches Blut. Dennoch waren ihre Landsleute als Gefangene auf diesem Hof, und sie selbst lebte im Herrenhaus. Bei ihrer Rückkehr nach Deutschland hatten sowohl ihre Mutter als auch Hedda wieder den Namen Bargelow angenommen. Hier in Deutschland waren Polen die verachteten Feinde, und eine polnische Abstammung konnte brandgefährlich sein. Deshalb bedienten Charlotte und Hedda sich der polnischen Sprache gegenüber den Zwangsarbeitern möglichst nur, wenn kein Außenstehender sie hörte.

Hedda nickte dem jungen Mann noch einmal zu, schwang sich auf den Wagen, griff nach den Zügeln und schnalzte mit der Zunge. Die Pferde setzten sich in Bewegung und trabten willig los. Dennoch würde sie den Bahnhof wohl erst kurz nach Eintreffen des Zugs erreichen. Das waren vergeudete Minuten. Zeit, die sie mit Eckhardt hätte verbringen können.

Mit gerunzelter Stirn starrte Hedda über die glänzenden Rücken und die erhobenen Köpfe der beiden Stuten hinweg auf die Straße vor sich. Es dauerte nur eine knappe halbe Stunde, doch ihr erschien es wie eine kleine Ewigkeit, bis sie endlich den Stadtrand von Bischofswerder erreichten. Sie beschloss, eine Abkürzung zu nehmen, und bog scharf rechts ab. Wenn sie sich weiterhin rechts hielt, musste sie nur noch die Gleise überqueren, um anschließend vor dem Bahnhofsgebäude zu halten. Das schien ihr ein deutlich kürzerer Weg zu sein, als die Hauptstraße entlangzufahren.

Zehn Minuten später stellte sie fest, dass sie sich heillos verfahren hatte. Warum passierte es ihr immer wieder, dass sie ihr eher unterentwickeltes Orientierungsvermögen überschätzte? Nun würde sie endgültig zu spät kommen. Sie fragte einen Passanten nach dem Weg und trieb verzweifelt die Pferde an. Offenbar war sie bereits einige Male an der richtigen Abzweigung vorbeigefahren, und der Bahnhof lag ganz in der Nähe. Ihr Herz klopfte gleichzeitig vor Sehnsucht, vor Ungeduld und aus Ärger über ihren Fehler.

Sicher wartete Eckhardt schon längst vor dem Bahnhofsgebäude auf sie. Hochgewachsen und breitschultrig, unfassbar gut aussehend in seiner Offiziersuniform. Nur noch eine Kurve, dann würde sie ihn endlich sehen.

Gleich darauf kniff sie enttäuscht die Augen zusammen, denn der Platz vor dem Bahnhof lag nahezu menschenleer vor ihr. Von Eckhardt war weit und breit nichts zu sehen. Nur ein Leiterwagen stand am Straßenrand und wurde von zwei Männern mit Kisten und Säcken beladen.

Hedda brachte die Pferde zum Stehen, sprang von der Kutsche, hängte den beiden Stuten die Haferbeutel um, lief ins Bahnhofsgebäude und sofort weiter zu den Gleisen. Eckhardt hatte sicher einen Grund, auf dem Bahnsteig auf sie zu warten. Dort kam ihr zu ihrer neuerlichen Enttäuschung jedoch nur der Bahnhofsvorsteher entgegen.

»Entschuldigen Sie bitte«, sprach Hedda ihn an.

Der alte Mann ging so gebeugt, dass er unter dem Schirm seiner Mütze hervor kaum in ihr Gesicht sehen konnte.

»Der Achtzehn-Uhr-Zug«, sagte Hedda. »Offenbar hat er Verspätung. Kann man schon sagen, wann er eintreffen wird?«

Soweit es ihm mit seinem verkrüppelten Rücken möglich war, straffte der Mann unter der Uniform die Schultern. »Der Zug war pünktlich. Es kommt nur äußerst selten vor, dass unsere Züge nicht fahrplanmäßig fahren.«

»Aber …« Suchend ließ Hedda ihren Blick ein weiteres Mal den Bahnsteig entlangwandern. »Mein Verlobter … Ich bin hier, um ihn abzuholen. Haben Sie ihn möglicherweise gesehen? Er ist Offizier beim Heer. Seine Uniform ist …«

»Entschuldigen Sie, meine Dame. Ich kenne die Uniformen unserer tapferen Soldaten und Offiziere«, unterbrach der Bahnhofsvorsteher sie in tadelndem Ton. »Jeder tut seine Pflicht dort, wo er hingestellt wird. Diese Männer an der Front und ich hier.«

»Natürlich tun Sie Ihre Pflicht.«, stimmte Hedda ihm eilig zu. »Haben Sie ihn gesehen? Er ist Oberstleutnant.«

Entschieden schüttelte der Mann den Kopf. »Ist nicht ausgestiegen. Wär mir aufgefallen.«

»Aber er wollte diesen Zug nehmen, da bin ich mir ganz sicher.« Unglücklich runzelte Hedda die Stirn.

»Ist ihm wohl was dazwischengekommen. Der nächste Zug aus dieser Richtung kommt morgen. Um zehn Uhr vormittags.« Ohne sich weiter um Hedda zu kümmern, schlurfte der Mann davon.

Ratlos runzelte Hedda die Stirn und ging langsam zurück zur Kutsche. Schon beim Näherkommen hörte sie das Knirschen, mit dem die beiden Stuten den Hafer zwischen ihren Zähnen zermalmten. Sie nahm den Tieren die Futterbeutel ab und stieg auf den Wagen. Sie straffte entschlossen die Schultern, ließ die Lederriemen leicht auf die Pferderücken schlenzen und machte sich auf den Weg zurück nach Gut Falkensee.

Er kommt morgen, dachte sie. Irgendetwas ist ihm dazwischengekommen, und er konnte sich nicht mehr melden. Aber morgen kommt er, und in drei Tagen werden wir heiraten.

Doch so oft sie diese Sätze auch in ihrem Kopf wiederholte – die Gänsehaut, die sich trotz des warmen Abends auf ihrem Rücken ausgebreitet hatte, blieb.

2. Kapitel

Charlotte
Gut Falkensee, Westpreußen, Ende Juli 1943

Nachdenklich schob Charlotte den eng beschriebenen Bogen zurück in den Umschlag, legte den geöffneten Brief auf ihren Schoß und strich über die mit blauer Tinte schwungvoll aufs Kuvert geworfenen Buchstaben.

Charlottes Nichte Isabella, die einzige Tochter ihrer Schwester Alice, lebte nun schon seit mehreren Jahren in den Vereinigten Staaten. Aber sie vergaß ihre alte Heimat und ihre deutsche Familie nicht. Kaum eine Woche verging, ohne dass sie einen langen Brief schrieb. Niemals richtete sie ihre Schreiben allein an ihre Mutter, sondern immer an die ganze Familie – an all jene Angehörigen, die auf Gut Falkensee lebten. Und nie vergaß Isabella zu erwähnen, dass auch sie nur zu gern wieder auf dem heimatlichen Anwesen wohnen oder es zumindest besuchen würde.

Es gefiel Isabella durchaus in Amerika, wo ihr Mann Leonhard als Tierarzt arbeitete. Doch Gut Falkensee trug sie im Herzen, wie sie immer wieder sehnsüchtig schrieb, und sie wartete auf die Zeit, wenn sie endlich gefahrlos mit ihrem jüdischen Ehemann und den beiden gemeinsamen Töchtern nach Deutschland zurückkehren konnte. Die Voraussetzung dafür, das war Isabella sicher ebenso klar wie Charlotte, war das Ende des Kriegs und eine neue deutsche Regierung.

Insgeheim hoffte Charlotte inständig, dass die Herrschaft der NSDAP in Deutschland möglichst bald ein Ende fand. Damit Juden und andere Minderheiten nicht mehr verfolgt und Menschen nicht mehr bespitzelt und für ein falsches Wort verhaftet wurden. Zahllose bislang unbescholtene Bürger verschwanden auf Nimmerwiedersehen in Lagern. Aber den Wunsch, dass Hitler und seine Spießgesellen endlich von der Bildfläche verschwanden, durfte sie auf keinen Fall laut aussprechen. Jedenfalls nicht Menschen gegenüber, denen sie nicht vollkommen vertraute, denn für solche Ansichten landete man in dieser Zeit nur allzu rasch im Straflager.

Nachdenklich schaute Charlotte durch das bodentiefe Fenster des Salons hinaus in den Park, der sich hinter dem Herrenhaus sanft abfallend bis hinunter zum See erstreckte. Sie verstand nur zu gut, was ihre Nichte fern von Gut Falkensee fühlte. Hier war Isabella, ebenso wie Charlotte selbst, aufgewachsen, und dies waren ein Ort, ein Haus und ein Landstrich, die sich tief ins Herz der Menschen eingruben, die hier ihre Heimat gefunden hatten.

Auch Charlotte hatte wegen eines Mannes ihr geliebtes Elternhaus verlassen und es niemals bereut. Dennoch war kein Tag vergangen, an dem sie nicht an Gut Falkensee gedacht hatte. An das schneeweiße Haus mit der großen Eingangshalle und den hohen Zimmern, an die fruchtbaren Felder, die wunderbaren Pferde und das schattige Wäldchen. Karols Liebe und die Tage und Nächte mit ihm hatten den Verlust ihrer Heimat mehr als ausgeglichen. Sie und ihr Mann hatten sich in Polen ein neues gemeinsames Zuhause geschaffen: Gestüt Darranowski. Schon bald hatten ihre Zuchtpferde in der Umgebung und auch darüber hinaus einen hervorragenden Ruf genossen. Ähnlich wie die Tiere aus der kleinen, aber sehr erfolgreichen Zucht auf Gut Falkensee. Auf dem polnischen Gestüt waren Charlottes Sohn Ludwig aus erster Ehe aufgewachsen und ihre Tochter Hedda zur Welt gekommen.

Dieses Zuhause hatten sie verloren, als 1939 die Deutschen in Polen einmarschiert waren. Sie hatten fliehen müssen, und Karol hatte sich ein weiteres Mal dem polnischen Widerstand angeschlossen. Bei diesem Gedanken zog sich vor Angst und Sorge Charlottes Herz zusammen. Schon in seiner Jugend hatte ihr Mann verzweifelt um sein Vaterland gekämpft. Warum traf ihn dieses Schicksal im Alter von sechzig Jahren noch einmal? Er hätte am Kamin sitzen und seine Enkelkinder auf den Knien schaukeln sollen, aber Karol ließ sein Alter nicht als Ausrede gelten, auch wenn er nicht zusammen mit seinen jungen Kampfgefährten versteckt in den Wäldern leben und von dort die Besatzer angreifen konnte.

»Es gibt viel zu tun und zu organisieren«, hatte er ihr erklärt. »Wir brauchen Waffen. Und wir müssen dafür sorgen, dass wir eine funktionsfähige Regierung haben, die das Land führen kann, sobald die Deutschen wieder weg sind.«

Charlotte hatte sofort gewusst, dass sie Karol auch diesen Kampf würde kämpfen lassen müssen. So hatte sie ihn kennen und lieben gelernt. Er war ein Mann, der notfalls für sein Vaterland in den Tod gehen würde.

Bevor Karol in einer der geheimen Kommandozentralen der Widerstandsbewegung untergetaucht war, hatte er Charlotte angefleht, so schnell wie möglich Polen zu verlassen. Zwar war sie von Geburt her eine Deutsche, doch sie hatte einen Polen geheiratet und mit ihm in Polen gelebt. Falls sie in die Hände der Besatzer fallen würde, wusste man daher nicht, was mit ihr geschehen würde.

Aber es gab einen Ort, an dem sie in Sicherheit sein würde. Sie war nach Gut Falkensee zurückgekehrt, in das Zuhause ihrer Kindheit und Jugend. Schon als junge Frau hatte sie gewusst, dass ihr Elternhaus ihr stets eine Zuflucht sein würde.

Hier brauchte man sie, um den Gutsbetrieb aufrechtzuerhalten. Um mithilfe der Zwangsarbeiter die Felder zu bestellen und die Ernte einzufahren. Um die Lebensmittel zu produzieren, die der deutsche Staat von kleinen Bauernhöfen und großen Gütern einforderte, um die Bevölkerung und die Soldaten an der Front zu ernähren.

Ihr Sohn Ludwig war im zweiten Kriegsjahr eingezogen worden, und er hatte ihr das Anwesen zu treuen Händen übergeben.

Charlotte folgte mit ihren Blicken einem am Fenster vorbeiflatternden Spatz. Was für eine furchtbare Zeit das war. Nicht nur der Krieg zermürbte die Bevölkerung, auch die Regeln und Gesetze, die im Land galten, mussten jedem klar denkenden Menschen das Gefühl geben, in ein Irrenhaus geraten zu sein.

Zum Glück hatte Hedda endlich die Hauptstadt verlassen und war ebenfalls nach Falkensee umgesiedelt. Es mochte ein trügerischer Friede sein, der in Westpreußen herrschte, aber bisher fühlten sie sich hier sicher. In Berlin hingegen waren zwischen Januar und März durch die Fliegerangriffe der Alliierten ganze Stadtteile zerstört worden, und Hunderte von Menschen, die es nicht rechtzeitig in einen Bunker oder einen Luftschutzkeller geschafft hatten, waren umgekommen.

Vielleicht hatte Hedda so lange in Berlin ausgeharrt, weil sie meinte, dort ihren Verlobten Eckhardt in der väterlichen Bank zumindest teilweise ersetzen zu müssen. Vielleicht fühlte sie sich Eckhardt dort, wo sie gemeinsam gearbeitet und sich jeden Tag gesehen hatten, näher. Vielleicht war es ihr feige vorgekommen, die Stadt zu verlassen, in der ihre künftigen Schwiegereltern ausharren mussten.

Dass die Kriegstrauung mit Eckhardt nun hier in Westpreußen stattfinden sollte, war letztlich auch nur von Vorteil, selbst wenn die Eltern des Bräutigams aus Berlin anreisen mussten. Schließlich konnte man so gut wie sicher sein, dass die Trauung und die kleine Feier im Anschluss nicht durch Bombenalarm unterbrochen werden würden.

Wenn … ja, wenn Eckhardt bis übermorgen auftauchte. Als Hedda ihn gestern hatte vom Bahnhof abholen wollen, war er nicht wie angekündigt aus dem Zug gestiegen. Und seitdem hatte niemand von ihm gehört, auch nicht seine Eltern. Denn natürlich hatte Hedda sofort in Berlin bei ihrem künftigen Schwiegervater in der Bank angerufen.

Entweder war Eckhardt auf dem Weg nach Falkensee aufgehalten worden und konnte aus irgendeinem Grund weder telefonieren noch telegrafieren. Oder aber er hatte seinen wegen der geplanten Trauung bewilligten Heimaturlaub gar nicht erst antreten können. Über die möglichen Gründe wollte Charlotte am liebsten gar nicht nachdenken. Oder war es möglich, dass er nicht gekommen war, weil er sich das mit der Hochzeit anders überlegt hatte?

Obwohl Hedda nach ihrer Rückkehr vom Bahnhof äußerlich ruhig gewirkt hatte, wusste Charlotte, dass ihre Tochter in größter Sorge war. Hedda hatte gelernt, nicht zuletzt durch ihre jahrelange Zusammenarbeit mit ihren männlichen Kollegen bei der Bank, stets eine kühle Fassade zur Schau zu tragen. Dies bedeutete jedoch nicht, dass sie nicht zu tiefen Gefühlen, zu großem Glück oder tiefster Traurigkeit, fähig gewesen wäre.

Am Frühstückstisch hatte Hedda blass und übernächtigt gewirkt, und unter ihren Augen hatten wie Rabenflügel dunkle Schatten gelegen.

Charlotte wünschte sich für ihre einzige Tochter inständig, dass diese Geschichte ein gutes Ende nähme. Hedda hatte in diesen schweren Zeiten wenigstens einen Zipfel vom Glück verdient.

Ein vorsichtiges Klopfen an der Tür ließ Charlotte zusammenfahren. Sie war so tief in Gedanken versunken gewesen, dass sie vergessen hatte, auf wen sie hier im Salon wartete. Sie richtete sich in ihrem Sessel kerzengerade auf, reckte entschlossen das Kinn vor und forderte in energischem Ton zum Eintreten auf.

Der Mann, der die Tür öffnete und mit wenigen Schritten das Zimmer durchquerte, wirkte trotz seiner abgerissenen Kleidung und dem vorschriftsmäßigen ›P‹ auf der Jacke nicht unterwürfig. Sein klarer Blick und seine Körperhaltung verrieten Intelligenz und Selbstbewusstsein. Er blieb direkt vor Charlotte stehen und sah ihr aufmerksam ins Gesicht.

»Sie haben mich rufen lassen?« Er sprach fließend Deutsch, wenn auch mit deutlichem Akzent.

Charlotte deutete lächelnd auf den zweiten Sessel an dem kleinen runden Tisch.

»Vielen Dank, dass Sie so schnell gekommen sind«, sagte sie auf Polnisch, als er sich gesetzt hatte. Wiktor Nowak wusste sehr genau, dass sie sich mühelos in seiner Muttersprache mit ihm verständigen konnte, wenn sie auch darauf achtete, dass die Zwangsarbeiter nichts über die genauen Gründe für ihre hervorragenden Polnischkenntnisse erfuhren.

»Tee?«, fragte Charlotte, als wäre er einer ihrer Nachbarn, der zu einem Höflichkeitsbesuch vorbeischaute. Genauso würde sie ihn behandeln – auch wenn ihr das vollkommen absurde Gesetz bewusst war, dass sie, laut Geburtsurkunde eine »Arierin«, nicht an einem Tisch mit ihm sitzen durfte.

Natürlich wusste auch Nowak, dass die Polen-Erlasse private Kontakte zwischen Deutschen und polnischen Zwangsarbeitern untersagten. Deshalb konnte selbst dieser stolze Mann ein erstauntes Flackern in seinen grauen Augen nicht verhindern, als sie ihm zusätzlich zu einem Platz nun auch noch Tee anbot.

Er nickte knapp und sah zu, wie sie die zweite Tasse auf dem Tisch füllte und ihm Zucker und Sahne hinschob. Während er sich zwei Löffel Zucker und einen Schuss Sahne nahm, wartete sie mit freundlichem Lächeln. Dann deutete sie auf das Glasschälchen mit den Plätzchen.

»Bedienen Sie sich, Herr Nowak.«

Wieder konnte sie Überraschung von seinem Gesicht ablesen. Dann atmete er tief durch und nahm sich einen der großen runden Kekse. Weizenmehl, Zucker und Butter hatten sie ausreichend, sodass es regelmäßig Gebäck zum Tee gab.

Zwar waren die Anteile festgelegt, die jedes Anwesen von allem, was auf dem Hof produziert wurde, abgeben musste. Doch die Restmengen, die den Landwirten und ihren Familien blieben, waren erstaunlich großzügig bemessen. Vielleicht hatte selbst Hitler von dem Spruch gehört, dass man dem Ochsen beim Dreschen nicht das Maul zubinden sollte. Außerdem schätzten die meisten Bauern ihre Ernteerträge im Voraus bewusst niedrig, und viele von ihnen mästeten insgeheim weitere Schweine und hielten Hühner, die nicht in den Unterlagen auftauchten.

»Ich lasse Ihnen eine Tüte von den Keksen für die Männer einpacken.« Charlotte hatte ein schlechtes Gewissen, weil sie nicht schon früher daran gedacht hatte, dass auch die Zwangsarbeiter sicher ab und zu gern Süßes aßen.

Auf die seltsamen Anweisungen, die in den Polen-Erlassen zu lesen waren, hatte man auf Gut Falkensee nie viel gegeben. Wer hart arbeitete, musste auch gut essen. Das wusste jeder, der schon einmal bei der Ernte geholfen oder im Stall mit angepackt hatte.

Auf ihre Bemerkung die Kekse betreffend, antwortete Wiktor Nowak nicht. Er zog nur kaum merklich die Brauen hoch.

»Ab sofort bekommen die Männer jede Woche eine Tüte mit Gebäck«, erklärte Charlotte entschlossen. »Würden Sie bitte darauf achten, dass die Kekse gerecht verteilt werden?«

Nowak nickte und schwieg weiter.

»Die Männer hören auf Sie«, fuhr Charlotte fort. »Es gibt ein Problem, von dem ich denke, dass wir es gemeinsam auf eine Weise lösen können, die für uns alle von Vorteil wäre.«

Wieder zog Nowak die Brauen hoch. Dieses Mal so weit, dass sie fast unter seinen schwarzen Haaren verschwanden. »Wieso glauben Sie, dass die Männer auf mich hören? Sie sind die Gutsherrin, und die Männer arbeiten für Sie.«

Charlotte wischte ungeduldig mit der Hand durch die Luft. »Können wir uns bitte diese Zeitverschwendung sparen? Ich habe auf dem Gut das Sagen, und Sie sind derjenige, auf den die Männer hören. Was bedeutet, dass eine Einigung, die wir zwei erzielen, vorteilhaft für das Gut und für die Männer sein kann – wenn wir beide gut verhandeln.«

Nun trafen sich Nowaks breite Brauen über der Nasenwurzel.

»Die Männer bummeln bei der Arbeit und versuchen auf diese

Weise, ihre deutschen Feinde zu sabotieren. Das ist verständlich.« Charlotte nippte an ihrem Tee und lächelte Wiktor Nowak an.

Er erwiderte ihren Blick, ohne eine Miene zu verziehen. Dann griff er ebenfalls nach seiner Tasse und leerte sie mit einigen großen Schlucken.

»Sie wurden als Kriegsgefangene hierhergebracht und sollen helfen, das deutsche Volk und die deutschen Soldaten zu ernähren. Jene Männer, die Ihr Heimatland besetzt haben«, fuhr Charlotte fort. »Da liegt es auf der Hand, dass Ihnen nicht sonderlich daran liegt, diese Aufgabe zur Zufriedenheit der Deutschen zu erfüllen.«

Nowak schwieg noch immer. Er nahm den angebissenen Keks von seinem Teller, schob sich den Rest in den Mund und kaute darauf herum, als gäbe es in diesem Moment keine wichtigere Aufgabe zu erfüllen.

»Erst gestern habe ich beobachtet, wie Jan fast eine halbe Stunde gebraucht hat, um den Landauer anzuspannen, mit dem meine Tochter zum Bahnhof fahren wollte. Sie wollte ihren Verlobten abholen. Nichts, was die deutsche Sache irgendwie voranbringen könnte, will ich meinen.«

»Sie kennen Jans Namen?«, meldete Nowak sich erstaunt zu Wort.

»Wir leben seit vielen Monaten gemeinsam hier auf Gut Falkensee. Ich kenne die Namen aller Männer. Und ich weiß, dass sie auf Sie hören. Ich weiß auch, dass Sie vor dem Krieg Professor für Literatur waren, Herr Nowak. Wohl einer der jüngsten Professoren ihres Landes, denn Sie sind kaum vierzig Jahre alt.«

Jetzt riss Nowak vor Erstaunen die Augen so weit auf, dass Charlotte im hellen Licht des Nachmittags ihr eigenes Spiegelbild in seinen Pupillen erkennen konnte.

»Ich war viele Jahre mit einem Ihrer polnischen Landsleute verheiratet. Diese Ehe ist beendet, doch ich kenne die Polen, und ich kenne Ihr Land.« Sie faltete die Hände im Schoß und machte eine Pause. Es tat ihr immer wieder aufs Neue weh, dass sie es sicherheitshalber so darstellen musste, als hätte sie sich »als gute Deutsche« bei Kriegsausbruch von Karol getrennt. »Nun bin ich für dieses Gut verantwortlich. Hier bin ich aufgewachsen, es ist der Besitz meiner Familie. Niemals haben wir die Ernte verdorren oder das Getreide im Regen verschimmeln lassen. Die Kühe, die wir nun anstelle unserer Zuchtpferde angeschafft haben, müssen gefüttert und gemolken werden. Ich würde das alles allein tun, zusammen mit meiner Tochter, unserem alten Verwalter und den drei Knechten, die uns geblieben sind. Aber das schaffen wir nicht. Wir brauchen Ihre Hilfe und die Hilfe Ihrer Männer. Deshalb möchte ich Ihnen einen Vorschlag machen.«

»Ja?« Dieses Mal zog Nowak nicht einmal die Brauen hoch. Seine Miene blieb unbewegt.

»Sagen Sie mir, welche besonderen Lebensmittel und andere Vergünstigungen Sie und die Männer gern hätten. Ich kann nicht alles möglich machen, aber ich werde mich bemühen, so viele Wünsche wie möglich zu erfüllen.«

»Seit wann fragt irgendjemand nach unseren Wünschen ...« Wiktor Nowak schnaubte verächtlich.

»Ich tue es.« Charlotte lächelte ihn freundlich an.

Auch Nowak hob daraufhin kaum merklich die Mundwinkel. »Sie waren immer freundlich zu uns, und hungern mussten wir auch nicht. Aber es gibt sicher einiges, was die Männer sich wünschen.«

»Sie müssen nicht glauben, dass es mir leichtfällt, Sie quasi zur Arbeit auf unserem Gut zu zwingen. Aber ich wüsste nicht, wie ich ohne Ihre Hilfe zurechtkommen sollte.«

»Ich spreche mit den Männern«, sagte Nowak. »Und ich werde ihnen erklären, dass wir es schlimmer hätten treffen können.«

Er zögerte, und Charlotte schaute ihn fragend an.

»Um ehrlich zu sein«, fuhr er schließlich fort, »habe ich den Männern aufgetragen, möglichst langsam zu arbeiten.«

»Ich schäme mich für das, was wir Deutschen Ihnen angetan

haben. Wenn ich könnte …« Sie stockte, bevor ihr am Ende noch herausrutschte, dass sie, wäre es nach ihr gegangen, auf der Stelle den Krieg beendet und dafür gesorgt hätte, dass alle Männer, gleich welcher Nation, nach Hause zurückkehren durften.

»Die Gestapo kontrolliert den Umgang mit den … Zwangsarbeitern«, fuhr sie fort. »Wie Sie sich wohl erinnern, hatten wir bisher drei Kontrollen, was nicht allzu viel ist. Wir müssen versuchen, uns nach außen an die Regeln zu halten.«

»Die Kopfkissen in unseren Betten sind furchtbar klumpig«, sagte Nowak nach einer Pause.

»Ich werde versuchen, bessere zu bekommen, kann aber nichts versprechen. Wie Sie vielleicht wissen, ist die allgemeine Versorgung mit Gebrauchsgütern in diesen Zeiten nicht sonderlich gut.«

»Ich weiß es zu schätzen, wenn Sie sich um gewisse Verbesserungen bemühen«, erklärte Nowak steif.

»Mit Lebensmitteln ist es einfacher«, sagte Charlotte aufmunternd.

Nowak öffnete den Mund zu einer Antwort, da wurde die Tür zur Halle aufgerissen, und Hedda erschien im Türrahmen. Beim Anblick ihrer Tochter erschrak Charlotte bis ins Mark. Heddas Gesicht war kreidebleich und so starr, als wäre es aus Marmor gemeißelt. Ihre sonst hellgrünen Augen wirkten fast schwarz und waren entsetzt aufgerissen, als hätte sie direkt in den Schlund der Hölle geblickt.

»Du bist nicht allein, Mama«, flüsterte sie und ließ ihren Blick hilflos zwischen Charlotte und Wiktor Nowak hin und her huschen.

Sofort sprang der Pole auf. »Es wird Zeit, dass ich mich wieder an die Arbeit mache. Was Ihre Frage nach den gewünschten Speisen betrifft, werde ich Ihnen eine Antwort zukommen lassen, sobald ich mit den Männern gesprochen habe.«

»Danke«, murmelte Charlotte und nahm nur noch aus dem Augenwinkel wahr, wie Nowak hastig den Raum verließ. Sie wagte nicht, den Blick von Hedda abzuwenden, als könnte sie damit wenigstens ein kleines bisschen den Schreck lindern, der das Gesicht ihrer Tochter hatte erstarren lassen, als hätte ein plötzlicher Wintereinbruch ihre Züge mit einer Eisschicht überzogen.

Für einen winzigen Moment dachte Charlotte an die Kekse für die polnischen Männer, die sie Nowak versprochen hatte. Doch dafür war später noch Zeit.

Sie blickte auf Heddas zitternde Hand, in der sie ein zerknittertes Blatt Papier hielt, eilte zu ihr und nahm ihr behutsam den Zettel aus der Hand. Es war ein Telegramm. Charlotte starrte es an, aber die Buchstaben verschwammen vor ihren Augen.

»Aus Berlin. Von Friedrich«, flüsterte Hedda. Friedrich von Schliefenstein war Eckhardts Vater und Heddas ehemaliger Chef bei der Bank.

»Eckhardt wird vermisst …« Heddas Stimme war brüchig wie altes Pergamentpapier. »Er ist von seinem letzten Einsatz vor dem Heimaturlaub nicht zurückgekommen.«

Wortlos streckte Charlotte die Arme aus und zog sie an sich.

»Dann gibt es noch Hoffnung«, flüsterte sie und nahm den zarten Duft nach Vanille wahr, den ihre Tochter verströmte. So hatte Hedda schon als Säugling gerochen, und dieses besondere Aroma war bis zum heutigen Tag charakteristisch für sie.

Hedda hob den Kopf und sah sie flehend an. »Glaubst du, er lebt?«

»Ja«, behauptete Charlotte mit fester Stimme. Manchmal war es nötig, an Wunder zu glauben.

3. Kapitel

Klara
Gut Falkensee, Westpreußen, Anfang August 1943

Klara wusste genau, dass Frau Thielke den Auftrag bekommen hatte, den Polen selbst die Kekse zu bringen. Und zwar schon gestern Abend, einige Zeit nachdem der Mann mit den klugen, ernsten Augen im Haus gewesen war. Er hieß Wiktor und war wohl so etwas wie der Sprecher der Zwangsarbeiter. Klara hatte Angst vor ihm. Genau wie vor den anderen Kriegsgefangenen.

Sie sahen sie immer so komisch an, wenn sie einem von ihnen über den Weg lief. Dann wurde ihr ganz kalt, und die Härchen auf ihren Armen richteten sich auf. Sie hätte gar nicht sagen können, was an diesen Blicken so erschreckend war. Sie wirkten irgendwie … hungrig. Vielleicht auch wütend. Oder beides.

Sie selbst wäre auch wütend gewesen, wenn fremde Soldaten ihr Land überfallen und sie anschließend verschleppt hätten, damit sie im Feindesland Frondienst leistete. Aber sie war es schließlich nicht gewesen, die in Polen einmarschiert war und die polnischen Männer als Zwangsarbeiter nach Deutschland gebracht hatte. Wäre es nach ihr gegangen, hätte sie diesen Krieg sofort beendet. Was nichts mehr daran ändern würde, dass ihr Vater schon im ersten Kriegsjahr an der Front gefallen war. Ihre Mutter war kurz danach gestorben. Ein Fieber hatte sie innerhalb weniger Tage vom Leben zum Tode befördert. Vielleicht war es aber auch einfach der Kummer gewesen.

So war Klara mit kaum fünfzehn Jahren zur Vollwaise geworden. Wenn man sie nicht auf Falkensee als Stubenmädchen angestellt und ihr eine der Mansarden unter dem Dach zum Wohnen gegeben hätte, wäre sie wahrscheinlich verhungert oder erfroren. Sie hatte keine Ahnung, was als Erstes passiert wäre, denn es war ein bitterkalter Winter gewesen, als ihre Mutter gestorben war, und niemand im Dorf hatte sich für das Waisenmädchen zuständig gefühlt. Alle waren mit ihrem eigenen Kummer und ihrem eigenen Leben beschäftigt gewesen.

Da war wie ein Engel die junge Gutsherrin Florentine von Krammbach gekommen und hatte sie mit ins Herrenhaus genommen. Es war nicht so, dass damit Klaras Kummer und ihre Einsamkeit vorüber gewesen wären. Sie schlief ganz allein dort oben unter dem Dach und weinte sich jeden Abend in den Schlaf. Früher waren wohl sämtliche Mansarden von Dienern und Stubenmädchen bewohnt gewesen. Doch es gab längst nicht mehr so viele Dienstboten auf dem Gut, und die wenigen, die jetzt noch hier arbeiteten, kamen morgens aus dem Dorf und gingen nach Feierabend wieder dorthin zurück. So wie Frau Thielke, die für die Familie im Herrenhaus und für sämtliche Angestellten kochte. Auch für die Polen.

Klara wusste, dass Frau Thielke nicht gern hinüber ins Gesindehaus ging, um den Zwangsarbeitern die Mittagssuppe und das Brot für die Abendmahlzeit zu bringen. Sie murmelte dann immer etwas von »Polacken« und »Lumpenpack« vor sich hin. Aber Frau von Bargelow hatte der Köchin ausdrücklich aufgetragen, das Essen persönlich ins Quartier der Polen zu tragen. Als der Gutsherr Ludwig von Krammbach eingezogen worden war, hatte seine Mutter, Charlotte von Bargelow, die kurz zuvor nach Gut Falkensee gekommen war, hier das Kommando übernommen. Sie war viel energischer als Florentine von Krammbach, die mit ihrer leisen Art und ihren sanften Bewegungen tatsächlich etwas von einem Engel an sich hatte.

An diesem Vormittag fand Frau Thielke eine Ausrede, um Klara mit den Keksen ins Gesindehaus zu schicken. Angeblich durfte sie die Töpfe auf dem Herd nicht aus den Augen lassen, weil sonst alles anbrennen würde.

Und weil Klara viel zu viel Angst hatte, der meistens schlecht gelaunten Köchin zu widersprechen, ging sie nun zögernd über den Wirtschaftshof zum Gesindehaus. Dort waren die polnischen Zwangsarbeiter unter sich. Außer ihnen gab es kaum noch Männer auf dem Hof. Der alte Grumpke wohnte im Verwalterhaus, und die drei deutschen Knechte, die zu alt oder zu krank waren, um Soldaten zu werden, lebten im Dorf und kamen nur zur Arbeit aufs Gut.

Im Grunde muss ich mich nicht fürchten, sagte sich Klara, als sie vor der Tür zum Gesindehaus stand. Um diese Zeit waren die Polen noch irgendwo auf dem Anwesen und verrichteten unter Grumpkes Aufsicht die Arbeiten, die ihnen aufgetragen worden waren. Klara konnte also einfach ins Gesindehaus huschen, ihre Tüte mit den Keksen auf den Tisch legen und wieder verschwinden.

Trotz der Hitze des Sommertags fühlte sich das Metall der Türklinke unter ihren Händen kühl an. Entschlossen drückte sie sie hinunter und öffnete die Tür, die so laut quietschte, dass Klara zusammenfuhr. Sie erstarrte und lauschte sekundenlang in das Gebäude, aus dem ihr der Geruch nach feuchter Wäsche entgegenschlug.

Als drinnen alles still blieb, trat sie zögernd in den dämmerigen Vorraum. Hier gab es ein Waschbecken, das die Männer alle gemeinsam benutzen mussten. Vor der rückwärtigen Wand hatten die Bewohner eine Leine gespannt, auf der unordentlich ein paar Unterhemden, eine einzelne löcherige Unterhose und mehrere Socken hingen.

Eilig durchquerte Klara die Diele. Soeben wollte sie den Gemeinschaftsraum mit dem großen Esstisch, den beiden langen Holzbänken und den wenigen abgeschabten Sesseln betreten, als sie aus dem Augenwinkel eine Bewegung wahrnahm. Mit einem leisen Aufschrei ließ sie die Papiertüte mit den Keksen fallen, fuhr herum und starrte ins Grau des fensterlosen Raums. Nur das Licht, das durch die offene Tür fiel, malte ein sonnenhelles Rechteck auf die abgetretenen Bodendielen.

Wie aus dem Nichts tauchte neben der Wäscheleine ein junger

Mann auf. Das Weiße in seinen Augen funkelte, während er ihren entsetzten Blick erwiderte. Dabei sah er fast ebenso erschrocken aus, wie sie sich fühlte.

»Ich … ich bringe etwas.« Unbeholfen deutete sie auf die Tüte zu ihren Füßen, bevor sie sich hastig bückte und sie wieder aufhob. »Kekse … Jetzt sind sie bestimmt zerbrochen. Aber schmecken tun sie trotzdem …«

Der Pole sagte etwas, das sie natürlich nicht verstand. Wahrscheinlich hatte auch er kein einziges Wort von ihrem nervösen Gestammel begriffen.

Ohne ihn aus den Augen zu lassen, trat sie einen Schritt zur Seite und tastete an der Wand neben der Tür nach dem Lichtschalter. Die Deckenlampe flammte auf und tauchte die Diele in trübes Licht. Als sie den jungen Mann genauer erkennen konnte, sog sie erschrocken die Luft durch die Vorderzähne.

»Sie bluten. Was ist passiert?« Mit ihrer freien Hand deutete sie auf seinen Unterarm, an dem ein dünner Blutstrom hinablief, über die Finger rann und von dort auf den Fußboden tropfte, wo sich schon eine kleine rote Lache ausbreitete.

Wieder sagte der Mann etwas, das sie nicht verstand. Dann ging er zum Waschbecken und hielt den verletzten Arm darüber, sodass sein Blut nun auf die weiße Emaille fiel.

Klara stellte ihre Tüte auf einen kleinen Schrank an der Wand und schaute sich nach einem sauberen Lappen um. Außer der Unterwäsche auf der Leine konnte sie nichts Geeignetes entdecken, und die Wäsche durfte sie nicht als Verband benutzen.

Entschlossen löste Klara das weiße Baumwolltuch, das sie zu ihrem schlichten grauen Kleid um den Hals geknotet trug. Es gehörte zu ihrer Arbeitskleidung, aber die Blutung musste gestoppt werden, und zwar schnell. Wenn sie erst zurück ins Haus lief und versuchte, dort etwas aufzutreiben, würde zu viel Zeit vergehen.

»Wasser drüber laufen lassen«, kommandierte sie und trat neben den jungen Mann.

Er reagierte nicht, stand nur bewegungslos da und sah zu, wie das Blut ins Waschbecken tropfte. Natürlich hatte er sie nicht verstanden.

Klara drehte den Wasserhahn auf und dirigierte seinen Arm so, dass das klare Wasser über die Wunde lief. Jetzt erkannte Hedda, dass er mehrere tiefe Kratzer auf dem Unterarm hatte. Sie erinnerte sich, dass Grumpke gestern bei seiner üblichen Tasse Kaffee in der Küche von einem Zaun erzählt hatte, der repariert werden musste.

»War das Stacheldraht?« Sie fragte nur, um irgendetwas zu sagen, während sie hoffte, dass die Blutung durch das kalte Wasser nachließ. Dann konnte sie ihr Halstuch fest um den Arm wickeln, sodass die Wundränder zusammengedrückt wurden. Klara hatte schon mehr als einen Mann gesehen, der sich bei der Arbeit verletzt hatte und dessen Wunde versorgt wurde. Die Leute im Dorf hatten kein Geld, um bei jeder Kleinigkeit zum Arzt zu laufen. Solange es irgend ging, behalfen sie sich selbst.

»Stacheldraht«, sagte der Pole plötzlich. Er sprach das Wort ein bisschen seltsam aus, aber es war zu verstehen.

Erstaunt sah sie ihn von der Seite an. »Können Sie Deutsch? Verstehen Sie mich?«

»Wenig Deutsch. Nich viel verstehe.« Er schüttelte den Kopf, sodass ihm die schwarzen Haare in die Augen fielen.

»Jedenfalls mehr, als ich von der polnischen Sprache verstehe.« Klara drehte das Wasser ab, betupfte die Wunde vorsichtig mit dem unteren Rand eines Handtuchs, das neben dem Becken hing und einigermaßen sauber aussah, und legte dann den Verband an. Sie zog das Tuch, so stramm es ging, und verknotete die Ecken.

»Fertig.« Sie hob den Kopf, und als sie bemerkte, dass sein Gesicht nur wenige Zentimeter von ihrem entfernt war, trat sie hastig einen Schritt zurück.

»Danke«, sagte er mit jenem kehligen Akzent, der ihr eigentlich ganz gut gefiel.

»Wenn es nicht aufhört zu bluten, müssen Sie zum Arzt.« Natürlich war es sinnlos, ihm das zu sagen, aber sie konnte schließlich nicht nur dastehen und ihn anstarren.

»*Dziękuję.*« Er lächelte und schaute sie dabei an, als würde er ein Stück Schokolade betrachten. Oder den Sonnenuntergang, wenn der Himmel aussah wie Erdbeereis.

»*Dzie*... Ich verstehe nicht«, sagte sie unsicher.

»Danke. *Dziękuję* ist Danke sagen.«

»Oh«, machte sie und wiederholte in fragendem Ton: »*Dziękuję*?«

Er nickte und lächelte und schaute sie immer noch an, ohne auch nur einen winzigen Moment zwischendurch wegzugucken. Plötzlich bemerkte sie, dass seine Augen die gleiche Farbe hatten wie der köstliche Kakao, von dem jeder im Haus am letzten Weihnachtsfest eine Tasse bekommen hatte. Während sie den jungen Polen ansah, glaubte sie für einen Moment, die sanfte Süße auf der Zunge zu schmecken. Sie schluckte und wandte den Kopf ab.

»Ja, sehr viel große *Dziękuję.*« Ernst nickte er.

»Das war ... Ich kann dich ja nicht verbluten lassen.« Sie zuckte mit den Schultern und sah zur Tür. In der Küche wartete ein Eimer Kartoffeln darauf, dass sie sie schälte.

»Du bist sehr lieb. Und sehr ...« Er stockte, suchte wohl nach einem deutschen Wort, das er nicht kannte. Langsam hob er seinen gesunden Arm, streckte ihn aus und verharrte mit den Fingerspitzen dicht vor ihrem Gesicht. Lange genug, dass sie hätte fliehen können. Sie tat es nicht. Stand da, spürte, wie ihr Herz schneller schlug, und hielt die Luft an.

»Lieb und ...« Das polnische Wort, das er flüsterte, klang furchtbar kompliziert. Sie konnte sich all die Buchstaben und Silben nicht merken. Als er zart über ihre Wange strich, war ihr Kopf so leer wie der Katzennapf am Abend, wenn sie ihn aus dem Stall ins Haus holte, um ihn abzuwaschen.

Wo er sie streichelte, fühlte sich ihre Haut ganz heiß an, als würden seine Finger sie verbrennen. Doch die Hitze tat nicht weh. Es war ein gutes Gefühl, eine gute Hitze.

»Ich Jan«, sagte er nach einer Weile und ließ den Arm sinken.

»Klara«, stieß sie hervor, und sie hörte selbst, dass ihre Stimme seltsam heiser und gepresst klang.

»Klara«, wiederholte er, und aus seinem Mund klang ihr Name fremd und besonders. »Hiebsche Klara.«

Sie brauchte eine Weile, bis sie verstand, was er meinte. »Hübsch? Nein, ich bin nicht ...« Ihre Wangen glühten.

Wie oft hatte sie schon vor dem kleinen, fleckigen Spiegel in ihrer Mansarde gestanden, hatte ihre Haare gebürstet, sie geflochten oder probeweise am Hinterkopf aufgetürmt und dabei überlegt, ob irgendwann ein Mann kommen und sie schön finden würde. Sie las heimlich Romane, in denen Männer auf den ersten Blick einer Frau verfielen, weil sie sie hinreißend fanden. Dann wollten diese Männer nichts anderes mehr, als nur mit dieser Frau zusammen zu sein, sie zu küssen und zu heiraten. Klara war achtzehn Jahre alt, fast neunzehn, und hatte noch nie einen Mann geküsst.

Vielleicht würde sie auch niemals einen küssen. Wie sollte der Richtige sie erkennen, wo sie nichts wirklich Hübsches anzuziehen hatte und ihr das Geld fehlte, um sich die Haare schneiden und in Wellen legen zu lassen. Ohnehin waren die jungen Männer, die infrage gekommen wären, alle fort. Sie kämpften an der Front, und niemand wusste, wie viele von ihnen den Krieg überleben und nach Hause zurückkehren würden. Hier auf Gut Falkensee und im nahe gelegenen Dorf schien es nur noch Frauen, Kinder und alte Männer zu geben. Und natürlich die Kriegsgefangenen. Aber vor denen hatte Klara Angst. Jedenfalls hatte sie sich bis zum heutigen Tag vor ihnen gefürchtet.

Weil sie fremd aussahen mit ihren schwarzen Haaren und ihren suchenden Blicken. Weil sie in einer unverständlichen Sprache redeten und die Worte seltsam in ihren Kehlen rollten. Und Frau

Thielke behauptete, es müsse schließlich einen guten Grund haben, dass es verboten war, freundlich zu ihnen zu sein.

Klara hatte gehört, dass in einem Dorf in der Nähe von Deutsch Eylau ein Pole gehängt worden war, weil er mit einer deutschen Frau im Bett erwischt worden war. Mitten auf dem Marktplatz hatte man ihn nach den Worten der Köchin »aufgeknüpft«. Damit es den Leuten eine Lehre war.

»Klara?« Die leichte Berührung an ihrer Schulter ließ sie zusammenzucken. Es passierte ihr viel zu oft, dass sie in ihren Gedanken ganz weit fort war, weil sie sich in ihren Träumen, Ängsten und Sorgen verhedderte wie in einem Garnknäuel, das eine Katze beim Spielen völlig verwirrt hatte.

»Ja?« Sie sah in die Kakao-Augen und musste lächeln. Jans Blick war kein bisschen wild oder wütend. Er schaute sie so freundlich an, dass es sich anfühlte, als würde sie an einem Samstagabend in der Küche in der großen Zinkwanne voller warmem Wasser liegen.

»Du gut. Wir wieder sprechen? Ich mehr lerne Deutsch. Für dich.«

Klara nickte und schüttelte gleich darauf erschrocken den Kopf. Sie durfte sich nicht mit einem Polen verabreden. Wenn Frau Thielke das mitbekam! Selbst bei einem deutschen Mann würde sich die Köchin das Maul zerreißen. Und wenn es stimmte, dass es verboten war, zu den Zwangsarbeitern freundlich zu sein …

Wortlos stürzte Klara zur Tür, lief hinaus auf den Hof und den schmalen Weg zum Hintereingang des Herrenhauses entlang. Doch bevor sie das Gebäude erreichte, hörte sie ein seltsam ersticktes Geräusch hinter einem der hohen Büsche, die die Rasenfläche des Parks zum Weg hin abgrenzten. Als sie stehen blieb, sich auf die Zehenspitzen stellte und über den Busch schaute, sah sie Hedda von Bargelow. Die junge Frau saß in sich zusammengesunken auf der weiß lackierten Bank im Schatten der Äste. Ihr Rücken zuckte, aber erst als Klara erneut die komischen Laute hörte, die sie zum

Innehalten bewegt hatten, begriff sie, dass Fräulein von Bargelow weinte.

Unschlüssig stand Klara da. Sollte sie weitergehen und so tun, als hätte sie nichts gehört oder gesehen? Womöglich war es Hedda von Bargelow peinlich, wenn jemand sie weinen sah. Klara kannte die junge Gutsherrin kaum, denn sie war erst vor Kurzem ins Herrenhaus gezogen. In ihren vornehmen Berliner Kleidern, mit ihrer aufrechten Haltung und ihrem energischen Gang wirkte sie streng und kühl. Nicht wie eine Frau, die sich hinter den Büschen versteckte und weinte.

Klara wusste, dass der Verlobte von Hedda von Bargelow nicht wie vereinbart am Bahnhof in Bischofswerder eingetroffen war. Und dabei hatten die beiden heiraten wollen. Das würde wohl nicht mehr klappen. Frau Thielke hatte jedenfalls den Sauerbraten nicht eingelegt, und jetzt war es zu spät, denn die Hochzeit hätte am nächsten Tag stattfinden sollen. Inzwischen glaubte wohl niemand mehr, dass der Bräutigam noch rechtzeitig erscheinen würde.

Zögernd ging Klara um den Busch herum und trat neben die Bank. »Fritz Brahmke aus dem Dorf ist letzten Monat auch nicht aus dem Zug gestiegen, als er eigentlich Heimaturlaub hatte«, sagte sie. »Seine Mutter hat schrecklich geweint, aber ein paar Tage später kam die Nachricht, dass er sich nur bei einer Patrouille verlaufen hatte.«

Hedda von Bargelow fuhr herum und starrte Klara sekundenlang aus geröteten Augen an. Dann wischte sie sich hastig mit den Fingerspitzen die feuchten Wangen trocken, suchte in ihrer Rocktasche herum, zog die Hand aber leer wieder hervor.

Klara holte ihr eigenes Taschentuch aus der Schürzentasche und hielt es der jungen Herrin hin. Dabei ging ihr durch den Kopf, dass dies heute schon das zweite Tuch war, das sie fortgab. Was für ein seltsamer Tag.

»Es ist ganz sauber. Ich hab's heute Morgen aus der Schublade genommen und noch nicht benutzt«, beteuerte sie, als Fräulein von Bargelow unschlüssig das gefaltete Baumwolltuch ansah.

»Vielen Dank.« Die junge Gutsherrin nahm das Tuch, benutzte es aber nicht, sondern zerknüllte es nur zwischen ihren Fingern. Dabei öffnete sie den Mund, als wolle sie etwas sagen, und schloss ihn sofort wieder.

»Ich verstehe, dass Sie traurig sind und sich Sorgen machen. Aber bestimmt wird alles gut. Er kommt sicher noch, genau wie Fritz.« Hilflos zuckte Klara mit den Schultern. Als Hausmädchen hatte sie kein Recht, jemandem aus der Familie der Gutsbesitzer gute Ratschläge zu geben. Aber sie brachte es auch nicht über sich, einfach wegzugehen und die traurige Hedda von Bargelow sich selbst zu überlassen.

Unruhig trat Klara von einem Fuß auf den anderen. Dabei sah sie hinüber zum Gesindehaus. In diesem Moment trat Jan ins Freie. Das weiße Tuch, das sie ihm als Verband um den Unterarm gewickelt hatte, leuchtete in der Sonne.

Als hätte er ihren Blick gespürt, wandte er den Kopf in ihre Richtung. Dies geschah so unerwartet, dass sie sich nicht mehr abwenden konnte. Sie stand wie erstarrt da und sah, wie er seinen verletzten Arm hob und ihr mit einer vorsichtigen Bewegung zuwinkte.

Klara fühlte, wie ihre Wangen anfingen zu glühen. Ihre rechte Hand hob sich ganz von selbst bis auf die Höhe ihrer Brust. Ihre Finger bewegten sich ungelenk, doch er hatte es wohl gesehen, denn Jan verzog den Mund zu einem Lächeln. Dann verschwand er mit großen Schritten in Richtung der Stallungen.

Als Klara sich wieder Hedda von Bargelow zuwandte, starrte die mit trübem Blick vor sich hin. Ihr schien gar nicht bewusst zu sein, dass Klara immer noch neben ihr stand.

»Er kommt bestimmt«, wiederholte Klara hilflos.

Als die junge Gutsherrin sie ansah, erschrak Klara vor der Wut in ihren Augen.

»Nein«, fuhr Fräulein von Bargelow sie an und sprang auf. »Er wird niemals kommen.«

Damit wandte sie sich ab und lief mit großen Schritten in Richtung der Eingangstür des Gutshauses davon. Das Letzte, was Klara von ihr hörte, war ein erstickter Schluchzer.

Langsam machte sie sich wieder auf den Weg zum Hintereingang. Dabei fragte sie sich, was die junge Herrin mit ihren verzweifelten Worten gemeint hatte. War passiert, was Frau Thielke von Anfang an behauptet hatte? Hatte der künftige Bräutigam kalte Füße bekommen und war lieber an der Front geblieben, als den Heimaturlaub anzutreten und Fräulein von Bargelow zu seiner Frau zu machen? Oder war er … tot?

4. Kapitel

Hedda
Gut Falkensee, Westpreußen, ein halbes Jahr später, März 1944

Hedda stieg die schmalen, ausgetretenen Stufen ins Souterrain hinab. Ihre Mutter hatte sie gebeten, auf dem Weg ins Dorf im Gesindehaus vorbeizugehen und den polnischen Arbeitern die Piroggen zu bringen. Dieses Essen stellte offenbar einen Teil des Vertrags dar, den ihre Mutter im vergangenen Herbst mit Wiktor Nowak geschlossen hatte.

»Wir beide sollten uns gelegentlich bei den Männern sehen lassen und ein paar Worte mit ihnen reden. Als Gutsherrinnen sozusagen. Deshalb wäre es schön, wenn du ihnen heute das spezielle Essen bringst, bevor du losfährst. Vielleicht sind sie ja schon von der Feldarbeit zurück«, hatte ihre Mutter gesagt.

»Einmal in der Woche *pierogi*, einmal *barszcz bialy und* natürlich *babka*«, hatte Hedda lächelnd erwidert. Da sie in Polen aufgewachsen war, kannte sie sämtliche Gerichte, die die Männer sich gewünscht hatten. Manchmal stibitzte sie eines der für die Zwangsarbeiter bestimmten Gebäckstücke. Dagegen kam sie gut ohne die saure Mehlsuppe aus, die die Kriegsgefangenen per Abstimmung als weiteres Lieblingsessen geordert hatten. Da ihre Tante Alice sich standhaft weigerte, polnisches Essen zu sich zu nehmen, kamen sowohl die Suppe als auch die anderen Speisen niemals auf den Familientisch.

»Ich hoffe, es hilft den Männern ein bisschen gegen ihr Heimweh.« Ebenso wie Hedda bereitete ihr die Tatsache, dass Gefangene auf dem Hof arbeiten mussten, ein schlechtes Gewissen.

Doch es schien keine andere Lösung zu geben. Mit einem Seufzer fuhr ihre Mutter fort: »Was meine Abmachung mit Wiktor Nowak betrifft – es funktioniert immer noch. Die Männer arbeiten seitdem recht fleißig und machen vor allem keine absichtlichen Fehler mehr.«

»Das ist … gut«, sagte Hedda, die sich am liebsten auf der Stelle in ihr Bett gelegt und sich die Decke über den Kopf gezogen hätte. Es fiel ihr immer noch furchtbar schwer, durch den Tag zu kommen und sich nicht anmerken zu lassen, wie es in ihr aussah.

Als der forschende Blick ihrer Mutter sie traf, hätte Hedda am liebsten den Kopf abgewandt, aber sie hielt ihm stand. Doch ihre Bemühungen waren vergeblich. Die Sorge ließ die Augen ihrer Mutter dunkel werden. Sie hob den Arm und schob die widerspenstige dunkle Locke zurück, die Hedda immer wieder in die Stirn fiel.

»Du bist blass. Schläfst du überhaupt? Ich habe dich schon mehrmals nach Mitternacht auf der Treppe gehört.«

»Ich habe nachts manchmal Durst.« Das war insofern nicht gelogen, als Hedda sich häufig nachts in der Küche Kamillentee kochte. Zwar verabscheute sie Kamille, aber angeblich wirkte sie beruhigend, und während sie sich darauf konzentrierte, das Zeug herunterzuwürgen, gelang es ihr oft für kurze Zeit, nicht an Eckhardt zu denken.

Tagsüber half ihr die Arbeit, obwohl ihr schon das Aufstehen jeden Morgen viel Kraft abverlangte. Wenn sie sich im Arbeitszimmer ihres Bruders über die langen Zahlenreihen beugte, sie addierte und anschließend ihre Rechnung noch einmal überprüfte, blieb kein Raum für die Traurigkeit, die ihr Herz zu verschlingen drohte, sobald sie für einen Moment nicht beschäftigt war.

In diesen Augenblicken, in denen sie ihre Gedanken nicht unter Kontrolle hatte, zuckte ihre Hand sofort nach dem Foto, das sie immer bei sich trug. Es zeigte Eckhardts Grab irgendwo im Kaukasus. Seine Eltern hatten ihr das Bild überlassen, das ihnen zusammen mit der Todesnachricht überreicht worden war. Angeblich standen die drei schiefen Holzkreuze, vor denen einige Offiziere salutierten, nicht weit von der Stelle entfernt, wo Eckhardt am letzten Tag vor seinem Heimaturlaub zusammen mit zwei ihm unterstellten Soldaten in einen Hinterhalt geraten war. Man hatte ihre Leichen erst einige Tage später gefunden.

Wie konnte das Schicksal so grausam sein? Wenn sie wenigstens noch die Trauung miteinander erlebt hätten, ihr Versprechen und die Tage nach der Hochzeit, jene Flitterwoche, auf die sie sich so sehr gefreut hatte. Dann hätte sie ein paar kostbare Erinnerungen mehr besessen, etwas, an dem sie sich in ihren dunkelsten Stunden festhalten konnte.

So hatte sie nicht einmal das Recht, als Witwe um den geliebten Mann zu trauern. Es ging ihr nicht um die Witwenrente. Sie brauchte das Geld nicht. Es ging ihr um ... Nähe nach dem Tod. Um ein Wort für ihren Schmerz und ihre Einsamkeit. Witwe, das klang nach Tränen und einem schwarzen Schleier, hinter dem man sich vor der Welt verbergen durfte.

Für eine Verlobte, die ihre Liebe verloren hatte, gab es nicht einmal ein Wort. Als könnte man sich schütteln wie ein Hund, der im Regen nass geworden war, und weitermachen, als wäre nichts gewesen. Sich einen anderen Mann suchen, um den verlorenen Geliebten durch ihn zu ersetzen. Als gäbe es nichts Leichteres, als noch einmal einen so furchtbaren Verlust zu riskieren. Niemand, der einen solchen Schmerz erlebt hatte, setzte sich dem freiwillig noch einmal aus. Sie jedenfalls nicht.

Als Hedda hinter sich auf der Treppe das Geräusch von leichten Schritten hörte, schreckte sie aus ihren Gedanken hoch und wandte sich um. Elise, die neunjährige Tochter ihres Bruders Ludwig stand hinter ihr und sah sie mit ernster Miene an. Automatisch zwang Hedda sich zu einem Lächeln.

»Du siehst traurig aus.« Das Mädchen schüttelte tadelnd den Kopf mit den rotbraunen Locken. Dabei riss sie die Augen weit auf, und Hedda stellte wieder einmal erstaunt fest, dass diese Augen aussahen, als würde sich der Sommerhimmel darin spiegeln. Selbst hier auf der schmalen, schwach beleuchteten Treppe zum Souterrain.

»Das täuscht«, erklärte Hedda energisch. »Ich bin einfach nur in Eile.«

»Du bist traurig, weil du jetzt niemanden mehr zum Heiraten hast.« Elise hüpfte auf einem Fuß die restlichen Stufen hinunter.

»Es geht nicht einfach nur darum, irgendjemanden zu heiraten.« Hedda folgte ihrer Nichte durch den Gang, der zur Hintertür und zur Küche führte.

»Nicht? Aber du wolltest doch so gern heiraten. Und jetzt bist du traurig.« Nachdenklich presste Elise den Zeigefinger gegen die Spitze ihrer kleinen, geraden Nase.

»Ich wollte Eckhardt und keinen andern. Nicht um zu heiraten, sondern …« Hedda musste heftig schlucken und konnte nicht weitersprechen.

»Weil du mit ihm zusammen sein wolltest«, beendete Elise ihren Satz. »Für immer und so.«

Hastig wandte Hedda den Kopf ab, damit ihre Nichte nicht sah, dass ihre Augen sich mit Tränen gefüllt hatten. »Ja«, flüsterte sie. »Für immer.«

»Ich will immer mit meinem Papa zusammen sein. Aber er ist im Krieg. Deshalb bin ich auch traurig.« Elise starrte für einen Moment gegen die weiß verputzte Wand. »Ich habe Angst, dass Papa nicht wiederkommt. Eckhardt ist auch nicht wiedergekommen.«

Automatisch öffnete Hedda den Mund, um zu behaupten, dass Ludwig *auf jeden Fall* unversehrt von der Front zurückkehren würde. Doch dann warf sie einen Blick in Elises Gesicht und erschrak über das Wissen und die Traurigkeit, die in den blauen Augen lagen. Ihre Nichte war ein kluges Mädchen. Sie hatte es nicht verdient, belogen zu werden.

»Wir müssen hoffen und beten«, sagte Hedda und zog Elise in die Arme. Der kleine Körper schmiegte sich an sie, und für einen kurzen Augenblick fühlte Hedda sich seltsam getröstet.

»Hmhm«, machte ihre Nichte, als sie sie wieder losließ. »Hoffen und beten.«

Eine Weile standen sie beide unschlüssig da. Hedda hatte das Gefühl, dass diese Unterhaltung noch lange nicht beendet war, aber dies war nicht der Ort und nicht die Zeit, um Gespräche über die Angst und den Tod zu führen.

Als hätte sie die Gedanken ihrer Tante gelesen, wechselte Elise das Thema: »Wo willst du hin?«

»Ich gehe ins Dorf zu einer Versammlung. Der Bürgermeister hat die Leute von den größeren Höfen in der Umgebung ins Rathaus eingeladen. Weil die meisten Pferde eingezogen worden sind und es kaum noch Ersatzteile und Benzin für die Maschinen gibt, müssen wir uns gegenseitig aushelfen. Der neue Bürgermeister will mit uns gemeinsam einen Plan machen. Was ich für eine gute Idee halte.«

»Kann ich mitkommen?« Elise wippte auf den Zehen.

»Ich fürchte, das ist nichts für Kinder.«

Diese Bemerkung würdigte Elise keiner Antwort. Stattdessen warf sie Hedda einen strafenden Blick zu.

»Tut mir leid«, entschuldigte sich Hedda rasch und wusste nicht recht, wofür eigentlich. »Ich muss mich wirklich beeilen, Elise. Deine Großmutter hat mich gebeten, vorher noch …« Ohne ihren Satz zu beenden, ging sie weiter in die Küche.

Elise folgte ihr.

»Da steh'n se«, sagte Frau Thielke, als Hedda die Küche betrat. Die Köchin deutete mit missmutiger Miene auf ein großes Holzbrett, auf dem etwa zwei Dutzend Piroggen aufgereiht lagen.

Es hatte einige Mühe gekostet, Frau Thielke dazu zu bringen, das polnische Gericht zuzubereiten. Sie hatte behauptet, das könne sie nicht, und lernen wolle sie es schon gar nicht.

»Ist ein Essen für die Polacken, so was koch ich nich«, hatte sie erklärt und die Arme vor der Brust verschränkt.

Daraufhin hatte Heddas Mutter ihr mit erhobener Stimme verboten, die Zwangsarbeiter so zu nennen. »Ich erlaube nicht, dass auf diesem Hof Menschen derart verächtlich behandelt werden. Schlimm genug, dass die Dinge sind, wie sie sind.«

Nach einigem Hin und Her hatte Frau Thielke klein beigegeben, aber etwas vor sich hin gemurmelt, in dem das Wort »Rasse« vorgekommen war. Anschließend war Heddas Mutter ihr mehrmals beim Backen der Piroggen zur Hand gegangen, und inzwischen buk Frau Thielke regelmäßig am Montag und am Donnerstag Teigtaschen mit unterschiedlichen Füllungen. Ab und zu machte sie immer noch verächtliche Bemerkungen über die Zwangsarbeiter, aber niemand hörte ihr zu.

Als Hedda nun die stämmige Frau mit den streng zurückgekämmten Haaren sah, fragte sie sich, was die Köchin wohl gesagt hätte, hätte sie geahnt, dass in Heddas Adern zur Hälfte polnisches Blut floss.

Seit Hitler Reichskanzler war und die NSDAP ihre absurde Rassenideologie verbreitete, waren Hedda und ihre Mutter stets allein nach Gut Falkensee gekommen. Karol hatte es für besser erachtet, Deutschland nicht mehr zu besuchen. Es war bis nach Polen durchgesickert, dass Menschen, deren Abstammung den Nationalsozialisten nicht genehm war, aus nichtigen Gründen festgenommen und in Lager gebracht wurden. Als Besucher wäre Karol wahrscheinlich nichts passiert, aber das Risiko erschien ihnen allen zu hoch.

Vielleicht hatte Heddas Vater es auch einfach aus Prinzip abgelehnt, das Land zu besuchen, das seinem Volk schon so viel Schlimmes angetan hatte und sogar damit weitermachte, nachdem Hitler einen Nichtangriffspakt mit Polen geschlossen hatte.

Er sprach nicht darüber, was er von Deutschland, der deutschen Regierung und dem deutschen Volk hielt. Vielleicht um seine Frau nicht zu verletzen. Dabei schimpfte Heddas Mutter am lautesten über die schrecklichen Zustände, die in ihrem Heimatland herrschten, wo Menschen bespitzelt und allein für eine kritische Äußerung bestraft wurden. Und seit die deutsche Wehrmacht Polen besetzt hatte, galten Menschen polnischer Abstammung im Deutschen Reich offiziell als »minderwertige Rasse«.

Es war absurd, empörend und furchtbar traurig. Schlimm war auch, dass Hedda und ihre Mutter über ihre wahren Familienverhältnisse lügen mussten, um einigermaßen sicher auf dem Anwesen ihrer Vorfahren leben zu können.

Da Heddas Mutter deutsche Eltern hatte, gab es für sie kein Problem. Allerdings behauptete sie, von Karol getrennt zu sein, eine Lüge, die ihr, wie Hedda wusste, großen Kummer bereitete.

Für Hedda hatten sich ihre Eltern schon vor Jahren eine Lösung einfallen lassen, um ihr zu ermöglichen, gemeinsam mit ihrer Mutter Gut Falkensee zu besuchen. Über einen befreundeten Notar hatten sie eine gefälschte Geburtsurkunde besorgt. Aus diesem Papier ging hervor, dass Hedda, ebenso wie ihr älterer Bruder Ludwig, aus der ersten Ehe ihrer Mutter mit dem westpreußischen Fabrikanten Baldur von Krammbach stammte. Da sie jedoch nach dem Tod von Krammbachs geboren worden war, trug sie den Mädchennamen ihrer Mutter: von Bargelow.

Als »reinblütige Deutsche« hatte sie später auch unbehelligt in Berlin leben und arbeiten können. Nach ihrer Bankausbildung in der Schweiz war es für Hedda nicht leicht gewesen, als Frau eine verantwortungsvolle Position bei einem Geldinstitut zu bekommen. Gelungen war es ihr schließlich in Berlin. Bei der privat geführten Schliefenstein-Bank.

Und als Hedda und der Juniorchef Eckhardt von Schliefenstein einander im Bankgebäude zum ersten Mal über den Weg gelaufen waren, war es Liebe auf den ersten Blick gewesen. Plötzlich war es Hedda wie ein Wink des Schicksals erschienen, dass sie weder in Polen noch in der Schweiz eine geeignete Stelle gefunden hatte. Sie hatte nach Berlin kommen müssen, um Eckhardt zu begegnen.

Er hatte die Wahrheit über ihre zur Hälfte polnische Abstammung gekannt. Bei der Erinnerung daran, dass sie gewagt hatte, schon nach wenigen Wochen Eckhardt gegenüber ihr Geheimnis zu lüften, schnürte es ihr die Kehle zu. Niemals wieder würde sie einem Mann so sehr vertrauen können, dessen war sie sich sicher.

Als sich eine kleine Hand zwischen ihre Finger schob, wandte Hedda erstaunt den Kopf. Neben ihr stand Elise und schaute sie an.

»Ich bin auch traurig«, flüsterte das Mädchen und verzog die rosigen Lippen zur Andeutung eines wehmütigen Lächelns. Sie schien die Fassade, die Hedda nach außen zeigte und auf die außer ihrer Mutter alle Menschen hereinfielen, mühelos zu durchschauen.

Spontan ging Hedda in die Hocke, sodass sie Elise direkt ins Gesicht sehen konnte. »Wir können nur hoffen und beten, dass alles gut ausgeht.« Vorsichtig strich Hedda dem Mädchen über den Arm.

»Aber für dich geht es nicht gut aus. Dein Verlobter ist tot, und du wirst gar nicht wieder fröhlich.«

Hedda schluckte trocken. »Eines Tages, wenn der Krieg vorbei ist, schaffe ich es, wieder fröhlich zu sein«, behauptete sie und hoffte inständig, dass es so sein würde. »Eckhardt kommt nicht wieder. Jetzt bete ich mit aller Kraft für deinen Papa. Er ist mein Bruder.«

Elise nickte mit ernster Miene. »Papa darf nichts passieren. Dann wärst du doppelt so traurig.«

Hedda schwieg. Sie hielt es nicht für möglich, einen doppelt so großen Schmerz ertragen zu können. Trauer konnte man nicht einfach addieren wie die Zahlen im Kassenbuch von Gut Falkensee. Bei der Vorstellung, nach Eckhardts Tod auch den Verlust ihres Bruders ertragen zu müssen, wurde ihr schwindelig vor Entsetzen.

»Redest du mit deiner Mama oft über deinen Papa?«, erkundigte sie sich.

Elise schüttelte so heftig den Kopf, dass ihre Locken flogen. »Mama sagt immer nur, dass die deutsche Armee gewinnen wird, und wenn das passiert ist, kommt Papa nach Hause. Aber das können wir gar nicht wissen.«

»Deine Mama möchte nicht, dass du dir so große Sorgen machst, deshalb …«

»Sie belügt mich nicht«, erklärte Elise rasch. »Ich denke, sie glaubt das selbst. Oder sie will es glauben.«

Erschrocken schnappte Hedda nach Luft. Sie konnte es kaum ertragen zu sehen, wie hellsichtig dieses neunjährige Kind war und wie allein mit seinem Kummer.

»Weißt du was, Elise?« Sie strich dem Mädchen eine Locke aus der Stirn. »Wenn du dir wieder mal schlimme Sorgen machst, komm zu mir, und wir reden darüber.«

»Ja«, hauchte Elise. »Darf ich mit ins Dorf?«

Hedda zögerte nur kurz und nickte dann. »Wir nehmen das Fahrrad, und du kannst auf dem Gepäckträger sitzen. Nur darfst du dich nicht beklagen, wenn die Versammlung im Rathaus langweilig ist. Das könnte eine Stunde dauern oder sogar länger.«

»Mir ist *nie* langweilig«, behauptete Elise, und Hedda glaubte ihr fast.

Sie richtete sich auf. »Aber erst müssen wir die Piroggen im Gesindehaus abliefern. Die Arbeiter kommen bald vom Feld, dann wollen sie etwas zu essen haben.«

»Tss«, machte Frau Thielke, als Hedda verblüfft hinüber zu dem großen Arbeitstisch schaute, auf dem vor fünf Minuten noch das Holzbrett mit den Piroggen gestanden hatte. »Die hat sich Klara schon geschnappt. Das Mädchen scharwenzelt um einen von den Polacken rum.« Heddas warnender Blick ließ sie stocken, aber dann fuhr sie entschlossen fort: »Is verboten, aber ich glaub fast, die zwei machen miteinander rum.«

»Klara?«, vergewisserte sich Hedda.

»Genau die! Klara!«, wiederholte Frau Thielke und rollte mit den Augen. »Sind doch alle gleich, die jungen Dinger. Mannstoll. Wenn kein deutscher Mann in der Nähe is, poussieren sie eben mit einem … anderen.«

Hedda nahm sich vor, die Sache im Auge zu behalten und notfalls mit Klara zu reden. Es konnte gefährlich werden, wenn das Mädchen, das höchstens achtzehn oder neunzehn war, sich tatsächlich mit einem der Kriegsgefangenen einließ. Hedda hatte schon von Polen gehört, die ihre Liebe zu einer deutschen Frau mit dem Leben hatten bezahlen müssen. Und für die Frauen war es auch gefährlich, wenn eine solche Beziehung entdeckt wurde.

Nachdenklich verließ Hedda in Begleitung ihrer Nichte das Haus und überquerte den Wirtschaftshof in Richtung Remise. Dort waren außer dem Automobil und den landwirtschaftlichen Maschinen auch die Fahrräder untergestellt. Elise hüpfte munter neben ihr her.

Nachdem Hedda einen zusammengefalteten Jutesack auf den Gepäckträger gelegt hatte, damit Elise etwas bequemer saß, kletterte ihre Nichte geschickt hinten auf das Fahrrad.

»Musst du nicht deiner Mutter Bescheid sagen?«, erkundigte sich Hedda. »Oder deiner Großmutter? Großtante Alice?« Ihr fiel auf, dass sie sich niemals Gedanken darüber gemacht hatte, wer sich eigentlich um das Kind kümmerte.

Florentine, Elises Mutter, verbrachte täglich mehrere Stunden in der Zuckerfabrik. Ludwig hatte seiner Frau eine Liste der Dinge dagelassen, die sie für ihn dort überwachen sollte. Und Florentine, die sich, soweit Hedda wusste, früher nie um die Fabrik oder die Arbeit auf dem Gut gekümmert hatte, vertrat ihren Mann zuverlässig. Wahrscheinlich hakte sie jeden Tag die einzelnen Punkte auf der Liste ab.

Elise beantwortete Heddas Frage mit einem Schulterzucken. »Das merkt keiner, wenn ich nicht hier bin. Ich passe immer auf mich selbst auf.«

»Hast du denn schon deine Hausaufgaben gemacht?«, fragte Hedda und hatte plötzlich ein furchtbar schlechtes Gewissen, weil sie stets zu versunken in ihr eigenes Leben und ihre vielfältigen Aufgaben gewesen war, um sich Gedanken über Elise und ihren Tagesablauf zu machen.

Ähnlich schien es auch den anderen Erwachsenen im Herrenhaus zu gehen. Elise war ein Kind, das auf sich selbst aufpassen konnte, also kümmerte sich die meiste Zeit niemand um sie, solange sie zu den Mahlzeiten erschien, abends pünktlich im Bett lag, in die Schule ging und sich an die Anweisungen hielt, die ihr die Erwachsenen erteilten, wenn sie ihnen über den Weg lief.

»Pfff …« Als Antwort auf Heddas Frage pustete ihre Nichte so heftig durch die gespitzten Lippen, dass Hedda den Luftzug auf ihrem Arm spürte. »Die Hausaufgaben sind Kinderkram. Dauern höchstens 'ne Minute.«

»Dann ist ja gut.« Hedda stieg auf und trat heftig in die Pedale. Wenn sie sich nicht beeilte, würde sie zu spät zu der Versammlung im Rathaus kommen.

5. Kapitel

Klara
Gut Falkensee, Westpreußen, März 1944

Klara war froh, dass es ihr gelungen war, unbemerkt mit den Piroggen die Küche zu verlassen. Fräulein von Bargelow hatte am anderen Ende des lang gestreckten Raums mit der kleinen Elise geflüstert und war so abgelenkt gewesen, dass sie gar nicht bemerkt hatte, wie Klara mit dem großen Holzbrett durch die Hintertür verschwunden war.

Wieso war die junge Gutsherrin extra in die Küche gekommen, um das Essen ins Gesindehaus zu bringen? Das war Klaras Aufgabe. Jedenfalls seit sie sich freiwillig angeboten hatte, Frau Thielke die täglichen Gänge zum Gesindehaus abzunehmen. Ob jemand etwas bemerkt hatte? Bei diesem Gedanken krampfte sich Klaras Herz ängstlich zusammen. Was sollten Jan und sie tun, wenn Charlotte von Bargelow und ihre Tochter versuchten, ihre heimlichen Treffen zu verhindern?

Florentine von Krammbach war zu beschäftigt mit der Zuckerfabrik und ohnehin fast den ganzen Tag außer Haus. Und Alice von Sandtberg kümmerte sich selten um Dinge, die außerhalb ihrer eigenen Familie vor sich gingen. Als Klara vor fast vier Jahren ins Herrenhaus gezogen war, hatte es mehrere Monate gedauert, bis Frau von Sandtberg sich ihren Namen gemerkt hatte.

Vielleicht hatte Frau Thielke getratscht. Aber die paar Male, die die Köchin nachgefragt hatte, weshalb Klara so lange fort gewesen war, hatte sie immer eine gute Ausrede parat gehabt. Tatsache war jedoch, dass Frau Thielke die Polen nicht mochte und sich sehr daran störte, dass sie auf dem Hof lebten und sie auch noch für sie kochen musste. Falls sie also tatsächlich einen Verdacht hegte, würde sie sofort zu den Herrinnen laufen, so viel stand fest.

Klara blieb mitten auf dem Hof stehen und starrte nachdenklich hinauf zum Himmel, an dem die Wolken immer dichter wurden, nachdem den ganzen Tag über die Sonne geschienen hatte. Sie würde immer einen Weg finden, Jan zu sehen. Aber wollte er das ebenso dringend wie sie? Waren seine Gefühle ebenso tief wie ihre, und tat seine Sehnsucht ebenso weh, sobald sie getrennt waren? Manchmal dachte Klara, dass sie für ihn nur ein Zeitvertreib war. Vielleicht gab es in Polen eine Frau, die auf ihn wartete und die er liebte.

Seufzend setzte sie sich wieder in Bewegung und balancierte das große Brett mit den Piroggen weiter zum Gesindehaus. Mit dem Ellbogen drückte sie die Türklinke hinunter und trat ein. Obwohl durch die kleinen Fenster mit den Butzenscheiben nur wenig Licht ins Innere des Hauses drang, ging sie zielsicher zum Esstisch und stellte ihre Last ab.

Dann huschte sie sofort wieder ins Freie, drückte sich an der Außenwand entlang und schlüpfte in den engen Spalt zwischen Gesinde- und Gerätehaus. Von dort aus lugte sie vorsichtig um die Ecke. Als sie weder auf dem Hof noch drüben bei den Stallungen jemanden sah, lief sie an der Vorderseite des Gerätehauses entlang, öffnete die Tür einen Spaltbreit und schob sich in den niedrigen Raum. Hier war es noch dunkler als nebenan im Gesindehaus. Es gab nur ein winziges Fenster mit einer staubigen Scheibe.

Der niedrige Holzbau diente zur Aufbewahrung der Sensen, Besen und Rechen, der Drahtrollen, der Säcke und aller anderen Dinge, die für die Arbeit auf den Feldern und auf dem Hof benötigt wurden.

Auch hier kannte Klara sich im vagen Dämmerlicht schon recht gut aus. Sie schob sich an einer Schubkarre und einem Handwagen vorbei, achtete darauf, dass sie nicht auf die Zinken der Harken trat, die daneben lehnten, und hockte sich hinter einen Stapel alter

Holzdielen ganz hinten in der Ecke. Wie sie wusste, reichte der Schein der einzelnen Glühbirne unter der Decke nicht bis dorthin.

Als sie spürte, wie etwas ihr Gesicht berührte, fuhr sie erschrocken mit der Hand durch die Luft und über ihre Haut. An ihren Fingern blieb das klebrige Gefühl zarter Spinnweben zurück. Gleich darauf spürte sie ein Huschen und Kitzeln auf der Hand.

Klara lebte seit ihrer Geburt auf dem Land. Sie war an Käfer, an Mäuse und auch an Spinnen gewöhnt. Das hieß jedoch nicht, dass sie im Dunkeln gelassen dagesessen hätte, während lange, haarige Spinnenbeine auf ihr herumspazierten.

Sie wedelte heftig mit der Rechten, um das Tier abzuschütteln, und strich gleichzeitig mit der anderen Hand über ihre Kleidung, für den Fall, dass die Spinne sich in den Falten ihres Rocks oder, schlimmer noch, im Kragen ihrer Bluse verstecken wollte.

Als die Tür aufgerissen wurde, das gelbliche Licht der Glühbirne aufflammte und zwei Männer in den Raum traten, erstarrte sie mitten in der Bewegung und duckte sich still in die Ecke. Selbst als sie meinte, etwas an ihrem Bein zu spüren, rührte sie sich nicht.

Die Männer, die Klara von ihrem Platz hinter den Brettern nicht sehen konnte, unterhielten sich laut auf Polnisch, während es schepperte und scharrte. Offenbar stellten sie einige Geräte ab. Klara war jedoch sicher, dass keiner der beiden Jan war. Seine Stimme hätte sie unter Tausenden erkannt, auch wenn sie die meisten seiner Worte immer noch nicht verstand.

Sie atmete flach und vorsichtig. Jetzt trat ein dritter Mann ins Gerätehaus. Er sagte etwas zu den beiden anderen, als er sich durch den Raum bewegte. Seine Schritte kamen näher, und Klara zog die Beine an die Brust, presste das Kinn gegen die Knie und hielt die Luft an.

Der Mann machte sich kaum drei oder vier Meter von ihr entfernt zu schaffen, rückte leise ächzend etwas herum und redete dabei weiter mit den Männern vorn an der Tür.

Jetzt spürte Klara deutlich die Spinnenbeine an ihrer Wade.

Doch seltsamerweise interessierte sie das in diesem Moment kaum. Es war, als könne sie sich nur auf eine einzige Angst konzentrieren.

Endlich entfernten sich die Schritte wieder, die Lampe erlosch, und die Männer verließen das Gerätehaus.

Klara schnappte erleichtert nach Luft. Dann sprang sie hoch und strich mit beiden Händen wieder und wieder an dem Bein hinab, an dem sie zuletzt die Spinne gespürt hatte.

Als sich erneut die Tür öffnete, hockte sie sich hastig hin und lauschte angespannt. Die Tür wurde wieder geschlossen, das Deckenlicht blieb jedoch aus. Jan! Mühelos erkannte sie seine Schritte und seine Art, sich durch den dunklen Raum auf sie zuzubewegen.

»Klara?« Sein Flüstern sorgte dafür, dass sich ein Schwall des Glücks in ihrem Körper ausbreitete. Mit einem Kribbeln verteilte sich sanfte Wärme von dort, wo ihr Herz aufgeregt klopfte, durch ihre Arme und durch ihren Rumpf bis hinunter in die Beine. Sogar ihre Füße fühlten sich an, als hätte sie sie in eine Schüssel mit warmem Wasser getaucht.

Schon bei ihrer ersten Begegnung mit Jan hatte es ihr gefallen, wie er ihren Namen aussprach. Tief in der Kehle, mit einer weichen Stimme, die sich wie eine Umarmung anfühlte. So war es immer noch. Als könnte sie ihn spüren, bevor er sie in der Dunkelheit gefunden hatte.

»Hier«, flüsterte sie. »Ich bin hier.«

Er murmelte etwas auf Polnisch, während er sich näherte. Dann spürte sie ihn endlich. Sie roch seinen männlichen Schweiß, der sich mit dem Geruch von Kernseife vermischte. Wenn sie die Zeit nach der Arbeit auf dem Feld für ein kurzes Stelldichein nutzen wollten, konnte Jan sich nicht erst waschen, bevor sie sich sahen. Während sich die Männer im Gesindehaus um das einzige Waschbecken und die wenigen Blechschüsseln drängelten, fiel Jans Abwesenheit nicht auf. Er wusch sich als einer der Letzten, wenn er sich nach wenigen Minuten unauffällig wieder zu den anderen Männern gesellte.

Schon mehrmals hatte er sich bei Klara dafür entschuldigt, dass er ungewaschen zu ihr kam. Und jedes Mal hatte sie ihm bedeutet, dass es sie nicht störte, dass für sie nur die gemeinsame Zeit zählte.

Mittlerweile konnten sie sich mit den wenigen deutschen Worten, die Jan auf dem Gut gelernt hatte, und zusätzlich mit sehr viel Zeichensprache recht gut verständigen. Am wichtigsten aber war das, was sie sich gegenseitig mit der Zärtlichkeit ihrer Hände und ihrer Lippen verrieten.

Nun beugte er sich zu ihr herab, zog sie hoch, umschlang sie fest mit seinen Armen und zog sie noch weiter in die Dunkelheit hinein, bis zur Wand. Sie spürte das raue Holz durch ihre dünne Bluse. Doch es war gut, sich anlehnen zu können, denn als er ihr so nah war, als sie seinen Atem in ihren Haaren, auf ihren Wangen und schließlich auf ihren Lippen spürte, wurden ihre Knie weich.

Jan war der erste Mann, den sie jemals geküsst hatte. Früher hatte sie oft wach gelegen und von den Zärtlichkeiten eines Mannes geträumt. Sich vorgestellt, dass sie die Heldin eines der Romane war, die sie heimlich in ihrer Kammer las. Und nun war es fast noch schöner als in ihren Träumen.

Es war wie schweben oder wie Himbeereis essen. Wie schwebend Himbeereis essen. Wie tanzen unter einem Himmel voller Sternschnuppen. Seit Jan sanft und vorsichtig, fast schüchtern, zum ersten Mal seine Lippen auf ihre gelegt hatte, war sie süchtig nach seinen Küssen. Sie wollte mehr und mehr davon und konnte sich nicht vorstellen, jemals wieder ohne ihn und seine Zärtlichkeit zu leben.

Sie hatten jeden Tag nur wenige gemeinsame Minuten, doch seit dem ersten Kuss lebte und atmete Klara für diese kurze Zeit, fieberte ihr entgegen und konnte fast an nichts anderes denken. Und wenn diese gestohlenen Momente der Seligkeit vorüber waren, zählte sie die Stunden und die Minuten bis zum nächsten Treffen.

Das Gerätehaus war kein romantischer Ort, aber es war Klara

egal, dass es hier schmutzig war und seltsam roch. Sie fühlte, sie hörte, sie atmete nur Jan.

Seine Lippen strichen nun über ihre Wange und ihren Hals, und es war, als würde die sanfte Berührung kleine Funken aus ihrer Haut sprühen lassen. Seine Hände glitten über ihren Rücken und wanderten zögernd zu ihrer Brust. Sie atmete tief ein, drängte sich ihm entgegen, wollte, dass er sie überall anfasste.

»Klara.« Als sein warmer Atem ihr Ohr streichelte, kitzelte es bis in ihre Kehle und in ihren Bauch. »Klara, ich liebe dich.«

Ihr Kopf ruckte zurück, sodass sie ihm ins Gesicht sehen konnte. Nur leider war es viel zu dunkel, um seine Züge zu erkennen. Sie sah nur vage Umrisse und sein Lächeln, das seine weißen Zähne entblößte.

»Was hast du gesagt?«, flüsterte sie und war nicht sicher, ob sie seine Antwort hören würde, weil das Blut in ihren Ohren so laut rauschte.

»Ich liebe dich«, wiederholte er, und sie verstand jede Silbe, saugte sie auf wie eine Verdurstende klares Wasser. »Ich gelernt. Für Klara. Wiktor mir gesagt.«

Sie hatte schon vorher bemerkt, dass er von Tag zu Tag mehr Worte kannte. Wiktor Nowak, das wusste sie, beherrschte die deutsche Sprache, und Jan versuchte, sie von ihm zu lernen. Klara gefiel der Gedanke, dass er es für sie tat. Damit sie miteinander reden konnten. Damit er ihr Dinge sagen konnte, wie das eben … Worte, die ihr den Atem nahmen und ihr Herz dazu brachten, wild in ihrer Brust herumzuhüpfen.

»Ich … Oh Jan, ich liebe dich auch«, stieß sie atemlos hervor.

Sie konnte sehen, dass sein Lächeln breiter wurde und er heftig mit dem Kopf nickte.

»Wir zusammen. Immer. Ja?«

»Ja. Für immer. Ich liebe dich für immer«, bestätigte sie mit enger Kehle. Dabei versuchte sie, nicht daran zu denken, wie schwierig es sein würde. Offiziell durften sie einander weder küssen noch berühren und schon gar nicht heiraten, um ihr Leben miteinander zu verbringen. Aber wenn sie es wirklich wollten, würden sie einen Weg finden. Sie *mussten* einen Weg finden.

Als durch die dünne Bretterwand Motorengeräusche und die Hupe eines Automobils drangen, zuckten sie gleichzeitig zusammen und wandten ihre Gesichter der Tür zu. Es gab nur ein einziges altes Auto auf dem Gut, das meistens der alte Grumpke benutzte, um zu entfernten Feldern zu fahren oder in der Stadt etwas zu besorgen. Er fuhr jedoch immer direkt in die Remise auf der anderen Seite des Wirtschaftshofs und hielt nicht vor dem Gesindehaus an.

Früher hatte es mehrere Wagen gegeben, aber die anderen Autos waren eingezogen worden, ebenso wie die Pferde und die Männer. Der Krieg schien alles zu verschlingen.

Jetzt wurde ganz in der Nähe eine Autotür zugeschlagen und eine scharfe Männerstimme, die Klara nicht kannte, rief laut: »Holen Sie die Männer aus dem Haus. Sie sollen sich aufstellen. Appell.«

Erschrocken begriff Klara, dass der Fremde da draußen die polnischen Arbeiter überprüfen wollte. Sie hatte gehört, dass die Gestapo für die Überwachung der Kriegsgefangenen, die auf deutschen Höfen und in Fabriken arbeiten mussten, zuständig war. Wenn die Männer sich nicht an die Regeln hielten, wurden sie bestraft.

Eben noch war Klara unendlich glücklich gewesen, jetzt ließ die Angst sie erstarren, als hätte ihr jemand eiskaltes Wasser in den Kragen geschüttet. Die Strafe für die Liebe zwischen einem polnischen Zwangsarbeiter und einer deutschen Frau konnte der Tod für den Polen sein.

Entsetzt krallte Klara ihre Finger in den rauen Stoff von Jans Jacke, als könnte sie ihn beschützen, indem sie ihn hier drinnen einfach festhielt, bis die Gefahr vorüber war. Dabei wusste sie nur zu genau, dass Jan so schnell wie möglich ungesehen das Gerätehaus verlassen und sich unter die anderen polnischen Männer mischen musste. Ob er verstand, was dort vor sich ging?

Von draußen war vielstimmiges Gemurmel zu hören. Offenbar hatte jemand die Zwangsarbeiter aus dem Gesindehaus geholt.

»Du musst da raus!«, flüsterte sie eindringlich und so deutlich wie möglich. »Sie überprüfen euch. Vielleicht die Gestapo.«

Fast körperlich konnte sie Jans ratlosen Blick spüren. Er verstand sie nicht. Verzweifelt biss sie sich so heftig auf die Unterlippe, dass sie Blut schmeckte.

Dann griff sie entschlossen nach Jans Hand und zog ihn vorbei an Bretterstapeln, alten Schubkarren und Wagen, Säcken voller Dünger, gefährlichen Sensen und spitzen Hacken zur Tür. Wenn jetzt zufällig jemand hier hereinkam, würde er sie beide sehen. Dann waren sie verloren. Doch solange Jans Fehlen nicht aufgefallen war, gab es für die Männer von der Gestapo keinen Grund, die Tür zum Gerätehaus zu öffnen.

Klara presste das linke Auge gegen ein Astloch in der Wand. Dort draußen standen zwei Männer in langen, dunklen Mänteln. Selbst aus der Entfernung konnte sie erkennen, dass eines ein Ledermantel war, während der zweite Mann einen Kleppermantel trug – das waren die gummibeschichteten Baumwollmäntel, die auf den ersten Blick Leder ähnelten, aber deutlich billiger waren.

Der Mann im Ledermantel streckte seinem Begleiter die Hand hin. »Die Namensliste«, bellte er.

Der Kleppermantelträger, offensichtlich ein Untergebener, reichte ihm eilfertig einen Bogen Papier.

»Eine Kontrolle«, flüsterte Klara mit bebender Stimme. »Du gehst raus und stellst dich unauffällig zu den anderen Männern. Ich bleibe hier und warte. Niemand darf bemerken, dass wir zusammen hier drinnen waren.«

Jan schüttelte den Kopf und sagte etwas auf Polnisch. Verstand er nicht, was vorging, oder wollte er sie nicht allein lassen?

Angst und Verzweiflung schnürten Klara die Kehle zu. Sie konnte kaum einen klaren Gedanken fassen. Konnte nur an den furchtbaren Zeitungsartikel denken, den sie vor Monaten gelesen hatte. Über den Polen, den man wegen seiner Liebe zu einer Deutschen mitten auf dem Marktplatz aufgehängt hatte. Sie packte Jan bei den Schultern und schob ihn vor das Astloch neben der Tür. Dann konnte er selbst sehen, dass die Männer einzeln aufgerufen wurden, was bedeutete, dass sein Fehlen innerhalb kurzer Zeit entdeckt werden würde.

Jan wandte den Kopf und sah sie wieder an. Hier vorn im Raum war es durch das kleine schmutzige Fenster hell genug, um seine Gesichtszüge zu erkennen. Das geliebte Gesicht, das sie im Schlafen und im Wachen vor sich sah. Doch jetzt musste er fort.

Mit beiden Händen machte Klara eine Bewegung, als würde sie ihn nach draußen schieben. »Gestapo«, flüsterte sie. »Sehr gefährlich.«

»Ich dich beschützen«, erwiderte er ebenso leise.

Verzweifelt schüttelte sie den Kopf. »Bitte geh, Jan. Wir sehen uns morgen wieder. So wie immer.«

»Immer. Ich liebe dich.«

»Ja. Aber …«, begann sie, doch er schien endlich verstanden zu haben und öffnete die Tür einen Spaltbreit.

Hastig presste Klara wieder das Auge an das Astloch. Die Männer schienen inzwischen alle aus dem Gesindehaus gekommen zu sein und hatten sich mit dem Rücken zum Gerätehaus in zwei Reihen hintereinander aufgestellt. Einige von ihnen waren noch damit beschäftigt, ihre Hemden anzuziehen und zuzuknöpfen. Offenbar waren sie noch nicht mit dem Waschen fertig gewesen, als sie nach draußen gerufen worden waren.

»Stillgestanden. In Reih und Glied, hab ich gesagt. Versteht ihr verdammten Polacken mich nicht? Euch werde ich beibringen, Befehle zu befolgen!« Das war wieder der Kerl im Ledermantel, der sich vor ihnen aufgebaut hatte.

Er hob die Hand mit dem weißen Zettel und begann vorzulesen: »Andrejew.«

Einer der Männer in der hintersten Reihe hob stumm die Hand.

»Kaminski.«

Ein weiterer meldete sich, dieses Mal von vorn.

Klara blieb vor Entsetzen der Atem weg. Jan hieß mit Nachnamen Szymanski. Wenn die Liste nach dem Alphabet geordnet war, hatte er noch ein kleines bisschen Zeit. Aber er musste da raus. Dringend und möglichst unauffällig.

Jan starrte durch den Türspalt. Sie konnte seine Anspannung spüren. Plötzlich beugte er sich zu ihr und drückte ihr seine heißen Lippen auf die Wange. Dann glitt er mit einer geschickten Bewegung durch den engen Raum zwischen Türblatt und Türrahmen, machte zwei schnelle Schritte über den Hof und stellte sich geduckt links in die hintere Reihe.

Mit angehaltenem Atem beobachtete Klara durch das Astloch, wie er langsam seinen Kopf immer höher schob, sodass es für die beiden Männer vorn aussehen musste, als hätte er schon länger dort gestanden und würde sich nur weiter aufrichten.

»Was ist das für eine Unruhe dahinten?«, brüllte der Ledermantel-Mann prompt. »Stillgestanden, habe ich gesagt. Wollt ihr ausgepeitscht werden, ihr Saukerle?«

Erschrocken zuckte Klara zusammen. Das konnte er doch nicht ernst meinen! Sie wusste, dass die Zwangsarbeiter auf vielen Höfen sehr schlecht behandelt wurden. Aber auspeitschen?

Die Männer, die wahrscheinlich das Geschrei gar nicht verstanden, aber dennoch begriffen, dass ihnen gedroht wurde, sahen alle starr nach vorn. Jan tat es ihnen gleich.

Klara starrte beschwörend seinen Hinterkopf an. Dann sah sie zu ihrer Erleichterung, dass Charlotte von Bargelow sich über den Wirtschaftshof näherte. Die Gutsherrin behandelte die Zwangsarbeiter gut. Sie würde die Polen beschützen.

»Julius Kirchner«, rief sie schon von Weitem. »Was verschafft uns diese überraschende Ehre?«

Offenbar kannte die Gutsherrin ihn, aber selbst Klara konnte aus der Entfernung sehen, dass es keine freudige Überraschung war, die Frau von Bargelow beim Anblick des Mannes verspürte. Allerdings kannte sie ohnehin niemanden, den nicht zumindest ein Schreck durchfuhr, wenn er oder sie in diesen Tagen einen Mann in Uniform oder Männer in den für die Gestapo typischen Ledermänteln sah.

»Hast du dein Betätigungsfeld geändert?« Die Gutsherrin musterte den Besucher mit gerunzelter Stirn, während sie neben ihm stehen blieb. »Ich dachte, du wärst jetzt in Berlin.«

»Ich bin da, wo der Führer mich braucht«, erwiderte der Mann wichtigtuerisch. »Es gilt zu kontrollieren, ob die Kriegsgefangenen vorschriftsmäßig untergebracht und behandelt werden. Eine Aufgabe, die man nicht wichtig genug nehmen kann. Immer wieder kommt uns zu Ohren, dass die Zwangsarbeiter geradezu verhätschelt werden. Sie bekommen viel zu viel Essen, das unseren tapferen Soldaten an der Front oder den Ariern in der Heimat zusteht. Andere dürfen bei Dunkelheit ihre Unterkunft verlassen, was bedeutet, dass sie unseren Frauen auflauern und sie belästigen oder andere Verbrechen begehen. Was dieses Pack sogar bei Tageslicht tut, wie man weiß. Sie …«

»Nun«, unterbrach Charlotte von Bargelow die Litanei in scharfem Ton. »Da sollte ich wohl zu deiner wichtigen Aufgabe gratulieren. Den Weg hierher hättest du dir allerdings sparen können. Wir halten uns an die Regeln. Und die Männer stellen absolut keine Bedrohung für irgendjemanden dar.« Sie ließ ihren Blick über die in zwei Reihen angetretenen Polen gleiten.

»Die Feststellung, ob das so ist, musst du schon mir überlassen«, zischte der Mann, den sie Julius Kirchner genannt hatte.

Klara, die bewegungslos dagestanden und gelauscht hatte, durchlief ein eisiger Schauer. Die polnischen Zwangsarbeiter wurden auf Gut Falkensee anständig behandelt. Und seit Frau von Bargelow eine Abmachung mit Wiktor Nowak getroffen hatte, wurden ihnen zusätzliche Wünsche erfüllt. Wie der nach Piroggen, der Mahlzeit, die sie aus ihrer Heimat kannten und liebten. Wenn der Gestapomann das herausfand, würde ihm das sicher nicht gefallen. Julius Kirchner war böse, das erkannte Klara schon an seiner Stimme. Bei dem Gedanken, was er wohl tun würde, wenn er das mit Jan und ihr herausfand, blieb ihr die Luft weg. Es fühlte sich an, als wäre sie mitten im Winter in den eisigen Falkensee gestiegen, und als das Wasser ihre Brust erreichte, schien ihr Herz stehen zu bleiben.

Nachdem sie wieder zu Atem gekommen war, griff sie nach einem Besen, der neben der Tür stand, schlüpfte ins Freie und begann, den Hof zu fegen. Eine Frau mit Schürze, die mit einem Besen hantierte, war bestimmt nicht verdächtig.

»Wie schon gesagt – diesen Weg hättest du dir sparen können«, setzte Frau von Bargelow mit lauter Stimme die Unterhaltung fort.

»Es soll Bauern geben, die mit den Kriegsgefangenen an einem Tisch sitzen und Tür an Tür mit ihnen schlafen.«

»Unsere Arbeiter haben einen eigenen Tisch und ein Gebäude für sich«, erklärte Charlotte von Bargelow und schaute plötzlich zu Klara hinüber, die sich mit ihrem Besen etwas seitlich von den angetretenen Männern zu schaffen machte. Die Gutsherrin sah Klara lange ernst an und ließ ihren Blick dann hinüber zur offenen Tür des Gesindehauses schweifen.

Die Piroggen! Wahrscheinlich stand das große Brett mit dem goldbraunen, duftenden Gebäck noch auf dem Tisch. Wenn der Gestapo-Mann dieses Festessen sah, war das sicher nicht gut.

Hastig lehnte Klara ihren Besen gegen die Holzwand und ging zum Eingang des Gesindehauses. Da zwischen dem niedrigen Bau und Julius Kirchner ein Dutzend Männer standen und der Gestapo-Mann sich immer noch mit Charlotte von Bargelow unterhielt, würde er sie hoffentlich nicht bemerken.

Hastig schlüpfte Klara durch die offene Tür. Das Brett mit den Piroggen stand noch auf dem Tisch. Klara versuchte, ihr wild klopfendes Herz zu ignorieren, und schaute sich suchend um. Sie brauchte einen Einfall, und zwar schnell. Auf keinen Fall durfte sie das Gebäck einfach über den Hof zurück zum Herrenhaus tragen. Sie musste es hier im Gesindehaus verstecken.

Mit zitternden Händen breitete sie zwei Geschirrtücher von den Haken neben dem Spülstein über dem Brett aus. Dann öffnete sie die Tür zum Nebenraum. Es war eines der Zimmer, in denen die Arbeiter schliefen. In diesem hier standen vier schmale Holzbetten mit rot-weiß karierten Bettbezügen.

Sie holte die Piroggen vom Tisch, schob das zugedeckte Brett zwischen Decke und Laken des Betts in der hinteren Ecke und strich alles glatt. Anschließend trat sie einen Schritt zurück und stellte zufrieden fest, dass kein Unterschied zwischen den Betten im Zimmer festzustellen war.

Eilig verließ sie das Gesindehaus wieder und hoffte inständig, dass die Gestapo-Männer nicht sämtliche Betten durchsuchten. Draußen redeten die Gutsherrin und Julius Kirchner immer noch miteinander.

»Lebt Isabella noch hier?«, erkundigte sich Kirchner soeben. »Ich bin schon seit über einer Woche wieder in Westpreußen, aber wo ich auch hinkam, niemand hat sie erwähnt.«

Klara griff wieder nach dem Besen und fuhr mit den Borsten ziellos über die Pflastersteine, während sie versuchte, jedes Wort zu verstehen, das dahinten geredet wurde.

Die polnischen Männer standen immer noch stramm, die Gesichter starr nach vorn gerichtet. Die meisten von ihnen verstanden sicher nichts von dem Gespräch zwischen Frau von Bargelow und Kirchner. Immer wieder huschte Klaras Blick zu Jans hoch aufgeschossener Gestalt. Und jedes Mal schaute sie ebenso schnell wieder weg. Sie durfte sich nicht verraten.

»Unsere Nachbarn tratschen nicht«, bemerkte Frau von Bargelow soeben streng. »Da Isabella und du schon seit vielen Jahren geschieden seid, geht es dich ohnehin nichts an, wo sie ist und was sie tut.«

»Ich habe nicht vergessen, dass ihr mich aus der Familie ausgestoßen habt.« Kirchner strich über die Vorderseite seines dunkel glänzenden Mantels. »Obwohl ich mir Isabella und euch gegenüber nichts habe zuschulden kommen lassen. Im Gegenteil. Wie du siehst, habe ich immer noch eine wichtige Position in diesem Staat inne. Es könnte sein, dass ihr euer Verhalten mir gegenüber schon sehr bald bereuen werdet.«

»Willst du uns drohen?« Die Gutsherrin sah ihn aus schmalen Augen an. »Dass du unschuldig an der Scheidung bist, ist nicht wahr. Aber wir wollen nicht über alte Geschichten reden. Du hast heute sicher noch viel zu erledigen. Was kann ich also für dich tun? Möchtest du dir die Unterkunft der Männer ansehen?«

Ein fragender Blick der Gutsherrin ging in Klaras Richtung, und Klara nickte unauffällig.

»Ich sehe schon von außen, dass die Unterbringung nicht den Vorschriften entspricht. Wenn die Männer nach Einbruch der Dunkelheit eingeschlossen werden, können sie ohne Schwierigkeiten durch die Fenster nach draußen. Bei meiner nächsten Kontrolle, und das wird schon sehr bald sein, sehe ich Gitter vor den Fenstern.«

Klara krampfte vor Schreck die Hände so fest um den Besenstiel, dass es schmerzte. Bisher waren die Zwangsarbeiter nachts nicht eingeschlossen worden. Zwei Mal hatten Jan und sie es gewagt, sich um Mitternacht zu treffen, wenn die anderen Männer in seiner Stube fest schliefen. Fast eine halbe Stunde waren sie dann zusammen gewesen. Viel Zeit, wenn man bedachte, dass sie sonst immer nur die wenigen Minuten im Gerätehaus hatten. Länger hatte Jan nicht gewagt fortzubleiben, für den Fall, dass einer der anderen Männer erwachte und sein leeres Bett bemerkte.

Er hatte ihr klargemacht, dass keiner von den anderen Polen ihn verraten würde. Dennoch wollte er Mitwisser vermeiden. Zu gefährlich, hatte er ihr mit Gesten bedeutet. Und so war es wohl auch. Wenn jemand die Männer unter Druck setzte, wie es dieser

Kirchner sicher beim kleinsten Verdacht tat, würden sie vielleicht doch reden.

»Klara!« Die Stimme der Gutsherrin riss sie aus ihren Gedanken. Vor Schreck ließ sie den Besen fallen, der mit einem hohlen Ton auf die Pflastersteine zu ihren Füßen krachte.

»Ja, Frau von Bargelow?« Unwillkürlich stand sie ebenso stramm wie die Polen.

»Das Essen für die Arbeiter. Sie können es jetzt holen. Herr Kirchner möchte die Verpflegung sehen, die wir zur Verfügung stellen.« Klara zuckte zusammen. Welches Essen sollte sie holen? Sie hatte die Piroggen aus gutem Grund gerade versteckt.

Die Gutsherrin sah sie beschwörend an, und Klara begriff, was sie tun musste. Sie nickte und lief los. Zwei Minuten später stürzte sie atemlos in die Küche, wo Frau Thielke mit einer Tasse Kaffee am Tisch saß und ihr strafend entgegenblickte. »Wo treibst du dich rum, Mädchen? Der Abwasch macht sich nicht von allein.«

»Ich brauche Essen für die Polen. Irgendwas ganz Einfaches. Frau von Bargelow hat mir gesagt, ich soll Essen holen.«

Frau Thielke zog die buschigen Augenbrauen zusammen. »Bist du deppert, Mädchen? Du hast doch grad die Piroggen rübergebracht.«

»Die Piroggen sind weg. Ich brauche was anderes für die Männer. Die Gutsherrin hat's gesagt«, stieß Klara hervor und lief in die Speisekammer.

Frau Thielke konnte man nicht trauen. Klara sagte ihr besser nicht, worum es ging. Die Köchin brachte es fertig, Kirchner zu erzählen, dass sie immer wieder Leckerbissen für die Zwangsarbeiter zubereitete.

In der Speisekammer entdeckte Klara einen Topf mit den Resten der Gemüsesuppe vom Vortag. Dazu hatte es Würstchen und Brot gegeben, aber das brauchte es nicht. Energisch packte Klara den Topf bei den Griffen und wuchtete ihn auf den großen Arbeitstisch in der Küche. Dieses Essen würde höchstens noch für fünf oder sechs Männer reichen, stellte sie fest, nachdem sie noch einmal kritisch in den Topf geschaut hatte.

»Wasser«, sagte sie mehr zu sich selbst als zu der Köchin, die immer noch dasaß und ihr missmutig bei ihrem Tun zusah. Klara lief zum Spülbecken und füllte einen der großen Metallkrüge bis zum Rand mit Wasser. Den Krug leerte sie in den Eintopf, der nun einer dünnen Suppe glich. Sie rührte kräftig mit der Kelle um, packte den Topf und lief los.

»Was soll das?«, rief Frau Thielke hinter ihr her. »Was hast du mit den Piroggen gemacht? Die verwöhnten Kerle essen doch niemals diese Wassersuppe.«

Ohne sich um die Köchin zu kümmern, rannte Klara aus der Hintertür und quer über den Hof. Die Arbeiter standen immer noch vor ihrer Unterkunft. Allerdings nicht mehr in Reih und Glied. Sie hatten die Köpfe zusammengesteckt und flüsterten miteinander.

»Sind sie drinnen im Haus?«, wandte Klara sich an Wiktor Nowak.

Jan stand in der Nähe, aber sie schaute nicht in seine Richtung. Die Angst, ihr Blick könnte sie verraten, war zu groß.

Nowak nickte als Antwort auf ihre Frage. »Sie wollen die Unterbringung kontrollieren. Frau von Bargelow ist mit ihnen hineingegangen.«

Bei dem Gedanken, die Männer von der Gestapo könnten die Decken zurückschlagen, um nachzusehen, ob die Arbeiter verbotene Habseligkeiten in ihren Betten versteckt hatten, wurde Klara vor Angst ganz übel. Nimm dich zusammen, befahl sie sich selbst, packte die Griffe des Topfs fester und marschierte erhobenen Hauptes zur Tür des Gesindehauses.

Die Gutsherrin stand mit den beiden Männern mitten in dem Raum, in dem die Arbeiter aßen. Als Klara hereinkam, wandten sie sich ihr alle drei zu.

»Dann wollen wir mal sehen.« Julius Kirchner klang fast schon triumphierend. Als wäre er sicher, dass er in dem Topf etwas entdecken würde, das er der Gutsherrin ankreiden konnte.

Klara vermied es, Frau von Bargelow anzusehen. Sie stellte den Topf auf den Tisch, hob den Deckel ab, legte ihn beiseite und trat zurück. Dann versteckte sie die Hände unter ihrer Schürze, verschlang die Finger und schickte ein stummes Gebet zum Himmel.

Julius Kirchner beugte sich über den offenen Topf, richtete sich wieder auf, musterte Klara mit eisigem Blick und herrschte sie an: »Was ist das?«

»Gemüsesuppe«, wisperte sie.

Er legte seine Hand von außen gegen den Topf. »Die ist kalt.«

Klara schnappte nach Luft, weil sie plötzlich das Gefühl hatte, jemand würde ihr die Kehle zudrücken.

»Wir kochen immer für drei Tage und machen die Reste nicht extra warm«, ließ sich Frau von Bargelow vernehmen. »Steht in den Richtlinien, dass wir den Polen warmes Essen geben müssen?« Mit einem unschuldigen Augenaufschlag sah sie Kirchner an.

Der schüttelte zögernd den Kopf. »Polacken können die Suppe kalt essen. Natürlich können sie das.«

»Dann haben wir ja alles richtig gemacht.« Das Lächeln der Gutsherrin wirkte harmlos. Klara wusste jedoch, dass diese Frau zwar freundlich und gerecht war, aber auf keinen Fall harmlos.

Kirchner nickte, und ihm war anzusehen, dass es ihm viel lieber gewesen wäre, die Gutsherrin für das Essen, das sie den Kriegsgefangenen gab, tadeln zu können.

»Gitter an die Fenster!«, schnarrte er, und sein Untergebener zog eilig einen Schreibblock hervor und notierte etwas. »Nächste Woche komme ich wieder um zu kontrollieren, ob diese Maßnahme getroffen wurde. Ohnehin werden wir uns jetzt häufig sehen. Das da kaufe ich dir nicht ab, Charlotte.« Er wedelte mit der Hand durch die Luft.

»Ich verstehe nicht recht.« Frau von Bargelow riss erstaunt die Augen auf. »Ich dachte, das mit der kalten Suppe ist in Ordnung.«

»Du verstehst sehr gut. Vergiss nicht, dass ich von deiner Ehe mit einem Polacken weiß. Du hast in dem Land gelebt, aus dem die Männer da draußen kommen. Die Männer, die einer niederen Rasse angehören.«

Klara konnte sehen, wie Charlotte von Bargelow bis in die Lippen hinein blass wurde. Sie kannte die Gutsherrin gut genug, um zu wissen, wie schwer es ihr fallen musste, nicht dagegen zu protestieren, dass der Gestapo-Kerl ihren Mann einen »Polacken« und sein Volk eine »niedere Rasse« nannte.

»Ich jedenfalls bin Arierin«, sagte die Gutsherrin in das eisige Schweigen hinein. »Und ich lebe nicht mehr in Polen.«

»Wo ist er, dein Ehemann?« Kirchner fixierte sie mit drohendem Blick.

»Ich weiß es nicht«, erwiderte Frau von Bargelow mit sanfter Stimme. »Sollte ich das? Schließlich hast du mich eben auch nach dem Aufenthaltsort deiner ehemaligen Frau gefragt.«

»Wir ziehen ab«, sagte Kirchner zu seinem Untergebenen, der knapp salutierte und nach draußen verschwand. An die Gutsherrin gewandt fügte Julius Kirchner hinzu: »Hier stimmt etwas nicht, und ich werde herausfinden, was es ist.«

Die Gutsherrin verzog keine Miene. »Du wirst vergeblich kommen.«

Kirchner schnaubte nur verächtlich und verließ ohne einen Gruß das Gebäude. Wenig später waren von draußen das Zuklappen von Wagentüren und Motorengeräusche zu hören.

Das tiefe Aufatmen, das gleichzeitig aus Klaras Brust und der Kehle der Gutsherrin kam, klang wie Windrauschen durch den Raum.

6. Kapitel

Hedda
Gut Falkensee, Westpreußen, März 1944

Mit Elise auf dem Gepäckträger musste Hedda deutlich kräftiger als sonst in die Pedale treten, um zügig vorwärtszukommen. Dennoch erschien es ihr, als würde die Straße sich endlos vor ihr ausdehnen. Ein kurzer Blick auf ihre Armbanduhr bestätigte Hedda, was sie bereits befürchtet hatte. Sie würde sehr wahrscheinlich zu spät zu der Versammlung kommen. Was nicht nur unhöflich und peinlich war, sondern auch das Vorurteil bestätigen würde, dass Frauen nicht in der Lage waren, einen landwirtschaftlichen Betrieb zu führen. Natürlich gab es mittlerweile viele Frauen, die bei der Leitung ihrer Anwesen auf sich gestellt waren. Aber diejenigen unter den Männern, die wegen ihres fortgeschrittenen Alters oder aus anderen Gründen nicht an der Front waren, wurden nicht müde, auf jeden noch so kleinen Fehler hinzuweisen, der einer der Frauen unterlief. Als wären Männer grundsätzlich gegen jede Fehlentscheidung gefeit.

Auf jeden Fall war Hedda entschlossen, sich mit dem neuen Bürgermeister gutzustellen, der vor einigen Tagen im Dorf Falkensee eingesetzt worden war. Wahrscheinlich war er eines jener Parteimitglieder, die sich selbst furchtbar wichtig nahmen, für Hitler schwärmten und sich für seinen verlängerten Arm hielten. Dummerweise hatten diese Männer tatsächlich die Macht, vollkommen unbescholtene Bürger ins Verderben zu stürzen oder ihren zumindest Steine in den Weg zu legen.

Als vor einer engen Kurve ein großes schwarzes Auto auf ihrer

Straßenseite auf sie zukam, schreckte Hedda aus ihren Gedanken auf und schrie erschrocken auf. Für einen Moment des Entsetzens schien die Welt um sie herum stehenzubleiben. Aus weit aufgerissenen Augen starrte sie den Wagen an. Durch die Windschutzscheibe konnte sie überdeutlich die Gesichter von Fahrer und Beifahrer erkennen. Beide trugen glänzende dunkle Jacken oder Mäntel.

Gestapo, schoss es Hedda durch den Kopf. *Sind diese Männer unterwegs nach Falkensee?*

Erst nachdem diese Schrecksekunde vorbei war, riss Hedda den Lenker herum und steuerte das Fahrrad auf den schmalen Grasstreifen neben der Straße. Hier fiel der Boden zum Graben hin steil ab. Das Rad kippte zur Seite. Dieses Mal war es Elise, die aufschrie. Hedda spürte, wie das Mädchen im Sturz die Arme löste, mit denen es sie von hinten umklammert hatte. Dann schlug Hedda auch schon mit der Schulter auf und rutschte abwärts.

Es platschte, sie riss den Kopf nach oben und schnappte nach Luft. Dann stellte sie erleichtert fest, dass sie nicht unterging, denn im Graben stand das Wasser nur einige Zentimeter hoch. Sie setzte sich auf und schaute an sich hinab. Der Stoff ihres Kleides klebte feucht an ihr.

»Elise?« Mit ihren nassen Fingern wischte sie sich das Haar aus der Stirn und sah sich erschrocken um. Als sie es über sich kichern hörte, wandte sie erleichtert den Kopf. Ihre Nichte saß quietschvergnügt auf der Böschung und betrachtete sie mit schiefgelegtem Kopf.

»Du bist ziemlich nass, Tante Hedda«, stellte sie vergnügt fest.

»Das ist wohl kaum zu übersehen.« Hedda stieg aus dem knöcheltiefen Wasser und bemühte sich, ihrer Nichte nicht böse zu sein. Zweifellos bot sie nach ihrem Grabensturz einen erheiternden Anblick.

»Du siehst immer noch sehr hübsch aus«, tröstete Elise sie. »Das trocknet bestimmt ganz schnell.«

Hedda wrang ihren Rock aus und sah kritisch an sich hinab. Wenigstens war sie nicht schmutzig, sondern nur sehr nass.

Wütend schaute sie in die Richtung, in der der große schwarze Wagen verschwunden war. »Was denken sich diese Kerle? Hast du das gesehen, Elise? In dem Auto, das uns von der Straße gedrängt hat, saßen zwei Männer, die aussahen, als würden sie zur Gestapo gehören. Sie trugen Ledermäntel und blickten äußerst wichtig drein.«

Elise machte ein ratloses Gesicht. »Ich hab nur das Auto gesehen. Außerdem weiß ich nicht, wie Gestapo-Männer aussehen. Und wie sie gucken.«

»Ich hoffe nur, die wollten nicht zu uns aufs Gut«, murmelte Hedda vor sich hin. Einer der Männer war ihr vage bekannt vorgekommen. So als hätte sie ihn schon einmal flüchtig gesehen. Vielleicht auf einem Foto. Eigentlich hätte diese Feststellung sie beruhigen sollen. Ein Bekannter, der das Gut besuchte, bedeutete in der Regel keine Gefahr.

Allerdings konnte sie sich nicht vorstellen, dass jemand aus ihrer Familie mit einem Mann im Gestapo-Ledermantel befreundet war. Die Mitglieder der Geheimen Staatspolizei waren nicht uniformiert. Ersatzweise trugen diejenigen von ihnen, die es sich leisten konnten, die schrecklichen Mäntel, die auf die Bevölkerung mittlerweile ebenso furchteinflößend wirkten wie eine SS- oder SA-Uniform.

Elise runzelte die Stirn. Offenbar hatte sie die Frage, die Hedda sich selbst gestellt hatte, sehr wohl gehört. »Und wenn die tatsächlich zu uns nach Hause fahren? Wäre das schlimm? Sind die Männer von der Gestapo böse?« Sie schaute ihre Tante ängstlich an.

»Mach dir keine Gedanken. Deine Großmutter wird sich darum kümmern. Sie können uns nichts anhaben«, behauptete Hedda hastig. Es gab Dinge, mit denen musste Elise sich zusätzlich zu den Sorgen um ihren Vater nicht auch noch belasten. »Viel schlimmer ist, dass sie uns in den Graben gedrängt haben und dann einfach weitergefahren sind. Das ist sehr verantwortungslos.«

»Also sind die Männer von der Gestapo doch böse«, stellte Elise mit einem nachdrücklichen Nicken fest.

»Es steht uns nicht zu, darüber zu urteilen.« Hedda biss sich auf die Unterlippe. Sie musste vorsichtig sein, was sie zu dem Mädchen sagte. Manchmal vergaß sie, dass Elise erst neun Jahre alt war. »So etwas darfst du niemals sagen, wenn Fremde es hören. Rede am besten überhaupt nicht über solche Dinge. Ich meine, über die Gestapo, die SS und dergleichen.«

Elise runzelte die Stirn noch ein wenig mehr, sagte aber nichts weiter.

»Wirklich, es ist besser zu schweigen«, bekräftigte Hedda ihre Worte. Sie hatte schon von Fällen gehört, in denen durch die unbedachten Worte eines Kindes die ganze Familie in Gefahr geraten war. Weil man unterstellte, dass Kinder die Meinung ihrer erwachsenen Verwandten nachplapperten.

Immer neue Mitglieder von SS, SA und Gestapo sprossen wie Pilze aus dem Boden, und sie alle forderten die Menschen um sich herum auf, sich gegenseitig zu bespitzeln. Was nicht wenige von ihnen dann auch taten, weil sie sich persönliche Vorteile erhofften.

»Wir müssen weiter.« Hedda zupfte ihr feuchtes Kleid zurecht. »Die Versammlung ist wichtig.«

Sie richtete das Fahrrad auf und wollte es zurück auf die Straße schieben, blieb aber schon nach den ersten Schritten stehen. Da stimmte etwas nicht.

»Das Vorderrad«, verkündete Elise in diesem Moment. »Es sieht ganz komisch aus.«

Hedda beugte sich vor und betrachtete die Bescherung. Tatsächlich zeigte das Vorderrad einen deutlichen Achter. Da spielte es keine Rolle, dass zusätzlich der Reifen platt war.

»Darauf können wir nicht mehr fahren, oder?« Elise sah sie fragend an.

Hedda schüttelte den Kopf und ließ das Rad wieder ins Gras fallen. Grumpke konnte es später mit dem Wagen abholen.

»Wir gehen zu Fuß weiter«, beschloss sie.

»Dann kommen wir bestimmt zu spät«, stellte Elise altklug fest.

»Besser, als wenn ich gar nicht dort auftauche.« Hedda packte ihre Nichte bei der Hand und marschierte los. »Wenn wir uns beeilen, sind wir in zwanzig Minuten im Dorf.«

Erst an der nächsten Kurve bemerkte Hedda, dass Elise auf ihren viel kürzeren Beinen fast rennen musste, um mit ihr Schritt zu halten.

»Entschuldige, Lieschen.« Erschrocken blieb Hedda stehen. »Du musst es sagen, wenn ich zu schnell gehe.«

»Ist schon gut. Wir haben es doch eilig.« Es war nicht zu überhören, dass Elise außer Atem war. Keuchend fuhr sie fort: »Ich mag es nicht, Lieschen genannt zu werden. Mama macht das manchmal und Großmama auch. Und sie vergessen immer wieder, dass ich sie gebeten habe, das nicht zu tun. Auch wenn sie das natürlich lieb meinen.«

»Oh.« Hedda verkniff sich ein Lächeln. »Ich werde in Zukunft daran denken. Versprochen.«

Sie drückte die kleine Hand in der ihren. »Wir gehen jetzt ein bisschen langsamer. Auf fünf Minuten kommt es auch nicht mehr an.«

Fast eine Stunde nach Beginn der Versammlung bogen sie in die Straße ein, die schnurgerade zum Rathausplatz führte. Zu ihrem Entsetzen sah Hedda, dass sich genau in diesem Moment die zweiflügelige Holztür des Rathauses öffnete und etwa zwei Dutzend Menschen ins Freie traten. Die meisten von ihnen waren alte Männer, etwa im Alter von Grumpke. Der Verwalter hatte angeboten, an der Zusammenkunft teilzunehmen. Hedda und ihre Mutter hatten jedoch beschlossen, dass es besser sein würde, wenn eine von ihnen sich im Rathaus zeigte.

»Wir sind die Herrinnen von Gut Falkensee«, hatte ihre Mutter nicht zum ersten Mal gesagt. »Die Leute sollen sich daran gewöhnen, mit uns zu verhandeln. Die Zeiten, als Frauen nichts zu sagen hatten, sind vorbei.« Mit gesenkter Stimme hatte sie hinzugefügt: »Besser als Grumpke kennen wir uns allemal aus, will ich meinen.«

Als sie sah, dass sich die Versammlung bereits auflöste, sank Hedda das Herz. Es wäre so wichtig gewesen, mit den anderen Landwirten zu sprechen und gemeinsam Lösungen für die Probleme zu finden, die der Krieg ihnen allen bereitete.

»Hallo«, rief sie den Leuten zu, die mittlerweile die Treppe hinunterströmten. »Würden Sie bitte auf uns warten? Wäre es möglich, dass wir noch einmal kurz hineingehen und die wichtigsten Punkte besprechen?«

Da sie noch mindestens zweihundert Meter von der Gruppe trennten, schien niemand sie zu hören oder zumindest zu verstehen. Zwei oder drei Leute wandten kurz den Kopf, kümmerten sich aber nicht um ihr wildes Winken. Wahrscheinlich wussten sie nicht, wer sie war. Oder es war ihnen egal, was sie von ihnen wollte.

Obwohl Hedda vorwärtsstürmte, so schnell es ging, und Elise wieder zum Rennen zwang, hatte sich die Gruppe aufgelöst, als sie atemlos die Treppe zur Rathaustür erreichten.

»Dann reden wir eben mit dem Bürgermeister«, beschloss sie, packte die kleine Hand ihrer Nichte fester und ging die Stufen hinauf. Mit einem großen Schritt trat Hedda über die Schwelle und zog Elise mit sich.

»Wer sind die Männer an den Wänden?« Als sie in der kleinen Eingangshalle standen und Hedda sich suchend umschaute, zupfte ihre Nichte an ihrem immer noch feuchten Rock.

»Das sind Porträts der früheren Bürgermeister.« Beim Klang der volltönenden, tiefen Stimme fuhr Hedda herum. »Siehst du, dass sie alle dieselbe goldene Kette tragen? Das ist die Amtskette. Sie wird immer weitergegeben, wenn ein neuer Bürgermeister sein Amt antritt. Jetzt darf ich sie tragen.«

Hedda zuckte ein zweites Mal zusammen, als sie den Mann

sah, dem die Stimme gehörte und der soeben aus einer geöffneten Tür trat. Er war groß gewachsen und kräftig, hatte volles dunkles Haar – und ein Gesicht, das wirkte, als hätte jemand von der Mitte der Stirn bis zur Kinnspitze einen senkrechten Strich gezogen, um es in zwei Hälften zu teilen. Die eine Seite sah vollkommen normal aus, mit gebräunter Haut, einem leichten Bartschatten und einem ausgeprägten Kieferknochen. Die andere Seite aber war ungleichmäßig rot gefärbt, mit verschorften Stellen und einigen nässenden Narben. Die Linien von Nase, Mund und Kinn waren verwischt, was wohl daran lag, dass diese Gesichtshälfte angeschwollen war. Die Augen waren hinter schwarzen Brillengläsern verborgen.

»Eine Kriegsverletzung«, sagte er, als sie ihn nach einer Weile immer noch anstarrte, während sie nach Worten suchte.

»Entschuldigen Sie. Ich wollte nicht …«

Natürlich war dies nicht der erste Kriegsverletzte, dem sie begegnete. Manche der Männer hatten keine Arme mehr, andere schoben sich auf den Resten ihrer zur Hälfte amputierten Schenkel den Gehweg entlang. Es schmerzte sie immer wieder aufs Neue, diese meist noch jungen Männer zu sehen, die zwar mit dem Leben davongekommen waren, für die dieses Leben aber nie mehr so sein würde wie vor ihrer Zeit an der Front.

Der Anblick des Mannes in der offenen Tür traf sie dennoch bis ins Mark. Vielleicht lag es daran, dass die eine Gesichtshälfte vollkommen unversehrt schien und der Kontrast daher umso größer war. Auf den ersten Blick war zu erkennen, dass er einmal ein außergewöhnlich gut aussehender Mann gewesen sein musste.

Er deutete auf seinen Krawattenknoten. »Wenn Sie dorthin schauen, sieht es für mich so aus, als würden Sie mir ins Gesicht blicken.«

»Können Sie denn …?« Sie stockte.

»Ich kann sehen. Zumindest mit einem Auge. Und das andere wird auch wieder, wenn ich den Ärzten glauben darf. Die dunkle Brille unterstützt angeblich die Heilung.«

»Das ist gut.« Sie rang sich ein Lächeln ab. »Ich bin Hedda von Bargelow von Gut Falkensee. Und das ist Elise. Leider wurden wir aufgehalten und kommen offenbar zu spät zur Versammlung.«

Sie beschloss, das schwarze Auto, das sie von der Straße abgedrängt hatte, nicht zu erwähnen. Schon gar nicht würde sie von ihrem Verdacht reden, dass es sich um Männer von der Gestapo gehandelt hatte. Schließlich wollte sie sich mit dem von der NSDAP eingesetzten Bürgermeister gut stellen und erreichen, dass sie noch an der Gruppe zur gegenseitigen Unterstützung teilnehmen durften. Und es stand zu befürchten, dass der Bürgermeister im Gegensatz zu ihr sehr viel von der Geheimen Staatspolizei hielt.

»Clemens Schickedanz«, stellte er sich vor und neigte leicht den Kopf. »Was ist Ihnen zugestoßen? Sie wirken etwas …« Nun war er es, der stockte.

»… derangiert«, beendete sie seinen Satz mit einem Seufzer. »Ich bin vom Fahrrad gefallen.

»Es gibt dort drüben einen Waschraum.« Er deutete auf eine der Türen, die von der kleinen Eingangshalle abgingen.

»Vielen Dank, da ist auf die Schnelle sicher nichts zu retten.« Viel wichtiger als ihr Äußeres war ihr, dem Bürgermeister Einzelheiten über die verpasste Versammlung zu entlocken.

»Soll ich Ihnen wenigstens ein Handtuch holen?«, bot er an.

»Danke. Ich fürchte, das wird auch nicht helfen.« Sie strich mit der Hand über ihren Rock, der immer noch feucht an ihren Schenkeln klebte. »Ich werde mich einfach umziehen, wenn ich wieder zu Hause bin.«

»Sind Sie ein Kriegsheld? So einer, wie sie in der Zeitung stehen? Großtante Alice liest beim Frühstück immer vor, wer einen Orden bekommen hat«, mischte sich Elise, an den Bürgermeister gerichtet, ein. »Haben Sie einen Orden?«

»Elise!« Am liebsten hätte Hedda ihrer vorlauten Nichte den Mund zugehalten.

»Ich habe getan, was getan werden musste«, erwiderte Schickedanz ernst. »Orden sind nichts als ein Stück Metall, wenn ich wohl auch einen bekommen werde.«

Er kam langsam näher und blieb unter der Deckenlampe stehen, die die fensterlose Halle beleuchtete. Hedda war beeindruckt, dass er nicht versuchte, sein Gesicht im Schatten zu verbergen. Im Gegenteil. Er beugte sich Elise ein kleines Stück entgegen.

»Wenn mein Papa einen Orden bekäme, wäre ich stolz«, piepste das Mädchen, legte den Kopf in den Nacken und schaute dem Bürgermeister furchtlos ins Gesicht.

»Auf deinen Papa darfst du natürlich stolz sein«, erklärte Schickedanz nachdrücklich und wandte sich wieder Hedda zu.

»Entschuldigen Sie bitte«, sagte sie hastig. »Elise ist sehr … wissbegierig. Und sie hat in allem ihren ganz eigenen Kopf.«

»Nun, ich kenne Sie noch nicht sehr gut, aber das scheint Sie mit Ihnen gemeinsam zu haben. Sie lassen sich von einem Sturz ins Wasser jedenfalls nicht aufhalten. Es ist nicht die schlechteste Eigenschaft zu wissen, was man will, und darauf zu beharren. Sie haben ein reizendes Töchterlein. Wissbegierde ist eine wichtige Eigenschaft, um die Wahrheit zu erfahren. Die Wahrheit ist eines unserer höchsten Güter.«

Hedda runzelte die Stirn. Was wollte er damit sagen? Sie dachte so angestrengt über seine Worte nach, dass sie ganz vergaß, ihm zu erklären, dass Elise nicht ihre Tochter war. Als ihr wieder einfiel, dass sie diesen Irrtum richtigstellen sollte, war die Gelegenheit vorüber. Sie wunderte sich nur kurz, dass Elise nicht lauthals protestiert hatte.

Die runden schwarzen Brillengläser waren direkt auf sie gerichtet, und Hedda wurde ein wenig seltsam zumute.

»Sie sind also der neue Bürgermeister?«, fragte sie, um überhaupt etwas zu sagen.

Er nickte knapp. »Der bin ich.« Kurzes Schweigen. »Verraten Sie mir nun, was Ihnen zugestoßen ist?«

»Ein Moment der Unaufmerksamkeit. Wir sind von der Straße

abgekommen, und ich bin in den Graben gerollt. Elise ist zum Glück nur ins Gras gefallen.«

»Ihnen ist hoffentlich nichts passiert?«

»Wir sind weich gefallen.«

»Ein großes schwarzes Auto hat uns in den Graben gedrängt«, meldete Elise sich wieder zu Wort.

»Und haben Sie den Fahrer erkannt?« Fragend schaute der Bürgermeister Hedda an. »Wenn er achtlos weitergefahren ist, sollte er dafür belangt werden.«

»Das waren …«, hob Elise eifrig an, aber Hedda legte fest die Hand auf ihre schmale Schulter und bohrte die Fingerkuppen in das Fleisch des Mädchens.

»Au«, quietschte Elise empört.

»Der Fahrer hat uns offenbar nicht gesehen«, sagte Hedda rasch. »Wer es war, wissen wir nicht.«

»Aber, Tante Hedda, du hast doch gesagt …«

»Uns ist nichts weiter passiert«, übertönte Hedda mit erhobener Stimme Elises Worte. »Entscheidend ist, ich kann nichts dafür, dass ich nicht rechtzeitig zur Versammlung hier war. Es wäre uns aber wichtig teilzunehmen, wenn die Landwirte aus dem Dorf einander mit ihren Pferden und Maschinen unterstützen.«

Gleichgültig zuckte Schickedanz mit den Schultern. »Wenn Sie wollen, trage ich Pferde und landwirtschaftliche Maschinen, die Sie auf dem Gut besitzen, in die Liste ein. Das bedeutet, dass Sie bereit sind, die Tiere und die Maschinen zu verleihen, wenn Sie sie nicht selbst brauchen.«

»Selbstverständlich. Können wir uns dann bei Bedarf auch etwas leihen? Wenn wir wenigstens während der Ernte ein oder zwei weitere Pferde hätten oder vielleicht sogar eine zweite Erntemaschine … Ich fürchte, wenn die Bauern sich untereinander bereits abgesprochen haben, könnte es passieren, dass niemand uns in den Tausch einbezieht.«

»Sie werden verstehen, dass ich das nicht bestimmen kann. Die

Bauern haben sich natürlich während der Versammlung darüber ausgetauscht und bereits einige Abmachungen getroffen.« War das die Andeutung eines Lächelns, zu dem Schickedanz seine Lippen verzog, deren Linie auf der linken Seite im Rot der entzündeten Haut kaum zu erkennen war? Und falls er tatsächlich lächelte, was hatte das zu bedeuten? Machte er sich über sie lustig?

»Sie könnten Ihren Einfluss geltend machen. Falkensee ist ein großes Anwesen. Wenn es uns nicht gelingt, die Felder zum richtigen Zeitpunkt abzuernten, könnte dem Land sehr viel Getreide verloren gehen. Getreide, das dringend gebraucht wird.« Hedda schaute ihm starr ins Gesicht. Auf keinen Fall würde sie seinen Krawattenknoten ansehen, wie er es vorgeschlagen hatte.

»Ich verstehe Sie durchaus. Dennoch halte ich es nicht für sinnvoll, mich in die Absprachen der Besitzer kleinerer Höfe einzumischen. Wenn ich es bereits während meiner ersten Wochen im Amt mit den Bauern im Dorf verderbe, werde ich schon sehr bald gar keinen Einfluss mehr haben.« Nun war sie ganz sicher, dass er lächelte.

»Aber in Ihrer Position … Sie werden doch als Bürgermeister sozusagen mit Macht ausgestattet. Die NSDAP hat Sie ernannt, und die Partei ist mächtig. Wenn Sie nur wollen …« Sie funkelte ihn herausfordernd an.

»Meinen Sie, Sie verstehen mein Amt besser, als ich es tue?« Plötzlich war sein Ton scharf. »Ebenso gut können Sie sich selbst an die Bauern wenden. Sie haben auch einen Verwalter, wenn ich recht informiert bin. Vielleicht sollten Sie ihm diese Angelegenheit überlassen.«

Hedda schnappte nach Luft. Eben hatte sie dem rechthaberischen Bürgermeister sagen wollen, dass sie gemeinsam mit ihrer Mutter das Gut für ihren Bruder führte, der an der Front war. Und dass sie bisher nur wenige Leute aus dem Dorf kannte. Was Grumpke betraf, hatte Schickedanz allerdings recht. Der Verwalter war hier in der Gegend aufgewachsen und würde sicher weniger

Probleme als sie haben, zur Erntezeit zusätzliche Pferde oder sogar eine weitere Erntemaschine zu bekommen, wenn die Bauern sie gerade nicht brauchten.

»Möchten Sie sich nun in die Liste eintragen, oder nicht? Sie können auf jeden Fall darauf hoffen, dass jemand, der sich etwas von Ihnen leiht, ebenfalls bereit ist, Ihnen auszuhelfen. Meinen Sie nicht, auf diese Weise funktioniert es besser, als wenn ich die Leute zwinge?«

Hedda nickte verwundert. Seit wann fragte ein Mitglied der NSDAP danach, ob die Menschen, die zu bestimmten Handlungen gezwungen wurden, gern taten, was man von ihnen verlangte? Wahrscheinlich wollte er ihr nur einfach nicht helfen.

»Wo ist die Liste?«, erkundigte sie sich in barschem Ton, und als Schickedanz sich umwandte und in das Zimmer ging, aus dem er bei ihrem Eintreffen gekommen war, folgte sie ihm stumm.

Sie trug die vier Pferde und die eine funktionsfähige Erntemaschine ein, die noch auf dem Gut vorhanden waren. Wären die Bauern noch da gewesen, hätte sie fragen können, wie es mit eventuellen Benzinvorräten aussah. Vielleicht besaß sogar jemand einen passenden Kolben für die zweite Erntemaschine auf dem Gut, die schon seit Längerem nicht funktionierte. Aber diese Gelegenheit hatte sie nun einmal verpasst.

Sie bedankte sich steif bei dem Bürgermeister, der wortlos nickte und ihr zur Tür vorausging. Nach einem knappen Abschiedswort verließ Hedda mit Elise an der Hand das Rathaus.

Als sie schon die Treppe hinuntergestiegen waren, holte die Stimme des Bürgermeisters sie ein. »Wo ist denn Ihr Rad?«

»Nicht mehr fahrtüchtig«, erwiderte Hedda über die Schulter, ohne stehen zu bleiben. »Wir mussten es liegenlassen.«

»Es ist ein langer Fußmarsch bis zum Gut. Vor allem für so ein kleines Mädchen.«

Da er ihr Gesicht nicht sehen konnte, verdrehte Hedda die Augen. »Das schaffen wir schon.«

»Wirklich? Sonst könnte ich versuchen, jemanden zu finden, der Sie mit dem Pferdewagen fährt.«

Sie schnaubte verächtlich und drehte sich nun doch um. »Haben Sie nicht eben gesagt, dass Sie sich nicht einmischen wollen?«

»Sie müssen schon mir überlassen, welche Einmischung ich für angemessen halte, und welche nicht.« Die schwarzen Augengläser blitzten in der untergehenden Sonne.

»Vielen Dank. Wir schaffen das allein. Alles. Auf Wiedersehen.« Um möglichst schnell von diesem Mann wegzukommen, beschleunigte Hedda ihre Schritte, sodass Elise an ihrer Seite wieder rennen musste.

»Wieso willst du denn nicht gefahren werden?«, keuchte Elise nach einer Weile. »Ich bin schon ganz müde.«

»Wir gehen langsamer, wenn wir hinter der Kurve sind.« Hedda stürmte weiter vorwärts.

»Na gut. Aber ich hätte es trotzdem schöner gefunden, in einer Kutsche zu fahren.«

»Wir sind zu Hause, bevor es dunkel ist«, tröstete Hedda ihre Nichte und ging wie versprochen langsamer, als sie sicher war, dass man sie vom Rathaus aus nicht mehr sehen konnte.

»Na gut. Das schaff ich schon. Ich bin ja schon groß«, verkündete Elise. Dann kicherte sie leise. »Der Bürgermeister hat gedacht, du bist meine Mutter.«

»Warum hast du ihm denn nicht gesagt, dass du eine andere Mama hast?«, fragte Hedda interessiert.

»Du hast es ihm ja auch nicht gesagt.« Elise hüpfte ein paar Schritte neben Hedda her. »Irgendwie gefiel es mir, dass er dachte, ich bin deine Tochter. Außerdem …« Sie kicherte.

»Was außerdem?«, wollte Hedda nach einer Weile wissen, als das Glucksen nicht aufhörte.

»Du bist eine lustige Mama. Meine hat nie so viel Dreck im Gesicht. Sie wäre in den Waschraum gegangen und hätte in den Spiegel geguckt.«

Hedda blieb stehen und wühlte wortlos in ihrer Tasche. Endlich fand sie ihren kleinen Spiegel, warf einen kurzen Blick hinein und ließ die Hand entsetzt wieder sinken. Sie sah fürchterlich aus. Ein breiter Dreckstreifen reichte schräg von ihrer linken Schläfe bis zu ihrer rechten Wange. An ihrer Nasenspitze hing keck ein Erdklümpchen.

»Warum hast du mir das denn nicht gesagt?« Bei dem Gedanken, dass der Bürgermeister sie so gesehen hatte, wurde ihr ganz übel. Kein Wunder, dass er sie nicht ernst genommen hatte.

»Mama sagt immer, es wäre unhöflich, jemandem zu sagen, wenn irgendetwas nicht in Ordnung ist. Sie war einen ganzen Tag lang böse auf mich, als ich Frau Sommerfeld gesagt habe, dass ihr linkes Auge größer ist als das rechte.«

»Hm«, machte Hedda, während sie mit dem Zipfel ihres Seidenschals an dem getrockneten Schlamm in ihrem Gesicht herumrieb. »Und du siehst keinen Unterschied zwischen dem asymmetrischen Gesicht von Frau Sommerfeld, an dem sie nichts ändern kann, und deiner armen Tante, die Dreck im Gesicht hat?«

Elise zuckte mit den Schultern. »Der Bürgermeister hat auch nichts gesagt.«

Das war ein Argument, gegen das sich nicht viel vorbringen ließ. Natürlich wusste Hedda, dass Elise viel zu pfiffig war, um nicht zu verstehen, dass sie ihrer Tante einen Gefallen getan hätte, indem sie ihr vom Schlamm in ihrem Gesicht erzählte, bevor der Bürgermeister sie so sah. Aber Elise hatte Spaß gehabt. Zum ersten Mal seit langer Zeit sah Hedda die Augen des Mädchens leuchten.

»Lass uns weitergehen«, sagte sie und lächelte, als sich die Kinderhand wieder in ihre schob.

7. Kapitel

Klara
Gut Falkensee, Westpreußen, Ostersamstag, 8. April 1944

»Wer soll das bloß alles essen? Ham die das halbe Dorf zu Ostern ins Herrenhaus eingeladen?« Ächzend bückte sich Frau Thielke, zog das Blech aus dem Ofen und betrachtete die beiden dicken goldgelb gebackenen Zöpfe aus Hefeteig.

Als ihr der Duft des Gebäcks in die Nase stieg, lief Klara das Wasser im Mund zusammen. »Das sieht toll aus«, sagte sie schnell, in der Hoffnung, die Köchin würde ihre Frage vergessen.

»Gelernt is gelernt«, brummte Frau Thielke und kehrte sofort zu dem Thema zurück, das sie angesichts der Massen an Essen, die sie auf Anweisung der Gutsherrinnen vorbereitet hatte, umtrieb. »Ich mein, wenn wirklich Leute aus dem Dorf eingeladen wär'n, würd das ja wohl auch für mich und die Meinen gelten. Also kann's so nich sein. Und irgendwelche vornehmen Bekannten werden auch nich kommen. Dann gibt's anderes Essen, Krieg hin oder her. Du bist doch immer oben bei den Herrschaften, Klara. Du musst doch wissen, was die an Ostern vorham.«

Fast drohend schaute die Köchin Klara über die Köstlichkeiten auf dem großen Arbeitstisch hinweg an. Die bekam es langsam mit der Angst zu tun, gab sich aber große Mühe, es nicht zu zeigen. Tatsächlich war sie in die Pläne für Ostern eingeweiht. Selbst wenn Hedda von Bargelow sie nicht ausdrücklich zum Schweigen aufgefordert hätte, wäre ihr klar gewesen, dass Frau Thielke besser nicht erfuhr, was für die Feiertage auf dem Gut geplant war.

Die Köchin war gefährlich, das hatte Klara längst begriffen.

Neulich hatte Frau Thielke ziemlich lange mit dem Mann von der Gestapo auf dem Hof gestanden, mit ihm geredet und dabei immer wieder hinüber zum Gesindehaus gezeigt. Ob sie ihm gesagt hatte, dass sie jede Woche Piroggen und andere Leckereien für die Polen zubereitete? Aber würde Frau Thielke nicht selbst Schwierigkeiten bekommen, wenn sie das der Geheimpolizei erzählte? Was wusste die Köchin sonst noch, wozu der Mann im braunen Ledermantel so zufrieden genickt haben könnte?

Bei dem Gedanken, dass Frau Thielke sie oft gehässig damit aufzog, dass sie wohl eine Schwäche für die »Polacken« hätte, vielleicht sogar ganz besonders für einen von ihnen, wurde es Klara vor Angst regelrecht schlecht. Wenn die Köchin herausfand, dass sie sich fast jeden Tag heimlich mit Jan traf, würde sie es dem Mann im Ledermantel mit dem bösen Blick sagen, der seit dem vergangenen Sommer immer wieder auf Gut Falkensee auftauchte. Manchmal kam er ein oder zwei Wochen nicht, und dann erschien er wieder fast täglich. Wie durch ein Wunder hatte er bisher nichts von dem gesehen, was er herauszufinden hoffte: einen Verstoß gegen die Polen-Erlasse.

Charlotte und Hedda von Bargelow hatten mittlerweile alles so organisiert, dass die verbotenen Vergünstigungen, die die Zwangsarbeiter genossen, in Windeseile verborgen werden konnten, sobald das große schwarze Automobil auf den Hof fuhr. Das Essen, falls es nicht gerade Eintopf mit Brot war, den es ab und zu immer noch im Gesindehaus gab, kam in die große Truhe neben dem Herd und wurde mit alten Küchenhandtüchern zugedeckt. Türen wurden nach Einbruch der Dunkelheit abgeschlossen, die Polen hatten aber einen Schlüssel, um das Gesindehaus dennoch verlassen zu können.

Es fand sich für fast jedes Problem eine Lösung, wenn alle zusammenhielten. Trotzdem fürchteten bestimmt alle, außer vielleicht Frau Thielke, dass der Gestapo-Mann die Wahrheit herausfand und sie bestrafte.

Aus Gesprächen, die sie im Herrenhaus belauscht hatte, wusste Klara, warum Julius Kirchner richtig wild darauf war, die Bewohner von Gut Falkensee wegen Verstößen gegen die Polen-Erlasse zu überführen. Er war der erste Ehemann von Isabella von Bargelow gewesen, die sich von ihm hatte scheiden lassen. Das war kein Wunder, denn angeblich war er von Anfang an ein begeisterter Anhänger der NSDAP gewesen. Dann hatte Isabella sich in einen jüdischen Tierarzt verliebt, der vor Kirchners Rache im letzten Moment nach Amerika geflohen war. Zu diesem Zeitpunkt trug Isabella bereits sein Kind unter dem Herzen. Sie brachte es auf dem Familiengut zur Welt und folgte dem Mann, den sie liebte, kurz nach der Geburt ihrer Tochter Johanna nach New York, wo die beiden wenig später heirateten.

Julius Kirchner hatte offenbar bis zum heutigen Tag diese Scheidung nicht verwunden. Zudem lehnte Isabellas Familie jeden weiteren Kontakt mit Julius Kirchner ab. Er hatte sich durch diese Ehe einen gesellschaftlichen Aufstieg erhofft, doch das war gründlich schiefgegangen. Daraufhin hatte er sich umso mehr in seine Parteikarriere gestürzt. Nach einigen Jahren in Berlin war er nun als Inspektor der Gestapo nach Westpreußen zurückgekehrt. Und immer noch wollte er sich an der Familie seiner geschiedenen Frau rächen.

Klara hatte Angst vor diesem Mann. Am meisten fürchtete sie aber, was er Jan antun könnte, wenn er herausfand, dass der polnische Zwangsarbeiter sich mit einer deutschen Frau traf. Jan und Klara liebten sich. Und das war verboten. Dabei hatten sie bis jetzt nicht mehr getan, als sich umarmt und geküsst und einander in die Augen gesehen.

Manchmal dachte Klara daran, wie schön es wäre, Jan zu spüren, wie eine Frau ihren Mann spürte. Denn es gab sicher keine verheiratete Frau in ganz Westpreußen, die so tief und innig für ihren Mann fühlte wie Klara für Jan. Was spielte es dann für eine Rolle, ob sie verheiratet waren? Sie war ganz sicher, dass sie schon längst zusammen vor den Traualtar getreten wären, hätte es das schreckliche Verbot nicht gegeben. Aber wahre Liebe konnte man nicht verbieten. Und sie wünschte sich die Erfüllung dieser Liebe, wünschte sich, mutig genug zu sein, über diese Schlucht zu springen und ihre Angst zu überwinden.

Sicher hätte Jan sie schon längst zu der Seinen gemacht, wenn nicht die furchtbaren Drohungen über ihnen geschwebt hätten. Sie hatte von Frauen gehört, die ins Konzentrationslager gebracht worden waren, weil sie sich mit einem Polen eingelassen hatten. Und Jan drohte der Tod durch den Strang, wenn es herauskam. Bei diesem Gedanken durchlief Klara ein Gefühl, als hätte ihr Blut sich in einen eisigen Fluss verwandelt.

Und doch – stand nicht in all ihren Romanen zu lesen, dass Liebe alles wagte?

»Was starrst du schon wieder Löcher in die Luft?«, holte Frau Thielkes scharfe Stimme sie in die Gegenwart zurück. »Du hast ein Geheimnis, Mädchen. Und ich werde es rausfinden.«

Vom Herd aus, wo sie den großen Topf mit dem Gulasch von der Flamme nahm, das für das Essen am Ostersonntag bestimmt war, sah die Köchin Klara mit stechenden Augen an.

Klara spürte, dass sie rot wurde. »Was soll ich … für ein … Geheimnis haben?«, stotterte sie. »Ich arbeite den ganzen Tag und schlafe sogar nachts hier im Haus.«

»Ich find's raus«, murmelte Frau Thielke, während sie in ihren abgetragenen Mantel schlüpfte.

Heimlich atmete Klara auf, als die Köchin endlich ging. Frau Thielke würde die Feiertage bei ihrer Familie im Dorf verbringen und erst am Dienstag nach Ostern wieder aufs Gut kommen. Für Samstagabend und für den Sonntag war das Essen vorbereitet, sodass Klara es nur aufwärmen und servieren musste. Und am Ostermontag sollte es kalten Braten, Brot und Salate geben.

»Wir hier auf dem Land haben es gut«, hatte Klara erst neulich beim Frühstück Frau von Bargelow sagen hören. »In der Zeitung steht ein Artikel über die Lebensmittelzuteilungen in den Städten. Die Leute werden zwar irgendwie satt, aber es ist wohl schwierig. Zwar leben auch wir nicht im Überfluss, aber wir essen regelmäßig Fleisch, und wir haben Butter und Milch. Genug um zu teilen. Denn wer arbeitet, muss auch essen.«

Klara wusste, dass mit der letzten Bemerkung die Polen gemeint waren, die anstelle dünner Suppen gut und reichlich zu essen bekamen.

Klara schaute auf die Wanduhr in der Küche. Noch eine Stunde, dann würde Grumpke das Osterfeuer auf der hinteren Koppel anzünden. Dort verbargen die Wirtschaftsgebäude und zur Seite hin der Wald die Flammen vor Blicken aus dem Dorf. Charlotte von Bargelow hatte diesen Platz für das Feuer bestimmt. Die Leute im Dorf hatten ihr eigenes Osterfeuer, aber man konnte nie wissen.

Gegen neun Uhr loderten die Flammen golden durch die Dunkelheit. Rote Funken tanzten wie Glühwürmchen durch die Luft. Klara atmete tief den Duft von brennendem Kiefernholz ein und streckte die Hände der Wärme entgegen.

Gemeinsam mit Hedda und Charlotte von Bargelow und Florentine von Krammbach hatte sie das für den Abend bestimmte Essen nach draußen gebracht und auf dem provisorischen Tisch aufgebaut, der aus ein paar großen Brettern bestand, die auf mehreren Sägeböcken ruhten.

Alice von Sandtberg hatte verkündet, sie würde nur kurz nach draußen kommen und sich das Feuer ansehen. Dass sie beim Herrichten der Festtafel helfen würde, hatte ohnehin niemand erwartet.

Nun saßen die Frauen aus dem Herrenhaus etwas abseits auf Holzstühlen, die Christian, der hinkende Stallbursche, für sie aus der Küche nach draußen getragen hatte. Trotz des Feuers war der Aprilabend dort, wo die Wärme der Flammen nicht hinreichte, kühl. Frau von Sandtberg hatte sich in eine Wolldecke gehüllt, die anderen Frauen trugen Mäntel und Schals.

Auf der schmalen Holzbank hockten die drei deutschen Knechte, die es auf dem Gut noch gab. Sie hatten wie Christian irgendwelche Gebrechen. Oder waren über sechzig wie Grumpke.

Dann nahten lautlos vom Gesindehaus her die Polen. Sie sollten zusammen mit den anderen Bewohnern des Guts die Osternacht feiern. Frau von Bargelow hatte es so beschlossen. So spät am Abend war mit keinem Kontrollbesuch durch Julius Kirchner mehr zu rechnen. Und falls er doch kam, mussten die Polen im Schutz der Dunkelheit durch eines der rückwärtigen Fenster, die man vom Hof aus nicht sehen konnte, ins Gesindehaus klettern. Zwar waren die Fenster auf Kirchners Befehl jetzt vergittert, aber die Männer hatten die Stäbe an einem davon gelockert. Man konnte sie wegnehmen und von drinnen wieder in die Fensteröffnung setzen. Die Vordertür hatten die Polen abgeschlossen, bevor sie zum Feuer gekommen waren. Schließlich war das nach Einbruch der Dunkelheit Vorschrift. So konnte Kirchner nicht ohne Weiteres ins Haus gelangen, und er musste warten, bis die Gutsherrin den Schlüssel gesucht und gefunden hatte.

»Das ist nur für den Notfall. Kirchner wird nicht kommen«, hatte Frau von Bargelow gesagt, nachdem sie den Frauen im Herrenhaus den Plan erläutert hatte. »Man hat mir zugetragen, dass er heute beim Bürgermeister zu Abend isst.«

»Beim Bürgermeister?« Hedda von Bargelow runzelte die Stirn, als würde sie ein gemeinsames Essen von Gestapo-Inspektor und Bürgermeister seltsam finden.

Frau von Bargelow zuckte mit den Schultern. »Zwei unverheiratete Männer. Zwei Parteimitglieder. Was soll daran verwunderlich sein?«

»Ich weiß nicht. Sie sind so unterschiedlich.«

»Sie sind Nazis«, stellte Frau von Bargelow fest, als würde das alles erklären. Und so war es wohl auch.

»Wichtig ist, dass wir anderen uns unsere Menschlichkeit bewahren«, fuhr Charlotte von Bargelow fort. »Auch deshalb werden wir zusammen mit den Polen Ostern feiern. Es ist ein christliches Fest, und wir sind Christen. Sie und wir.«

Ihre Tochter nickte, und Klara spürte in sich hinein. Sie hörte nicht zum ersten Mal von diesem Plan, doch immer wieder von Neuem, wenn sie an das Fest dachte, das vor ihnen lag, wurde es in ihrem Inneren hell, als hätte jemand ein Licht angezündet.

Jan und sie würden zusammen feiern! Innerhalb einer Gruppe von Menschen, die möglichst nicht merken durften, wie gut sie sich kannten und was sie füreinander fühlten. Und dennoch. Sie würden sich stundenlang ansehen können. Vielleicht konnten sie einander heimlich berühren. Vielleicht sogar für ein paar Minuten miteinander reden. So wie sie gelernt hatten zu reden. Mit den deutschen Worten, von denen Jan sich jeden Tag ein paar von Wiktor Nowak beibringen ließ, und den wenigen polnischen Worten, die Klara inzwischen von Jan gelernt hatte. Vor allem aber mit ihren Blicken. Ihre Blicke konnten so viel mehr sagen als ihre Zungen.

Und nun waren die Polen da. Stumm traten sie in den zuckenden Schein des Feuers. Obwohl Klara nur ihre schwarzen Umrisse sehen konnte, erkannte sie Jan sofort. An seiner Größe, mit der er die meisten anderen Männer überragte. An seiner Art, den Kopf zu halten und die Schultern ein wenig vorzuschieben. Und an dem kleinen Wirbel über seiner Stirn, wo so oft eine widerspenstige Haarsträhne hochstand. Wie oft hatte sie diese Strähne schon glatt gestrichen, hatte sie seidig unter ihrer Hand gespürt? Ihre Kehle wurde eng, und sie musste den Kopf abwenden. Niemand durfte bemerken, dass sie inmitten all der Menschen nur einen einzigen Mann sah, nur ihn anstarrte.

Charlotte von Bargelow hatte sich von ihrem Stuhl erhoben und war neben das Feuer getreten. Sie klatschte in die Hände, um die allgemeine Aufmerksamkeit auf sich zu lenken, obwohl das gar nicht nötig gewesen wäre. Die Polen waren immer noch stumm, und auch die deutschen Angestellten schwiegen, seit die Zwangsarbeiter in den Lichtkreis der Flammen getreten waren. Sie kannten einander, arbeiteten oft zusammen oder gingen auf dem Wirtschaftshof aneinander vorbei. Aber sie hielten sich getrennt, was vielleicht nicht nur an den Vorschriften lag, sondern auch daran, dass die meisten von ihnen sich nicht miteinander verständigen konnten.

»Ich begrüße Sie alle zu unserem Osterfeuer«, sagte Frau von Bargelow mit fester Stimme. Dann wandte sie sich ihrer Tochter zu, die ebenfalls aufgestanden war, und sagte leise etwas zu ihr. Daraufhin trat Hedda von Bargelow neben ihre Mutter und sprach einen Satz auf Polnisch. Sie sollte scheinbar die Ansprache der älteren Gutsherrin übersetzen. Das hätte Charlotte von Bargelow auch selbst tun können, doch Klara hatte schon oft bemerkt, dass sie ihre Tochter gern in die Leitung des Guts einbezog.

Natürlich tat sie das, weil es mehr als genug Arbeit gab, aber wohl auch, um Hedda zu beschäftigen und abzulenken. Zwar war es schon fast ein Jahr her, seit der Verlobte von Fräulein von Bargelow gefallen war. Aber Klara konnte genau sehen, dass Hedda von Bargelows Augen immer noch traurig dreinblickten. Vor allem wenn sie sich unbeobachtet wähnte, ging ihr Blick suchend in die Ferne.

Früher hätte Klara sich vielleicht gewundert, dass eine Frau so lange um einen Mann trauern konnte, mit dem sie nicht einmal verheiratet gewesen war. Heute ahnte Klara zumindest, wie es sich anfühlte, den über alles geliebten Mann zu verlieren. Und sie wusste, dass ein Ehering nicht nötig war, um sich mit einem Mann auf immer und ewig verbunden zu fühlen. Automatisch suchte ihr Blick Jan und fand seine vertraute Gestalt. Klara lächelte versonnen in sich hinein und wandte sich wieder ab. Sie musste vernünftig sein und ihr Geheimnis hüten.

»Wir feiern dieses Osterfest gemeinsam, so wie wir auch gemeinsam arbeiten«, fuhr Charlotte von Bargelow mit ihrer Rede fort. »Wir leben zusammen auf diesem Gut und müssen einander vertrauen, um den Alltag und die Arbeit zu bewältigen. Deshalb scheint es mir nur vernünftig, dass wir auch zu einem freudigen

Anlass zusammenkommen, gemeinsam essen, trinken und fröhlich sind.«

An die Polen gerichtet, sprach nun wieder Hedda von Bargelow. Im Feuerschein erkannte Klara sogar die Andeutung eines Lächelns um ihren Mund.

»Wir sind Christen, und wir wollen zusammen die Auferstehung unseres Herrn feiern.« Während sie redete, nickte Frau von Bargelow nachdrücklich. »Wer in dieser Gesellschaft nicht feiern möchte«, sie schaute das kleine Häuflein der deutschen Knechte an, »sollte besser gehen. Gehen und schweigen, wenn Sie verstehen, was ich meine. Ich habe zwar schon vorher mit jedem von Ihnen über diese Frage gesprochen, aber ich erwähne es vorsichtshalber noch einmal.«

Der Blick der Gutsherrin war streng, das konnte Klara sogar im zuckenden Licht des Feuers erkennen. Sie sah auch, dass die Knechte und Grumpke die Köpfe schüttelten und über die Flammen hinweg ruhig und freundlich zu den Polen hinüberblickten.

Einerseits war Klara froh über diesen Abend, der versprach, friedlich und fröhlich zu werden. Es fühlte sich an wie der Beginn eines Miteinanders, das es bisher nicht gegeben hatte. Andererseits spürte sie eine vage Angst, denn was sie taten, war verboten.

Sie runzelte die Stirn, so angestrengt dachte sie nach. Wie konnte etwas so Harmloses verboten sein? Sie standen doch nur um ein Feuer herum und nahmen sich Essen vom selben Tisch.

Klara beschloss, sich keine Gedanken mehr darüber zu machen. Frau von Bargelow wusste sicher, was sie tat. Wenn das hier herauskäme, würde es einen kleinen Verweis oder so etwas geben. Mehr konnte sicher auch der Gestapo-Inspektor nicht tun, der sich an der Familie seiner geschiedenen Frau rächen wollte.

»Und nun nimmt sich jeder zu essen und zu trinken, so viel er möchte und was er möchte.« Charlotte von Bargelow klatschte erneut in die Hände. Wieder übersetzte ihre Tochter ihre Worte, was sie bei den vorherigen Sätzen nicht getan hatte, die an die deutschen Angestellten gerichtet gewesen waren.

Auch Florentine von Krammbach stand nun auf und ging zu dem Bierfässchen, das schon angezapft worden war. Sie griff nach einem der bereitstehenden Gläser und füllte es. Dann reichte sie es dem polnischen Arbeiter, der am nächsten bei ihr stand.

»*Dziękuję*«, sagte er leise, und Klara hörte das polnische Wort für Danke, das sie als eines der ersten von Jan gelernt hatte. Automatisch schaute sie wieder in seine Richtung. Ihre Blicke trafen sich, und plötzlich hatte Klara das Gefühl, als würde auch in ihrem Inneren ein Feuer lodern. Ein Feuer, das niemals wieder verlöschen würde.

Wie von unsichtbaren Fäden gezogen, trat sie an den Tisch, auf dem die Speisen standen. Im selben Moment näherte sich Jan von der anderen Seite. Über das duftende Hefegebäck und einen großen Teller mit Käsebroten hinweg sahen sie einander an. Dann machte er einen Schritt rückwärts und noch einen, verließ den hellen Ring aus zuckendem Licht und wurde eins mit der Dunkelheit.

Klara nahm sich ein Brot und biss davon ab. Während sie aß, entfernte auch sie sich von dem Tisch und von den Menschen, die das Feuer umringten. Die Männer hatten sich fast alle dem Bierfass zugewandt. Florentine von Krammbach füllte ein Glas nach dem anderen. Die obere Hälfte des Getränks bestand nur aus Schaum, so schnell wie sie die goldgelbe Flüssigkeit aus dem Hahn rinnen ließ, doch das schien niemanden zu stören. Alle wussten, sie konnten noch ein weiteres Glas haben. Und auch noch ein drittes.

Wer schon sein Bier bekommen hatte, holte sich dazu etwas zu essen. Die Männer begannen, leise miteinander zu reden. Einer lachte, zwei andere stießen ihre Gläser gegeneinander.

»*Na zdrowie!*«, rief einer der Kriegsgefangenen in die Runde. Das hieß wohl so etwas wie »Prost«. Eine mehrstimmige Antwort kam zurück, und Klara konnte hören, dass nicht alle Männer, die antworteten, Polen waren.

Sie schlug einen Bogen um das Feuer und die Menschen, entfernte sich vom Lichtkreis und bewegte sich durch die Dunkelheit in Richtung Wald. Es war eine mondlose Nacht. Nur vereinzelt funkelten Sterne am Himmel.

Suchend schaute sie sich um. Als sie plötzlich von hinten umschlungen wurde, unterdrückte sie nur mit Mühe einen Aufschrei, entspannte sich aber sofort. Sie erkannte seinen Geruch und den leichten Druck seiner Finger, die er über ihrem Bauch verschränkte. Automatisch legte sie den Kopf in den Nacken und spürte seinen Atem an ihrer Schläfe.

Lange standen sie so da, den Blick auf das ferne Feuer gerichtet, um das sich die Gestalten der Menschen bewegten, die diesen Abend gemeinsam verbrachten, obwohl sie es eigentlich nicht durften. So wie Klara und Jan nicht zusammen sein durften und es dennoch waren. Weil es sich richtig anfühlte und gut. Weil es ihr Schicksal war, und weil es so sein musste.

Schließlich nahm Jan die Hände von ihrem Bauch, trat neben sie und umschloss ihr Handgelenk mit seinen Fingern. Sie sah fragend in sein Gesicht, das sie nur als hellen Fleck erkannte. Sie konnte sein entschlossenes Nicken sehen.

Und so ging sie mit ihm, ging Seite an Seite mit ihm in den Wald. Unter den Bäumen war es so dunkel, als hätte jemand eine schützende Decke über ihnen ausgebreitet. Sie tasteten sich Schritt für Schritt auf dem schmalen Weg vorwärts. Es roch nach Frühling. Über ihnen in einem Baum stieß ein Vogel einen schrillen Ton aus. Vielleicht fühlte er sich von den beiden stummen Gestalten gestört. Aus der Ferne hörten sie die Männer lachen.

Als hätte er genau die Stelle gefunden, die er gesucht hatte, blieb Jan plötzlich stehen. Dieses Mal legte er seine Arme von vorn um ihren Körper und zog sie an sich. So nah, dass sie meinte, durch die Jacke die festen Muskeln seiner Brust zu spüren. Sein Atem strich wie eine zärtliche Berührung durch ihr Haar, und seine Wärme umgab sie in der kühlen Frühlingsnacht.

Als er sie langsam rückwärtsschob, klammerte sie sich an seinen Schultern fest, weil sie Angst hatte zu stürzen. Doch da spürte sie im Rücken schon die raue Rinde eines Baumstamms. Vor ihr war nun Jans fester, starker Körper und hinter ihr ein Baum. Konnte sie noch sicherer und geborgener sein?

Sie schlang die Arme um seinen Nacken, zog ihn zu sich, suchte mit ihren Lippen seinen Mund. Schmeckte ihn, spürte ihn, umklammerte ihn sehnsüchtig.

»Heute Nacht«, flüsterte sie. »Heute will ich zum ersten Mal mit dir sein. In der Osternacht.«

Die Worte kamen von ganz allein über ihre Lippen, ohne dass sie vorher darüber nachgedacht hatte. Nun ja, sie hatte schon oft darüber nachgedacht, wann Jan und sie sich lieben würden, wie Paare es nun einmal taten. Dass sie die brennende Sehnsucht tief in ihrem Inneren endlich stillen würden. Trotzdem hatte sie Angst vor dem Unbekannten. Vielleicht würde es sehr wehtun, oder sie machte alles falsch, und Jan würde schrecklich enttäuscht von ihr sein.

So war es auch jetzt, da waren Unsicherheit und Furcht, aber gleichzeitig spürte sie eine große Freude.

Jan sagte leise etwas auf Polnisch.

Sie schüttelte ratlos den Kopf. »Kannst du versuchen, es mir auf Deutsch zu sagen?«, bat sie flüsternd. »Du kannst so viel besser Deutsch, als ich deine Sprache sprechen kann. Ich will sie lernen, aber wir sind zu selten zusammen, und Polnisch ist schwer.«

Lange war es still, und Klara vergrub ihr Gesicht im Kragen von Jans zerschlissener Jacke. Er hatte sie nicht verstanden. Es war schwierig, wenn sie einander nicht sehen konnten. Wenn es hell genug war, lasen sie einander vieles von den Augen ab, machten Zeichen mit ihren Händen, malten Figuren in die Luft.

»Ich will dich sehr, Klara, meine Schöne. Dich lieben, wie Männer Frauen lieben. Aber gefährlich … so gefährlich.«

Als sie seine Stimme hörte, die deutlicher als jemals zuvor die deutschen Worte aussprach, hob Klara entzückt den Kopf. Doch sie konnte sein Gesicht nicht erkennen. Also schloss sie die Augen, denn in ihren einsamen Nächten hatte sie gelernt, seine geliebten Züge vor sich zu sehen. So deutlich, als müsste sie nur die Hand ausstrecken, um seine Lippen zu berühren, seine Wangen mit den Bartstoppeln, die sie so aufregend kitzelten, wenn er ihren Hals küsste, sein energisches Kinn und die dichten dunklen Brauen.

Blind tastete sie nach seinem Gesicht, und sie fühlte das, was sie sich so oft nur herbeiträumen konnte. Vorsichtig strich sie mit ihren Fingerspitzen an seinem Hals abwärts, spürte den obersten Knopf seiner Jacke und öffnete ihn. Ihre Finger stahlen sich in die Wärme unter dem Stoff, fanden seine Haut über dem Hemdkragen. Auch hier ein Knopf, der unter ihren zitternden Fingern wie von selbst aus dem Knopfloch glitt.

Er fing ihre Hand mit seiner ein. Sagte etwas, das wie ein »Nein« klang. Sie schüttelte den Kopf.

»Ja«, widersprach sie energisch.

Es war, als hätte sie mit diesem kleinen Wort einen Damm gebrochen. Mit einem Ruck zog Jan sie so heftig an sich, dass es wehtat. Doch sie genoss diesen kurzen Schmerz, denn es waren seine Nähe, sein Körper, seine Stärke, die dieses Gefühl in ihr auslösten.

Und dann sein Kuss. Er war anders als all seine Küsse zuvor. So heftig und ungezügelt, so voller Sehnsucht nach mehr. Da begriff sie, wie sehr er sich all die Monate während ihrer gemeinsamen Minuten beherrscht haben musste. Wie sehr er sie lieben musste, dass er sie so oft gehalten und liebkost hatte, ohne mehr zu fordern. Er hatte sich beherrscht, um sie zu schützen.

Es war Liebe, und endlich, endlich würde diese Liebe ihre Erfüllung finden. So wie in all den Romanen, die sie nachts in ihrer Kammer las. Nur dass die romantischen Worte zwischen den Buchdeckeln nicht ausreichten, um die Gefühle, die Jan in ihr weckte, zu beschreiben. Das hier war anders, echter und tiefer.

Als hätten sie sich abgesprochen, gingen sie beide unter dem

Baum, der in der Dunkelheit sein Dach aus den ersten zarten Frühlingsblättern über ihnen ausbreitete, in die Knie. Spürten das weiche, kühle Moos unter sich, streckten sich auf diesem Lager aus, das die Natur für sie geschaffen hatte.

Klara lag mit weit geöffneten Augen auf dem Rücken, über sich die samtschwarze Nacht, auf sich Jans Hände. Es war, als könnte sie durch mehrere Lagen ihrer Kleidung hindurch die Wärme seiner Berührungen spüren.

Er hatte schon ihren Mantel aufgeknöpft und auseinandergeschlagen. Dann glitten seine Finger an der Vorderseite ihrer Bluse entlang, und wie von Zauberhand schienen sich die Knöpfe zu öffnen. Das dünne Leinenhemd, das sie darunter trug, schob er hoch, und sie erschauderte, als sie die kühle Luft auf ihren Brüsten spürte.

Und da waren auch seine Hände, rau von der Arbeit und doch so sanft und zärtlich. Seine Lippen, sein heißer Atem, seine Stimme, die ihr im Nachtwind Worte zuflüsterte, die sie nicht kannte und deren Bedeutung sie dennoch verstand.

Klara zitterte vor Aufregung und Liebe, ein bisschen auch aus Angst vor dem Unbekannten. Aber noch nie war sie so sicher gewesen, genau das Richtige zu tun. Endlich würde sie eins mit Jan werden, endlich würde sie ihm gehören.

8. Kapitel

Elise
Gut Falkensee, Westpreußen, Ostersonntag, 9. April 1944

Elise saß auf der schmalen Bank, schaukelte mit den Beinen und aß vergnügt ein Stück Napfkuchen. Der Kuchen hatte auch einen polnischen Namen, an den sie sich nicht erinnern konnte. Aber er schmeckte gut. Das war die Hauptsache.

Dieses Mal hatten die Männer auf dem Wirtschaftshof zwei lange Tische mit Bänken davor aufgebaut. Daran aßen nun Elises Familie, die Knechte und die polnischen Arbeiter – alle zusammen. Weil Ostern war, hatte Großmama Charlotte gesagt.

»Nicht herumerzählen, Lieschen.« Der Blick, den sie ihrer Enkelin zugeworfen hatte, war so ernst gewesen, dass Elise darauf verzichtet hatte, zum fünfhundertachtzigsten Mal zu sagen, dass sie nicht Lieschen genannt werden wollte.

»Ich sag nichts«, hatte sie nur gemurmelt. »Bin ja nicht dumm.«

Am Abend vorher hatten schon alle zusammen ein Osterfeuer gemacht. Alle bis auf Elise, die das Feuer nur aus dem Fenster ihres Zimmers hatte angucken dürfen.

Jedes Jahr aufs Neue wurde sie für »noch zu klein« befunden – und jedes Jahr hoffte sie, in zwölf Monaten endlich groß genug zu sein. Nur um wieder enttäuscht zu werden.

Am Ostersonntag durfte sie wenigstens dabei sein, aber dann gab es kein Feuer, und es war nicht dunkel, was sie viel aufregender fand.

Morgens war Elise mit ihrer Mama, der Großmama, Tante

Hedda und Großtante Alice in der Kirche gewesen. Großtante Alice, die im Haus nur in weichen Filzpantoffeln herumschlurfte, hatte für den Kirchgang ihre Füße in enge Schuhe mit Absätzen gequetscht und die ganze Zeit ein Gesicht gemacht, als würde sie eine Zitrone nach der anderen essen. Jetzt, beim Essen auf dem Wirtschaftshof, hatte die Großtante diese Schuhe immer noch an, aber als Elise vorhin versucht hatte, unter dem Tisch die Stallkatze einzufangen, hatte sie gesehen, dass die Großtante in Strümpfen dasaß und die Schuhe ausgezogen hatte.

»Du Osterei?«, fragte der Pole, der ihr am Tisch schräg gegenübersaß. Er zeigte auf den Korb, in dem die gekochten Eier lagen, die Elise zusammen mit Klara und Tante Hedda gefärbt hatte. Dazu hatten sie Rote Beete und Spinat benutzt. Andere Farben gab es nicht. Weil im Krieg andere Dinge wichtig waren als Farben für Ostereier, hatte Tante Hedda ihr erklärt. Doch in Rot und Grün sahen die Eier hübsch aus und glänzten schön in der Sonne, weil Elise sie nach dem Färben mit einer Speckschwarte eingerieben hatte.

Als der nette Mann ihr den Korb hinschob, zögerte Elise. Sie fand die roten Eier am schönsten, aber es lagen schon viel mehr grüne als rote Eier im Korb.

»Rot?«, fragte der Mann, als hätte er ihre Gedanken gelesen. Obwohl es gerade erst April war, war er schon ganz braun von der Arbeit auf dem Feld. Um die Augen hatte er lustige Fältchen, und in seinen schwarzen Haaren schimmerten helle Strähnen wie Silberfäden.

Sie nickte. Da nahm er ein Ei aus dem Korb und rollte es mit einem Fingerschnipsen auf ihre Tischseite. Sie kicherte und schnipste auch gegen das Ei, sodass es zu ihm zurückkullerte.

Das machten sie ein paar Mal, bis ihre Mutter auf das lustige Treiben aufmerksam wurde.

»Elise!«, sagte sie kopfschüttelnd. Sofort guckte der Pole schuldbewusst, während Elise den Tadel ihrer Mutter nicht allzu ernst nahm.

»Ich in Polen Tochter, ich vermisse«, sagte der freundliche Mann leise.

»Lass doch, Florentine«, mischte sich Tante Hedda ein. »Heute ist Ostern, und wir wollen alle zusammen fröhlich sein.«

»Bitte misch dich nicht in meine Erziehung ein, Hedda.« Mama machte einen spitzen Mund und runzelte die Stirn. Sie hatte ganz leise geredet, aber Elise hatte die Worte teils verstanden und teils von ihren Lippen abgelesen.

Vor Kurzem hatte Elise gehört, wie ihre Mutter mit Tante Hedda über ihre »Erziehungsprinzipien« gesprochen hatte und darüber, dass Konsequenz vonnöten sei. Konsequenz, die Hedda im Umgang mit dem Kind vermissen ließe. Elise begriff nicht recht, was Mama mit »Konsequenz« meinte.

Tante Hedda behandelte sie trotz ihrer neun Jahre wie eine vernünftige Person. Wie jemanden, der verstand, was man ihm sagte, selbst wenn es ein bisschen komplizierter war als die langweiligen Sachen, die sie in der Schule lernte. Vielleicht war das der Mangel an Konsequenz – und das gefiel Elise.

»Wie wäre es mit einem Ballspiel auf der Wiese?« Tante Hedda schaute sich fragend um.

Sofort hüpfte Elise von der Bank. »Ja!«, rief sie und hob beide Arme in die Luft. »Ball spielen. Alle machen mit!«

Natürlich spielten nicht alle mit, aber außer Tante Hedda und Elise waren drei der jüngeren Polen dabei, und es machte sehr viel Spaß. Elise hatte ihren bunten Ball aus dem Haus geholt, und die kleine Wiese neben dem Stall war ihr Spielfeld.

Das Spiel hatte keine richtigen Regeln, aber irgendwie ging es darum, dass einer den Ball ganz hoch in die Luft warf und die anderen versuchten, ihn aufzufangen. Inzwischen lief der Werfer weg, und wer den Ball fing, durfte ihn abwerfen. Was dann zu geschehen hatte, wusste keiner so genau, aber es fand sich immer ein neuer Werfer, und es wurde viel gelacht.

Als Tante Hedda gerade mit Werfen dran war, blieb sie plötzlich mit erhobenen Armen stehen und starrte zur Landstraße hinüber. Dann ließ sie den Ball fallen und sah sich aufgeregt um.

»Schnell«, rief sie. »Gestapo.«

Elise erschrak bis in ihren mit Essen und Kuchen vollgestopften Bauch hinein, und ihr wurde vor Schreck ganz schlecht.

Die polnischen Männer liefen sofort zu den Tischen, wo die anderen noch saßen und redeten.

Elise sammelte ihren Ball vom Boden auf, klemmte ihn sich unter den Arm und rannte ebenfalls zurück zum Wirtschaftshof. Sie war nur ein paar Schritte hinter Tante Hedda, die als Erste dort ankam.

»Gestapo«, keuchte die Tante, und sofort sprangen alle auf.

Die Polen griffen nach ihren leeren Tellern und Gläsern und trugen alles ins Gesindehaus. Inzwischen stellten die Frauen alle Schüsseln und sämtliche noch halb vollen Krüge mit Wein und Saft auf einen Tisch, sodass der andere leer war.

Die ersten Männer, die aus dem Gesindehaus zurückkamen, nahmen die Platte, die als zweiter Tisch gedient hatte, von den Böcken und trugen sie zusammen mit den Bänken weg.

Elise stand mit ihrem Ball unter dem Arm am Rand des Geschehens und schaute mit weit aufgerissenen Augen zu, wie alle mit ernsten Gesichtern herumliefen und immer wieder zu der Stelle schauten, wo der Weg von der Einfahrt her in den Wirtschaftshof mündete.

Als der schwarze Wagen dort auftauchte, verschwanden gerade die letzten der polnischen Männer im Gesindehaus. Das fröhliche Osteressen war vorbei.

»Ich habe gleich gesagt, dass es eine verrückte Idee ist«, hörte Elise ihre Mutter murmeln, während das Auto zur Mitte des gepflasterten Hofs rollte und dort stehen blieb.

»Es war gut und richtig«, sagte Großmama Charlotte mit fester Stimme. »Mit Julius Kirchner werden wir schon fertig. Überlasst ihn einfach mir.«

Als zwei Männer in langen, glänzenden Mänteln ausstiegen und mit lautem Knallen die Türen des Wagens zuschlugen, kniff Elise die Augen zusammen und presste die Lippen aufeinander. Im nächsten Augenblick schnappte sie empört nach Luft.

»Das ist er«, rief sie und deutete mit dem Finger auf den Mann im Ledermantel. »Er saß in dem Auto, das viel zu dicht an uns vorbeigefahren ist. Nicht wahr, Tante Hedda? Deshalb sind wir mit dem Fahrrad umgekippt.«

Der Mann wandte sich Elise zu und zog ein Gesicht, als wäre sie ein besonders ekliges Insekt.

»Dürfen hier kleine Mädchen das große Wort führen?«, erkundigte er sich in scharfem Ton.

»Ich bin erwachsen, und ich gebe dem kleinen Mädchen recht.« Tante Hedda eilte an Elises Seite und legte ihr schützend die Hand auf die Schulter. »Sie sind rücksichtslos gefahren und haben sich nicht darum geschert, als wir mit dem Fahrrad umgefallen sind. Auch ich habe Sie gesehen. Sie waren der Beifahrer.«

»Wir haben nichts bemerkt«, meldete sich der zweite Mann zu Wort. Das war derjenige, der am Steuer gesessen hatte. »Außerdem ist es nicht unsere Schuld, wenn Sie auf dem Fahrrad nicht die Balance halten können.«

»Sie haben uns rücksichtslos von der Straße abgedrängt.« Tante Heddas Stimme zitterte vor Wut. Als Elise ihre Tante von unten ansah, schob die ganz energisch das Kinn vor und funkelte die beiden Männer böse an. Scheinbar hatte sie vergessen, dass man nicht über die Gestapo reden sollte. Aber eigentlich sprach sie jetzt ja auch *mit* der Gestapo.

»Schluss mit dem Gerede.« Der Größere der Männer, der scheinbar das Sagen hatte, fuhr mit der Hand durch die Luft. »Es gibt Wichtigeres zu klären als einen kleinen Fahrradsturz, bei dem offensichtlich niemand zu Schaden gekommen ist.«

»Sie finden es also in Ordnung, dass das Fahrrad nun unbrauchbar, mein Kleid verdorben und meine kleine Nichte verschreckt ist?«, fauchte Hedda.

In diesem Moment öffnete sich eine der hinteren Türen des Autos, und der Bürgermeister stieg aus. Elise hatte nicht bemerkt, dass noch jemand in dem Wagen saß. Auch alle anderen auf dem Hof schauten erstaunt, als er neben die beiden Mantel-Männer trat.

»Ich muss leider bestätigen, dass Fräulein von Bargelow nass und schmutzig war, als sie im Rathaus eintraf.« Er lächelte zu seinen Worten, als wollte er es nicht mit den beiden Männern verderben und trotzdem Tante Hedda beistehen. Aber weil sein Gesicht auf der einen Seite so rot und geschwollen war, wirkte sein Lächeln irgendwie komisch.

Der Bürgermeister trug einen hellen Anzug, und Elise fand, dass er viel netter aussah als die beiden anderen Männer, obwohl er dieses halb hübsche und halb schreckliche Gesicht hatte und seine Augen hinter der dunklen Brille verborgen waren.

»Herr Bürgermeister«, sagte Tante Hedda. Sie guckte gleichzeitig erstaunt und entsetzt, dass er zusammen mit den Gestapo-Männern aufs Gut gekommen war.

Der größere der Mantel-Männer schüttelte den Kopf. »Egal, in welchem Zustand das Fräulein und das Kleid des Fräuleins waren, als sie bei Ihnen auftauchte, Schickedanz, damit haben wir nichts zu tun. Und das Mädchen erscheint mir alles andere als verschreckt. Sie ist ein vorlautes kleines Ding.«

Er wandte sich mit einer zackigen Bewegung ab und ging zu dem Tisch, neben dem Großmama, Mama, Klara, Grumpke und die drei deutschen Knechte standen. Sogar Großtante Alice mit ihren schmerzenden Füßen war aufgestanden und blinzelte ängstlich, während sich die Mantel-Männer vor der kleinen Gruppe aufbauten.

»Darf ich erfahren, was ihr hier macht?«, wandte sich der Größere an Großmama Charlotte. Er sagte Du zu ihr, wahrscheinlich kannten sie sich von früher, und deshalb meinte Großmama, sie könne mit ihm fertig werden. Elise hoffte inständig, dass es tatsächlich so war.

»Auch dir ein friedliches Osterfest, Julius«, sagte Großmama streng.

»Was geht hier vor?«, blaffte er nur, ohne auf Großmamas Ostergruß zu regieren.

»Es ist Ostern, und dies ist unser Osteressen«, antwortete Großmama und klang dabei ganz fröhlich.

»Ein Osteressen auf dem Wirtschaftshof, direkt vor dem Gesindehaus?« Der Mann namens Julius blickte sich strafend um, als wäre es verboten, hier zu essen. Vielleicht war es tatsächlich so, denn es waren ja die merkwürdigsten Dinge verboten.

»Die Sonne scheint, und wir haben beschlossen, das schöne Wetter zu nutzen.« Großmama lächelte den Mann so freundlich an, als wäre er ein netter Nachbar, der gekommen war, um mit ihr eine Tasse Tee zu trinken.

»Ihr habt einen Wintergarten, eine Veranda und einen Park, in dem ihr eure Festtafel aufstellen könnt.« Böse betrachtete der Mann den Tisch, auf dem vor lauter Schüsseln und Platten kaum noch Platz war.

»Dort scheint um diese Zeit die Sonne nicht«, ließ sich Mama vernehmen und guckte den Mann fast genauso unfreundlich an, wie er selbst in der Gegend herumblickte.

In diesem Moment war Elise sehr stolz auf ihre Mutter. Sonst dachte sie oft, dass Mamas Name sich genauso anhörte, wie ihre Mutter war. So weich und sanft – so wie *Florentine* klang.

Elise fragte sich oft, wie Mama es schaffte, den Frauen in der Zuckerfabrik zu sagen, was sie machen sollten. Es so zu sagen, dass sie es auch taten. Jetzt begriff sie, dass sie auch Erwachsenen Befehle erteilen konnte, wenn sie sich ein bisschen anstrengte. Elise gegenüber konnte sie schließlich auch streng sein. Das nannte sie dann Konsequenz.

»Ihr könnt unmöglich all diese Schüsseln leer gegessen haben.

Ein paar Frauen und drei ... nein, vier alte Männer.« Der unfreundliche Besucher im Ledermantel runzelte die Stirn. »Habt ihr vergessen, dass ich jahrelang mit euch an einem Tisch gesessen habe? Ihr esst wie die Spatzen.«

»Es ist Krieg. Wir müssen bei Kräften bleiben, Julius.« Großmama Charlotte kam um den Tisch herum und baute sich vor dem großen Mann auf. Tante Hedda trat neben sie.

»Ich nehme an, Sie sind gekommen, um die Zwangsarbeiter zu kontrollieren. Sie sind in ihrem Quartier«, sagte die Tante mit einem Gesicht, das so starr aussah, als hätte jemand es aus Stein gehauen.

Julius sah sie genauso seltsam an. »Mir ist zu Ohren gekommen, hier sei eine Liebelei zwischen einem der Polen und einer arischen Frau im Gange.«

Elise sah, wie ein Ruck durch den Körper ihrer Tante ging. »Wer behauptet denn so einen Blödsinn?«, fauchte sie und klang wie eine der Stallkatzen, wenn Elise sie mit einem Strohhalm neckte.

»Es tut nichts zur Sache, wer das gemeldet hat. Wir verraten die Menschen nicht, die ihre staatsbürgerliche Pflicht tun.« Julius Kirchner sprach sehr leise und ruhig. Es klang gefährlich, und Elise wurde ganz kalt, obwohl sie in der warmen Mittagssonne stand.

»Ich ahne, wer es war«, mischte sich Großmama Charlotte ein, »aber das spielt keine Rolle. Es ist gelogen. Wer soll sich denn bitte hier auf dem Gut mit einem der Zwangsarbeiter einlassen? Meine Tochter, die um ihren Verlobten trauert? Meine Schwiegertochter, die ihren Mann schmerzlich vermisst, während er an der Front fürs Vaterland kämpft? Meine Schwester mit ihren sechzig Jahren? Ich selber?«

»Nimm mich nicht auf den Arm, Charlotte. In eurem Haus arbeiten mehrere junge Frauen aus dem Dorf. Und eines eurer Hausmädchen wohnt sogar hier auf dem Gut.«

Er wandte den Kopf nach rechts und links, und auch Elise

guckte umher. Sie wusste, wen er meinte: Klara. Die war vor einer Minute noch da gewesen, aber jetzt war sie nirgends mehr zu sehen. Wie hatte sie es geschafft, so schnell und unauffällig zu verschwinden?

»Also – wer weiß etwas davon?« Jetzt schaute Julius Kirchner drohend in die Runde.

»Aber lieber Julius!«

Großtante Alice machte ein paar ihrer Trippelschrittchen und blieb ganz dicht vor dem Mann im Ledermantel stehen. Sie war so klein, dass ihr Kopf nur bis zu seiner Brust reichte.

Als Elise noch einmal hinschaute, hätte sie fast laut aufgelacht. Die Großtante hatte scheinbar vergessen, dass sie unter dem Tisch ihre Schuhe ausgezogen hatte. Nun stand sie auf Strümpfen da, riss die Augen weit auf und sah plötzlich aus wie eine von Elises Puppen. Nur war die Großtante viel älter. Aber manchmal schien sie das zu vergessen, dann benahm sie sich, als wäre sie eine junge Frau. Mindestens so jung wie Tante Hedda.

»Sei versichert, *mein lieber Julius*«, sagte sie mit ganz spitzen Lippen, als würde sie in eine Flöte blasen, »hier auf Gut Falkensee wohnen nur gesetzestreue Bürger. Du kennst uns gut und weißt, dass man uns in jeglicher Hinsicht vertrauen kann.«

Der Gestapo-Mann pustete kurz die Wangen auf und ließ sie wieder flach werden. »*Meine liebe Alice*«, setzte er an und machte eine lange Pause. »Es mag sein, dass du auf der Seite von Recht und Ordnung stehst. Aber letztlich … deine Tochter ist mit einem *Juden* nach Amerika durchgebrannt.«

»Ich konnte es nicht verhindern, und glaube mir, ich habe es versucht«, jammerte Großtante Alice. »Du weißt doch, wie gern ich es gesehen hätte, wenn du weiterhin mein Schwiegersohn geblieben wärst.«

»Nun ist es, wie es ist«, erklärte Julius. »Ich werde auch hier auf Gut Falkensee mit aller gebotenen Strenge dafür sorgen, dass die Vorschriften eingehalten und Verbote nicht übertreten werden.«

Er machte eine kurze Pause und fügte leise hinzu: »Ganz besonders hier.«

»Hier werden alle Vorschriften eingehalten«, mischte sich Großmama ein.

»Tatsächlich? Weiß wirklich niemand etwas von einer verbotenen Liebelei? Überlegt euch gut, ob ihr eine solche schwere Straftat decken wollt. Denn wenn ich herausfinde, dass ihr die Schändung einer deutschen Frau durch einen Mann von minderwertiger Herkunft gedeckt habt, kann das dazu führen, dass nicht nur das verderbte Paar bestraft wird, sondern auch ihr. Ihr könntet Haus und Hof verlieren.«

Wieder hatte Elise das Gefühl, als würde ein eisiger Wind über den Wirtschaftshof wehen.

Plötzlich trat der Bürgermeister in seinem hellen Anzug neben den Gestapo-Mann. Er hatte so lange still im Hintergrund gestanden, dass Elise ihn schon fast vergessen hatte.

»Ich würde sagen, Kirchner«, begann er mit tiefer, ruhiger Stimme, »dass auf einem so großen Anwesen die Eigentümer nicht unbedingt wissen können, was in jeder Ecke des Hofes und der Felder vor sich geht. Ganz abgesehen davon, dass ich seit meinem Einzug ins Rathaus von einzelnen Dorfbewohnern schon so viel Gerede gehört habe, welches jeglicher Wahrheit entbehrte, dass ich damit sehr vorsichtig geworden bin.«

»Tatsächlich, Schickedanz?« Julius Kirchner strich sich über die Haare, die so ordentlich nach hinten gekämmt waren, dass kein einziges Härchen hochstand. »Du weißt, ich achte dich sehr, weil du als Held von der Front zurückgekehrt bist, aber in dieser Hinsicht muss ich dir widersprechen. Meistens ist etwas Wahres dran, wenn gesetzestreue Bürger mir von Verfehlungen berichten.«

»Ich hingegen musste feststellen, welch ungerechtfertigter Neid von manchen Menschen den Großgrundbesitzern entgegengebracht wird.« Der Bürgermeister ließ sich nicht aus der Ruhe bringen. »Während mir auf der anderen Seite von vielen Dorfbewohnern berichtet wurde, wie oft die Leute vom Gut ihren Familien über die Jahre geholfen haben, wenn sie in Not gerieten.«

»Jetzt haben wir den Führer, der dafür sorgt, dass es in unserem Vaterland den Menschen gut geht, wenn sie sich an Recht und Ordnung halten. Niemand braucht mehr Großgrundbesitzer, die Almosen verteilen.« Julius Kirchner begleitete seine Worte mit einem energischen Nicken.

»Wir brauchen den Ertrag der Felder dieser Landwirte, um die Bevölkerung zu ernähren«, erklärte Herr Schickedanz ruhig.

»Sorgen Sie dafür, dass die Polacken hier im Hof antreten, Müller«, schnarrte Julius Kirchner in Richtung des Mannes, der das Auto fuhr und wohl sein Untergebener war. Er hatte schweigend im Hintergrund gewartet.

Müller lief eifrig ins Gesindehaus, wo sich die ganze Zeit keiner von den polnischen Arbeitern hatte sehen lassen, obwohl die Tür weit offenstand.

»Außerdem will ich das weibliche Personal hier haben«, sagte Kirchner dann zu Großmama Charlotte.

»Welches weibliche Personal?« Großmamas Blick war fast drohend. Sie schien keine Angst vor dem bösen Mann von der Gestapo zu haben. Oder sie konnte ihre Furcht gut verbergen. »Die Zeiten, als wir im Herrenhaus vier Hausmädchen und zwei bis drei Diener hatten, sind schon lange vorbei.«

»Nun, ich weiß sehr genau, dass ihr das Haus nicht eigenhändig putzt. Und euer Essen lasst ihr euch auch kochen«, zischte Kirchner.

»Wir haben ein einziges Hausmädchen, das auch hier wohnt«, sagte Tante Hedda. »Ein elternloses Mädchen, fast noch ein Kind. Die anderen Frauen kommen aus dem Dorf, zwei von ihnen jeden Tag, eine nur wenn wir zusätzliche Hilfe brauchen.«

»Und wo ist das *elternlose junge Ding*?« Jetzt klang Kirchner richtig gehässig.

Natürlich war Klara gemeint. Elise mochte das Hausmädchen

und hatte Angst, dass der Gestapo-Mann ihr etwas Böses wollte. Sie schaute sich suchend um, aber Klara war und blieb verschwunden. Was nicht verwunderlich war. Man musste gar nichts Schlimmes getan haben, um sich vor diesem Mann zu fürchten.

Inzwischen waren die Polen, angeführt von Müller, aus dem Gesindehaus gekommen. Keiner von ihnen sagte ein Wort. Sie stellten sich in zwei Reihen hintereinander auf. Ganz gerade standen sie da, mit den Händen an den Hosennähten, und starrten alle nach vorn, als würden sie in eine Ferne gucken, in der es gar nichts zu sehen gab.

»Klara hat im Haus zu tun«, sagte Großmama energisch.

»Dann unterbricht sie ihre Arbeit und kommt nach draußen.« Kirchner schnappte nach Luft und fuhr dann mit so lauter Stimme fort, dass Elise zusammenzuckte: »Glaubt ihr wirklich, dass ihr Sonderrechte genießt, nur weil ich mal mit einer Frau aus eurer Familie verheiratet war? Mit einer Frau, die sich mutwillig von mir hat scheiden lassen, um dann mit einem … Ich darf gar nicht daran denken, dass ein solcher Untermensch die Frau berührt, die ich in meinem Bett hatte. Es schüttelt mich vor Ekel. Also habe ich nicht die geringste Absicht, euch gegenüber Milde walten zu lassen. Ich will das Hausmädchen sehen, und zwar schnell!«

»Beruhigen Sie sich, ich gehe sie holen.« Tante Hedda verschwand in Richtung Wohnhaus.

Julius Kirchner vertrieb sich inzwischen die Zeit damit, vor den polnischen Arbeitern auf und ab zu gehen und vor jedem einzelnen der Männer stehen zu bleiben, um ihn anzustarren, als könnte er von dessen Gesicht irgendetwas ablesen, das er bestrafen konnte.

Elise spürte, dass die armen Polen ganz unruhig wurden. Sie taten ihr schrecklich leid. Tante Hedda hatte ihr erklärt, dass die Arbeiter gefangen genommen und nach Deutschland geschafft worden waren, damit sie hier arbeiteten, weil die deutschen Männer alle im Krieg waren. Man nannte sie Zwangsarbeiter, weil sie gezwungen wurden, hier zu arbeiten. Sie waren nicht freiwillig hier.

Wenn Elise sich vorstellte, jemand würde sie einfach packen und in ein fremdes Land bringen, wo sie viele Jahre bleiben musste, ganz fern von Gut Falkensee und ihrer Familie, wurde ihr ganz gruselig zumute. Und nun kam auch noch der Mann von der Gestapo und machte den Polen Angst.

Plötzlich setzten ihre Beine sich ganz von selbst in Bewegung, und bevor sie darüber nachdenken konnte, was sie eigentlich vorhatte, stand sie direkt vor Julius Kirchner, stemmte die Hände in die Seiten und sah ihn wütend an.

»Du darfst den Männern nicht solche Angst machen«, rief sie zu dem Mann hinauf, dem sie kaum bis zur Gürtelschnalle seines Ledermantels reichte. »Sie sind alle freundlich und fleißig. Und Großmama sagt, wenn wir sie nicht hätten, könnten wir die Felder nicht bestellen und die Ernte nicht einbringen und überhaupt nicht tun, was hier auf dem Gut alles getan werden muss.«

Kirchner beugte sich vor, sodass der Schatten seiner breiten Schultern auf sie fiel. Er betrachtete sie lange schweigend, als wäre er furchtbar verwundert über ihren Anblick.

»Erstens«, begann er dann und kniff die Augen noch mehr zusammen als ohnehin schon, »bin ich genau aus diesem Grunde hier. Um sicherzustellen, dass die Männer anständig arbeiten und nicht die Lebensgrundlage von uns Deutschen sabotieren. Und zweitens …«

Er machte eine Pause, und sein Schweigen dauerte so lange an, dass Elise bemerkte, wie still es ringsum war. Sämtliche anderen Menschen auf dem Wirtschaftshof standen ganz starr da, sahen in ihre Richtung und schienen sogar den Atem anzuhalten, während sie darauf warteten, dass Julius Kirchner fortfuhr. Nur Großmama setzte sich in Bewegung und blieb hinter Elise stehen, als wollte sie sie beschützen.

Elise hatte jedoch plötzlich keine Angst mehr. Sie war ein kleines Mädchen, und niemand tat einem kleinen Mädchen etwas zuleide oder steckte es gar ins Gefängnis.

»Zweitens will ich von einem Gör wie dir nichts hören. Es interessiert nicht, was ein Kind denkt«, fuhr Kirchner mit einer Stimme so scharf wie ein Messer fort. »Wie alt bist du?«

»Ich bin neun Jahre alt und komme nach Ostern in die vierte Klasse.« Elise reckte sich und schob das Kinn vor. Hinter sich hörte sie das Rascheln von Großmamas Kleid, die noch dichter hinter sie getreten war.

»Dann kommst du nächstes Jahr in den Jungmädelbund und lernst, wie du dich für die Belange unseres Führers einsetzen kannst«, stellte Kirchner fest. »Bis dahin hältst du gefälligst den Mund, wenn Erwachsene sprechen. Es könnte nämlich sein, dass ich beim nächsten Mal nicht so freundlich bin und mich vergesse. Dann ...«

Was der Gestapo-Mann dann tun wollte, erfuhr Elise nicht. Plötzlich wurde sie von hinten umschlungen, hochgehoben und weggetragen. Im ersten Moment war sie erschrocken, begann zu zappeln und wollte sich wehren, doch dann erkannte sie den Duft ihrer Mutter. Mama roch immer nach Rosenseife.

Im Laufschritt trug ihre Mutter sie zu der Gruppe der Knechte, die in einiger Entfernung standen und der Szene zuschauten. Erst dort stellte sie Elise wieder auf den Boden und legte ihr von hinten die Hände fest auf die Schultern, als wollte sie verhindern, dass sie weglief.

»Tu das nie wieder, Elise«, sagte sie dabei mit gesenkter Stimme. »Ich wäre vor Angst fast gestorben.«

Elise lehnte sich leicht nach hinten, sodass sie den Rock ihrer Mutter spürte. »Tut mir leid«, flüsterte sie zurück, wunderte sich aber ein bisschen.

Konnte es tatsächlich sein, dass dieser schreckliche Gestapo-Mann ihr ein Leid zufügte? Obwohl sie erschrocken über die Angst ihrer Mutter war, war Elise auch ein bisschen stolz, dass ihre Worte offenbar ernst genommen wurden.

In diesem Moment kam Tante Hedda mit Klara an ihrer Seite

um die Stallecke. Während sie über den Wirtschaftshof gingen, sprachen die beiden Frauen leise miteinander. Die Tante hielt eine längere Rede, und Klara nickte dazu und sagte nur ein oder zwei Worte. Sie sah blass und ängstlich aus, und am liebsten wäre Elise schon wieder zu Julius Kirchner gelaufen und hätte ihm gesagt, dass er Klara nichts tun durfte. Sie war zwar schon erwachsen, aber doch noch ganz jung. Und sie hatte schon lange keine Eltern mehr. Außerdem hatte sie sicher nichts Böses getan.

Mamas Hände lagen immer noch auf Elises Schultern und hielten sie fest, während Tante Hedda zusammen mit Klara den ganzen Weg bis zu Julius Kirchner ging.

»Da ist Klara«, sagte die Tante mit lauter Stimme, als sie neben dem Hausmädchen vor dem Gestapo-Mann stehen blieb. »Ich weiß zwar nicht, weshalb Sie sie sehen wollen. Aber bitte sehr!«

Klara machte einen Knicks, und als Elise bemerkte, dass die Hände des Hausmädchens zitterten, presste sie erschrocken die Lippen aufeinander. Hoffentlich sah Julius Kirchner das nicht. Der böse Mann drehte ihr vielleicht einen Strick daraus.

Zu Elises Erleichterung versteckte Klara die Hände unter ihrer Schürze.

»Sehen Sie sich diese Männer hier an«, dröhnte Kirchner über den Hof. »Kennen Sie einen von ihnen näher?«

»Näher?« Klara sackte in sich zusammen, als er sie derart anschrie. Ihre Stimme war so leise, dass sie Elise wie ein Windhauch vorkam.

»Intim«, donnerte der Ledermantel-Mann, und Elise fragte sich, was er damit meinte.

Klara senkte erst den Kopf und schüttelte ihn dann.

»Sie machen ihr Angst«, mischte Tante Hedda sich ein. »Ich kann Ihnen sagen, wie es ist. Klara kennt die Männer nur vom Sehen. Da sie sich mit ihnen nicht verständigen kann, ist es ihr nicht einmal möglich, auch nur einen Satz über das Wetter mit ihnen zu wechseln.«

»Wenn dieses Mädchen unschuldig ist, hat sie keinen Grund, Angst zu haben«, polterte Kirchner wieder los. »Sie sieht aber aus wie das Schuldbewusstsein in Person.«

»Wie ich schon sagte …«

»Ihre Meinung ist hier nicht gefragt«, schnitt Kirchner Tante Hedda unhöflich das Wort ab. Hatte ihm niemand beigebracht, dass man andere Leute nicht unterbrechen durfte? Elise hatte das schon als kleines Mädchen gelernt.

»Du kommst jetzt mal mit mir.« Der Mann im Ledermantel packte Klara am Arm und zog sie mit sich an der Reihe der Männer entlang.

»Schau jedem von ihnen ins Gesicht«, kommandierte er. »Ich will sehen, wie sie dich anschauen und du sie.«

»Aber ich … Ich fürchte mich vor ihnen«, protestierte Klara, und jetzt zitterte sie am ganzen Körper.

»Ich bin bei dir. Wenn du eine arische Frau bist, die ihre Reinheit bewahrt hat, beschütze ich dich.« Jetzt klang Kirchner fast gütig. Ob er Klara endlich glaubte?

Langsam ging er mit ihr an der ersten Reihe der Polen entlang, blieb vor jedem einzelnen stehen, zwang Klara, das auch zu tun, und wartete, bis sie dem Mann ins Gesicht geschaut hatte. Dabei ließ er Klara keinen Moment aus den Augen.

Es schien eine Ewigkeit zu dauern, bis Klara an allen Männern vorbei war. Elise hatte das Gefühl, dass in ihrem Magen ein Stein lag, der mindestens so groß war wie einer der Wackersteine, die den Wolf im Märchen von den sieben Geißlein in den Brunnen hinabzogen. Sie hielt die Luft an und atmete nur ab und zu, als würde sie im See tauchen und zwischendurch an die Wasseroberfläche kommen. Die ganze Zeit beobachtete sie die Szene wie gebannt.

Sonst hatte Klara meistens ein Lächeln auf den Lippen, doch jetzt sahen ihre Züge aus, als wären sie eingefroren. Nur ihre Wangen wurden abwechselnd rot und blass. Ihre Augen flackerten jedes Mal, wenn sie einen der Männer ansehen musste. Die Polen guckten starr und angestrengt zurück. Nur einer von ihnen – er war ziemlich jung und groß, und vorn auf seinem Kopf stand eine lustige Strähne fast senkrecht in die Höhe – schaute Klara irgendwie anders an. Auch sein Gesicht war wie Stein, aber außer der Angst, die bei allen Männern zu erkennen war, sah Elise in seinen dunklen Augen etwas wie ein fernes Funkeln, als Klara vor ihm stehen blieb.

Julius Kirchner schien das nicht zu bemerken, er zog Klara weiter zum nächsten Mann in der Reihe.

Dann war es vorbei. Klara hatte vor jedem der Polen gestanden und ihm ins Gesicht gesehen, und Kirchner war unzufrieden, dass ihm dabei nichts aufgefallen war.

»Ihr legt mich nicht rein, verlogenes Pack. Ich komm euch auf die Schliche, darauf könnt ihr euch verlassen«, rief er und ließ Klara endlich los.

Das Hausmädchen wich zurück, bis sie zwischen Tante Hedda und Großmama Charlotte stand. Die Tante drehte sich plötzlich um und fixierte Clemens Schickedanz, der im Hintergrund verharrte und dreinblickte, als würde ihn das Ganze nicht interessieren.

»Finden Sie es in Ordnung, dass Ihr *Freund* von der Gestapo die arme Klara derart demütigt und in Angst versetzt?«, fauchte Tante Hedda ihn an.

Der Bürgermeister räusperte sich und trat einen Schritt vor. »Wenn ich richtig informiert bin, ist es seine Aufgabe, dafür zu sorgen, dass die von der Regierung aufgestellten Regeln eingehalten werden. Sie sollten sich beruhigen, gnädiges Fräulein.«

»Ich denke nicht daran, mich zu beruhigen«, schimpfte Tante Hedda und baute sich direkt vor ihm auf. »Und nennen Sie mich nicht gnädiges Fräulein.«

»Entschuldigung«, sagte Schickedanz, und auch sein Gesicht hatte gar keinen Ausdruck. Die eine Seite mit der verbrannten Haut war sowieso immer ganz starr, aber auch die hübsche Seite wirkte jetzt wie Stein. Er sah Tante Hedda nur kurz an und schaute dann hinüber zum Stall, als gäbe es dort etwas Spannendes zu beobachten.

Mit einem verächtlichen Schnauben drehte sich die Tante um und marschierte hinüber zu Kirchner. Der stand zusammen mit dem Mann im Kleppermantel immer noch vor den aufgereihten Zwangsarbeitern und runzelte die Stirn, als würde er nachdenken, was er jetzt noch tun könnte.

In Elise stieg eine leise Angst um Tante Hedda auf. Der Gestapo-Mann konnte Leute ins Gefängnis werfen. Mama hatte sogar Angst um sie gehabt, dabei war sie ein Kind.

»Ich denke, damit ist die Sache ja wohl geklärt«, sagte Tante Hedda zu Julius Kirchner, und Elise war erleichtert, dass sie ganz ruhig blieb.

»Das denke ich ganz und gar nicht«, erwiderte der Gestapo-Mann mit scharfer Stimme.

»Und wie lange sollen die Polen hier noch tatenlos herumstehen?« Tante Hedda stemmte die Hände in die Hüften. »Ich dachte, sie sind zum Arbeiten hier. Die Mittagspause ist längst zu Ende.«

Kirchner zog seine Augenbrauen hoch und sah plötzlich fast ratlos aus.

»Dachtest du, wir lassen die Zwangsarbeiter Ostern feiern?«, mischte sich Großmama ein und trat neben Tante Hedda. »Du hast dich ja nie um die Arbeitsabläufe auf dem Gut gekümmert, sonst wüsstest du, dass die Tiere natürlich auch an Feiertagen gefüttert werden müssen. Wir haben jetzt Kühe, um das deutsche Volk mit Milch zu versorgen. Das bedeutet, es muss zwei Mal am Tag gemolken werden.«

»Außerdem steht doch wohl nirgendwo geschrieben, dass unsere Zwangsarbeiter an einem Feiertag nicht ausmisten dürfen, nicht wahr? Das sollen sie nämlich heute auch noch erledigen.« Tante Hedda warf den Kopf in den Nacken.

Urplötzlich brüllte Kirchner die Männer an: »Abtreten, faules Pack. Macht eure Arbeit!«

Mit gesenkten Köpfen lösten die Polen ihre Reihen auf. Sie

liefen ein bisschen durcheinander, die einen zum Gesindehaus, andere in Richtung Stall, und ein paar standen nur da und sahen sich hilflos um. Elise wusste, dass die meisten von ihnen nicht verstanden hatten, was eben geredet worden war.

Jetzt rief Wiktor Nowak ein paar Worte auf Polnisch, und sofort machten sich alle Männer zusammen auf zum Stall.

Natürlich mussten auch heute die Kühe gefüttert und gemolken werden, aber doch erst nachmittags um fünf! Und sah der dumme Gestapo-Mann denn nicht, wie die Polen angezogen waren? Zwar besaßen sie keine wirklich guten Sachen, aber sie hatten alle ganz saubere Hosen und helle Hemden an. So arbeitete niemand im Stall.

Kirchner machte seinem Begleiter ein Zeichen und ging ein paar Schritte in Richtung des schwarzen Autos. Dann blieb er noch einmal stehen.

»Glaubt nicht, dass ich euch nicht erwische«, rief er quer über den Hof. »Dann sind nicht nur die Polacken dran, sondern ihr alle. Macht euch darauf gefasst, dass ihr die längste Zeit großspurig als Gutsherren gelebt habt.«

Bei seinen letzten Worten sah er besonders Großmama und Tante Hedda an. Elise bewunderte die beiden, die ganz ungerührt zurückguckten, obwohl sie sicher war, dass sie zumindest ein bisschen Angst hatten. Ihre Mutter stand neben ihr und faltete die Hände vor dem Körper, als wollte sie beten, löste sie und faltete sie wieder. Dabei sah sie ganz verzweifelt drein. Was falsch war. Man musste ein Gesicht ziehen, als hätte man kein bisschen Angst vor der blöden Gestapo. So wie Tante Hedda und Großmama es machten.

Elise reckte ihren Körper, zog die Schultern zurück und blickte ganz fest hinüber zu Julius Kirchner. Der schaute gerade den Bürgermeister an.

»Kommst du, Schickedanz? Wir fahren los, aber nächstes Mal erwischen wir sie.«

Wortlos folgte der Bürgermeister den beiden Gestapo-Männern zu ihrem Wagen und stieg ein, ohne sich noch einmal umzudrehen. Nach der ersten Begegnung im Rathaus hatte Elise gedacht, er wäre netter. Aber manchmal täuschte man sich eben in den Menschen. Das hatte Mama ihr erklärt, als Bruno sie in der Schule ganz furchtbar an ihren Haaren gezogen hatte. Dabei hatte sie vorher geglaubt, er wäre ein freundlicher Junge.

Die Polen waren im Stall verschwunden. Alle anderen standen da und schauten zu, wie das Auto wendete und losfuhr. Erst als es nicht mehr zu sehen war, steckten Großmama und Tante Hedda die Köpfe zusammen und flüsterten miteinander.

Klara, die in ihrer Nähe stand, begann plötzlich zu schwanken und sank im nächsten Moment ins Gras.

»Dieser verdammte Kerl!«, rief Tante Hedda wütend, während sie sich über Klara beugte. »Er hat ihr solche Angst gemacht, dass sie ohnmächtig geworden ist.«

»Immerhin hat sie so lange durchgehalten, wie er hier war«, murmelte Elises Großmutter und sah mit gerunzelter Stirn zu, wie Klara, von Hedda gestützt, sich langsam wieder aufrichtete.

»Es geht mir gut«, behauptete Klara mit schwacher Stimme. »Ich … ich hatte nur so schreckliche Angst, und als die Gestapo weg war, hab ich plötzlich meine Beine nicht mehr gespürt.«

»Sie müssen keine Angst haben, wenn Sie sich nichts haben zuschulden kommen lassen.« Großmama Charlotte sah Klara mit einem seltsamen Blick an.

Klara wurde rot, murmelte etwas Unverständliches vor sich hin und ging mit staksigen Schritten zurück zum Haus.

Elise fragte sich, wie es wohl war, vor lauter Aufregung ohnmächtig zu werden. Sie fühlte sich zum Glück wieder gut, nachdem ihr vorhin ganz schön mulmig zumute gewesen war. Aber jetzt waren die Gestapo-Männer und der Bürgermeister ja weg.

9. Kapitel

Hedda
Dorf Falkensee, Westpreußen, Mai 1944

Schon als sie vor die Tür des kleinen Ladens trat, musste Hedda den schweren Einkaufskorb von einer Hand in die andere wechseln. Sie war ins Dorf gegangen, um Backpulver und Linsen zu besorgen, und hatte spontan ein paar Flaschen Limonade für Elise mitgenommen. Frau Raabe, die Ladeninhaberin, machte die Limonade aus eingelegten Früchten, Natron und Zucker selbst, und Hedda wusste, dass ihre Nichte das süße, sprudelnde Getränk liebte.

Als sie sich dem Rathausplatz näherte, bereute Hedda, dass sie gleich vier Flaschen gekauft hatte. Sie war zu Fuß ins Dorf spaziert, um den schönen Frühlingstag zu genießen – und weil ein paar Päckchen Backpulver und einige Pfund Linsen nicht schwer wogen. Nun hatte sie ihre Last um einiges vergrößert, aber zum Glück konnte sie sich für den Heimweg Zeit lassen.

»Guten Tag, Fräulein von Bargelow.«

Die tiefe Männerstimme, die sie unvermittelt von der Seite ansprach, ließ sie zusammenschrecken.

»Herr Bürgermeister.« Hedda kniff gegen die bereits tief stehende Abendsonne die Augen zusammen. Schickedanz' Gesicht lag im Schatten, und in diesem Licht war kaum zu erkennen, wie verunstaltet die linke Seite seines Gesichts war.

Seit er gemeinsam mit Julius am Ostersonntag auf Gut Falkensee aufgetaucht war, hatte sie ihn nicht gesehen – und das war ihr ganz recht gewesen. Er war mit Julius befreundet, was nur bedeuten konnte, dass er die Ziele der NSDAP guthieß und unterstützte. Eine Erkenntnis, die Hedda nicht hätte verwundern sollen. Es musste schließlich seinen Grund haben, dass Schickedanz zum Bürgermeister von Dorf Falkensee ernannt worden war.

»Wie ich sehe, haben Sie schwer zu tragen«, stellte Schickedanz mit einem Blick auf ihren Korb fest, den sie mit einem karierten Geschirrtuch abgedeckt hatte.

»Nicht so schlimm«, wehrte sie ab. »Ich habe schon deutlich schwerere Sachen geschleppt.« Sie wollte jeden Gedanken, dass er ihr die Sachen zum Gut tragen würde, gleich im Keim ersticken. Falls er jemals auf so einen Gedanken verfallen wäre.

»Wenn Sie wollen, kann ich Sie begleiten und den Korb für Sie tragen«, sagte er. Zwar sah sie ihn nicht an, wusste aber, dass er lächelte. Sie hörte es an seiner Stimme.

»Nicht nötig«, erwiderte sie barsch. Schickedanz als Spion der Gestapo auf dem Gut hatte ihr gerade noch gefehlt. Schlimm genug, dass sie jederzeit mit Kirchners Besuch rechnen mussten. Seit Ostern war er zusammen mit seinem Untergebenen Müller fast täglich auf Falkensee erschienen. Für Hedda, ihre Mutter und sämtliche Beteiligten war es einigermaßen nervenaufreibend, ständig auf sein Kommen gefasst sein zu müssen.

Die Polen konnten nicht einmal mehr in Ruhe ihre Piroggen oder ihren Kuchen genießen. Einer von ihnen musste stets Ausschau nach dem schwarzen Wagen halten, damit sie das Gebäck verstecken konnten, bevor die Männer von der Gestapo das Gesindehaus erreicht hatten.

»Ich helfe Ihnen gern.« Bevor sie protestieren konnte, hatte Schickedanz ihr den Korb aus der Hand genommen.

»Der ist ziemlich schwer!«, stellte er erstaunt fest. »Was tragen Sie denn da nur spazieren?«

Empört riss sie den Korb wieder an sich. »Wenn Sie das schwer finden, haben Sie noch nie ordentlich zugepackt«, fauchte sie. »Sie stammen aus der Stadt, nicht wahr?«

Er zuckte mit den Schultern. »Ich bin in der Nähe von Berlin geboren und aufgewachsen. Das heißt aber nicht, dass ich nicht in der Lage wäre, für eine Frau eine Last zu tragen. Glauben Sie nicht, dass ich etwas stärker bin als Sie?«

Sie umklammerte mit beiden Händen den Henkel des Korbs. »Ich brauche keine Hilfe. Akzeptieren Sie das bitte.«

»Wie Sie wünschen.« Er trat einen Schritt zurück. »Wie ich hörte, haben sie sich zur Aussaat des Sommerweizens von einem Ihrer Nachbarn eine Sämaschine ausleihen können und im Gegenzug einigen Bauern schon einige Male ein oder zwei ihrer Arbeitspferde zur Verfügung gestellt.«

Hedda nickte widerwillig. »Treskow, dem die Sämaschine gehört, sagte meiner Mutter, Sie hätten mit ihm gesprochen.« Es war nicht einmal nötig gewesen, Grumpke um Vermittlung zu bitten.

»Wir brauchen Mehl für die Bevölkerung«, erwiderte er leichthin, als wollte er deutlich machen, dass er sich jedenfalls nicht ihretwegen bemüht hatte. »Wie läuft es sonst auf Gut Falkensee? Gibt es Probleme mit den polnischen Arbeitern?« Er richtete die runden Gläser seiner dunklen Brille auf sie, und obwohl sie seine Augen nicht sehen konnte, hatte sie das unbehagliche Gefühl, er könnte direkt in ihren Kopf schauen und ihre Gedanken lesen.

»Warum sollte es Probleme geben?«, sagte sie hastig. »Alles funktioniert gut. Nur die ständigen Einmischungen von außen bringen Unruhe. Ihr Freund Kirchner macht den Männern Angst, obwohl sie fleißig arbeiten und sich nichts zuschulden kommen lassen.«

»Ich kenne Kirchner erst seit wenigen Wochen. Deshalb würde ich ihn nicht als Freund bezeichnen.« Mit einer Geste, die angesichts seiner sonstigen Ruhe seltsam nervös wirkte, strich Schickedanz sich das braune Haar aus der Stirn. »Obwohl es für eine Freundschaft ganz verschiedene Gründe geben kann. Gründe, die manchmal mit Sympathie und Gemeinsamkeiten wenig zu tun haben.«

»Ehrlich gesagt, interessiert es mich nicht, aus welchem Grund

Sie mit ihm befreundet sind und die Ostertage in seiner Gesellschaft verbracht haben. Überhaupt geht mich Ihr Privatleben nichts an.«

Schickedanz öffnete den Mund, schloss ihn aber wieder.

»Ich sollte mich beeilen. Unsere Köchin wartet auf meine Einkäufe«, behauptete Hedda, obwohl Frau Thielke wahrscheinlich längst wieder nach Hause gegangen war, wenn sie auf dem Gut eintraf. Das Backpulver und die Linsen würde sie erst an den folgenden Tagen brauchen.

Als Schickedanz keine Anstalten machte, weiterzugehen und den Weg freizumachen, setzte sie widerwillig hinzu: »Vielen Dank, dass Sie mit Treskow gesprochen haben. Unsere Sämaschine ist praktisch unbrauchbar, und wenn wir uns keine hätten leihen können, wäre es sehr schwierig gewesen, unsere Felder zu bestellen.«

»Ich habe es für Volk und Führer getan.«

Hedda erwartete, dass er zum Hitlergruß den Arm vorreckte, bevor er endlich ging. Das tat er jedoch nicht. Er nickte einfach und spazierte weiter in Richtung Rathausplatz, ohne sich noch einmal umzudrehen.

Sie wusste, dass er in dem kleinen Haus neben dem Rathaus wohnte, und folgte ihm absichtlich langsam. Auf diese Weise schaffte sie einen genügend großen Abstand und musste sich nicht am Ende noch einmal mit ihm unterhalten.

Als er die kleine Pforte zum Vorgarten öffnete, atmete sie auf. Gleich würde er in seinem Haus verschwinden. Er stand bereits vor der Tür und suchte in seinen Hosentaschen nach dem Schlüssel. Als sie sah, dass hinter einem der hohen Büsche neben dem Haus eine schmale Gestalt in abgerissener Kleidung hervortrat, blieb sie überrascht stehen.

Selbst aus der Entfernung erkannte sie das große ›P‹ auf der Jacke des Fremden. Wieso versteckte sich ein polnischer Zwangsarbeiter vor der Haustür des Bürgermeisters? Und was noch viel erstaunlicher war – wieso versteckte er sich nicht *vor* dem Bürgermeister, sondern kam hinter dem Busch hervor, während dieser die Haustür aufschloss?

Schickedanz wechselte ein paar Worte mit dem dünnen Mann, schaute kurz in die Runde, stellte fest, dass Hedda in kaum fünfzig Metern Entfernung auf der anderen Straßenseite stand, und zuckte sichtbar zusammen. Ihre Blicke begegneten sich, verhakten sich sekundenlang ineinander, dann bewegte Hedda kaum merklich den Kopf auf und ab. Was auch immer der Bürgermeister mit dem Polen dort drüben vorhatte, der Mann war offenbar freiwillig zu ihm gekommen. Also würde sie mit niemandem über ihre Beobachtung sprechen.

Nach kurzem Zögern wandte Schickedanz sich ab, schloss seine Tür auf und verschwand mit dem Polen im Inneren des Hauses.

Nachdenklich ging Hedda weiter. So angestrengt sie auch überlegte, sie begriff nicht recht, was die Szene zu bedeuten hatte, die sie eben beobachtet hatte. Schickedanz war Ostern gemeinsam mit Julius Kirchner auf Gut Falkensee gewesen, um festzustellen, ob die Zwangsarbeiter auf dem Gut den Regeln entsprechend behandelt wurden. Jenen Regeln, die vorschrieben, dass diese Männer als Menschen zweiter Klasse anzusehen waren, die schlechtes Essen bekamen, nichts besitzen durften und eingesperrt wurden, wenn sie nicht gerade arbeiteten.

Schlimmer noch, der Bürgermeister hatte interessiert zugeschaut, wie der Gestapo-Mann versucht hatte, ein deutsch-polnisches Liebespaar zu entlarven.

Mittlerweile hatte Hedda das Dorf verlassen und wanderte auf dem schmalen Fußweg um den See herum. Sie war so tief in Gedanken versunken, dass ihr erst nach fast einer halben Stunde wieder auffiel, wie schwer ihr Korb war. Sie stellte ihre Last ab und setzte sich auf einen großen Stein am Ufer. Er war noch warm von der Sonne, die soeben Anstalten machte, hinter den Bäumen seitlich vom See zu versinken. Noch berührten die letzten Strahlen wie vorwitzige Fingerspitzen das Wasser und tauchten den Falkensee in sanftes Rotgold.

Hedda starrte auf die schimmernde weite Fläche, doch sie nahm die Schönheit der abendlichen Landschaft kaum wahr. Viel zu angestrengt überlegte sie, ob Schickedanz tatsächlich einen entflohenen Zwangsarbeiter versteckte und ihm möglicherweise half, rasch die Gegend und das Land zu verlassen. Denn wie sie es auch drehte und wendete, das schien ihr die einzige sinnvolle Erklärung für das zu sein, was sie gesehen hatte.

Sie hatte gehört und auch in der Zeitung gelesen, dass gelegentlich Zwangsarbeiter flohen. Wenn sie erwischt wurden, erwarteten sie schwere Strafen, manchmal sogar der Tod. Aus Angst vor diesen Strafen wagten die meisten keinen Versuch, sich aus ihrer oft wirklich schlimmen Situation zu befreien und in ihre Heimat zurückzukehren. Dennoch gab es immer wieder Männer, die das Wagnis eingingen. Vermutlich sehnten sie sich mehr als die anderen Zwangsarbeiter nach der Frau, die sie liebten, und nach ihren Kindern. Oder sie waren nicht bereit zu akzeptieren, dass man ihnen die Freiheit nahm. Vielleicht waren sie einfach mutiger oder verzweifelter.

Konnte es sein, dass Clemens Schickedanz diesen Flüchtlingen half? Sie mit unauffälliger Kleidung und Lebensmitteln versorgte und ihnen den kürzesten Weg zur Grenze beschrieb? Das war natürlich verboten, und wenn jemand dabei erwischt wurde, drohte auch ihm eine harte Strafe. Würde ein Bürgermeister das riskieren? Und wieso sollte sich jemand, der die Methoden der NSDAP nicht guthieß, von dieser Regierung zum Bürgermeister machen lassen?

Erst als die Sonne endgültig hinter dem Wäldchen verschwunden war, stand Hedda auf und griff nach ihrem Korb. Wahrscheinlich hätte sie noch stundenlang hier sitzen und grübeln können und würde dennoch nicht klarer sehen.

Als Hedda eine Viertelstunde später die Auffahrt entlang zum Herrenhaus ging, war es ihr fast gelungen, die Gedanken an den Polen im Haus des Bürgermeisters zu verdrängen. Unterwegs war sie immerhin zu dem Ergebnis gekommen, dass Schickedanz ihr nicht wie ein Mann vorkam, der die Flüchtlinge in eine Falle lockte und anschließend der Gestapo auslieferte. Warum sie ihn nicht für hinterhältig hielt, hätte sie nicht zu sagen vermocht. Schließlich war er mit Julius Kirchner befreundet, und Kirchner war definitiv ein Mann, der über Leichen ging, um seine Ziele zu erreichen.

Hedda folgte dem schmalen Fußweg zur Hintertür. So konnte sie ihre Einkäufe gleich in der Küche lassen und sehen, ob Klara schon mit den Vorbereitungen für das Abendessen begonnen hatte. Frau Thielke ging regelmäßig gegen fünf Uhr nachmittags nach Hause ins Dorf. Am Abend war es Klaras Aufgabe, die kalte Mahlzeit für die Familie im Herrenhaus, für die Knechte und die Zwangsarbeiter vorzubereiten und zu servieren.

Fast hatte Hedda den Hintereingang erreicht, als die grüngestrichene Tür aufgerissen wurde und Klara ins Freie stürzte. Das Hausmädchen schien Hedda, die nur zwei Schritte entfernt stand, nicht wahrzunehmen. Sie rannte an ihr vorbei zur Hecke, die den Küchengarten umschloss, beugte sich vor und begann heftig zu würgen.

Hedda stellte ihren Korb ab und sah besorgt zu, wie Klara unter gequälten Geräuschen nichts als ein bisschen Flüssigkeit von sich gab. Sie suchte in ihrer Rocktasche nach einem sauberen Tüchlein und näherte sich dem Hausmädchen.

»Passiert Ihnen das öfter?«, erkundigte sie sich mit leiser Stimme.

Klara fuhr herum und starrte sie erschrocken an. »Wie? Nein! Ich … Es geht mir gut. Ich hab nur was Falsches gegessen.«

»So sah das eigentlich nicht aus.« Hedda runzelte die Stirn und reichte Klara das Tuch, damit sie sich den Mund abwischen konnte.

»Wie wollen Sie wissen, weshalb mir schlecht geworden ist?« Nun klang Klara fast wütend.

Hedda unterdrückte einen Seufzer. Die heftige Reaktion des Mädchens bestärkte sie in ihrem Verdacht.

»Es führt zu nichts, die Sache zu ignorieren«, sagte sie mit sanfter Stimme. »Das ist noch gefährlicher, als die Situation ohnehin schon ist. Kommen Sie mit in die Küche, Klara. Wir reden darüber und versuchen, eine Lösung zu finden.«

»Was für eine Lösung?«, fragte Klara bockig und verschränkte die Arme vor der Brust.

»Es gibt für alles eine Lösung, wenn man Hilfe hat. Vertrauen Sie mir, Klara.« Ohne ein weiteres Wort wandte Hedda sich wieder der Hintertür zu, und tatsächlich folgte ihr das Mädchen.

In der Küche setzte Hedda den Wasserkessel auf den Herd, bevor sie die Sachen aus ihrem Korb in die Speisekammer räumte. Klara stand derweil unentschlossen in der Nähe der Tür herum, als wollte sie sich die Möglichkeit offenhalten, jeden Moment wegzulaufen.

Stumm rückte Hedda ihr einen Stuhl zurecht und deutete darauf. Klara verzog den Mund, als hätte ihr jemand angeboten, in eine Zitrone zu beißen, setzte sich jedoch hin.

Hedda holte zwei Tassen aus dem Schrank. »Ich koche uns Ingwertee«, verkündete sie. »Der ist gut gegen Übelkeit.«

»Hm«, machte Klara. Dann brach sie in Tränen aus.

In diesem Moment begann der Kessel auf dem Herd zu pfeifen. Hedda zog ihn zur Seite. Sie konnte später noch Tee kochen.

»Wer ist denn der Vater? Einer von den Polen, nicht wahr?«, sagte sie leise, nachdem sie sich neben Klara gesetzt hatte.

Die nickte und schluchzte nun noch lauter. »Ich weiß nicht … was ich tun soll. Er würde mich heiraten. Ganz sicher … würde er das tun. Aber das dürfen wir … ja nicht.« Ziellos wischte sie sich mit Heddas Taschentuch übers Gesicht.

»Wir … lieben uns. Liebe kann man nicht … verbieten. Oder doch?« Aus feuchten Augen starrte sie Hedda fragend an.

»Nein«, antwortete Hedda. »Liebe nicht. Aber …« Sie biss sich auf die Zunge. Natürlich wusste Klara sehr genau, dass ihre Liebe zu einem Polen keine Chance hatte. Nicht nur das. Sie brachte damit sich selbst und ihren Geliebten in große Gefahr.

»Du darfst nicht mit ihm zusammen sein«, fuhr sie entschlossen fort. Ohne darüber nachzudenken, duzte sie das Hausmädchen. »Schon unter normalen Umständen könnte das dazu führen, dass er ...« *Zum Tode verurteilt wird,* hatte sie sagen wollen, verschluckte die Worte jedoch gerade noch rechtzeitig, als sie Klaras entsetzten Blick sah.

»Jan darf nichts passieren«, flüsterte Klara und putzte sich mit lautem Schnauben die Nase.

Jan war es also. Längst kannte Hedda die Namen sämtlicher Zwangsarbeiter und konnte sie dem dazugehörigen Gesicht zuordnen. Jan war ein freundlicher, hübscher Bursche. Sie konnte gut verstehen, dass Klara sich in ihn verliebt hatte.

»Und du könntest zu Lagerhaft verurteilt werden, nachdem das Kind zur Welt gekommen ist. Deinen Sohn oder deine Tochter würde man dir wegnehmen«, fuhr Hedda fort. »Du weißt, dass Herr Kirchner auf einer Art Rachefeldzug gegen unsere Familie ist. Er wird uns, und damit auch dir und deinem Jan gegenüber, besonders unbarmherzig und hart sein, wenn er herausfindet, dass hier auf dem Gut gegen die Regeln verstoßen wird.«

»Aber alle verstoßen dauernd gegen die Regeln.« Trotzig wie ein unartiges Kind schob Klara die Unterlippe vor. »Die Polen werden gar nicht wirklich eingeschlossen. Und sie bekommen manchmal richtig feines Essen. Und an Ostern ... Da haben Sie selbst und Ihre ganze Familie mit den Zwangsarbeitern zusammen gefeiert und gegessen. Das ist auch verboten.«

»Ja. Aber das alles ist längst nicht so schlimm wie ... Rassenschande.« Es fiel ihr schwer, dieses schreckliche Wort auszusprechen, doch genau das war es, was man Klara und Jan vorwerfen würde. »Essen, das vielleicht ein bisschen zu reichlich ist; ein Tisch, an dem Deutsche und Polen zusammen gesessen haben, die schon längst wieder aufgestanden sind; eine Tür, die man angeblich vergessen hat abzuschließen – das alles ist schwierig zu beweisen. Aber ein Kind, dessen Vater ein Pole ist – daran ist nichts zu deuteln. Zumindest wenn es jemanden gibt, der darüber redet, mit wem du dich getroffen hast. Und so jemanden scheint es hier zu geben. Deshalb war Herr Kirchner schon Ostern hier auf dem Gut und ist seitdem immer wiedergekommen.«

Hedda machte eine Pause und sah Klara prüfend an. Das Mädchen hatte sich ein wenig beruhigt. Immer noch liefen Tränen über ihre Wangen, aber sie schluchzte nicht mehr so laut und verzweifelt.

»Frau Thielke – sie ist diejenige, die etwas mitbekommen und es der Gestapo gesagt hat, nicht wahr?«, fragte Hedda leise.

Klara biss sich so heftig auf die Unterlippe, dass ihre Zähne zwei Abdrücke hinterließen. »Sie hat gemerkt, dass ich immer ein paar Minuten mit Jan zusammen war, wenn ich das Abendessen ins Gesindehaus gebracht habe«, flüsterte sie.

»Du hast ihn trotzdem getroffen? Obwohl Frau Thielke etwas wusste oder zumindest ahnte? Das war sehr unvorsichtig«, stellte Hedda fest. »Hast du es auch noch nach Ostern getan? Nachdem Kirchner dich an allen Polen hat vorbeigehen lassen? Du hattest solche Angst, dass du hinterher in Ohnmacht gefallen bist. Wie hast du bloß den Mut aufgebracht, trotzdem mit deiner Liebelei weiterzumachen?«

»Es ist keine Liebelei. Ich liebe ihn. Und er mich.« Mit ihren kleinen Händen klammerte Klara sich an der Tischkante fest, als wäre das der einzige Halt, den sie auf der Welt hatte.

»Ich weiß.« Plötzlich musste Hedda an Eckhardt denken und daran, dass auch sie jedes Risiko auf sich nehmen würde, um ihn noch ein einziges Mal zu sehen, zu hören und zu spüren. »Aber du bringst ihn in Lebensgefahr, wenn du ihn weiter siehst. Manchmal kann Liebe bedeuten loszulassen. Um den Geliebten zu retten.«

Es tat Hedda selbst furchtbar weh, diese Worte zu sagen, weil sie so sehr mit Klara fühlte. Dennoch schien es die einzige Lösung für das Problem zu sein.

»Das kann ich nicht«, wisperte Klara und presste sich die Fingerspitzen gegen die Lippen, als wollte sie einen verzweifelten Schrei zurückhalten.

»Es tut mir schrecklich leid«, beteuerte Hedda, »aber ich sehe wirklich keinen anderen Weg.«

Klara schüttelte wieder und wieder den Kopf. Über ihre Lippen kam jedoch kein Laut mehr.

10. Kapitel

Klara
Gut Falkensee, Westpreußen, Mai 1944

Hedda von Bargelow hatte nicht lange gefackelt. Es waren nur zwei Tage seit dem Abend vergangen, an dem die junge Gutsherrin Klara dabei beobachtet hatte, wie sie die Tasse Milch wieder herauswürgte, die sie kurz vorher getrunken hatte. Zwei Tage voller Angst, zwei Nächte, in denen Klara kaum geschlafen hatte. Da rief Hedda von Bargelow sie zu sich in den Salon und bot ihr wie einem vornehmen Gast einen Sessel und eine Tasse Tee an.

Klara setzte sich, nahm aber lieber keinen Tee. Ihr wurde oft unverhofft schlecht, und sie wollte auf keinen Fall die teuren Teppiche beschmutzen.

»Du siehst ein, dass du dich nicht mehr mit Jan treffen darfst, nicht wahr?«, sagte Fräulein von Bargelow und rührte in ihrer Tasse.

Klara zuckte mit den Schultern und presste die Lippen zusammen, die plötzlich zitterten. »Ich weiß nicht«, brachte sie mühsam heraus.

»Es ist zu gefährlich. Letztlich für uns alle«, erklärte die Gutsherrin in energischem Ton. »Am sichersten ist es, wenn du dich so schnell wie möglich verlobst und auch bald heiratest.«

Hoffnung durchzuckte Klara wie ein greller Blitz. Gab es doch einen Weg, Jan zu heiraten? Eine Möglichkeit, die Hedda von Bargelow kannte und ihr gleich verraten würde? Aber dann begriff sie, was die junge Gutsherrin meinte. Sie schlug sich verzweifelt die Hand vor den Mund.

»Ich kann keinen anderen Mann heiraten.« Klaras Stimme

kam ganz klein aus ihrer engen Brust, als hätte jemand sie fest zusammengeschnürt.

»Ich habe mit Christian gesprochen«, sagte Fräulein von Bargelow. »Er ist ein sehr freundlicher Mann. Und seine Behinderung hat in diesen Zeiten einen entscheidenden Vorteil. Er ist nicht eingezogen worden, und das wird auch nicht geschehen. Also wirst du zu deiner Unterstützung einen Mann an deiner Seite haben, wenn das Kind da ist. Christian ist bereit, die Vaterschaft anzuerkennen.«

Klara schnappte nach Luft. »Weiß er, wer der wirkliche Vater ist?«

»Ich habe es ihm nicht gesagt, und er hat nicht danach gefragt.« Die Gutsherrin nippte an ihrem Tee. »Er weiß lediglich, dass du in anderen Umständen bist und einen Vater für dein Kind brauchst. Mehr solltest du ihm auch nicht erzählen. Je weniger Menschen die Wahrheit kennen, desto besser.«

Jetzt bemerkte Klara, dass ihre Kehle wie ausgetrocknet war. Trotzdem wagte sie nicht, nun doch um eine Tasse Tee zu bitten.

»Es macht mir nichts aus, dass Christian einen Klumpfuß hat und dass mit seinen Augen etwas nicht stimmt«, sagte Klara nach kurzem Nachdenken. »Ich habe manchmal mit ihm geredet, und er ist nett. Aber ich liebe Jan, und ich kann nicht ...«

Hedda von Bargelow unterbrach sie, indem sie mit ihrer schmalen Hand eine elegante Bewegung durch die Luft machte. Dabei schimmerten ihre polierten Fingernägel wie Silber.

»Bitte, Klara! Diese Zeiten sind für uns alle hart. Du musst Jan vergessen.«

»Ich werd ihn nie vergessen! Niemals!« In Klaras Kehle lauerte ein Schluchzer, aber sie drängte ihn mit aller Kraft zurück. »Das geht doch gar nicht, weil ich das Kind von ihm haben werde.« Sie presste sich die Hand auf den Bauch, der noch ganz flach war.

Obwohl die Tatsache, dass sie ein Kind von Jan bekam, alles schrecklich schwierig machte, liebte sie dieses Kind schon jetzt mehr als ihr Leben. Genauso sehr, wie sie Jan liebte. Dabei hatte sie vor Kurzem noch gedacht, dass sie niemanden so sehr lieben könnte wie ihn.

»Tu es für Jan«, sagte Hedda von Bargelow, als hätte sie Klaras Gedanken gelesen. »Wenn du ihn freigibst, wird er hoffentlich überleben.«

Klara schluckte krampfhaft. Dann nickte sie, obwohl sie es nicht vorgehabt hatte.

»Aber ich muss vorher mit ihm reden. Muss ihm erklären, dass ich das für ihn tu und damit unser Kind in Sicherheit ist. Wenn ich nichts zu ihm sage und mich plötzlich mit einem anderen Mann verlobe, denkt er, ich liebe ihn nicht mehr. Dabei liebe ich ihn mehr als … als alles.« Der Seufzer, der aus den Tiefen ihrer Brust kam, fühlte sich an, als wollte er sie zerreißen.

»Gut.« Fräulein von Bargelow nickte mit ernster Miene. »Ich werde dafür sorgen, dass ihr eine ungestörte Stunde für euch habt. Am besten oben in deiner Mansarde. Dort ist es am sichersten. Ich denke mir einen Vorwand aus, unter dem ich Jan für irgendeine Arbeit ins Haus hole. Dann bringe ich ihn zu dir. Diese Gelegenheit werdet ihr nutzen, um euch voneinander zu verabschieden. Für immer. Denn du wirst so bald wie möglich einen anderen Mann heiraten.«

Bei der Vorstellung, eine ganze Stunde mit Jan in ihrer Mansarde zu verbringen, war ein helles Glücksgefühl in Klara aufgestiegen. Doch dieses Gefühl wurde fast sofort durch die schwarze Wolke vertrieben, die sich bei den nächsten Worten der Gutsherrin über sie senkte. In eine einzige Stunde konnte man kein ganzes Leben quetschen. Das Leben, das Jan und ihr gestohlen werden sollte. Es würde das allerletzte Mal sein, dass sie ihn umarmen und spüren und küssen würde.

»Du musst mir versprechen, dass du nach diesem Abschied Jan nie wieder heimlich treffen wirst.« Die Miene der Gutsherrin wurde noch ernster, als sie ohnehin schon war. »Ich werde dafür sorgen, dass du das Essen nicht mehr hinüber ins Gesindehaus bringen musst. Trotzdem wird es sich nicht vermeiden lassen, dass ihr euch ab und an über den Weg lauft. Redet nicht miteinander. Glaube mir, Klara. Es ist am besten so.«

Klara zögerte einen Moment und nickte dann, obwohl es sich anfühlte, als müsste sie vor Kummer sterben.

Fräulein von Bargelow verlor keine Zeit. Als Klara zwei Tage später das Abendessen servierte, hörte sie, wie die junge Gutsherrin behauptete, dass ein Wasserhahn in ihrem Bad tropfe und sie es keine Nacht länger mit dem Geräusch der Wassertropfen im Waschbecken aushalten könne.

»Ich habe gehört, einer der Polen kennt sich mit Klempnerarbeiten aus«, fuhr sie fort, und Klara sah, dass Hedda von Bargelow ihr einen Seitenblick zuwarf. »Ich hole ihn nachher ins Haus.«

»Wenn du meinst. Einen Versuch ist es wert«, sagte Frau von Bargelow gleichgültig und nahm sich eine eingelegte Gurke.

»Du solltest so etwas keinem Polen überlassen«, mäkelte prompt Alice von Sandtberg. »Ruf morgen einen Klempner aus Bischofswerder.«

»Wer weiß, ob es im Umkreis von fünfzig Kilometern überhaupt noch Klempner gibt. Die sind wahrscheinlich alle an der Front. Wir können von Glück sagen, dass wir Männer im Haus haben, die sich mit so etwas auskennen.« Mit dieser Bemerkung der jungen Herrin war die Unterhaltung beendet, und Klara wusste, der Abend des Abschieds war gekommen.

Als sie später den Tisch abräumte und in der Küche das Geschirr abspülte, klopfte Klaras Herz so wild, als wolle es ihr aus der Brust springen und zu ihren Füßen auf dem Fliesenboden zerschellen.

Dann saß sie oben in ihrer Mansarde auf der Bettkante und starrte die Tür an. Sie hatte sich ihr Sonntagskleid angezogen und die Haare mit einer Schleife geschmückt. In dieser letzten gemeinsamen Stunde wollte sie hübsch sein für Jan. So hübsch, wie sie nur konnte.

Es klopfte leise an der Tür, gleich darauf wurde die Klinke heruntergedrückt, und durch die schmale Öffnung war Hedda von Bargelows gepflegte Hand zu sehen, die Jan in die Stube schob.

Klara sprang auf, und dann standen sie einander gegenüber. Lange sahen sie sich an und brachten beide kein Wort heraus. Wahrscheinlich wusste Jan gar nicht, wie ihm geschah. Die junge Gutsherrin hatte Klara gesagt, sie solle ihm selbst erklären, dass ihre Liebe sie beide das Leben und ihr ungeborenes Kind seine Zukunft kosten konnte.

»Warum?«, stieß Jan schließlich hervor. »Warum will Herrin, dass wir zusammen? Ich mich freue. Sehr.« In seinem Gesicht machte die Verwunderung einem wunderschönen Lächeln Platz.

Als Klara dieses Strahlen sah, wurde ihr Herz so schwer, dass sie sich kaum auf den Beinen halten konnte. Jan glaubte, dass es ein gutes Zeichen war, mit Wissen von Hedda von Bargelow hier in ihrer Kammer sein zu dürfen. Wie sollte sie ihm klarmachen, was dieses Treffen in Wahrheit zu bedeuten hatte?

Schweigend legte sie die Arme um seinen Hals und schmiegte sich an ihn. Dabei versuchte sie verzweifelt, wenigstens für einen kurzen Moment nicht daran zu denken, dass dies der Abschied sein würde. Das letzte Mal. Wenn sie sich diesen Gedanken erlaubte, würde sie sofort in Tränen ausbrechen.

Jans Kuss war wie immer voller Sehnsucht und Liebe. Er war das, was sie verzweifelt brauchte und wovon sie seit Wochen lebte. Und doch würde sie lernen müssen, ohne seine Nähe, ohne seine Zärtlichkeit, ohne ihn zu sein.

Vorsichtig löste sie sich aus seiner Umarmung, nahm seine Hand und zog ihn zur Bettkante. Dort sanken sie Seite an Seite nieder, aber als Jan sie erneut an sich ziehen wollte, wehrte sie ihn sanft ab.

»Wir müssen reden, Jan«, flüsterte sie.

Er zog fragend die Brauen hoch und schaute sie mit seinen wunderschönen schokoladenfarbenen Augen an. Mit jenen Augen, die für sie die Welt bedeuteten. Das konnte niemals aufhören. Wie sollte sie weiterleben, wenn sie nicht mehr die Liebe in seinem Blick sehen konnte?

Klara nahm seine beiden Hände und umklammerte sie mit all ihrer Kraft. Sie waren warm und rau und stark.

»Ich bekomme ein Kind, Jan«, sagte sie leise. »Ein Kind von dir.«

In seinem Gesicht waren kurz hintereinander so viele Gefühle zu sehen, dass sie gar nicht mitkam. Erst waren dort nur Freude und Glück. Zu sehen, wie sehr Jan sich über ihre Nachricht freute, machte auch Klara für einen kurzen Moment sehr glücklich. Dann begriff er offenbar, wie viel schwieriger es für sie beide durch dieses Kind werden würde. Sorge vertrieb das Strahlen aus seinen Augen und das Lächeln von seinen Lippen. Nun las sie echte Angst in seinen Zügen.

»Ich liebe Kind. Unser Kind. Aber wir können Kind nicht heimlich haben, Leute werden merken«, sagte er nach einer Weile. Nun umklammerte er ihre Finger so fest, dass es wehtat.

»Wenn die Gestapo von diesem Kind erfährt, sind wir beide in großer Gefahr«, flüsterte sie. »Fräulein von Bargelow will uns helfen, aber wir müssen ... sehr tapfer sein.«

»Sie helfen?« In Jans Augen flackerte wieder Freude auf. »Sie gute Frau!«

»Sie kann uns nicht so helfen, wie wir es uns wünschen würden.« Plötzlich fühlte sie sich so schwach, dass sie das Gefühl hatte, kein einziges Wort mehr sagen zu können.

»Was heißt das?« Er runzelte die Stirn. »Wir werden Kind nicht weggeben!«

»Ich werde das Kind zur Welt bringen und behalten können, wenn wir es so machen, wie die Gutsherrin es sagt«, erklärte sie rasch. »Wenn ich einen anderen Mann heirate, einen deutschen Mann, der das Kind als Vater annimmt. Und dir passiert auch nichts. Wir dürfen uns nur niemals mehr treffen.«

Ängstlich spähte sie in sein Gesicht. Sie war sich nicht sicher, wie viel er von ihrer Erklärung verstanden hatte.

»Du heiraten anderen Mann? Niemals! Ich nicht zulassen!« In seinen Augen brodelte es, als hätte jemand den Kakao zum Kochen gebracht. Gleichzeitig packte er sie bei den Schultern und zog sie mit einem Ruck an sich. Hielt sie fest umklammert, als wollte er sie niemals wieder loslassen.

Mit einem Seufzer ließ Klara sich in seine Umarmung fallen, genoss für kurze Zeit das Gefühl, dass sie beide eine Trennung nicht zulassen würden. Sie schmiegte ihr Gesicht in die Kuhle zwischen seiner Schulter und seinem Hals und atmete tief seinen Duft ein. Nein, sie durften sich nicht trennen.

Dann wurde ihr wieder bewusst, welchen Preis sie vielleicht würden zahlen müssen, wenn sie wider jede Vernunft weiter auf eine gemeinsame Zukunft hofften.

Es kostete sie all ihre Kraft, sich wieder von ihm zu lösen. Aber sie musste es tun, weil sie nicht zulassen konnte, dass er für ihre Liebe mit seinem Leben bezahlte.

»Wenn man uns erwischt, kann es sein, dass man dich zum Tode verurteilt. Und mir nimmt man nach der Geburt das Kind weg und steckt mich in ein Lager. Du weißt doch, dass der Mann von der Gestapo dauernd kommt und am liebsten sofort jemanden bestrafen will. Der kennt keine Gnade. Er würde sogar versuchen, die Gutsleute dranzukriegen.« Während die Worte aus ihrem Mund sprudelten, mit denen sie auch sich selbst zu überzeugen versuchte, verschwamm Jans Gesicht vor ihren Augen.

Sie zog die Nase hoch und wischte sich mit dem Handrücken die Tränen weg. Sie durfte nicht weinen. Für Jan und für ihr Kind musste sie tapfer sein.

Er beugte sich vor und küsste ihr eine Träne von der Wange, die sie nicht mit ihrer Hand erwischt hatte.

»Nicht weinen, meine Klara«, sagte er. »Wir zusammen. Wir und unser Kind.«

»Nein!« Mit einem Ruck sprang sie auf und machte zwei Schritte bis in die Mitte des kleinen Zimmers. Wenn sie Jan noch einmal erlaubte, sie zu umarmen und festzuhalten, würde es ihr nie gelingen, sich von ihm zu verabschieden. »Das geht nicht, Jan. Ich werde Christian heiraten. Das ist der einzige Weg. Ich werde nicht zulassen, dass du dich in so große Gefahr bringst. Und ich muss dafür sorgen, dass ich das Kind behalten kann.«

Jan war auch aufgestanden. Er streckte die Arme nach ihr aus, doch sie wich zurück.

»Es tut mir so schrecklich leid«, flüsterte sie und war erstaunt, dass aus ihrer engen Kehle überhaupt noch Worte kamen. »Aber du musst jetzt gehen. Ich werde mich mit Christian verloben und ihn so bald wie möglich heiraten.«

Er riss seine Augen so erstaunt auf, als hätte er bisher nicht verstanden, dass sie es wirklich ernst meinte. »Ich liebe dich, Klara. Immer.«

»Ich liebe dich auch, Jan. Immer«, erwiderte sie weinend.

Sie stürzte sich in seine Arme, klammerte sich wie eine Ertrinkende an ihn und küsste ihn mit aller Liebe und aller Leidenschaft, derer sie fähig war. Weil die Erinnerung an diesen Kuss für ein ganzes Leben ausreichen musste. Dann schob sie ihn mit letzter Kraft in Richtung Tür.

»Nein«, protestierte er. »Wir laufen weg von hier. Ich kann nicht trennen von dir.«

»Es gibt keinen anderen Weg.« Zu ihrem eigenen Erstaunen schaffte sie es, den Schluchzer zurückzuhalten, der sich wie eine Faust in ihrer Kehle zusammenballte und ihr fast die Luft zum Atmen nahm.

Jan schüttelte den Kopf und hörte nicht auf damit, während sie die Tür öffnete und ihn flehend ansah.

»Bitte, Jan! Mach es mir nicht so schwer.«

Er trat rückwärts auf die Schwelle, blieb stehen und streckte die Hand nach ihr aus. Sie wich zurück, sodass seine Fingerspitzen nur gerade eben ihren Arm berührten. Dennoch bildete sie sich ein, seine Wärme durch den Stoff ihres Kleids zu spüren.

Ich muss es tun. Für unser Kind. Für ihn. Immer wieder sagte sie sich im Stillen diese Worte, während alles in ihr sie zu ihm hinzog.

»Wir uns lieben, wir gehören zusammen.« Das waren die letzten Worte, die sie von Jan hörte, dann trat er endlich hinaus in den Flur. Rasch, damit sie es sich nicht doch noch anders überlegen oder er im letzten Moment kehrtmachen konnte, warf Klara die Tür zu, lehnte sich von innen dagegen und presste sich die Hand vor den Mund.

Heftiges Schluchzen schüttelte ihren Körper, und Sturzbäche von Tränen strömten aus ihren Augen. Sie rutschte an der Tür abwärts, bis sie auf dem kalten Boden saß. Dort rollte sie sich zusammen wie eine verletzte Katze und weinte so verzweifelt wie noch nie zuvor in ihrem Leben.

11. Kapitel

Hedda
Dorf Falkensee, Westpreußen, Mai 1944

Als Hedda mit ihrem inzwischen reparierten Fahrrad um die Kurve bog und das kleine Haus neben dem Rathaus sah, das der Bürgermeister bewohnte, fuhr sie unwillkürlich langsamer. Schließlich trat sie so zögernd in die Pedale, dass es schwierig wurde, die Balance zu halten. Doch da hatte sie bereits die Pforte erreicht, von der aus ein schmaler gepflasterter Weg zur Haustür führte. Sie stieg ab und lehnte das Fahrrad gegen den Zaun.

Mit zusammengekniffenen Augen fixierte sie die Fenster im Erdgeschoss des Häuschens. Die Gardinen waren zugezogen, und obwohl es ein regnerischer Tag war, sah sie dahinter kein Licht. Vielleicht war er nicht zu Hause, und sie konnte das Gespräch noch für einen Tag aufschieben.

Natürlich wusste sie, dass dieser Wunsch nicht nur albern, sondern auch feige war. Zumal es absolut keinen Sinn hatte, unverrichteter Dinge umzukehren, nachdem sie die Entscheidung getroffen hatte, mit ihm zu sprechen. Falls der Bürgermeister nicht hier war, hielt er sich wahrscheinlich trotz der späten Stunde noch im Rathaus auf. Also würde sie einfach dort anklopfen, um Clemens Schickedanz ihr Anliegen vorzutragen.

Hedda hatte eine schlaflose Nacht hinter sich, in der ihre Gedanken ruhelos im Kreis gewandert waren. Sie hatte große Zweifel, ob sie tatsächlich den Bürgermeister ins Vertrauen ziehen durfte. Er war mit Julius Kirchner befreundet oder kannte ihn zumindest gut. Wenn der Bürgermeister sie an den Gestapo-Mann verriet, war alles aus. Hedda konnte sich selbst nicht erklären, warum sie dennoch glaubte, Schickedanz vertrauen zu können.

Wegen des Blicks, den er ihr zugeworfen hatte, als sie die Szene vor seiner Haustür beobachtet hatte? Es war einfach nur ein Blick gewesen, bei dem sie nicht einmal seine Augen hinter den dunklen Brillengläsern hatte sehen können. Aber sie hatte genickt, als wäre sie bereit, ein Geheimnis mit ihm zu teilen. Dabei wusste sie nicht einmal, ob der Pole, der auf den Bürgermeister gewartet hatte, nicht einfach nur dort gewesen war, um eine Arbeit zu erledigen. Vielleicht hatte Schickedanz einen der Bauern gebeten, ihm einen seiner Zwangsarbeiter zu schicken, weil er bei irgendeiner Arbeit im Haus Hilfe brauchte. Aber wieso hatte der Arbeiter sich dann im Busch versteckt? Dafür gab es im Grunde nur eine einzige sinnvolle Erklärung.

Hedda öffnete die niedrige Pforte, ging den Fußweg zur Haustür entlang und betätigte, ohne sich ein weiteres Zögern zu gestatten, die Klingel.

Während sie wartete, klopfte ihr Herz so schnell wie die winzige Uhr an ihrem Handgelenk, deren emsigem Ticken sie manchmal lauschte, um sich zu trösten. Das hastige, helle *Ticktickttick* nahm sie als Zeichen dafür, wie rasch die Minuten, die Stunden und Tage vergingen. Irgendwann würde auch diese schwierige Zeit, würden der Krieg und Hitlers Regime vorüber sein.

Als sie aus dem Inneren des Hauses Schritte hörte, schnappte sie erschrocken nach Luft. Nun war der Moment gekommen, in dem sie endgültig entscheiden musste, ob sie sich Clemens Schickedanz anvertrauen wollte oder doch lieber nicht.

Die Tür schwang auf, und er stand ihr gegenüber. An diesem regnerischen Frühlingsabend war es bereits so dämmerig, dass sie in der fensterlosen Diele sein Gesicht nur undeutlich erkennen konnte. Seine verbrannte Haut und die Schwellungen auf der linken Seite fielen kaum auf. Sie sah nur seine hochgewachsene Gestalt, die breiten Schultern, das dichte dunkelbraune Haar und seine erstaunlich hellen Augen, in denen sich die Reste des Tageslichts fingen, die durch die offene Tür fielen. Etwas war anders als sonst, aber erst nach einigen Sekunden wurde ihr bewusst, dass sie ihn zum ersten Mal ohne seine dunkle Brille sah.

»Fräulein von Bargelow«, sagte er und gab sich keine Mühe, sein Erstaunen zu verbergen.

»Herr Schickedanz«, erwiderte sie förmlich und nickte knapp.

»Was kann ich für Sie tun?«, fragte er und fügte eilig hinzu: »Kommen Sie doch bitte herein.«

Er trat beiseite, und sie durchschritt die Türöffnung, was ein seltsames Gefühl war. So als gäbe es nun kein Zurück mehr.

Stumm folgte sie ihm in ein erstaunlich geräumiges Wohnzimmer mit Kamin, in dem ein gemütliches Feuer prasselte.

»Kaffee, Tee oder lieber etwas Stärkeres?«, erkundigte er sich, nachdem er ihr in einem Sessel Platz angeboten hatte, dessen Polster sie aufnahmen wie eine Wolke, in der sie sanft versank.

»Ich weiß nicht.« Unentschlossen blickte sie zu ihm auf.

»Kognak«, beschloss er und ging zu einer Glasvitrine, ohne auf ihre Antwort zu warten.

Sah er ihr an, dass sie ein Getränk brauchte, welches ihr ein wenig Mut machte?

Sie schaute zu, wie er zwei Kognakschwenker und eine Flasche aus der Vitrine nahm, die Gläser füllte und durch den Raum zu ihr trug. Wortlos stellte er ihr eines der Gläser hin und ließ sich ihr gegenüber in dem zweiten tiefen Sessel nieder.

»Sie sehen blass aus«, stellte er fest. »Trinken Sie einen Schluck. Und dann sagen Sie mir, wie ich Ihnen helfen kann.«

»Offenbar hat sich Ihr Sehvermögen gebessert. Das freut mich«, stieß Hedda hervor. Der Gesundheitszustand des Bürgermeisters war immerhin ein Thema, das nichts mit dem Grund für ihren Besuch zu tun hatte. Auf diese Weise konnte sie den Augenblick noch ein wenig hinauszögern, in dem sie vielleicht einen großen, möglicherweise einen tödlichen Fehler begehen würde.

Auf ihre Bemerkung hin zuckte er mit den Schultern. »Die Ärzte sagen, es wird lange dauern, bis mein Augenlicht auf beiden Seiten vollständig wieder hergestellt sein wird«, sagte er dann. »Mein rechtes Auge ist zum Glück nahezu unversehrt, nur immer noch sehr lichtempfindlich. Hier drinnen schalte ich abends oder an einem regnerischen Tag wie heute wenig Licht an, sodass ich meine dunkle Brille nicht brauche. Ich kann Sie dennoch recht gut erkennen. Nur zum Fliegen oder Schießen reicht mein Sehvermögen noch lange nicht wieder aus.«

Sie lächelte und nickte. Als er auffordernd sein Glas hob, griff auch sie nach ihrem Getränk. Entschlossen nahm sie einen großen Schluck und spürte, wie ihr innerliches Frösteln wich.

»Ich habe neulich gesehen, dass Sie … Besuch bekamen«, begann sie, bevor sie es sich anders überlegen konnte.

Er legte die Fingerspitzen gegeneinander, sah sie aufmerksam an und wartete schweigend, dass sie fortfuhr. War da plötzlich Misstrauen in seinem Blick?

Sie wandte den Kopf ab und starrte ins Feuer. »Der Pole vor Ihrer Tür … er schien sich zu verstecken, bis Sie kamen. Und Sie haben ihm geholfen. So sah es für mich aus.«

»Worauf wollen Sie hinaus?« Er leerte sein Glas und stellte es mit einem Klirren auf den kleinen Tisch zwischen den beiden Sesseln.

»Es geht darum, dass wir in einer bestimmten Sache Hilfe brauchen. Ich bin mir jedoch nicht sicher, ob ich Sie um diese Hilfe bitten darf.«

»Wenn Sie aufhören, in Rätseln zu sprechen und mir einfach sagen, worum es geht, können wir herausfinden, ob ich Ihnen helfen kann und helfen will.« Er lehnte sich zurück und verschränkte die Arme vor der Brust.

»Ich kann es nur sagen, wenn Sie mir versprechen, es nicht weiterzuerzählen. Vor allem nicht Julius Kirchner.«

»Wie soll ich das tun, bevor ich weiß, worum es geht?« Als

wollte er seine Augen vor ihr verbergen, nahm er die dunkle Brille aus der Brusttasche seines Hemds und setzte sie auf.

»Und wie soll ich Ihnen etwas anvertrauen, wenn ich nicht weiß, ob mein Geheimnis bei Ihnen sicher ist?«, konterte sie.

»Nun, Sie sind zu mir gekommen, nicht ich zu Ihnen«, stellte er ruhig fest.

Es fühlte sich an, als müsste sie kopfüber in ein tiefes, eiskaltes Gewässer springen. Dennoch wusste sie, dass sie nicht unverrichteter Dinge aufs Gut zurückkehren wollte und konnte.

»Sie wissen, was neulich auf Falkensee passiert ist, als Sie zusammen mit Kirchner bei uns waren. Kirchner hatte von der vermeintlichen Beziehung zwischen einem der polnischen Arbeiter und einer deutschen Frau auf dem Gut gehört. Und er versuchte herauszufinden, wer dieses Paar wohl sein mag.«

»Es gibt dieses Paar«, sagte Schickedanz ruhig und ohne eine Miene zu verziehen. »Und die Frau, um die es geht, ist das Hausmädchen, das Kirchner an den Polen vorbeigehen ließ.«

»Woher wollen Sie das wissen?«, fauchte Hedda ihn an.

»Ich meine sogar erkannt zu haben, auf welchen der polnischen Arbeiter das Mädchen auf eine besondere Weise reagiert hat.«

»Das bilden Sie sich nur ein.« Hedda griff nach ihrem Glas und schüttete sich den Rest des Kognaks mit Schwung in den Mund. Es brannte im Hals, aber sie fasste auch wieder neuen Mut. Irgendwie musste sie die Sache zu Ende bringen.

»Wie Sie meinen«, sagte Schickedanz, und seine dunklen Brillengläser blieben unverwandt auf sie gerichtet.

»Es gibt dieses Paar«, stieß sie hervor. »Ich werde Ihnen aber keine Namen nennen oder weitere Einzelheiten zu den beiden Beteiligten verraten. Nur so viel: Die Frau erwartet ein Kind von ihrem Geliebten.«

Der Bürgermeister zog die Braue hoch, die nicht verbrannt war.

»Ich habe ihr erklärt, dass sie den Polen nicht mehr treffen darf und einen deutschen Mann heiraten muss, der das Kind als seines anerkennt. Ich habe sogar einen solchen Mann für sie gefunden.«

»War sie bereit, das zu tun?« Nachdenklich tippte Schickedanz sich mit dem Zeigefinger gegen die Nasenspitze.

»Ja. Dann habe ich ihr dummerweise erlaubt, sich ein letztes Mal mit ihrem Geliebten zu treffen, um sich von ihm zu verabschieden. Als ich sie am nächsten Tag mit dem Mann zusammenbringen wollte, der bereit ist, sie zu heiraten, erklärte sie, das könne sie nicht.«

»Erscheint Ihnen das so sonderbar?«, fragte Schickedanz. »Frauen sind romantische Geschöpfe. Wenn sie vor der Wahl stehen, stellen sie ihr Herz fast immer über die Vernunft.«

»Ist das so?« Hedda fixierte ihn streng.

»Was hätten Sie getan, wenn sie anstelle der Frau gewesen wären? Irgendeinen Mann geheiratet, den Sie nicht lieben, vielleicht nicht einmal sonderlich mögen, nur weil Sie sich in den falschen Mann verliebt haben?«

Sie nickte. »Sicher hätte ich das getan«, behauptete sie, schon weil sie nicht als romantisches Geschöpf ohne Vernunft dastehen wollte. »Auf diese Weise hätte ich mein Kind in Sicherheit gewusst. Ist es das nicht wert?«

»Fragen Sie das nicht mich, fragen Sie Ihr Hausmädchen.« Seine Miene war undurchdringlich.

»Ihr polnischer Geliebter weigert sich, sie gehen zu lassen«, fuhr Hedda fort. »Er hat ihr gesagt, er wolle mit ihr fliehen, und genau das will sie jetzt tun. Mit ihm davonlaufen. Den beiden ist offensichtlich nicht klar, wie gefährlich es ist, wenn sie erwischt werden. Ein großer Teil der Zwangsarbeiter, die versuchen zu fliehen, wird gefasst. Jedenfalls lese ich immer wieder in der Zeitung davon.«

Schickedanz nickte. »Die Gestapo macht regelrecht Jagd auf geflohene Zwangsarbeiter. Auf keinen Fall will man den Kriegsgefangenen das Gefühl geben, sie könnten sich einfach in Richtung Heimat aufmachen und verschwinden.«

»Kennen Sie eine Möglichkeit, wie ein Pole in Begleitung einer schwangeren Frau einigermaßen sicher über die Grenze gelangt?«, platzte Hedda heraus.

Der Bürgermeister saß bewegungslos da und fixierte sie schweigend. Gleich würde er ihr sagen, dass er auf keinen Fall einen Fluchtversuch unterstützen würde und die ganze Sache seinem Freund Julius Kirchner melden musste.

»Es ist besser, wenn wir nicht länger über dieses Thema reden«, sagte Clemens Schickedanz schließlich und erhob sich aus seinem Sessel.

»Was heißt das jetzt?«, beharrte Hedda. »Dass Sie nicht helfen wollen? Oder sogar, dass Sie uns verraten werden?«

»Das bedeutet, dass ich nicht länger mit Ihnen über dieses Thema reden werde.«

Sie griff sich an die Kehle, weil sie plötzlich das Gefühl hatte, keine Luft mehr zu bekommen. Dennoch gelang es ihr hervorzupressen: »Vergessen Sie nicht, was ich gesehen habe. Ich kann Sie ebenfalls verraten.«

»Haben Sie nicht selbst festgestellt, dass ich mit Julius Kirchner befreundet bin?«, sagte er ruhig und machte ein paar Schritte in Richtung Tür.

»So gesehen bin ich mit Julius Kirchner verwandt«, erwiderte sie in scharfem Ton. Was natürlich eine sinnlose Bemerkung war, aber vielleicht wusste Schickedanz das nicht.

Wieder zog der Bürgermeister seine Braue hoch. »Und Sie glauben, die Tatsache, dass Ihre Cousine sich von Kirchner hat scheiden lassen, hilft Ihnen in diesem Fall weiter?«

Hedda antwortete nicht, während sie dem Bürgermeister zur Tür folgte. Es war vollkommen verrückt gewesen, in der Hoffnung, dass Schickedanz ihr helfen würde, hierherzukommen. Doch nun war es geschehen, und sie musste befürchten, dass er sie an die Gestapo verriet.

Sein Verhalten war äußerst merkwürdig. Weder empörte er

sich über die Tatsache, dass sie einem Zwangsarbeiter zur Flucht verhelfen wollte, und drohte ihr eine Strafe an, noch bot er ihr in irgendeiner Weise Unterstützung an. Er sagte einfach … nichts. Schickte sie eilig fort und wollte ganz offenbar mit ihrem Problem nichts zu tun haben. Wut und Hilflosigkeit stiegen in ihr auf. Sie wollte noch etwas sagen, wollte ihn wenigstens dazu bringen, Stellung zu beziehen, aber er gab ihr keine Gelegenheit dazu.

Wortlos durchquerte Schickedanz vor Hedda die Diele, blieb mit der Hand auf der Klinke der noch geschlossenen Haustür stehen und wandte sich ihr zu.

»Es ist besser, wenn man Sie nicht aus meinem Haus kommen sieht. Warten Sie einen Moment.« Er schob sie mit sanftem Nachdruck in die Ecke der kleinen Diele, wo sie durch die geöffnete Tür verborgen war. Dann schaute er hinaus.

»Es ist schon fast dunkel«, sagte er, als er sich ihr wieder zuwandte. »Ich hoffe, Sie haben Beleuchtung an Ihrem Rad.«

Hedda nickte verblüfft. Aus diesem Mann wurde sie einfach nicht schlau. Einerseits verweigerte er ihr seine Hilfe, andererseits machte er sich Sorgen um ihren sicheren Heimweg.

»Lassen Sie das meine Sorge sein«, fauchte sie ihn an. »So wie Sie alles andere ja auch meine Sorge sein lassen.«

Für einen Moment meinte sie, einen bekümmerten Ausdruck in seinen Zügen zu erkennen. Dann straffte er die Schultern und schob das Kinn vor.

»Sie sollten sich nicht zu viele Sorgen machen«, sagte er so leise, dass sie ihn kaum verstand, und fügte etwas lauter hinzu: »Sie können gehen, draußen ist niemand mehr unterwegs.«

Ein bitteres Lachen löste sich aus ihrer Kehle. Machte er sich Sorgen um ihren Ruf, oder was sollte das? Wortlos trat sie an ihm vorbei in die Dunkelheit.

12. Kapitel

Hedda
Gut Falkensee, Westpreußen, Mai 1944, zwei Tage später

»Was machen Sie denn da? Das Abendessen hab ich doch zubereitet, bevor ich gegangen bin.«

Als sie Frau Thielkes Stimme hörte, fuhr Hedda erschrocken herum. Auch ihre Mutter, die neben ihr an dem großen Arbeitstisch in der Küche stand, wandte sich mit einem Ruck der Hintertür zu.

»Und was machen Sie hier?«, erwiderte ihre Mutter in unfreundlichem Ton. »Wenn ich mich recht erinnere, hatten Sie vor einer halben Stunde Feierabend.«

»Hab mein Tuch vergessen. Is neu. Will nich, dass es morgen verschwunden is.« Ohne ihren Blick von den Lebensmitteln auf dem Tisch abzuwenden, griff Frau Thielke zum Haken neben der Tür, wo ein buntgemusterter Baumwollschal hing. »Was woll'n Sie denn mit dem ganzen Brot?«

»Das ist …«, setzte Hedda zu einer Ausrede an, aber ihre Mutter fiel ihr ins Wort.

»Frau Thielke«, sagte sie mit einem Zischen in der Stimme. »Dies ist unser Haus, und wenn wir für unsere Familie Brote zubereiten, weil wir vom Abendessen nicht satt geworden sind, so ist das ganz allein unsere Angelegenheit, und wir müssen uns Ihnen gegenüber nicht rechtfertigen.«

»Es gab einen großen Topf mit Nudeln und Soße und den

Fleischresten vom Sonntag. Wie kann man da nich satt werden?«, murmelte die Köchin vor sich hin.

»Vielleicht hat uns das Essen ja nicht geschmeckt«, schoss Hedda zurück.

»Komisch, dass …«, fing Frau Thielke schon wieder an, doch Heddas Mutter ließ sie nicht weiterreden.

»Wir kommen ohne Ihre Hilfe zurecht. Gehen Sie ruhig nach Hause.« Sie deutete auf die Tür, die die Köchin hinter sich hatte offenstehen lassen.

Die Frau brummte etwas Unverständliches vor sich hin, bevor sie wieder in der Nacht verschwand. Als sie fort war, sahen Hedda und ihre Mutter sich einen Moment stumm an.

»Sie hat gesehen, dass wir die Brote zusammenklappen. Das tun wir nie, wenn wir Schnittchen machen«, stellte Hedda nach einer Weile fest. »Und da liegt das Pergamentpapier, in das wir die Schnitten einwickeln wollen.«

»Meinst du tatsächlich, sie ahnt, dass wir eine Flucht vorbereiten?« Ihre Mutter runzelte die Stirn. »Nur weil wir ein paar Brote schmieren und irgendwo Papier herumliegt?«

»Sie hat schon lange einen Verdacht. Es war zweifellos sie, die damit zu Julius gegangen ist. Sie weiß, dass es um Klara geht, nur konnte sie bisher nicht herausfinden, wer Klaras Geliebter ist«, erinnerte Hedda ihre Mutter. »Offenbar hat der Bürgermeister tatsächlich Kirchner bis jetzt nichts gesagt, sonst wäre er längst hier aufgetaucht. Nun wird Frau Thielke spätestens morgen zu Julius gehen und ihm berichten, was sie gesehen hat. Vielleicht tut sie es auch sofort. Sie verspricht sich Vorteile davon, mit der Gestapo zusammenzuarbeiten. Und da ist sie weiß Gott nicht die Einzige.«

»Wir müssen uns beeilen!« Ihre Mutter beugte sich wieder über den Tisch. »Ich packe den Proviant ein, du holst eine warme Wolldecke und die Landkarte, die du besorgt hast. Dann sagst du Klara Bescheid, dass es früher als geplant losgeht. Nowak habe ich erzählt, Jan soll im Gerätehaus die Ratten totschlagen, die bei Dunkelheit herauskommen. Er ist schon dort und wartet auf Klara. Ich bin sicher, Nowak weiß sehr genau, dass Jan morgen verschwunden sein wird, aber er wird schweigen. Und so haben wir alle eine gute Begründung dafür, weshalb Jan Gelegenheit zur Flucht hatte.«

Hedda eilte hinauf in den ersten Stock. In der Wäschekammer suchte sie eine Wolldecke heraus, die sie zusammengerollt in einen Kopfkissenbezug steckte. Aus ihrem Zimmer holte sie die Umgebungskarte, die sie in Bischofswerder besorgt hatte, und legte sie oben auf die Decke. Anschließend drehte sie den Kissenbezug am offenen Ende zusammen wie einen Sack und trug ihn die schmale Treppe zu den Mansarden hinauf. Dort wartete Klara in ihrer Kammer.

Als Hedda nach kurzem Klopfen eintrat, stand das Mädchen mitten in dem kleinen Raum und sah ihr aus weit aufgerissenen Augen entgegen. Sie trug mehrere Kleidungsstücke übereinander und wirkte trotz ihres grazilen Körperbaus unförmig.

»Noch kannst du es dir anders überlegen«, sagte Hedda. »Was ihr vorhabt, ist äußerst gefährlich. Du weißt, dass ich in der Hoffnung auf Unterstützung leider den Bürgermeister eingeweiht habe, der euch möglicherweise an die Gestapo verrät. Es tut mir schrecklich leid.«

Klara zuckte mit den Schultern. »Ich weiß nicht, warum, aber ich glaub nicht, dass er uns verrät, auch wenn er uns nicht helfen will. Der Bürgermeister sieht freundlich aus, obwohl sein halbes Gesicht verbrannt ist. Er ist ein Kriegsheld. Fast ein Dutzend Soldaten soll er vorm Tod gerettet haben. Und dabei hat er sein eigenes Leben riskiert. Die Leute im Dorf sagen, er spricht nicht drüber, was wirklich passiert ist, aber es wird eine Menge geredet. Und nur Gutes.«

So viel am Stück redete Klara sonst nie. Wahrscheinlich war es die Aufregung. Oder sie wollte sich Mut machen. Klara wusste noch nicht, dass in diesem Moment möglicherweise Frau Thielke auf dem Weg zu Kirchner war, um Jan und sie zu verraten.

»Ich dachte ja auch, dass Schickedanz auf unserer Seite ist. Als er Ostern zusammen mit der Gestapo hergekommen ist, hatte ich das Gefühl, er würde aufpassen, dass nichts wirklich Schlimmes passiert.« Hedda hatte das Bedürfnis, sich und Klara zu versichern, dass es nicht vollkommen verrückt gewesen war, sich von Clemens Schickedanz Hilfe zu erhoffen.

Klara nickte und richtete ihren Blick fragend auf den Kissenbezug in Heddas Hand.

»Da drin sind eine warme Decke und eine Umgebungskarte. Vielleicht müsst ihr auf Umwegen zu Grenze gehen. Aber auch in Polen dürft ihr euch nicht sicher fühlen, denkt daran. Dort führen die Deutschen ebenso das Regiment wie hier.«

»Jan hat gesagt, er weiß, wo wir uns dort verstecken können. Er hat viele Verwandte. Einer seiner Vettern wohnt nicht allzu weit von der Grenze entfernt. Wir werden es schaffen.« Klara nickte und lächelte dabei.

Hedda sah sie nachdenklich an. Das Mädchen war entschlossen, mit dem Mann zu gehen, den es liebte. Und Hedda verstand sie. Auch sie hätte wahrscheinlich ihr Leben aufs Spiel gesetzt, um mit Eckhardt zusammen sein zu können. Wie immer, wenn sie an ihn dachte, war es wie ein Stich ins Herz.

»Dann los!« Hedda deutete zur Tür. »Ich weiß, wir hatten beschlossen, dass ihr erst gegen Mitternacht aufbrechen sollt. Aber ihr solltet früher losgehen.«

»Wenn Sie das wollen.« Klara runzelte die Stirn. Vielleicht ahnte sie, dass eine zusätzliche Gefahr drohte. Doch Hedda hatte nicht vor, ihr von Frau Thielkes möglichem Verrat zu erzählen. Es hatte keinen Sinn, dem Mädchen noch mehr Angst zu machen.

»Ich bin Ihnen so dankbar, und ich werd Sie niemals verraten«, sagte Klara in inbrünstigem Ton. »Jan auch nicht. Das versprech ich hoch und heilig. Und ich werde beten, dass die Gestapo nicht erfährt, dass Sie uns geholfen haben. Niemals und von niemandem.« Mit beiden Händen umklammerte Klara den zu einem Sack umfunktionierten Kissenbezug.

»Mach dir darüber keine Sorgen. Wie will man uns beweisen, dass wir irgendetwas wussten?«

Dass sie sich sehr wohl Gedanken darüber machte, ob es Julius gelingen würde, ihnen einen Strick aus der Flucht eines der Polen zu drehen, behielt Hedda für sich. Ganz zu schweigen von der »Rassenschande«, die sie als Eigentümerfamilie würden zu verantworten haben, falls alles herauskam. Zum Beispiel, wenn der Bürgermeister verriet, dass sie selbst ihm von dieser Geschichte erzählt hatte.

Andererseits waren ihre Vorfahren seit vielen Jahren angesehene Großgrundbesitzer hier in Westpreußen. Die Familie hatte immer noch Verbindungen zu wichtigen Persönlichkeiten. Und Ludwig, der offizielle Eigentümer von Gut Falkensee, diente als Offizier im Krieg. Man würde sie wegen einer solchen Sache nicht enteignen oder gar ins Konzentrationslager schicken, auch wenn Julius das nur zu gern gesehen hätte.

Entschlossen trat Hedda hinaus auf den schwach beleuchteten Flur vor den Mansarden. Klara folgte ihr mit dem Kissenbezug in der Hand. Schweigend gingen sie die rückwärtigen Treppen hinunter. Gemeinsam mit ihrer Mutter hatte Hedda beschlossen, dem Rest der Familie nicht zu verraten, dass sie Jan und Klara zur Flucht verhelfen würden. Je weniger Menschen davon wussten, umso besser.

In der Küche wartete Heddas Mutter mit dem fertig gepackten Rucksack. Als sie Klara sah, lächelte sie ihr aufmunternd zu.

»Das Essen reicht für mindestens drei Tage. Ich habe auch eine Thermoskanne mit Milchkaffee und eine Flasche Wasser dazugelegt. In der Seitentasche steckt ein bisschen Geld.«

»Vielen Dank«, flüsterte Klara und knickste vor ihr. »Ich bin Ihnen beiden so dankbar, dass Sie Jan und mir helfen. Ganz schrecklich dankbar.«

Heddas Mutter machte eine abwehrende Handbewegung. »Wir müssten viel mehr gegen den Wahnsinn tun, der hierzulande herrscht. Sehen Sie es so, dass die kleine Hilfe, die wir Jan und Ihnen zuteilwerden lassen, unser Gewissen wenigstens ein kleines bisschen entlastet.«

Erstaunt sah Hedda, wie ihre Mutter einen zusammengefalteten Zettel aus ihrer Rocktasche holte und ihn Klara in die Hand drückte. »Das ist die Adresse unseres Gestüts in Polen. Wir wissen zwar nicht, ob wir jemals wieder dort leben werden, aber noch ist nicht alles verloren. In der Nähe des Anwesens leben, soweit ich weiß, noch ein paar unserer Angestellten. Falls Sie in die Gegend kommen, melden Sie sich dort und lassen uns wissen, dass Sie in Sicherheit sind.«

»Tausend Dank«, wiederholte Klara und schob den Zettel in ihre Jackentasche.

Hedda warf einen besorgten Blick auf die Wanduhr. Seit Frau Thielke da gewesen war, um ihren Schal zu holen, war schon fast eine Dreiviertelstunde vergangen. Julius hatte in einem leer stehenden Haus im Dorf Quartier bezogen. Wenn Frau Thielke schnurstracks zu ihm gelaufen war, konnte er mit dem Wagen schon bald hier sein, selbst wenn er sich vorher umkleiden und seinen Untergebenen Müller herbeirufen musste.

»Ich gehe nach oben. Je weniger Menschen draußen herumlaufen, umso unauffälliger.« Heddas Mutter streckte spontan die Arme aus und zog Klara an sich. »Alles Gute für Sie und Ihr Kind. Und natürlich für Jan. Ich wünsche Ihnen, dass Sie einen sicheren Ort finden und glücklich werden.«

»Ich danke Ihnen so sehr, dass Sie so gut zu mir waren. Und danken Sie bitte auch Frau von Krammbach. Sie hat mich nach dem Tod meiner Eltern ins Gutshaus geholt. Ich hätte sonst nicht gewusst, wohin.« In Klaras Augen standen Tränen.

»Du wirst wieder ein Zuhause finden. Mit dem Mann, den du liebst, und mit deinem Kind.« Hedda strich ihr über den Arm.

»Beeilt euch. Es ist höchste Zeit«, sagte ihre Mutter, lächelte Klara noch einmal zu und verschwand in Richtung Treppe.

Hedda ging mit Klara durch die Hintertür nach draußen. Es war eine klare, mondhelle Nacht. Ein bedeckter Himmel oder Neumond wäre günstiger gewesen, doch daran ließ sich nichts ändern.

Die beiden Frauen wandten sich dem Gerätehaus zu, in dem Jan wartete. Fast hatten sie die Tür erreicht, als Klara stehen blieb und Hedda am Ärmel festhielt.

»Was ist?«, flüsterte Hedda erschrocken. Wenn Klara die in vielen Jahren eingeübte Zurückhaltung gegenüber ihrer Arbeitgeberin vergaß, musste etwas Beängstigendes geschehen sein.

»Da!« Klara zeigte in die Dunkelheit, und jetzt sah Hedda es auch. Auf der Landstraße näherten sich Scheinwerfer.

Zu dieser späten Stunde fuhr nur selten jemand dort entlang, es sei denn, er wollte zum Gut. Julius! Sie hatte nicht damit gerechnet, dass er so schnell sein würde. Ein bitterer Geschmack stieg in Heddas Mund auf, und ihr wurde übel.

»Das ist Kirchner«, stieß sie hervor. »Versteck dich bei Jan im Gerätehaus. Ich versuche, ihn abzuwimmeln.«

»Vielleicht ist er es gar nicht.« Klaras Stimme zitterte.

»Das sehen wir ja.« Hedda zog sie weiter, riss die Tür zum Gerätehaus auf und schob Klara mitsamt ihrem gefüllten Kissenbezug und dem schweren Rucksack in die Dunkelheit. Dann schlug sie die Tür zu und tastete nach dem Schlüssel, um von außen abzuschließen.

Es gab keinen Schlüssel. Die Arbeitsgeräte, die in dem Raum standen, waren nicht sonderlich wertvoll. Und es bedeutete viel zu viel Arbeit, wenn ein Knecht oder Arbeiter, der eine Schaufel oder einen Besen brauchte, erst jemanden bitten musste, ihm aufzuschließen.

Hedda rannte los, um im Schlüsselkasten, der sich im Souterrain des Herrenhauses befand, nach dem passenden Schlüssel zu suchen. Indem sie die Tür von außen verschloss, würde sie eine Durchsuchung des Gerätehauses zumindest hinauszögern. Das verschaffte ihr Zeit, die sie dringend benötigen würde, um Kirchner dazu zu bringen, das Gut wieder zu verlassen. Wie auch immer sie das anstellen sollte.

Auf halbem Weg über den Wirtschaftshof blieb sie stehen, um nachzuschauen, wo sich der Wagen mittlerweile befand. Sie konnte die Scheinwerfer nicht mehr sehen, meinte jedoch, ihren Widerschein am dunklen Himmel über der Einfahrt zu erkennen. Das bedeutete, dass das Auto schon in ein oder zwei Minuten um die Hausecke biegen würde. Wenn sie sich sehr beeilte und auf Anhieb den richtigen Schlüssel fand, konnte sie es immer noch schaffen.

Hedda setzte sich erneut in Bewegung, machte zwei schnelle Schritte – und schrie unterdrückt auf. Im schwachen Licht der Laternen rings um den Hof war sie zu dicht an den Rand der gepflasterten Fläche geraten, mit dem linken Fuß von der Kante eines Pflastersteins abgerutscht und umgeknickt. Sie biss sich auf die Unterlippe und humpelte weiter. Fast hatte sie den Hintereingang erreicht, als das Scheinwerferlicht sie streifte.

Sie erstarrte mitten in der Bewegung. Es war zu spät. Ohnehin hätte Julius wahrscheinlich das Gerätehaus aufbrechen lassen. Sie musste einen Weg finden zu verhindern, dass das Anwesen durchsucht wurde. Vor allem durfte Kirchner die Polen nicht antreten lassen, um sie wie üblich durchzuzählen. Dann würde er sofort bemerken, dass Jan fehlte.

Erst jetzt wurde ihr der Fehler bewusst, den sie gemacht hatte. Anstatt Jan ins Gesindehaus zu schicken und dafür zu sorgen, dass Klara zurück ins Herrenhaus ging, hatte sie beide im Gerätehaus versteckt. Wenn sie dort im Dunkeln gefunden wurden, wäre das selbst ohne Fluchtabsichten – die man sofort an dem mit Proviant gefüllten Rucksack erkennen konnte, den sie bei sich hatten – ein Grund für eine harte Bestrafung. Ein Pole, der sich mit einer deutschen Frau zu nächtlicher Stunde traf, verstieß massiv gegen das Gesetz und würde der Rassenschande angeklagt werden.

Die Autotüren wurden zugeschlagen, und Hedda, die immer noch neben den Büschen verharrte, sah, wie sich zwei Gestalten in langen dunklen Mänteln näherten, die ihr schon viel zu vertraut waren.

»Guten Abend, Fräulein von Bargelow. Darf ich fragen, was Sie zu dieser späten Stunde hier draußen machen?«

Da sie sich während seiner Ehe mit ihrer Cousine Isabella kaum begegnet waren, duzte Julius Kirchner sie zwar nicht wie den Rest der Familie, ließ jedoch auch im Umgang mit ihr jede Zuvorkommenheit vermissen. Seine Worte mochten höflich sein, sein Tonfall war es nicht.

Sie warf den Kopf zurück, atmete tief die kühle Nachtluft ein und ging ihm entgegen. Obwohl sie sich große Mühe gab, konnte sie nicht verbergen, dass sie humpelte.

»Guten Abend, Herr Kirchner. Was kann ich zu dieser späten Stunde für Sie tun?« Im Gegensatz zu seinem scharfen Ton sprach sie betont sanft und freundlich. Auf seine Frage ging sie nicht ein. Sie war ihm keine Antwort schuldig. Auch wenn es die Zwangsarbeiter in seinen Augen nicht waren – sie war selbst nach den verrückten Gesetzen dieses Landes ein freier Mensch.

»Kontrolle«, schnarrte Kirchner. »Lassen Sie Ihre Zwangsarbeiter antreten.«

Bei seinen Worten begann ihr Herz so heftig zu klopfen, dass sie Mühe hatte, ihren viel zu raschen Atem zu verbergen.

»Ich bitte Sie, Herr Kirchner! Die Männer stehen um fünf Uhr morgens auf, um die Kühe zu melken und die notwendigen Arbeiten im Stall und auf dem Hof zu verrichten, bevor sie ihr Frühstück bekommen und hinaus auf die Felder gehen.«

»Ich habe nicht nach dem Arbeitsplan der Polacken gefragt.« Julius schnippte mit den Fingern, und sofort war Müller neben ihm.

»Holen Sie die Polacken aus dem Bett. Sie sollen vor dem Haus antreten.«

»Jawohl, Herr Kriminaldirektor!« Müller schlug die Hacken zusammen und hob den Arm zum Hitlergruß.

»Das wird nicht gehen«, mischte Hedda sich ein. »Die Polen

sind selbstverständlich eingeschlossen. Und da ich nicht für den … Einschluss zuständig bin, weiß ich nicht, wo der Schlüssel ist.«

Kirchner starrte sie stumm an. Obwohl sie seine Augen in der schwachen Beleuchtung kaum erkennen konnte, spürte sie seinen Blick wie Nadeln auf der Haut.

»Nehmen Sie mich nicht auf den Arm. Heute werden Sie mit Ihrem Ränkespiel nicht durchkommen.«

Erneut wandte er sich an Müller. »Da drüben schläft der Verwalter. Holen Sie ihn aus dem Bett. Wenn er auch behauptet, nicht zu wissen, wo der Schlüssel zur Unterkunft der Zwangsarbeiter ist, stinkt hier etwas noch gewaltiger als ohnehin schon. In diesem Fall werden wir jede verschlossene Tür auf dem Gut aufbrechen.«

Hedda wollte erklären, dass auch Grumpke zu dieser späten Stunde besser nicht gestört werden sollte, doch Müller hatte schon den halben Weg zum Verwalterhaus zurückgelegt.

Julius richtete im milchigen Licht der Laterne über dem Stalleingang erneut den Blick auf sie. »Und jetzt raus mit der Sprache. Wieso schleichen Sie hier draußen herum, und warum humpeln Sie?«

»Ich bin Ihnen keine Rechenschaft schuldig.« Hedda verschränkte die Arme vor der Brust, weil sie fürchtete, er könnte durch die Kleidung ihren wilden, ängstlichen Herzschlag sehen. »Dies ist das Gut meiner Familie, und ich bin draußen, um frische Luft zu schnappen. Mir war nicht klar, dass das mittlerweile auch verboten ist.«

Da sie inzwischen häufig mit Julius Kirchner zu tun gehabt hatte, wusste sie, dass es ihn irritierte, wenn die Menschen, die er anbrüllte und versuchte zu ängstigen, sich nicht von seinem Gehabe beeindrucken ließen.

Müller pochte mittlerweile mit der Faust gegen die Tür des Verwalterhauses. Hinter einem der Fenster wurde es hell. Wahrscheinlich war Grumpke wegen des Lärms draußen schon lange wach, hatte es jedoch vorgezogen, in seinem Haus zu bleiben und das

Licht nicht einzuschalten. Hedda wusste, dass auch er die Besuche der Gestapo fürchtete. Kirchner drohte nicht nur den polnischen Arbeitern, sondern auch den Deutschen, die für sie verantwortlich waren, ständig Strafen an.

Die Tür des Verwalterhauses öffnete sich, und Grumpke erschien auf der Schwelle. Er trug einen gestreiften Schlafanzug. Seine wenigen grauen Haare standen zerzaust in die Höhe. Er starrte Müller ängstlich an, blieb aber stumm.

»Schließen Sie die Unterkunft der Polacken auf«, rief Julius ihm zu, bevor sein Untergebener etwas sagen konnte.

Grumpke murmelte etwas vor sich hin und verschwand im Haus. Die Tür ließ er offenstehen.

Denk nach, befahl Hedda sich verzweifelt. Wie sollte sie die Abwesenheit eines der Arbeiter erklären? Und was sollte sie tun, wenn Wiktor Nowak etwas von der Rattenjagd im Gerätehaus erwähnte? Dort befand sich nicht nur Jan, sondern auch Klara.

Die einzige Möglichkeit, die ihr einfiel, bestand darin, Jan ungesehen aus dem Gerätehaus zu holen, bevor Julius die Polen antreten ließ. Dann konnte der junge Pole sich unauffällig unter die anderen Zwangsarbeiter mischen. Aber wie sollte sie die beiden Gestapo-Männer ablenken und gleichzeitig dafür sorgen, dass Jan aus seinem Versteck kam?

»Ich vergesse meine guten Manieren«, stieß sie hastig hervor. »Kommen Sie doch ins Haus und trinken Sie eine Tasse Tee mit mir, Herr Kirchner. Es ist ein kühler Abend, und Gastfreundschaft wird auf Gut Falkensee großgeschrieben.«

Das war ein Fehler gewesen. Julius kniff die Augen zu schmalen Schlitzen zusammen, durch die er sie lange stumm musterte, bevor er etwas sagte.

»Gastfreundschaft auf Falkensee! Dass ich nicht lache!« Er stieß er ein hartes, freudloses Lachen aus, das sie zusammenfahren ließ. »Mir gegenüber war diese arrogante Familie niemals gastfreundlich. Was Sie betrifft, Fräulein von Bargelow, kann ich mich nicht erinnern, dass Sie mir jemals auch nur ein Glas Wasser angeboten hätten. Offenbar wollen Sie erreichen, dass ich meine Pflichten vernachlässige, während ich aus albernen Tässchen mit Ihnen Tee trinke. Lächerlich!« Ein weiteres Mal hallte sein gackerndes Lachen über den leeren Hof.

In diesem Moment trat Grumpke in die offene Tür des Verwalterhauses. In seiner rechten Hand blitzte ein Schlüsselbund.

Hedda stockte der Atem. Sie musste etwas tun! Jetzt! Nur was?

13. Kapitel

Hedda
Gut Falkensee, Westpreußen, Mai 1944, am selben Abend

Das Scheinwerferlicht, das in diesem Moment über den Hof glitt, ließ alle Anwesenden die Köpfe wenden. Hatte Julius zu seiner und Müllers Unterstützung noch weitere Schergen der Gestapo herbestellt? Hedda ballte die Fäuste neben ihrem Körper und hätte am liebsten vor Wut und Hilflosigkeit laut geschrien.

Das Auto hielt direkt neben ihnen, und die Fahrertür flog auf. Lange Beine wurden nach draußen geschwungen, es folgte der hochgewachsene, schlanke Körper eines Mannes. Erst als sich die Stallbeleuchtung in dunklen Brillengläsern spiegelte, erkannte Hedda den Ankömmling.

War Clemens Schickedanz erschienen, um seinem Kumpan von der Gestapo bei seinem unmenschlichen Werk zu helfen?

Hedda biss sich verzweifelt auf die Unterlippe. Falls sie vorher noch eine winzige Chance gehabt hatte, Klara und Jan ungesehen aus dem Gerätehaus zu holen, würde ihr das in der Anwesenheit eines weiteren Mannes ganz sicher nicht gelingen. Es war vorbei.

»Guten Abend«, grüßte der Bürgermeister höflich in die Runde, als wäre er zu einem Anstandsbesuch vorbeigekommen.

»Was machst du denn hier, Schickedanz?« Julius klang verblüfft.

»Ich habe zufällig eine gute Bürgerin auf der Straße getroffen, nachdem sie bei dir gewesen war. Sie hat auch mit mir über ihre Beobachtung gesprochen, und wenig später sah ich dich vorbeifahren. Ich dachte mir, du kannst Hilfe brauchen. Hier scheint einiges im Argen zu liegen.«

Clemens Schickedanz klang heiter, als würde er sich eine nette Abendunterhaltung versprechen. Allein für seinen Tonfall hasste Hedda ihn aus tiefstem Herzen.

»Nett von dir. Wobei ich natürlich meinen Aufgaben durchaus gewachsen bin. Ohnehin kann ich jederzeit Hilfe aus Danzig anfordern.« Julius Kirchner sah den Bürgermeister immer noch verblüfft an.

»Um für Zucht und Ordnung zu sorgen, kann man nie genug Männer zur Hand haben«, behauptete Schickedanz fröhlich.

Hedda bemerkte, dass er ihr einen kurzen Seitenblick zuwarf. Sie wich einen Schritt zurück, um deutlich zu machen, dass sie mit ihm, seinen Machenschaften und seiner Kumpanei mit der Gestapo nichts zu tun haben wollte.

Nun traten Müller und Grumpke zu der kleinen Gruppe.

»Der Schlüssel zur Unterkunft«, schnarrte Müller triumphierend, als hätte er eine äußerst schwierige Aufgabe bewältigt. Er nahm dem Verwalter den Schlüsselbund aus der Hand und ließ ihn in der Luft klirren.

Dieser Ton fuhr Hedda durch Mark und Bein. Nun trennten Klara und Jan nur noch Minuten von der Entdeckung. Es gab keinen Ausweg mehr. Sie hätte darauf bestehen müssen, dass Klara sich von Jan trennte und einen anderen Mann heiratete. Nun würden sie beide furchtbar für ihre Liebe bezahlen.

»Geh ruhig mit Müller in die Unterkunft der Männer, Kirchner. Es ist sicherer, sie dort drinnen alle im Blick zu haben, falls sie etwas zu verbergen haben. Ich halte hier draußen die Stellung.« Der Bürgermeister erteilte so selbstverständlich Befehle, als hätte er das Kommando über die beiden Männer von der Gestapo.

Zu Heddas Erstaunen machte Julius seinem Untergebenen ein Zeichen, und die beiden gingen zum Gesindehaus.

»Bitte«, versuchte sie noch einmal, die Männer aufzuhalten. »Lassen Sie die Arbeiter schlafen. Wenn sie morgen früh müde sind, machen sie Fehler bei der Arbeit.«

Schickedanz schnaubte verächtlich. »Streichen Sie den Polacken einfach ein paar Mahlzeiten, wenn sie nicht anständig arbeiten. Das macht ihnen Beine.«

Hedda ballte nun die Fäuste so fest, dass ihre Nägel sich schmerzhaft in die Handflächen bohrten. Wie hatte sie nur jemals annehmen können, Schickedanz sei ein mitfühlender Mann, der seine Position dazu benutzte, Polen und anderen verfolgten, unterdrückten und geschundenen Menschen zu helfen? Sie musste wahnsinnig gewesen sein. Mittlerweile erschien er ihr schlimmer als Kirchner – was ein echtes Kunststück war.

Die Verzweiflung trieb ihr Tränen in die Augen. Nun würden die beiden Gestapo-Männer rasch feststellen, dass einer der Zwangsarbeiter fehlte. Anschließend würden sie die Wirtschaftsgebäude und die Stallungen durchsuchen, und wenn nicht noch ein Wunder geschah, würden sie Klara und Jan finden.

Sie wischte sich hektisch mit dem Handrücken über die Augen und ignorierte den forschenden Blick des Bürgermeisters. Sollte er ruhig sehen, dass sie weinte. Darauf kam es jetzt auch nicht mehr an.

Schickedanz stand ruhig neben ihr und sah zu, wie Kirchner und Müller in der Unterkunft der Zwangsarbeiter verschwanden, während Grumpke unschlüssig vor der offenen Tür verharrte.

Unvermittelt machte Schickedanz einen Schritt auf Hedda zu, sodass er direkt neben ihr stand. »Wo sind sie?«, raunte er dicht an ihrem Ohr.

Ohne Heddas Zutun flog ihr Kopf herum, und sie starrte ihn verblüfft an. »Wer?«

»Ist der Pole, der mit Ihrem Hausmädchen fliehen will, noch im Gesindehaus? Oder sind die beiden schon fort?« Schickedanz packte sie beim Arm und schüttelte sie leicht, als wollte er sie aus ihrer Schreckstarre wecken.

Instinktiv entzog sie ihm ihren Arm. War das ein Trick, damit sie ihm verriet, wo man nach den Flüchtlingen suchen musste? »Ich weiß nicht, was Sie meinen«, sagte sie mit gesenkter Stimme.

»Sind die beiden schon fort?«, drängte Schickedanz.

»Wieso sollte ich Ihnen vertrauen?«, stieß Hedda leise hervor.

»Weil Ihnen keine andere Wahl bleibt. Jedenfalls nicht, falls Sie Hilfe brauchen.« Die dunklen Brillengläser waren starr auf sie gerichtet.

Hedda schwieg unschlüssig. Sollte sie wirklich wagen, ihm die Wahrheit zu sagen? Sie starrte hinüber zum Gesindehaus. Von drinnen hörte sie Kirchners Stimme, die in scharfem Ton Befehle bellte. Ihr blieb nur sehr wenig Zeit, eine Entscheidung zu treffen. Hatte sie überhaupt etwas zu verlieren?

»Herr Grumpke«, rief sie dem Verwalter zu, der immer noch vor der Tür zum Gesindehaus herumstand. »Würden Sie bitte an der Rückseite des Gebäudes nachsehen, ob alle Fenster geschlossen und die Gitter fest sind? Möglicherweise ist auf diesem Wege jemand entkommen.«

Grumpke war nicht offiziell eingeweiht, aber Hedda vermutete, dass er von den lockeren Gitterstäben an einem der rückwärtigen Fenster wusste und die Tatsache ignorierte. Schon allein für den Fall, dass im Gesindehaus ein Feuer ausbrach, hielten Hedda und ihre Mutter diese Maßnahme für notwendig. Entweder war Grumpke derselben Ansicht, oder er akzeptierte grundsätzlich die Entscheidungen seiner Arbeitgeber. Nun konnte er den Fluchtweg aus dem Gesindehaus noch vor den Gestapo-Männern »entdecken«.

Als Hedda sich wieder Schickedanz zuwandte, sah sie, dass er die Stirn runzelte. »Sind die beiden noch hier auf dem Gut?«, raunte er ihr zu.

Hedda senkte den Kopf so leicht, dass es wahrscheinlich kaum als Nicken zu erkennen war.

»Aber der Pole ist nicht mehr im Gesindehaus?«, fragte er weiter.

Wieder nickte sie wortlos.

»Sondern wo?« Erneut packte er sie beim Arm. »Ich darf mit meinen Augen eigentlich noch nicht wieder Auto fahren, aber ich habe mir einen Wagen geliehen und es irgendwie hierhergeschafft. Wenn es uns gelingt, die beiden Fliehenden ungesehen in den Kofferraum zu bekommen, fahre ich sie zur Grenze.«

Bei der Vorstellung, dass Jan und Klara, aber auch Schickedanz, bei der Durchführung dieses wahnwitzigen Plans ertappt werden könnten, wurde Hedda vor Entsetzen schwindelig. Sie versuchte, sich mit beiden Füßen fest auf den Boden zu stellen. In ihrer Not hatte sie jedoch vergessen, dass sie sich vor wenigen Minuten heftig den Fuß vertreten hatte.

Mit einem leisen Aufschrei geriet sie ins Wanken und konnte sich erst im letzten Moment an Schickedanz' Schulter festklammern.

Er reagierte sofort und legte stützend den Arm um sie. »Geht es Ihnen nicht gut?«, erkundigte er sich besorgt.

»Es ist nur mein Fuß. Ich habe ihn mir verstaucht.« Sie wollte sich mit einer Drehung aus seinem Arm befreien, geriet dabei wieder ins Straucheln und war froh, dass er sie immer noch festhielt. Bei der raschen Bewegung hatte sie einen leichten Tabakduft wahrgenommen, der ihn umwehte, obwohl sie ihn noch nie hatte rauchen sehen.

»Schnell«, sagte er an ihrem Ohr. »Kirchner kommt sicher gleich wieder.«

»Gerätehaus«, murmelte sie. »Dort sind sie beide.« Gleichzeitig fragte sie sich verzweifelt, ob sie nicht doch einen Fehler machte, indem sie diesem Mann vertraute. Was, wenn er auf der Stelle zu Kirchner ging und ihm sagte, wo er nach dem Flüchtigen suchen musste?

»Kommen Sie«, befahl er und führte sie die wenigen Schritte zu seinem Auto. Die Fahrertür stand noch offen, und er half ihr, sich seitlich auf den gepolsterten Sitz vor dem Lenkrad zu setzen, sodass ihre Beine nach draußen hingen und sie in Richtung Gesinde- und Gerätehaus schaute.

»Warten Sie hier. Ich hole die beiden und bringe sie in Sicherheit.«

»Aber …«, begann sie, doch er stand bereits vor der Tür zum Gerätehaus, öffnete sie, schob sich in den unbeleuchteten Raum und zog die Tür hinter sich zu. Aus dem Gesindehaus drangen immer noch Julius' Befehle und die Stimmen der Polen.

Sosehr Hedda auch die Ohren spitzte, aus dem Gerätehaus drang kein Ton. Sie war sicher, dass Jan und Klara sich nicht freiwillig zeigen würden, wenn Schickedanz nach ihnen rief. Er würde sie dort drinnen finden müssen, was wertvolle Zeit in Anspruch nahm. Umso erstaunter war sie, als kaum eine Minute später drei Gestalten aus dem Gerätehaus kamen und auf den Wagen von Schickedanz zuliefen, in dem Hedda saß.

Der Bürgermeister führte die kleine Gruppe an. Er riss den Kofferraum des Autos auf, und Hedda verdrehte sich den Hals, um zu sehen, was weiter geschah.

Während er mit einer Hand die Klappe in die Höhe schob, ruderte er mit der anderen Hand heftig durch die Luft, wohl um Klara und Jan aufzufordern, sich zu beeilen.

Die beiden zögerten nicht eine Sekunde. Der helle Kopfkissenbezug flog als Erstes durch die Luft, dann sprang Klara beinahe kopfüber in den Kofferraum. Mit einem dumpfen Laut landete der Rucksack auf der Ladefläche, anschließend sah Hedda schemenhaft, wie auch Jan hinten im Wagen verschwand.

Keine Sekunde zu früh drückte der Bürgermeister die Klappe wieder nach unten. Fast gleichzeitig mit dem leisen Klicken, mit dem sich der Kofferraumdeckel schloss, tauchte Grumpke um die Ecke des Gesindehauses auf, während Kirchner und Müller aus der Tür des Gebäudes traten.

»Einer fehlt«, rief Julius mit schallender Stimme über den Hof. »Wir müssen alle Gebäude auf dem Gut durchsuchen, obwohl es unwahrscheinlich ist, dass sie noch hier sind. Ich werde Verstärkung von der Leitstelle in Danzig anfordern, um die Umgebung abzusuchen.«

Er stürzte auf Hedda zu, die sich wieder vom Autositz erhoben hatte. Sie spürte immer noch die Angst wie Nadelstiche in ihrem Magen. Doch sie konnte wieder besser atmen. Es war, als wäre eine große Sorge von ihren Schultern genommen worden. Nun wusste sie, dass es kein Fehler gewesen war, Clemens Schickedanz um Hilfe zu bitten. Denn er war da, um zu helfen. Mit seiner Unterstützung hatten Klara und Jan eine Chance, sich zu retten und ein neues, hoffentlich glückliches Leben zu beginnen.

Grumpke meldete sich zu Wort und verkündete seine Entdeckung, dass an einem der Fenster an der Rückseite des Gesindehauses die Eisenstäbe locker waren.

»Der Kerl hat sie heimlich gelockert, gewartet, bis seine Kumpane schliefen, und ist dann aus dem Fenster gestiegen, um sich mit dem deutschen Flittchen auf und davon zu machen«, zog Julius genau den von Hedda erhofften Schluss. Auf diese Weise musste sie nicht einmal die Geschichte von der nächtlichen Rattenjagd im Gerätehaus erzählen.

»Ich müsste mal bei Ihnen telefonieren«, wandte Kirchner sich an Hedda.

»Gern.« Sie lächelte ihn entspannt an.

»Wenn du nichts dagegen hast, mache ich mich auf den Heimweg, Kirchner«, sagte Schickedanz, als Julius sich zum Herrenhaus umdrehte.

»Ich dachte, du bist gekommen, um uns zu unterstützen. Es gibt eine Menge Gebäude zu durchsuchen.« Mit einer weit ausholenden Geste deutete Julius auf die Stallungen und Wirtschaftsgebäude rings um den Hof. »Vielleicht ist der Polacke mit seinem Liebchen doch noch hier. Dann erwischen wir ihn gemeinsam. Das wär doch ein Riesenspaß.«

Nun wurde Hedda doch wieder übel. Es war entsetzlich, eine Menschenjagd als ein Vergnügen anzukündigen. Am liebsten hätte sie ihre Empörung laut herausgeschrien, aber um des jungen Liebespaars willen musste sie sich beherrschen.

»Zweifellos wäre es ein Vergnügen«, stimmte Schickedanz

dem Gestapo-Mann zu. Er klang so überzeugend, dass Hedda nicht wusste, ob sie ihn bewundern oder verachten sollte. »Leider muss ich morgen früh raus. Und ich bin sicher, du schaffst das zusammen mit Müller problemlos. Die Leute aus Danzig sind bestimmt auch in wenigen Stunden da.«

Julius nickte mit bedeutender Miene. »Sie bringen Hunde mit. Bisher ist uns nur äußerst selten einer von den feigen Polacken entkommen.«

Wieder kostete es Hedda große Mühe, nicht laut und deutlich zu verkünden, wer hier der Feigling war. Zweifellos derjenige, der gemeinsam mit einer ganzen Horde bewaffneter Männer und einem Hunderudel zwei junge Menschen jagte. Ein verliebtes Paar, dessen einziges Verbrechen darin bestand, dass es zusammen sein wollte. Doch sie musste vernünftig sein und so tun, als würde sie mit der Gestapo kooperieren. Vor allem musste sie dafür sorgen, dass Clemens Schickedanz so bald wie möglich seinen Wagen mit der geheimen Fracht vom Hof fahren konnte.

»Ich zeige Ihnen, wo das Telefon steht, Herr Kriminaldirektor«, sagte sie daher zu Kirchner. »Es wäre sehr freundlich, wenn Sie mich stützen könnten. Ich habe mir den Fuß vertreten.«

Julius Kirchner sah sie verblüfft an. Offenbar wunderte ihn ihre plötzliche Freundlichkeit. Dennoch reichte er ihr seinen Arm, und sie hängte sich schwerer als notwendig daran. Bevor sie an seiner Seite zum Hintereingang humpelte, schaute sie über ihre Schulter noch einmal zum Bürgermeister, der neben seiner offenen Wagentür stand.

»Vielen Dank für Ihr Kommen, Herr Schickedanz. Es ist beruhigend zu wissen, wie engagiert sich unser Bürgermeister darum kümmert, dass wir alle in Sicherheit leben können.«

»Keine Ursache. Genau aus diesem Grund habe ich das Amt übernommen, Fräulein von Bargelow. Und außerdem gibt es noch unsere zuverlässige Gestapo. Ich denke, Sie können drinnen Ihren verletzten Fuß hochlegen und alles Weitere Herrn Kirchner überlassen. Sie trifft schließlich keine Schuld an der Angelegenheit.«

»Nun, so einfach ist die Angelegenheit nicht«, widersprach Kirchner. »Uns ist zu Ohren gekommen, dass in der Küche Proviant in einen Rucksack gepackt wurde.«

Fast hätte Hedda frustriert aufgeschrien. Frau Thielke hatte ganze Arbeit geleistet.

»Müssen wir etwa befürchten, dass unsere Köchin dem Polen bei der Flucht geholfen hat?«, erkundigte sie sich mit einem unschuldigen Augenaufschlag bei Kirchner.

»Natürlich nicht«, protestierte Kirchner in entschiedenem Ton. »Frau Thielke ist über jeden Verdacht erhaben. Sie berichtete mir, dass Sie und Ihre Mutter Brote zubereitet haben, obwohl die Zeit für das Abendessen längst vorbei war.«

»Ich bitte dich, Kirchner!« Schickedanz kam einen Schritt auf sie zu und schüttelte den Kopf, als müsste er sich über einen dummen Jungen wundern. »Du willst dich doch nicht allen Ernstes mit irgendwelchen wichtigtuerischen Aussagen darüber aufhalten, dass in einer Gutsküche ein paar Brote geschmiert wurden?«

»Aber genau deshalb bin ich hier.« Wie immer, wenn der Bürgermeister energisch mit ihm sprach, wurde Julius unsicher. »Und Frau Thielke hatte recht. Es ist jemand geflohen. Also muss man davon ausgehen, dass die Brote möglicherweise für den Polacken bestimmt waren. Wo sind sie denn sonst hin?«

»Wo sollen sie schon sein?«, mischte sich Hedda ein. »In unseren Bäuchen. Frau Thielke hat vergessen zu erwähnen, dass sie uns ein ungenießbares Abendessen gekocht hat.«

Julius sah sie verblüfft an, während der Bürgermeister leise lachte.

»So einfach sind manchmal die Erklärungen für scheinbar verdächtige Vorgänge«, sagte Schickedanz dann. »Davon abgesehen, mein lieber Kirchner: Wenn ich mich im Krieg mit solchen Kleinigkeiten aufgehalten hätte, wäre ich niemals in der Lage gewesen zu tun, was ich getan habe. Du hast mich gefragt, was ich dir raten kann, um es weit zu bringen. Ich gebe dir den guten Rat, dich auf das Wesentliche zu konzentrieren.«

Nun nickte Julius. Offenbar hatte er den Kriegshelden Schickedanz zu seinem Vorbild und Ratgeber erkoren. Was angesichts der Tatsache, auf welcher Seite der Bürgermeister wirklich stand, keine allzu kluge Entscheidung war. Aber das ahnte er offenbar nicht einmal. Er war an einen deutlich klügeren Mann geraten, als er selbst es war.

Hedda hätte laut aufgelacht, hätte sie nicht die ganze Zeit daran denken müssen, dass Klara und Jan im Kofferraum von Schickedanz' Auto lagen. Sie waren immer noch in großer Gefahr, denn Kirchner oder Müller konnten jederzeit auf den Gedanken kommen, den Wagen zu durchsuchen.

»Lassen Sie uns ins Haus gehen, Herr Kirchner«, drängte sie. »Mein Fuß schmerzt. Und Sie wollten doch telefonieren, um Verstärkung anzufordern.«

»Ich wünsche viel Erfolg, Kirchner. Guten Nacht, gnädiges Fräulein!«, rief Schickedanz. Hedda hörte, wie er die Autotür zuschlug und den Motor anließ.

Noch bevor sie an Kirchners Seite die Hintertür erreicht hatte, war der Bürgermeister vom Hof gefahren. Das Motorengeräusch entfernte sich rasch. Hedda atmete verstohlen auf.

14. Kapitel

Clemens
Rathaus Dorf Falkensee, Westpreußen, Mai 1944, wenige Tage später

»Ich werde mich darum kümmern.« Clemens nickte der alten Frau zu und schob die Papiere auf seinem Schreibtisch zurecht. »Nun, da Ihre Tochter nicht mehr … bei Ihnen ist, können Sie die Arbeit auf dem Hof unmöglich allein schaffen.«

Bei der Erwähnung ihrer Tochter hob die Witwe sofort wieder die Hand mit dem zerknüllten Taschentuch und fuhr sich damit über die geröteten Augen. Nachdem der Schwiegersohn der alten Bäuerin vor zwei Jahren an der Front gefallen war, hatten Mutter und Tochter den kleinen Hof allein bewirtschaftet. Nun war im vergangenen Winter die Tochter an einer schweren Lungenentzündung gestorben.

»Sie hätten schon früher zu mir kommen sollen, Frau Paschullke«, sagte Clemens sanft. »Wir stellen einen Antrag, und Sie bekommen einen Zwangsarbeiter auf den Hof. Als Unterkunft brauchen Sie nur eine kleine Kammer. Möglichst etwas abseits von den Räumen, in denen Sie leben.«

Die Bäuerin runzelte die Stirn. »Linas Kammer steht leer. Da könnt jemand schlafen. Es wär zwar komisch für mich. Aber wenn ich wüsst, dass noch ein Mensch im Haus is … Ich glaub, Lina tät's nich stören tun, dass jemand in ihrer Kammer … Nun, wo sie sowieso nich mehr in ihrem Bett liegen kann.« Sie schluchzte unterdrückt auf und schaute an Clemens vorbei durchs Fenster hinaus in den regnerischen Frühlingstag.

»Wenn der Mann da ist, sehen wir weiter. Ich komme dann zu

Ihnen auf den Hof, und wir besprechen, wie Sie das Zusammenleben am besten organisieren.«

Die Frau starrte Clemens erstaunt an. »So schwierig is das doch nicht. Er arbeitet mit mir auf dem Hof, kriegt einen Schlafplatz im Haus, und ich koch für ihn mit.«

»Es gibt Regeln für die Unterbringung und Verpflegung von Ostarbeitern. Aber darüber sprechen wir noch.«

»Ach?« Wieder legte die Bäuerin ihr ohnehin schon runzeliges Gesicht in Falten. »Ich dacht nich, dass es so kompliziert is. Nich, dass ich nich lieber einen deutschen Mann auf dem Hof hätt. Der würd mich sicher besser verstehen und wär nich so fremd. Aber wenn ich Hilfe brauch, muss ich nehmen, was ich kriegen kann, nich?«

»Wie gesagt, Frau Paschullke. Ich kümmere mich um den Antrag, und wenn der Mann da ist, regeln wir alles.«

»Gut. Dann geh ich jetzt wohl.« Zögernd stand die Frau von ihrem Stuhl vor dem Schreibtisch auf.

Clemens hatte eine wöchentliche Sprechstunde im Rathaus für die Bürger von Falkensee eingeführt. Zwar war ihm die Landwirtschaft relativ fremd, da er vor seinem Einsatz an der Front als Ingenieur in Danzig gearbeitet hatte. Doch viele Probleme ließen sich mit gesundem Menschenverstand lösen.

Clemens begleitete die alte Frau zur Tür. »Vielen Dank für Ihren Besuch, Frau Paschullke«, verabschiedete er sie höflich.

»Ich muss Danke sagen, Herr Bürgermeister, nich Sie!«

Sie legte ihre raue, abgearbeitete Hand in seine, und er staunte, wie kräftig sie trotz ihres schmalen Körpers, der eingesunkenen Brust und den vorgebeugten Schultern zupacken konnte.

Nachdem die alte Bäuerin sein Amtszimmer verlassen hatte, schaute er sich in der kleinen Eingangshalle des Rathauses um. Seine wöchentliche Sprechstunde war fast verstrichen, und die drei Stühle, die er für wartende Besucher bereitgestellt hatte, waren leer. Er wollte die Tür bereits wieder schließen, als er von draußen eine bekannte Stimme hörte.

»Guten Tag, Frau Paschullke. Wie geht es Ihnen?«

Was die alte Frau antwortete, verstand er nicht.

Clemens starrte die schwere Eingangstür an, die vor Sekunden hinter der Bäuerin zugefallen war. Erstaunt registrierte er die seltsame Unruhe, die Besitz von ihm ergriff, als ihm klar wurde, dass Hedda von Bargelow direkt vor der Tür stand.

In diesem Moment trat sie in die Halle und zuckte leicht zusammen, als ihr Blick ihn traf. Hatte sie ihn nur einfach nicht hier in der Halle erwartet, oder erschrak sie immer wieder aufs Neue beim Anblick seines verunstalteten Gesichts?

»Guten Tag, Fräulein von Bargelow«, begrüßte er sie.

Sie senkte leicht den Kopf und verzog die Lippen zur Andeutung eines Lächelns. »Guten Tag, Herr Schickedanz. Ich bin gekommen, um … Kann ich Sie kurz sprechen?«

»Sicher. Es ist meine wöchentliche Sprechstunde. Gibt es Probleme auf dem Gut?«, fragte er vorsichtig.

Mit einer ungeduldigen Handbewegung wischte sie durch die Luft. »Ich denke, Sie wissen, worum es geht.«

Er zog die Brauen hoch und musterte sie stumm. Dieser Blick hatte bei seinen Untergebenen in der Berliner Maschinenfabrik hervorragend funktioniert. Das Problem war nur, dass Hedda von Bargelow nicht seine Untergebene war. Selbst wenn sie das gewesen wäre, wäre sie wahrscheinlich wegen eines strengen Blicks nicht verstummt. Sie rührte sich nicht von der Stelle und sah ihn ebenso wortlos an wie er sie. Begriff sie denn nicht, dass es besser war, kein Wort über die Angelegenheit zu verlieren?

Als er nach einer Weile immer noch schwieg, kam sie entschlossen auf ihn zu. »Es ist Ihre Sprechstunde, und ich möchte mit Ihnen sprechen. Also …«

Er stieß die Tür zu seinem Amtszimmer auf, ließ sie vorangehen und folgte ihr. Hedda ging schnurstracks zum Besucherstuhl und ließ sich nieder. Also umrundete er den großen Schreibtisch aus Eichenholz und setzte sich ihr gegenüber.

»Ich fürchte, ich muss Ihnen sagen, dass ich immer noch nicht bereit bin, mich um die Angelegenheit zu kümmern«, sagte er, nachdem sie einander eine weitere Minute stumm angesehen hatten.

»Hören Sie bitte auf damit!« Sie beugte sich leicht vor, sodass sich ihre Brüste gegen den dünnen Stoff ihrer Bluse pressten. Erschrocken wandte er den Blick ab, obwohl sie durch seine dunkle Brille nicht sehen konnte, wohin er schaute.

Wieso nahm er alles an Hedda von Bargelow so überdeutlich wahr? In seinem Kopf und seinem Herzen war so lange eine andere Frau gewesen und beanspruchte dort immer noch so viel Raum, dass er stets geglaubt hatte, er würde nie wieder ein weibliches Wesen auf diese Weise betrachten. Er war überzeugt gewesen, dass der Schmerz und die Sehnsucht ihn für immer daran hindern würden, noch einmal auch nur ansatzweise etwas Ähnliches zu empfinden, wie er es für Anita getan hatte. Es war wohl allein sein Körper, der auf die außerordentliche Attraktivität der jungen Frau vom Gut reagierte. Trotz allem war er immer noch ein Mann.

Clemens räusperte sich und rückte die Bügel seiner dunklen Brille zurecht. »Es gehört nicht zu meinen Pflichten, Sie über die Suche nach dem entflohenen Zwangsarbeiter zu unterrichten. Es mag sein, dass er Ihnen bei der Arbeit auf dem Hof fehlt. Aber dann hätten Sie eben besser aufpassen müssen, dass Ihnen niemand abhandenkommt.«

Er sah, wie Heddas Blick begann, wütend zu funkeln. Dann schien sie plötzlich die Erkenntnis zu treffen, und sie schaute sich suchend in seinem Amtszimmer um. Er hatte alles genau überprüft, nicht nur flüchtig angesehen, wie Hedda es soeben tat. Dennoch war er nicht sicher, ob der Raum abgehört wurde. In diesem Land besaßen Wände die sprichwörtlichen Ohren. Möglicherweise war irgendwo hinter der Wandvertäfelung, im Rahmen eines der riesigen Gemälde oder an einer anderen Stelle, die er nicht prüfen konnte, ohne eine größere Verwüstung anzurichten, ein Mikrofon verborgen. In seinem Wohnhaus hatte er alles auseinandergenommen. Dort fühlte er sich sicher. Hier in seinen Amtsräumen verhielt er sich einfach so, als würde er überwacht. Was wahrscheinlich ohnehin der Fall war.

»Es ist eben nur ärgerlich, dass ein Pole … dass er fort ist«, murmelte Hedda und wurde ein wenig rot. Wahrscheinlich ärgerte sie sich über ihre Naivität.

Clemens nickte ihr beruhigend zu. Auf sonderbare Weise gefiel es ihm, dass Hedda von Bargelow nicht bei jedem Wort, das sie sagte, vorher überlegte, ob es angemessen und erlaubt war. Sie war mutig und nicht so eingeschüchtert wie die meisten anderen Menschen. Dennoch konnten zu viel Mut und Offenheit in diesen Zeiten extrem gefährlich sein.

»Wie läuft es mit dem Austausch von Landmaschinen? Kann ich in dieser Sache noch etwas für Sie tun?«, sagte er, als Hedda nach einer Weile immer noch stumm und unschlüssig dasaß.

»Wir kommen zurecht.« Sie zögerte und fuhr dann laut und deutlich fort: »Uns fehlt nun ein Arbeiter, und falls er nicht eingefangen wird und ihm die Flucht gelingt, müssen wir befürchten, dass noch mehr Männer es ihm gleichtun.«

»Das wird nicht geschehen.« Clemens lächelte ihr verhalten zu. Es war ein seltsames Gefühl, ihr Komplize zu sein. Aufregend und falsch, denn er wollte nicht, dass irgendjemand in seine Angelegenheiten hineingezogen wurde. Doch das ließ sich im Fall von Hedda von Bargelow nun wohl nicht mehr verhindern.

»Wahrscheinlich hat man das Paar längst gefunden und festgenommen. Die Gestapo wird dafür sorgen, dass dieses Verhalten strengstens bestraft und der Fall unter den Zwangsarbeitern bekannt wird«, verkündete er in zackigem Ton.

»Das ist gut«, behauptete Hedda mit unbewegter Miene. »Ich mache mir durchaus Vorwürfe, dass einem der Männer in unserer Obhut die Flucht gelungen ist.«

»Sie haben getan, was Sie konnten. Schließlich können Sie

nicht Tag und Nacht vor der Unterkunft der Zwangsarbeiter wachen. Die Gestapo wird sich um diesen Fall kümmern.«

Sie nickte, kniff die Augen zusammen und musterte ihn scharf. »Ich habe noch eine Bitte«, sagte sie dann langsam.

Er zuckte zusammen. Was kam nun noch?

»Haben Sie eine Luftpumpe? Mein Vorderreifen ist so gut wie platt. Ich fürchte, auf diese Weise wird mein Heimweg äußerst mühselig werden.«

Falls es irgendwo im Rathaus eine Luftpumpe gab, was er jedoch bezweifelte, hatte Clemens keine Ahnung, wo sie sich befand.

»Da kann ich Abhilfe schaffen«, sagte er dennoch. »Sicher liegt im Schuppen hinter dem Gebäude eine Luftpumpe.

»Vielen Dank.« Nun spielte ein leichtes Lächeln um Heddas Lippen.

Sie stand auf, er tat es ihr gleich, und sie verließen gemeinsam die Amtsstube, durchquerten die Eingangshalle und traten hinaus auf die Treppe vor der Tür. Wie Clemens vermutet hatte, lehnte ihr Fahrrad mit zwei prall gefüllten Reifen an der Linde vor dem Rathaus.

Er ging neben Hedda die Stufen zum Gehweg hinunter. Unten blieben sie gleichzeitig stehen.

»Ich gehe davon aus, dass wir hier unbesorgt reden können«, sagte sie mit gesenkter Stimme.

Er zuckte mit den Schultern und gab sich den Anschein, als wüsste er nicht, worauf sie hinauswollte. Er hatte nicht die Absicht, mit Hedda von Bargelow offen über die Beweggründe für sein Handeln zu reden. Sein Plan war von Anfang an gewesen, seine Mitmenschen so weit wie möglich im Unklaren zu lassen, was seine wahren politischen Gründe und seine Auffassung von seinen Aufgaben als Bürgermeister betraf. Je mehr Mitwisser er hätte, desto gefährlicher würde es für alle Beteiligten.

»Sagen Sie mir, wann und wo Sie Klara und Jan zuletzt gesehen haben und ob Sie glauben, dass die beiden in Sicherheit sind«, sagte sie in drängendem Ton.

»Hören Sie, Fräulein von Bargelow. Ich habe Ihnen bereits erklärt, dass ich nichts über die Suche nach dem geflohenen Polen weiß. Möglicherweise hat das Paar es über die Grenze geschafft. Doch wie soll ich das wissen?«

Die junge Gutsherrin starrte ihn verblüfft an, öffnete den Mund zu einer Antwort und schloss ihn wieder. Plötzlich wirkte sie verletzt.

»Wie Sie meinen«, murmelte sie und wandte sich auf eine Weise von ihm ab, die ihn für einen kurzen Moment schmerzte. Bis er sich energisch sagte, dass er mit seinem Verhalten genau das erreichte, was er erreichen wollte. Sie konnte ihn und sein Handeln nicht einschätzen. Zwar wusste sie, dass er das fliehende Paar in seinem Auto vom Gutshof geschafft hatte, aber indem er so tat, als sei nie etwas dergleichen geschehen, fragte sie sich nun, was passiert war, nachdem er mit dem jungen Paar Gut Falkensee verlassen hatte – und vor allem, was genau seine Beweggründe waren.

Denn wenn er noch mehr Menschen helfen wollte, ohne dass er selber ins Visier der Nationalsozialisten geriet, durften so wenige Leute wie möglich von seinem Tun wissen. Und diejenigen, bei denen es nicht zu verhindern war, mussten in einem irritierenden Halbwissen gehalten werden. Er durfte niemandem vertrauen. Auch Hedda von Bargelow nicht.

»Ich danke Ihnen«, rissen ihn ihre Worte aus seinen Gedanken. »*Trotzdem* danke ich Ihnen.«

Er nickte kaum merklich und lauschte ihrer Stimme nach. Sie sprach in einem klaren, wunderbar melodischen Alt. Clemens fragte sich, wie es wohl klingen mochte, wenn sie ein Kind in den Schlaf sang. Gleich darauf schüttelte er heftig den Kopf. Was für seltsame Ideen er in letzter Zeit manchmal hatte.

»Wenn ich irgendwann etwas tun kann ... für Sie oder für einen Menschen, dem Sie helfen wollen ... sagen Sie es mir.« Ihr Lächeln hob kaum ihre Mundwinkel und war doch bezaubernd.

Er wollte erklären, sie sei ihm nichts schuldig – wofür denn auch? Aber dann beließ er es bei einem neuerlichen Nicken.

»Auf Wiedersehen, Herr Bürgermeister.« Sie hielt ihm zum Abschied die Hand hin.

Clemens zögerte, weil unverhofft etwas geschah, das ihm schon lange nicht mehr passiert war: Er musste an die kaum verheilten Narben an seiner Rechten denken, die sie zwangsläufig spüren würde, wenn er ihr die Hand reichte. Als er nach seinem langen Spitalaufenthalt endlich wieder in der Lage gewesen war, Berührungen an seinen verbrannten Händen zu ertragen, hatte ihn dieser Gedanke wochenlang umgetrieben: dass die Menschen sich vor ihm ekeln würden, wenn sie seine Handflächen berührten. Dass sie zurückzucken oder ihn zumindest mitleidig ansehen würden. Das war allerdings nur selten vorgekommen, und wenn doch jemand unangemessen reagiert hatte, war es ihm schon bald gelungen, es zu ignorieren. Wieso verschwendete er nun plötzlich Gedanken an Hedda von Bargelows mögliche Reaktion?

Entschlossen streckte er den Arm vor, und sie tauschten einen festen Händedruck. Dabei sah er ihr aufmerksam ins Gesicht, aber sie zeigte weder Ekel noch Überraschung. Er jedoch fühlte etwas Sonderbares. Es war, als würde ein Teil der geschädigten Nerven in seiner Rechten in genau diesem Moment zu neuem Leben erwachen, so intensiv spürte er die samtige Wärme ihre Haut.

Hastig ließ er Heddas Hand los. Sie kniff erstaunt die Augen zusammen, sagte aber nichts.

»Kommen Sie gut nach Hause«, rettete er sich in einen Gemeinplatz. »Es sieht nach Regen aus.«

»Ich bin nicht aus Zucker. Wenn ich nass werde, ziehe ich mich zu Hause um.« Sie gönnte den Wolken am Himmel nur einen kurzen Blick. Ihn sah sie gar nicht mehr an. Sie drehte sich einfach um und ging die paar Schritte zu ihrem Fahrrad.

Clemens wollte ins Rathaus zurückkehren. Auf seinem Schreibtisch wartete noch viel Arbeit auf ihn. Doch aus irgendeinem Grund rührte er sich nicht von der Stelle, sondern stand einfach nur da und sah zu, wie Hedda sich am Schloss ihres Fahrrads zu schaffen machte.

»Vielleicht …«, hörte er sich sagen und stockte, erschrocken über die Kühnheit seiner Gedanken.

Sie hob den Kopf und schaute ihn fragend an.

»Ich muss im Juli für zwei Tage nach Berlin. Es geht um die Verleihung des Eisernen Kreuzes. Wegen …« Er machte eine fahrige Handbewegung in Richtung seines Gesichts, ließ den Arm aber sofort wieder sinken.

Hedda zog die Schultern und gleichzeitig die Brauen hoch. Dann kam sie zurück und blieb direkt vor ihm stehen.

Obwohl sie, wie er nur zu genau wusste, aus dieser Entfernung bei Tageslicht jeden einzelnen der roten geschwollenen Flecke, die beiden nässenden Stellen an der Schläfe und am Kinn und das knappe Dutzend bereits verheilter Narben überdeutlich erkennen konnte, zeigte sie keinerlei Erschrecken oder gar Abscheu. Sie schaute ihn einfach nur abwartend an.

»Meine Einladung gilt für zwei Personen, und ich habe keine Begleitung. Ich sage das nur, weil Sie vorhin angeboten haben, ich könnte mich an Sie wenden, falls ich Unterstützung brauche.« Als die Worte heraus waren, fühlte es sich an, als hätte er den Sprung von einem Felsen gewagt. Nun gab es kein Halten mehr, bis er auf dem Boden aufschlug. Auf jenem harten Boden, den ihre empörte Ablehnung bedeuten würde. Er musste verrückt sein. Ganz und gar verrückt.

»Selbstverständlich würde ich dafür sorgen, dass Ihnen im Hotel ein komfortables Einzelzimmer zur Verfügung steht«, fuhr er fort, als sie nach einer Weile immer noch nichts sagte.

Sie blieb stumm. Wahrscheinlich überlegte sie noch, wie sie ihre Ablehnung in höfliche Worte kleiden sollte.

»Vergessen Sie die Sache. Ich würde selbst nicht hinfahren,

wenn ich wüsste, wie ich das begründen soll, ohne als eine Art Vaterlandsverräter …«

Hedda legte sanft die Hand auf seine Schulter. Dieses Mal war ihr Lächeln so breit, dass er ihre kleinen weißen Backenzähne sehen konnte.

»Es ist mir eine Ehre, Sie zu begleiten«, sagte sie mit klarer Stimme.

Erstaunt schaute Clemens in ihr lächelndes Gesicht.

»Benachrichtigen Sie mich, wann genau wir fahren.« Mit elastischen Schritten kehrte sie zu ihrem Fahrrad zurück, hob zum Abschied noch einmal die Hand, schwang sich auf den Sattel und fuhr mit wehendem Rock die Straße hinunter.

Clemens sah ihr nach, bis sie um die Kurve verschwunden war. Erst dann drehte er sich um und kehrte ins Rathaus zurück.

15. Kapitel

Elise
Gut Falkensee, Westpreußen, Mai 1944

»Wie lange noch?« Elise konnte nicht still sitzen. Sie hüpfte im Schlafzimmer ihrer Eltern herum, in dem ihre Mutter seit vielen Monaten ganz allein schlief. Zwischendurch, wenn sie gerade nicht durch den Raum sprang, kletterte Elise immer wieder auf die Polsterbank vor dem Fenster, um die Einfahrt hinunterzusehen. Dabei kribbelte es in ihrem Bauch, als würden Ameisen darin herumlaufen.

»Noch mindestens eine halbe Stunde.« Mama saß vor dem Spiegel und tupfte sich Parfüm hinter die Ohren.

»Darf ich auch was haben?«, erkundigte sich Elise.

»Dafür bist du noch zu klein«, erwiderte ihre Mutter, aber das hatte Elise natürlich erwartet. Es gab kaum etwas, für das sie nach Mamas Meinung nicht zu klein war. Außer natürlich zum Stillsitzen und leise sein.

Als sich im Spiegel Elises Blick und der ihrer Mutter begegneten, wandte Mama sich um und hauchte Elise einen Kuss auf die Wange. »Ich gehe ganz sparsam mit diesem Parfüm um, weil Papa es so liebt. Ich möchte, dass er es an mir riecht, wenn er auf Heimaturlaub kommt, was selten genug ist. Wenn die Flasche leer ist, bekomme ich jetzt im Krieg sicher keine neue.«

Elise nickte und bemühte sich, ihre gekräuselte Nase wieder glatt zu ziehen.

»Tante Hedda hat neulich Parfüm aus ihrem Zerstäuber in die Luft gesprüht, und ich bin durchgelaufen. Es hat ganz toll geduftet«, erzählte sie. »Ich hatte es noch den ganzen Tag in der

Nase, weil es an mir kleben geblieben ist. Tante Hedda hat mir erzählt, dass man das so macht.«

»Tante Hedda«, sagte Elises Mutter mit einem lauten Seufzer. »Wenn deine Tante genug Parfüm hat, um es in die Luft oder auf kleine Mädchen zu sprühen, mag sie das tun.«

Mama kämmte sich ungefähr zum fünften oder sechsten Mal die schulterlangen Locken. Dabei sah sie sich angestrengt im Spiegel an und machte ihren Mund ganz spitz, wohl um zu sehen, ob sie ihre Lippen hübsch bemalt hatte. Nach Lippenstift fragte Elise gar nicht erst. Den hatte Tante Hedda sie auch ausprobieren lassen, aber gleich dazu gesagt, sie dürfe nur im Zimmer der Tante mit bemalten Lippen herumlaufen.

»Deine Mutter bringt mich um, wenn sie dich mit Lippenstift sieht. Das hier bleibt also unser Geheimnis«, hatte Tante Hedda gesagt. Sie wusste, dass sie sich auf Elise verlassen konnte. Inzwischen gab es einige Geheimnisse, die sie teilten. Vor allem aber redeten sie über viele Dinge, über die Elise mit niemandem außer mit Tante Hedda reden konnte, auch nicht mit ihrer Mutter.

Zum Beispiel verstand Mama nicht, dass Elise abends oft nicht einschlafen konnte, weil sie solche Angst um Papa hatte. Mama sagte immer nur, der liebe Gott würde ihren Vater an der Front beschützen.

Elise fragte sich dann jedes Mal, ob sie wirklich glaubte, dass jeder Mann, für den jemand betete, gesund aus dem Krieg zurückkehrte. Bestimmt beteten alle Kinder für ihre Väter. Und alle Frauen für ihre Männer. Die Mütter für ihre Söhne. Und doch gab es schrecklich viele Männer, die im Krieg starben und nie mehr nach Hause kamen. So wie Tante Heddas Verlobter, der nicht zu seiner eigenen Hochzeit gekommen war, weil ihn vorher jemand totgeschossen hatte. Der Tante musste sie nicht erklären, dass beten ihr zwar half, nicht ganz so viel Angst um Papa zu haben, aber deshalb konnte sie noch lange nicht sicher sein, dass ihrem Vater auch wirklich nichts passierte. Jedes Mal, wenn sie versucht hatte, das ihrer Mutter zu erklären, war sie wütend geworden und hatte behauptet, Elise sei noch zu klein, solche Dinge zu verstehen. Sie müsse nur beten und ganz fest daran glauben, dass ihr Papa gesund aus dem Krieg zurückkehrte, dann würde es auch so sein.

Jetzt aber würde er tatsächlich kommen. Nicht für immer, aber für einen Urlaub von fast einer ganzen Woche. Als Mama den Brief von der Front, in dem er sein Kommen angekündigt hatte, beim Abendessen der Familie vorgelesen hatte, waren ihre sonst so blassen Wangen ganz rot gewesen.

Elise war sofort aufgesprungen, wie wild um den Esstisch gehüpft und hatte immerzu »Papa kommt! Papa kommt!« geschrien.

Das hatte Mama ihr aber nur kurz erlaubt, dann musste sie sich wieder hinsetzen und konnte nur noch heimlich mit den Beinen unter dem Tisch zappeln, weil die Freude ja irgendwohin musste.

Und heute war es endlich so weit. Grumpke holte Papa mit dem Auto in Bischofswerder vom Bahnhof ab. Elise hatte gebettelt, mitfahren zu dürfen, aber Mama war hart geblieben.

»Wir warten hier auf ihn und machen uns hübsch für seinen Empfang«, hatte sie gesagt. Nur an den roten Flecken auf ihrem Gesicht hatte Elise erkannt, dass sie auch ganz aufgeregt war.

Elise verstand nicht, wieso sie nicht zum Bahnhof fuhren, denn schließlich würden sie mindestens eine halbe Stunde länger mit Papa zusammen sein können, wenn sie ihn schon am Zug empfingen.

»Ich gehe nach unten in die Halle und warte da auf ihn«, murmelte sie und verließ Mamas Zimmer, bevor diese protestieren konnte.

»Mach dein hübsches Kleid nicht schmutzig«, rief ihre Mutter hinter ihr her, doch da war Elise schon fast auf der Treppe.

In der Halle gab es kaum eine Möglichkeit, dreckig zu werden, außer wenn sie in den kalten Kamin stieg. Außerdem hatte Papa sie auch lieb, wenn sie von oben bis unten voller Ruß war, da war sie sich ganz sicher.

Elise sprang die letzten drei Stufen mit einem großen Satz hinunter und landete mit beiden Füßen auf den schwarz-weißen Fliesen. Dann lief sie zur Haustür, riss sie auf, um die Auffahrt entlangzuschauen, und knallte sie sofort wieder zu. Großtante Alice mochte es nicht, wenn die kühlere Luft von draußen in die Halle kam, und machte immer ein furchtbares Geschrei, wenn Elise vergaß, die Tür zu schließen.

Die nächste Viertelstunde verbrachte sie damit, zwischen dem Sessel vor dem Kamin und der Haustür hin und her zu laufen. Dabei sah sie dauernd auf die Standuhr in der Ecke, deren Ticken an diesem Nachmittag besonders laut war. Die Zeiger krochen langsam wie Schnecken um das weiße Zifferblatt.

Als sie endlich Motorengeräusch vor dem Haus hörte, sprang Elise von der Armlehne des Sessels hoch, brüllte: »Da ist er! Papa ist da!«, lief zur Tür, riss sie auf und sprang mit großen Sätzen die Treppe zur Einfahrt hinunter. Dieses Mal dachte sie nicht im Traum daran, die Haustür wieder zu schließen. Sollte Großtante Alice sich ruhig aufregen. Wenn sie sah, dass Papa gekommen war, würde sie sich bestimmt so sehr freuen, dass sie jede offene Tür im Haus sofort vergaß.

Grumpke hatte das Auto direkt vor der untersten Stufe der Freitreppe angehalten, sodass Elise sich sofort in die Arme ihres Vaters stürzen konnte, als er aus dem Wagen stieg.

»Elise, meine Elise«, sagte er, nahm sie auf den Arm und hielt sie so fest umklammert, dass es wehtat. Aber es war ein gutes Wehtun, denn schließlich umarmte ihr Papa sie. Er war längst der Einzige, der sie hochheben konnte wie ein kleines Kind, obwohl sie schon neun Jahre alt war. Und wenn er es tat, gefiel es ihr komischerweise, obwohl sie sonst nicht mochte, wenn man sie wie ein Baby behandelte.

»Elise.« Papa wiederholte wieder und wieder ihren Namen, und als sie den Kopf in den Nacken legte und ihm ins Gesicht schaute, sah sie Tränen auf seinen Wangen. Schnell wischte sie sie mit ihren Fingerspitzen fort.

»Du musst nicht weinen, Papa. Jetzt bist du ja hier. Da müssen wir uns freuen und die Zeit genießen, die wir zusammen sind.« Das hatte Mama gesagt, und in diesem Fall war Elise genau derselben Meinung. Sie wusste zwar noch nicht, ob sie es schaffen würde, während Papas Urlaub nicht dauernd die Tage zu zählen, bis er für viele Wochen und Monate an die Front zurückmusste. Aber sie wollte sich große Mühe geben, nur an die schöne Zeit zu denken, die sie jetzt hatten.

»Du hast recht, meine kluge Elise.« Papa stellte sie auf den Boden und zerzauste ihr mit seiner großen, starken Hand die Haare, die Großmama extra lange gebürstet und mit einer weißen Schleife verziert hatte.

In diesem Moment tauchte Mama in der Tür auf. Sie sah wunderhübsch aus in ihrem schönsten Kleid, das sie nicht einmal zu Ostern angehabt hatte. Die Sonne ließ ihre Haare golden leuchten wie bei einer der Prinzessinnen in Elises Märchenbuch, und als sie näher kam, duftete sie ganz wunderbar nach ihrem Parfüm.

»Florentine«, sagte Papa mit rauer Stimme. »Wenn du wüsstest, wie sehr ich mir gewünscht habe, dich zu sehen. Dich und unsere Elise. Ich schaue mir jeden Abend vor dem Einschlafen euer Bild an, aber die Wirklichkeit ... die Wirklichkeit ist so viel besser.«

Er machte einen ganz komischen Ton, als er Elises Mutter in seine Arme zog, und Mama schluchzte leise.

Ein wenig ratlos stand Elise neben ihren Eltern, die sich küssten und herzten und in den Armen hielten und sich gar nicht mehr loslassen wollten. Sie hatte schon manchmal gesehen, dass die beiden sich küssten. Das taten Ehepaare eben. Aber so lange hatte das noch nie gedauert, und sie hatten auch nicht dabei geweint. In diesem Moment wusste Elise, dass Mama mehr Angst um Papa hatte, als sie zugeben wollte.

Erst als Tante Hedda und Großmama Charlotte aus dem Haus traten, ließen Mama und Papa einander los. Papa ging Großmama und Tante Hedda entgegen, und als sie sich gegenüberstanden, fingen Elises Großmutter und ihre Tante auch an zu weinen.

Zum Glück weinte keiner mehr, als sich eine Stunde später, nachdem Papa gebadet und seine Uniform gegen einen Anzug getauscht hatte, alle am Esstisch versammelten. Es gab Rindergulasch mit Nudeln, denn das war Papas Lieblingsessen.

Elise hatte mitbekommen, dass es gar nicht so einfach gewesen war, das Fleisch zu besorgen. Ein paar Schweine fütterten sie auf dem Gut selbst, aber Rindfleisch mussten sie woanders kaufen. Als Mama in Bischofswerder nichts bekommen hatte, hatte sie zu Großmama gesagt, notfalls würde sie eine der Milchkühe schlachten lassen.

»Das kommt absolut nicht infrage«, hatte Großmama protestiert. »Wir brauchen das Vieh und werden ganz sicher nicht nach Lust und Laune Kühe schlachten. Außerdem ist das Fleisch von Milchkühen zäh.«

»Aber es ist Rindfleisch, sozusagen.« Mama hatte natürlich sofort klein beigegeben. Sie besaß keinen funkelnden Blick und auch keine Stimme, die klirren konnte wie das Geschirr in der Küche, wenn Frau Thielke schlechte Laune hatte. So dreinschauen und sprechen, das fast jeder tat, was sie wollten, konnten nur Großmama Charlotte und Tante Hedda. Und Elise hoffte, dass sie das später auch lernte. Manchmal übte sie schon vor dem Spiegel. Noch sah es anders aus als bei der Großmutter und der Tante. Aber sie hatte ja noch Zeit, bis sie selbst ein Gut führen würde.

Irgendwie war es Mama dann doch noch gelungen, Rindfleisch zu besorgen. Beim Essen saß sie an Papas rechter Seite, und Elise durfte links neben ihm sitzen. Alle hatten gedacht, Papa würde sich ganz begeistert auf das Gulasch stürzen, aber er aß nur einen kleinen Teller voll und auch nur wenige Nudeln.

»Schmeckt es dir nicht, Ludwig?«, fragte Mama. Sie klang enttäuscht.

»Ich nehme noch was davon«, sagte Elise schnell. »Das Gulasch ist lecker.«

Aber Mama schaute nur Papa an. Der legte das Besteck weg und nahm ihre Hand. »Es schmeckt ganz wunderbar, meine Liebste. Ich habe nur keinen Appetit. Die Reise hat mich Kraft gekostet und die Tage vorher auch. Vielleicht kannst du mir eine Portion für morgen aufbewahren. Wenn ich mich ausgeschlafen habe, ist mein Appetit sicher besser.«

Über den Krieg erzählte Papa gar nichts, und Elise wusste schon von seinen vorherigen Besuchen, dass sie ihn nicht fragen durfte. Dann wurden seine Augen seltsam dunkel, er presste die Lippen aufeinander, schüttelte den Kopf und sagte, dass er nun im Urlaub sei und wenigstens für ein paar Tage den Krieg vergessen wolle.

Elise wusste nur, dass Papa direkt aus Russland kam. Und sie hatte gehört, dass es dort für die deutschen Soldaten schlimm war. Die Frauen aus dem Dorf, die zum Saubermachen ins Haus kamen, unterhielten sich manchmal mit gesenkten Stimmen darüber. Eine von ihnen hatte zwei Söhne, die an der Ostfront waren. Manchmal weinte diese Frau bei der Arbeit, und dann bekam Elise noch mehr Angst um ihren Vater.

Aber jetzt war er für eine Woche in Sicherheit, und niemand konnte ihn erschießen. Sie tastete nach seiner linken Hand. Mit der rechten hielt er immer noch Mama fest.

»Machen wir nachher Musik auf dem Grammophon, Papa?«, fragte sie, als alle am Tisch schwiegen.

Er sah sie an und lächelte. Irgendwie sah es aus, als würde es ihn viel Kraft kosten, die Lippen zu verziehen. Er war wohl wirklich furchtbar müde.

»Wir können das mit der Musik auch morgen machen«, sagte sie schnell.

»Ja, mein Kind, morgen.« Das Lächeln war von einer Sekunde auf die andere verschwunden, und jetzt bemerkte Elise, wie blass und schmal sein Gesicht aussah. Krieg war nicht nur sehr gefährlich. Er musste auch schrecklich anstrengend sein.

Kurz darauf gingen Mama und Papa hinauf in ihr Schlafzimmer. Elise starrte ihnen hinterher. Eine Woche war nicht lang, und fast die Hälfte der Zeit hatte ihre Mutter Papa ganz für sich allein. Wenn die Schlafzimmertür geschlossen war, das hatte Elise schon als kleines Mädchen gelernt, durfte man nicht anklopfen. Nicht wenn Mama und Papa gemeinsam drin waren.

Am nächsten Tag legte Elise den Heimweg von der Schule im Laufschritt zurück. Sie konnte es kaum erwarten, ihren Vater wiederzusehen. Als sie morgens aufgestanden war, hatte er noch geschlafen. Jedenfalls war die Tür zum Schlafzimmer der Eltern geschlossen gewesen. Aber jetzt, um zwölf Uhr mittags, war Papa sicher munter.

Tatsächlich kam er ihr in der Halle entgegen, nahm sie hoch und schleuderte sie durch die Luft.

Elise jauchzte, als die Wände an ihr vorbeiflogen. Es fühlte sich an, als würde sie auf dem Jahrmarkt Karussell fahren.

»Noch mal«, forderte sie, als er sie wieder auf den Boden stellte.

»Bald bist du zu groß dafür, aber jetzt geht es noch. Also nutzen wir die Gelegenheit«, sagte er, und wieder war sein Lächeln ganz angestrengt. Vielleicht brauchte er noch eine weitere Nacht, um sich richtig auszuschlafen.

Fast hätte Elise gesagt, dass er sie lieber nicht noch mal herumwirbeln sollte. Auch wenn sie für ihr Alter klein und zart war, war sie schon ein großes Mädchen, und er musste sich vom Krieg ausruhen.

Doch da flog sie schon wieder durch die Luft. Und sie wünschte sich, wenigstens noch ein Jahr lang klein genug zu sein, um hochgehoben zu werden. Was komisch war, denn sonst wünschte sie sich immer, möglichst schnell groß zu werden, damit sie endlich wie eine Erwachsene behandelt wurde.

»Grammophon?«, fragte Papa zu ihrem Entzücken, als sie wieder auf dem Boden stand. »Ich habe mir schon mit Tante Hedda die Bücher angesehen, und bis zum Mittagessen ist noch fast eine Stunde Zeit.«

Elise nickte eifrig, und ihr Herz hüpfte fröhlich in ihrer Brust.

Sie warf einen Blick hinüber zu ihrem Tornister, den sie neben der Tür auf den Boden geworfen hatte. Mama und Großmama mochten es nicht, wenn sie das tat. Aber jetzt hatte sie keine Zeit, das Ding hinauf in ihr Zimmer zu bringen. Das mussten die beiden verstehen. Eine Woche war furchtbar kurz.

Sie ging mit ihrem Vater in den Salon, und er holte das Grammophon aus dem großen Holzkasten. Dann durfte sie sich eine der Schellackplatten aussuchen. Es gab ein paar, die sie besonders gern hörte, aber eigentlich mochte sie fast alle. Weil sie auf Papas Schoß sitzen durfte, während das Grammophon spielte, und er sie dann im Takt der Musik auf seinen Beinen auf und nieder hüpfen ließ. Weil sie manchmal beide mitsangen, und weil sie einfach zusammen waren – nur sie beide.

Die anderen Hausbewohner hielten sich meistens fern, wenn im Salon die laute Musik erklang. Großtante Alice behauptete, die schrillen Töne des Grammophons würden ihr Kopfschmerzen machen. Der Radioapparat würde viel schönere Musik machen. Großmama und Mama blieben ohne besondere Begründung weg. Und so war die Stunde, wenn das Grammophon lief, Zeit, die nur Elise und ihrem Vater gehörte.

»Schön ist die Jugend«, sagte Elise. Sie wusste, dass ihr Vater immer lachen musste, wenn sie bei dieser Platte mitsang. Weil sie noch so jung war und dieses Lied von der Sehnsucht nach der Jugend handelte, hatte er ihr erklärt. Sie verstand nicht, warum das so furchtbar witzig war, aber sie mochte es schrecklich gern, wenn Papa fröhlich war und lachte.

Dieses Mal klang sogar sein Lachen müder als sonst, als sie den Titel nannte. Sie sah zu, wie er die Platte vorsichtig aus ihrer Papierhülle nahm und auf das Grammophon legte. Dann durfte Elise die Kurbel drehen. Wenn die ersten Töne aus dem großen Trichter kamen, setzte Papa sich in den tiefen Sessel neben dem Grammophon, und Elise kletterte auf seine Knie.

Es war so schön wie immer, mit ihm Musik zu hören, aber es

war auch trauriger als noch beim letzten Mal, als er Urlaub vom Krieg gehabt hatte. Als sie beide mitsangen, war seine Stimme ganz rau und zitterte bei manchen Worten ein bisschen.

Elise lehnte sich fest an seine Brust und nahm seine Hand, die kalt war und Risse in der Haut hatte.

»Mein Kind«, murmelte Papa und verbarg das Gesicht in ihren Haaren. »Es ist so wunderbar, zu Hause zu sein.«

»Ja, Papa. Es ist ganz schrecklich schön, dass du hier bist«, erwiderte sie und hielt ganz still. Das Lied war zu Ende, und eigentlich wäre es an der Zeit gewesen, eine neue Platte auszusuchen, aber so war es auch gut. Einfach nur dazusitzen und zu wissen, dass ihr Vater bei ihr war.

Wenn Elise auf ihren Geburtstag oder auf Weihnachten wartete, war eine Woche furchtbar lang. Doch die Zeit, die ihr Vater auf Falkensee verbrachte, huschte nur so an ihr vorbei. Plötzlich war der Tag da, an dem er wieder in den Zug steigen und zurück an die Front fahren musste.

Elise war früh am Morgen mit einem dicken Kloß im Hals aufgewacht. Sie stand schon um sechs Uhr auf und zog sich an, weigerte sich aber, zur Schule zu gehen. Sie würde Papa zum Zug begleiten, und wenn Mama sich auf den Kopf stellte.

»Du kannst ja hierbleiben«, schrie sie mit Tränen in den Augen. »Ich fahre mit zum Bahnhof und winke Papa, so lange ich ihn sehen kann. Weil, weil …«

Weil ich ihn vielleicht nie mehr sehe. Aber das sagte sie nicht. Weil es dann vielleicht wahr wurde und weil sie ihren Eltern, die ohnehin beide ganz blass und still waren, nicht noch mehr Kummer machen wollte.

»Natürlich darfst du mitkommen, wenn du das möchtest, Elise«, sagte Papa und strich ihr sanft über den Kopf. Ihre Mutter öffnete den Mund, wohl um zu protestieren, schloss ihn aber sofort wieder, als Elises Vater ihr einen kurzen Blick zuwarf.

Der Rest der Familie verabschiedete sich in der Halle von ihrem Vater, während Elise in der offenen Tür wartete. Zum Schluss standen Mama und Papa lange in der Ecke unter dem Bild von Elises streng dreinblickendem Großvater. Sie hielten sich in den Armen, flüsterten miteinander und küssten sich immer wieder. Plötzlich schluchzte Mama auf, warf die Arme, die sie schon fast von Papa gelöst hatte, fest um seinen Hals und begann ganz fürchterlich zu weinen.

Papa wischte ihr die Tränen aus dem Gesicht, küsste ein paar davon fort, strich ihr über die Haare und über die längst schon wieder tränennassen Wangen. Als Elise einen Blick in sein Gesicht erhaschte, erschrak sie ganz fürchterlich, denn sie erkannte ihn kaum. Seine Züge hatten sich irgendwie aufgelöst, als wären sie aus Schnee, der anfing zu schmelzen.

Irgendwann ließ Papa die immer noch weinende Mama los und ging zur Tür, ohne sich noch einmal umzudrehen. Seine Augen waren rot, und nun schnürte die Verzweiflung Elise die Kehle zu. Wie schlimm musste alles sein, wenn sogar ihr Papa weinte – er, der immer stark und ruhig war und alles in Ordnung bringen konnte. Diesen Krieg konnte wohl niemand in Ordnung bringen, nicht mal ihr Vater.

Während sie nebeneinander auf dem Rücksitz des Autos saßen, das Grumpke zum Bahnhof fuhr, sagte Elise nichts. Sie schob nur irgendwann auf halbem Weg ihre Hand in die ihres Vaters. Und sie nahm sich ganz fest vor, nicht zu weinen, wenn er nachher in den Zug stieg. Das durfte sie nicht, weil auch er dann noch trauriger werden würde.

Fast gelang es Elise, sich an ihren Plan zu halten. Gemeinsam mit Grumpke begleitete sie ihren Vater in Bischofswerder auf den Bahnsteig. Der Verwalter verabschiedete sich und wartete im Hintergrund, um nachher Elise mit zurück zum Wagen zu nehmen.

Dann dauerte es noch zwei Minuten, bis der Zug kam. Eine lange Zeit, wenn man furchtbar traurig war, aber nicht weinen wollte. Andererseits wünschte sich Elise, diese zwei Minuten würden nie vergehen. Denn solange ihr Papa neben ihr auf dem Bahnsteig stand, konnte ihm nichts passieren.

Elise umklammerte seine Hand und versuchte sich abzulenken, indem sie die anderen Leute betrachtete, die auf den Zug warteten. Es gab noch einen Mann in Uniform, den seine ganze Familie umringte. Alle weinten, und Elise schaute schnell in die andere Richtung. Zwei aufgetakelte Frauen redeten laut aufeinander ein, und ein Mann in einem abgetragenen dunklen Anzug rauchte eine Zigarette.

Dann kam der Zug, Papa nahm Elise auf den Arm und hielt sie an sich gepresst. So fest, dass sie kaum noch Luft bekam. Vielleicht weinte sie nur deshalb. Weil es wehtat, innen drin in ihrer Brust und auch von außen, dort wo sie die starken Arme ihres Vaters spürte.

Dann war er fort, und sie sah nur noch die roten Lichter am letzten Waggon.

»Papa«, flüsterte sie. »Bitte komm gesund zurück. Schon bald.«

16. Kapitel

Hedda
Reichshauptstadt Berlin, Grunewald, 20. Juli 1944

Das Licht der mit Schlitzklappen versehenen Scheinwerfer huschte wie die schmalen, matt leuchtenden Schwingen eines Nachtvogels über die Bäume an Rande des Grunewalds. Clemens Schickedanz hatte für die Unterbringung in einem Hotel in einiger Entfernung von den dicht besiedelten Stadtteilen und vom Zentrum gesorgt. Hier war die Gefahr eines nächtlichen Fliegerangriffs durch die Alliierten deutlich geringer. Dennoch spürte Hedda die Angst wie einen eisigen Klumpen im Magen. Dieses heftige Unbehagen rührte nicht nur von der Furcht vor Bomben her, das hatte sie schließlich jahrelang ausgehalten. Dieses Mal war es anders. Etwas war geschehen, von dem sie nicht wusste, was es zu bedeuten hatte und ob die Folgen gut oder schlecht sein würden.

»Wer hat denn ein Interesse daran, die Wilhelmstraße abzusperren? Dort liegt das Regierungsviertel. Aber die NSDAP würde doch nicht …« Sie stockte, weil Clemens ihr in der Dunkelheit auf dem Rücksitz des Taxis einen Finger auf die Lippen gepresst hatte. Nun erkannte sie, dass er den Kopf schüttelte.

Während der langen Zugfahrt nach Berlin hatte es sich ergeben, dass sie ihn in einem unkonzentrierten Moment mit dem Vornamen angesprochen hatte. Lächelnd hatte er ihr daraufhin vorgeschlagen, diese kleine Vertraulichkeit beizubehalten. Schließlich würden sie die kommende Nacht Wand an Wand verbringen. Sie hatte protestieren wollen, doch dann war es ihr albern vorgekommen. So sprachen sie einander weiterhin mit Sie, aber mit ihren Vornamen an.

Wie peinlich, dass sie auf der Taxifahrt ins Hotel schon wieder viel zu spontan mit ihren Gedanken herausgeplatzt war. Natürlich durften sie in Gegenwart des Fahrers ihre Meinung über die Regierung und eventuelle Mutmaßungen über das, was in der Stadt los war, nicht offen aussprechen.

Sie nickte kaum merklich, aber Clemens, dessen Finger immer noch auf ihren Lippen lag, spürte die sachte Bewegung natürlich. Sofort ließ er den Arm sinken, und seltsamerweise bereute sie es fast, den warmen Druck nicht mehr zu spüren. In all der Unsicherheit ringsum war die Berührung eines Menschen, dem sie vertraute, beruhigend.

Als hätte er ihre Gedanken gelesen, tastete er auf dem Polster der Sitzbank nach ihrer Hand, umfing sie mit seinen Fingern und hielt sie fest, bis gleich darauf der Wagen hielt.

Der Taxifahrer drehte sich zu ihnen um und nannte den Preis für die Fahrt. Wieder vermisste Hedda sofort die Wärme seiner Finger, als Clemens sie losließ, um zu bezahlen.

Sie stiegen aus, und der Fahrer holte ihre beiden Reisetaschen aus dem Kofferraum. Währenddessen betrachtete Hedda das Hotel. Der Vorschrift entsprechend waren sämtliche Fenster abgedunkelt, und es gab auch keine Beleuchtung über dem Eingang, sodass das Gebäude zunächst nur als Schatten zu erkennen war, noch schwärzer als die Umgebung. Heddas Augen hatten sich jedoch schon an die Dunkelheit gewöhnt, und sie stellte fest, dass das Hotel mit seinen Türmchen und Erkern eher einer Villa als einem Beherbergungsbetrieb glich.

Das schwarze Taxi verschwand in Sekundenschnelle in der Nacht, denn auch die Rücklichter waren abgedeckt und nicht viel heller als das Glimmen einer Zigarettenspitze. Nur der Motorenlärm war noch eine Weile zu hören, während Hedda an Clemens' Seite auf den Eingang des Hotels zuging.

»Es tut mir leid, dass ich Sie dazu gebracht habe, mit mir nach Berlin zu fahren«, sagte er und blieb auf der kiesbestreuten Auffahrt stehen.

»Ich bitte Sie!« Hedda verharrte ebenfalls kurz vor den weiß schimmernden Stufen zur Tür. »Ich kann mich nicht erinnern, dass Sie mich mit vorgehaltener Pistole gezwungen hätten. Ich bin freiwillig mitgekommen, und ich bereue es nicht.« Tatsächlich hätte sie sich trotz ihres Unbehagens wegen der allgemeinen Situation wahrscheinlich wieder dafür entschieden, ihn nach Berlin zu begleiten.

»Vielleicht«, fuhr sie im Flüsterton fort, »passiert hier in Berlin gerade etwas sehr Wichtiges. Etwas, das unser Leben zum Positiven ändern wird – und wir sind dabei. Jedenfalls in der Nähe.« Sie lachte nervös.

»Möglich«, erwiderte er knapp und hielt ihr die Tür zur Hotelhalle auf.

Auch im Inneren war das Hotel im Stil einer eleganten Villa eingerichtet. Die Halle war mit mehreren Stehlampen dezent, aber ausreichend erleuchtet. Hinter dem kleinen Empfangspult stand eine ältere Dame, die sie lächelnd begrüßte und ihnen die Schlüssel für zwei Einzelzimmer im zweiten Stock überreichte.

»Gibt es in den Zimmern Rundfunkgeräte?«, erkundigte Clemens sich.

Als die Dame, bei der es sich offensichtlich um die Hoteleigentümerin handelte, bejahte, wandte er sich an Hedda. »Ich würde gern die Nachrichten im Radio verfolgen. Hätten Sie etwas dagegen, wenn wir uns das Abendessen aufs Zimmer bringen lassen?«

Da sehr klar war, dass es sich auf keinen Fall um einen unsittlichen Antrag handelte, und Hedda ebenfalls so schnell wie möglich erfahren wollte, was es mit dem ungeplanten Verlauf des Abends und der Unruhe im Zentrum der Stadt auf sich hatte, nickte sie, ohne zu zögern.

Die grauhaarige Dame reichte ihnen eine in Leder gebundene Speisekarte, und sie gaben ihre Bestellung auf. Eigentlich hätten sie um diese Zeit das Menü im Anschluss an die Feierstunde anlässlich der Ordensverleihungen genießen sollen. Doch man hatte sie nicht einmal in den Festsaal gelassen, sondern den Offizieren in der Eingangshalle die Orden in einer Art Schmuckkästchen in die Hand gedrückt. Gefolgt von der Erklärung, die geplante Veranstaltung könne wegen »unvorhergesehener Ereignisse« nicht standfinden.

Clemens hatte das schlichte braune Kästchen mit dem Hakenkreuz darauf achtlos in die Jackentasche geschoben, ohne es auch nur zu öffnen. Während sie auf der Suche nach einem Taxi im Regierungsbezirk herumliefen, hatte er sich mehrmals bei Hedda für die ausgefallene Feier entschuldigt. Ihm selber schien es eher recht zu sein, dass nun weder Reden auf ihn und seine Kameraden gehalten noch die Gläser auf die Kriegshelden erhoben wurden.

In ihrem Zimmer, das neben dem von Clemens lag, zog Hedda sich anstelle ihres Festkleids eine schlichte Bluse und einen schwarzen Rock an und tauschte die hochhackigen Pumps gegen die bequemeren Schuhe, die sie während der Zugfahrt nach Berlin getragen hatte. Anschließend kämmte sie sich vor dem Spiegel in dem kleinen Bad ihre Haare und frischte ihren Lippenstift auf. Die ganze Zeit überlegte sie, was geschehen sein mochte. Die Männer, die Clemens und den anderen Offizieren vor der Tür zum Festsaal die Orden in die Hand gedrückt hatten, waren nervös und unruhig gewesen. War etwas passiert, das Hitler und seinen Getreuen schadete? Hedda hoffte es, wenn sie es auch nicht laut aussprechen durfte.

Nach einem letzten prüfenden Blick in den Spiegel verließ sie ihr Zimmer und klopfte an die Nebentür. Clemens öffnete sofort. Er hatte sich ebenfalls umgezogen und trug nun anstelle der Offiziersuniform, die er zur Ordensverleihung angelegt hatte, einen schlichten dunklen Anzug.

»Treten Sie ein«, forderte er sie auf. Auch er wirkte angespannt, aber sie war sich sicher, dass er nicht um den Bestand des Tausendjährigen Reichs bangte, sondern auf dessen Ende hoffte.

Er hatte das Radio eingeschaltet, aus dem leise Orchestermusik erklang.

Hedda deutete auf den braunen Kasten neben dem Bett. »Irgendwelche Meldungen?«

»Nichts«, erwiderte er und schloss die Tür hinter ihr. »Nicht einmal eine Erwähnung der Unruhe, die überall in der Stadt herrscht.«

»Ist das ein gutes oder ein schlechtes Zeichen?«

»Wenn ich das nur wüsste.« Clemens stieß einen Seufzer aus und rückte für Hedda einen Stuhl am Tisch vor dem Fenster zurecht. Das Essen war schon gebracht worden. Hauben aus mattem Silber hielten die Speisen auf den Tellern warm.

Er ließ sich ihr gegenüber nieder und schenkte aus der bereits geöffneten Flasche Wein ein. Als die Musik plötzlich abbrach, wandten beide gleichzeitig die Köpfe dem Rundfunkgerät zu.

»Hier ist der Deutschlandsender. Wir wiederholen eine Sondermeldung von 18 Uhr 30«, schnarrte die Stimme des Sprechers. »Im Führerhauptquartier Wolfsschanze wurde ein feiges Attentat auf unseren Führer verübt.«

Clemens stieß einen gurgelnden Laut aus, während Hedda keinen Ton herausbrachte und nur die Augen weit aufriss, während sie mit angehaltenem Atem auf den Fortgang der Meldung wartete. Wenn Hitler tot war, könnte sich alles ändern. Der Krieg konnte endlich vorüber sein, und das Leben in Deutschland würde wieder frei und ohne Angst verlaufen. Sie ballte die Hände im Schoß und flehte stumm um den Tod eines Mannes, den sie nicht persönlich kannte, der aber das Leben vieler unschuldiger Menschen auf dem Gewissen hatte.

»Der Führer lebt. Er ist nur leicht verletzt.«

Mehr hörte Hedda nicht. Sie starrte Clemens an, der seine Brille abgesetzt hatte, sodass sie sehen konnte, wie das Licht der Hoffnung in seinen Augen verlosch.

Die Lobhudeleien auf den Führer, den die Vorsehung geschützt habe, damit er das deutsche Volk weiterhin zu Glanz und Ruhm führen konnte, hörte sie nur noch am Rande.

»Vielleicht eine bewusste Fehlmeldung, um das Volk ruhig zu halten«, sagte Clemens, als die Musik wieder einsetzte. »Wenn es tatsächlich ein Attentat gab, ist die Wahrscheinlichkeit groß, dass es Hitler zumindest schwer getroffen hat. Da es eigentlich nur jemand aus seinem Umfeld gewesen sein kann, muss er sich in der Nähe befunden haben. Dann kann eine Explosion oder ein Schuss für Hitler nicht mit harmlosen Verletzungen enden.«

Eine Weile saßen sie beide noch bewegungslos vor ihrem abgedeckten Essen, aber es kamen keine weiteren Meldungen, nur belanglose Musik. Schließlich griff Clemens nach seinem Glas.

»Auf eine gute und friedliche Zukunft.« Er streckte seinen Arm mit dem Glas über den Tisch, und sie stießen an.

»Auf eine gute Zukunft«, wiederholte Hedda. »Und auf Frieden.«

Sie nahm einen Schluck von dem kühlen Weißwein, dann noch einen. Der Alkohol beruhigte sie ein wenig. Als sie sah, wie Clemens die Haube von seinem Teller hob, tat sie es ihm gleich.

Das Essen sah köstlich aus. Da Clemens als Gast der Regierung galt, fiel die Fleischportion üppiger aus, als sie normalerweise auf der Grundlage der Bezugsmarken, die sie abgegeben hatten, gewesen wäre. Alles war frisch zubereitet und duftete verführerisch. Doch der Appetit, den Hedda noch vor wenigen Minuten verspürt hatte, war verschwunden. Lustlos stocherte sie im Gemüse, schnitt einen Bissen vom Fleisch ab, steckte ihn aber nicht in den Mund. Stattdessen leerte sie ihr Weinglas.

Clemens aß einige wenige Happen, legte dann jedoch sein Besteck weg, stand auf und begann, im Zimmer auf und ab zu gehen. Hedda sah ihm eine Weile zu. Sie verstand sein Bedürfnis nach Bewegung gut. Sie konnten nichts tun, außer zu warten und zu hoffen. Gab es wirklich noch Hoffnung? Aufgrund seiner Reaktion auf die Nachrichten war sie sicher, dass sie zumindest mit ihm offen reden durfte. Allerdings wusste sie nicht, ob er das auch wollte.

»Entschuldigen Sie.« Clemens kehrte an den Tisch zurück und füllte die Gläser neu.

»Gibt es einen Weg, Einzelheiten herauszufinden?«, erkundigte sich Hedda vorsichtig.

Er runzelte die Stirn. »Ich könnte einige Bekannte anrufen, aber was würde das nützen? Es würde uns höchstens in Gefahr bringen, falls Schuldige an dem Attentat gesucht werden. Wir können nichts tun außer warten.«

Eine Weile schwiegen sie und tranken ihren Wein. Dann deutete Clemens auf Heddas Teller. »Schmeckt es Ihnen nicht?«

»Ich bringe nichts hinunter.« Sie musste lächeln. »Sie haben auch kaum etwas gegessen.«

»Ich kann nicht.« Er schob den Teller weg und deckte ihn wieder mit der Haube zu. »Wenn Sie sich zu Bett legen wollen … Ich werde heute Nacht nicht schlafen und hoffen, aus dem Rundfunk noch weitere Informationen zu bekommen.«

»Glauben Sie etwa, ich würde ein Auge zutun können?« Hedda war fast entrüstet. »Wenn es Sie nicht stört, bleibe ich hier und warte zusammen mit Ihnen auf weitere Meldungen.«

Er nickte. »Gern.«

Eine Weile saßen sie stumm da und leerten ein weiteres Glas Wein. Hedda spürte, wie ihr der Alkohol zu Kopf stieg, ihren Gedanken die Schärfe nahm und die Ungewissheit erträglicher machte.

»Es muss seltsam für Sie sein, unter diesen Umständen Berlin wiederzusehen«, sagte Clemens schließlich. Wahrscheinlich wollte er nur höflich sein, doch Hedda war froh, dass sie sich mit einer Unterhaltung ablenken konnte. Wenn sie noch länger schweigend dem Gedudel im Radio lauschen musste, würde sie anfangen zu schreien.

Sie versuchte sich ohne nennenswerten Erfolg an einem Lächeln. »Ich habe mich darauf gefreut, Berlin wiederzusehen, auch wenn es mit der Erinnerung an schreckliche Bombennächte verbunden ist. Ich hatte sogar geplant, falls ich es zwischendurch irgendwie hätte einrichten können, wenigstens für eine halbe Stunde bei den Eltern meines Verlobten hereinzuschauen. Das wird aufgrund der Absperrungen in der Stadt und der allgemeinen Situation nun nicht gehen, denke ich.«

Mit einem Ruck richtete Clemens sich kerzengerade auf seinem Stuhl auf. »Ihr Verlobter? Ich wusste nicht … Ich nehme an, er ist an der Front?«

»Er ist …«, begann Hedda und schluckte. Es fiel ihr immer noch schwer, laut auszusprechen, dass Eckhardt nicht mehr am Leben war. Weil ihr jedes Mal, wenn sie es sagte, die Endgültigkeit der Tatsache, dass sie ihn niemals wiedersehen würde, aufs Neue ins Herz schnitt.

Bevor sie ihren Satz beenden konnte, wurde erneut die Musik unterbrochen, und sie starrten beide beschwörend zum Rundfunkgerät hinüber. Es wurde jedoch nur die Meldung wiederholt, die sie bereits gehört hatten. Dennoch lauschten sie angespannt, in der Hoffnung, vielleicht doch etwas Neues zu hören. Vergeblich.

Als das Orchester wieder einsetzte, sahen sie einander über den kleinen Tisch hinweg ratlos an. Dieses Mal war es Hedda, die aufsprang, weil sie einfach nicht mehr still sitzen konnte.

»Darf ich für einen Moment das Fenster aufmachen? Es ist so stickig.« Ohne auf Clemens' Antwort zu warten, knipste sie auf dem Weg zur bodentiefen Glastür die Stehlampe aus, denn für den Fall, dass sich feindliche Flugzeuge näherten, durfte kein Licht nach draußen dringen. Dann schob sie die dichten Vorhänge zur Seite, zog das Verdunklungsrollo hoch und öffnete die Tür, die auf einen winzigen Balkon hinausführte.

Sie trat ins Freie und atmete tief die kühle Luft der Sommernacht ein. Als Clemens ebenfalls nach draußen kam, machte sie einen Schritt zur Seite, stieß aber sofort gegen das Geländer. Nun standen sie dicht nebeneinander unter einem nachtblauen Himmel, der sich wie die Kuppel einer Kathedrale über ihnen wölbte.

»Früher waren die Lichter der Stadt viel zu hell, um die Sterne zu sehen«, sagte Hedda nach einer Weile. »Es ist schrecklich, das zu sagen, aber so hat der Krieg wenigstens etwas Positives.«

Clemens nickte. Er wandte ihr den Kopf zu, und sie spürte seinen Atem auf ihrer Wange. »So sind Sie«, sagte er. »Selbst im größten Unglück entdecken Sie eine kleine Freude.«

»Sie haben ja keine Ahnung«, flüsterte sie so leise, dass er sie offenbar nicht hörte, weil in diesem Augenblick ein Windstoß durch die Blätter der umstehenden Bäume fuhr. Jedenfalls reagierte er nicht. Was gut war, denn sie fühlte sich nicht danach, ihm von den Tränen der Trauer zu erzählen, die sie in manchen Nächten immer noch vergoss.

Hedda wandte sich abrupt um und wollte zurück ins Zimmer gehen, doch Clemens stand vor der Tür, und sie lief gegen seinen kräftigen, hochgewachsenen Körper.

»Hoppla«, murmelte er an ihrem Ohr und legte leicht die Arme um sie.

»Entschuldigung. Ich wollte nicht …« Sie hob die Hände, um sich von seiner Brust abzustoßen, aber aus irgendeinem Grund blieben ihre Finger einfach dort liegen. Sie spürte seine Wärme und seinen Herzschlag, und für einen kurzen Moment war alles gut. Erst der Ruf eines Nachtvogels brachte sie in die Realität zurück. Dies war ein Mann, über den sie kaum etwas wusste. Dies war eine Nacht, in der sich für dieses Land alles ändern konnte. Dies war eine Situation, die fremd und aufregend war und die sie offenbar verwirrte.

»Tut mir leid.« Mit einer leichten Seitwärtsbewegung drehte sie sich aus seiner Umarmung und schob sich an ihm vorbei zurück ins Zimmer.

Clemens folgte ihr und schloss Tür und Verdunklung. Bevor dies geschehen war, durfte die Lampe nicht eingeschaltet werden.

Nun umgab sie undurchdringliche Dunkelheit. Hedda hörte, wie Clemens sich in ihrer Nähe bewegte. Als das Licht plötzlich aufflammte, starrte sie direkt in sein Gesicht. Er trug nur noch selten seine Sonnenbrille, doch sie hatte ihm noch nie aus nächster Nähe in die Augen gesehen.

Seine Iris bildete einen erstaunlichen Kontrast zu seinen dunkelbraunen Haaren. Ihr silbriges Grau erinnerte Hedda an das Eis, das im Winter den Falkensee bedeckte. Und so wie das Ufer eines Sees umgab diese Iris ein dunkler Ring.

Erst als seine Lider sich bei einem Blinzeln kurz schlossen, wurde ihr bewusst, dass sie ihn schon viel zu lange stumm ansah. Sie räusperte sich verlegen.

»Haben Sie sich überhaupt schon Ihren Orden angesehen?«

Er zuckte mit den Schultern, holte die flache Schachtel aus der Jackentasche und reichte sie ihr. »Bitte. Wenn Sie sich das Eiserne Kreuz gern anschauen möchten. Schließlich ist das Ding der eigentliche Grund, weshalb wir jetzt beide hier sind.«

Wortlos ließ sie den Deckel aufschnappen und betrachtete den Orden. Auch wenn es letztlich ein Stück Blech war, sie fand es seltsam, dass Clemens sich offenbar innerlich so sehr gegen die Auszeichnung wehrte. Sicher, sie kam von einer Regierung, die er nicht wollte und nicht achtete, wie sie inzwischen wusste. Aber Hedda wurde das Gefühl nicht los, dass dies nicht der einzige Grund für seine Distanzierung vom Eisernen Kreuz war, das er eindeutig nur angenommen hatte, um sich nicht verdächtig zu machen.

Hedda berührte kurz das schwarz-rot-goldene Band auf dem dunklen Samt, strich flüchtig über das Metall und klappte die Schachtel wieder zu.

»Selbst wenn ich etwas von Orden hielte – was ich nicht tue –, ich habe ihn ohnehin nicht verdient.« Clemens wandte ihr den Rücken zu, ging zu dem kleinen Sofa an der Wand und ließ sich darauf nieder.

»Das kann ich nicht glauben. Niemand bekommt ohne Grund

einen Orden«, protestierte Hedda, folgte ihm und setzte sich ebenfalls auf das dunkelgrüne Polster, wobei sie darauf achtete, ihn nicht zu berühren. »Sie haben ganz offensichtlich Ihr Leben riskiert. Die Verletzungen sind immer noch nicht ausgeheilt.«

»Das ist mir klar«, erwiderte er unfreundlich.

Hedda spürte, dass sie errötete. »Das meinte ich nicht«, stieß sie hastig hervor. »Bei diesem Licht fallen die Verbrennungen kaum noch auf.«

Er erwiderte nichts, und sie biss sich auf die Lippe. Manchmal redete sie einfach zu viel. Ganz besonders wenn sie unsicher war.

»Ich habe den Orden nicht verdient, weil mein Handeln absolut nichts mit Heldenmut zu tun hatte«, sagte er nach einer Weile. »Ich wünschte mir den Tod, und deshalb war es sehr einfach, mein Leben zu riskieren.«

Hedda schnappte nach Luft. Entsetzt starrte sie ihn von der Seite an.

Clemens ignorierte ihren Blick, stand auf, holte die noch zur Hälfte gefüllten Weingläser vom Tisch, reichte Hedda ihres, setzte sich wieder und hob mit einer ruhigen Bewegung sein Glas zum Mund.

Auch Hedda nippte an ihrem Wein, doch sie konnte die Flüssigkeit kaum herunterbekommen, so eng war ihre Kehle.

Plötzlich war das Ticken des Weckers neben dem Bett an der gegenüberliegenden Wand so laut, dass es in ihren Ohren gellte.

»Erzählen Sie mir, was passiert ist«, forderte sie ihn auf.

»Ich möchte nicht darüber reden.« Er blickte an ihr vorbei in eine unsichtbare Ferne.

»Ich habe Sie auf Ihre Bitte hin nach Berlin begleitet. Wegen der Ordensverleihung«, erinnerte sie ihn. »Und ich würde wirklich gern wissen, was passiert ist.«

»Nun gut«, sagte Clemens nach einer langen Pause.

Sie wandte sich auf dem Sofa ihm zu und sah ihn an, schwieg und wartete, dass er weitersprach.

»Ich war Pilot eines Versorgungsflugzeugs«, begann er schließlich. »Meine Aufgabe bestand darin, Munition und Waffen in die Nähe der Front zu fliegen.«

»Das ist sicher sehr gefährlich«, warf Hedda ein.

»Darüber habe ich mir keine Gedanken gemacht. Ich sagte bereits, dass ich nicht sonderlich am Leben hänge.« Er klang ungeduldig, als würde er nicht begreifen, dass sie seine mangelnde Angst nicht als unumstößliche Tatsache akzeptierte.

Hedda nickte und wartete.

»Es passierte, als ich auf dem Rückflug von der Front war, wo ich Munition abgeliefert hatte. Kurz nach dem Start fing ich einen Funkspruch auf. Eine Gruppe unserer Soldaten war von ihrer Kompanie abgeschnitten worden. Die Feinde hatten sie umzingelt, und die Kameraden baten in ihrem Funkspruch darum, ihren Familien mitzuteilen, dass sie sie liebten und in der Stunde des Todes an sie gedacht hätten.«

Hedda schlug sich erschrocken die Hand vor den Mund. »Wie entsetzlich!«

»Das ist ganz normal«, erklärte Clemens mit ruhiger Stimme. »Ich kann die Situationen nicht zählen, in denen ich geglaubt habe, es sei das Ende. Früher habe ich dann auch immer an die Frau gedacht, die ich …«

Er stockte und schüttelte den Kopf, als wollte er seine Worte ungesagt machen. »Man denkt in diesen Momenten mit aller Kraft an die Menschen, die man liebt. Wenn es diese Menschen noch gibt nach einer so langen, so finsteren Zeit.«

Hedda musste schlucken. Sie dachte an Eckhardt, aber auch an ihren Bruder und an Elise, die solche Angst um ihren Vater hatte. In jedem Augenblick konnte das Glück, an das man sich mit letzter Kraft klammerte, zerbrechen.

Lange schwiegen sie beide und hingen ihren Gedanken nach.

»Ich nehme an, Sie haben diese Männer gerettet«, sagte Hedda dann. »Und dafür haben Sie den Orden bekommen.«

»Die Koordinaten, die die Männer in ihrem Funkspruch nannten, lagen nur wenig abseits von meiner üblichen Flugroute. Ich habe einen Schlenker nach Osten gemacht und mir die Sache von oben angesehen. Die Soldaten saßen in der Falle. Allerdings würden die feindlichen Truppen noch einige Minuten brauchen, um sie zu erreichen. Vorerst waren die Russen damit beschäftigt, mein Flugzeug zu beschießen, während ich auf der Suche nach einer ebenen Fläche, die ich als Landebahn benutzen konnte, über ihnen kreiste. Ich hätte erst die Erlaubnis einholen müssen, um dort zu landen, doch das habe ich nicht. Die Männer brauchten sofort Hilfe.« Clemens zuckte mit den Schultern. »Wenn es mir nicht gelungen wäre, die Kameraden zu retten, hätte ich sehr viel Ärger bekommen. So aber gab es einen Orden.«

»Sie haben also eine behelfsmäßige Landebahn gefunden, die Männer sind eingestiegen, und Sie haben Sie in Sicherheit gebracht? Das klingt sehr einfach, aber es gehört bestimmt eine Menge Mut dazu.« Hedda lächelte ihn an.

»Es gelang mir, die Maschine auf einem Acker zu landen. Eigentlich war die Last durch das gute Dutzend Männer, das mich dort erwartete, zu groß. Trotzdem habe ich sie alle mitgenommen. Wen von ihnen hätte ich zurücklassen sollen? Dass ich mehrere Säcke mit Post von der Front geladen hatte, schränkte den Raum noch mehr ein. Aber auch die Post konnte ich nicht zurücklassen. Möglicherweise waren darunter letzte Nachrichten von Soldaten, die fallen würden, bevor sie ihren Lieben den nächsten Brief schreiben konnten. Es sterben jeden Tag so viele Männer an der Front.« Clemens seufzte unterdrückt.

Hedda spürte, wie die Ängste, die sie seit Monaten mühsam unter Kontrolle hielt, einer eisigen Welle gleich in ihr aufstiegen. Die tiefe Trauer um Eckhardt, die Angst um Ludwig, all das Entsetzen, das dieser Krieg, aber auch das Leben in diesem Land, tagtäglich mit sich brachte.

»Konnten Sie denn wieder starten, wenn doch das Flugzeug

zu schwer beladen war?«, fragte sie, als Clemens nach einer Weile immer noch schwieg. Seine hellen Augen starrten über ihren Kopf hinweg in eine Ferne, die für sie unsichtbar war. Schmerz lag in seinem Blick.

»Der Start war nicht einfach, zumal meine provisorische Startbahn eigentlich zu kurz war. Sie endete in einem Bombentrichter. Ich wusste, wenn es mir nicht gelang, die Maschine rechtzeitig nach oben zu ziehen, würden wir alle gemeinsam in den Trichter stürzen.«

»Aber Sie haben es geschafft!«, stellte Hedda zufrieden fest. Zum Glück wusste sie, dass alles gut gegangen war. Es gab in diesen Zeiten viel zu viele Geschichten, die unglücklich endeten. Aber dann fiel ihr Blick auf sein vernarbtes Gesicht. Nein, alles wusste sie noch längst nicht.

»Es gelang mir, die Maschine kurz vor dem Bombentrichter hochzuziehen.« Während er sprach, sah Clemens immer noch zu den verhängten Fenstern hin. Selbst die entzündeten Brandwunden auf der linken Seite seines Gesichts waren plötzlich blass. »Das Flugzeug trudelte stark, und ich konnte nicht hoch genug fliegen, um dem Beschuss der Russen auszuweichen. Wir bekamen einen Treffer an der rechten Tragfläche, hielten uns jedoch in der Luft. Die größte Gefahr waren die Baumwipfel, die wir mehrere Male streiften.«

Clemens leerte mit einem großen Schluck sein Glas, griff nach der Flasche und schenkte erst Hedda, dann sich nach.

»Aber wie ist das passiert?« Ohne nachzudenken, hob Hedda die Hand und wollte sein Gesicht berühren. Erst als er zurückzuckte, wurde ihr bewusst, was sie da tat. Hastig ließ sie den Arm sinken und murmelte eine Entschuldigung.

»Ich schaffte es, die feindlichen Linien zu überqueren. Dann musste ich das Flugzeug notlanden. Auch der Tank war getroffen worden, wir hatten kaum noch Benzin. Wir streiften erneut mehrere Bäume, bevor wir auf einem Acker herunterkamen. Fast alle

Männer wurden bei dieser Bruchlandung verletzt, einige schwer. Wir befanden uns gut fünfzig Kilometer von unserem Ziel entfernt mitten im unwegsamen Gelände. Selbst wenn es uns gelingen sollte, diesen Weg zu Fuß zurückzulegen, war die Wahrscheinlichkeit groß, dass wir auf feindliche Patrouillen treffen würden.«

Hedda presste sich die Hand gegen die Kehle, die so eng war, dass sie kaum noch atmen konnte. »Ich wäre vor Angst gestorben.«

Clemens kniff die Augen zusammen und betrachtete sie nachdenklich. »Ich kenne Sie zwar noch nicht sonderlich gut, bin aber sicher, das würden Sie nicht. Sie würden tun, was getan werden muss, genau wie ich es gemacht habe. Sie gehören nicht zu den Menschen, die andere im Stich lassen. Auch nicht, um vor Angst zu erstarren oder gar aus lauter Furcht zu sterben.« Er verzog den Mund zu einem bitteren Lächeln.

Hastig wandte Hedda das Gesicht ab, weil sie spürte, dass sie bei seinen Worten rot geworden war. Er hatte ihr ein großes Kompliment gemacht, aber sie war nicht sicher, ob sie es verdient hatte.

»Wir waren vier Leute, die noch laufen konnten, die anderen mussten wir tragen oder zumindest stützen. Einen Teil von ihnen haben wir deshalb im Sichtschutz eines Wäldchens zurückgelassen, um sie später nachzuholen.«

Wieder blickte Clemens starr auf einen Fleck in der Luft. Was auch immer er dort sah, sah er in seiner Erinnerung.

»Ein russischer Bomber sichtete uns, als wir eine Lichtung überquerten. Er warf eine Brandbombe ab. Von einer Sekunde auf die andere standen die Bäume hinter uns in Flammen.« Clemens kniff die Augen zusammen, als würde das Feuer ihn blenden. »Nie werde ich die Schreie der Kameraden vergessen, die wir im Wäldchen zurückgelassen hatten. Ich bin ins Feuer hineingelaufen. Einer der anderen Soldaten folgte mir. Mühsam erreichten wir die Männer. Drei von ihnen schleppten sich auf allen vieren vorwärts, weitere sechs waren hilflos den Flammen ausgeliefert, zu schwer verletzt, um sich selbst zu helfen. Wir waren zwei und konnten zwei von ihnen retten. Einer derjenigen, die wir zurücklassen mussten, hielt mich am Hosenbein fest und flehte mich an, ihn später zu holen. Jedes einzelne seiner Worte ist für immer in mein Gedächtnis eingebrannt. Ich werde sie nie vergessen.«

»Was hat er gesagt?«, flüsterte Hedda, während ihr Herz schwer und dumpf schlug.

»Bitte. Komm mich holen. Mein Mädchen … Ich will ihr einen Antrag machen. Ich darf nicht sterben, bevor ich weiß, wie es sich anfühlt, eine Frau zu lieben.«

Hedda presste sich die Hand auf den Mund. Fast meinte sie, die verzweifelte Stimme des jungen Soldaten zu hören.

»Ich habe ihm versprochen zurückzukommen.« Clemens senkte den Blick. Jedoch nicht schnell genug. Hedda hatte die Tränen gesehen, die in seinen Augen funkelten. »Wir brachten die beiden Männer auf die Lichtung. Dort habe ich die Kerle, die zwar laufen konnten, sich aber nicht zwischen die brennenden Bäume gewagt hatten, angeschrien, dass sie helfen müssten. Sie folgten uns tatsächlich zum Rand des Wäldchens, aber inzwischen brannte alles lichterloh. Es schien keinen Weg mehr durch die Flammen zu geben. Doch ich hatte ein Versprechen gegeben. Also habe ich mir zwischen den Stämmen einen Weg gesucht, wo es weniger Unterholz gab. Die anderen Soldaten blieben dieses Mal alle zurück. Auf meinem Weg stieß ich auf die Männer, die sich kriechend vorwärtskämpften. Einer von ihnen war bereits zusammengebrochen, die anderen bekamen kaum noch Luft. Mir war klar, wenn sie nicht schleunigst aus dem Wald herauskamen, würden sie an einer Rauchvergiftung sterben. Die Männer, die wir tiefer im Wald zurückgelassen hatten, waren wahrscheinlich schon tot. Ohnehin hatte ich kaum eine Chance, sie lebend zu erreichen. Auch den Mann nicht, dem ich versprochen hatte zurückzukehren.«

»Sie haben alles richtig gemacht. Sie haben die Männer gerettet, die Sie retten konnten«, sagte Hedda schnell, als Clemens seinen letzten Satz mit einem gequälten Ton beendete, der klang wie ein mühsam zurückgehaltener Schluchzer.

»Ich habe mein Wort gebrochen.« Er sprang auf, wandte ihr den Rücken zu und stellte sich mit dem Gesicht vor den geschlossenen Vorhang.

Lange verharrte er so, und schließlich stand Hedda auf, ging zu ihm und blieb hinter ihm stehen. Vorsichtig legte sie die Hand auf seine Schulter.

»Du konntest nicht anders«, sagte sie leise und begriff Sekunden später, dass sie ihn geduzt hatte.

Langsam drehte er sich zu ihr um, und wieder versank sie in seinen Augen. Sah hinter dem schimmernden hellgrauen Eis den Schmerz und die Verzweiflung, aber auch die Kraft und die Liebe, mit denen dieser Mann versucht hatte, seinen Kameraden zu helfen.

Wie von selbst hob sich ihre Hand, legten sich ihre Finger um seine verbrannte Gesichtshälfte, streichelte sie ihn. »Du hast alles gegeben, fast sogar dein Leben«, flüsterte sie. »Die Männer, die du zurückgebracht hast, werden dir für immer dankbar sein, da bin ich mir sicher.«

Als er den Kopf neigte und seine Lippen auf ihre legte, schloss sie die Augen. Er küsste sie durstig und verzweifelt, und ebenso erwiderte sie seinen Kuss.

»Wir dürfen das nicht«, sagte er atemlos, als er sich nach einer Zeitspanne, von der sie nicht hätte sagen können, ob es Sekunden oder Minuten gewesen waren, wieder von ihr löste.

»Warum nicht?«, erkundigte sie sich, ebenfalls nach Atem ringend.

»Wenn du es nicht weißt …« Sein Blick war ungläubig.

»Ich weiß es nicht«, sagte sie entschlossen. Sie wollte nicht immer nur Angst haben, ein Glück, das sich ihr bot, möglicherweise wieder zu verlieren. Clemens hatte von ihrem Mut gesprochen. Also wollte sie mutig sein. Für sich selbst und für ihn. Die Zeit war zu dunkel, um auf ein wenig Licht und Glück zu verzichten.

Mit beiden Armen umschlang sie seinen Nacken und berührte mit ihren Lippen vorsichtig die Narben auf seiner linken Gesichtshälfte, liebkoste die Wange und das Kinn und legte ihren Mund auf seinen.

Ein Seufzer löste sich aus den Tiefen seiner Brust, als er sie dieses Mal ohne jede Zurückhaltung küsste, so tief und leidenschaftlich, dass sie nicht mehr denken, nur noch fühlen konnte.

Sie krallte die Hände in die Aufschläge seines Jacketts, hielt sich daran fest, als gäbe es keinen anderen Halt mehr für sie.

Seine Hände waren trotz der zahlreichen Narben sanft und geschickt, als er ihre Bluse öffnete und sie ihr von den Schultern streifte. Dann trug sie nur noch ihr Seidenhemdchen, und er sah sie erneut fragend an. »Wirklich?«

Sie nickte stumm und schob sein Jackett nach hinten.

Später wusste sie nicht, ob es ihrer beider Traurigkeit und Verzweiflung gewesen waren, die sich in diesen Momenten gefunden hatten. Ob die Leidenschaft, die sie trug, aus Einsamkeit erwachsen war. Hatten sie einander in ihren Gedanken und Gefühlen erkannt oder waren es nur flüchtige Minuten des Begehrens und der Suche nach Trost in einem Hotelzimmer gewesen, in das sie an diesem Abend das Schicksal geführt hatte?

Sie wusste jedoch, dass sie niemals vergessen würde, wie die frisch gestärkte Bettwäsche geduftet, wie die weiche Matratze unter ihr nachgegeben hatte und wie fest und warm Clemens' Körper sie bedeckt hatte. Wie er sie in Besitz genommen und ihr gleichzeitig Flügel verliehen hatte. Es war, als würden für wenige Momente all die Sorgen und Verantwortungen von ihr abfallen, und alles war leicht und schön. Und als er sie mit einer sanften und gleichzeitig kraftvollen Bewegung seiner Hüften bis auf den Gipfel hob und weiter hinauf ins Nichts eines blauen Himmels, segelte sie wie eine federleichte Wolke in der Schwerelosigkeit.

Nur langsam kehrte sie in die Wirklichkeit zurück, fand sich in Clemens' Armen wieder und schaute ihn an. Lange erwiderte er stumm ihren Blick.

»Bereust du es?«, fragte er schließlich.

»Ich weiß nicht. Es … Ich habe nicht damit gerechnet, dass so etwas passiert.« Sie richtete sich halb auf und zog den Zipfel der Bettdecke über ihre nackte Brust. »Bereust *du* es?«

In diesem Moment schnarrte Hitlers unverkennbare Stimme aus dem Radioapparat ins Zimmer und ließ sie beide zusammenzucken.

»Eine ganz kleine Clique ehrgeiziger, gewissenloser und zugleich unvernünftiger, verbrecherisch-dummer Offiziere hat ein Komplott geschmiedet«, verkündete er, und was er weiter sagte, interessierte Hedda nicht mehr. Hitler lebte. Es hatte ein Attentat stattgefunden, und er war mit ein paar Schrammen davongekommen, hielt schon wieder Reden im Rundfunk.

Hedda und Clemens starrten einander entsetzt an. Der Zauber der vergangenen Momente war verschwunden. Bis zu diesem Moment, in dem Hitler sich selbst zu Wort gemeldet hatte, hatten sie immer noch gehofft, dass die Regierung zusammengebrochen wäre und einige wenige Männer versuchen würden, für kurze Zeit die Illusion aufrechtzuerhalten, dass sich nichts geändert habe.

»Der Mann ist mit dem Teufel im Bunde.« Clemens sprang aus dem Bett, fuhr in seine Kleider und lief ruhelos im Zimmer auf und ab.

Eine Weile sah Hedda ihm zu, dann stand sie ebenfalls auf und zog sich an.

Es war mittlerweile nach ein Uhr nachts. Sie verfolgten noch über eine Stunde die Radioberichte. Es wurde von der Bestrafung der Verschwörer geredet, doch nach einer Weile fiel es Hedda schwer, die Worte der Berichterstatter und der Politiker zu verfolgen, die in scharfem Ton ständig wiederholten, dass allen, die in irgendeiner Weise mit dem gescheiterten Attentat zu tun hatten, der Tod drohte. Ohnehin war alles verloren.

Schließlich schaltete Clemens das Radio aus. Die Stille legte sich wie ein schweres Gewicht auf Heddas Schultern. Ihr Blick wanderte zu dem zerwühlten Bett in der Ecke.

»Das vorhin ... Es hätte nicht passieren dürfen. Es tut mir furchtbar leid. Sicher lag es an der Situation. Der zerstörten Hoffnung ... Ich weiß es nicht.«

Clemens' Worte bohrten sich wie ein Messer in ihre Brust. »Es tut dir leid. Wie meinst du das?«, stieß sie mühsam hervor.

»Du bist verlobt. Ich nehme alle Schuld auf mich. Auf keinen Fall möchte ich ...«

»Mein Verlobter ist gefallen. Vor über einem Jahr«, unterbrach sie ihn hastig. »Ich dachte, du wüsstest das.«

Sein eisgrauer Blick huschte über ihr Gesicht und fixierte dann die nichtssagende Landschaftsaufnahme an der Wand. »Es spielt letztlich keine Rolle. Ich hätte das nicht tun dürfen und bitte dich in aller Form um Entschuldigung.«

Sie blieb stumm. Was hätte sie auch sagen sollen?

»Ich kann dir nicht geben, was du brauchst. Einen Mann, der dich beschützt und auf den du dich in jeder Situation verlassen kannst.« Mit einem Ruck wandte er sich um, ging zum Bett und zog die Decke glatt, als könnte er damit alles ungeschehen machen.

»Du hast vor wenigen Stunden das Eiserne Kreuz bekommen. Wie kannst ausgerechnet du behaupten, dass du mich nicht beschützen kannst?« Hedda schüttelte ungläubig den Kopf.

»Hast du mir nicht zugehört?« Sein Blick war streng, fast strafend. Mehr denn je erinnerte das helle Grau seiner Iris Hedda an das Eis auf dem Falkensee.

»Du musst aufhören, dir die Schuld an etwas zu geben, was du nicht ändern konntest, du bist schließlich kein Übermensch«, sagte sie ebenso streng, wie er sie anschaute. »Außerdem brauche ich niemanden, der mich beschützt. Ich wünsche mir einen Mann, der mit mir gemeinsam durchs Leben geht, der …«

»Bitte, Hedda, mach es uns beiden nicht unnötig schwer. Wir müssen das hier vergessen.« Für einen Moment glaubte sie, das Eis in seinen Augen würde schmelzen, doch dann kniff er die Lider zusammen, und sie wusste, er meinte jedes seiner Worte bitterernst.

Sie presste die Lippen zusammen. Auf keinen Fall würde sie um seine Liebe betteln. Sie hatte schon viel zu viel gesagt. Entschlossen warf sie den Kopf nach hinten. »Ich verstehe zwar nicht, was in dir vorgeht, aber ich verstehe sehr gut, dass du nicht mehr von mir willst als dieses kleine, zufällige Techtelmechtel.« Sie drängte die Tränen zurück, und zu ihrem eigenen Erstaunen gelang es ihr, verächtlich zu schnauben.

»Es war kein Techtelmechtel«, widersprach Clemens prompt. »Du kennst nicht die ganze Geschichte. Es gibt gute Gründe, weshalb ich nicht mit dir zusammen sein kann. Das heißt nicht, dass ich dich nicht …« Er schüttelte den Kopf und murmelte etwas Unverständliches vor sich hin.

»Wenn ich nicht die ganze Geschichte kenne, dann erzähl sie mir«, forderte Hedda ihn energisch auf. Solange es ihr gelang, wütend auf ihn zu sein, würde sie wenigstens nicht weinen.

»Ich kann und werde nicht darüber reden. Bitte nimm meine Entschuldigung an und vergiss, was geschehen ist.« Wieder gelang es ihm nur ganz kurz, ihr ins Gesicht zu sehen.

»Es ist aber nicht wegen deiner Narben?«, vergewisserte sich Hedda. »Das ist nämlich für mich …«

»Darum geht es nicht«, fiel er ihr ins Wort. »Bitte akzeptiere, dass ich keine weiteren Erklärungen abgeben möchte. Wir müssen diese Nacht vergessen.«

»Hältst du es für fair, mit mir zu schlafen und mir dann ohne eine vernünftige Erklärung zu sagen, ich solle das vergessen?« Ihre Wut fühlte sich mittlerweile an wie ein Kessel voller kochendem Wasser.

»Nein, das ist nicht fair«, gab er unumwunden zu. »Deshalb kann ich dich nur um Verzeihung bitten.«

Sie schluckte heftig, dann stürmte sie an Clemens vorbei aus dem Zimmer, lief die wenigen Schritte den Flur entlang zu ihrem eigenen Zimmer, schloss mit zitternden Händen auf, warf die Tür hinter sich zu und brach endlich in Tränen aus.

17. Kapitel

Hedda
Gut Falkensee, Westpreußen, Anfang August 1944

»Ich habe vor, mir Unterlagen über Ihre Herkunft zu besorgen.« Julius Kirchner trug trotz des sommerlichen Wetters seinen furchtbaren Ledermantel. Er hatte sich vor dem Schreibtisch in Ludwigs Arbeitszimmer aufgebaut und schaute Hedda von oben herab drohend an.

Sie zwang sich zu äußerer Ruhe und einer ausdruckslosen Miene, während sie ihren Stift neben das Kassenbuch legte. Dann erhob sie sich von ihrem Stuhl. Über die breite Platte aus dunklem Eichenholz hinweg sah sie dem verhassten Gestapo-Mann ruhig in die Augen.

Da Julius seit Monaten regelmäßig aufs Gut kam, eindeutig vor allem, um ihrer Familie Angst zu machen, hatte Hedda zwangsläufig gelernt, mit ihm umzugehen. Als Mitglied der Gestapo war er es gewohnt, dass alle kuschten, sobald er nur auftauchte. Deshalb irritierte es ihn unübersehbar immer wieder aufs Neue, wenn ihm jemand direkt und scheinbar furchtlos ins Gesicht sah.

Dieses Mal fiel es Hedda schwer, keine Angst zu zeigen. Während der vergangenen Monate hatte Kirchner unermüdlich versucht, der Familie nachzuweisen, dass sie etwas von Jans Flucht gewusst und ihn und Klara bei ihrem Plan unterstützt hatten. Es schien ihn schrecklich zu ärgern, dass er die Flucht des Kriegsgefangenen nicht nutzen konnte, um den Angehörigen seiner geschiedenen Frau zu schaden.

Trotz tagelanger Suche mithilfe von mehreren Hunden auf

beiden Seiten der Grenze hatte die Gestapo das flüchtige Paar nicht gefunden. Leider wusste auf Falkensee niemand, ob sich Klara und Jan wirklich hatten in Sicherheit bringen können. Klar war jedoch, dass Julius und seine Leute versagt hatten. Er hatte nicht nur Jan entwischen lassen, es gelang ihm auch nicht, den Bewohnern des Guts eine Mitschuld am Verschwinden des polnischen Kriegsgefangenen nachzuweisen.

Nun schien Julius sich eine neue Methode ausgedacht zu haben, um den Bargelows zu schaden. Bisher war niemand auf den Gedanken verfallen, Heddas Herkunft zu hinterfragen. Immerhin wusste jeder in der Umgebung, dass ihre Mutter eine geborene von Bargelow war. Sie lebte nicht mehr mit ihrem polnischen Ehemann zusammen, hatte ihren Mädchennamen wieder angenommen und war nach Gut Falkensee zurückgekehrt. Seit sie an Karols Seite Deutschland verlassen hatte, waren viele Jahre vergangen.

Die offizielle Version der Geschichte, über die aber ungefragt niemand aus der Familie sprach, lautete, dass ihre Mutter zum Zeitpunkt des Unfalltods ihres ersten Mannes, Baldur von Krammbach, mit Hedda schwanger gewesen war. Deshalb war auf Heddas gefälschten Papieren ihr Geburtsdatum entsprechend vorverlegt worden. So konnte man behaupten, Hedda sei zur Welt gekommen, kurz nachdem ihre Mutter an Karols Seite Gut Falkensee verlassen hatte. Wer wollte beweisen, wie viel Zeit zwischen Baldurs Tod und der Abreise ihrer Mutter nach Polen vergangen war? Wer konnte sich nach all den Jahren an genaue Daten und Zeitabläufe erinnern?

»Wieso …« Kirchner trat dicht vor Hedda und tippte mit der Spitze seines Zeigefingers auf die Holzplatte des Schreibtischs. »Wieso lautet Ihr Nachnahme von Bargelow und der Ihres Bruders von Krammbach, wenn Sie doch angeblich beide denselben Vater haben?«

Hedda schnappte erschrocken nach Luft und bereute im nächsten Moment, dass sie sich nicht besser beherrscht hatte. Ganz offenbar war Kirchner ihr leises Keuchen nicht entgangen, denn er kniff die Lider zusammen und durchbohrte sie mit seinem Blick, als wolle er hinter ihre Stirn sehen.

Vielleicht war es ein Fehler gewesen, dass Hedda laut ihren neuen Papieren den Namen von Bargelow trug und nicht wie ihr Bruder von Krammbach hieß. Aber Hedda hatte sich den Mädchennamen ihrer Mutter gewünscht, und immerhin bestand die Möglichkeit, dass diese nach dem Tod ihres ersten Mannes und vor ihrer Ehe mit Karol zwischenzeitlich ebenfalls wieder ihren Mädchennamen getragen hatte. Ob es Julius Kirchner nach all den Jahren tatsächlich gelingen konnte festzustellen, dass Hedda die Tochter eines Polen war?

Empörung, schoss es Hedda durch den Kopf. Um vorzugeben, dass ihre Reaktion einen anderen Grund gehabt hatte als blankes Entsetzen, musste sie Empörung zeigen.

»Ich wüsste nicht, was Sie das angeht, Herr Kirchner«, sagte sie in jenem strengen Ton, der zumindest Angestellten Respekt einflößte. Das hatte früher bei der Bank geklappt und funktionierte auch hier auf dem Gut. Natürlich hätte sie ihm eine Erklärung für ihren Namen geben können. Doch je weniger konkrete Behauptungen sie Kirchner lieferte, desto schwieriger würde es für ihn sein, die Sache nachzuprüfen.

Leider wirkte Julius Kirchner angesichts ihres barschen Tons unbeeindruckt. »Es geht mich sehr wohl etwas an, wenn Menschen mit zweifelhafter Herkunft in unserem deutschen Vaterland die Arier an der Nase herumführen.«

Nun war Hedda tatsächlich empört. So empört, dass sie für einen Moment ihre Furcht vergaß. »Was erlauben Sie sich?«, schrie sie den Gestapo-Mann an. »Wenn mein Bruder wüsste, dass Sie meine Herkunft in Zweifel ziehen, würde er dafür sorgen, dass Sie keine Minute länger Ihre Position bei der Gestapo bekleiden dürfen.«

»Erstens dürfte es Ihrem Bruder schwerfallen, sich in die Belange der Gestapo einzumischen. Und zweitens werde ich beweisen, dass meine Vermutungen richtig sind.«

»Das dürfte Ihnen kaum gelingen, da Ihre absurden Ideen vollkommen aus der Luft gegriffen sind.« Heddas Herz klopfte so heftig, dass sie fürchtete, er würde es unter dem Stoff ihrer Bluse erkennen. Konnte Kirchner sie als Tochter eines Polen ins Konzentrationslager bringen lassen? In diesem schrecklichen Staat war mittlerweile alles möglich, schien es ihr.

»Mein Schreibtisch liegt voller Arbeit, die ich heute noch erledigen muss, Herr Kirchner.« Hedda deutete auf ihr Kassenbuch. »Wenn ich sonst nichts mehr für Sie tun kann …« Sie ließ den Satz unbeendet und sah ihn auffordernd an.

»Ich komme wieder, verlassen Sie sich darauf.« In seinen schweren Stiefeln stapfte Kirchner zur Tür und verließ ohne Abschiedsgruß das Zimmer.

Hedda griff nach ihrem Stift, stellte aber schnell fest, dass es aussichtslos war, sich erneut auf die Zahlen konzentrieren zu wollen. Sie klappte das Kassenbuch zu und betrachtete nachdenklich das Telefon. Falls Kirchner wirklich die Wahrheit herausfand, brauchte sie Hilfe. Und für diesen Fall fiel ihr nur eine einzige Person ein. Sie hatte tiefes Vertrauen zu ihrer Mutter, und sie liebte sämtliche Frauen ihrer Familie, doch falls ihr die Gestapo in Gestalt des rachsüchtigen Julius Kirchner tatsächlich mit dem Konzentrationslager drohte, konnte ihr nicht einmal ihre Mutter helfen.

Ihre Hand zuckte zum Telefonhörer, aber sie ließ sie wieder sinken. Seit der Rückkehr aus Berlin hatte sie Clemens weder gesehen noch mit ihm telefoniert. Sie war tief verletzt. Nicht nur, weil er ihr gesagt hatte, dass die Leidenschaft und die Zärtlichkeit, die sie in jener Nacht geteilt hatten, ein Fehler gewesen wären. Das auch. Natürlich. Welche Frau hätte eine solche Bemerkung ohne jedes Gefühl der Demütigung hingenommen? Zumal sie, wenn sie ganz ehrlich zu sich war, durchaus Gefühle für Clemens hatte. Gehabt hatte, korrigierte sie sich. Sonst wäre das, was in dem Berliner Hotelzimmer passiert war, niemals geschehen.

Was sie aber noch trauriger und wütender machte, war die Tatsache, dass er ihr den Grund für seine Ablehnung nicht nennen wollte. Er hatte Gefühle in ihr ausgelöst, von denen sie zuvor nicht geahnt hatte, dass sie so empfinden konnte. Nur um ihr im Anschluss zu erklären, alles sei ein Irrtum gewesen. Aus Gründen, über die er nicht mit ihr reden wollte. Er hatte kein Vertrauen zu ihr – wie hatte er sich dann erlauben können, ihr so nahezukommen?

Nachdem sie in dem kleinen Berliner Hotel den Rest der Nacht schlaflos im Zimmer neben seinem verbracht hatte, war Hedda frühmorgens blass und übernächtigt zum Frühstück im Speisesaal erschienen. Clemens hatte bereits am Tisch gesessen und ihr kurzes Nicken ebenso knapp erwidert. Sie hatten kein Wort mehr über die Geschehnisse der Nacht gewechselt. Stattdessen hatten sie sich mit gesenkten Stimmen über die furchtbaren Ereignisse rund um das Attentat auf der Wolfsschanze unterhalten.

Gegen Mitternacht waren die Attentäter Stauffenberg, Olbricht, Haeften und Mertz von Quirnheim, allesamt Offiziere der Wehrmacht, durch Erschießung hingerichtet worden. Angeblich hatte zuvor ein Standgericht stattgefunden. Im Anschluss an die Hinrichtung waren die vier Männer in ihren Uniformen mit allen Ehrenzeichen begraben worden. Doch wenig später ließ Himmler die Leichen exhumieren und verbrennen. Ihre Asche wurde in der Nähe einer Berliner Kläranlage verstreut.

Diese Informationen erreichten Hedda und Clemens teilweise während ihrer Zugfahrt zurück nach Westpreußen. Bei jedem Aufenthalt sprang Clemens aus dem Zug und versuchte, eines der zahlreichen Sonderblätter verschiedener Zeitungen zu kaufen, was ihm mehrmals gelang.

Als sie in Bischofswerder aus dem Zug stiegen, hatten sie kein einziges persönliches Wort mehr gewechselt, jedoch im Flüsterton ihr Entsetzen über die Geschehnisse vom 20. Juli und der folgenden Stunden geteilt. Immerhin war Clemens jetzt bereit, ihr seine wahren politischen Ansichten offenzulegen, doch das tröstete sie wenig.

Beim Abschied vor dem Bahnhof, wo Hedda von Grumpke mit

dem Auto erwartet wurde, hatte Clemens sich artig für ihre Begleitung bedankt. Sie hatte steif genickt und erklärt, es sei besser, wenn sie sich vorerst nicht sehen würden.

»Das verstehe ich«, hatte er mit unbewegter Miene erwidert. »Aber wenn du aus irgendeinem Grund Hilfe brauchst, meldest du dich. Versprichst du mir das?«

Sie hatte stumm genickt. Konnte es sein, dass sie nun, kaum zwei Wochen später, schon seine Unterstützung benötigte?

Als es an die Tür des Arbeitszimmers klopfte, wo sie noch immer gedankenverloren am Schreibtisch saß, zuckte Hedda nervös zusammen. Kam Kirchner noch einmal zurück?

»Herein?«, sagte sie und straffte die Schultern. Sie würde nicht klein beigeben. Nicht, solange sie noch einen Funken Leben und Hoffnung in sich spürte.

Mehr noch, sie würde nicht nur um ihre eigene Sicherheit kämpfen, sondern auch um Gut Falkensee. Obwohl Hedda auf dem polnischen Gestüt ihrer Eltern aufgewachsen war, spürte sie eine tiefe Verbundenheit mit dem Land ihrer Vorfahren. Wie oft hatte ihre Mutter Ludwig und ihr während ihrer Kindheit von langen Ausritten auf Gut Falkensee erzählt, die sie während ihrer Jugend unternommen hatte. Von dem fast kreisrunden See, der in der Morgensonne wie ein blaues Auge blinzelte und in dessen Mitte das Wasser so tief war, dass man kaum bis zum Grund tauchen konnte. Von den weiten Feldern, dem kühlen Wald und dem idyllischen Jagdhaus, in dem Heddas Eltern Charlotte und Karol sich kennen und lieben gelernt hatten.

Als Kind war Hedda einige Male mit ihrer Mutter auf Falkensee gewesen, bevor sie mit vierzehn in ein Schweizer Internat gekommen war und ihre Ferien lieber auf dem heimatlichen Gestüt verbracht hatte. Doch dieses Gestüt existierte nicht mehr. Nicht so, wie Hedda es gekannt und geliebt hatte. Die Deutschen hatten es besetzt, die Pferde für die Wehrmacht konfisziert und ihre Eltern vertrieben. So war es für Hedda nur folgerichtig, nun für das Anwesen der Bargelows zu kämpfen. Denn sie wusste, wie hart es ihre Mutter treffen würde, Falkensee zu verlieren. Und genau das war offenbar das Ziel von Julius Kirchner.

Ein Verlust des Gutes würde jedoch nicht nur ihrer Mutter furchtbar wehtun. Auch Ludwig, Florentine und Elise, ganz zu schweigen von ihrer Tante Alice betrachteten Falkensee als ihre Heimat. Auch für Hedda war das Gut zu einer Zuflucht geworden, einem Ort, an dem sie sich zu Hause fühlte.

Sie kniff die Augen zusammen und starrte die Tür an, die sich langsam öffnete. Ganz gleich, mit welcher perfiden Absicht Kirchner zurückgekehrt war, sie würde ihm Paroli bieten.

»Störe ich? Wenn du zu viel Arbeit hast, musst du es sagen. Ich dachte nur, ich könnte für ein paar Minuten mit dir sprechen.«

»Komm nur herein, Florentine.« Hedda stieß erleichtert die Luft aus, die sie in Erwartung des Gestapo-Mannes unbewusst angehalten hatte. Sie deutete auffordernd auf den Stuhl vor dem Schreibtisch, während ihre Schwägerin immer noch unschlüssig in der Tür stand. »Wie kann ich dir helfen?«

Mit einem leisen Seufzer ließ Florentine sich auf das Sitzpolster des Stuhls sinken. Sie legte beide Hände auf ihren schon deutlich gewölbten Leib und strich mit den Daumen über den Leinenstoff ihres weit fallenden Kleids.

»Geht es dir gut? Ist mit dem Kind alles in Ordnung?«, erkundigte sich Hedda besorgt, als Florentine nach einer Weile immer noch schwieg.

Ihre Schwägerin nickte. »Es ist nur … ich mache mir Sorgen. Als ich vergangene Woche in Bischofswerder war, habe ich die Leute reden hören. Über Dinge, die im Rundfunk und in den Zeitungen nicht erwähnt werden.«

Hedda sparte sich die Bemerkung, dass ihre Tante Alice und Florentine sich immer wieder energisch dagegen ausgesprochen hatten, die Nachrichten bei der BBC zu verfolgen, um die Wahrheit über den Kriegsverlauf zu erfahren. Ausländische Sender zu hören war strengstens verboten, und angesichts der Tatsache, dass Julius Kirchner ständig auf Gut Falkensee herumschnüffelte, zögerte auch Hedda, verbotene Dinge zu tun. So bezogen sie ihre Informationen aus dem täglichen Wehrmachtbericht, der jeweils um die Mittagszeit im Rundfunk gesendet und zusätzlich in den Zeitungen abgedruckt wurde. War Florentine nun wirklich darüber erstaunt, dass sie in der Stadt Dinge aufgeschnappt hatte, die nicht mit den offiziellen Verlautbarungen übereinstimmten?

»Wir wissen doch alle, dass der Wehrmachtbericht alles sehr ...« Sie senkte die Stimme und schaute zur geschlossenen Tür, bevor sie fortfuhr: »... unkritisch darstellt. Sehr geschönt, wenn nicht sogar falsch.«

»In Bischofswerder habe ich mitbekommen, wie zwei Frauen sich darüber unterhielten, wie sie eine Sondergenehmigung bekommen könnten, Westpreußen zu verlassen und nach Westen zu fliehen.« Florentine schaute Hedda hilfesuchend an. »Sie haben nicht bemerkt, dass ich sie hören konnte. Und sie sagten *fliehen*.«

Hedda presste die Lippen aufeinander und musterte ihre Schwägerin. Bisher hatte Florentine stets den Anschein erweckt, als würde sie die siegessicheren Berichte für bare Münze nehmen, die unter dem Titel »Das Oberkommando der Wehrmacht gibt bekannt« im Rundfunk und in den Zeitungen veröffentlicht wurden. Darin war immer wieder von einem bevorstehenden Sieg der deutschen Truppen die Rede. Von einer Wunderwaffe, die demnächst eingesetzt werden würde und mit deren Hilfe die Deutschen innerhalb kürzester Zeit siegen würden. Manchmal hatte Florentine ganz selbstverständlich davon gesprochen, dass Ludwig dann ja sicher bald nach Hause zurückkehren würde.

Elises Sorgen um ihren Vater waren viel realistischer. Aus irgendeinem Grund schien das Mädchen zu ahnen – vielleicht hatte sie es auch irgendwo aufgeschnappt –, dass die hoffnungsfrohen Radioberichte und Zeitungsartikel mit großer Wahrscheinlichkeit nicht der Wahrheit entsprachen. Bisher hatte Florentine jegliche

Überlegungen in diese Richtung stets als unberechtigt und übertrieben abgelehnt. Ob sie wirklich so dachte, hatte Hedda nie herausfinden können.

Florentine war durchaus eine vernünftige Person, vielleicht verdrängte sie jedoch die Wahrheit – einfach um diese schreckliche Zeit und die Sorge um ihren Ehemann irgendwie zu überleben.

Wenige Wochen nach Ludwigs Fronturlaub im Frühjahr hatte Florentine festgestellt, dass sie ein Kind erwartete, und bis jetzt war Hedda davon ausgegangen, dass ihre Schwägerin glücklich über die bevorstehende Geburt ihres zweiten Kindes wäre. Immer wieder erwähnte sie, wie sehr Ludwig sich einen Stammhalter wünsche und dass sie ihm nun hoffentlich diesen Wunsch erfüllen würde.

Hedda hatte sich des Öfteren gefragt, ob sich nicht jede Frau zumindest ein bisschen ängstigen musste, in diesen Zeiten ein Kind zur Welt zu bringen. Mitten in einem erbarmungslosen Krieg, von dem niemand wusste, wie er enden würde.

Florentines Stimme riss Hedda aus ihren Gedanken: »Es muss doch einen Grund geben, warum wir Westpreußen nicht verlassen dürfen. Warum es untersagt ist, ohne triftige Begründung nach Westen zu fahren.«

»Du kennst den Grund, Florentine«, sagte Hedda leise. Es tat ihr in der Seele weh, als sie sah, wie ihre Schwägerin schützend die Hände über dem Bauch faltete.

»Ja«, sagte Florentine dann. »Trotzdem könnte es sein, dass alles gut geht. Dass die Wunderwaffe kommt und Ludwig bald nach Hause zurückkehrt. Dass die Front nicht näher rückt, weil es unseren deutschen Soldaten gelingt, die russischen und polnischen Truppen aufzuhalten.« Während sie sprach, wurde ihre Stimme immer leiser.

Spontan sprang Hedda auf, zog Florentine von ihrem Stuhl hoch und umarmte sie fest. Sie verstand die Angst der werdenden Mutter nur zu gut. Der Gedanke, auf der Flucht vor den nahenden feindlichen Truppen das Anwesen der Familie verlassen und sich auf den Weg ins Ungewisse machen zu müssen, war so schon schrecklich genug. Angesichts einer bevorstehenden Entbindung musste diese Möglichkeit in Florentine reine Panik auslösen.

»Ich werde dir beistehen, das verspreche ich dir. Wir müssen hoffen und beten, dass alles gut geht. Aber ganz gleich, was geschieht, ich werde dir helfen.«

Zu Heddas Erstaunen schienen ihre Worte Florentine zu beruhigen. Die Schwägerin lächelte sie dankbar an. »Du hast recht. Wahrscheinlich geht alles gut. Bisher haben wir keinen einzigen feindlichen Soldaten zu Gesicht bekommen. Ab und zu ein Flugzeug in Richtung Front, das ist alles. Die Leute reden viel, aber sie wissen auch nicht mehr als wir. Ich mache mich jetzt auf den Weg in die Fabrik. Das wird mich auf andere Gedanken bringen.«

»Vielleicht solltest du dich lieber ein bisschen ausruhen«, schlug Hedda vor. »Mach doch mit Elise einen Spaziergang im Park.«

Obwohl Florentine während der ersten Monate sehr unter ihrer Schwangerschaft gelitten und ständig mit Übelkeit gekämpft hatte, fuhr sie weiterhin jeden Tag für mindestens zwei oder drei Stunden in die Fabrik, um dort nach dem Rechten zu sehen, wie Ludwig es ihr aufgetragen hatte. So war Florentine. Was ihr Ehemann ihr sagte, tat sie ohne Wenn und Aber. Eigene Entscheidungen traf sie jedoch nur zögerlich. Sie war keine Kämpferin, aber sie war die zuverlässigste Person, die Hedda kannte.

»Ich fahre in die Fabrik«, beschloss Florentine erwartungsgemäß trotz Heddas Gegenvorschlag. »Ludwig meint, wir müssen als Eigentümer stets ein Auge auf alles haben.«

»Ich weiß. Das ist die Maxime der Bargelows. Allerdings denke ich, wenn du ein oder zwei Mal in der Woche in die Zuckerfabrik fährst, reicht das völlig. Ludwig würde sicher auch wollen, dass du dich schonst.«

Um Florentines Mundwinkel spielte ein müdes Lächeln. »Ich kann beides. Ihm einen Stammhalter schenken und mich um die Fabrik kümmern.«

»Natürlich.« Hedda hoffte inständig, dass ihre Schwägerin in der Sicherheit von Gut Falkensee ein gesundes Kind zur Welt bringen würde. Nicht auszudenken, was geschehen sollte, wenn die Front näher rücken würde und sie tatsächlich von hier fortmüssten.

»Danke, dass du mir zugehört hast.« Florentine berührte sie leicht an der Schulter und ging zur Tür. »Es liegt sicher nur an der Schwangerschaft, dass ich mir oft düstere Gedanken mache. Unsere tapferen Männer sind da draußen an der Front. Allen voran Ludwig. Sie werden dafür sorgen, dass uns hier zu Hause nichts passiert.« Mit diesen Worten verschwand Florentine durch die hohe Tür aus dunklem Eichenholz und zog sie sanft hinter sich ins Schloss.

Entschlossen griff Hedda nun doch nach dem Telefonhörer. Mit leisem Surren drehte sich die Wählscheibe, dann hörte sie am anderen Ende der Leitung das Klingelzeichen. Zwei Mal, drei Mal. Ein viertes Mal würde sie noch abwarten und dann wieder auflegen. Wahrscheinlich war es ohnehin besser, persönlich im Rathaus vorbeizuschauen, auch wenn ihr der Gedanke widerstrebte.

»Schickedanz!«

Als unvermittelt die tiefe Stimme aus dem Hörer klang, fuhr Hedda erschrocken zusammen. Sie musste sich räuspern, bevor sie antworten konnte.

»Hedda von Bargelow hier. Ich …« Plötzlich wusste sie nicht, wie sie ihr Anliegen formulieren sollte. Sie war so sehr damit beschäftigt gewesen, sich zu diesem Anruf durchzuringen, dass sie versäumt hatte, sich ihre Worte zurechtzulegen.

»Wie geht es dir?«, fragte Schickedanz, nachdem er einige Zeit geduldig gewartet hatte.

»Gut«, erwiderte sie knapp. »Es gibt etwas, worüber ich mit dir reden möchte. Du hast mir angeboten, dass ich mich an dich wenden kann. Sonst hätte ich nicht …« Sie stockte hilflos. Am Telefon durfte sie ohnehin nicht über ihr Anliegen sprechen. Sicher wurde die Leitung ins Rathaus abgehört. Sie wollte jedoch nicht ohne Ankündigung bei Clemens auftauchen.

»Ich helfe jederzeit gern«, sagte Clemens. »Schließlich bin ich der für dich zuständige Bürgermeister, nicht wahr? Du triffst mich jeden Vormittag im Rathaus an. Komm vorbei, wann immer es dir passt.«

»Mach ich«, stieß sie hervor, bei dem Gedanken, ihn schon bald zu sehen, plötzlich atemlos. Sie hatte Angst vor dieser Begegnung, doch es gab keine andere Möglichkeit. Nicht nach Kirchners Drohungen. »Ich komme so bald wie möglich.«

Als sie den Hörer zurück auf die Gabel legte, fühlte sie sich auf seltsame Weise erleichtert. Sie war immer noch wütend auf Clemens. Er hatte sie erst leidenschaftlich geliebt und anschließend weggestoßen und erklärt, sie müssten die Nacht in Berlin vergessen.

Aber sie wusste, dass sie ihm vertrauen konnte, wenn es darum ging, in diesem Staat zu überleben. Er würde für sie tun, was er für Jan und Klara getan hatte, für andere Zwangsarbeiter und für alle Dorfbewohner, die seine Hilfe gebraucht hatten. Der Gedanke, dass sie für ihn eine unter vielen war, schmerzte sie, und doch wusste sie, dass er ihre Rettung war und sie ihn um Hilfe bitten musste und bitten würde.

»Bis bald«, flüsterte sie in den Hörer und legte ihn sanft zurück auf die Gabel. Sie stand auf, verließ das Arbeitszimmer und machte sich auf die Suche nach ihrer Mutter. Sie musste mit ihr über Kirchners Drohung reden. Würde es vielleicht nötig werden, dass sie selbst nach Polen floh, falls Clemens keine Lösung wüsste? Ausgerechnet jetzt, wo beunruhigende Nachrichten aus Warschau kamen und niemand wusste, wie sich die Lage im Land entwickeln würde. Abgesehen davon, dass sie nicht zurück aufs Gestüt konnte und gar nicht gewusst hätte, wohin.

Hedda kam nicht dazu, ihr Problem mit ihrer Mutter zu besprechen. Sie fand sie in ihrem Zimmer. Auf dem Bett lag ein offener Koffer, die Schranktüren standen offen, und sie war damit beschäftigt, Kleider von den Bügeln zu ziehen und neben den Koffer auf die Bettdecke zu werfen.

Als Hedda eintrat, wandte sie nicht einmal den Kopf. Dennoch wusste sie, wer ins Zimmer gekommen war. »Hedda. Das ist gut. Ich muss dringend mit dir reden.«

»Was machst du da?«, erkundigte sich Hedda verblüfft. »Willst du verreisen?«

»Ich muss nach Polen.«

»Du? Wieso das?« Hedda blieb auf halbem Weg zum Bett stehen.

»Ich habe ein Telegramm von einem Freund deines Vaters erhalten.« Nun schaute ihre Mutter sie doch an, und ein eisiger Schreck durchfuhr Hedda, als sie das tränenüberströmte Gesicht ihrer Mutter sah. Sie weinte nie, zumindest nicht vor den Augen ihrer Kinder.

»Was ist mit Papa?« *Nicht das auch noch.* Plötzlich hatte Hedda das Gefühl, dass alles um sie herum zusammenbrach. An jeder Ecke nur Probleme. Sie ließ sich auf den nächstbesten Stuhl sinken. »Er ist in Warschau, nicht wahr?«

Seit einigen Tagen erreichten sie beunruhigende Nachrichten aus der polnischen Hauptstadt, die jedoch auch Anlass zur Hoffnung gaben. Die Rote Armee stand vor den Toren der Stadt, um die deutschen Besatzer zurückzutreiben. Diesen Zeitpunkt hatten die verschiedenen Widerstandsverbände, die sich unter dem Namen »Armia Krajowa« zusammengeschlossen hatten, gewählt, um sich gegen die Deutschen zu erheben. Ganze 20.000 Mann, zu allem entschlossen, aber schlecht ausgerüstet und den Deutschen zahlenmäßig stark unterlegen. Die Hoffnung, dass die russische Armee der polnischen Heimatarmee zu Hilfe kommen würde, hatte bis jetzt getrogen. Die Kämpfe in den Straßen der Stadt gingen angeblich mit verheerenden Verlusten für die polnische Widerstandsarmee einher.

»Hat Papa an den Kämpfen in Warschau teilgenommen?«, wiederholte Hedda ihre ängstliche Frage.

Ihre Mutter warf die Bluse, die sie gerade in der Hand hielt, zu dem Kleiderhaufen auf dem Bett und ließ sich auf die Kante der

Matratze sinken. Der Blick aus ihren geröteten Augen war gleichzeitig tieftraurig und voller Stolz.

»Natürlich hat er das. Er hatte mir beim Abschied gesagt, er werde sich im Hintergrund halten und nur an der Organisation des Widerstands und an der Beschaffung von Material mitwirken. Aber ich wusste die ganze Zeit, wenn es zum Äußersten käme, würde er dabei sein. Trotz seiner fast sechzig Jahre und seiner schmerzenden Gelenke. Es ist sein Land, für das er schon einmal mit all seiner Kraft und unter Einsatz seines Lebens gekämpft hat.« Sie hielt sich die Hand vor den Mund, offenbar um ein Schluchzen zu unterdrücken.

Endlich wagte Hedda, die Frage zu stellen, die ihr wie ein Stein auf der Brust lag: »Ist er sehr schwer verletzt? Aber er lebt doch, oder?«

Ihre Mutter nickte, und Hedda schnappte nach Luft. »Und wie schwer sind seine Verletzungen?«

»Ich weiß es nicht.« Mit einer hilflosen Bewegung zog ihre Mutter die Schultern hoch und ließ sie wieder fallen. »Das Telegramm … Natürlich konnte Andrzej nicht genau schreiben, was passiert ist. Nur dass Karol *im Dienst einen schweren Unfall hatte* und meine Hilfe braucht.«

Hilflos sah Hedda zu, wie ihre Mutter wieder und wieder den Kopf schüttelte, während ihr die Tränen aus den Augen strömten und sie nicht den geringsten Versuch unternahm, ihre Traurigkeit und ihr Entsetzen zu verbergen. So hatte Hedda sie noch nie gesehen.

»Ist Papa noch in Warschau? Nach allem, was man hört, muss es dort furchtbar gefährlich sein. Ich verstehe ja, dass du ihm beistehen willst, aber wenn du dich auch in Lebensgefahr bringst, hilft ihm das nicht …«

Beim Gedanken, möglicherweise Vater und Mutter zu verlieren, wurde Hedda übel. Sie war erwachsen. Sie hatte jahrelang weit entfernt von ihren Eltern gelebt. Aber wenn sie sich vorstellte, die beiden vielleicht niemals wiederzusehen, sie niemals mehr umarmen oder um Rat fragen zu können, schlug die Verzweiflung über ihr zusammen wie eine riesige schwarze Welle.

»Mir wird nichts passieren«, behauptete ihre Mutter. »Ich passe auf mich auf, und auf deinen Vater.«

»Ach, Mama ...« Aus Heddas Brust stieg ein tiefer Seufzer auf. »Es muss doch jemanden geben, der sich dort um die Verletzten kümmert. Papa würde sicher nicht wollen, dass du dich in so große Gefahr bringst.«

»Natürlich würde er das nicht wollen.« Ihre Mutter stand auf und begann, auf ihrem Bett die Kleidungsstücke zusammenzufalten. »Wie sollte ich es denn ertragen hierzubleiben? Ich hätte keine ruhige Minute. Und dann ... Du weißt doch, dass ich Karol schon einmal gesund gepflegt habe, als er bei einer Widerstandsaktion schwer verletzt worden war. Es war der Anfang unserer Liebe, und es ist unsere Geschichte, seine und meine. Er kämpft unter Einsatz seines Lebens für sein Land, und alles, was ich tun kann, ist, ihm beizustehen, wenn er verwundet ist und meine Hilfe braucht.«

»Weißt du denn, wo du nach ihm suchen musst?« Hedda war längst klar, dass sie ihre Mutter nicht davon würde abhalten können, nach Polen zu fahren. Und da ihr Vater Hilfe brauchte, wollte sie das eigentlich auch nicht.

»Ich weiß, wo ich Andrzej finde. Er wird mich zu Karol führen. Und nun muss ich mich beeilen. Der Zug fährt in einer knappen halben Stunde.«

Charlotte machte sich nicht die Mühe, die restlichen Kleidungsstücke ordentlich zusammenzulegen. Sie rollte sie auf und warf sie oben auf den Koffer, den sie mit Schwung zuklappte.

»Kommst du mit, wenn Grumpke mich mit dem Wagen zum Bahnhof bringt?«, fragte sie dann.

Hedda nickte schweren Herzens. Darüber, dass sie nun mehr oder weniger allein für das Gut, ihre schwangere Schwägerin, ihre kleine Nichte und ihre ältliche Tante verantwortlich sein würde, verlor sie kein Wort.

18. Kapitel

Clemens
Rathaus Falkensee, Westpreußen, Anfang August 1944

Clemens hob den Kopf und lauschte hinaus in die Eingangshalle des Rathauses. Er hatte die äußere Tür nicht abgeschlossen, obwohl die Sprechstunde schon vorüber war. Nun klapperten rasch und energisch Absätze über den Boden. Er erkannte Heddas Schritt sofort.

Als sie im Türrahmen erschien, erhob er sich hastig und streckte automatisch sein Rückgrat. Jedes Mal, wenn er sie sah, war er aufs Neue von ihrer Schönheit überrascht. Es war nicht jenes gute Aussehen, wie man es von Fotomodellen und Filmschauspielerinnen kannte. An Hedda von Bargelow war nichts süßlich oder puppenhaft. Ihr Gesicht mit den entschlossen funkelnden Augen, dem etwas zu breiten, aber schön geschwungenen Mund und dem energischen Kinn war fast herb zu nennen. Doch genau das faszinierte Clemens seit seiner ersten Begegnung mit ihr. Hedda war anders als die meisten Frauen, die er kannte. Sie vereinigte in sich eine fast männlich anmutende Entschiedenheit mit weiblicher Verletzlichkeit, wobei sie alles, was sie für Schwäche hielt, nach Kräften verbarg.

»Willkommen«, begrüßte er sie und ging ihr lächelnd entgegen.

Sie streckte ihm die schmale Hand hin. Wahrscheinlich war sie wie üblich mit dem Fahrrad gekommen, denn ihre Finger waren kühl. Auch die Art, wie sie seine Hand fest mit ihrer umschloss, löste Erstaunen in ihm aus. Da war nichts Zögerliches oder gar Verletztes, sondern nur glasklare Entschlossenheit. Damit hatte er nicht gerechnet.

Seit der Nacht in Berlin hatte er sich gefragt, wie ihre erste

Begegnung danach wohl sein würde. Heddas seltsamer Blick, als er sich bei ihr für sein Verhalten entschuldigt hatte, war immer wieder vor seinem inneren Auge aufgetaucht. Sie hatte ihn nicht verstanden, denn sie wusste nicht, dass er, so anziehend sie auf ihn auch wirken mochte, niemals wieder lieben würde. Nicht so, wie er es schon einmal getan hatte.

Hedda machte es ihm leicht, gleichzeitig aber auch schwer. Denn zu seiner Verwunderung spürte er einen leisen Stich in der Herzgegend, als sie so kühl und sicher sein Amtszimmer betrat.

Während er noch ihre Hand in seiner hielt, senkte sie leicht den Kopf, hob ihn wieder und schaute ihm direkt und ohne zu blinzeln in die Augen.

Er räusperte sich. »Wie nett von dir vorbeizukommen«, sagte er im Plauderton. »Ich wollte gerade einen Gang durchs Dorf machen, um bei einigen der Bauern vorbeizuschauen. Möchtest du mich begleiten?«

Dieses Mal verstand Hedda sofort. Sie nickte. »Gern.«

Dann drehte sie sich auf dem Absatz um, und ihm blieb nichts anderes übrig, als ihr sofort wieder hinaus in die Halle zu folgen, obwohl er vorgehabt hatte, seine Jacke überzuziehen. Nicht weil es draußen kühl gewesen wäre, sondern weil ein hemdsärmeliger Bürgermeister vielleicht nicht gut ankam. Andererseits würde die selbst in ihrem schlichten Tageskleid elegante Hedda von Bargelow diesen Fehler mühelos ausgleichen.

Im Vorbeigehen teilte er dem Amtsdiener, der in der kleinen Kammer neben dem Eingang einen kaputten Stuhl richtete, mit, dass er fortginge. Dann stand er neben Hedda auf dem Rathausplatz und schaute sich unschlüssig um.

»Du musst keinen Bauern besuchen, nicht wahr?« Hedda wartete seine Antwort nicht ab, sondern deutete die Straße entlang. »Lass uns in diese Richtung gehen. Dort wachsen am Dorfrand mehr Bäume. Es ist heiß, und ich würde es vorziehen, mich im Schatten aufzuhalten.«

»Gern«, erwiderte er knapp und musste sich beeilen, an ihrer Seite zu bleiben, so schnell war Hedda trotz ihrer halbhohen Absätze.

Als ein Fuhrwerk an ihnen vorüberruckelte, mussten sie an den Straßenrand treten, und er berührte versehentlich mit dem Handrücken Heddas weiten Rock. Er hoffte, dass sie es nicht bemerkt hatte, aber als sie hastig einen Schritt zur Seite machte, murmelte er eine Entschuldigung.

Vielleicht würde es doch nicht so einfach sein, die verwirrenden Ereignisse von Berlin zu vergessen und sich zu verhalten, als sei nichts geschehen.

»Weshalb ich gestern angerufen habe …«, begann Hedda nach einer Weile, als sie die letzten Häuser des Dorfes hinter sich gelassen hatten und im Schatten einiger Pappeln auf der Landstraße dahinspazierten.

»Sprich ganz offen«, forderte er sie mit einem vorsichtigen Lächeln auf. »Du weißt, dass du mir vertrauen kannst.«

»Nun ja.« Von der Seite sah er, wie sie ganz leicht ihren schönen Mund verzog.

Fast hätte er sich verteidigt, hätte ihr erklärt, dass er sie niemals in irgendeiner Weise verraten würde, dass er jedoch nicht gedachte, seine schmerzlichen Erinnerungen vor ihr auszubreiten. Es war schlimm genug, dass er fast jede Nacht von Albträumen heimgesucht wurde. Auf keinen Fall würde er sein entsetzliches Versagen und den Kummer, den er seitdem wie einen Mühlstein mit sich herumtrug, ausgerechnet ihr zumuten. Außer mit seinem Freund Robert, den er im Kampf hatte fallen sehen, hatte er mit niemandem über Anita gesprochen. Und er hatte nicht vor, das zu ändern.

»Was macht dir also Kummer?«, fragte er schließlich, als sie nach einer Weile immer noch schwieg.

»Julius Kirchner«, stieß sie hervor. »Er versucht alles, um unserer Familie zu schaden. Weil meine Cousine Isabella sich von ihm hat scheiden lassen. Das kann er nicht verwinden.«

Clemens nickte und gab sich Mühe, nicht angewidert das Gesicht zu verziehen. Zwangsläufig hatte er mehr Zeit mit Kirchner verbracht, als ihm lieb war. Und jede Minute mit diesem Kerl war eine Minute zu viel. Julius Kirchner hasste alle Menschen, die nicht dachten wie er, nicht handelten wie er und nicht die gleiche Abstammung hatten wie er. Es war fast unerträglich, seinem Gerede zuzuhören, aber um helfen zu können, musste Clemens nach außen hin den Anschein erwecken, die Ziele der Nationalsozialisten zu unterstützen.

Kirchner hörte sich selbst gern reden, und er hatte Clemens längst erzählt, dass die Eigentümerfamilie von Gut Falkensee ein »verderbter Haufen« sei. Offenbar hatte sich Isabella von Bargelow nicht nur von ihm scheiden lassen, sondern war anschließend einem jüdischen Tierarzt nach Amerika gefolgt, wo sie bis heute mit ihm lebte. Das war eine Schmach, die Kirchner auch nach vielen Jahren kaum ertragen konnte. Die Frau, die in seinen Augen immer noch sein Eigentum war, lebte mit einem Juden zusammen. Und da sie in den Vereinigten Staaten für ihn und seine Rachegelüste unerreichbar war, versuchte er offenbar, ihren Angehörigen zu schaden, wo er nur konnte.

Zum Glück waren die Bargelows immer noch eine angesehene Familie mit altem Landbesitz und mit deutschen Wurzeln. So war es Kirchner trotz des geflohenen polnischen Zwangsarbeiters bisher nicht gelungen, ihnen echte Schwierigkeiten zu machen.

»Kirchner zweifelt meine deutsche Abstammung an«, stieß Hedda fast atemlos hervor, obwohl sie gemächlich dahinschlenderten. »Er hat angekündigt, dass er Nachforschungen anstellen will.«

»Könnte er etwas finden?«, erkundigte sich Clemens vorsichtig.

Hedda presste die Lippen aufeinander. Dann nickte sie kaum merklich. »Ich besitze eine Geburtsurkunde, in der der erste Ehemann meiner Mutter, Baldur von Krammbach, als mein Vater eingetragen ist. Er war auch der leibliche Vater meines Bruders Ludwig. Von Bargelow heiße ich, weil ich nach dem Tod meines Vaters geboren wurde und meine Mutter zu diesem Zeitpunkt wieder ihren Mädchennamen angenommen hatte.«

Clemens runzelte die Stirn. »In Wahrheit ist Ludwig von Krammbach aber dein Halbbruder, nehme ich an?«

Wieder nickte Hedda. »Mein Vater war nicht Baldur von Krammbach, sondern Karol Darranowski, der zweite Ehemann meiner verwitweten Mutter. Damit fließt zur Hälfte polnisches Blut durch meine Adern. So furchtbar es ist, gilt dies in diesem Land als … problematische Abstammung. Das war meinen Eltern und mir bereits vor meinem Umzug nach Berlin klar. Mit den entsprechenden Beziehungen war es nicht schwierig, für mich gefälschte Papiere zu beschaffen …« Hedda schwieg und wandte den Kopf ab.

Spontan packte er sie am Oberarm. »Du musst dich nicht schämen. Auf gar keinen Fall! Wenn dieser Staat absurde Gesetze macht, müssen wir alle Möglichkeiten nutzen, uns zu schützen. Es ist völlig in Ordnung, dass du gefälschte Papiere benutzt.«

»Dafür schäme ich mich auch nicht«, erklärte Hedda in energischem Ton. »Im Gegenteil. Ich bin stolz darauf, zur Hälfte Polin zu sein. Und zur Hälfte eine Bargelow. Ich liebe Gut Falkensee, und ich liebe Polen. Ich finde es entsetzlich, dass ich gezwungen bin, meine Herkunft zu verheimlichen, weil ich sonst befürchten muss, in ein Konzentrationslager gebracht zu werden.«

Sie blieb mit einem Ruck stehen, wandte sich um und klammerte sich unvermittelt mit aller Kraft an Clemens fest. So fest, dass er ihre Finger schmerzhaft durch die Ärmel seines Hemds spürte.

Bei dem Wort Konzentrationslager hatte Clemens ein eisiger Schreck durchfahren. Gleichzeitig schien eine Hand seine Kehle zusammenzudrücken. Nicht schon wieder! Nicht ausgerechnet bei dieser Frau! All die sonst so mühsam unterdrückten Gefühle stürzten wie eine gewaltige, alles verschlingende Lawine auf ihn ein. Die Angst, die Wut, die Trauer, die Hilflosigkeit. Jene Gefühle, die ihn fast seinen Lebensmut gekostet hatten. Nur der Entschluss, seine neue Position als Bürgermeister zu nutzen, so viele Menschen wie möglich vor dem grausamen Regime zu retten, hatte letztlich dafür gesorgt, dass er am Leben geblieben war. Auch wenn er immer noch oft genug das Gefühl hatte, innerlich tot zu sein.

»Ich muss mich schrecklich zusammennehmen, um nicht einfach nach Polen zu fliehen«, fuhr Hedda fort und löste langsam ihren Griff. »Wobei ich gar nicht weiß, ob ich dort auch nur annähernd in Sicherheit wäre. Schließlich ist Polen von den Deutschen besetzt.«

Clemens starrte sie an und ignorierte mühsam die Dunkelheit, die sich in ihm ausbreitete wie ein Schatten, der über die Landschaft huscht, wenn sich unversehens eine tiefgraue Wolke vor die Sonne schiebt.

Unter seinem Blick wurde sie unruhig. Sie schaute ihn an und sah wieder weg, presste die Lippen aufeinander und verschränkte die Hände vor dem Körper.

»Du weißt auch nicht, was ich tun soll, nicht wahr?«, flüsterte sie.

»Ich werde versuchen, eine Lösung zu finden«, sagte er eilig, denn er konnte die Angst in ihren Augen kaum ertragen.

Es durfte ihr nichts geschehen! Notfalls musste er dafür sorgen, dass sie von Gut Falkensee verschwand. Er musste darüber nachdenken, ob es besser sein würde, ihr den Weg in ihre alte Heimat Polen zu ebnen, oder ob es ein noch besseres und sichereres Versteck gab.

»Ich kann auf keinen Fall weg von hier«, erklärte Hedda in diesem Moment. »Meine Schwägerin erwartet in wenigen Monaten ein Kind. Sie kann sich nicht um das Gut kümmern. Außer mir gibt es niemanden. Meine Mutter … Sie ist gestern nach Polen abgereist.«

Verblüfft starrte er sie an. »Sie wollte hoffentlich nicht nach Warschau?«

»Ich fürchte doch. Mein Vater ...« Hedda kniff die Augen zusammen, bevor sie fortfuhr: »Es ist verrückt, dass ich mit dir darüber rede. Schließlich bist du ein von der NSDAP eingesetzter Bürgermeister.«

Er schwieg, sah sie nur ruhig an. Denn wenn er sich vielleicht auch den Vorwurf machen musste, dass er ihr den schmerzlichsten Punkt in seiner Vergangenheit nicht anvertraut hatte, so wusste sie doch sehr genau, dass er sie unter keinen Umständen an irgendeine staatliche Organisation verraten würde. Vielleicht würde es ihm nicht gelingen, ihr zu helfen. Aber er würde alles in die Waagschale werfen. Notfalls sein Leben. Dieses Mal und bei dieser Frau würde es keine Grenze geben, selbst wenn er nicht wagte, ihr seine Liebe zu Füßen zu legen.

»Mein Vater hat auf polnischer Seite am Aufstand in Warschau teilgenommen«, sagte Hedda leise. »Und er wurde schon am ersten Tag schwer verwundet. Meine Mutter ist nach Polen gefahren, um ihn zu pflegen oder nach Falkensee zu holen.«

»Es tut mir leid, dass dein Vater verletzt wurde. Aber weiß deine Mutter denn nicht, dass Himmler befohlen hat, alle Warschauer Bürger zu erschießen und die Stadt dem Erdboden gleichzumachen? Soweit ich weiß, ist die polnische Heimatarmee hoffnungslos unterlegen, und die Russen machen keine Anstalten, ihnen zu Hilfe zu kommen.« Die Worte waren heraus, bevor Clemens bewusst wurde, welche Angst sie Hedda machen mussten.

»Ich weiß«, flüsterte sie. »Du kennst meine Eltern nicht. Um meine Mutter davon abzuhalten, meinem Vater in dieser Situation beizustehen, hätte ich sie fesseln und im Keller einsperren müssen. Und selbst dann wäre es ihr wahrscheinlich gelungen, sich früher oder später zu befreien. Sie lieben einander wirklich sehr. Ich wäre an ihrer Stelle auch nach Warschau gefahren, wenn ...« Sie stockte und fuhr noch ein wenig leiser fort: »Wenn es einen Mann gäbe, der für mich das wäre, was mein Vater für meine Mutter ist.«

Clemens konnte den Blick nicht von Heddas schönem, traurigem Gesicht abwenden. Wie wunderbar musste es sein, diese Frau lieben zu dürfen und von ihr geliebt zu werden. Er wusste, dass sie nicht nur so daherredete. Hedda von Bargelow war eine Frau, die für ihre Familie und die Menschen, die ihr nahestanden, alles gab. Und genau deshalb hatte sie einen besseren Mann als ihn verdient.

»Jedenfalls«, Hedda räusperte sich und setzte sich langsam wieder in Bewegung, »kann ich auf keinen Fall Falkensee verlassen. Ich muss mich um das Gut und um meine Familie kümmern.«

Clemens blieb dicht an ihrer Seite. So dicht, dass sich die Härchen auf seinen Armen aufstellten, weil er den Luftzug ihrer Bewegung spürte.

»Mir wird eine Lösung für dein Problem einfallen«, sagte er mit fester Stimme und hoffte inständig, dass Kirchner seinen Verdacht bezüglich Heddas Abstammung noch nicht weitergegeben hatte. Das würde die Sache sehr viel schwieriger machen, ganz besonders, da Hedda sich weigerte, Westpreußen zu verlassen.

»Mach dir keine Sorgen«, sagte er dennoch. »Ich kenne Julius Kirchner gut, und ich werde einen Weg finden.«

»Ich vertraue dir«, sagte sie leise.

Das Geräusch, als sie ihre Lunge mit Luft füllte, um anschließend den Atem mit einem sanften Zischen wieder auszustoßen, sorgte dafür, dass Hitze in seinem Körper aufstieg, die nichts mit der Sommersonne zu tun hatte. Vielmehr sorgte die Erinnerung an eine Nacht, in der er ihren Atem heiß auf seiner Haut gespürt hatte, dafür, dass es sich anfühlte, als würde er in seinen Empfindungen untergehen.

Er schüttelte den Kopf, um die verwirrenden Gefühle loszuwerden. Und auch die Worte, die sich in seine Kehle drängen wollten. *Vertrau mir nicht,* wollte er ausrufen. *Ich habe sie im Stich gelassen. Wie willst du wissen, ob ich dir helfen kann?* Doch über seine Lippen kam kein Laut.

Als hätte jemand eine Lampe in Heddas Gesicht angeknipst,

blitzte ein Lächeln in ihren Augen auf, und ihre Mundwinkel hoben sich.

»Danke«, sagte sie. »Ich bin froh, dass ich mit dieser Sache zu dir gekommen bin.«

Er nickte, und in stillem Einvernehmen machten sie kehrt und gingen schnellen Schrittes zum Dorf zurück. Vor dem Rathaus verabschiedete Hedda sich und bedankte sich ein weiteres Mal bei ihm.

»Danke mir erst, wenn ich eine Lösung gefunden habe.« Verlegen und voller Angst schaute er an ihr vorbei die Straße entlang.

»Vielen Dank«, wiederholte sie dennoch. Dann stieg sie auf ihr Fahrrad, winkte kurz und fuhr davon. Sie wirkte wie befreit, als wäre sie ihre Sorgenlast bei ihm losgeworden.

19. Kapitel

Hedda
Dorf Falkensee, Westpreußen, Herbst 1944

Der Sommer war in einen milden, unbeständigen Herbst übergegangen. Die Erntezeit brachte für Hedda so viel Arbeit und Verantwortung mit sich, dass sie von morgens bis abends auf den Beinen war und sich nur während der Mahlzeiten wenige Minuten zum Ausruhen gönnte. Die Sorge um Weizen und Gerste, die trocken eingefahren werden mussten, die fehlenden Erntemaschinen und die knappen Arbeitskräfte bereiteten Hedda so viel Kopfzerbrechen, dass sie kaum dazu kam, sich über Julius Kirchner und die ihr drohende Gefahr Gedanken zu machen.

Kirchner tauchte weiterhin häufig auf, drangsalierte Grumpke und die Zwangsarbeiter, indem er herumschrie, die Leute antreten ließ und das Gesindehaus auf den Kopf stellte. Hedda gegenüber ließ er bei jeder Begegnung Andeutungen fallen, mit denen er ihr eindeutig Angst machen wollte. Jedes Mal, wenn sie ihn sah, spürte sie leichte Panik wie eine eisige Berührung im Nacken, aber Kirchner schien auch nach einigen Wochen noch keine weiteren Erkenntnisse über ihre Abstammung gewonnen zu haben. Ihr war dennoch klar, dass sie immer noch in Gefahr schwebte. Denn Erkundigungen in Polen nahmen trotz der deutschen Besatzung dort sicher viel Zeit in Anspruch.

Sie wartete ungeduldig auf eine Nachricht von Clemens, doch nichts geschah. Wieso hatte sie geglaubt, es würde etwas ändern, wenn sie ihn um Hilfe bat? Schließlich durfte er seine wahre Gesinnung auf keinen Fall zeigen.

Als Anfang November auf dem Gut das Telefon klingelte und sie Clemens' Stimme hörte, hoffte sie auf eine Andeutung, die ihr einen Grund gegeben hätte aufzuatmen. Er schlug ihr jedoch nur eine Weihnachtsbescherung für die Dorfkinder vor.

»Sie haben hier auf dem Land genug zu essen«, sagte er. »Aber neulich habe ich die kleine Lene mit einem Holzscheit spielen sehen, das in einen Lumpen eingewickelt war. Die Eltern haben kein Geld, mit dem sie ihren Kindern Spielzeug kaufen können. In den Gutshäusern der Umgebung liegen vielleicht alte Spielsachen herum. Wenn du dich bei den Nachbarn und Freunden der Familie umhörst und auf eurem Dachboden nachsiehst ...«

Eilig hatte Hedda seinem Vorschlag zugestimmt. Die Ernte war vorüber, sie hatte wieder mehr Zeit, und jede Beschäftigung, die sie vom Grübeln ablenkte, war ihr recht. Wann immer sie einen Automotor hörte, zuckte sie zusammen, weil sie befürchtete, Kirchner sei auf den Hof gekommen, um sie abzuholen. Und nachts träumte sie davon, dass sie abgeführt würde.

Ludwig kämpfte immer noch an der Ostfront. Niemand wusste genau wo, da es den Soldaten verboten war, Einzelheiten über ihren Kriegseinsatz in ihren Briefen zu verraten.

Von ihrer Mutter war ein kurzer Brief gekommen, in dem sie der Familie mitteilte, dass sie gemeinsam mit Karol Warschau verlassen werde und schon eine Unterkunft außerhalb der Stadt in Aussicht habe. Was immerhin eine beruhigende Nachricht war. Doch seitdem nichts mehr. Hedda wusste nicht, ob ihr Vater sich auf dem Wege der Besserung befand, ob ihre Eltern an einem sicheren Ort waren und wann sie sie wiedersehen würde.

Wie Himmler es befohlen hatte, waren in Warschau Zehntausende von polnischen Zivilisten getötet und ganze Häuserblocks mitsamt ihren Bewohnern in die Luft gesprengt worden. Die Aufständischen hatten ihren nahezu aussichtslosen Kampf vom Röhrensystem der Kanalisation aus fortgeführt. Bis die deutsche Wehrmacht die Kanalisation flutete und mit giftigen Chemikalien überschwemmte. Im Oktober gab die polnische Heimatarmee den Kampf auf. In Warschau mussten entsetzliche Zustände herrschen, und Hedda hoffte mit aller Kraft, dass ihre Eltern die Stadt rechtzeitig verlassen hatten. Aber auch, dass Klara und Jan nichts geschehen war, denn sie hatten überlegt, ob sie sich zu Jans Verwandten nach Warschau durchschlagen sollten.

Es schien, als würden mit jeder Woche die Sorgen zunehmen, die Hedda überfielen, sobald sie auch nur eine ruhige Minute hatte. Also stellte sie auf der Suche nach Geschenken, mit denen sie die Dorfkinder glücklich machen konnte, das Herrenhaus auf den Kopf.

Auf dem Dachboden fand sie eine ganze Sammlung von alten Blechautos, aber auch Puppen, Teddybären und Kisten voller Kinderkleider.

Zu Heddas Erstaunen hatte ihre Tante Alice sich sofort bereit erklärt, die Kleider durchzusehen, kleinere Schäden zu beheben und sie so abzuändern, dass sie zeitgemäß wirkten.

»Wir Leute vom Gut haben schon immer für die Armen im Dorf gesorgt«, hatte sie mit hoheitsvoller Miene erklärt. »Selbstverständlich werde ich in diesen Zeiten mein Teil dazu beitragen.«

Tatsächlich verbrachte Heddas Tante fortan viele Stunden über eine Näharbeit gebeugt und arbeitete recht zügig die Kinderkleidung auf und um. Auch Florentine half gelegentlich, doch wegen ihrer fortschreitenden Schwangerschaft war sie nach ihren täglichen Besuchen in der Zuckerfabrik meistens so müde, dass ihr nach kurzer Zeit die Augen zufielen. Hedda war mit Nadel und Faden ungeschickt. Sie nahm sich jedoch regelmäßig einen Berg Kleidung vor und bügelte sie, nachdem sie im Anschluss an die Näharbeiten gewaschen worden waren.

So füllten sich zusehends die Kisten und Körbe, die in einer Ecke der Halle bereitstanden. Auch von den Nachbarn, die Hedda angerufen hatte, wurden größere Mengen an ausrangierten Spielsachen und Kinderkleidung gebracht.

»Das sollte reichen«, erklärte Hedda an einem nebeligen Novembernachmittag und klappte die Letzte der Kisten zu. »Ich werde Christian bitten, die Sachen morgen zum Rathaus zu bringen.«

»Warte, Tante Hedda.« Elise sprang auf und lief die Treppe in den ersten Stock hinauf. Man hörte sie den Flur entlanglaufen, dann wurde krachend eine Tür aufgestoßen.

Zwei Minuten später kehrte Elise zurück. Ihre Wangen waren gerötet, und ihre Augen leuchteten. Im Arm hielt sie zwei Teddybären, eine große Puppe und mehrere Kleidungsstücke.

»Das sollen die armen Kinder haben«, erklärte sie und legte die Sachen oben auf die noch offene Kiste.

»Aber doch nicht dein Festkleid, Lieschen!«, rief Florentine entsetzt. »Was willst du denn Weihnachten anziehen?«

»Zum Beispiel das blaue Kleid, und ich habe auch noch das rote vom letzten Jahr«, erklärte Elise energisch. »Dieses hier kann ein Mädchen haben, das überhaupt kein schönes Kleid hat.«

»Verschenk doch etwas von deinen älteren Sachen. Dieses Kleid hast du noch kein einziges Mal getragen.« Florentine runzelte unglücklich die Stirn.

»Ist es nicht viel christlicher von mir, mein schönstes Kleid wegzuschenken?«, erkundigte sich Elise mit einem Funkeln in den Augen.

Da begriff Hedda, dass ihre Nichte das mit zahllosen Rüschen geschmückte Kleid nicht leiden mochte. Ganz sicher würde sie damit aber eines der armen Mädchen aus dem Dorf sehr glücklich machen.

»Und das da ist deine schönste Puppe. Die hast du erst letztes Jahr zu Weihnachten bekommen. Sie war sehr teuer«, richtete Florentine ihr Augenmerk nun auf die Spielsachen, von denen Elise sich trennen wollte.

»Ich bin bald zu groß, um mit Puppen zu spielen. Außerdem habe ich Friederike«, erklärte Elise mit ernster Miene.

Auch in diesem Fall gab Elise der abgeliebten Friederike den Vorzug vor der neuen, mit einem pompösen Spitzenkleid und Schlafaugen ausgestatteten Puppe.

Mit einem tiefen Seufzer ergab Florentine sich ihrer wortgewandten Tochter. Was sollte sie auch tun, wenn Elise christliche Werte als Handlungsmaxime ins Feld führte?

Am nächsten Morgen rief Hedda bei Clemens im Rathaus an, um ihm zu sagen, dass die Gaben für die Bescherung vorbereitet seien und Christian sie mit dem Leiterwagen bringen würde.

»Wenn du willst, komme ich vorbei und erkläre dir, was sich für welches Alter als Geschenk eignet, wie alles auf die verschiedenen Körbe und Kisten verteilt ist und dergleichen.«

Sie musste Clemens unbedingt fragen, ob er etwas über Kirchners Versuche wusste, die Wahrheit über ihre Herkunft herauszufinden. Gab es Ergebnisse, hatte er eine Spur, oder hatte er vielleicht aufgegeben? Seltsamerweise war Julius Kirchner seit fast zwei Wochen nicht mehr auf dem Gut gewesen, aber sie wagte nicht zu glauben, dass das ein gutes Zeichen war. Vielleicht hatten auch Gestapoleute manchmal Urlaub. Oder Kirchner war persönlich nach Polen gefahren, um im Geburtsregister nach ihrem Eintrag zu suchen. Zuzutrauen wäre es ihm gewesen, da er wahrscheinlich alles tun würde, um Isabellas Familie einen Schaden zuzufügen.

»Gern«, erwiderte Clemens knapp. »Dann sehen wir uns morgen.«

*

Als Hedda am nächsten Vormittag die Rathaustreppe hinaufging, öffnete sich die Tür, und Clemens trat ins Freie, als hätte er auf sie gewartet. Hedda hatte ihn viele Wochen nicht gesehen und stellte nun erstaunt fest, dass die Heilung seiner Brandnarben sehr weit fortgeschritten war. Zudem trug er selbst hier draußen in der Sonne die dunkle Brille nicht mehr. Seine Augen wirkten klar und waren nur noch leicht gerötet.

Das war natürlich alles erfreulich, doch Hedda bereitete Clemens' rasch fortschreitende Genesung auch ein wenig Sorge. Bedeutete das nicht, dass er jederzeit wieder zurück an die Front geschickt werden konnte? Während der vergangenen Wochen und Monate hatte man begonnen, auch die alten und die ganz jungen Männer einzuziehen. Selbst solche, die wegen gesundheitlicher Probleme zuvor für untauglich erklärt worden waren.

Der Krieg war wie ein gefräßiges Ungeheuer. Eines Tages erhielten diese Männer den Brief, der sie blass werden und ihre Frauen und Mütter in Tränen ausbrechen ließ. Dann gingen die Männer fort, und oft kam nichts zurück als ein weiterer Brief, der die Angehörigen aus großer Angst in tiefe Trauer stürzte. Und schon brauchte der Krieg neue Soldaten, es wurden weitere Briefe verschickt, und noch mehr Familien weinten.

Auch Grumpke hatte vergangene Woche seinen Einberufungsbefehl erhalten. Er hatte sich am Montag verabschiedet, um nach Danzig zum Sammelpunkt zu fahren. Der Mann war zwar noch recht rüstig, aber immerhin schon sechsundfünfzig Jahre alt.

»Wie's ist, so ist's«, hatte er beim Abschied ergeben gesagt, und Hedda hatte sich dabei ertappt, wie sie sich heimlich eine Träne aus dem Augenwinkel wischte. Sie hatte den Verwalter nie sonderlich gemocht. Er war ein barscher Mann, der für jedes Problem nur eine Lösung kannte, nämlich herumzupoltern und einem der Knechte oder vorzugsweise den Zwangsarbeitern die Schuld zu geben, wenn auf dem Gut etwas nicht funktionierte.

Der Gedanke, Grumpke könnte an der Front fallen, machte Hedda dennoch zu schaffen. So wie die Angst um ihren Bruder von Tag zu Tag größer wurde. Sie fürchtete sich jeden Morgen, die Zeitung aufzuschlagen, in der die langen Listen der Gefallenen abgedruckt waren. Und sie schämte sich, wenn sie bekannte Namen entdeckte und froh war, dass dort nicht der Name ihres Bruders stand.

Wenn nun auch noch Clemens zurück an die menschenverschlingende Front musste, würde ihr letzter Halt verschwinden. Derjenige, an den sie sich stets in höchster Not gewandt hatte und der Einzige, von dem sie sich vernünftigerweise Hilfe erhoffen konnte.

»Christian hat mir all die Kisten und Körbe in die Halle gestellt. Das soll alles für die Kinder sein?«, rief Clemens ihr anstelle einer Begrüßung entgegen.

Hedda nickte stolz.

»Du bist wunderbar!«, rief er und zuckte gleich darauf zusammen, womöglich erschrocken über seine spontanen Worte, die sicher anders klangen, als er es beabsichtigt hatte. »Als ich dich wegen der Weihnachtsfeier ansprach, habe ich nicht zu hoffen gewagt, dass wir den Kindern so viel Freude würden schenken können.«

Hedda spürte, dass ihre Wangen glühten, während sich ihre Lippen ohne ihr Zutun zu einem breiten Lächeln verzogen.

»Die Kleinen haben es verdient«, murmelte sie. »Sie haben es so schwer in dieser Zeit. Viele haben ihren Vater verloren oder leben in ständiger Sorge, er könnte nicht zurückkommen.

Ich habe hier eine Liste der Spielsachen und der Kleidung.« Hedda zog einen Stapel beschriebener Zettel aus ihrer Ledertasche und drückte ihm die Papiere in die Hand. »Wenn du willst, können wir das später durchgehen und überlegen, wie die Sachen verteilt werden sollen. Vorher hätte ich noch etwas anderes mit dir zu besprechen.«

Er führte sie ins Gebäude und durch die Halle zu seiner Amtsstube. An der Tür ließ er ihr den Vortritt, deutete auf den Stuhl vor seinem Schreibtisch und ließ sich ihr gegenüber nieder. Mit einer selbstverständlichen Handbewegung schob er die Papierstapel und Aktenordner beiseite, die sich vor ihm türmten. Nun war nur noch die Mahagoniplatte zwischen ihnen.

Hedda richtete ihren Blick auf das matt schimmernde Holz, in dem sich sein Gesicht spiegelte. Das Bild, das die Schreibtischplatte von ihm zeigte, war makellos. Im rötlichen Ton des Holzes verschwanden selbst die Narben und die schwachen Rötungen. So musste er ausgesehen haben, bevor er sein Leben aufs Spiel gesetzt hatte, um die Männer aus dem brennenden Wald zu retten.

Sie hob den Kopf und schaute ihm direkt ins Gesicht. Das milde Herbstlicht ergoss sich durch die hohen Fenster über ihn und zeichnete die Linien und Unebenheiten auf seiner linken Gesichtshälfte unbarmherzig nach. Da dachte sie bei sich, dass die Narben, die wohl niemals ganz verschwinden würden, ihn in ihren Augen zu einem noch attraktiveren Mann machten. Zu etwas Besonderem, das er vorher mit einem makellosen und zweifellos besonders attraktiven Aussehen nicht gewesen war.

»Woran denkst du?«, erkundigte er sich interessiert. »Eben hast du auf eine Weise gelächelt, die ich noch nie bei dir gesehen habe. Du wirkst … fast glücklich. Das würde mich freuen.«

Ihr Kopfschütteln war so heftig, dass ihr die Haare in die Augen fielen und sie die Strähnen mit einer energischen Handbewegung zurückschieben musste. »Ich versuche, zufrieden zu sein. Schließlich haben wir genug zu essen und leben in einem schönen Haus. Aber glücklich …? In diesen Zeiten ist es schwer, glücklich zu sein.«

»Natürlich.« Er räusperte sich. »Wir haben wohl alle Menschen verloren, die uns sehr am Herzen lagen. Oder müssen um das Leben dieser Menschen fürchten. Dein Bruder ist an der Front. Und dein Verlobter … Die Trauer ist ein furchtbarer Schmerz. Und dieses Messer, das sich in unsere Herzen bohrt, wird nur sehr langsam ein kleines bisschen stumpfer.«

Erstaunt sah sie ihn an. Er klang, als würde er viel von Trauer verstehen. Doch sie wollte ihn nicht fragen, wen er verloren hatte. Wahrscheinlich würde er ihr ohnehin nicht antworten. Und den Schmerz dieser ständigen Zurückweisung konnte sie zusätzlich zu allem anderen nicht gebrauchen.

»Ich habe Herrn Kirchner lange nicht gesehen«, wechselte sie das Thema und zupfte an einer Fluse am Ärmel ihres Wollpullovers. Sie durfte hier in seinem Amtszimmer nicht offen reden, das wusste sie mittlerweile.

»Es geht ihm gut, denke ich«, erklärte Clemens leichthin, erhob sich von seinem Stuhl, kam um den Schreibtisch herum und nahm ihren Arm, als sie ebenfalls aufstand.

Er führte sie in die Fensternische, wo ein kleiner Tisch mit zwei Sesselchen stand. Im Vorbeigehen schaltete er das Rundfunkgerät auf dem niedrigen Schrank an der Wand ein, und nachdem das Radio warm geworden war, erfüllte laute Marschmusik den Raum.

Hedda verzog das Gesicht, als regelmäßige Paukenschläge ihr Trommelfell zum Vibrieren brachten. Sie verstand, wozu der Lärm nötig war, aber ein Spaziergang an der frischen Luft wie beim letzten Mal wäre ihr lieber gewesen.

Während Clemens ihr half, sich in einem der Sessel niederzulassen, sagte er leise: »Ich weiß jetzt, wo das Mikrofon ist. Es ist nur eines, und es ist in der Täfelung versteckt. Dort, wo ich das Radiogerät hingestellt habe.« Er zwinkerte ihr zu. »Wenn wir nicht allzu laut sprechen, wird uns bei diesem Lärm niemand verstehen können. Es ist zu auffällig, wenn ich mit bestimmten Menschen ständig Spaziergänge mache. Und wenn ich das Mikrofon entferne, werde ich innerhalb kürzester Zeit ein neues haben.«

Sie nickte und setzte sich auf die Kante des Polsters. Ihre Knie waren viel zu dicht vor denen von Clemens, doch sie wollte verstehen, was er ihr sagte.

»Ist diese Musik nicht wunderbar?«, fragte er mit lauter Stimme, schrie geradezu gegen die Pauken und Trompeten an.

»Ganz herrlich«, brüllte sie zurück. »Lass uns in Ruhe lauschen.«

Dann fuhr sie im Flüsterton dicht an seinem Ohr fort: »Ich sorge mich immer noch wegen der Sache, über die wir neulich gesprochen haben. Wie ich Herrn Kirchner einschätze, wird er nicht eher ruhen, als bis er herausgefunden hat, wer mein wahrer Vater ist. Manchmal wache ich nachts auf und bin vor Angst schweißgebadet. Es beruhigt mich nicht einmal, dass Kirchner seit fast zwei Wochen nicht mehr bei uns auf dem Gut war. Im Gegenteil. Ich fürchte, er ist nach Polen gefahren, um dort Erkundigungen einzuholen.«

»Es ist nicht mehr nötig, dass du dir Sorgen machst.« Clemens betrachtete seine von Brandnarben übersäten Hände. »Herr Kirchner hat am Donnerstag letzter Woche das Dorf verlassen und ist nach Danzig gezogen, wo sich die Gestapo-Leitstelle befindet. Er wird von dort aus das Gebiet bereisen, für das er zuständig ist. Nach Gut Falkensee wird er nicht mehr kommen.«

Hedda starrte ihn verblüfft an. »Kirchner ist fort? Und wieso sollte er plötzlich kein Interesse mehr daran haben, uns zu schaden? Jemand wie er gibt nicht ohne Weiteres seine Rachepläne auf.«

»Er hat sie aufgegeben, glaube mir.« Clemens schaute an Hedda vorbei hinaus in den sonnigen Wintertag. »Ich hätte dich noch benachrichtigt, dass du fortan unbesorgt sein kannst, aber ich wollte nach seiner Abreise etwas Zeit vergehen lassen. Selbst am Telefon in Andeutungen zu sprechen, kann gefährlich sein. Ein Brief auch. Und ein Besuch auf dem Gut wäre ebenfalls auffällig gewesen. Ich brauchte zumindest einen Vorwand.«

Sie nickte ungeduldig. »Wie kann das sein? Ich meine, dass er nach Danzig gezogen ist und angeblich nicht mehr zu uns kommen wird?«

»Ich habe nachgeholfen«, gestand Clemens und blickte sie immer noch nicht an.

Hedda schnappte nach Luft. »Was hast du denn getan? Ich kann mir absolut nicht vorstellen …« Sie schwieg ratlos.

»Ich habe in der Familiengeschichte von Julius Kirchner recherchiert«, flüsterte Clemens dicht an ihrem Ohr. »Dann kam Kirchner zu mir und erzählte triumphierend, nun hätte er dich und deine Familie in der Hand, denn er wüsste die Wahrheit über deine zur Hälfte polnische Abstammung.«

Vor Schreck stieß Hedda einen Schrei aus, den sie im letzten

Moment hinter ihrer vorgehaltenen Hand erstickte, sodass der Ton im Getöse der Blasinstrumente unterging. »Er weiß es!«, keuchte sie. »Er hat meine echte Geburtsurkunde gefunden!«

Clemens nickte bedächtig. »Und zum Glück hatte er nichts Eiligeres zu tun, als mir von seinem Fund zu erzählen.« Wieder funkelten seine Augen.

»Dieser Mann ist so leicht zu durchschauen. Er sieht mich als *Helden.*« Das letzte Wort spuckte er geradezu verächtlich aus. »Als Vorbild, dem er nacheifert, wo er nur kann. Von jeder seiner vermeintlichen Heldentaten, von jedem noch so kleinen Erfolg hat er mir brühwarm berichtet. Gut nur, dass in deinem Fall auch ich ihm von einem ähnlichen Erfolg zu erzählen hatte.«

Hedda hielt die Luft an und knetete die Hände in ihrem Schoß. Wie hatte Clemens verhindern können, dass Kirchner nach Gut Falkensee kam, um sie festzunehmen? Wie konnte ein Mann wie Julius Kirchner davon abgehalten werden, die Rache zu nehmen, nach der er seit Jahren dürstete?

»Ich habe ihn mit meinem Wissen erpresst«, fuhr Clemens fort. »Da meinte er, so eine wunderbare Waffe gegen dich und deine Familie in der Hand zu haben, dabei schlummerte in seiner eigenen Vergangenheit eine mindestens ebenso gefährliche Bombe.«

Hedda riss weit die Augen auf und tippte nervös mit der Schuhspitze auf den Boden. »Welche Bombe? Ich verstehe nicht.«

»Als Bürgermeister ist es nicht schwierig für mich, an gewisse Papiere zu gelangen. So habe ich herausgefunden, dass seine Großmutter alles andere als arisch war. Sie gehörte zum Volk der Sinti und Roma. Kirchner wusste das offenbar, hat es aber eifrig vertuscht und verschwiegen. Er hielt sich für so schlau, dass er sich offenbar vollkommen sicher fühlte. Zu sicher. Wenn die Wahrheit herauskommt, kostet ihn das zweifellos seine Karriere. Wahrscheinlich nicht nur das. Für mein Schweigen konnte ich von ihm verlangen, was ich wollte.«

»Dann ist Julius Kirchner also überhaupt kein *Arier*? Der Mann, der herumläuft und Menschen beleidigt, weil sie, wie er es ausdrückt, keine echten *Germanen* sind, hat eine Sinti-Großmutter?« Hedda runzelte die Stirn und blies die Wangen auf.

Dann spürte sie, wie sich ein Teil der Verkrampfung löste, die seit so vielen Wochen ihre Brust umklammert hielt. In ihrer Kehle stieg ein Lachen auf. Ein winziges, befreites Lachen mit einem bitteren Beigeschmack. Sie öffnete den Mund und ließ es heraus.

Clemens sah sie überrascht an, dann begann auch er zu lachen. Sie kicherten gemeinsam, und vielleicht übertönten sie für einen Moment sogar die Marschmusik, die immer noch aus dem Lautsprecher des Radiogeräts dröhnte. *Lachen ist schließlich nicht verboten,* dachte Hedda trotzig.

Fast gleichzeitig beruhigten sie sich wieder, sahen einander lächelnd an und nickten sich dann zu.

»Danke«, flüsterte Hedda. »Wie kann ich dir nur danken?«

»Was auch immer ich tue, um Menschen in diesen dunklen Zeiten zu helfen«, sagte Clemens nach einer langen Pause. »Im Grunde tue ich es, um wenigstens ein winziges Licht in die Dunkelheit meiner eigenen Seele zu bringen. Deshalb musst du mir nicht danken.«

»Du rettest Menschen unter Einsatz deines eigenen Lebens, riskierst immer wieder aufs Neue deine Sicherheit – und tust dann so, als wäre das nichts. Lass doch wenigstens Dank zu.«

»Das ist nicht nötig«, beharrte er. »Ich sage das nicht aus Bescheidenheit, sondern weil ich einzig und allein so handele, um mein Gewissen zu beruhigen. Ich habe quasi egoistische Beweggründe.«

Wieder spürte Hedda einen kleinen Stich ins Herz, weil sie schon zum zweiten Mal mit ihren Problemen zu ihm gekommen war und sich ihm anvertraut hatte, er aber ihr gegenüber niemals offen über seine Vergangenheit und die wahren Gründe für sein Handeln sprach. Sie unterdrückte einen Seufzer und beschloss, sich nicht länger seinetwegen zu grämen.

»Es gibt noch ein anderes Thema, über das ich mit dir sprechen möchte«, sagte er, während die Pauken und Trompeten neu einsetzten.

Überrascht runzelte sie die Stirn.

»Ich befürchte, es wird nicht mehr lange dauern, bis wir Westpreußen verlassen müssen.«

»Ich habe mir auch schon Gedanken darüber gemacht«, erwiderte sie zögernd. »Man hört viel Getuschel, obwohl es offiziell verboten ist, auch nur den Gedanken an Flucht zu hegen.«

Er nickte, legte die Fingerspitzen gegeneinander und beugte sich ihr noch ein wenig weiter entgegen. Nun war sein Mund so dicht vor ihrem Gesicht, dass sein warmer Atem über ihre Wange strich. Sie erschrak über diese Nähe, rührte sich jedoch nicht.

»Du weißt, dass die Rote Armee bereits im Oktober die Grenze zu Ostpreußen erreicht hat. Und sie wird weiter vorrücken, ganz gleich, was in der Zeitung steht, was der Wehrmachtsbericht behauptet oder Hitler verkünden lässt.«

Clemens war sehr blass, während er das sagte. Sein starrer Blick, in dem sich die Schrecken des Krieges zu spiegeln schienen, die er an der Front gesehen hatte, ließ eisige Furcht in ihr aufsteigen.

Natürlich hatte auch sie schon darüber nachgedacht, was werden sollte, wenn die Rote Armee Westpreußen erreichte. Man hörte und las viel über die Gräueltaten der feindlichen Soldaten an Zivilisten. Sie nahmen Rache für das, was die deutsche Wehrmacht in ihrem eigenen Land angerichtet hatte, und vergalten Gleiches mit Gleichem. Sie erschossen alte Männer, vergewaltigten Frauen, zündeten Häuser an und nahmen sich alles, was sie wollten. Wenn die Russen tatsächlich kamen, war es besser, weit fort zu sein. Doch verließ eine Bargelow das Land ihrer Väter, selbst wenn sie nicht dort geboren war? Gab sie einfach so ihren Besitz auf und rannte kampflos wie ein Feigling davon? Was würde ihre Mutter dazu sagen, die ihr schließlich die Verantwortung für Falkensee übertragen hatte?

»Wenn die Russen einmarschieren, darfst du und dürfen deine

Verwandten nicht mehr hier sein«, bestätigte Clemens ihre Gedanken. »Es wäre gut, sich jetzt schon vorzubereiten und dafür zu sorgen, dass möglichst viele Leute im Dorf ebenfalls vorbereitet sind.«

»Aber es ist verboten, ohne triftigen Grund zu verreisen. Wenn wir die Leute dazu auffordern, sich auf die Flucht vorzubereiten, ich fürchte …« Sie ertappte sich dabei, wie sie die Hände im Schoß ballte.

»Genau deshalb wende ich mich an dich. Als Bürgermeister kann ich mich auf keinen Fall hinstellen und die Leute auffordern, ihre Pferdewagen in Ordnung zu bringen, sie mit Planen zu versehen, ihre wichtigsten Besitztümer zusammenzupacken und bereit zu sein. Wir müssen anders vorgehen.«

Als er das kleine Wort *wir* benutzte, wusste sie nicht, ob sie sich darüber freuen sollte. Nun tat er, was sie sich gewünscht hatte. Er zog sie ins Vertrauen. Doch es ging nicht darum, sie in den Schmerz einzuweihen, den er mit sich herumtrug. Es ging um eine gefährliche Aktion, bei der er ihre Hilfe benötigte. Und sie hatte weiß Gott schon genug Sorgen.

Sollte sie im Dorf herumlaufen und Werbung für die Flucht machen? Das war verboten. Wer Dinge tat, die Hitler und seine Gefolgsleute untersagt hatten, geriet in große Gefahr. Sie war nicht feige, aber was sollte aus ihrer Familie werden, wenn man sie ins KZ steckte oder Schlimmeres, noch dazu wo ihre Mutter nicht da war?

»Ich wende mich an dich, weil ich hoffe, dass du zwei oder drei vertrauenswürdige Personen im Dorf kennst. Wie ist es mit den Frauen, die auf dem Gut arbeiten?«, sagte Clemens in ihre Gedanken hinein. »Kannst du es wagen, diesen Frauen gegenüber entsprechende Andeutungen zu machen? Und wenn diese dann wieder ein oder zwei Menschen den Rat geben, sich vorzubereiten … Auf diese Weise werden es schließlich all jene erfahren, die nicht vollkommen verbohrt die Geschichte vom Endsieg glauben, die man versucht, uns weiszumachen.«

Hedda nickte zögernd. Sie verstand Clemens' Idee, und sie wusste, dass es ihre Pflicht war, den Menschen die Möglichkeit zu geben, Vorkehrungen zu treffen.

»Bist du sicher, dass es tatsächlich nötig ist, das Dorf in Angst und Schrecken zu versetzen? Es ist doch bald Weihnachten. Vielleicht können wir bis zum neuen Jahr warten.«

Er sah sie stumm an, und sie senkte den Blick. Es war albern, was sie da tat. Sie versuchte, für sich selbst einen Aufschub zu erreichen. Es war ihr Wunsch, wenigstens noch ein paar Wochen glauben zu dürfen, dass am Ende alles gut würde, dass sie in ihrem Zuhause bleiben durfte.

»Es tut mir leid.« Clemens berührte kurz ihren Handrücken, und für einen winzigen Moment fühlte sie sich getröstet. »Der Gedanke, ein so wundervolles Anwesen wie Falkensee aufzugeben, ist sicher schwer zu ertragen. Eine winzige Chance gibt es noch, dass es irgendwie gut geht. Dass ein Wunder geschieht.«

»Ein Wunder«, wiederholte sie, und in ihrem Mund war plötzlich ein bitterer Geschmack. »In diesen Zeiten geschehen keine Wunder.«

»Wir müssen auf alles vorbereitet sein. Und wir müssen so vielen Menschen wie möglich helfen, mit dieser schwierigen Situation fertig zu werden.«

Hedda nickte, und in diesem Moment spürte sie nicht nur Angst, sondern auch Stolz, dass er sie aufforderte, bei dieser Sache an seiner Seite zu sein. Er traute ihr ebenfalls Heldenmut zu. Ein kleines bisschen davon auf jeden Fall.

»Aber was ist, wenn du zurück an die Front musst?«, fiel ihr plötzlich ein. »Du wirkst schon wieder recht gesund, trägst nicht einmal mehr die schwarze Brille. Ich habe keine Ahnung, was ich tun soll, wenn wir wirklich nach Westen fliehen müssen.«

»Ich werde eine Karte besorgen und ein paar Stichpunkte aufschreiben. Jemand muss den Treck anführen. Sollte ich zu diesem Zeitpunkt noch da sein, werde ich es tun. Aber du hast recht. Möglicherweise muss ich noch vor Weihnachten zurück an die Front. Ich kann noch nicht hundertprozentig wieder sehen, das hat erst vergangene Woche der Augenarzt festgestellt. Aber es gibt auch andere Aufgaben als die des Piloten.« Clemens nickte langsam. »Ja, es ist möglich, dass ich schon sehr bald wieder kämpfen muss.«

»Aber du bist unser Bürgermeister. Wir brauchen dich hier.« Bei dem Gedanken, er könnte vielleicht schon sehr bald nicht mehr da sein, fühlte Hedda sich sehr allein.

Clemens lächelte sie aufmunternd an. »Was glaubst du, warum ich ausgerechnet dich bitte, mit mir gemeinsam nicht nur Geschenke für ein Weihnachtsfest, sondern auch die Flucht zu organisieren?«

»Ich habe keine Ahnung, was ich tun muss«, sagte sie.

»Glaube mir, du wirst auch ohne mich den Weg finden.«

Beide zuckten zusammen, als die Marschmusik im Radio unvermittelt endete und ein Sprecher im zackigen Ton die Übertragung einer Rede von Reichspropagandaminister Doktor Goebbels ankündigte.

Fanfaren erklangen, nicht weniger laut und aufdringlich als zuvor die Marschmusik.

»Es tut mir leid. Für den Fall, dass der Raum gerade abgehört wird, darf ich das Radiogerät nicht ausschalten«, raunte Clemens, als Hedda unwillkürlich den Mund verzog.

Sie wusste, Goebbels würde die üblichen Durchhalteparolen von sich geben und vom »Endsieg« sprechen. Schon lange glaubte sie nicht mehr, was in all diesen Reden herausgeschrien wurde. Je lauter die Männer um Hitler und der »Führer« selbst brüllten, umso weniger konnte sie die Worte ernst nehmen, die aus den weit aufgerissenen Mündern kamen, die in jeder Wochenschau und auf zahllosen Zeitungsbildern zu besichtigen waren.

Unruhig rutschte Hedda auf dem kleinen Sessel herum. Sich nach dem, was Clemens ihr eben gesagt hatte, diese Lügen anzuhören, ging über ihre Kräfte.

Im Rundfunkgerät verklangen die Fanfaren, und nun war eine jubelnde Menschenmenge zu hören.

»Wenn wir leise den Raum verlassen, wird ein etwaiger Lauscher nicht ahnen, dass wir nicht gebannt zuhören«, flüsterte Clemens.

Sie erhoben sich beide und gingen auf Zehenspitzen hinaus.

20. Kapitel

Elise
Gut Falkensee, Westpreußen, Anfang Dezember 1944

Elise hatte sich zum Lesen in einen der beiden Lehnsessel in der Halle gekuschelt. Weil es ein Sonntagnachmittag war, brannte im Kamin ausnahmsweise ein Feuer, und sie genoss das Knistern der Flammen, während sie ihre Füße der wohligen Wärme entgegenstreckte.

Als sie durch die offenstehende Tür zum Salon Großtante Alices hohe, aufgeregte Stimme hörte, wandte sie lauschend den Kopf. Offenbar hatte die Großtante wieder einmal das, was Großmama Charlotte einen »hysterischen Anfall« nannte. Das passierte, wenn die Großtante etwas hörte oder sah, was ihr nicht gefiel. Oder – noch schlimmer – wenn jemand sie aufforderte, etwas zu tun, was sie nicht tun wollte. Dann wurde ihre Stimme noch höher als sonst, und gleichzeitig schrie sie laut herum, sodass es einem in den Ohren wehtat.

Großmama war die Einzige, die es immer sehr schnell schaffte, dass Tante Alice sich beruhigte oder jedenfalls aufhörte herumzukreischen. Großmama sagte dann irgendetwas, das spöttisch klang. »Ach, wie fürchterlich!« zum Beispiel. Oder: »Es gibt sicher eine Menge Leute, die würden sich freuen, wenn sie statt ihrer eigenen Sorgen deine hätten.«

Dann wurde Großtante Alice puterrot im Gesicht und presste die Lippen so fest aufeinander, dass sie ganz weiß wurden.

Leider war Großmama immer noch nicht aus Polen zurück. Sonst hätte sie bestimmt nur eine Minute gebraucht, um sie dazu zu bringen, mit ihrem lauten Gejammer aufzuhören.

Elise ging auf Zehenspitzen zur angelehnten Tür zum Salon, in dem sich der Tumult abspielte. Natürlich gehörte es sich nicht zu lauschen. Aber Elise fand, dass in diesem Haus viel zu viel vor ihr verborgen wurde. Als würde es sie nichts angehen, wie es den Soldaten an der Front erging, zu denen schließlich ihr Vater gehörte. Und um Großmama und Großpapa in Polen machten sich auch alle furchtbare Sorgen, weil niemand wusste, wo sie waren und wie es ihnen ging. Aber wenn Elise in der Nähe war, schwiegen alle über diese Dinge. Tante Hedda war die Einzige, die vernünftig mit ihr redete, wenn sie sie direkt fragte. Aber manchmal zögerte sogar sie, Elise ganz genau zu sagen, was los war.

»Ich sage nicht mehr, als dass du ein paar warme Kleidungsstücke zurechtlegen solltest«, erklärte Tante Hedda soeben im Salon. Scheinbar nutzte sie die Gelegenheit, während Großtante Alice zwischendurch nach Luft schnappen musste. »Entscheide dich lieber für alte, warme Pullover als für elegante Sachen.«

»Du willst, dass ich wie eine Bauersfrau herumlaufe«, empörte sich Großtante Alice prompt.

»Ich will, dass du nicht erfrierst«, antwortete Tante Hedda streng. »Vor allen Dingen überlege dir, ob es Wertsachen gibt, die du mitnehmen willst. Aber nichts Großes und Schweres. Ich meine so etwas wie Schmuck. Ersparnisse natürlich. Und natürlich deine persönlichen Dokumente …«

Weiter kam Tante Hedda nicht. Offenbar hatte die Großtante wieder genug Luft, denn sie legte mit neuem Schwung los: »Ich denke nicht daran! Wie kannst du nur auf den verrückten Gedanken verfallen, unsere Heimat zu verlassen? Erst neulich im Rundfunk sagte Herr Goebbels, dass es einen großartigen Plan gibt, der uns zum Endsieg führen wird. Und wenn die Wunderwaffe erst zum Einsatz kommt, haben unsere Feinde sowieso verspielt.«

»Ach, Tante.« Tante Hedda seufzte laut. »Das sind Durchhalteparolen. Was glaubst du, warum man uns mit dem Tod durch Erschießen droht, wenn wir jetzt unsere Sachen nehmen und fortgehen? Wir brauchen eine Sondererlaubnis, um Westpreußen zu verlassen. Warum ist das denn bitte so?«

»Warum? Warum?« Die Stimme der Großtante überschlug sich vor Empörung. »Weil es Menschen wie dich gibt, die Unruhe in die Bevölkerung bringen. Du klingst, als wolltest du dich auf der Stelle auf einen Pferdewagen schwingen und abhauen. Und wenn die Herren von Falkensee gehen, machen sich womöglich vollkommen sinnlos auch andere Menschen auf den Weg nach nirgendwo!« Sie schnappte nach Luft und fuhr fort, dieses Mal jedoch so leise, dass Elise die Ohren spitzen musste, um sie zu verstehen. »Sei nur vorsichtig und sprich nicht mit anderen Menschen über deine verqueren Ideen. Das kann gefährlich werden.«

»Ich *bin* vorsichtig und gebe nur den Leuten einen Tipp, denen ich vertrauen kann«, erwiderte Tante Hedda. Auch sie senkte nun die Stimme. »Allerdings fände ich es unmenschlich, das Wissen, das ich inzwischen habe, für mich zu behalten und anderen nicht die Chance zu geben, sich ebenfalls vorzubereiten. Was mich betrifft, werde ich zwei der Erntewagen mit Aufbauten versehen lassen, die uns und die Ladung vor Nässe und Wind schützt. Ich habe auch schon angefangen, eine Liste der Dinge zu erstellen, die wir außer unseren persönlichen Habseligkeiten einpacken sollten, damit wir unterwegs nicht verhungern und erfrieren. All das will gründlich überlegt sein. Und gerade, weil wir die Herren von Falkensee sind, sehe ich es als meine Pflicht an, auch anderen Menschen die Möglichkeit zu verschaffen, Vorkehrungen zu treffen.«

»Du läufst doch nicht wirklich durch die Gegend und erzählst diesen Blödsinn von der Flucht, die du offenbar demnächst antreten willst, überall herum?«, lamentierte Großtante Alice. »Wenn Julius kommt, bin ich wieder diejenige, die ihn beruhigen und daran erinnern muss, dass er mein Schwiegersohn ist und bleibt und …«

»Ihn zu beruhigen ist auch dir noch nie gelungen. Aber zum Glück wird er nicht mehr kommen.« Dieses Mal unterbrach Tante Hedda die ältere Frau.

»Er war tatsächlich schon lange nicht hier. Dennoch glaube ich nicht, dass er uns vergessen hat.« Großtante Alice räusperte sich.

»Er hat uns ganz sicher nicht vergessen. Aber er wird uns künftig in Ruhe lassen.« Tante Hedda klang ruhig und energisch.

»Julius hat Verbindung zu den höchsten Stellen, und es ist gut, ihn an unserer Seite zu wissen. Solange du dich an die Gesetze hältst, wird er uns helfen und uns unterstützen.«

Elise hörte ein leises Geräusch, als würde Großtante Alice im Takt ihrer Worte mit dem Fuß auf den Boden klopfen.

»Wenn du meinst, Tante. Ich hatte zwar noch nie das Gefühl, irgendwelche Unterstützung von Julius Kirchner zu erfahren, aber sei's drum. Ich gebe dir insofern recht, als ich nicht vorhabe, die Wagen in aller Öffentlichkeit wetterfest zu machen. Ich habe Christian gebeten, die Wagendächer bei geschlossenem Scheunentor zu bauen.«

»Christian? Er weiß hoffentlich nicht, weshalb er diese vollkommen sinnlose Arbeit tun soll?«

»Doch, das weiß er«, erwiderte Tante Hedda mit fester Stimme. »Ich vertraue ihm, und auch er soll die Möglichkeit haben, sich vorzubereiten. Ich habe ihm angeboten, mit uns zu fahren, wenn es so weit ist, aber er hat mir gesagt, dass er sich zusammen mit seinen Eltern und seiner Schwester auf den Weg machen wird.«

»Wenn es so weit ist!« Großtante Alice machte ein seltsam zischendes Geräusch mit den Lippen. »Es wird nicht *so weit sein.* Wenn nur deine Mutter hier wäre! Die würde dir die Flausen austreiben.«

»Wenn du wüsstest, wie sehr ich wünschte, Mama wäre hier.« Erneut kam aus den Tiefen von Tante Heddas Körper ein schwerer Seufzer. »Da sie aber leider nicht da ist, muss ich die Verantwortung für die Menschen auf Gut Falkensee und ein wenig auch für die aus dem Dorf übernehmen.«

»Du kannst tun, was du willst, Hedda.« Elise sah regelrecht vor sich, wie die Großtante ihren kleinen, schmalen Körper stocksteif aufrichtete. »Ich jedenfalls werde dieses Anwesen nicht verlassen. Es ist meine Heimat. Das Land meiner Väter. Ich habe mein ganzes Leben hier verbracht, und nur weil du plötzlich eine fixe Idee hast, werde ich nicht auf einen Leiterwagen steigen und mitten im eisigen Winter einfach losfahren. Gott weiß, wohin.«

»Das ist keine fixe Idee, Tante. Ich weiß aus zuverlässiger Quelle, dass die Deutschen an der Ostfront, und nicht nur dort, auf verlorenem Posten kämpfen. Was glaubst du, warum Hitler im September den Volkssturm ins Leben gerufen hat? Sechzehnjährige Jungen und Männer von fast sechzig Jahren, wie unser Verwalter Grumpke, werden nun eingezogen. Ebenso Männer, die hier in der Heimat kriegswichtige Aufgaben erfüllen. Selbst solche, die wichtige Positionen in der Rüstungsindustrie bekleiden, müssen nun an die Front. All das, weil unter den deutschen Soldaten die Verluste so groß sind, dass die Löcher auf andere Weise nicht mehr zu stopfen sind. Es grenzt schon fast an ein Wunder, dass Christian noch da ist.«

Tante Alice schnaubte verächtlich. »Christian hat einen Klumpfuß und kann kaum geradeaus laufen.«

»Fast muss man sagen, zu seinem Glück. Und zu unserem.« Nun klang Tante Hedda, als würde ihr jemand den Hals zudrücken, sodass die Worte nur noch mühsam hindurchpassten.

Papa! Elise ballte die Hand zur Faust und presste sie sich vor den Mund. Ihr Vater war irgendwo an dieser Ostfront, von der Tante Hedda gesagt hatte, dass sie verloren war. Wenn er erschossen würde, gäbe es auch so ein Loch, das mit jemandem vom Volkssturm gestopft werden musste. Die Angst um ihren Vater, die Elise meistens irgendwo tief in ihrer Brust einsperrte, schlug über ihr zusammen, wie im Sommer das Wasser des Falkensees, wenn sie vom Steg aus hineinsprang.

War jetzt alles noch viel schlimmer und gefährlicher, als es schon vorher gewesen war? Noch schrecklicher als zu der Zeit, als Tante Heddas Verlobter an der Front gestorben war? Für einen Augenblick bedauerte Elise, gelauscht zu haben. Doch dann schüttelte sie energisch den Kopf. Nein, sie wollte die Wahrheit kennen. Dann konnte sie noch inbrünstiger beten, konnte Papa noch häufiger schreiben, konnte … Sie biss sich auf die Unterlippe. Und wenn das alles nicht half?

»Die Männer, die jetzt eingezogen werden, bilden den neuen Volkssturm. Hitler hat den Volkssturm gegründet, damit der Krieg schneller zu Ende geht. Damit unsere Männer nach Hause kommen und Frieden einkehrt«, erklärte Großtante Alice soeben drinnen im Salon mit Nachdruck. »Wer erzählt dir etwas anderes? Wer behauptet, dass die Russen im Anmarsch sind und wir fliehen sollen?«

»Ich habe eine zuverlässige Quelle. Wer das ist, werde ich dir nicht sagen. Im Grunde spielt es keine Rolle, von wem der Rat stammt, uns auf eine Flucht vorzubereiten. Jeder, der aufmerksam hinhört, der aufmerksam die Zeitung liest und sich seine eigenen Gedanken macht, weiß auch so, dass das alles nicht gut gehen kann. Schließlich wissen wir alle, dass die Russen schon im Oktober in Ostpreußen einmarschiert sind. Erinnerst du dich an die Fotos aus Nemmersdorf? Dort haben die Rotarmisten mindestens neunzehn Zivilisten aus einem Bunker gezerrt und erschossen. Es muss ein furchtbares Gemetzel gewesen sein. Allein der Gedanke, dass auch hier so etwas geschehen könnte, lässt mir den Atem stocken.«

Elise presste sich erschrocken die Hand vor den Mund. Was Tante Hedda da erzählte, klang so schrecklich, dass sie am ganzen Körper eine Gänsehaut bekommen hatte.

»Ich weiß aber auch, dass die Rote Armee von unseren tapferen Soldaten zurückgeschlagen wurde«, kam es triumphierend von Großtante Alice. »Genau deshalb wird uns nichts dergleichen geschehen.«

»Einmal ist es gelungen, die Russen über die Grenze zurückzutreiben«, antwortete Tante Hedda mit sanfter Stimme. »Aber die Verluste auf deutscher Seite waren groß. Glaubst du wirklich, den Schuljungen und den alten Männern, die nun an die Front geschickt werden, wird es gelingen, für uns den Krieg zu gewinnen? Die Rote Armee wird erneut vorstoßen, und dann wird es mit großer Wahrscheinlichkeit anders enden.«

»Ich glaube an den Volkssturm und an unsere anderen tapferen Soldaten. Auch du solltest deinem Bruder mehr zutrauen. Er ist dort draußen und kämpft für sein Vaterland. Das wird nicht vergeblich sein.« Großtante Alices Ton war so trotzig, wie Elise niemals reden durfte, weil Mama es ihr verboten hatte.

»Glaub mir, liebe Tante, ich bin mir in jeder Sekunde bewusst, dass Ludwig da draußen ist. Ich bete für ihn, sooft mir meine Pflichten Zeit dazu lassen«, sagte Tante Hedda leise, und draußen vor der Tür faltete Elise automatisch die Hände und dachte ganz fest an ihren Papa.

»Nicht nur du. Wir beten alle. Für Volk und Vaterland und für unsere Soldaten«, erklärte Großtante Alice streng. »Und weil ich Vertrauen in unseren Führer habe, werde ich tun, was man mir sagt. Wir geben unser Land nicht auf. Ich bleibe auf Falkensee, ganz gleich, was du vorhast, Hedda.«

»Wenn die Russen kommen, solltest du nicht mehr hier sein. Das könnte dich das Leben kosten.«

»Papperlapapp«, sagte Großtante Alice darauf nur. Das war ihr Lieblingswort. Sie benutzte es immer, wenn ihr eine Bemerkung nicht gefiel, ihr aber keine bessere Antwort einfiel.

»Erinnerst du dich an das Unternehmen Barbarossa, als 1941 der Russland-Feldzug angefangen hat?«, sagte Tante Hedda nach einer kurzen Pause. »An die Bilder, die wir in den Wochenschauen gesehen haben?«

Großtante Alice machte ein komisches Geräusch, als würde sie durch die fast geschlossenen Lippen pusten. »Du weißt doch, dass ich niemals ins Kino gehe.«

»Die Deutschen haben ganze Landstriche verwüstet. Sie haben Feuer gelegt und viele, viele Menschen umgebracht – vor allem Juden und Kommunisten –, und die Überlebenden haben sie verhungern lassen. Dafür rächen sich die russischen Soldaten nun. Man kann es fast verstehen.«

»Ich habe niemanden umgebracht. Was werden sie einer alten Frau schon tun?« Wieder tappte der weiche Pantoffel ungeduldig auf den Boden. »Ich bin eine Bargelow. Uns gehört dieses Land. Das müssen selbst Rotarmisten einsehen.«

»Ach, Tante Alice, du weißt doch selbst, dass es die russischen Soldaten herzlich wenig interessieren wird, zu welcher Familie wir gehören. Fest steht: Wenn wir gehen, gehst du mit. Was glaubst du, was ich mir von Mama würde anhören müssen, wenn ich dich, ihre einzige Schwester, zurückließe?«

»Deine Mutter ist nicht hier. Sie hat uns im Stich gelassen«, bemerkte Großtante Alice anklagend.

»Sie ist gegangen, weil ihr Mann schwer verletzt wurde und sie ihn pflegen will, nicht weil sie eine Vergnügungsreise unternehmen wollte.« Tante Hedda klang strenger als Elises Lehrerin, wenn einer der schlimmen Jungs in der Klasse etwas sehr Unartiges gemacht hatte. »Ich bete jeden Abend auch für meine Eltern. Offenbar haben die deutschen Truppen mittlerweile Warschau dem Erdboden gleichgemacht. Wir haben schon seit fast drei Monaten nichts von Mama und Papa gehört. Ich hoffe inständig, dass es ihnen gelungen ist, Warschau zu verlassen und sich irgendwo zu verstecken, wo es sicher ist. Und dass sie sich nicht melden, weil ihr Versteck so abgelegen ist, dass sie nicht die Möglichkeit haben, einen Brief oder ein Telegramm zu schicken.«

»Wie sollen sie uns finden, wenn sie eines Tages zurückkehren und wir einfach von hier fortgegangen sind?« Das klang triumphierend.

Elise zuckte zusammen. Dieses Mal glaubte sie fast, dass ihre Großtante recht hatte. Wenn sie irgendwohin flohen, wie sollte ihr Vater sie dann finden? Und Großmama Charlotte? Großpapa Karol? Würde ihre Familie dann überall verstreut sein und sie sich alle nie wiedersehen?

»Wenn wir hierbleiben und uns schreckliche Dinge zustoßen, finden sie uns auch nicht. Es tut mir leid, Tante Alice, dass ich das so deutlich sagen muss, aber das ist die Wahrheit. Die Chance, dass unsere Familie wieder zueinanderfindet, ist größer, wenn wir uns erst einmal in Sicherheit bringen und hoffen, dass die anderen es auch irgendwie schaffen, diese schreckliche Zeit zu überleben.«

Darauf wusste Großtante Alice scheinbar nichts zu erwidern. Jedenfalls schwieg sie und tappte nicht einmal mit dem Pantoffel auf den Boden.

»Eine Bitte habe ich, Tante Alice«, sagte Tante Hedda nach einer langen Pause. »Würdest du Elise keine Einzelheiten über dieses Gespräch erzählen? In dieser Hinsicht stimme ich mit Florentine überein. Vor dem Wissen um die schlimmsten Gräuel des Krieges möchte auch ich Elise beschützen. Es ist schlimm genug, dass ihr ein Teil ihrer Kindheit gestohlen wird. Man muss sie nicht mit allem konfrontieren, was in diesem furchtbaren Krieg geschieht. Noch müssen wir ihr keine Angst wegen einer möglichen Flucht machen. Es reicht, wenn sie das kurz vorher erfährt.«

Großtante Alice murmelte etwas vor sich hin, das Elise nicht verstand. Dann hörte sie Schritte, die sich drinnen im Salon der Tür näherten. Das war eindeutig Tante Hedda, denn die Absätze klapperten energisch über den Boden, was ganz anders klang, als wenn Tante Alice in ihren Filzpantoffeln durch den Raum schlurfte.

Eilig huschte Elise in Richtung der Hintertreppe. Sie musste sofort in der Scheune nachschauen, ob Christian tatsächlich Dächer über die Leiterwagen baute.

Auf dem Weg zur Hintertür durchquerte Elise die Küche, wo Frau Brahms soeben den Abwasch erledigte. Seit Klara verschwunden war, musste die ältere Frau aus dem Dorf, die sonst die Fußböden putzte und die Wäsche wusch, diese Aufgabe erledigen. Frau Thielke weigerte sich, nach dem Kochen die Küche aufzuräumen. Das sei nicht die Arbeit der Köchin, wiederholte sie immer wieder.

»Guten Tag«, murmelte Elise in Richtung des Spülsteins.

»Hallo, Kleene«, antwortete Frau Brahms. Sie war viel netter als Frau Thielke, aber Mama sagte, sie müssten froh sein, dass sie Frau Thielke hätten, weil sie für so viele Menschen kochen konnte, was wohl ziemlich schwierig war. Immerhin mussten ja auch die Polen versorgt werden.

Elise fragte sich, ob Wiktor Nowak und die anderen Männer, die im Gesindehaus lebten, auch mitfahren würden, wenn sie Gut Falkensee verließen. Aber wie sollte das überhaupt gehen? Ein Schauer durchlief sie. Man konnte doch nicht einfach losfahren, wenn man gar nicht wusste wohin.

21. Kapitel

Hedda
Rathaus Dorf Falkensee, 24. Dezember 1944

»Ist Elise nicht mitgekommen? Sie hat sich doch so sehr auf das Fest mit den Dorfkindern gefreut.« Irritiert blickte Clemens an Hedda vorbei zur Tür des Rathauses, durch die sie soeben eingetreten war.

»Ihre Mutter wollte sie bei diesem Wetter nicht zu Fuß ins Dorf laufen lassen. Zudem soll Elise mit dem Rest der Familie die Weihnachtsandacht besuchen.«

»Du bist zu Fuß gekommen?« Erschrocken starrte Clemens die hohen Stiefel an, die Hedda zu ihrem wadenlangen Wollrock trug, der am Saum feucht vom Schnee war.

»Die Pferde sollen bei der Kälte nicht stundenlang draußen stehen. Und das Auto braucht meine Familie für den Besuch der Andacht, falls sie es mit den paar Tropfen Benzin, die noch im Tank sind, bis zur Kirche schaffen.«

»Ich fürchte, so bald wird es kein Benzin mehr geben. Der wenige Kraftstoff, der nicht direkt an der Front gebraucht wird, reicht kaum für die Dienstfahrzeuge der Gestapo und anderer Organisationen. Auch ich bekomme mittlerweile keine Sonderzuteilungen mehr.«

»Im Frühjahr werden wir für die wenigen noch funktionierenden Landmaschinen wieder Kraftstoff brauchen«, sagte Hedda spontan. »Aber wahrscheinlich ist das eine Sorge, die sich erübrigt.« Sie warf Clemens einen fragenden Blick zu.

Er sah sie lange mit ernster Miene an, dann nickte er. So leise, dass sie ihn kaum verstand, sagte er: »Ich fürchte, es dauert höchstens noch zwei oder drei Wochen. Vielleicht nicht einmal mehr das.«

»Mein Gott!« Erschrocken presste sich Hedda die Hand vor den Mund. Zu hören, dass sie vielleicht nur noch wenige Tage hier in Westpreußen sein würden, machte den Gedanken an eine mögliche Flucht, den sie nun seit Monaten mit sich herumtrug, noch angsteinflößender. Ganz zu schweigen von Eis und Schnee und dem strengen Frost, der zurzeit herrschte.

»Hast du mit vertrauenswürdigen Leuten aus dem Dorf darüber gesprochen, dass sie Vorbereitungen treffen sollten?« Offenbar hatte Clemens mittlerweile herausgefunden, dass ein vertrauliches Gespräch in der Halle möglich war, wenn man dabei flüsterte.

Hedda nickte. Sie beugte den Kopf vor und raunte ihm ins Ohr: »Und ich habe ihnen aufgetragen, es ihrerseits an Menschen weiterzusagen, denen sie vertrauen. Ich selbst habe zwei der Erntewagen mit einem Aufbau versehen lassen, sodass wir und unsere Fracht trocken bleiben. Der Sprecher der polnischen Zwangsarbeiter hat erklärt, er und seine Männer würden nicht mit uns fahren, sondern sich nach Polen durchschlagen. Was sicher der bessere Plan ist.«

»Hier im Dorf haben die meisten Bauern wenigstens ein Pferd. Die paar Leute, die keines besitzen, werden sicher bei einem Nachbarn auf dem Wagen unterkommen.« Clemens nickte ernst. Während er aus nächster Nähe mit ihr sprach, strich sein warmer Atem über ihre Wange. »Ich werde den Pferdewagen der Witwe Paschullke lenken. Mein Auto eignet sich auf keinen Fall für die Flucht. Futter für die Pferde finden wir hoffentlich unterwegs, Benzin eher nicht. Frau Paschullke ist nach dem Tod von Mann und Tochter ganz allein, und der russische Kriegsgefangene, der ihr als Hilfe zugeteilt wurde, wird sicher seine eigenen Wege gehen, wenn sich die Rote Armee nähert.«

»Aber du führst unseren Treck an?«, vergewisserte sich Hedda.

Er nickte. »Ich habe mir noch weitere Landkarten besorgt und verfolge sämtliche Meldungen über die Bewegungen aller beteiligten Armeen. Natürlich kann ich nicht garantieren, dass ich die Menschen in Sicherheit bringen werde, aber ich verspreche, mein Bestes zu geben.«

»Ich bin sehr froh, dass man dich nicht jetzt noch zurück an die Front geschickt hat«, sagte Hedda leise. Sie lauschte ihren Worten nach und stellte fest, dass es ihr dabei nicht nur um Clemens als Treckführer ging. Der Gedanke, dieser Mann könnte vollkommen sinnlos während der letzten Tage eines längst aussichtslosen Kriegs verheizt werden, war ihr unerträglich. Der gefräßige Krieg durfte nicht auch noch ihn erwischen.

»Ich habe vor Kurzem beim Augenarzt wieder einen Sehtest gemacht«, erklärte Clemens. »Und offenbar reicht mein Sehvermögen für einen Kriegseinsatz auch weiterhin nicht aus.«

In diesem Moment wurde die Eingangstür aufgestoßen, und zwei Jungen mit von der Kälte geröteten Wangen und vor Aufregung blitzenden Augen traten in die Halle des Rathauses. Hinter ihnen in der Türöffnung wirbelten Schneeflocken durch die Luft, und als die beiden Knaben sich eilig die Mützen von den Köpfen rissen, wie es ihnen wohl ihre Mütter eingeschärft hatten, stäubte es weiß auf den Fliesenboden.

»Geht's schon los?«, erkundigte sich der Größere der beiden.

Hedda und Clemens schauten sich an und lachten gleichzeitig.

»Erst in einer halben Stunde«, sagte Hedda.

»Aber da ihr schon mal hier seid«, fügte Clemens hinzu und deutete auf die offenstehende Tür zum großen Sitzungssaal. »Da drinnen dürft ihr spielen, bis die Bescherung losgeht.«

Jubelnd stürmten die Jungen los, und die beiden Erwachsenen schauten ihnen lächelnd hinterher. »Allein diese Freude zu sehen lohnt die Mühe«, sagte Hedda und bückte sich nach dem Rucksack, den sie mitgebracht und auf den Boden gestellt hatte. »Darin sind die Kekse, die ich gestern mit Elise gebacken habe. Zum Glück gibt es auf Gut Falkensee genug Mehl, Butter und Zucker. Ein paar Eier konnten wir bei den Nachbarn besorgen.«

»Wunderbar. Ich habe Kakaopulver. Die Milch und der Zucker, die du gestern vorbeigebracht hast, stehen schon bereit, und der Ofen im Festsaal ist angeheizt, sodass wir dort die Milch warm machen und Kakao kochen können.«

Ohne auf Heddas Antwort zu warten, ging Clemens in seine Amtsstube, die für das Kinderfest vorbereitet war. Am gestrigen Nachmittag war Hedda gemeinsam mit Elise da gewesen, um die Festtafel für die Kinder vorzubereiten. Die Tanne hatten sie mit von Elise gefalteten Goldsternen, mit roten Schleifen und ein paar Kerzen geschmückt, die Hedda vom Vorrat auf dem Gut abgeknapst hatte. Der Gabentisch stand an der Wand. Darauf hatte Elise schon vor Tagen eine Pyramide aus großen und kleineren Päckchen aufgestapelt und sie mit vergoldeten Tannenzapfen verziert.

Hedda und Clemens arbeiteten Hand in Hand. Auf der Platte des Ofens erhitzten sie in einem Blechtopf die Milch, vermischten das Kakaopulver mit Zucker, verteilten es auf zwei Porzellankannen und gossen die Milch auf, als sie dampfte. Auf die gefalteten Servietten, die sie an jedem Platz neben den Tassen platziert hatten, legte Hedda jeweils fünf Kekse und ein Stückchen von der Tafel Schokolade, die sie in einem Laden in Bischofswerder ergattert hatte.

Um drei Uhr sollte die Bescherung beginnen, und eine Minute vorher waren Hedda und Clemens mit ihren Vorbereitungen fertig. Inzwischen herrschte in der Halle einiges Gedränge. Der Eingangsbereich des Rathauses war nicht sonderlich groß, und es waren genau zweiundzwanzig Kinder eingeladen.

Clemens hatte den Amtsdiener beauftragt, die kleinen Gäste in Empfang zu nehmen und dafür zu sorgen, dass niemand vorzeitig die Feststube betrat. Diese Vorsichtsmaßnahme wäre wohl gar nicht nötig gewesen. Die meisten Kinder standen stumm mit weit aufgerissenen Augen da und starrten die Tür an, die Hedda und

Clemens nun öffneten, um die Festgesellschaft hereinzubitten. Nur einige wenige Jungen tobten noch im großen Saal herum.

Nachdem sie dazu aufgefordert worden waren, traten die Kinder eines nach dem anderen in die von Kerzen beleuchtete Amtsstube, die vom Duft des Tannengrüns und dem verführerischen Aroma von heißem Kakao und süßem Gebäck erfüllt war. Mit leuchtenden Augen betrachteten die Mädchen und Jungen den Tannenbaum, die improvisierte Festtafel und den Gabentisch.

Hedda fragte sich, wie lange es wohl her war, seit diese Kinder zuletzt ein Stückchen Schokolade gegessen oder Kakao getrunken hatten. Vielleicht gab es einige unter ihnen, die gar keinen Kakao kannten. Die Jüngsten waren kurz vor Kriegsbeginn geboren worden. Selbst zu Friedenszeiten hatten ärmere Bauern kein Geld gehabt, um Süßigkeiten oder teure Spielsachen zu kaufen. Aber nun fehlte nicht nur das Geld. Selbst wenn die Familie etwas zusammengespart hatte, um ihren Kindern eine kleine Freude zu bereiten – die Geschäfte waren leer, und man brauchte viel Glück oder gute Beziehungen zu den Ladeninhabern, um eine Tafel Schokolade oder ein Blechauto zu ergattern.

»Was für eine Freude!«, hörte Hedda neben sich Clemens murmeln, und er sprach ihr aus dem Herzen. Sie wusste, dass er nicht nur das Glück der Kinder meinte, das sich in ihren Mienen spiegelte. Er sprach auch von der Freude, die es ihm selbst machte, den Kindern dieses Vergnügen zu bereiten.

»Setzt euch, Kinder«, rief er und klatschte in die Hände. »Der Kakao ist fertig, und wenn ihr alle gegessen und getrunken habt, verteilen wir die Geschenke.«

Flüsternd suchten die Kinder sich Plätze am Tisch. Einige von ihnen konnten nicht widerstehen und aßen sofort einen Keks, dann noch einen, und gleich darauf waren Gebäck und Schokolade in ihren Bäuchen verschwunden. Andere Kinder starrten die Köstlichkeiten an, rührten sich aber nicht. Offenbar wollten sie sich den Genuss für später aufsparen. Zwei oder drei der Kinder griffen hastig zu und ließen die Süßigkeiten in ihren Taschen verschwinden.

Clemens und Hedda gingen um den Tisch herum und füllten aus den beiden großen Kannen die Steingutbecher mit dampfendem Kakao.

»Vorsichtig«, warnte Hedda. »Trinkt langsam, sonst verbrennt ihr euch die Zunge.«

Nachdem alle Kinder versorgt waren, zogen Hedda und Clemens sich wieder in den Hintergrund zurück.

»Es tut mir in der Seele weh, wenn ich mir vorstelle, dass dies vielleicht ihr letztes Weihnachtsfest hier in Westpreußen ist«, flüsterte Hedda. Ihre Stimme ging im Gemurmel der Kinder unter. »Glaubst du, dass wir zurückkehren?«

»Ich sage es nur ungern.« Auch Clemens sprach sehr leise. »Wenn Deutschland den Krieg verliert, und das steht so gut wie fest, wird Deutschland mit großer Wahrscheinlichkeit hier im Osten sehr viel Land aufgeben müssen. Das bedeutet, dass deine Familie Falkensee verlieren wird.«

Hedda schluckte und nickte. Das war ihr schon seit einiger Zeit klar, und doch tat es weh, diese Wahrheit aus Clemens' Mund zu hören. Sie hatte auf Gut Falkensee in unruhigen Zeiten eine neue Heimat gefunden, und der Gedanke, das Land ihrer Vorfahren zu verlieren und in eine ungewisse Zukunft zu gehen, legte sich wie ein schwerer Druck auf ihre Brust.

Ihr Geburtsland Polen war von den Deutschen besetzt worden, dann hatte der Bombenhagel sie aus Berlin vertrieben, und nun musste sie wahrscheinlich schon bald Westpreußen verlassen. Würde sie jemals wieder einen Ort finden, der für sie zur Heimat werden konnte? Hedda atmete tief durch und bemühte sich um ein Lächeln, auch wenn es schwerfiel.

»Wollen wir anfangen?«, erkundigte sie sich bei Clemens. Fast alle Kinder starrten mittlerweile hinüber zu dem Tisch, auf dem die Geschenkpäckchen aufgetürmt waren. Wer genau hinschaute, erkannte, dass viele vor Aufregung mit den Beinen zappelten oder immer wieder die kleinen Hände auf dem Schoß falteten und lösten.

Und dann kam der schönste Teil des Abends, der Hedda – und sie war sicher auch Clemens – ebenso viel Spaß machte wie den Kindern. Jeder von ihnen nahm immer jeweils ein Päckchen in die Hand und las laut vor, für wen das Geschenk bestimmt war. Mit Bleistift hatten sie den Namen des jeweiligen Kindes auf dem Einwickelpapier notiert. Das war ein Aufspringen und Rennen und Hüpfen rings um den Tisch und quer durch den Raum. Selbst die Schüchternen unter den Kindern wurden nun lebhaft. Stühle fielen um, auch Becher wurden umgestoßen, aber die waren zum Glück längst leer.

Als sämtliche Geschenke verteilt waren, durften alle gleichzeitig ihre Päckchen öffnen. Es raschelte und ratschte, dann kamen Freudenschreie, jubelnd wurden Arme durch die Luft geschwenkt, einige der Kinder hielt es nicht mehr auf ihren Stühlen. Sie sprangen vor Freude durch den Raum.

»Ich danke ganz herzlich. Genau das hab ich mir gewünscht.« Ein Junge in Elises Alter stellte sich vor Hedda auf und hielt ihr die Hand hin. Als sie verdutzt danach griff, schüttelte er sie kräftig.

»Was hast du denn bekommen?«, erkundigte sie sich.

»Das Buch mit den Bildern über die Entdeckung Amerikas. Ich will doch später mal dorthin. Und da muss ich die Geschichte von dem Land kennen, wo ich dann wohnen tu.«

»Ach, du bist Oskar?« Interessiert schaute Hedda den Jungen an. Er war hoch aufgeschossen und mager mit einem schmalen Gesicht, widerspenstigen blonden Haaren und wach dreinblickenden dunkelgrauen Augen.

Elise war mit einem schweren Bildband aus der Bibliothek des Herrenhauses gekommen und hatte Hedda das Buch hingehalten. »Das ist für Oskar«, hatte sie energisch erklärt. »Der wünscht sich das.«

Hedda war ein wenig ratlos gewesen. »Ich weiß nicht, wem das Buch gehört. Vielleicht deinem Papa. Oder Großtante Alice. Wir können es nicht einfach einem fremden Jungen schenken.«

»Es gibt in der Bibliothek so viele Bücher, dass garantiert niemand merkt, wenn eins davon weg ist. Oskar hat aber fast gar keine Bücher. Und er hat mir erzählt, dass er alles über Amerika wissen will.«

Elise schien viel daran zu liegen, dass Oskar dieses Buch bekam. Vielleicht lag ihr viel an Oskar, obwohl sie Hedda gegenüber noch nie seinen Namen erwähnt hatte. Und als Hedda daran dachte, dass sie wohl ohnehin bald das Herrenhaus mitsamt der Bibliothek und sämtlichen Büchern verlassen mussten, nickte sie. »Er kann es haben.«

Und nun stand also der Junge vor ihr, strahlte sie an und presste das Buch an die Brust wie eine Mutter ihren Säugling.

»Wie schön, dass dir das Buch so gut gefällt. Das freut mich.« Hedda erwiderte sein Lächeln. Dass Elise dieses Geschenk für ihn ausgesucht hatte, sagte sie ihm lieber nicht. Vielleicht wäre es ihrer Nichte peinlich gewesen. In diesem Alter waren Freundschaften zwischen Jungen und Mädchen höchst kompliziert, daran konnte Hedda sich gut erinnern. Aber wurde es überhaupt jemals einfach zwischen den Geschlechtern? Sie betrachtete Clemens von der Seite und sah rasch wieder weg, als er den Kopf wandte.

Dann war das Weihnachtsfest vorüber, und die Kinder verschwanden mit ihren Geschenken in der schneefunkelnden Dunkelheit, um mit ihren Familien den Rest des Heiligen Abends zu begehen. Nur dass in fast allen Häusern die Männer fehlten. Sie verbrachten die Weihnachtstage an der Front. Kaum jemand hatte Urlaub erhalten, auch Ludwig nicht.

Auf Gut Falkensee hatten sie einen langen Dezemberabend damit verbracht, ihm ein Weihnachtspäckchen zu packen. Mit einer geräucherten Mettwurst, einer Büchse mit Keksen und Pelzhandschuhen, die Florentine irgendwo aufgetrieben hatte.

Elise hatte für ihren Vater eigenhändig dicke Socken gestrickt, was eine echte Quälerei für das Mädchen gewesen war. Sie stellte sich bei Handarbeiten nicht besonders geschickt an. Aber sie hatte es für ihren Papa getan, und Hedda hatte sie mehrere Tage lang verbissen mit dem grauen Wollknäuel kämpfen sehen.

»Papa wird nichts passieren, während ich die Socken für ihn stricke«, hatte Elise eines Abends leise zu Hedda gesagt, als sie vor dem Schlafengehen die Wolle aufwickelte und die Nadeln ins Knäuel bohrte. »Gott kann doch nicht zulassen, dass ich mich mit dieser albernen Wolle abmühe, wenn es am Ende keinen Sinn hat, nicht wahr?«

»Nein, das sollte er nicht zulassen.« Hedda musste schlucken, obwohl ihr Mund plötzlich ganz trocken war. Gott war in diesen Tagen und Wochen oft ungnädig. Viele Menschen glaubten, er hätte sich von der Welt abgewandt.

Elise, die sonst so aufmerksam hinhörte, nickte zufrieden. Vielleicht hatte sie nicht verstehen wollen, dass Hedda ihr gar keine richtige Antwort gegeben hatte.

Dann waren die Socken fertig gewesen, Elise hatte sie liebevoll in buntes Papier gewickelt und einen Brief an ihren Papa daran geheftet. Sie alle hatten Ludwig einen Weihnachtsbrief geschrieben. Jede Einzelne, auch Tante Alice.

Gedankenverloren stellte Hedda die Steingutbecher zusammen, aus denen die Kinder ihren Kakao getrunken hatten.

»Ich mache das schon. Deine Familie wartet auf dich«, sagte Clemens, der in diesem Augenblick neben sie trat.

Hedda schrak zusammen, hob den Kopf und schaute auf die Wanduhr, die neben der Tür emsig ihr Messingpendel schwang.

»Am Heiligabend gibt es traditionell kaltes Essen. Auf keinen Fall lasse ich dich die Arbeit allein erledigen.«

»Ich habe ohnehin nichts Besseres vor.« Clemens nahm einen der Becherstapel und ging damit hinaus in die Halle.

Hedda folgte ihm mit weiterem Geschirr. In der kleinen Teeküche nahm Hedda ein Geschirrtuch vom Haken, während Clemens den Hahn über dem Spülstein aufdrehte.

»Wenn du tatsächlich nichts anderes vorhast, bist du herzlich nach Gut Falkensee eingeladen. Falls es dich nicht stört, dass wir den ersten Teil des Abends mit den polnischen Zwangsarbeitern verbringen werden.« Hedda nahm einen abgewaschenen Becher, trocknete ihn ab, um ihn anschließend in das Regal neben dem Fenster zu stellen.

»Diese Frage meinst du hoffentlich nicht ernst.« Clemens sah sie strafend an.

Sie wurde rot, was sie am Brennen ihrer Wangen spürte, und schüttelte den Kopf. »Entschuldigung. Das war eine dumme Bemerkung.«

»Ehrlich gesagt, habe ich mich ein bisschen vor dem einsamen Abend gefürchtet. Deshalb nehme ich deine Einladung gern an.«

Hedda erschrak fast ein wenig, als sie hörte, dass er tatsächlich mit nach Falkensee kommen wollte. Gleichzeitig aber freute sie sich ganz tief drinnen, wo sie es fast vor sich selbst verstecken konnte.

Eine halbe Stunde später waren sie mit dem Abwaschen und Aufräumen fertig. Clemens ging nach nebenan in sein Haus und brachte Trockenfrüchte, ein Stück Schinken, eine Flasche Weinbrand und Schokolade mit. Das wären seine Gastgeschenke, erklärte er.

»Du musst deinen Weihnachtsvorrat nicht an uns abtreten«, protestierte Hedda. »Heute Abend gibt es bei uns nichts Besonderes. Nur Würstchen, Kartoffelsalat und zum Nachtisch einen Pudding.«

»Das klingt köstlich. Und ich werde auf keinen Fall mit leeren Händen erscheinen.«

Hedda sah zu, wie Clemens seine Gaben in ihren Rucksack schob. Sie wollte sich ihm nicht verpflichtet fühlen. Es war schlimm genug, wie sehr sie hoffte, dass er ihre Familie und das gesamte Dorf in die relative Sicherheit im Westen des Deutschen Reichs führte.

Ihre Mutter hatte ihr schon als kleines Mädchen beigebracht, wie wichtig es war, stets auf eigenen Füßen zu stehen.

»Sei vor allem niemals abhängig von einem Mann, denn nur dann kannst du gern und freiwillig mit ihm zusammen sein«, war sie nicht müde geworden, ihrer Tochter zu erklären. »Wenn du aber seine Hilfe brauchst, *musst* du bei ihm sein.«

Die Ehe ihrer Eltern war für Hedda das beste Beispiel gewesen, wie Mann und Frau auf Augenhöhe miteinander umgehen konnten. Alle wichtigen Entscheidungen bei der Leitung des Guts hatten sie gemeinsam getroffen, und bei kleineren Belangen hatte ihre Mutter ebenso kompetent und selbstständig gehandelt wie ihr Vater.

»Wollen wir?« Höflich hielt Clemens ihr den Mantel auf.

Hedda schreckte aus ihren Gedanken hoch und starrte ihn entsetzt an. Wie kam sie nur darauf, ihre Beziehung zu Clemens mit der ihrer Eltern zu vergleichen? Er hatte sie in einer Ausnahmesituation leidenschaftlich geliebt und ihr danach sofort erklärt, das sei ein Fehler gewesen. Außerdem weigerte er sich, ihr die Wahrheit über den Schmerz anzuvertrauen, der ihn fast am Leben verzweifeln ließ. Einen Schmerz, der noch deutlich schlimmer sein musste als die Geschichte seiner Kameraden, die er nicht aus dem brennenden Wald hatte retten können. Eine Geschichte, die mit einer Frau zu tun hatte, so viel wusste sie mittlerweile.

Ohnehin hatte sie nicht vor, noch einmal zu riskieren, dass ihr das Herz gebrochen wurde, wenn das grausame Schicksal unbarmherzig zuschlug. Immer noch drohte die Gefahr, dass Clemens an die Front zurückgerufen wurde, und selbst hier im zuvor so erstaunlich friedlichen Westpreußen schien niemand mehr sicher zu sein.

»Wollen wir noch nicht losgehen?« Fragend schaute Clemens sie an.

»Doch, natürlich.« Hastig schlüpfte sie in den gefütterten Mantel und legte sich das Wolltuch über die Haare und um den Hals. »Du solltest aber nicht all diese Sachen mit nach Falkensee nehmen. Es ist nicht nötig, uns zu versorgen. Auch wenn auf dem Gut momentan nur Frauen leben, kommen wir gut klar.«

Clemens starrte sie überrascht an und vergaß, den Handschuh anzuziehen, den er aus seiner Manteltasche gezogen hatte. »Das habe ich nie bezweifelt. Wenn jemand zurechtkommt, bist du das.«

»Ja«, stimmte Hedda ihm verblüfft zu. »Nur den Weg nach Westen kenne ich nicht.«

»Das macht dir zu schaffen?« Clemens lachte kurz auf, verstummte aber sofort, als er ihren Blick bemerkte.

»Ich habe mich sogar schon in Bischofswerder auf dem Weg zum Bahnhof verfahren«, gestand sie widerwillig. »Und in Berlin musste ich auch nach mehreren Jahren ständig nach dem Weg fragen.« Ihr Orientierungsvermögen ließ tatsächlich zu wünschen übrig.

»Ich bin vollkommen überzeugt davon, dass du in der Lage bist, einen Treck anzuführen. Eine Landkarte und deine Entschlossenheit, mehr braucht es nicht. Aber ab und zu darfst du dich auch einmal auf jemanden verlassen und Hilfe annehmen.«

Sie nickte verblüfft. Wahrscheinlich hatte Clemens recht. Seit Kriegsbeginn war sie schon in vielen schwierigen Situationen gewesen und hatte sie alle irgendwie gemeistert. Oder zumindest überstanden. Seit ihre Mutter fort war, hatte sie mehr oder weniger allein dafür gesorgt, dass auf Gut Falkensee alles seinen Gang ging. Denn von der nun hochschwangeren Florentine und erst recht von ihrer Tante Alice war keine Hilfe zu erwarten.

»Du und ich – wir werden gemeinsam die Menschen von Falkensee in Sicherheit bringen«, sagte Clemens mit einer Selbstverständlichkeit, die ihr Mut machte.

Sie nickte und glaubte in diesem Moment fest daran, dass alles gut werden würde. Irgendwie, irgendwann und irgendwo. Sie würde es auch allein schaffen, wenn sie es musste. Doch sie hätte alles darum gegeben, den Beweis nicht antreten zu müssen.

»Komm. Gehen wir nach Gut Falkensee.« Clemens schulterte

ihren Rucksack, öffnete die Tür, und Seite an Seite traten sie hinaus in die frostklare Nacht. Es hatte erst vor wenigen Minuten aufgehört zu schneien, und im vagen Licht der Sterne glitzerte der unberührte Schnee wie ein Meer aus winzigen Diamanten. Selbst die Abdrücke der Kinderfüße, die hier noch vor einer halben Stunde unterwegs gewesen waren, hatten die Flocken längst wieder zugedeckt.

Hedda geriet ins Taumeln, als sie über einen Stein stolperte, der unter dem Schnee verborgen war. Da reichte Clemens ihr wortlos seinen Arm. Sie nahm seine Hilfe an, und so gingen sie dicht nebeneinander die Straße entlang zum Dorfrand. Ein Mann und eine Frau, deren Spuren im Schnee die einzigen weit und breit waren, als wären sie allein auf der Welt. Alles war still, nur das leise Knirschen der Eiskristalle unter ihren Sohlen war zu hören.

Wie es der Vorschrift entsprach, waren die Fenster der kleinen Häuser verhängt. Nur hier und da schimmerte Kerzenlicht durch einen fadenscheinigen Vorhang, und man sah die Schatten der Menschen, die sich in der Stube bewegten.

»Ich vermisse Gut Falkensee schon jetzt«, sagte Hedda leise und vergrub ihre behandschuhten Finger noch ein wenig tiefer in Clemens' Mantelärmel.

»Erst einmal ist Weihnachten, und wir wollen die Hoffnung, die uns dieses Fest geben kann, mitnehmen in die nächsten Monate«, sagte Clemens ruhig.

Hedda atmete die klare Luft ein, die so kalt war, dass sie ihr in der Nase kribbelte.

»Erst einmal ist Weihnachten«, wiederholte sie und fühlte sich seltsam getröstet.

22. Kapitel

Elise
Gut Falkensee, Westpreußen, 22. Januar 1945

Das Klingeln des Telefons schrillte durch das dunkle Haus. Elise war von einer Sekunde auf die andere hellwach. In diesen Nächten schlief sie unruhig, schreckte immer wieder aus düsteren Träumen hoch und hatte Mühe, zurück in den Schlaf zu finden. Nun lag sie, bis zur Nasenspitze unter ihren Decken vergraben, regungslos da und lauschte in die bleifarbene Dunkelheit ihres Zimmers.

Die Januarnächte waren so eisig kalt, dass sich mittlerweile alle Hausbewohnerinnen mit zwei Federbetten übereinander zudeckten. Großtante Alice hatte sogar drei. Und sie erzählte jeden Morgen, wie schrecklich es gewesen war, im kalten Zimmer aufzustehen, wo niemand den Ofen angeheizt hatte. Das war wohl früher anders gewesen, als sie als junge Frau hier auf dem Gut gelebt hatte. Damals waren Dienstmädchen in aller Herrgottsfrühe aufgestanden und hatten in allen Zimmern Feuer gemacht und den Bewohnern des Hauses, die zu jenen Zeiten noch *Herrschaften* genannt worden waren, warmes Wasser zum Waschen gebracht.

Jetzt gab es zwar eine Heizungsanlage im Keller, doch die ließ man über Nacht ausgehen, und es war niemand da, der sie vor dem Aufstehen wieder anheizte. Das hatte früher Klara gemacht, bevor sie in der Küche das Frühstück zubereitet hatte. Und jetzt erledigte es Tante Hedda.

Immer noch läutete das Telefon draußen auf dem Flur. Elise

überlegte, ob sie aufstehen und den Anruf entgegennehmen sollte. Wer mochte mitten in der Nacht anrufen? Das konnte nur etwas Schlimmes bedeuten. Sie erschauderte und zog beide Decken so weit nach oben, dass auch ihre Ohren bedeckt waren. Die Telefonklingel durchdrang jedoch auch die dicken Schichten aus Daunen und Leinen.

Bitte, lass es nicht wegen Papa sein. Bitte! Elise faltete die Hände und bohrte ihre Fingernägel so fest in die Haut, dass es schmerzte.

Nun schwieg das Telefon. Entweder hatte der Anrufer aufgegeben, oder es hatte endlich jemand den Hörer abgenommen. Wahrscheinlich Tante Hedda. Mama war mit ihrem dicken Bauch viel zu unbeweglich, um so schnell aus dem Bett zu kommen, und Großtante Alice würde auf keinen Fall mitten in der eisigen Nacht das warme Bett verlassen.

Vorsichtig schob Elise ihren Kopf wieder unter dem Berg aus Federbetten hervor. Im Licht, das aus der Schneenacht durchs Fenster schimmerte, erkannte sie auf ihrem Wecker, dass es kurz nach fünf war.

Nun hörte sie vom Flur her Tante Heddas Stimme. Obwohl es noch so früh war, gab sie sich kein bisschen Mühe, mit dem Anrufer leise zu reden. Trotzdem konnte Elise sie nicht verstehen, denn sie sprach furchtbar schnell. Elise presste die Hand auf ihr rasendes Herz und dachte mit aller Kraft an ihren Vater.

Dann wurde es still. Tante Hedda hatte das Telefongespräch beendet. Irgendwo schlug eine Tür zu. Vorsichtig streckte Elise ein nacktes Bein unter dem Deckenberg hervor, fast schon entschlossen aufzustehen und Tante Hedda zu fragen, wer da angerufen hatte. Doch dann traute sie sich nicht und zog den Fuß wieder in die Wärme zurück. Solange sie nicht fragte, konnte sie immer noch fest daran glauben, dass nichts Schlimmes passiert war.

Sie lag ganz starr auf dem Rücken und lauschte dem Rauschen des Bluts in ihren Ohren. Plötzlich wurde es im Haus lebendig. Jetzt hörte sie auch Mamas Stimme. Sie klang ängstlich, aber irgendwie nicht … entsetzt. Großtante Alice jammerte allerdings so laut, dass Elise zusammenzuckte.

Dann wurde die Tür zu ihrem Zimmer aufgerissen, die Deckenlampe flammte auf, und Tante Hedda trat an ihr Bett.

»Aufwachen, mein Schatz«, sagte sie, beugte sich über Elise und schaute ihr im grellen Licht direkt in die Augen. Blinzelnd erwiderte Elise ihren Blick.

»Ach, du bist wach«, stellte Tante Hedda fest. Sie zog die Mundwinkel ein bisschen hoch, aber ihre Augen lächelten nicht mit. »Kein Wunder, bei dem Lärm im Haus.«

»Hm«, machte Elise, richtete sich auf und spähte ängstlich ins Gesicht ihrer Tante.

Tante Hedda war blass, und ihre Augen funkelten aufgeregt. Aber sie waren nicht rot vom Weinen.

»Ist was … mit Papa?«, stieß Elise hervor und setzte sich auf die Bettkante.

»Ludwig?« Kurz runzelte Tante Hedda die Stirn. »Keine Sorge, Elise. Wir haben nichts von der Front gehört. Es geht ihm hoffentlich gut.«

Dann wandte die Tante sich ab und lief geschäftig im Zimmer hin und her. »Du musst ganz schnell aufstehen und dich warm anziehen. So warm es geht.«

Sie öffnete den Kleiderschrank und holte zwei dicke Pullover und die gefütterte Jacke heraus. Dazu ein großes Wolltuch. »Die Pullover ziehst du übereinander, dazu einen möglichst warmen Rock. Darunter deine wollene Unterwäsche und deine wärmsten Strümpfe. Wenn du angezogen bist, packst du die Tasche hier.«

Zu Elises Erstaunen zog Tante Hedda aus dem untersten Schrankfach eine Reisetasche aus Segeltuch, die dort vor Kurzem noch nicht gelegen hatte.

»Du packst alles hier hinein, was du an warmen Sachen hast. Und natürlich Unterwäsche, dazu zwei Nachthemden.«

In diesem Moment begriff Elise endlich. Sie war so sehr in ihrer Angst um ihren Vater gefangen gewesen, dass sie die Zusammenhänge nicht begriffen hatte. Erschrocken presste sie sich die Hand vor den Mund.

»Müssen wir fort? Fort von Falkensee?« Siedend heiß fiel ihr das Gespräch zwischen Tante Hedda und Großtante Alice ein, das sie vor Wochen zufällig mitgehört hatte. Und die komischen Holzzelte auf den Wagen in der Scheune, die Christian im Auftrag der Tante hatte zimmern müssen.

In den Tagen nachdem sie das Gespräch belauscht hatte, in dem es um eine mögliche baldige Flucht gegangen war, hatte Elise große Angst gehabt. Zwei oder drei Mal war sie dicht davor gewesen, Tante Hedda zu fragen, ob die Vorbereitungen nur zur Vorsicht waren oder ob sie meinte, dass sie tatsächlich schon bald auf die Wagen steigen und losfahren mussten.

Doch dann hatte sie sich nicht getraut zu fragen, weil dann herausgekommen wäre, dass sie gelauscht hatte. Außerdem war Elise sich nicht sicher gewesen, ob sie so etwas Schlimmes, von dem selbst Tante Hedda meinte, sie solle es nicht erfahren, wirklich ganz genau wissen wollte.

Aber es war nichts passiert. Die Wochen waren ins Land gegangen, und je länger die Wagen mit den Spitzdächern darauf in der Scheune standen, ohne dass irgendetwas geschah, desto mehr konnte Elise daran glauben, dass alles ein Irrtum gewesen war.

»Warum müssen wir weg von hier?«, fragte sie nun ängstlich, während sie zitternd vor Kälte ihr Flanellnachthemd über den Kopf zog und in die Wollunterwäsche schlüpfte, die Tante Hedda auf den Stuhl neben ihrem Bett gelegt hatte.

Tante Hedda antwortete nicht, und so zog Elise die wollene Unterwäsche an, die sie nicht mochte, weil sie schrecklich kratzte.

Elise hörte das Heulen, mit dem der Wind um die Hausecken pfiff, und fragte sich, ob es dort, wo sie hinfuhren, auch so kalt sein würde. Und wo sollten sie schlafen? Im Wagen? Immerhin hatten sie ein Dach, und vor den Öffnungen des Spitzdachs hingen vorn und hinten Planen.

»Kann ich noch was mitnehmen? Außer der Kleidung?«, fragte sie, während Tante Hedda die beiden Federbetten, unter denen Elise vor einer halben Stunde noch ahnungslos geschlummert hatte, zu einer dicken Rolle formte und eine Schnur darum band, die sie aus ihrer Rocktasche geholt hatte.

Die Tante hob den Kopf und schaute sie zerstreut an. Man konnte sehen, dass hinter ihrer Stirn ganz viele Gedanken herumtanzten und sie sich sehr anstrengte, keinen davon zu vergessen.

»Du darfst ein paar Lieblingssachen mitnehmen. Aber nichts, das furchtbar groß ist. Vielleicht deine Puppe Friederike. Wir müssen so viele Lebensmittel einpacken, wie es geht. Außerdem warme Kleidung für uns alle, die Federbetten, damit wir uns im Wagen warmhalten können. Etwas Geschirr …«

Vor sich hin murmelnd klemmte Tante Hedda sich die Federbett-Rolle unter den Arm und eilte aus dem Zimmer. Dabei redete sie weiter, aber nur zu sich selbst.

Als Elise ihre beiden dicksten Pullover übereinander angezogen und sich ein Wolltuch um den Hals geknotet hatte, fror sie immer noch. Aber vielleicht lag das weniger an der Kälte im Zimmer als an dem Gedanken, wie kalt es draußen sein würde. Minus 20 Grad hatten sie in den vergangenen Nächten gehabt. Das hatte Christian ihr erzählt, der morgens als Erster in den Stall ging, um die Kühe zu melken, und dabei an dem Thermometer vorbeikam, das außen an der Stallwand hing.

Die Kühe! Sie konnten nicht einfach in den Wagen steigen und die Tiere hierlassen! Hatten Tante Hedda und Großmama ihr nicht immer erzählt, sie seien für die Tiere verantwortlich, die in ihrer Obhut waren, und es sei ihre Aufgabe als Gutsbesitzer, dafür zu sorgen, dass die Lebewesen auf dem Besitz nicht litten? Wer sollte die Kühe füttern, wer sollte sie melken?

Eilig stopfte Elise ihre Puppe Friederike zusammen mit den warmen Sachen, die Tante Hedda schon herausgelegt hatte, in die Reisetasche.

Als das erledigt war, lief sie die Treppe hinunter. Das Haus schien vor Geschäftigkeit zu summen. Tante Hedda und Elises Mutter riefen sich durch die geöffnete Tür Fragen und Antworten zu. Großtante Alice jammerte immer wieder laut: »Nein, das geht doch nicht!« Schritte klapperten über die Fußböden, es schurrte und scharrte.

Als Elise die Halle durchquerte, wurde die Haustür aufgerissen, und Christian stürmte im Laufschritt herein. Erstaunt blieb Elise stehen, denn normalerweise kam Christian niemals durch die Vordertür. Mit ihm stob eine kleine Schneewolke ins Haus und legte sich wie ein funkelnder Schleier auf den Steinboden der Halle.

Christian zog die Tür hinter sich ins Schloss, dann schaute er sich suchend um.

»Wo is es?«, fragte er Elise.

»Was denn?«, fragte Elise ratlos zurück.

»Die Sachen, die ich auf die Wagen laden soll. Ich hab's eilig. Muss zurück ins Dorf, um meinen Eltern zu helfen. Der Treck darf nich ohne uns fahr'n.«

»Ich weiß nicht.« Wieder und wieder musste Elise schlucken, obwohl ihr Mund ganz trocken war. Was war das – ein Treck?

»Fräulein von Bargelow«, brüllte Christian in Richtung Treppe. »Ich hab nich mehr viel Zeit. Wenn ich noch was Schweres tragen soll, muss das jetzt sein.«

Erstaunt starrte Elise ihn an. An einem normalen Tag hätte Christian sich niemals erlaubt, im Haus herumzuschreien.

Tante Hedda erschien oben auf der Galerie. Auch sie trug mehrere Pullover übereinander und wirkte ziemlich dick. »Vielen Dank, dass Sie uns noch helfen, Christian. Ich weiß, dass Sie dringend zurück ins Dorf wollen. Hier oben im Flur stehen ein paar Kisten. Wenn Sie die bitte in den vorderen Wagen stellen. Ich packe rasch noch in der Küche Lebensmittel und Geschirr ein. Es wäre nett, wenn Sie das ebenfalls nach draußen schaffen könnten. Für Sie und Ihre Eltern mache ich auch einen Korb mit Essbarem zurecht. Und dann gehen Sie ganz schnell ins Dorf und schauen, was dort vor der Abfahrt noch zu tun ist.«

Christian nickte und stieg die Treppe hinauf. Das sah wegen seines kranken Fußes sehr mühsam aus. Trotzdem war er natürlich stärker als die Frauen im Haus, sogar stärker als Tante Hedda. Mama durfte wegen des Kinds in ihrem Bauch sowieso nichts Schweres heben, und Großtante Alice kriegte nicht viel mehr als eine Teetasse hoch.

Tante Hedda wartete oben an der Treppe auf Christian und zeigte auf einen Stapel aus mehreren Koffern und Kisten.

»Das Bettzeug kann ich selbst tragen.« Die Tante zog die drei dicken Rollen aus Federbetten zur Seite, die oben auf dem Berg lagen.

Christian nickte, packte zwei Koffer und wuchtete sie die Treppe hinunter.

»Machen Sie sich keine Sorgen, dass der Treck ohne Sie und Ihre Familie abfährt«, sagte Tante Hedda, die ihm mit einer Federbettwurst auf den Armen folgte. »Falls wir im Dorf eintreffen, bevor Ihre Familie bereit ist, werde ich dafür sorgen, dass auf Sie gewartet wird.«

»Es is aber wohl eilig. Wir sollten nich mehr hier sein, wenn die Russen kommen.« Christian sprach leise, aber Elise, an der er in der Halle gerade mit den schweren Koffern vorbeikam, verstand ihn sehr genau.

Erschrocken riss sie die Augen auf. Alle Menschen hier in Westpreußen hatten Angst davor, dass die Russen kamen. Damit meinten sie die Soldaten der Roten Armee. Elise hatte die Erwachsenen sagen hören, dass die Russen schrecklich böse auf die Deutschen wären. Denn die hatten mit dem Krieg angefangen und waren in Polen und in Russland einmarschiert. Jetzt wollten die

Russen sich rächen, was Elise ganz gut verstehen konnte. Wenn es auch natürlich besser gewesen wäre, die Russen und die Deutschen würden versuchen, sich wieder zu vertragen und mit all dem Schießen aufzuhören. Aber so war das bei Krieg offenbar nicht. Nicht wie bei Kindern, die sich in der Schule stritten und dann auch wieder vertrugen.

»Es heißt, dass wir nur für ein oder zwei Wochen fortgehen«, sagte Christian, bevor er einen der Koffer abstellte, um die Haustür zu öffnen. Wahrscheinlich hatte er die Pferde schon eingespannt und die Wagen vors Haus gefahren. So musste man die Sachen nicht so weit tragen.

Wieder wehte eine Schneewolke in die Halle und senkte sich als dünne Schicht auf den Boden. Erst als Christian schon draußen war und die Tür hinter sich zugezogen hatte, erreichte die eisige Luft Elise. Sie zuckte zusammen und machte sich dann auf die Suche nach ihrer Mutter.

Mama saß im Schlafzimmer auf der Kante des breiten Betts, das sie mit Papa teilte und in dem sie nun schon so lange fast immer allein schlief. Sie starrte durchs Fenster, vor dem in der schneematt schimmernden Dunkelheit Flocken tanzten. Dabei streichelte sie ihren Bauch, der sich kugelrund unter dem dicken Pullover abzeichnete. Elises Eintreten schien sie nicht bemerkt zu haben.

»Mama?« Elise stellte sich vor das Fenster, sodass ihre Mutter sie ansehen musste, wenn sie sich nicht abwenden wollte.

»Ach, mein Lieschen. Was sollen wir tun? Wir können doch nicht da hinausgehen, wenn wir nicht einmal wissen, wohin.«

Elise zog nervös an einem ihrer Zöpfe. Erwartete ihre Mutter eine Antwort von ihr? Wie sollte sie denn wissen, was richtig war? Es machte ihr doch selbst ganz schrecklich viel Angst, dass sie nicht wusste, wohin sie überhaupt fahren wollten.

»Der Bürgermeister sagt, wir müssen fort«, fiel ihr ein.

»Aber das Kind kommt bald. Ich kann nicht …«

Erschrocken sah Elise, wie eine Träne über die Wange ihrer

Mutter lief. Rasch ging sie zu ihr und legte ihr die Arme um den Hals. »Wir machen einfach, was Tante Hedda sagt. Die weiß, was wir tun müssen. Weil sie doch den Bürgermeister gut kennt. Und der ist ziemlich klug, glaube ich. Und Tante Hedda auch. Es wird bestimmt alles gut. Papa findet uns, auch wenn wir vielleicht nicht hierher zurückkommen. Er findet dich und mich und das Baby.«

Ihre Mutter antwortete nicht. Sie streckte die Arme aus, zog Elise an sich und verbarg ihr Gesicht in ihren Haaren.

Eine Weile stand Elise ganz still an ihre Mutter gelehnt da, dann löste sie sich vorsichtig von ihr. Sie beschloss, Mama die Frage nicht zu stellen, wegen der sie zu ihr gekommen war. Ihre Mutter hatte genug andere Sachen im Kopf. Natürlich machte sie sich Sorgen wegen des winzigen Kindes, das sie in ihrem Bauch hatte. Es war bestimmt furchtbar schwierig, wenn das Baby unterwegs im Wagen geboren würde. Dort war es kalt und unbequem, und es gab keine Wiege und keine Wickelkommode und all die Dinge, die man brauchte, wenn ein Kind kam.

»Ich geh mal gucken, was Tante Hedda macht«, murmelte sie und verließ das Schlafzimmer.

Zunächst stieß sie jedoch auf Großtante Alice, die in einen bodenlangen Pelzmantel gehüllt mitten auf dem Flur stand. An den Füßen trug sie wie immer ihre Filzpantoffeln, in denen sie dicke Wollsocken anhatte.

»Geht es los?«, fragte sie Elise mit ängstlicher Miene und hielt mit ihrer faltigen Hand den Kragen des Mantels zusammen. »Ich habe Hedda tausendmal gesagt, dass ich nicht mitkomme, aber sie besteht darauf.«

»Tante Hedda weiß, was sie tut«, sagte Elise beruhigend. »Ich glaube, einen Augenblick dauert es noch, bis wir losfahren. Aber ich sage ihr, dass du fertig bist.«

Elise fand ihre Tante schließlich in der Küche, wo sie Geschirr in Zeitungspapier einwickelte und in eine Kiste legte. Als sie Elise sah, lächelte sie sie an, doch dieses Lächeln sah ziemlich mühsam aus, als wäre es eine schwere Arbeit, die sie nur auf sich nahm, damit es Elise besser ging.

»Hast du deine Tasche gepackt?«, fragte sie, während sie den Teller mit den zwei gekreuzten Säbeln auf dem Boden in ein Zeitungsblatt wickelte, auf dem in großen Buchstaben etwas darüber stand, dass Hitler einen »baldigen Sieg« versprach.

Komisch, dachte Elise, er ist der mächtigste Mann hier im Land, aber niemand von unserer Familie glaubt ihm. Wenn es tatsächlich diesen Sieg gäbe, würden wir nicht mitten im eiskalten Winter in unsere Pferdewagen steigen und wegfahren, obwohl keiner weiß, wohin.

»Die Tasche ist fertig. Ich hole sie gleich runter.« Elise zupfte am Ärmel des oberen ihrer beiden Pullover. »Ich will Papas Grammophon mitnehmen«, sagte sie dann schnell.

»Ach, Kind.« Gerade hatte die Tante nach einem neuen Zeitungsblatt greifen wollen, ließ aber nun den Arm sinken und seufzte laut. »Ich weiß, wie gern du mit deinem Papa Musik hörst. Aber wir können dieses riesige Grammophon nicht in den Wagen laden. Es gibt so viele Sachen, die wir brauchen, um da draußen zurechtzukommen. Wir sollten nichts einpacken, was nicht unbedingt nötig ist. Die Pferde werden die Wagen weit ziehen müssen. Vielleicht sehr weit.«

Elise biss sich auf die Lippe. »Das feine Geschirr brauchen wir aber auch nicht unbedingt«, stellte sie fest und lehnte sich gegen die Tischkante, während die Tante erst einen Suppenteller einwickelte und dann ein paar Tassen.

»Wir brauchen auch unterwegs Teller, von denen wir essen können, und ein paar Tassen. Also dachte ich mir, wir nehmen etwas von dem guten Geschirr mit. Falls es kaputt geht, macht das auch keinen Unterschied. Denn wenn wir es hierlassen, ist es ebenso für uns verloren.« Tante Hedda zuckte mit den Schultern und blickte ganz traurig drein.

»Ja«, sagte Elise, und ihr Herz wurde noch ein bisschen

schwerer, weil ihr plötzlich all die Dinge einfielen, die sie mochte und vielleicht niemals wiedersehen würde.

Ihr Zimmer und ihr Bett mit dem Baldachin, auf dem lauter kleine blaue Blümchen blühten, denn den Stoff hatte sie sich selbst aussuchen dürfen. Die Treppe hinunter zur Halle, auf deren Geländer sie so gern nach unten rutschte, wenn niemand in der Nähe war, der sich darüber aufregen würde. Und natürlich das Grammophon.

Wenn sie fort wären, wenn Gut Falkensee verlassen wäre und das Herrenhaus leer stünde, würden dann schon bald fremde Menschen hier einziehen? Würden fremde Kinder das Treppengeländer hinunterrutschen? Würde ein fremdes Mädchen in ihrem Bett unter dem Himmel aus blauen Blumen schlafen und auf dem Schoß ihres eigenen Vaters sitzen, während das Grammophon spielte? Das Grammophon, das Elise und ihr Papa dann nicht mehr haben würden?

Plötzlich hatte Elise eine Idee. Sie drehte sich auf dem Absatz um und eilte in den Salon. Oben in dem Schränkchen, in dem das Grammophon stand, war eine kleine Schublade. Darin lag die Schachtel mit den Nadeln, die in das Grammophon eingesetzt werden mussten, um von den Rillen der schwarzen Platten die Töne abzunehmen und durch den großen Trichter ins Zimmer zu entlassen. Rasch nahm Elise die Blechschachtel, die in ihre Rocktasche passte. Sie hatte nicht vor, jemanden zu fragen, ob sie die Nadeln mitnehmen durfte. Das würde niemand bemerken. Und Papa würde sich freuen. Wenigstens Nadeln würden sie noch haben. Die waren in diesen Zeiten schwer zu bekommen, hatte er ihr erzählt, und man brauchte dauernd neue, weil sonst die Platten zerkratzten.

In ihrem Zimmer schob Elise die kleine Blechschachtel ganz unten in die Tasche unter die wollenen Unterhemden. Dann schleppte sie die Tasche aus ihrem Zimmer, durch den Flur und die Treppe hinunter. Die meiste Zeit zog sie das schwere Gepäckstück hinter sich her über den Boden und dann von einer Stufe zur anderen abwärts. Unten angekommen stellte sie die Tasche zu den übrigen Sachen, die zum Einladen bereit in der Halle standen.

Gerade kam Christian mit einem großen Korb die Treppe aus der Küche hoch. Der Korb war mit einem karierten Tuch bedeckt. Nachdem er seine Last neben dem übrigen Gepäck abgesetzt hatte, lüftete Elise neugierig das Tuch und schaute in den Korb. Darin lagen mehrere geräucherte Würste, Dosen mit eingekochtem Fleisch, Gläser mit eingemachten Bohnen und fast ein halbes Dutzend der Brote. Was in den vielen großen und kleinen Päckchen war, die fest in Pergamentpapier gepackt waren, konnte sie nicht erkennen.

Sie seufzte tief und ging wieder hinunter in die Küche, die aber inzwischen leer war. Tante Hedda war wohl in ein anderes Zimmer gegangen, um dort weiter die Dinge einzupacken, die sie für wichtig hielt.

Elise öffnete die Tür zur Speisekammer und kramte zwischen den Resten, die Tante Hedda zurückgelassen hatte. Das war nicht viel. Sie fand jedoch einen kleinen Zipfel Wurst, ein paar gekochte Kartoffeln und ein Stück harten Käse. Das alles legte sie in einen der angeschlagenen Suppenteller, schnitt es in kleine Stücke und verließ mit dem Teller in der Hand durch die Hintertür das Haus. Zum Glück trug sie schon ihre Stiefel, das dicke Wolltuch zog sie sich über den Kopf.

Als Elise um die Hausecke bog, blies ihr der eisige Wind so heftig ins Gesicht, dass ihr der Atem wegblieb. Dennoch ließ sie sich nicht aufhalten und rannte über den Wirtschaftshof zum Stall. Erst unter dem Vordach vor der Stalltür blieb sie stehen und schaute in Richtung der kleinen Menschengruppe, die sich vor dem Gesindehaus zusammendrängte.

Im Licht der Hofbeleuchtung erkannte Elise, dass auch die Polen scheinbar all ihre Sachen übereinandergezogen hatten. Sie sahen viel dicker aus als sonst. Jetzt kam Tante Hedda aus dem

Haus, in jeder Hand einen großen Rucksack. Einen davon schleifte sie hinter sich her durch den Schnee, so wie Elise vorhin die Reisetasche über den Holzboden gezogen hatte.

»Proviant«, rief sie den Männern schon von Weitem zu. »Brot, Wurst, Käse und Butter.«

Wiktor Nowak ging Tante Hedda entgegen und nahm ihr die Rucksäcke ab. »Danke«, sagte er.

»Wir müssen Ihnen danken. Ohne Sie und die Männer hätten wir die Felder nicht bestellen und das Vieh nicht versorgen können«, sagte Tante Hedda. »Ich weiß, Sie waren nicht freiwillig hier, aber … Es tut mir leid. Ich kann Sie nur um Verzeihung bitten.«

Tante Hedda stellte sich vor den Polen auf und hielt mitten in Schnee und Wind eine kleine Rede auf Polnisch, von der Elise nichts verstand.

Die Männer nickten und murmelten etwas vor sich hin. Wiktor Nowak streckte seine Hand vor und reichte sie Tante Hedda. Beide schüttelten sich lange stumm die Hände.

Dann wandten sich die Männer um und gingen einfach davon. Schon nach kurzer Zeit waren sie in Schnee und Dunkelheit verschwunden.

Tante Hedda stand noch eine Weile da und schaute ihnen hinterher. Auch Elise starrte lange auf den Fleck, wo sie eben noch die Rücken von den beiden Polen gesehen hatte, die als Letzte gegangen waren. Auch diese Männer würde sie wohl niemals wiedersehen. Dabei hatte sie sie gern gemocht.

Aber es war gut, dass sie nun zurück nach Polen gehen konnten. Nach Hause, das wünschten sie sich sicher schon lange.

Mittlerweile war Tante Hedda wieder im Haus verschwunden, und Elise öffnete die Stalltür einen Spaltbreit, schlüpfte mit ihrem Teller in der Hand hindurch und zog sie wieder hinter sich zu. Drinnen brannte die matte Nachtbeleuchtung, und Elise zuckte zusammen, als sie direkt vor sich auf der Stallgasse, die zu den nun leeren Boxen der vier Zugpferde führte, einen riesigen schwarzen Schatten sah.

Erst als der Schatten sich bewegte und ein lautes »Muh« ausstieß, erkannte sie, dass es eine der Kühe war. Nun sah sie im schwachen Licht noch mehr Schatten. Die Kühe liefen überall im Stall herum, anstatt wie sonst angekettet zu sein.

Als Elise an den Futter- und Wassertrögen vorbeiging, sah sie, dass alle bis zum Rand gefüllt waren. Scheinbar hatte Christian die Kühe gefüttert, bevor er die Wagen vors Haus gefahren hatte. Er hatte sie nicht nur gefüttert, sondern ihnen genug Futter für zwei oder drei Tage hingeschüttet. Und er hatte sie von ihren Ketten befreit. Aber was sollte das den armen Kühen helfen? Wenn das Futter aufgefressen war, war niemand hier, der ihnen neues geben konnte.

Und wer sollte sie melken? Elise wusste, dass die Kühe anfingen, Lärm zu machen, wenn es Zeit zum Melken war. Christian hatte ihr erklärt, dass ihnen das volle Euter Schmerzen bereitete.

Elise streckte die Hand aus und legte sie der Kuh, die vor ihr stand, auf den Hals. Sie spürte die Wärme des großen Körpers und das glatte Fell. Als sie ihre Finger streichelnd weiterbewegte, fühlte sie die Stelle, wo sonst die Kette lag. Dort war das Fell abgeschabt und rau.

Die Kuh wandte den Kopf und sah Elise mit ihren großen braunen Augen an, als wollte sie sie fragen, was das hier zu bedeuten hatte.

»Vielleicht kommen die Russen bald«, sagte Elise. »Die trinken bestimmt auch Milch. Dann melken sie dich und geben dir neues Futter. Es liegt noch genug in der Futterkammer.«

Als hätte die Kuh sie verstanden, trottete sie weiter den Gang entlang.

»Mauz«, rief Elise in den Stall hinein, in dem sie immer mehr große Schatten an Stellen erkannte, wo sonst nie welche gewesen waren. Einige rührten sich nicht vom Fleck, andere wanderten herum. Vielleicht hatten sich die Katzen vor den umherlaufenden Kühen versteckt.

»Mauz«, rief Elise noch einmal nach ihrem kleinen Lieblingskater. Er war der Zutraulichste von dem Wurf, den Minka, die Stallkatze, im Herbst zur Welt gebracht hatte. Sonst kam er immer, wenn Elise ihn rief, weil sie ihm oft Leckerbissen brachte und mit ihm spielte. Aber an diesem Morgen tauchte keine der Katzen auf.

Schließlich stellte Elise den Teller mit dem Futter auf den Boden an der hinteren Stallwand.

»Das ist für euch«, rief sie in den hohen, dämmerigen Raum. »Wenn ihr es aufgefressen habt, müsst ihr Mäuse fangen. Und vielleicht kommen wir ja doch bald zurück. Dann sehen wir uns wieder, Mauz und ihr anderen Katzen und ihr Kühe.«

Mit einer energischen Handbewegung wischte sie sich über die Augen und zog die Nase hoch. Ein Taschentuch hatte sie nicht bei sich, aber hier hörte außer den Kühen und den Katzen niemand, dass sie sich schlecht benahm.

»Macht's gut«, sagte sie unbestimmt in den Stall hinein, der von den Mahlgeräuschen der Kühe und dem Scharren von Hufen auf dem harten Boden erfüllt war.

Von irgendwoher kam ein lautes »Muh«, dann noch eines aus einer anderen Ecke, und schließlich wurde es richtig laut. Als würden die Kühe zum Abschied im Chor singen.

Elise schluchzte auf. So schnell sie konnte, lief sie aus dem Stall, warf von außen die Tür zu und eilte über den Hof zurück zum Herrenhaus, das sie heute vielleicht für immer verlassen musste.

23. Kapitel

Hedda
Irgendwo in Westpreußen, 22. Januar 1945

Mit steifen Fingern umklammerte Hedda die Zügel. Sie trug zwei Paar Handschuhe übereinander, doch die Kälte fraß sich durch jeden Stoff, durch jede Schicht ihrer Kleidung und biss wie mit kleinen gierigen Mündern in ihre Haut.

Sie hatte sich zusätzlich zu ihren zwei Pullovern und zwei Jacken in die alte Decke gewickelt, die hinter dem Kutschbock gelegen hatte, aber auch das half nicht viel. Ebenso wenig wie das dicke Wolltuch, das sie sich um Kopf und Hals geschlungen und weit in die Stirn gezogen hatte.

Der Schnee fiel ihr in Gesicht und Augen, schmolz auf ihren Wimpern. Blinzelnd heftete sie ihren Blick auf den Wagen vor sich, den Florentine lenkte. In der Dunkelheit, die sich schon vor zwei Stunden über die Landschaft gesenkt hatte, konnte sie das Gefährt kaum erkennen.

Hedda hatte gehofft, Tante Alice könnte den zweiten Wagen fahren. Schließlich war sie auf Gut Falkensee umgeben von Pferden aufgewachsen und hatte ihr gesamtes Leben dort verbracht. Doch im Gegensatz zu ihrer Schwester Charlotte hatte Alice so gar nichts Zupackendes an sich. Sie hatte den Vorschlag, eigenhändig einen mit einem Spitzdach aus Holz und Teerpappe versehenen Erntewagen zu steuern, empört von sich gewiesen. Sie wäre ja nicht diejenige, die gemeint hatte, man müsse bei Schnee und Eis das warme, sichere Zuhause verlassen, nicht wahr?

Und so musste die hochschwangere Florentine den zweiten

Wagen fahren. Natürlich wären sie zu viert auch mit einem einzigen Wagen zurechtgekommen. Aber so hatten sie sich beim Packen nicht allzu sehr beschränken müssen, und im Notfall konnten sie unterwegs ein oder zwei Flüchtlinge aufnehmen, falls sie jemandem begegneten, der Hilfe brauchte. Zudem sahen einige der Gefährte, mit denen die Bewohner von Dorf Falkensee sich auf den Weg gemacht hatten, nicht sehr zuverlässig aus. Einer der Wagen wurde sogar von einem Ochsen gezogen, der sonst vor den Pflug gespannt worden war.

Hedda fragte sich, wie die Leute auf ihren kleinen Wagen genügend Proviant, warme Decken und Kleidung für die teilweise großen Familien untergebracht hatten. Hinzu kamen die Kinder, die zwischen den Körben und Kisten saßen, während die Erwachsenen abwechselnd neben dem Wagen herliefen.

Alle diese Menschen konnte sie nicht zum Mitfahren einladen, aber falls jemand irgendwann vor Erschöpfung nicht weiterkonnte, war noch Platz auf den beiden Wagen von Gut Falkensee.

»Tante Hedda?« Elise hatte die Plane beiseitegeschoben, mit der die vordere Öffnung des Spitzdachs verhängt war, und zupfte von hinten an Heddas Ärmel.

»Was ist denn, Elise?« Hedda musste die Stimme heben und gegen den Wind anschreien, der um die Wagen pfiff und den Schnee in dichten Schleiern durch die Luft wirbelte.

»Glaubst du, die polnischen Männer finden nach Hause? Schaffen sie das zu Fuß überhaupt?«

Dieses Kind macht sich für sein Alter viel zu viele Gedanken, dachte Hedda und runzelte die Stirn. Als ob das alles hier nicht schon schlimm genug für eine Neunjährige wäre, die keine anderen Sorgen haben sollte als ihre Freundinnen, ihre Hausaufgaben und das Fest zu ihrem nächsten Geburtstag.

»Bestimmt schaffen sie das«, behauptete sie mit erhobener Stimme. »Die Männer kennen sich aus. Sie hätten mit uns zusammen nach Westen fliehen können, doch das wollten sie nicht.

Sie wollten zurück nach Polen. Also haben wir ihnen ganz viel zu essen mitgegeben, und nun sind sie frei. Das ist es, was sie wollen. Sie werden sich durchschlagen, da bin ich sicher. Von Falkensee bis zur polnischen Grenze ist es nicht weit. Sie haben längst nicht eine so lange Strecke vor sich wie wir.«

Da der Krieg offiziell nicht verloren war, hätten sie die Kriegsgefangenen wahrscheinlich nicht einfach ihrer Wege gehen lassen dürfen, aber es kümmerte Hedda nicht mehr, was sie durfte und sollte. Nun war die Zeit gekommen zu tun, wovon sie wusste, dass es richtig war.

»Wir wollen dafür beten, dass die polnischen Männer unbeschadet zurück nach Hause kommen.« Hedda meinte ihre Worte ernst, obwohl ihr klar war, dass sie nicht mehr viel Kraft übrig haben würde, auch für die Polen zu beten. Sie musste ebenso für ihre Mutter und ihren Vater beten, die sich irgendwo in Polen versteckten und den Deutschen hoffentlich beim Rückzugsgefecht nicht in die Hände fielen. Und sie musste göttliche Hilfe für ihren Bruder Ludwig erflehen, der immer noch irgendwo an der Front kämpfte und dabei hungerte und fror. Nicht zuletzt musste sie sich darauf konzentrieren, ihre Familie in Sicherheit zu bringen.

»Habt ihr schon etwas gegessen?«, rief Hedda über die Schulter nach hinten, um ihre Nichte auf andere Gedanken zu bringen.

»Halten wir zum Essen nicht an?« Elise klang verblüfft. In der Mittagszeit hatte Clemens den Treck für eine knappe Stunde halten lassen. Die Pferde hatten Hafer bekommen. Bei dieser Gelegenheit hatte sich herausgestellt, dass viele der Bauern kein oder nur sehr wenig Futter für ihr Zugtier mitgenommen hatten. Was kein Wunder war, denn wo sollte dieses Futter auf den hochbeladenen Wagen noch Platz finden?

Notgedrungen hatte Hedda eine großzügige Menge von dem Hafer, der für ihre vier Pferde bestimmt war, an die Wagen vor und hinter ihnen verteilt. Nun sorgte sie sich um die Pferde, für die sie verantwortlich war und von denen sie abhängig waren, falls sie jemals die Eiswüste, die sich vor ihnen erstreckte, hinter sich bringen wollten. Sie hoffte inständig, dass sie schon bald auf verlassenen Höfen Futter finden würden.

Als es noch hell gewesen war, hatte sie am Straßenrand mehrere Pferde liegen sehen, halb bedeckt vom Schnee, der immer noch unablässig fiel. Wo waren die Menschen, die diese Tiere zurückgelassen hatten? Gingen sie zu Fuß weiter und zogen ihre Wagen selbst? Und waren die Pferde tot, oder lebten sie noch und konnten nur einfach nicht weiter? Wenn sie schon länger dort lagen, waren sie zweifellos längst erfroren.

Vor ihr in der Dunkelheit bewegten sich die beiden breiten, dunklen Pferderücken. Die Pferde von Gut Falkensee waren kräftig und gut im Futter. Aber wie lange würden sie durchhalten, wenn sie nicht bald eine längere Pause bekamen? Oder wenn das Futter verbraucht war und sie keines fanden?

»Ich weiß nicht, wann wir halten«, antwortete Hedda auf Elises Frage, als sie merkte, dass ihre Nichte sich immer noch von hinten über den Kutschbock beugte und sie von der Seite ansah. »Nehmt euch etwas von dem Brot aus dem Korb. Und Butter und Wurst.«

Sie selbst würde später essen. Irgendwann mussten sie schließlich anhalten. Clemens hatte zwar beim Aufbruch erklärt, sie würden nur selten anhalten können. Aber das hieß doch sicher nicht, dass sie die ganze Nacht durchfahren würden? Die Pferde brauchten Ruhe und die Menschen ebenfalls. Es war schon schlimm genug, dass die Kinder, wenn sie ein dringendes Bedürfnis hatten, von den fahrenden Wagen springen und sich an den Straßenrand hocken mussten. Anschließend mussten sie rennen, so schnell ihre kleinen Beine sie trugen, um den Wagen ihrer Familie wieder einzuholen.

Die zwei Mal, die Elise während der Fahrt vom Wagen gesprungen war, hatte Hedda große Angst ausgestanden. Sie hatte ihrer Nichte eingeschärft, sich einer Bauernfamilie aus Dorf Falkensee anzuschließen, falls sie die Wagen vom Gut nicht wiederfand oder nicht schnell genug war, um sie während der Fahrt einzuholen. Sobald die Wagen hielten, konnte sie dann zu ihrer Familie zurückkehren.

Die größte Gefahr bestand darin, dass sich auf der Straße nach Westen die Wagen aus verschiedenen Trecks mischten. Immer wieder kamen Wagen aus Nebenstraßen, die zu Dörfern oder einzelnen Gehöften führten. Meistens in Gruppen, gelegentlich auch einzeln. Einige dieser Gefährte warteten, bis der Treck vorbei war, und schlossen sich hinten an. Andere drängten sich dazwischen. Deshalb war die Angst, ihre Nichte könnte den eigenen Wagen oder gar den eigenen Treck nicht wiederfinden, nicht unberechtigt. Zum Glück war Elise von ihren beiden Ausflügen rasch zurückgekehrt. Der Neunjährigen schien die Situation weitaus weniger Angst zu machen als Hedda.

»Das Brot ist gefroren, ich kann es nicht in Scheiben schneiden«, kam nun Tante Alices Stimme von hinten.

Hedda machte sich auf eine Jammertirade gefasst, wie sie typisch war, wenn die Tante in eine Lage geriet, die ihr nicht behagte. Noch dazu in einer Situation, in die sie gegen ihren Willen gezwungen worden war.

Hinten im Wagen blieb es einen Moment lang still. Dann sagte die Tante zu Heddas Überraschung: »Wir müssen das Brot am Körper auftauen. Ich nehme es unter meinen Pelzmantel.«

»Das ist eine gute Idee. Vielen Dank, Tante Alice.« Hedda versuchte, sich ihr Erstaunen nicht anmerken zu lassen.

»Was soll man tun? Ich habe nicht vor, in diesem zugigen, ruckelnden Wagen auch noch zu verhungern«, erklärte die Tante in mürrischem Ton und fügte nach einer kurzen Pause hinzu: »Und meine Großnichte werde ich auch nicht verhungern lassen. Ebenso wenig wie dich, Hedda. Wenn ich das Brot in Scheiben schneiden kann, reiche ich dir ein Stück nach draußen.«

»Danke«, murmelte Hedda.

Lotte, die im Zweiergespann das Leitpferd war, schnaubte laut und schüttelte den Kopf. Über ihr stieg eine Dampfwolke auf, die Hedda trotz der Dunkelheit und des dicht fallenden Schnees deutlich erkennen konnte. Die weiße Landschaft reflektierte das wenige Licht.

»Es ist gut, Lotte«, rief Hedda beruhigend. Offenbar wollte die Stute ihr klarmachen, dass sie eine Pause brauchte. Alle Pferde brauchten eine Pause, begriff Clemens das denn nicht?

Der Treckführer fuhr wie angekündigt mit dem Wagen der Witwe Paschullke voran. Das alte Pferd der Witwe musste mit seinen Kräften doch längst am Ende sein. Wieso ließ Clemens den Treck nicht für die Nachtruhe halten?

»Wenn wir nicht endlich eine Rast machen, muss ich alte Frau vom fahrenden Wagen springen und mich vor aller Augen an den Straßenrand hocken«, sagte in diesem Moment ihre Tante Alice hinter ihr. »Ich habe es mir die ganze Zeit verkniffen, aber jetzt geht es bald nicht mehr. Und wie soll ich euch dann einholen? Ich bin kein junges Mädchen mehr, sondern eine *Dame,* die bestimmte Dinge nicht tut und andere nicht mehr tun kann.« Das war nun doch wieder der Ton, den Hedda von der Tante gewohnt war.

»Halt noch ein bisschen aus«, rief sie über ihre Schulter nach hinten. »Wir können ja nicht ewig so weiterfahren.«

Wenig später hielt der Wagen vor dem ihren, den Florentine lenkte, mit einem Ruck an, und Hedda brachte ebenfalls eilig die Pferde zum Stehen. Clemens hatte wohl endlich ein Einsehen gehabt. Allerdings wunderte sich Hedda über die aufgeregten Stimmen, die sie aus den anderen Wagen hörte.

Worüber regten sich die Leute auf? Waren sie nicht froh, dass es endlich eine Pause gab oder noch besser eine Nachtruhe – wobei Hedda sich wunderte, wie das hier direkt auf der Straße gehen sollte. Die Pferde mussten ausgespannt werden, und falls andere Wagen oder ganze Trecks vorbeikamen, versperrten sie den Weg.

»Nimmst du bitte für einen Moment die Zügel, Tante Alice?«, wandte sie sich nach hinten. »Nur für den Fall, dass es plötzlich doch weitergeht. Ich laufe rasch nach vorn zum Bürgermeister und frage, was er plant. Für die Nachtruhe scheint mir das hier nicht der richtige Ort zu sein.«

Wieder erstaunte die Tante sie, indem sie von hinten auf den Kutschbock kletterte und nach den Zügeln griff. »Ich hoffe, dir ist klar, dass ich nicht geübt darin bin, Pferde zu lenken«, sagte sie dabei streng. »Also sieh zu, dass du bald zurück bist.«

»Ich beeile mich«, beruhigte Hedda sie. »Außerdem gibt es nicht viel zu lenken. Die Pferde laufen einfach hinter dem Wagen her, der vor uns fährt.«

»Ich kann den Wagen fahren«, klang Elises helle Stimme durch die eisige Luft.

»Das kommt ja nun gar nicht infrage. Du bist ein Kind.« Heddas Tante Alice schüttelte energisch den Kopf, und Hedda konnte sehen, dass sie mit ihren behandschuhten Händen die Zügel fest umklammerte. Dass sie eben noch wegen eines dringenden Bedürfnisses nach einer Rast verlangt hatte, schien sie vergessen zu haben. Hedda nahm sich vor, sie daran zu erinnern, bevor es weiterging.

Was Elise auf Tante Alices Bemerkung erwiderte, hörte Hedda nicht mehr. Sie war schon vom Bock gesprungen und eilte durch den tiefen Schnee am Straßenrand an den haltenden Wagen vorbei zur Spitze des Trecks. Allerdings war sie sicher, dass ihre Nichte einiges zu der Behauptung zu sagen hatte, sie sei zu klein, um die Zügel zu halten.

Neben dem Wagen, den Florentine lenkte, blieb sie stehen und sah hinauf zu ihrer Schwägerin. Im wirbelnden Schnee erkannte sie Florentines Gesicht nur als helles Oval, umrahmt von dem dunklen Tuch, das sie sich bis fast zu den Augen hochgezogen hatte.

»Ist alles in Ordnung?«, erkundigte Hedda sich besorgt. Für eine Schwangere mussten die Strapazen schrecklich sein. »Ich hoffe, wir halten hier in der Nähe für die Nacht, dann kannst du dich ausruhen.«

»Es geht schon.« Obwohl sie es nicht sehen konnte, hörte Hedda Florentines müdes Lächeln in ihrer Stimme. »Ich muss ja nur hier sitzen und die Zügel halten. Das ist keine schwere Arbeit.«

»Du bist sehr tapfer. Ludwig wäre unendlich stolz auf dich. Sollten wir noch etwas weiterfahren müssen, bis wir ein geeignetes Nachtquartier finden, wo wir die Pferde ausspannen können, bringe ich dir gleich ein Stück Brot«, versprach Hedda, bevor sie weiterging, um mit dem Treckführer zu sprechen.

Neben den Wagen standen Menschen am Straßenrand, redeten und gestikulierten. Einige wirkten zornig. Offenbar wollten die Fliehenden nicht weiter. Sie wollten sich ausruhen, und das konnte Hedda gut verstehen.

Auf halbem Weg zur Spitze des Trecks kam Clemens ihr bereits entgegen. Auch er trug zwei Jacken übereinander, hatte seine Pelzmütze tief in die Stirn gezogen, und ein dicker Wollschal bedeckte die untere Hälfte seines Gesichts. Nicht nur an seinem Gang, auch an seinen Augen hätte Hedda ihn jedoch selbst bei dem wenigen Licht jederzeit erkannt, wie sie feststellte, als er vor ihr stehen blieb. In diesen Augen brannte ein Feuer, das ihr Mut machte. Clemens würde diese Menschen in Sicherheit bringen. Er würde alles tun, was er tun konnte, damit sein Treck nicht von der Roten Armee eingeholt wurde. Und Hedda wusste inzwischen, dass es eine Menge war, was dieser Mann bewerkstelligen konnte.

»Du musst mir helfen, die Leute zu beruhigen und zum Weiterfahren zu bewegen«, sagte er mit gesenkter Stimme. Eigentlich war es eher ein Befehl.

Empört sah sie ihn an. »Die Pferde brauchen eine Pause. Und natürlich Futter. Aber auch die Menschen sind erschöpft.«

»Ich weiß.« Für eine Sekunde sah sie die Müdigkeit in seinen Augen. Doch dieser Moment war rasch vorüber. »Trotzdem müssen wir weiter.«

»Sind die Russen so dicht hinter uns?« Automatisch blickte sie sich um, obwohl dort nur wirbelnde Schneeflocken und Dunkelheit zu sehen waren.

»Sie sind nicht mehr allzu fern. Jedoch nicht so nah, dass wir nicht für die Nacht Rast machen könnten, aber das können wir erst wagen, wenn wir die Weichsel überquert haben. So lange fahren wir durch. Natürlich müssen die Pferde ab und zu Futter bekommen, aber ausgeschirrt wird vorher nicht.«

Angestrengt nachdenkend runzelte Hedda die Stirn. »Sind wir schon so dicht bei der Weichsel? Das kann nicht sein. Oder doch? Meinst du, wir können den Fluss noch heute Abend überqueren?«

Clemens lachte in einem bitteren Ton auf. »Mit viel Glück erreichen wir die Weichsel morgen Abend, eher wohl morgen Nacht oder übermorgen im Laufe des Tages.«

»Wir können unmöglich so lange durchfahren. Die Pferde ... Die Menschen ...«

»Die deutsche Wehrmacht sprengt auf dem Rückzug sämtliche Brücken, damit die Rote Armee aufgehalten wird. Wenn die Wehrmacht vor uns an der Weichsel ist, sitzen wir in der Falle.« Clemens klang gehetzt und strich sich mit seinem dicken Fäustling über die Stirn, als müsste er sich trotz der Eiseskälte den Schweiß abwischen. »Vor uns der Fluss, den wir nach der Brückensprengung nicht mehr überqueren können, und hinter uns die russischen Soldaten. Möchtest du das? Möchte das irgendeiner von den Menschen in diesem Treck?«

»Natürlich nicht«, flüsterte sie.

»Dann hilf mir, den Leuten klarzumachen, dass wir nach einer kurzen Pause weiterfahren müssen. Und dass wir diese Nacht und voraussichtlich auch die kommende Nacht durchfahren werden und die Pferde nicht ausspannen dürfen. Einige von den Leuten wollen nicht weiter. Sie drohen sogar umzukehren. Und sie hetzen die anderen auf. Wir müssen verhindern, dass die Menschen in ihr Verderben rennen. Vielleicht hören sie auf dich. Das müssen sie einfach!« Clemens klang verzweifelt.

Hedda nickte und legte die Hand auf seinen Arm. Durch all die Schichten von Stoff konnte sie ihn nicht spüren, doch er nahm offenbar ihre Berührung wahr. In seinen Augen blitzte etwas wie ein Lächeln auf. Plötzlich hatte sie das Gefühl, dass sie Verbündete waren. Zwei Menschen, bereit, alles zu geben, um die Flüchtlinge in Sicherheit zu bringen.

Clemens kannte den Weg und wusste, was zu tun war, um das Ziel zu erreichen, aber die Bauern, für die er immer noch ein Fremder war, waren nicht ohne Weiteres bereit, ihm zu folgen.

Hedda war eine von Bargelow. Sie gehörte zu der Familie, die über Jahrhunderte das Schicksal der Bewohner der umliegenden Dörfer mitbestimmt hatte. Zwar war die Zeit vorüber, zu der ein großer Teil der Dorfbewohner vom Gut gelebt hatte, entweder als Dienstboten oder als Pächter. Und Hedda war nicht auf Gut Falkensee aufgewachsen, sondern lebte erst seit Kurzem dort. Zu Beginn war ihr die Dorfbevölkerung mit Misstrauen begegnet, doch das hatte sich geändert. Fast zu ihrem eigenen Erstaunen respektierte man sie nun und hörte ihr zu, wenn sie etwas zu sagen hatte.

Vielleicht spielte es eine Rolle, dass sie eine Frau war, ebenso wie die meisten der Flüchtlinge, die sich mit ihren Kindern durchschlagen mussten, während ihre Männer an der Front kämpften. Dieses Schicksal teilten die Bäuerinnen mit den Frauen vom Gut, die ebenfalls ohne männliche Unterstützung waren.

Entschlossen trat Hedda zu der kleinen Gruppe, die neben einem der Wagen stand. Drei Frauen und ein älterer Mann gestikulierten lebhaft und redeten laut durcheinander. Hedda glaubte, diese Leute alle vom Sehen zu kennen. Wegen der teils abenteuerlichen Vermummungen war von vielen der Gesichter nur ein kleiner Spalt zu sehen, in dem die Augen funkelten.

»Verrückt is es. Es is verrückt«, zeterte soeben eine der Frauen und fuhr mit einer wilden Armbewegung durch die Luft, als wollte sie den immer noch dicht fallenden Schnee zerschneiden. Dann zog sie mit beiden Händen die Decke, die sie sich um die Schultern gelegt hatte, unter dem Kinn zusammen.

»Ja«, stimmte ihr der alte Mann zu. Hedda meinte, in ihm den Vater von Hannes zu erkennen, einem Knecht vom Gut, der kurz nach ihrer Ankunft auf Falkensee zum Kriegsdienst eingezogen worden war. »Keiner weiß, wo's hingeh'n soll, aber trotzdem soll'n wir Tag und Nacht fahr'n. Die Pferde brauchen Ruhe. Und wir auch. Am liebsten tät ich umkehr'n tun.«

»Herr Soldanke«, sprach Hedda ihn an, und hoffte inständig, dass er tatsächlich derjenige war, für den sie ihn hielt. Wenn sie ihn beim falschen Namen nannte, würde sie ihn vermutlich nicht überzeugen können.

Erstaunt wandte der Mann den Kopf, und auch die Frauen schauten sie an.

»Die Gnädige vom Gut ... Dass die dich kennen tut, Gustav«, murmelte eine der Frauen, und fast hätte Hedda aufgelacht. *Gnädige* – das klang nach Seidenkleid und Spitzentüchlein, nicht nach zwei Mänteln übereinander und einem kratzigen Wolltuch um den Kopf.

»Ich kenne Sie alle«, sagte Hedda und wischte sich mit ihrem Handschuh über die Augen, denn an ihren Wimpern schmolzen unablässig Schneeflocken. »Und ich fühle mich verantwortlich ...«

Sie stockte, denn sie wollte nicht übertreiben. Die Zeiten, zu denen die Gutsherren sich bei Not und Krankheit um ihre Pächter gekümmert hatten, waren vorbei. Schließlich gab es genügend Großgrundbesitzer, die nur mit Mühe die eigene Familie durchbrachten. Und doch schienen ihre Worte die Leute zu erreichen.

»Denken Sie denn, es is richtig, was der Bürgermeister sagt?«, erkundigte sich eine der Frauen. Hedda wusste, auf welchem der Höfe sie lebte, kannte aber nicht ihren Namen. »Dass die armen Viecher immer weiter und weiter laufen und wir keine Nachtruhe nich haben soll'n?«

Hedda nickte. »Herr Schickedanz weiß, dass die Brücken über die Weichsel gesprengt werden sollen. Und wenn das passiert, bevor wir den Fluss überquert haben, sitzen wir in der Falle«, wiederholte Hedda, was Clemens ihr gesagt hatte. »Dann können wir nicht weiter, und die Rote Armee holt uns ein.«

»Und wenn wir einfach umkehr'n?«, fragte die alte Frau Schmielke, die sich bisher im Hintergrund gehalten hatte. »Ich wollt nie von zu Hause weg. Was woll'n die Russen uns schon tun? Wir schließen die Türen ab und lassen sie nich rein.«

»Ich fürchte, wenn sie reinwollen, kommen sie rein«, gab Hedda zu bedenken.

Die Frau schüttelte den Kopf. »Die zieh'n doch nur durch, hinter der Wehrmacht her.«

»Nach allem was man hört, töten sie die Männer, die sie vorfinden, und tun den Frauen Gewalt an. So wie es auch ihren Frauen und den alten Männern in den Dörfern widerfahren ist, als die deutsche Wehrmacht durchgezogen ist.« Es fiel Hedda schwer, den Leuten absichtlich Angst zu machen, aber es musste wohl sein.

Ein allgemeines Gemurmel war die Antwort. Inzwischen hatten sich noch mehr Menschen um sie versammelt, die aus anderen Wagen gestiegen und zur Spitze des Trecks gekommen waren.

»Bitte«, sagte Hedda mit erhobener Stimme und sah hilfesuchend zu Clemens hinüber. Obwohl er nur einige Meter entfernt stand, waren seine Umrisse durch den dicht fallenden Schnee nur schemenhaft zu erkennen. Wahrscheinlich hielt er sich absichtlich zurück, um zu sehen, ob es ihr besser als ihm gelang, die Menschen zu überzeugen.

»Füttern Sie die Pferde, essen Sie selbst etwas, und dann müssen wir weiter. Bitte!« Sie konnte selbst hören, dass sie weniger energisch als flehentlich klang.

Immer noch murmelte ein Teil der Leute missmutig vor sich hin. Die andere Hälfte jedoch verschwand hinter dem Vorhang aus Schneeflocken, hoffentlich auf dem Weg zu ihren Wagen.

Hedda wandte sich Clemens zu. »Wann geht es weiter?«

»In einer halben Stunde.«

»Dann müssen wir uns beeilen, damit die Pferde ihr Futter bekommen und die Menschen ihr Abendbrot.« Diese Worte richtete Hedda an die fünf oder sechs Leute, die noch unschlüssig herumstanden. Dann machte sie sich auf den Weg zu den Wagen von Gut Falkensee.

Florentine war vom Kutschbock geklettert und hatte den beiden Pferden vor ihrem Wagen den Haferbeutel umgehängt. Ihr Bauch fiel unter der Decke, die sie sich umgehängt hatte, kaum auf.

»Wir fahren in einer halben Stunde weiter«, sagte Hedda zu ihrer Schwägerin. »Komm mit. Wir essen etwas, und dann kannst du dich ein paar Minuten unter einem Federbett ausstrecken.«

Nachdem auch Lotte und Lina mit Futter versorgt waren, versammelten sie sich unter dem Spitzdach, breiteten eines der Federbetten zwischen sich aus, sodass ihre ausgestreckten Beine bedeckt waren, und aßen die Butterbrote, die Heddas Tante Alice zubereitet hatte, nachdem sie rasch hinter einem Baum am Straßenrand verschwunden war.

Tatsächlich war es ihr inzwischen gelungen, das Brot an ihrem Körper aufzutauen. Einen der Proviantkörbe, in dem sich Milch, Butter und Wurst befanden, hatten sie zwischen die aufgerollten Federbetten gestellt, wo die Lebensmittel vor dem Einfrieren geschützt waren.

Als die halbe Stunde vorüber war, die Clemens ihnen zugebilligt hatte, war Florentine im Sitzen erschöpft eingeschlafen.

»Es muss furchtbar anstrengend für sie sein.« Hedda betrachtete ihre Schwägerin mitleidig. »Sie ist so tapfer, aber ich habe Sorge, dass sie sich übernimmt und das Kind Schaden nimmt.«

»Ich werde den vorderen Wagen fahren«, erklärte ihre Tante zu Heddas Erstaunen. »So schwierig kann es nicht sein, die Zügel zu halten, wenn die Pferde hinter dem Wagen vor ihren Nasen her trotten. Zum Durchgehen werden die armen Tiere keine Kraft mehr haben, denke ich.«

»Diese Pferde gehen nicht durch«, erklärte Hedda eilig. »Es ist lieb von dir, dass du Florentine diese Aufgabe abnimmst.«

»Papperlapapp.« Ihre Tante machte eine wegwerfende Handbewegung. Es schien ihr peinlich zu sein, dass Hedda sie lobte. »Ich bin zwar alt, aber wenigstens nicht in anderen Umständen. Lass die arme Florentine schlafen. Sie wird ohnehin noch einiges auszuhalten haben.«

Mit diesen Worten schlug sie den Kragen ihres Pelzmantels hoch und stieg vom Wagen hinunter in den Schnee. Dabei trug sie immer noch ihre Filzpantoffeln mit dicken Socken darin.

»Meinst du, Großtante Alice kann tatsächlich den Wagen lenken, Tante Hedda?«, erkundigte Elise sich mit ängstlicher Miene. »Soll ich mit ihr fahren und ihr helfen?«

»Bleib du besser bei deiner Mutter«, bestimmte Hedda, der es lieber war, ihre lebhafte Nichte unter Kontrolle zu haben.

Als sich der Treck wenig später wieder in Bewegung setzte, und mit ihm der Wagen, den nun ihre Tante Alice lenkte, hatte Hedda sich immer noch nicht von ihrer Verwunderung über deren freiwilliges Angebot erholt. *Vielleicht*, dachte sie, *wachsen in einer Notlage wie dieser manche Menschen über sich hinaus*. Möglicherweise gehörte ihre Tante zu diesen Menschen, auch wenn ihr das niemand zugetraut hätte, der sie kannte.

24. Kapitel

Elise
Westpreußen, nahe der Weichsel, 24. Januar 1945

»Da vorn! Ich glaube, ich sehe den Fluss. Die Weichsel.«

Als Elise Tante Heddas Stimme hörte, richtete sie sich auf, schob die Plane zur Seite, die das Wageninnere vorn gegen Wind, Kälte und Schnee schützte, und reckte den Kopf, um an ihrer Tante vorbeizugucken.

Es war kurz nach vier, und es wurde schon dunkel. Für den Moment hatte es aufgehört zu schneien, und Dunst schwebte wie ein dünner Schleier über dem Boden. Elise kam es vor, als würden sie seit Wochen fahren und fahren und fahren, obwohl sie sehr genau wusste, dass es fast drei Tage und zwei Nächte gewesen waren. Aber es war so eisig kalt, dass sie manchmal das Gefühl hatte, ihr Gehirn würde einfrieren. Vielleicht würde sie bald tatsächlich nicht mehr wissen, woher sie kam und wie lange sie schon unterwegs war.

Manchmal stieg sie gemeinsam mit ihrer Mutter oder mit Großtante Alice, je nachdem wer von beiden gerade nicht auf dem Kutschbock saß, vom Wagen und ging eine Weile neben Lotte und Lina her, die mit gesenkten Köpfen weiter und weiter liefen. Dann streckte Elise immer wieder den Arm aus und tätschelte vorsichtig Lottes oder Linas Hals, um ihnen Mut zu machen. Wenn sie zu Fuß gingen, machten sie es den Pferden leichter, weil sie sie nicht ziehen mussten. Vor allem taten sie das jedoch, weil ihnen durch die Bewegung etwas wärmer wurde.

Und nun? War da wirklich die Weichsel? Vor ein paar Stunden hatte Elise sich fest eingebildet, in der Ferne einen Fluss zu sehen.

Doch das hatte sie nur geglaubt, wohl weil sie es sich so sehr gewünscht hatte.

Sie kniff die Augen zusammen und starrte über Tante Heddas Schulter nach vorn. Da war ein silbriger Schimmer, ganz weit vor ihnen. Aufgeregt packte sie Tante Hedda am Arm, erwischte aber nur die alte Decke, in die die Tante sich bis zur Nasenspitze eingehüllt hatte.

»Ich seh's auch. Da ist was«, rief Elise. »Wenn das die Weichsel ist, haben wir es dann geschafft?«

»Wir müssen hoffen und beten, dass die Brücke noch da ist, Elise. Ich glaube allerdings, dass wir eine Sprengung auch aus der Entfernung gehört hätten.«

»Aber es haben uns schon eine Menge deutscher Soldaten überholt. Da kann es doch sein, dass sie die Brücken gesprengt haben. Der Bürgermeister hat gesagt, das tun sie, damit die Russen nicht über den Fluss kommen.« Elise hatte so hastig geredet, dass sie nach Atem schnappen musste. Die eisige Luft tat ihr in der Kehle und bis hinunter in die Brust weh.

Seit sie Gut Falkensee verlassen hatten, hatten sie immer nur höchstens eine Stunde angehalten, meistens nur eine halbe, damit die Pferde und die Menschen etwas essen konnten.

Nur während dieser Pausen war Tante Hedda vom Kutschbock gestiegen. Wenn die Wagen in Bewegung waren, gab sie die Zügel nicht aus der Hand. Falls sie überhaupt geschlafen hatte, dann dort oben im eiskalten Wind, der ihr die Schneeflocken ins Gesicht blies.

Auf dem Bock des zweiten Wagens hatten Elises Mutter und ihre Großtante sich abgewechselt. Diejenige von beiden, die nicht die Zügel hielt, konnte sich ausruhen. Jetzt gerade lag neben Elise unter einem Berg von Federbetten ihre Mutter und schlief fest. Nicht einmal Tante Heddas Ausruf hatte sie geweckt. Mama musste sehr erschöpft sein.

In dem wenigen Licht, das durch den Spalt in der vorderen

Plane ins Wageninnere fiel, betrachtete Elise das Gesicht ihrer Mutter. Es war fast so weiß wie der Zipfel der Bettdecke, auf dem ihr Kopf ruhte. Im Schlaf zuckten ihre Wimpern. Sie erinnerten Elise an die Flügel der Amseln, die sich im Sommer auf dem Wirtschaftshof im Staub badeten. Dabei breiteten sie die Schwingen aus und machten komische bebende Bewegungen damit. Beim Gedanken an das Gut, das sie vielleicht niemals wiedersehen würde, verstärkte sich sofort der seltsame Druck auf ihrem Bauch.

Als ein leises Stöhnen über die blassen Lippen ihrer Mutter kam, zuckte Elise zusammen. Vorsichtig strich sie über das Wolltuch, das ihre Mutter um den Kopf trug. Als hätte sie die Berührung gespürt, atmete Mama sofort ruhiger.

»Da ist die Brücke! Ich glaube, ich sehe sie«, rief Tante Hedda, und als Elise wieder den Kopf nach draußen streckte, meinte auch sie, eine dunkle Linie über der silbrigen Fläche des Flusses zu erkennen.

Elise stieß einen leisen Freudenschrei aus und spürte, wie ihre Mutter sich neben ihr rührte.

»Was ist denn?«, murmelte Mama. »Ist etwas passiert?«

»Die Weichselbrücke«, rief Elise aufgeregt »Sie ist noch da, und wir werden gleich drüberfahren.«

Ihre Mutter rappelte sich auf und sah nun auch durch den Spalt in der Plane nach vorn. Aus den anderen Wagen wehte der Wind jubelnde Stimmen zu ihnen herüber.

Nur die Pferde, die sich eigentlich hätten am meisten freuen müssen, gingen immer noch sehr langsam und sehr müde weiter. Sie alle ließen die Köpfe hängen, als hätten sie keine Kraft mehr, sie hochzuhalten.

Die Tiere wussten nicht, was es bedeutete, dass sie nun bald die Brücke überqueren würden. Der Bürgermeister hatte nämlich versprochen, dass sie auf der anderen Seite der Weichsel im nächsten Ort, der sich dafür eignete, ihr Nachtlager aufschlagen würden.

Wenn Elise darüber nachdachte, was Lotte und Lina aushalten

mussten, stiegen ihr Tränen in die Augen. Seit so vielen Stunden trugen die armen Pferde nun das schwere Geschirr und zogen die vollgepackten Wagen durch den Schnee. Ebenso erging es dem zweiten Gespann vom Gut und den vielen Pferden und den paar Ochsen, die die anderen Wagen im Treck zogen. Sie hatten ab und zu etwas zu fressen bekommen und für eine kurze Zeit anhalten dürfen. Mehr nicht. Sie waren nicht ausgespannt worden und hatten nicht schlafen dürfen, außer beim Gehen. Konnten Pferde im Gehen schlafen?

So gern hätte Elise den Tieren gesagt, dass sie es bald geschafft hätten. Dass es vielleicht sogar einen warmen und trockenen Ort geben würde, an dem sie eine ganze Nacht lang ausruhen durften.

Mit angehaltenem Atem beugte sich Elise vor und starrte in die Dämmerung. Starrte und starrte, als könnte sie auf diese Weise dafür sorgen, dass es schneller voranging, dass sie endlich über die Brücke fahren und einen Ort für die Nacht finden würden.

Nun erkannte sie sogar schon das Brückengeländer und das Eis auf dem Fluss. Die Weichsel war zugefroren, doch der Bürgermeister hatte gesagt, dass es lebensgefährlich sein konnte, mit Pferd und Wagen über das Eis zu fahren. Sie konnten einbrechen und ertrinken. Deshalb brauchten sie unbedingt die Brücke, um auf die andere Seite zu kommen. Die ersten Wagen hatten sie fast schon erreicht.

Da hörte Elise ein tiefes Brummen. Das Geräusch erinnerte sie an eine Hummel, die ihr im Sommer um den Kopf flog. Nur ferner und gleichzeitig lauter.

»Bomber«, flüsterte Mama neben ihr. Sie schlang die Arme um ihren dicken Bauch, als könnte sie das winzige Kind da drinnen auf diese Weise beschützen.

Elise erstarrte und hätte sich am liebsten unter dem Berg aus Federbetten versteckt. Was natürlich ein dummer Gedanke war. Ein Federbett konnte niemanden vor einer Bombe schützen, das wusste selbst das dümmste Kind.

Mühsam unterdrückte Elise ein Aufschluchzen. Wieso kamen die Flugzeuge ausgerechnet jetzt, wo sie es fast geschafft hatten? So lange hatten sie die Weichselbrücke herbeigesehnt, da durfte niemand sie kurz vorher aufhalten.

Sie hielten mit einem Ruck, und Elise sah, dass auch die Wagen vor ihnen angehalten hatten. Die Straße machte eine Biegung, und sie konnte sehen, dass das klapprige Pferd der Witwe Paschullke nur noch höchstens fünfzig Schritte vom Anfang der Brücke entfernt war. Würde der Bomber die Brücke zerstören? Oder würden die Bomben auf die Wagen fallen und die Menschen töten, die sich so lange durch den Schnee und die Kälte gequält hatten, um endlich zu dieser Brücke zu gelangen? Würden sie Elise töten, ihre Mutter, ihre Tante und ihre Großtante?

»Runter!«, rief Tante Hedda. »Runter vom Wagen. Legt euch in den Straßengraben.«

Ohne nachzudenken, tat Elise, was die Tante gesagt hatte. Sie sprang in den Schnee und lief los, zum Straßenrand, dorthin wo er höher lag. Nur einmal wandte sie sich um und sah, dass ihre Mutter auch schon vom Wagen herunter war. Sie konnte mit ihrem dicken Bauch nicht mehr gut laufen, doch sie eilte erstaunlich schnell hinter Elise her.

Das Brummen in der Luft war jetzt so furchtbar laut, dass es in den Ohren wehtat und Elise beim Laufen die Hände an die Seiten ihres Kopfes presste. Sie wagte nicht, nach oben zu schauen, aus Angst, das Flugzeug könnte direkt über ihr sein. Jetzt reichte der Schnee ihr schon bis zu den Oberschenkeln. Mit einem Aufschluchzen ließ sie sich vorwärtsfallen, verschränkte die Arme über dem Kopf und kniff ganz fest die Augen zu.

Dann wurde der Lärm noch schlimmer. Irgendwo in der Nähe explodierte etwas. Die Pferde schrien vor Angst. Es hörte sich fast an wie das Geschrei von Menschen. Die Menschen aber waren stumm, lagen wohl alle wie Elise mit den Gesichtern im Schnee.

Plötzlich bemerkte Elise, dass sie weinte. Ihre Mutter, die neben ihr lag, streichelte ihren Rücken, aber da musste sie noch mehr weinen. Sie wusste gar nicht, woran das lag, denn der Lärm war vorbei. Das Flugzeug, vielleicht waren es auch zwei oder drei gewesen, war davongeflogen.

Aus der Ferne hörte sie klar und entschieden die Stimme des Bürgermeisters: »Er fliegt weiter. Es ist alles in Ordnung. Nur wenige Bomben, und sie sind alle aufs Feld gefallen. Sofort wieder in die Wagen und über die Brücke. Schnell!«

Elise hatte keine Zeit, erleichtert zu sein, so sehr beeilte sie sich, zurück zum Wagen zu kommen. Sie lief Hand in Hand mit ihrer Mutter. Tante Hedda und Großtante Alice kamen von der anderen Straßenseite. Stumm stiegen sie auf die Wagen. Als sie sich hinter Tante Hedda hockte, spürte Elise, dass ihre Knie immer noch zitterten. Doch das war egal. Jetzt zählte nur die Brücke, die sie überqueren mussten.

Als sie kurze Zeit später das gegenüberliegende Ufer der Weichsel erreichten, konnte Elise nicht jubeln. Dazu fehlte ihr nach all der Aufregung und Angst die Kraft. Sie spürte ein kleines, warmes Licht der Freude in ihrem Bauch, aber die Sorge, was noch kommen mochte, war größer. Denn sie hatte längst begriffen, dass es nicht nur darum ging, den Fluss zu überqueren. Niemand wusste, wie lange sie noch fahren mussten und was noch geschehen würde, nicht einmal Tante Hedda oder der Bürgermeister.

Eine halbe Stunde später fanden sie ein verlassenes Dorf. Die Wagen fuhren am Ortsschild vorbei. Es war voller Schnee, und eigentlich war es auch egal, wie dieser Ort hieß. Elise wollte einfach nur ankommen, wenigstens für eine Nacht.

Sie waren schon vorher durch viele Dörfer gekommen, in denen es nur noch leere Häuser und verlassene Tiere gab. Manchmal irrten Kühe auf der Straße herum. Einmal hatten sie angehalten, um sie zu melken. Dann taten ihnen ihre prallen Euter nicht mehr weh, und die Leute im Treck hatten frische Milch.

Die Frauen von Gut Falkensee hatten sehr schnell festgestellt, dass Melken gar nicht so einfach war. Zu Hause hatten das die Knechte oder die Frauen aus dem Dorf gemacht. Jetzt machten sie das nicht mehr für die Leute vom Gut. Nun hatte jede mit ihren eigenen Sorgen genug zu tun.

Irgendwie schaffte es Tante Hedda, aus dem prallen Euter einer der Kühe die beiden Kannen zu füllen, die sie dabeihatten. Hinterher hatte sie richtig stolz ausgesehen.

Anschließend hatte sie die Kuh in einen Stall in der Nähe gebracht, wo es warm war und wo noch Futter lag. Zum Dank für die Milch, damit die arme Kuh nicht erfror, hatte sie gesagt. Die Tiere waren es nicht gewohnt, auf sich selbst aufzupassen. Früher waren sie bei Kälte immer in ihrem Stall eingesperrt gewesen.

Auch das Dorf, in das sie an diesem Abend kamen, war längst verlassen. Nur ein paar Hunde streunten umher und bellten, als die Fremden über die Straße fuhren. In der Ferne sah Elise den Schatten einer Kuh.

Sie hielten auf einem Platz in der Mitte der Ortschaft vor einer Kirche. Es gab auch einen Gasthof und einen riesigen Baum, auf dessen kahlen Zweigen dick der Schnee lag. Auf einer Seite des Platzes standen schon ein paar Wagen. Das war wohl ein anderer Treck, der vor ihnen hier angekommen war. Von den Menschen, die zu diesen Wagen gehörten, war nichts zu sehen, und die Pferde waren auch fort. Wahrscheinlich hatten sie schon einen warmen Platz für die Nacht gefunden, vermutete Tante Hedda, als Elise sie fragte, wo denn die anderen Flüchtlinge wären.

Der Bürgermeister versammelte die Leute aus Falkensee um sich und hielt eine kleine Rede.

»Hier machen wir Rast bis morgen früh um acht«, sagte er. »Die Pferde werden ausgespannt und gefüttert. Bringt sie in einen der Ställe. In den meisten werdet ihr sicher noch Futter finden, das die Bewohner zurückgelassen haben. Nehmt möglichst auch etwas für unterwegs mit. Aber nicht zu viel, denn die Pferde müssen das alles ziehen.«

»Und wo schlafen wir?«, rief eine der Frauen, deren Gesicht im Schatten der dunklen Decke, die sie sich über den Kopf und die Schultern geworfen hatte, kaum zu erkennen war.

Der Bürgermeister schaute sich suchend um. »Entweder bei den Pferden im Stall, was nicht besonders bequem, aber dafür warm ist, oder in einem der Häuser. Aber macht bitte nichts kaputt. Vielleicht kommen die Eigentümer ja doch schon bald zurück, und ihr möchtet eure Häuser auch nicht schmutzig und zerstört vorfinden, falls wir nach Falkensee zurückkehren.«

Elise fiel auf, dass Herr Schickedanz die Leute, die zum Treck gehörten, nicht mehr mit *Sie* ansprach, sondern *ihr* sagte. Das gefiel ihr irgendwie. Weil sie alle gleich waren. Sie hatten die gleiche Angst in sich und ein unbekanntes Ziel vor sich.

»Werden wir denn zurückkehren?«, rief die Frau mit der Decke. »Dann müsste ja der Iwan in die Flucht geschlagen werden. Freiwillig werden die Russen uns unser Land und unsere Häuser nicht wiedergeben.«

Elise konnte sehen, wie es unter dem rechten Auge des Bürgermeisters zuckte, während er nachdachte.

»Wir wissen nicht, was kommt«, sagte er dann mit seiner tiefen, ruhigen Stimme. »Jetzt ziehen wir nach Westen. Was später wird, wissen wir nicht.«

Als Elise den Kopf wandte und Tante Hedda anschaute, machte die ein ganz starres Gesicht, als wäre es eingefroren. Elise hörte immer genau hin, was die Erwachsenen sagten. Besonders Tante Hedda wusste ziemlich gut Bescheid. Und alles, was die Tante über die Flucht nach Westen gesagt hatte, hatte so geklungen, als würden sie niemals zurückkommen.

Der Bürgermeister redete anders. Wahrscheinlich wollte Herr Schickedanz die Leute aus dem Treck beruhigen. Viele von ihnen wollten nicht aus Westpreußen fort, nicht einmal aus Furcht vor der russischen Armee. Und es machte ihnen schreckliche Angst, dass sie ihr Zuhause niemals wiedersehen würden.

Elise hatte aus den Gesprächen anderer Flüchtlinge während der Pausen aufgeschnappt, dass mittlerweile ein paar Wagen umgekehrt und zurück ins Dorf gefahren waren. Das aber wollte der Bürgermeister nicht. Weil er sich große Sorgen um die Leute machte. Weil er meinte, wenn sie umkehrten, würde ihnen etwas Schlimmes passieren. Weil die Russen wütend auf die Deutschen wären.

Wenn sie daran dachte, dass sie wahrscheinlich niemals nach Falkensee zurückkehren würde, spürte Elise jedes Mal einen scharfen Schmerz. Ein Heimweh, das sich wie ein Messer in ihre Brust bohrte. Viel schlimmer noch als damals, als sie mit Großtante Alice für drei ganze Tage in die Berge gefahren war, bevor ihr Vater zum ersten Mal in den Krieg gezogen war.

»Damit deine Eltern ein bisschen Zeit für sich haben, bevor der Papa für lange Zeit wegmuss«, hatte es geheißen, und niemand hatte daran gedacht, dass Elise auch noch ein bisschen Zeit mit ihm hatte haben wollen, bevor er fortging.

Aber nicht nur ihren Vater, auch Gut Falkensee hatte sie damals schrecklich vermisst. Da hatten ihr die Berge gar nicht geholfen, zumal Großtante Alice sie nur von der Terrasse des kleinen Hotels aus ansehen wollte und Elise die ganze Zeit brav neben ihr sitzen und aus winzigen Tässchen Milch trinken sollte.

Damals hatte sie zum ersten Mal begriffen, was Heimweh bedeutet. Es war die Sehnsucht nach dem Ort, an dem man sich zu Hause fühlt; aber auch Sehnsucht nach den Menschen, die man liebt und die man dort zurückgelassen hat. Dieses Mal waren die Menschen nicht zurückgeblieben, doch der Ort fehlte ihr schon jetzt. Besonders wenn sie an die Felder, den See, den Wald und das Herrenhaus von Gut Falkensee dachte. An das prasselnde Kaminfeuer in der Halle und an ihr warmes, gemütliches Zimmer. Dann musste sie schlucken und schnell an etwas anderes denken.

Allerdings hatte sie nicht viel Zeit, über ihr Heimweh nachzugrübeln. Meistens war sie bis jetzt damit beschäftigt gewesen, sich zu ängstigen, dass die russischen Soldaten sie einholen würden oder dass die Weichselbrücke in die Luft gesprengt werden würde, bevor sie es geschafft hatten, sie zu überqueren. Außerdem musste sie ständig mit den Zehen wackeln, weil sie trotz der dicken Socken und der gefütterten Stiefel so eiskalt waren, dass sie sie nicht mehr spüren konnte. Oder sie musste sich Sorgen um Mama und das winzige Kind in ihrem Bauch machen. Weil ihre Mutter so blass war und manchmal richtig durchsichtig aussah.

Vielleicht würde nun, auf der anderen Seite der Weichsel, alles besser werden. Und vielleicht würden sie alle in gar nicht so ferner Zeit nach Falkensee zurückkehren, auch wenn Tante Hedda das nicht glaubte.

Nachdem sie zwischen den anderen Wagen des Trecks angehalten hatten, half Elise der Tante, Lotte, Lina und die beiden Wallache Ruprecht und Barrabas abzuschirren und in einen Stall zu bringen, in dem auch ein paar andere Pferde aus dem Treck standen. Es gab dort mit Stroh ausgestreute Boxen, genau wie auf Falkensee. Und sie fanden Heu und sogar Hafer und ein paar schrumpelige Äpfel und Möhren für die Pferde.

Elise freute sich, dass die Pferde nach all der Plackerei nun ein richtiges Festmahl hatten. Aber die armen Tiere waren so müde, dass sie gar keinen Spaß an dem schönen Futter hatten. Lotte blinzelte die ganze Zeit mit ihren braunen Augen, als wollte sie auf der Stelle einschlafen. Nur der kleine rotbackige Apfel, den Elise ihr hinhielt, brachte sie noch einmal dazu, die Lider mit den hübschen Wimpern weit zu öffnen.

»Sieh nur. Sie fühlen sich hier so sicher und wohl, dass sie sich sogar zum Schlafen hinlegen«, sagte Tante Hedda, nachdem die schläfrigen Pferde mit dem Fressen fertig waren. »Nur Ruprecht bleibt stehen. Meistens passt mindestens ein Pferd aus der Gruppe auf.«

Der Wallach tat Elise leid. Er hatte so lange auf seinen Hufen gestanden, dass sie sich wünschte, er würde sich auch hinlegen. Andererseits hatte Großmama Charlotte ihr schon vor einiger Zeit erklärt, dass Pferde auch im Stehen gut schlafen konnten und es für kranke oder alte Pferde gar nicht gut war, lange zu liegen.

Inzwischen hatten Großtante Alice und Elises Mutter in der Nähe ein kleines Haus gefunden, in dem sie übernachten wollten. Die Haustür hing lose in den Angeln und war nur angelehnt. Vielleicht hatte jemand sie aufgebrochen. Zu viert trugen sie die Federbetten hinein und breiteten sie auf den Matratzen eines breiten Doppelbetts aus, in dem sie alle zusammen schlafen würden. Denn im Haus war es kalt, und so konnten sie sich gegenseitig wärmen.

»Wir müssen unsere Sachen ins Haus schaffen«, sagte Tante Hedda. »Die Menschen aus unserem Treck würden wahrscheinlich nichts stehlen, aber es sind auch Fremde hier. Wenn die Leute nichts zu essen haben oder nicht genug warme Kleidung, kann man ihnen nicht verdenken, wenn sie sich danach umschauen.«

»Ich hole zuerst die Kisten mit den Lebensmitteln und dem Geschirr«, beschloss Tante Hedda. »Dann kann Elise nach den Kartoffeln und einem Topf suchen. Könntest du draußen schauen, ob du Holz für den Ofen findest, Tante Alice? Damit wir die Küche heizen und kochen können?«

»Wo soll ich denn hier Holz finden, um Himmels willen?« Die Worte der Großtante gingen ins Leere, Tante Hedda war schon nach draußen verschwunden.

»Das kann ich doch machen«, mischte Elises Mutter sich ein.

»Du legst dich hin und ruhst dich aus. Auf keinen Fall darfst du dich überanstrengen. Wir wollen nicht, dass das Kind jetzt schon kommt«, widersprach Großtante Alice energisch. In diesem Punkt waren Tante Hedda und Großtante Alice sich einig, obwohl Letztere sonst immer gern die Arbeit anderen überließ. Mama sollte sich wegen des Kindes in ihrem Bauch schonen, so gut es ging.

»Ich hole Holz. Ich finde bestimmt welches«, rief Elise und lief schnell nach draußen, bevor jemand protestieren konnte.

Seitlich vom Haus stand ein kleiner Schuppen. Die Tür klemmte, und Elise musste sich mit ihrem ganzen Gewicht an die rostige Klinke hängen, um sie aufzubekommen. Leider war die Anstrengung vergeblich, denn dort drinnen lag kein Feuerholz. Es gab nur Harken und Besen, eine Schubkarre und ein paar große Holzblöcke, die erst zerhackt werden mussten, damit sie in den Küchenofen passten. Das konnte Elise aber nicht.

Also lief sie zum nächsten Haus. Es sah fast genauso aus wie das, in dem ihre Familie Zuflucht gefunden hatte. Allerdings war die Haustür fest verschlossen, und deshalb übernachtete hier auch niemand. Dafür gab es in einer Ecke des Gartens ein Dach, das auf vier Balken ruhte – und darunter war eine Menge Holz aufgestapelt, in dicken Stücken, alle ungefähr so lang wie Elises Unterarm. Und das meiste davon war sogar ziemlich trocken, wie sie feststellte, als sie es vorsichtig mit den Fingerspitzen berührte.

Mit einem leisen Freudenschrei stürzte sie sich auf ihren Fund. Sie nahm zwei von den Holzscheiten in die Arme, legte einen dritten darauf und stellte fest, dass es mit dem vierten schon schwierig wurde. Dann musste sie eben noch einmal hin und her laufen.

Das Holz fest gegen die Brust gepresst, wandte sich Elise um. Da hörte sie hinter sich ein unterdrücktes Schluchzen. Erschrocken lockerte sie ihren Griff, die Scheite krachten zu Boden, und einer davon fiel auf ihren rechten Fuß. Das tat weh, wenn auch nicht allzu sehr, weil ihre Zehen von der Kälte taub waren. Sie hatte jetzt ohnehin keine Zeit, sich darum zu kümmern. Angespannt spähte sie in die Dunkelheit unter dem Dach.

»Wer ist da?«, flüsterte sie und überlegte, ob sie nicht lieber weglaufen sollte.

»Ich«, kam es zurück, und als sie die Stimme hörte, war sie sicher, dass keine Gefahr bestand. Dort im Dunkeln hockte ein Kind, das nicht älter war als sie selbst.

»Wie heißt du?« Elise trat wieder unter das Dach. Sie meinte, neben dem Holzstapel einen hellen Fleck in der Luft schweben zu sehen.

»Oskar.« Der Fleck, wohl ein Gesicht, wanderte ein Stück nach oben, was bedeutete, dass das Kind sich aufgerichtet hatte. Der Junge war ein wenig größer als sie selber.

Elise kaute auf ihrer Unterlippe. War das der Oskar, den sie aus der Schule kannte? Der Oskar, der gern Bücher las und später nach Amerika auswandern wollte?

»Was machst du hier?«, fragte sie vorsichtig. »Suchst du auch Holz? Du hast mich erschreckt.«

»Wollt ich nich. Ich hatte Angst. Ich such meine Mutter und meine Großmutter.«

Elise ging noch weiter auf Oskar zu und blieb zwei Schritte von ihm entfernt stehen. Jetzt erkannte sie ihn, obwohl er eine dunkle Zipfelmütze trug und so viele Jacken und Pullover, dass er sich kaum rühren konnte. Genau wie sie und alle anderen auf dem Treck.

»Du bist doch aus Falkensee. Dann müssen deine Mutter und deine Großmutter hier im Dorf sein. Wo hast du sie denn verloren?«

Oskar blinzelte im schwachen Licht, und Elise sah die Tränen, die über seine Wangen liefen. »Zuletzt war ich nich mehr in Falkensee. Nach Weihnachten sind meine Mutter und ich zu meiner Großmutter nach Conradswalde gezogen. Von da sind wir mit dem Treck los. Unterwegs musste ich pinkeln. Und dann hab ich mich in meinen Hosen verheddert, weil ich noch die langen wollenen Unterhosen anhab und zwei Jacken drüber und zwei dicke Pullover ...« Er stockte und atmete vor Kummer ganz schwer. »Dann bin ich hingefallen, wegen der Hosen und so, und als ich endlich losrennen konnte, hab ich's nich geschafft, den Wagen von meiner Großmutter einzuholen. Leute von einem anderen Treck haben mich mitgenommen und gesagt, ich würde unterwegs bestimmt meine Mutter wiederfinden. Ich glaub, der Treck, mit dem wir gefahren sind, is hier im Dorf. Aber ich kann meine Mutter nich finden, und ich weiß nich, was ich machen soll. Jetzt find ich ... nich mal mehr … die Leute … die mich mitgenommen haben.« Die letzten Sätze wurden von unterdrücktem Schluchzen unterbrochen.

Der Gedanke, vollkommen allein in einem fremden, eisigen Ort zu sein, ohne Mutter, Großmutter und Tante, fühlte sich an wie eisige Finger, die sich unter dem Schal fest um Elises Kehle pressten, sodass sie kaum noch Luft bekam.

»Da wäre ich auch schrecklich traurig«, sagte sie tröstend. Wahrscheinlich schämte sich Oskar, dass er weinte. Weil er doch ein Junge war und die Leute Jungen dauernd erzählten, sie dürften nicht weinen. Elise fand das blöd. Schließlich war ein Kummer nicht weniger schlimm, nur weil man ein Junge war. Das konnte sie sich jedenfalls nicht vorstellen.

»Hast du denn schon überall gesucht?«, fragte sie, als Oskar sich wieder gefasst hatte. »Die Leute sind jetzt in den Häusern. Manche schlafen auch in einem von den Ställen. Du musst eben überall anklopfen und fragen. Wenn du willst, komme ich mit und helfe dir.«

»Das würdest du tun?« Nun trat Oskar neben sie, und sie konnte sehen, dass sein Gesicht von den Tränen schimmerte wie Eis.

»In welcher Richtung hast du denn schon gesucht?«, fragte Elise.

Wortlos streckte Oskar den Arm aus und zeigte die Straße entlang.

»Dann gehen wir da lang«, beschloss Elise und stapfte in die andere Richtung los. Oskar folgte ihr.

Sie klopften an jede Tür, an der sie vorbeikamen, aber meistens öffnete niemand, weil es ein ziemlich großes Dorf war und es viel mehr Häuser als Flüchtlingsfamilien gab.

Wieder klopften sie an eine Tür, und ein missmutiger alter Mann öffnete. Sie fragten ihn, ob er Oskars Mutter kannte.

»Kenn ich nich. Hätt aufpassen sollen, dass er nich verloren geht, der Lorbass«, murmelte er und schlug den Kindern die Tür vor der Nase zu.

»Wenn wir sie nicht finden, kommst du erst mal mit zu uns«, sagte Elise.

»Gut. Aber lieber will ich sie finden«, murmelte Oskar in seinen dicken Schal hinein.

»Klar findest du sie. Wenn nicht heute, dann eben morgen. Die Leute fahren doch alle in die gleiche Richtung.«

»Ist das weit von hier? Das Haus, wo deine Familie ist?«, fragte Oskar.

Das Haus, in dem ihre Familie war? Elise runzelte die Stirn und schaute sich erschrocken um. In ihr breitete sich ein Schrecken aus, der noch eisiger war als die klirrende Kälte ringsum.

Sie waren auf ihrer Suche mehrmals abgebogen, und Elise konnte sich nicht mehr an den Weg zu dem Haus erinnern, in dem sie mit ihrer Mutter und ihren beiden Tanten übernachten wollte. Sie wusste nicht einmal mehr, wie dieses Haus aussah.

»Ich habe das schöne Buch von Amerika mit auf die Flucht genommen. Es ist im Wagen meiner Großmutter«, erzählte Oskar. »Danke dafür. Ich weiß, dass du es für mich ausgesucht hast. Sonst wusste ja niemand, dass ich nach Amerika will.«

»Hmhm«, machte Elise und überlegte verzweifelt, wie sie ihre Familie wiederfinden sollte.

25. Kapitel

Hedda
In einem Dorf nahe der Weichsel, Westpreußen, 24. Januar 1945

»Wo bleibt denn nur Elise mit dem Holz?« Hedda stemmte die Hände in ihren schmerzenden Rücken. Mit dem Fuß schob sie die letzte der Kisten, die sie vom Wagen ins Haus geschleppt hatte, an die hintere Wand der kleinen Küche. Einige der Behälter waren so schwer, dass sie sie im Schnee hinter sich hergezerrt hatte. Aber es kam auch nicht infrage, die kostbaren Lebensmittel und die warme Kleidung unbewacht im Wagen zu lassen.

Nun trat sie vor den immer noch kalten Herd. Auf dem kleinen Tisch daneben hatte ihre Tante den Topf mit den geschälten Kartoffeln bereitgestellt. Nun saß sie am Tisch und zerschnitt den Inhalt einer Dose mit eingekochtem Schweinefleisch in kleine Stücke, die zusammen mit den Kartoffeln gebraten werden sollten.

Sie hob den Kopf und sah Hedda mit gerunzelter Stirn an. »Sie ist schon über eine Dreiviertelstunde weg. Ich mache mir Sorgen.«

»Eine Dreiviertelstunde?« Ein eiskalter Ruck ging durch Heddas Körper und brachte sie zum Erschaudern. Das Mädchen lief doch nicht freiwillig so lange draußen in der Kälte herum. Es konnte nicht so schwierig sein, Feuerholz zu finden. Im Vorbeigehen hatte Hedda mehrere offene Holzschuppen gesehen. Und Elise war findig. Irgendetwas musste passiert sein.

»Meinst du, sie hat sich verlaufen?«, fragte sie ratlos.

»Wo ist Elise?«, kam in diesem Moment mit ungewohnter Schärfe Florentines Stimme durch die offene Tür. Sie musste vom Schlafzimmer aus, wo sie auf dem Bett ruhte, die Unterhaltung gehört haben. Im nächsten Moment erschien sie im Türrahmen und ließ ihren Blick zwischen Hedda und ihrer Tante hin und her wandern.

»Sie ist … Eigentlich wollte ich gehen, aber sie ist einfach hinausgelaufen, um Feuerholz zu suchen.« Heddas Tante klang schuldbewusst. In Wahrheit hatte sie eher versucht, dieser Aufgabe auszuweichen, das wusste sie, und das wusste auch Hedda. Aber es hatte nun keinen Sinn, jemandem die Schuld daran zu geben, dass Elise verschwunden war. Dadurch kam sie auch nicht schneller wieder.

Florentine stieß sich vom Türrahmen ab, ging zu ihren Stiefeln, die neben dem Ofen standen, bückte sich und machte Anstalten, sie anzuziehen.

»Was machst du da?«, fragte Hedda entsetzt.

»Ich gehe meine Tochter suchen. Was sonst?«, erwiderte Florentine, geriet ins Taumeln, während sie auf einem Bein balancierte, und hielt sich im letzten Moment am Rand des kalten Ofens fest.

»Du musst dich ausruhen«, protestierte Hedda. »Ich gehe Elise suchen. Mach dir keine Sorgen. Sie wird auf keinen Fall das Dorf verlassen haben.«

Florentine stieß ein bitteres Lachen aus. »Wie bitte? Ich soll mir keine Sorgen machen? Wir haben draußen minus 20 Grad.« Energisch schob sie ihren Fuß in den zweiten Stiefel. »Wo ist mein Mantel?«

»Wenn du draußen im Schnee herumläufst, bringst du dein ungeborenes Kind in Gefahr. Sei bitte vernünftig«, flehte Hedda.

»Und was ist mit meinem anderen Kind? Mit meiner Elise?« In Florentines Augen brannte ein Feuer, von dem Hedda nicht hätte sagen können, ob es Angst oder Zorn oder beides war.

»Wir werden sie finden. Bitte leg dich wieder hin, Florentine!«

Ohne auf die Worte ihrer Schwägerin zu achten, stapfte Florentine in die Ecke, wo auf einem Holzstuhl ein Berg von Jacken, Mänteln und Schals lag. Achtlos warf sie die Sachen auf den Boden, bis sie ihre Jacke und den Mantel gefunden hatte, den sie darüber trug. Als sie sich das dicke, grob gestrickte Wolltuch um Kopf und Hals wickeln wollte, fiel es ihr aus den Händen. Sie bückte sich danach und stieß im selben Moment einen kleinen, spitzen Schrei aus.

»Was ist denn, Florentine?« Sofort war Hedda an ihrer Seite. Vorher hatte sie nicht gewagt, die wütende Mutter festzuhalten. Jetzt nahm sie sie am Arm und half ihr, sich aufzurichten.

»Ich … Das war nur ein Krampf.« Auf Florentines Stirn funkelten trotz der Kälte im Zimmer kleine Schweißtropfen. Während sie beide Hände auf ihren Bauch presste, schwankte sie leicht.

Vor Entsetzen wurde Hedda übel. Wer sollte Florentine helfen, wenn sie tatsächlich hier, in diesem fremden Dorf, in diesem fremden Haus, ihr Kind bekam? Natürlich würde Hedda ihrer Schwägerin beistehen. Doch was war ihre Hilfe wert? Sie hatte keine Ahnung, was bei einer Geburt zu tun war. Ein Arzt fuhr nicht in ihrem Treck mit. Auch keine Krankenschwester oder Hebamme.

»Du musst dich sofort wieder hinlegen«, befahl sie Florentine und hoffte, dass diese das leichte Zittern in ihrer Stimme nicht bemerkte.

»Dann müsst ihr Elise suchen. Sofort!« Die Kraft, mit der Florentine ihre Hand packte, überraschte Hedda.

»Natürlich tun wir das. Und du legst dich hin.« Mit sanfter Gewalt führte Hedda die Schwägerin durch den schmalen Flur zurück ins Schlafzimmer.

Auf halbem Weg schrie Florentine erneut auf und krümmte sich. Wieder sprach Hedda ein stummes Gebet, während sie die Schwangere festhielt und stützte. Man hörte oft von Frauen, die mehrmals glaubten, ihr Kind würde auf der Stelle geboren werden, und dann war es falscher Alarm, und die Geburt fand erst Wochen später statt. So war es hoffentlich bei Florentine, und die Schmerzen rührten von der Anstrengung, der Kälte und der Sorge um ihre verschwundene Tochter her.

»O Gott!« Als Florentine sich wieder aufrichtete, starrte sie

Hedda aus weit aufgerissenen Augen angstvoll an. »Ich bin ganz nass. Wenn das Blut ist …«

Automatisch richtete Hedda den Blick auf Florentines Füße. Dort entdeckte sie eine kleine Pfütze. Und atmete auf, als sie die klare Flüssigkeit sah. Trotz allem war sie zu ihrem eigenen Erstaunen erleichtert. Immerhin wusste sie so viel, dass das Kind im Bauch von Wasser umgeben war. Und wenn diese Fruchtblase platzte, stand die Geburt unmittelbar bevor.

»Es ist kein Blut. Es ist nur … Fruchtwasser. Du wirst noch heute Nacht dein Kind zur Welt bringen.« Hedda spürte, wie die Angst mit eisigen Fingern über ihre Haut strich, sodass sich alle Härchen an ihrem Körper aufrichteten. Krampfhaft bemühte sie sich um ein ermutigendes Lächeln. »Das schaffst du. Jeden Tag werden überall auf der Welt Kinder geboren. Das ist eine ganz natürliche Sache. Und du kennst dich schließlich aus. Es ist nicht dein erstes Kind.«

»Du hast ja keine Ahnung!« In Florentines Augen stand die nackte Panik. »Elises Geburt war schrecklich. Die Schmerzen waren unerträglich. Doktor Kramer hat mir irgendwann ein Mittel gegeben. An den Rest erinnere ich mich nicht mehr. Ich soll stark geblutet haben und …« Mit einem unterdrückten Aufschrei presste sich Florentine die Hand vor den Mund.

»Ich sagte schon, dass jeden Tag viele Frauen …«, setzte Hedda an und spürte, wie wenig beruhigend sie selbst diesen Gedanken fand. Es ging hier nicht um irgendwelche Frauen, die irgendwo Kinder bekamen. Es ging um Florentine.

»Wir schaffen das!«, erklärte Hedda mit Nachdruck, und vor allem, um sich selbst Mut zu machen. Es würde ihnen ohnehin nichts anderes übrig bleiben.

»Aber erst wenn ich weiß, dass mit Elise alles in Ordnung ist.« Florentine presste die Hände auf den Bauch und beugte sich vor, wohl weil eine erneute Wehe sie durchfuhr.

»Mach dir keine Sorgen. Ich bleibe bei dir, und Tante Alice wird sie suchen und finden. Nicht wahr, Tante Alice?« Hedda wandte sich ihrer Tante zu, die, fast noch blasser als Florentine, wie erstarrt dastand. Immer wieder hatte sie während der vergangenen Wochen erklärt, wie schrecklich sie den Vorgang der Geburt fände und dass sie *ganz gewiss* keine Hilfe dabei sein könne.

»Sicher. Ich gehe und werde sie finden«, murmelte die Tante, während sie mit fliegenden Händen Jacke, Mantel und Schal anzog. Im nächsten Moment war sie in Richtung Haustür verschwunden.

Hedda hoffte inständig, dass sie bald mit Elise zurückkehren würde. Sie konnte und wollte Florentine nicht allein lassen, um selbst nach Elise zu suchen. Doch wenn ihre Tante der Aufgabe nicht gewachsen war, würde ihr nichts anderes übrig bleiben.

Energisch nahm Hedda ihre Schwägerin beim Arm und führte sie zurück zum Bett. »Wie lange hat es gedauert, bis Elise geboren war?«, erkundigte sie sich vorsichtig, während sie mehrere Federbetten über Florentine aufhäufte.

»Ich weiß nicht genau. Einen ganzen Tag und eine Nacht, und dann ist sie am Vormittag gekommen. Doktor Kramer meinte, ich hätte ein schmales Becken, und deshalb wäre es schwierig.« Mit einer plötzlichen Ergebenheit, von der Hedda nicht wusste, ob sie ihr Mut oder eher Angst machen sollte, schloss Florentine die Augen.

»Versuch dich zu entspannen«, sagte Hedda. »Ich bin gleich wieder da. Wir brauchen unbedingt Feuer im Ofen, um Wasser heiß machen zu können. Für Tee. Und ich muss die Kartoffeln kochen, damit du etwas zu essen bekommst. Du brauchst Kraft.«

Sofort riss Florentine die Augen wieder weit auf. »Lass mich nicht allein!«, flehte sie. Offenbar hatte sie vergessen, dass sie eben noch vorgehabt hatte, mutterseelenallein draußen im Schnee herumzulaufen.

»Ich lasse dich nicht im Stich«, beteuerte Hedda. »In fünf Minuten bin ich wieder da. Wir *brauchen* Holz.«

Bei einer Geburt riefen die Ärzte und Hebammen immer nach heißem Wasser. Wahrscheinlich um irgendwelche Geräte zu desinfizieren. Zwar besaß sie keine Geräte, mit denen sie Florentine helfen konnte. Aber etwas Warmes zu essen würde sowohl ihr als auch der Gebärenden guttun. Sie achtete nicht auf Florentines neuerliche Proteste, sondern schlüpfte eilig in Jacke und Stiefel und verließ das Haus.

Vor der Tür schaute sie sich suchend um. Das Dorf wirkte menschenleer. Offenbar hatten alle Flüchtlinge sich mittlerweile für einen Unterschlupf entschieden und waren froh, ein Dach über dem Kopf zu haben. Im Schnee vor dem Haus sah Hedda die kleinen Fußabdrücke von Elise und die größeren ihrer Tante. An der Form erkannte Hedda, dass sie tatsächlich mit ihren Filzpantoffeln losgelaufen war.

Hedda folgte mit ihren Blicken den Spuren, so weit sie sie sehen konnte. Dann schüttelte sie den Kopf. Sie konnte sich jetzt nicht darum kümmern, wo die beiden hingelaufen waren. Florentine wartete auf sie. Ihre Tante hatte die Aufgabe übernommen, Elise zu suchen, und sie würde es schaffen. Darauf musste Hedda jetzt vertrauen.

Auf der gegenüberliegenden Straßenseite entdeckte Hedda an der Mauer eines Hauses einen Holzstapel und stapfte dorthin. Unter dem überstehenden Dach lag das Holz geschützt, und sie konnte den Schnee, der auf den oberen Scheiten lag, leicht mit den Händen wegschieben.

Den Arm voller Holz kam sie ins Haus zurück und beantwortete vom Flur aus Florentines ängstlichen Ruf.

»Ich bin wieder da, und ich bleibe jetzt hier.« *Zumindest wenn Elise und Tante Alice wieder auftauchen.* Sie hoffte inständig, dass das kleine Mädchen und die alte Dame sehr bald aus der eisigen Kälte zurückfanden. Falls sie jedoch nicht kamen, würde Hedda sie suchen müssen. Mit der Geburt dauerte es wahrscheinlich noch, aber draußen in Schnee und Eis konnte man innerhalb weniger Stunden erfrieren.

»Ich heize jetzt den Ofen an und koche Tee«, sagte sie von

der Tür aus zu Florentine, von der sie unter dem Deckenberg nur die blasse Nasenspitze und ein paar zerzauste Haarsträhnen sah. »Dann koche ich Kartoffeln, und wir essen alle etwas.«

»Hast du Elise draußen gesehen?« Florentine richtete sich auf und heftete ihren brennenden Blick auf Hedda.

»Nein. Aber sie kann nicht weit sein. Auf keinen Fall würde sie das Dorf verlassen, dazu ist sie ein viel zu kluges Kind. Wahrscheinlich hat sie unterwegs Bekannte getroffen und sitzt nun mit ihnen im Warmen. Du musst dir also gar keine Sorgen machen. Konzentriere dich jetzt ganz auf dich und auf die Geburt.«

»Elise ist tatsächlich ein kluges Kind. Genau deshalb würde sie nicht bei irgendwelchen Leuten bleiben und uns vergessen.« Mit dem Handrücken wischte Florentine sich eine zerzauste Haarsträhne aus der Stirn. »Wenn ihr etwas passiert ist und sie irgendwo hilflos im Schnee liegt …«

»Dann findet Tante Alice sie«, unterbrach Hedda sie hastig. »Außerdem ist das Dorf voller Menschen. Elise müsste nur rufen, sofort würde jemand sie hören und ihr helfen.«

Sie fand selbst, dass ihre Worte höchst plausibel klangen. Dennoch hatte auch sie große Angst um ihre Nichte. Und mittlerweile auch um Tante Alice. Wo blieben die beiden nur?

Ein wenig half es Hedda gegen die Angst, sich beschäftigt zu halten. Sie heizte den Ofen an und setzte einen großen Topf mit Wasser auf. Dann suchte sie die Dose mit den getrockneten Pfefferminzblättern, löffelte etwas davon in eine alte Metallkanne, die sie im Regal über dem Herd fand, und wartete ungeduldig, bis das Wasser kochte.

Als sie Florentine nebenan unterdrückt stöhnen hörte, schaute Hedda nach ihr. Florentine lag mit schmerzverzogenem Gesicht da und sah gleichzeitig auf die kleine goldene Uhr an ihrem Handgelenk.

»Ungefähr jede Viertelstunde«, verkündete sie keuchend. »Das heißt, es kann noch viele Stunden dauern. Was sollen wir tun, wenn das Kind morgen früh noch nicht da ist? Der Bürgermeister hat gesagt, dass wir um acht Uhr weiterfahren. Und er meint, was er sagt. Auf keinen Fall wird er den Treck warten lassen, bis ich mit dieser verdammten Geburt fertig bin.«

Hedda zuckte zusammen. Noch nie hatte sie die sanfte Florentine fluchen hören. Dass sie es nun tat, konnte nur eines bedeuten: Ihre Schwägerin war verzweifelt und voller Angst. Wozu sie nach Heddas Ansicht allen Grund hatte.

Sie half Florentine, die vom Fruchtwasser nassen Sachen aus- und trockene Wäsche anzuziehen, und legte ihr eine mehrmals gefaltete Decke unter. Wenn die Eigentümer des Hauses zurückkamen, sollten sie keine vom Blut einer Geburt besudelten Matratzen vorfinden. Möglicherweise war es verrückt, sich in einer solchen Situation über so etwas Gedanken zu machen, aber Hedda fand es beruhigend, sich mit ganz praktischen Dingen zu beschäftigen.

Nachdem sie Florentine etwas süßen Pfefferminztee gebracht hatte, setzte sie die schon von ihrer Tante vorbereiteten Kartoffeln auf den Herd. In der Küche war es inzwischen so warm, dass sie den oberen ihrer zwei dicken Pullover auszog. Als die Kartoffeln kochten, sah sie noch einmal nach Florentine, die mit geschlossenen Augen dalag und offenbar erschöpft eingeschlafen war. Hedda kehrte in die Küche zurück und begann dort, unruhig hin und her zu laufen. Für den Augenblick gab es nichts zu tun, und still sitzen konnte sie auf keinen Fall.

Sie zählte ihre Runden um den Küchentisch, und jedes dritte Mal, wenn sie am Fenster vorbeikam, schob sie die geblümte Gardine zur Seite und spähte hinaus in die Dunkelheit. Aber die Straße vor dem Haus war und blieb menschenleer.

Zwischendurch hielt Hedda vor dem Herd an, zog sich den Pulloverärmel über die Hand und hob den Deckel vom Topf. Mit dem kleinen, spitzen Schälmesser pikste sie in eine der Kartoffeln. Sie war noch hart. Ihre Tante und Elise hatten noch etwas Zeit, pünktlich zum Essen aufzutauchen.

Als es an die Haustür klopfte, ließ sie vor Aufregung das Messer fallen, nahm sich aber nicht die Zeit, es vom Boden aufzuheben. Sie lief zur Tür und riss sie auf.

»Clemens …« Erschrocken starrte sie den Bürgermeister an. Kam er mit schlimmen Nachrichten?

»Habe ich mich doch nicht getäuscht, als ich meinte, dich vorhin mit einer Kiste in dieses Haus gehen zu sehen.«

»Ist etwas passiert?«, stieß sie atemlos hervor.

»Ich bin diesen beiden Damen begegnet, und sie wussten nicht recht, in welchem Haus sie den Rest ihrer Familie finden. Also habe ich sie herbegleitet.« Clemens trat zur Seite, und erst jetzt sah Hedda, dass hinter seinem breiten Rücken die zarte Alice und die kleine Elise verborgen gewesen waren.

»Mein Gott! Vielen Dank! Ich bin so froh.« Blind vor Tränen machte Hedda einen Schritt nach vorn und fiel Clemens um den Hals. »Ich hätte nicht gewusst, was ich tun soll, wenn meine Tante und meine Nichte … Ich bin doch verantwortlich. Und meine Schwägerin bekommt ausgerechnet jetzt ihr Kind.«

Beruhigend strich Clemens ihr über den Rücken. »Es ist alles in bester Ordnung. Es ist nicht sonderlich erstaunlich, dass die beiden in dem dunklen, fremden Dorf nicht so ohne Weiteres eure Unterkunft wiederfinden konnten. Die Häuser sehen alle ähnlich aus.«

»Ich hatte solche Angst«, schluchzte Hedda. Sie lehnte sich gegen den großen, starken Körper und wünschte sich, für immer in seiner Umarmung zu bleiben, all ihre Verantwortung und Sorgen dort abladen zu können und zu wissen, dass von nun an alles gut sein würde.

»Contenance, mein Kind, Contenance«, hörte sie die tadelnde Stimme ihrer Tante Alice.

»Was ist denn, Tante Hedda?« Das war Elise. Angesichts von Heddas Ausbruch klang sie ängstlich.

Mit einem Ruck befreite Hedda sich aus Clemens' Armen, suchte in ihrer Rocktasche nach einem Taschentuch und putzte sich geräuschvoll die Nase. Nachdem sie sich mit dem Ärmel verstohlen die Wangen trocken gewischt hatte, schaute sie Clemens verlegen an.

»Es tut mir leid. … Ich habe die Beherrschung verloren. Das kommt nicht wieder vor. Kommt schnell rein ins Warme.« Sie wich zurück, damit die kleine Gruppe in die Diele treten konnte.

Wenn Clemens lächelte, spannte sich die verbrannte Haut seiner linken Gesichtshälfte immer noch stark, aber seine Augen glänzten beruhigend.

»Es ist für uns alle nicht leicht.« Für einen winzigen Moment berührte er ihren Arm, doch als sie es spürte, war seine Hand schon wieder fort. »Du musst dich nicht entschuldigen, Hedda. Ich bewundere alle Frauen in diesem Treck, die Verantwortung für Kinder und ältere Verwandte tragen. Es ist kein Wunder, wenn du manchmal das Gefühl hast, dass es dir zu viel wird.«

»Es ist mir nicht zu viel«, behauptete sie sofort. Es hatte noch nie zu ihren Angewohnheiten gehört, es zuzugeben, wenn sie das Gefühl hatte, nicht mehr weiterzukönnen. Denn letztlich, das wusste sie, gelang ihr fast alles, wenn sie nur entschlossen genug war und nicht aufgab. Sie wollte keine hilflose, schwache Frau sein, auch wenn das sicher oft praktischer und immer bequemer war. Eine Nervenkrise war ungefähr das Letzte, was sie sich in dieser Situation leisten konnte, so viel stand fest.

»Tausende von Frauen sind in Eis und Schnee unterwegs«, fügte sie hinzu, als sie Clemens' prüfenden Blick bemerkte. »Und wir haben in dieser Nacht sogar ein Dach über dem Kopf.«

Dann wandte sie sich rasch ihrer Nichte zu, bückte sich und zog sie fest an sich. »Wo warst du denn nur, Elise?«

»Es tut mir leid. Ich bin Oskar begegnet. Dem Jungen aus meiner Schule. Er ist vor ein paar Wochen mit seiner Mutter in ein anderes Dorf zu seiner Großmutter gezogen. Deshalb war er nicht in unserem Treck. Aber dann war er doch in unserem Treck, weil er …« Elise schnappte nach Luft.

»Das klingt kompliziert«, beruhigte Hedda sie. »Die Hauptsache ist, dass du wieder da bist.«

»Es war nicht meine Schuld.« Eifrig fuhr Elise mit ihrer schmalen Hand durch die Luft. Offenbar war es ihr ein Bedürfnis, die Gründe für ihr langes Ausbleiben zu erklären. »Oskar ist unterwegs vom Wagen gesprungen, in dem er mit seiner Mutter und seiner Großmutter fuhr. Er musste mal, und dann hat er sich irgendwie in seinen Hosen verheddert und ist hingefallen und konnte den Wagen seiner Familie nicht einholen. Da kam unser Treck vorbei, und die Leute, die bis Weihnachten seine Nachbarn waren, haben ihn mitgenommen. Sie haben gesagt, er würde seinen eigenen Treck und seine Mutter auf der Strecke wiederfinden. Und nun ist hier im Dorf außer unserem noch ein anderer Treck, und deshalb ist Oskar rumgelaufen und hat seine Mutter gesucht. Aber er wusste nicht, wie er das machen sollte. Da hab ich ihm geholfen. Das musste ich doch tun, oder nicht?«

Hedda tauschte einen langen Blick mit Clemens, dann nickte sie zögernd. »Es war sehr freundlich von dir, Oskar zu helfen. Allerdings wäre es besser gewesen, wenn du ihn erst einmal mit zu uns gebracht hättest. Dann hätten wir gemeinsam überlegt, wie er am besten seine Mutter wiederfindet.«

»Er hat sie ja wiedergefunden«, rief Elise triumphierend. »Wir mussten einfach nur durchs Dorf gehen und überall anklopfen, wo vor dem Haus Fußspuren im Schnee waren. Aber das mit den Fußspuren haben wir erst nach den ersten zehn Häusern oder so gemerkt. Vorher haben wir an jede Tür geklopft. Weil man das Licht auch nicht immer von außen sieht.«

»Während ihr überall angeklopft habt, haben wir uns große Sorgen gemacht. Und deine Großtante musste hinaus in die Kälte und nach dir suchen.« Hedda schaute ihre Tante an. »Geht es dir gut?«

Diese zuckte unbestimmt mit den Schultern. »Meine Füße sind eiskalt und nass und der Rest von mir auch.«

Hedda sparte sich die Bemerkung, dass es nicht anders zu erwarten gewesen war, wenn man in Filzpantoffeln loslief. Wahrscheinlich war es für die alte Dame angenehmer, kalte Füße zu bekommen, als die Schmerzen zu erdulden, die sie offenbar in festem Schuhwerk quälten.

»Das tut mir leid«, sagte Hedda rasch. »Wir können deine Pantoffeln am Küchenofen trocknen. Auf dem Herd steht noch ein Topf mit heißem Wasser. Wenn wir eine große Schüssel finden, kannst du ein Fußbad nehmen.«

»Das klingt himmlisch«, seufzte ihre Tante und ging an Hedda vorbei in die Küche. Elise folgte ihr, sodass Hedda und Clemens allein in der kleinen Diele zurückblieben.

»Sie ist sehr tapfer«, sagte Clemens lächelnd.

»Wer? Meine Tante oder meine Nichte?« Hedda erwiderte sein Lächeln, hatte aber das Gefühl, dass ihre Lippen immer noch eingefroren waren. Am liebsten hätte sie sich auf der Stelle wieder in Clemens' Arme gestürzt, aber das ging natürlich nicht.

»Beide sind tapfer. Wenn sie auch ein bisschen desorientiert waren, als ich sie vorhin auf der Straße vorbeiwandern sah.«

»Vielen Dank, dass du sie hergebracht hast. Kann ich dir …« Hedda runzelte die Stirn. Es war unhöflich, ihn hier im Flur herumstehen zu lassen. Auch wenn dies nicht ihr eigenes Haus war. »… einen Pfefferminztee anbieten?«

»Vielen Dank, aber ich muss wieder los.« Er wandte sich zur Tür.

In diesem Moment kam aus dem Schlafzimmer ein langgezogenes Stöhnen. Clemens hielt inne und sah Hedda fragend an.

»Meine Schwägerin«, sagte Hedda und spürte, wie sie sich sofort wieder innerlich verkrampfte. »Ich glaube, ihr Kind kommt bald.«

»Wir haben keinen Arzt im Treck. Auch keine Hebamme.« Clemens zog ein bedenkliches Gesicht.

»Ich weiß«, fuhr Hedda mit gedämpfter Stimme fort. »Wir müssen es allein schaffen. Was sollen wir tun, wenn morgen früh das Kind noch nicht da ist? Wir können unmöglich weiterfahren, während Florentine in den Wehen liegt.«

Ein langes Schweigen breitete sich zwischen ihnen aus, das sich schwer wie Blei auf Heddas Schultern legte. Würde Clemens den Treck so lange aufhalten, bis Florentine ihr Kind zur Welt gebracht hatte? Ein leiser Hoffnungsschimmer stieg in ihr auf.

»Der Gedanke, dich hier mit deiner Schwägerin zurückzulassen …« Er schüttelte den Kopf. »Drücken wir die Daumen, dass das Kind morgen früh da ist. Falls nicht, sehen wir weiter.«

Für wenige Augenblicke spürte Hedda Erleichterung, dann schüttelte sie energisch den Kopf.

Sie schaute ihm fest in die Augen, die schön und klar wie Eis waren. Nur wusste sie nicht, was sich unter der vielleicht brüchigen Oberfläche verbarg. »Wir dürfen nicht all die Menschen im Treck, auch nicht Tante Alice und Elise unnötig in Gefahr bringen. Wir haben zwei Wagen. Falls das Kind morgen früh nicht da ist, werden meine Tante und Elise im zweiten Wagen mit dem Treck weiterfahren. Sobald es möglich ist, folgen Florentine und ich mit dem Neugeborenen dem Treck im ersten Wagen.«

Clemens runzelte die Stirn. »Der Gedanke, euch zurückzulassen, behagt mir nicht … Obwohl du wahrscheinlich recht hast.«

»Du hast die Verantwortung für den Treck übernommen. Und du kannst nicht wegen zwei Frauen mehr als hundert Menschen einer unnötigen Gefahr aussetzen. Die Rote Armee ist uns auf den Fersen, und sie werden nicht freundlich abwarten, bis unser Treck sich wieder in Bewegung setzt.« Es fiel Hedda schwer, diese Worte auszusprechen, aber sie musste es tun. Wegen ihrer Tante Alice und Elise, aber auch wegen all der anderen Menschen und wegen Clemens.

Im Licht der schwachen Deckenbeleuchtung sah sie, dass er blass geworden war. »Als würde sich alles wiederholen«, murmelte er vor sich hin. »Ich will das nicht. Dich im Stich zu lassen, das ist … schrecklich.«

Ich will das auch nicht.

»Du lässt mich nicht im Stich«, erklärte sie tapfer. »Du tust deine Pflicht und führst den Treck nach Westen, in die Sicherheit.«

Sie hatte entsetzliche Angst vor dem Moment, in dem Clemens das Dorf verlassen würde. Er konnte bei der Geburt wahrscheinlich ebenso wenig helfen wie sie. Aber solange er in der Nähe war, fühlte sie sich auf unerklärliche Weise sicher.

»Ich fürchte, wir werden es tatsächlich so machen, wie du vorgeschlagen hast«, sagte er nach einer weiteren langen Pause und fügte in eindringlichem Ton hinzu: »Du schaffst das. Wenn jemand das schafft, dann du.«

»Ich schaffe das«, wiederholte sie.

»Ich schaue morgen früh vorbei.« Erneut wandte sich Clemens zur Tür. »Falls das Kind noch nicht da ist, besprechen wir dann, wie und wo ihr wieder zu unserem Treck stoßen könnt.«

Sie nickte und schluckte heftig an dem Kloß in ihrem Hals. Am liebsten hätte sie sich mit beiden Händen in den Ärmel seiner Jacke gekrallt und ihn gezwungen zu bleiben.

Sie tauschten einen letzten stummen Blick. Dann ging er hinaus, und sie stand mit hängenden Armen da und sah ihm nach, wie er durch den Schnee davonstapfte.

26. Kapitel

Hedda
Dorf nahe der Weichsel, Westpreußen, 25. Januar 1945

Am nächsten Morgen brach der Treck pünktlich um acht Uhr auf. Hedda und Florentine blieben zurück, denn das Kind war noch nicht da, und, wie es aussah, würde es mit der Geburt auch noch einige Stunden dauern. Clemens hatte Hedda versprochen, unterwegs ein Auge auf ihre Tante und Elise zu haben und dafür zu sorgen, dass der zweite Wagen von Gut Falkensee, den ihre Tante lenken würde, direkt hinter dem Wagen der Witwe Paschullke eingereiht wurde.

Die Tante war einerseits nicht begeistert von der Idee gewesen, ohne Hedda und Florentine weiterzufahren. Andererseits war ihr durchaus bewusst, dass es sicherer war, im Treck zu bleiben, den Clemens Schickedanz anführte. Sicherer auch, weil die Rote Armee immer näher kam.

Hedda stand in der Küche des fremden Hauses und starrte den Topf auf dem Herd an. Es kam ihr vor, als würde sie seit einer Ewigkeit wieder und wieder Wasser erhitzen. Sie wollte, wieder einmal, frischen Tee für Florentine kochen. Während sie wartete, dass das Wasser endlich kochte, schaute sie immer wieder auf die Wanduhr über der Tür. Mit jeder Runde, die der Zeiger auf dem Zifferblatt drehte, entfernte sich der Treck weiter, und sie fühlte sich noch einsamer – falls das überhaupt möglich war.

Je länger sich die Geburt von Florentines zweitem Kind hinzog, umso mehr schreckliche Geschichten über Entbindungen fielen Hedda ein. Erzählungen, die von jungen Müttern handelten, die während der Geburt gestorben waren, kamen ihr in den Sinn. Sie dachte an totgeborene Kinder und an Blut, das sich nicht stillen ließ. Schon die Vorstellung, dass Geburten manchmal zwei Tage und zwei Nächte dauern konnten, reichte, um Panik in Hedda aufsteigen zu lassen.

»Hedda? Bist du da?« Von nebenan hörte sie Florentines schwache Stimme. Ihre Schwägerin schien mit jeder Stunde, die verging, schmaler und durchsichtiger zu werden. Die Wehen jedoch wurden immer noch stärker, obwohl es Hedda schon während der Nacht vorgekommen war, als sei die Grenze des für Florentine Erträglichen längst erreicht.

Wenn sich der schmale Körper vor Schmerz aufbäumte und Florentine den Mund zu einem großen O formte, aber kaum noch genug Kraft hatte, ihr Leid herauszuschreien, musste Hedda sich beherrschen, um nicht wegzulaufen, sich irgendwo zu verstecken und sich Augen und Ohren zuzuhalten. Doch sie harrte neben ihrer Schwägerin aus, auch wenn sie nicht viel tun konnte. Sie hatte es versprochen. Und selbst wenn es dieses Versprechen nicht gegeben hätte: Es gab niemanden außer ihr, der Florentine beistehen konnte.

»Ich bin gleich da, Florentine«, rief sie durch die offene Tür. »Einen kleinen Moment noch. Das Wasser kocht gleich.«

Als Antwort kam ein langgezogenes Stöhnen, dann ein spitzer Aufschrei, der Hedda zusammenzucken ließ. Automatisch flogen ihre Hände in Richtung ihrer Ohren, aber sofort ließ sie die Arme wieder sinken. Florentine konnte sich auch nicht vor ihrem eigenen Schmerz die Ohren zuhalten.

»Gleich«, rief sie noch einmal, »gleich bin ich wieder da.«

Sie nahm den Topf mit dem kochenden Wasser vom Herd und goss die Kanne voll, in die sie die getrockneten Pfefferminzblätter getan hatte. Nach einem kurzen Blick auf die Uhr kehrte sie zu Florentine zurück. Der Tee musste zehn Minuten ziehen, dann würde sie ihrer Schwägerin eine Tasse davon holen.

Inzwischen hatte Florentine die neuerliche Wehe überstanden

und lag erschöpft in den Kissen. Hedda griff nach dem Lappen, der in einer Schüssel mit Wasser schwamm, wrang ihn aus und legte ihn auf Florentines Stirn.

»Nein«, keuchte ihre Schwägerin. »Nimm das weg. Mir ist kalt.«

»Tut mir leid. Aber dir steht der Schweiß auf der Stirn.« Hastig warf Hedda den Lappen zurück in die Schüssel. Was sie auch tat, um Florentine zu helfen, es war meistens falsch oder zeigte zumindest keine Wirkung. Wie sollte auch ein nasser Lappen die schrecklichen Schmerzen lindern, die Florentine nun schon seit mehr als zwölf Stunden erdulden musste?

Angst und Hilflosigkeit schnürten Hedda die Kehle zu. Aber obwohl es ein furchtbares Gefühl war, allein mit der sich quälenden Florentine zu sein, war Hedda froh, dass ihre Tante und Elise mit dem Treck gen Westen unterwegs waren. Wenigstens diese Verantwortung drückte sie nicht mehr.

»Ah!«, schrie Florentine, packte Heddas Hand und quetschte ihre Finger so heftig zusammen, dass sie ihrerseits nur mühsam einen Schmerzensschrei unterdrücken konnte.

»Ich glaube, es kommt«, keuchte Florentine und verdrehte die Augen, bevor sie einen gellenden Laut hervorstieß, der Heddas Ohren zum Klingeln brachte. »Es zerreißt mich. Es …«

Während Florentine sich an Hedda festklammerte, kamen nur noch gurgelnde Laute aus ihrem Mund.

»Was soll ich tun? Kann ich irgendetwas tun, um dir zu helfen? Möchtest du Pfefferminztee? Er ist gleich fertig.«

Das mit dem Tee war natürlich Blödsinn, wie ihr in dem Moment klar wurde, in dem sie die Frage aussprach, doch Hedda konnte keinen klaren Gedanken mehr fassen. Mit ihrer freien Hand zog sie das Federbett weg und sah, dass Florentine die Beine gespreizt hatte und die Fersen gegen die Matratze stemmte.

»Du musst pressen«, fiel Hedda ein. Zumindest das wusste sie über eine Entbindung. Am Ende musste die werdende Mutter pressen.

»Ich kann nicht. Ich kann einfach nicht mehr.« Offenbar ließen für einen Moment die Schmerzen nach, denn Florentines Griff um Heddas Hand lockerte sich. Die Gebärende schloss erschöpft die Augen und wandte den Kopf zur Seite, als wollte sie mit der ganzen Angelegenheit nichts mehr zu tun haben.

»Du kannst!«, schrie Hedda sie an und rüttelte sie an der Schulter. Die Angst packte mit eisigen Händen nach ihr, als sie sah, wie sich zwischen Florentines Schenkeln ein dunkelroter Fleck ausbreitete. »Reiß dich zusammen. Bitte, Florentine! Nur noch für ein paar Minuten. Bitte!«

Florentine lag einfach nur da und rührte sich nicht. Erschrocken senkte Hedda den Kopf zu ihr hinab und lauschte nach ihrem Atem. Im selben Augenblick fuhr Florentine zusammen und schrie erneut ihren Schmerz heraus, direkt in Heddas Ohr.

Von dieser Sekunde an funktionierte Hedda wie in Trance. Sie dachte nicht mehr nach, sie kam nicht einmal mehr dazu, Angst zu haben. Sie tat, was getan werden musste. Hielt Florentines Hand, auch wenn sie das Gefühl hatte, ihr würden gleich die Finger brechen, so verzweifelt klammerte ihre Schwägerin sich an ihr fest; packte behutsam das blutige Köpfchen, das nach endlosen Minuten, angefüllt mit entsetzlichen Schreien und atemlosem Keuchen, zwischen Florentines Schenkeln auftauchte, zog vorsichtig an dem kleinen Körper, als eine Schulter sichtbar wurde, es aber nicht weiterging.

Und dann war das kleine Wesen da. Lag in Heddas blutigen Händen und stieß einen erstaunlich kräftigen Schrei aus.

»Oh«, machte Hedda und starrte wie verzaubert die winzigen Hände an, die suchend durch die Luft fuhren. Betrachtete die kleinen Füße mit den Zehen, die wie Perlen aufgereiht waren. Schaute das Kind an, das sich so mühsam und unter so ungünstigen Umständen den Weg in die Welt erkämpft hatte, und schüttelte den Kopf, weil ihr das alles so unwirklich vorkam.

»Ist ... Ist alles in Ordnung mit ihm?« Florentines leise Stimme holte sie in die Wirklichkeit zurück. In das kalte Zimmer in einem fremden Haus, in einem fremden Dorf, in dem sie ganz allein mit einer jungen, vollkommen erschöpften Mutter und einem Neugeborenen war.

Sie schaute ihre Schwägerin an und nickte, während sie hastig nach dem Handtuch griff, das sie bereitgelegt hatte. Sanft schlug sie das Kind in das dicke Frottee und legte das Bündel Florentine auf die Brust.

»Ich muss ein Messer oder eine Schere sterilisieren und die Nabelschnur durchschneiden«, murmelte sie dabei.

»Ist es ein Junge?« In Florentines blassem, schmalem Gesicht wirkten ihre Augen riesengroß.

War es Florentine nach all dieser Quälerei tatsächlich so wichtig, einen Jungen zur Welt gebracht zu haben?

Hedda stieß ein kurzes Lachen hervor. »Ich hab vergessen nachzusehen«, behauptete sie. »Die Finger und Zehen sind jedenfalls alle dran. Ich bin gleich wieder da.« Sie eilte in die Küche und überließ es Florentine festzustellen, ob sie mit dem Geschlecht ihres Kindes zufrieden war.

Während sie die Schere in das sprudelnde Wasser auf dem Herd hielt, verspürte Hedda leise Wut auf ihre Schwägerin. Warum freute Florentine sich nicht einfach, dass ihr Kind da war? Nach all der Quälerei und der Angst schien es ihr immer noch besonders wichtig zu sein, einen Sohn zur Welt gebracht zu haben. Den Stammhalter, den Ludwig sich angeblich so dringend wünschte und offenbar auch Florentine selbst.

Dabei hatten sie in Elise eine wirklich zauberhafte Tochter. Eine Tochter, der zumindest Ludwig von Herzen zugetan war. Florentine wirkte oft ein wenig irritiert ob der energischen Art und der für ihr Alter viel zu klugen Bemerkungen Elises. Aber natürlich liebte sie ihre Tochter, wie sollte es anders sein? Was war also dagegen einzuwenden, noch ein solches Mädchen in der Familie zu haben?

Durch die angelehnte Tür hörte Hedda einen leisen, freudigen

Aufschrei. Sie runzelte die Stirn. Es war vielleicht albern, und sie hätte sich mit Florentine zusammen über den kleinen Jungen freuen sollen. Aber es ärgerte sie irgendwie, dass das Geschlecht des Kindes, das sich unter diesen schwierigen Umständen auf die Welt gekämpft hatte, so wichtig sein sollte.

Hedda zog die Schere aus dem kochenden Wasser und ging nach nebenan, um die Nabelschnur durchzuschneiden. Als sie sich dem Bett näherte, strahlte Florentine sie an.

»Ach, Hedda, ich bin so glücklich.«

»Das kannst du auch«, erklärte Hedda streng. »Du hast ein gesundes Kind zur Welt gebracht. Ohne Arzt und Hebamme, auf der Flucht vor der Roten Armee, in einem verlassenen Dorf.«

Für eine Sekunde senkte Florentine den Blick auf das Köpfchen mit den wenigen goldblonden Haaren, das an ihrer Schulter ruhte. »Ich danke dir von ganzem Herzen, Hedda. Ich weiß nicht, was ich ohne dich getan hätte.«

Hedda zuckte mit den Schultern und gab sich gelassen. »Im Grunde habe ich nicht viel gemacht. Zum Glück *musste* ich nicht viel machen. Sonst wärst du schlimm dran gewesen, fürchte ich.«

»Du hast mir Kraft und Mut geschenkt. Ohne dich wäre ich sicher vor Angst gestorben.«

»Das wäre ich auch beinahe«, murmelte Hedda vor sich hin.

»Und es ist ein Junge«, stieß Florentine hervor. »Ludwig wird so glücklich sein.«

»Er hätte sich auch über eine Tochter gefreut«, erklärte Hedda mit der Autorität der Schwester, die sich in diesem Moment einredete, Ludwig besser zu kennen als seine Frau. Immerhin war sie mit ihm aufgewachsen.

»Er wünscht sich einen Sohn und Erben.« Florentine ließ sich von Heddas strenger Bemerkung nicht beeindrucken.

In diesem Moment verflog Heddas Wut wie eine Rauchwolke, die der Wind mit sich nahm. Sie biss sich auf die Unterlippe und schluckte heftig. Sie hatte schon häufig gedacht, dass die Zeiten sich änderten und auch ein Mädchen, erst recht ein Mädchen wie Elise, einen großen Besitz erben konnte. Nun aber war ihr eingefallen, dass es das Erbe des winzigen Jungen in Florentines Armen vielleicht gar nicht mehr geben würde, wenn er erwachsen war. Gut Falkensee und die Zuckerfabrik Krammbach lagen in Westpreußen, und dort marschierten soeben die russische und die polnische Armee ein.

Lächelnd beugte sich Hedda über Mutter und Kind und küsste den kleinen Jungen aufs Köpfchen. Dann band sie die Nabelschnur mit zwei Baumwollbändchen ab und durchtrennte sie beherzt.

»Ich gratuliere dir, Florentine«, sagte sie dann. »Hast du mit Ludwig besprochen, wie euer Stammhalter heißen soll?«

»Baldur, nach Ludwigs Vater.« Stolz betrachtete Florentine ihren Sohn.

»Schön.« Hedda war nicht besonders begeistert von dem Namen, aber das ging sie nichts an. »Nun ruhst du dich aus, und ich fange an, den Wagen zu packen. Schaffst du es, deinem Sohn die Brust zu geben, oder soll ich helfen?«

»Sicher schaffe ich das. Aber …« Plötzlich ernst schaute Florentine aus den Kissen auf. »Wie sollen wir ganz allein den Weg finden?«

»Clemens Schickedanz hat mir eine Karte gegeben und mir erklärt, worauf ich achten muss. Außerdem weiß ich, welchen Weg der Treck genommen hat. Wenn wir die kommende Nacht durchfahren, holen wir sie wahrscheinlich ein.«

»Und wenn nicht? Wenn wir sie nicht finden?« In Florentines Gesicht machte die Freude über die Geburt ihres Sohnes großer Sorge Platz.

»Was sollen wir dann schon tun? Dann fahren wir allein nach Westen. Immer weiter nach Westen.« Hedda bemühte sich, zuversichtlich zu klingen, obwohl es ihr schwerfiel. Ihre Angst war mindestens ebenso groß wie die, die sich in Florentines Augen abzeichnete. Doch es half nichts, wenn sie beide in Panik gerieten. Obwohl allein die Frage, wie sie in diesem Fall Alice und Elise wiederfinden sollten, ihren Magen in einen Eisklumpen verwandelte.

»Wir schaffen das. So oder so«, sagte Hedda mitten in ihre Angst hinein. Was sie mit »so oder so« meinte, wusste sie selbst nicht. Aber in diesem Moment war sie selbst erstaunt über ihre Zuversicht. Nachdem sie die Geburt überstanden hatten und Florentine und ihr Kind scheinbar wohlauf waren, schien es ihr keine unlösbare Aufgabe mehr zu sein, den Wagen ohne Begleitung westwärts zu lenken.

Eine knappe Stunde später brachen sie auf. Florentine hatte sich und das Kind mit etwas warmem Wasser gewaschen, das Hedda ihr gebracht hatte. Dann hatten die beiden Frauen sich mit einer schnellen Mahlzeit aus belegten Broten und Pfefferminztee gestärkt, und Hedda hatte für Mutter und Kind hinten im Wagen ein Nest aus mehreren Federbetten gebaut. Florentine vergrub sich mit dem kleinen Baldur an der Brust so tief zwischen den Decken, dass nur noch ein Wust aus blonden Haaren und die obere Hälfte ihres blassen Gesichts zu sehen war.

»Kriegt er Luft?«, erkundigte sich Hedda ängstlich.

Florentine lachte. »Glaubst du, ich passe nicht auf dieses Kind auf? Mein Kind, das ich unter diesen Umständen zur Welt gebracht habe? Ludwigs Sohn.«

»Entschuldige.« Mit einer nervösen Bewegung ihrer schon in dicken Fäustlingen steckenden Hand fuhr Hedda durch die Luft. »Wir machen es so: Du passt auf dein Kind auf, und ich fahre den Wagen und achte auf den Weg.«

Damit kletterte sie auf den Bock, wickelte sich in die bereitliegende Decke und griff nach den Zügeln.

»Brechen wir so eilig auf, damit wir den Treck einholen, oder befürchtest du, dass die feindlichen Truppen schon dicht hinter uns sind?«, rief Florentine ihr zu.

Wohl aufgeschreckt durch die laute Stimme der Mutter, erhob der kleine Baldur sein hohes Stimmchen. Immerhin brachte er beruhigend kräftige Schreie zustande, die abrupt aufhörten, wohl weil Florentine ihm die Brust angeboten hatte.

»Erinnerst du dich an unsere Abmachung? Du kümmerst dich um das Kind, ich um den Wagen und den Weg«, erwiderte Hedda über ihre Schulter hinweg.

Es kam keine Antwort, was entweder bedeutete, dass Florentine sich nun tatsächlich an die vereinbarte Arbeitsteilung hielt oder dass sie eingeschlafen war. Sie musste vollkommen erschöpft sein.

Hedda ließ ihren Blick über die weiße Fläche wandern, die sich vor ihnen ausbreitete. Am vergangenen Abend, kurz vor ihrem Halt für die Nacht, hatte es endlich aufgehört zu schneien. Der Himmel war klar und von einem zarten Blau, das an die verblasste Farbe eines häufig gewaschenen Kleidungsstücks erinnerte. Die letzten Sonnenstrahlen des Tages krochen wie tastende Finger über den Schnee.

Die hereinbrechende Dunkelheit bereitete Hedda Sorge, denn sie musste allein ihren Weg finden. Bisher hatte sie nicht einmal auf den Verlauf der Straße achten, sondern nur dem Wagen vor sich folgen müssen. Der wiederum ebenfalls einem Wagen folgte. Denn Clemens hatte für sie alle den Weg gesucht und gefunden.

Als sie hinter sich Motorenlärm hörte, schaute Hedda sich besorgt um. Im schwindenden Tageslicht erkannte sie auf der schnurgeraden Straße einen kleinen Lastwagen, der von einigen Reitern in Uniform begleitet wurde. Offenbar handelte es sich um Soldaten.

Hedda rang nach Luft, und ihre Finger zitterten in den dicken Handschuhen so heftig, dass sie kaum noch die Zügel halten konnte, als sie versuchte, die Pferde anzutreiben. Wenn das russische Soldaten waren, befanden sie sich in großer Gefahr.

Lotte und Lina waren nach der langen Pause und dem guten Futter frisch und ausgeruht. Sie fielen willig in einen leichten Trab.

»Brav«, murmelte Hedda. »Brav!« Suchend schaute sie sich um, ob sie irgendwo abbiegen konnte. Die Soldaten hatten sicher ein Ziel und würden nicht von der Straße abweichen. Doch ringsum erstreckten sich nur endlose Schneeflächen und vor ihr die Straße, auf der schon zahllose Wagen und Menschen den Schnee niedergewalzt hatten. In der Ferne zeichneten sich die weiß bestäubten Zweige eines Tannenwäldchens ab.

»Was ist denn los?«, rief Florentine von hinten. Offenbar hatte sie das höhere Tempo durch das Ruckeln und Schaukeln des Wagens bemerkt. Hedda antwortete nicht. Florentines Aufgabe war es, sich zu erholen und sich um ihr Kind zu kümmern. Stumm flehte Hedda zum Himmel, dass sie genau das auch würde tun können.

Sie hörte den Motor des Wagens aufheulen, dann quäkte eine Hupe. Als sie sich zur Seite beugte und am Wagenaufbau vorbei nach hinten schaute, sah sie zu ihrem Entsetzen, dass die Soldaten direkt hinter ihr waren. Nun erkannte sie, dass sich außen an den Lastwagen mehrere Männer klammerten, die Reiter folgten dem LKW. Nur einer von ihnen ritt neben dem Kraftfahrzeug.

»He«, rief der Soldat auf dem Pferd. »Sie da vorn.«

Hedda erstarrte. Ihr Herz schlug so heftig, dass sie das Gefühl hatte, es würde gleich aus ihrer Brust hinunter in den Schnee hüpfen und dort unter die Hufe geraten. Erst nach mehreren Schrecksekunden fiel ihr auf, dass der Mann deutsch gesprochen hatte. Das waren zumindest keine russischen Soldaten, keine Feinde.

»Ja?«, rief sie mit zitternder Stimme. Denn wenn sie auch erleichtert war, dass es sich offenbar um Angehörige der deutschen Wehrmacht handelte, wusste sie doch nicht, was die Männer von ihr wollten.

»Lassen Sie uns vorbei! Fahren Sie zur Seite«, rief der Mann im Befehlston.

»Aber … wo soll ich hin?« Das sagte Hedda leise, eher zu sich selbst. Sie würde sich auf keinen Fall mit den Soldaten anlegen, so viel stand fest. Es gab durchaus auch Geschichten über deutsche Soldaten, die sich an Frauen vergangen hatten, die sie allein und wehrlos irgendwo erwischt hatten.

Vorsichtig lenkte sie die Pferde nach rechts an den Straßenrand, wo der Schnee über einen Meter hoch lag.

Lotte warf den Kopf in den Nacken und wieherte laut. Lina tat es ihr nach. Beide machten kleine Trippelschritte und blieben dann stehen. Sie wollten nicht in den Schnee, der ihnen bis über die Brust reichte.

»Platz da!«, rief eine andere Männerstimme, und als Hedda einen weiteren Blick nach hinten warf, fuhr der LKW so dicht hinter ihrem Wagen, dass er ihn fast berührte.

Hedda kniff die Augen zusammen und ließ die Zügel auf die breiten Rücken der Pferde schlenzen. Nicht so stark, dass es den Tieren wirklich wehtat, aber doch so, dass sie es deutlich merken mussten. Ein weiteres lautes Wiehern, ein Rucken, dann versanken die beiden Tiere bis fast zum Rücken im Weiß, und der Wagen rutschte seitlich in Richtung Straßenrand, sodass der Schnee über die Seitenwand reichte. Zum Glück gab es den Aufbau, der die Wagenladung und vor allem Florentine und ihren neugeborenen Sohn schützte.

Als Hedda zur Seite blickte, starrte sie direkt gegen die Scheibe des Führerhauses, so dicht neben ihr fuhr der Lastwagen vorbei. Der Soldat, der auf dem Beifahrersitz saß, grinste sie an. Rasch wandte sie den Kopf ab. Sie konnte verstehen, dass die Soldaten nicht hinter einem Pferdewagen herzuckeln wollten. Sich aber darüber zu freuen, dass sie nun mit Wagen und Gespann im Tiefschnee steckte, war wenig mitfühlend.

»Tut mir leid.« Die leise Männerstimme drang so unvermittelt aus nächster Nähe in ihr Ohr, dass Hedda trotz der freundlichen Worte erschrocken herumfuhr. Einer der Uniformierten, die sich seitlich an der Ladefläche des Wagens festhielten, hatte sich entschuldigt. Sie sah gerade noch sein blasses Gesicht vorbeihuschen, dann verschwanden die Rücklichter des Lastwagens in der Dämmerung, gefolgt von den Reitern, die sich um Hedda und den Wagen am Straßenrand nicht scherten.

»Ist alles in Ordnung, Florentine?«, rief Hedda nach hinten.

»Ja«, kam es zurück. Dieses Mal fragte Florentine nicht, was los sei.

Hedda sprang vom Kutschbock, um die Lage zu begutachten. Der festgefahrene Schnee auf der Straße reichte ihr nur knapp über die Knöchel, doch auf der rechten Seite steckten die Wagenräder im meterhohen Schnee, ebenso wie die Pferde.

Lotte und Lena wandten gleichzeitig die braunen Köpfe und schauten Hedda vorwurfsvoll an. Jedenfalls kam es ihr so vor. Vielleicht baten sie mit ihren dunklen Augen auch einfach nur um Hilfe, weil sie aus dem kalten Schnee herauswollten.

Entschlossen griff Hedda nach Lottes Halfter und zog schräg nach vorn in Richtung Straße. Als Erstes wollte sie erreichen, dass die Pferde wieder direkt vor dem Wagen standen und nicht schräg davor fast vollständig im tiefen Schnee.

Die Stuten schnaubten und setzten sich in Bewegung, wollten Hedda folgen, schafften es jedoch nicht, sich von der Stelle zu bewegen. Entweder die Deichsel hatte sich verkeilt, oder die Räder steckten so tief im Schnee, dass die Kraft der Tiere nicht ausreichte, um den Wagen zu bewegen.

»Gleich, ihr Lieben. Ich helfe euch.« Eilig lief Hedda auf der Straßenseite um den Wagen herum und schob die hintere Plane zurück, um auf der Ladefläche nach der Schaufel zu suchen. Genau zu diesem Zweck, nämlich um Schnee wegzuschaufeln, hatte sie in jedem der beiden Wagen eine Schaufel verstaut. In der nun fast vollständigen Dunkelheit musste sie eine Weile herumtasten, bis sie endlich das kühle Metall spürte und wenig später auch den Holzstiel.

»Was ist los?«, murmelte Florentine und raschelte zwischen den Leinenbezügen der Federbetten. Offenbar hatte sie geschlafen.

»Nichts«, flüsterte Hedda. »Ich brauche nur eine Schaufel, um etwas Schnee wegzuschippen. Gleich geht es weiter.«

Aus der Dunkelheit kam ein leises Seufzen, dann war wieder

alles still. Florentine musste todmüde sein, und es war gut, dass sie endlich zur Ruhe kam.

Zum Glück leuchtete der Schnee selbst bei Nacht so hell, dass Hedda die Beine der Pferde freischaufeln konnte, ohne sie mit der scharfen Kante der Schaufel zu verletzen. Als würden sie verstehen, dass sie sich besser ganz still verhielten, rührten sich die Tiere kaum.

»So. Nun könnt ihr euch bewegen. Schön ziehen.« Erneut griff Hedda nach Lottes Halfter und zog zur Straße hin. Lotte unternahm große Anstrengungen, sich dorthin zu bewegen, wo Hedda sie haben wollte. Sie wieherte, legte sich in die Gurte, setzte die Hufe vorwärts, rutschte im Schnee weg und versuchte es wieder und wieder. Lina tat es ihr gleich, doch der Wagen rührte sich nicht von der Stelle.

»Ist gut. Brr.« Mit leiser, beruhigender Stimme und Gegendruck machte Hedda den Pferden klar, dass sie aufhören sollten. So ging es offenbar nicht.

Als sie sah, wie ein Schauer über Lottes dunkelbraunes Fell lief, holte sie eilig die Pferdedecken und warf sie den beiden Tieren über. Dann griff Hedda nach der Schaufel, die sie neben sich in den Schnee geworfen hatte und ging wieder zur Rückseite des Wagens. Offenbar musste sie auch die Räder freischaufeln, damit die Pferde es schafften, den Wagen in Bewegung zu setzen.

Hedda brauchte mehr als eine halbe Stunde, um so viel Schnee wegzuschaffen, dass es ihr schien, als würden sich die Räder nun drehen können. Zu diesem Zeitpunkt war sie bis zur Taille klatschnass vom Schnee und schwitzte trotz der Kälte.

Wieder ging sie nach vorn zu den Pferden, zog am Halfter, redete ihnen gut zu, sah, wie Lotte und Lina sich ins Zeug legten, wie sie schnaubten und zerrten und mit den Hufen wegrutschten – und wie sich der Wagen immer noch nicht bewegte.

Schwärzer als die Nacht ringsum stieg die Verzweiflung in Hedda auf. Was sollte sie tun, wenn es ihr nicht gelang, den Wagen wieder in Bewegung zu setzen? Würden sie dann morgen noch hier am Straßenrand stehen? Ohne jede Chance, den Treck noch einzuholen, dafür aber in großer Gefahr, von den Soldaten der Roten Armee eingeholt zu werden.

Nein! Hedda schüttelte den Kopf. So durfte sie nicht denken. Es gab noch viele Möglichkeiten, den Wagen wieder zum Rollen zu bringen, auch wenn ihr gerade keine einfiel. Mit gerunzelter Stirn stand sie da und starrte den Wagen an, der mit seinem Aufbau in Form eines Spitzdachs aussah wie ein kleines Häuschen am Straßenrand.

Spätestens wenn es hell wurde, würden andere Trecks vorbeikommen. Irgendjemand würde anhalten, um ihnen zu helfen. Dennoch hatte sie nicht vor, eine ganze eisige Nacht hier auszuharren. Schon wegen der Pferde nicht, die ohne Bewegung froren.

Eine weitere Möglichkeit war, den Wagen auszuräumen und ihn auf diese Weise leichter zu machen, damit die Pferde ihn bewegen konnten. Doch wenn sie all ihre Habseligkeiten in den Schnee stellte, wurde ein Teil davon möglicherweise nass und unbrauchbar. Und es würde unendlich viel Kraft kosten, den Wagen aus- und wieder einzuräumen. Kraft, die sie möglicherweise nicht mehr aufbringen konnte.

»O Gott, bitte hilf mir. Was soll ich nur tun?« Verzweifelt schaute Hedda hinauf zum Nachthimmel.

27. Kapitel

Clemens
Auf einer Straße in Westpreußen, in der Nacht zum 26. Januar 1945

Clemens rieb sich mit seinem pelzgefütterten Lederhandschuh die vom eisigen Wind gefühllose Nasenspitze und zog anschließend seinen Wollschal wieder bis unter die Augen hoch. Seit Stunden hockte er nun schon auf dem breiten Rücken eines Kaltblüters, den Frau Treskow ihm, wenn auch unter Protest, ausgeliehen hatte. Er war der Treckführer, und er bestand darauf, dass auch eine Frau Treskow sich ihm fügte, wenn es darum ging, anderen Flüchtlingen zu helfen.

Die Frau des reichsten Bauern im Dorf hatte ein Pferd als Ersatz mitgenommen und hinten an ihren Wagen gebunden. Für den Fall, dass eines der beiden Zugpferde ausfiel oder müde wurde.

Treskow war trotz seiner kaum vierzig Jahre erst im vergangenen Herbst eingezogen worden. Wie er es geschafft hatte, so lange dem Kriegsdienst zu entgehen, wusste Clemens nicht. Wahrscheinlich durch Beziehungen.

Clemens versuchte, seinen Rücken durchzustrecken. Es gab keinen Sattel, und er saß direkt auf dem glatten Pferderücken. Seine Schenkel schmerzten, und die Muskeln brannten, weil er sie so sehr anspannen musste, um sich oben zu halten und sein Gewicht gleichmäßig zu verteilen.

Mittlerweile hatte er sein Zeitgefühl verloren. Ein Blick auf seine Armbanduhr war nicht möglich. Dazu hätte er den Ärmel hochstreifen müssen, was in der Kälte Wahnsinn gewesen wäre. Es spielte auch keine Rolle, wie spät es war. Er war aufgebrochen, um Hedda und ihre Schwägerin zurück zum Treck zu bringen. Und wenn er den ganzen Weg zu dem Dorf reiten musste, wo er die beiden zurückgelassen hatte, würde er es eben tun.

Vielleicht war das Kind immer noch nicht geboren. Oder – ein schrecklicher Gedanke – Mutter und Kind oder einer von beiden hatte die Geburt nicht lebend überstanden. Was würde Hedda dann tun? Würde sie die Tote zurücklassen, wie es am vernünftigsten gewesen wäre, da in Schnee und Eis eine Beerdigung nicht möglich war?

Er kniff die Augen zusammen und starrte die schnurgerade Straße entlang. War der große, dunkle Fleck dort hinten ein Wagen? Sein Herzschlag beschleunigte sich, und er trieb das Pferd an, das immer wieder in einen gemütlichen Schritt fiel.

Wenig später war er sicher, dass es sich um einen Wagen handelte, denn nun konnte er den Holzaufbau in Form eines Spitzdachs erkennen. Allerdings sah er die Pferde nicht, und nun meinte er, dass das Gefährt sich in die falsche Richtung bewegte. War es doch nicht Hedda, sondern handelte es sich um Menschen, die es sich unterwegs anders überlegt hatten und nach Hause zurückfuhren? Direkt in ihr Verderben, wie er vermutete. Hedda würde das nicht tun. Oder doch?

Endlich war er nahe genug, um die Deichsel zu erkennen, die sich dunkel über dem hellen Schnee abzeichnete. Der Wagen sah aus wie eines der beiden Gefährte von Gut Falkensee. Aber wo waren die Pferde? Und wo war Hedda? Der Druck auf seiner Brust wurde stärker, sein Atem schneller.

»Hallo?«, rief er, nachdem er den Schal heruntergezogen hatte. Zu seinem Erstaunen bekam er ein lautes Pferdeschnauben als Antwort. Im selben Moment trat eine schmale Gestalt mit einem Pferd an ihrer Seite hinter dem Wagen hervor.

»Hedda?«, fragte er und kniff die Augen zusammen. Selbst tagsüber war es oft schwierig, jemanden zu erkennen. Alle trugen mehrere Lagen Kleidung übereinander, sodass ihre Körper unförmig wirkten, und die Gesichter waren im Schatten von Tüchern und Schals verborgen.

»Clemens?« Sie blieb stehen, ließ den Arm sinken, mit dem sie das Pferd geführt hatte, und schluchzte auf.

Erschrocken sog er einen Schwall eisige Luft ein, die ihm sofort in der Lunge brannte, und ließ sich neben Hedda vom Pferderücken gleiten.

»Was ist passiert?«, fragte er und spähte in ihr Gesicht, von dem er durch das in die Stirn gezogene Wolltuch und den Schal, der Kinn und Mund verhüllte, nur die Augen sah. Augen, die im schwachen Licht verdächtig glänzten.

Als Antwort erhielt er wieder nur ein lautes Schluchzen, während Hedda mit hängenden Armen dastand und leicht schwankte, als könnte sie sich kaum noch auf den Beinen halten.

»Ist deine Schwägerin …«, sagte er vorsichtig. »Und was machst du mit den Pferden?«

Nun sagte sie etwas, das er wegen des Schals nicht verstand. Gleichzeitig ließ sie sich einfach nach vorn fallen. Er konnte gerade noch eben die Arme ausbreiten und sie auffangen. Mit einem weiteren Schluchzer landete sie an seiner Brust, und als er sie stützend umschlang, spürte er am Zucken ihres Körpers, dass sie weinte.

»Es tut mir so leid«, murmelte er hilflos.

Zu seinem Erstaunen hörte Hedda auf zu schluchzen, hob den Kopf, schob ungeduldig den störenden Schal von Mund und Wangen und sah ihm aus nächster Nähe ins Gesicht. »Was tut dir denn um Himmels willen leid? Ich bin so schrecklich froh, dass du gekommen bist. Ich … ich kann einfach nicht mehr. Allerdings wäre es besser gewesen, wenn du ein bisschen früher aufgetaucht wärst, aber das mache ich dir nicht zum Vorwurf. Wirklich nicht … Ich bin … so froh.« Wieder ein Schluchzen, dann ein Auflachen, dann schlang Hedda ihrerseits die Arme um ihn und schmiegte sich so fest an seinen Körper, dass er sie trotz der vielen Stoffschichten meinte, spüren zu können.

»Ich verstehe nicht«, sagte er schließlich. »Was ist denn passiert?«

Er kam nicht weiter, weil er plötzlich ihren Mund auf seinem spürte. Kühl trafen sich ihre Lippen, öffneten sich, suchten nach Wärme und Trost und fanden etwas, das Clemens erstaunte und erschreckte. In ihm stiegen Gefühle auf, von denen er gemeint hatte, sie seien für immer gestorben. Gefühle, die er nie mehr hatte zulassen wollen. Sehnsucht, Liebe, Verlangen. Dieses Mal war es kein rein körperliches Bedürfnis, das Heddas Lippen, die unter seiner Berührung aufzutauen schienen, in ihm auslösten. Es war der Wunsch, ihr nahe zu sein. So nah, wie es nur ging. So innig, wie er es nur bei einer einzigen Frau erlebt und zugelassen hatte. Bei jener Frau, die er nicht hatte retten können.

Als ihm wie aus dem Nichts dieser Gedanke durch den Kopf schoss, schob er Hedda sanft, aber nachdrücklich von sich. »Entschuldigung«, murmelte er über der grauen Wolle, die ihre Haare bedeckte. »Das wollte ich nicht. Es tut mir leid.«

Wieder hob sie ihm ihr Gesicht entgegen. »Du entschuldigst dich schon wieder?« Ihre Stimme klang unendlich müde.

»Ich hätte nicht so reagieren sollen. Aber du warst so traurig. Was ist passiert? Wo hast du deine Schwägerin gelassen?«

»Florentine?« Sie runzelte die Stirn. »Sie schläft im Wagen. Es geht ihr gut, und sie hat einen gesunden Sohn zur Welt gebracht.«

Verwirrt starrte Clemens erst Hedda, dann das spitze Dach an, unter dem angeblich die junge Mutter wohlbehalten schlief. »Was machst du dann hier? Und wieso weinst du?«

Hedda hob die Hand und wischte sich mit dem dicken Fäustling übers Gesicht. »Ich weine nicht. Jedenfalls nur ein bisschen. Es gab so viele Augenblicke, in denen ich einfach nicht mehr weiterwusste. Ich musste den Wagen an den Straßenrand fahren, als uns Wehrmachtsoldaten passierten, und dann steckten wir im Schnee fest. Nichts was ich getan habe, hat funktioniert. Ich habe versucht, die Räder freizuschaufeln, und die Pferde sowieso.

Aber sie konnten den Wagen nicht zurück auf die Straße ziehen.«

»Er steht doch auf der Straße.« Verwirrt schüttelte Clemens den Kopf. »Wieso hast du die Pferde ausgespannt?« So richtig verstand er nicht, was passiert war.

»Es hat Stunden gedauert, erst die Pferde freizuschaufeln und dann die Wagenräder. Ich dachte, mein Rücken bricht durch. Und dann schafften die Pferde es nicht, den Wagen zurück auf die Straße zu ziehen. Anschließend habe ich versucht, Kistenbretter unter die Räder zu schieben, was mir aber nicht gelang. Schließlich dachte ich, wenn ich die schwereren Sachen aus dem Wagen räume … Aber es ging nicht. Nichts ging. Also beschloss ich, einfach zu warten, bis ein anderer Treck vorbeikommt. Ich war mir aber nicht sicher, ob jemand anhalten würde, um mir zu helfen. Also …«

Erneut sah er Tränen in ihren Augen schimmern und musste an sich halten, um sie nicht wieder in seine Arme zu ziehen und zu trösten. Seine Lippen waren trotz der eisigen Kälte immer noch heiß von ihrem Kuss. Und das war äußerst beunruhigend.

»Ich hätte mich beeilen und früher kommen müssen«, sagte er unglücklich.

»Das ist doch nicht deine Schuld!« Sie schüttelte den Kopf, und in diesem Moment war sie wieder die optimistische, energische Hedda, die er kennengelernt hatte. »Und ich habe es ja geschafft, wie du siehst.«

Entschlossen griff sie nach dem Halfter des Pferdes, das geduldig neben ihr stand. »Es hat nur viel zu lange gedauert, bis ich die rettende Idee hatte, die Pferde auszuspannen, hinten an den Wagen zu binden und sie den Wagen rückwärtsziehen zu lassen. In den Radspuren, die in den hohen Schnee führten, war es viel einfacher, zurück auf die Straße zu kommen.«

Sekundenlang starrte er sie bewundernd an. »Das war eine wirklich gute Idee.«

»Nicht wahr?« Sie nickte stolz und lachte kurz auf. »Allerdings habe ich Stunden harter Arbeit gebraucht, um darauf zu kommen. In manchen Augenblicken dachte ich, ich könnte nicht mehr weitermachen.«

»Lass mich die Pferde anspannen«, sagte er. »Dann lenke ich den Wagen, und du kannst dich hinten ausruhen und vor allem ein bisschen schlafen. Wir werden etwa vier Stunden in das Dorf brauchen, wo wir unser Nachtlager aufgeschlagen haben.«

Hedda ließ sich jedoch nicht davon abbringen, mit ihm gemeinsam anzuspannen. Sie brauchten nur wenige Minuten, bis der Wagen abfahrbereit war. Dann band Clemens das Pferd, auf dem er geritten war, hinten an den Wagen.

»Steig ein«, forderte er Hedda auf, doch als er sich umdrehte, saß sie bereits auf dem Kutschbock.

»Willst du nicht schlafen?« Er schwang sich neben sie auf die schmale Holzbank. Sie bot ihnen beiden Platz, wenn es auch etwas eng war. Nicht nur deshalb wäre es Clemens lieber gewesen, wenn Hedda hinten im Wagen mitgefahren wäre.

Noch immer hatte er die verwirrenden Gefühle nach dem Kuss, der so unerwartet zwischen ihnen passiert war, nicht überwunden. Er wusste nicht, ob es nötig war, noch einmal zu erklären, dass diese Zärtlichkeit nichts zu bedeuten gehabt hatte. Hedda hatte geweint, er war hilflos und voller Mitleid gewesen. So hatte eins zum anderen geführt. Sicher war es besser, sich zu verhalten, als wäre nichts geschehen.

Nun saß Hedda so dicht neben ihm, dass er den Druck ihrer Hüfte an seiner spürte, und er befürchtete, dass es nicht so einfach sein würde, den Kuss zu vergessen.

»Warum hast du das getan?«, fragte sie und verschränkte die Arme vor der Brust.

»Was getan?« Er bemühte sich sehr, Erstaunen zu zeigen. Wollte sie wirklich noch einmal darüber reden? Schließlich hatte er sich entschuldigt.

Hedda antwortete nicht, und so griff er stumm nach den Zügeln und schnalzte mit der Zunge. Mit einen Ruck setzte sich der Wagen in Bewegung. Eine Weile saßen sie stumm nebeneinander auf dem Kutschbock und starrten auf die weiße, menschenleere Straße vor sich.

»Warum also?«, wiederholte Hedda.

Clemens zuckte zusammen. Verlangte sie allen Ernstes von ihm eine Erklärung für den Kuss vorhin? Er schwieg verbissen.

»Du bist den weiten Weg geritten, obwohl wir abgemacht hatten, dass ich der Strecke folge, die du mir beschrieben hattest und dann in den zwei oder drei Dörfern, die nach einer Tagesfahrt infrage kommen, nach unserem Treck suche. Vielleicht hätte ich es sogar bis zum Morgen geschafft. Trotz der Sache mit dem Schnee.«

Er spürte, dass sie ihn von der Seite anschaute, während er erleichtert durchatmete. Offenbar sprach sie überhaupt nicht von dem Kuss vorhin. Er war auch für sie nicht der Rede wert. Eine Sache, die zwischen ihnen passiert war, weil sie vollkommen erschöpft und er erleichtert gewesen war, sie gefunden zu haben.

»Wir mussten von der geplanten Strecke abweichen, weil wir beschossen wurden«, sagte er rasch. »Deshalb wusste ich, du würdest uns nicht finden.«

»Und deshalb bist du den weiten Weg geritten, anstatt dich auszuruhen?« Sie klang überrascht.

»Du konntest dich doch auch nicht ausruhen. Dies ist die zweite Nacht, in der du nicht schläfst«, erinnerte er sie. »Du solltest dich …« Wieder wollte er ihr vorschlagen, sich hinten in den Wagen zu legen, aber sie unterbrach ihn mit einer Bewegung ihres dicken Fäustlings durch die Luft.

»Ich kann mich hier ausruhen.«

Täuschte er sich, oder lehnte sie sich ein wenig schwerer gegen ihn? Vielleicht war es doch nötig, die Sache mit dem Kuss richtigzustellen.

»Das vorhin …«, begann er zögernd. »Ich möchte nicht, dass

es zu Missverständnissen kommt. Du bist eine sehr anziehende Frau.«

Sie schnaubte verächtlich. »Anziehend! Ich bitte dich. Was soll das heißen?«

»Und schön«, fügte er hastig hinzu, ohne auf ihre Frage einzugehen. »Aber ich glaube nicht, dass ich mich jemals wieder werde auf eine Frau einlassen können.«

»Warum nicht?«

Clemens schnappte nach Luft. Nur Hedda stellte so unumwunden so schwierige Fragen.

»Ich war verheiratet«, sagte er, weil es ihm plötzlich einfacher erschien, ihr die ganze Wahrheit zu sagen, als drumherum zu reden. »Sie hieß Anita, und ich habe sie sehr geliebt.«

»Hieß? Ist sie …?« Er konnte hören, dass Hedda schluckte. »Ein Bombenangriff?«

»Ich weiß nicht mal genau, wie sie umgekommen ist. Nur dass ich sie vor der Unmenschlichkeit, der sie zum Opfer fiel, hätte retten müssen.« Er hakte seinen Blick am Horizont fest, dort, wo der dunkelgraue Nachthimmel und der Schnee sich berührten.

Hedda schwieg und wartete. Und er wusste, dass er ihr nun, da er angefangen hatte, die ganze Geschichte erzählen musste. Vielleicht war es gut, endlich mit jemandem darüber zu sprechen. Angesichts einer endlosen weißen Fläche unter einem Himmel, in dem hier und da ein verlorener Stern funkelte.

»Anita hatte eine gute Freundin. Rebekka war Jüdin. Und als Rebekka eines Tages der Deportation ihrer Familie nur entging, weil sie eine kranke Tante besucht und bis fast Mitternacht bei ihr geblieben war, versteckte Anita sie auf dem Dachboden unseres Hauses.«

»Anita muss eine wunderbare und sehr mutige Frau gewesen sein. Ich verstehe, warum du sie so geliebt hast.« Heddas Stimme war so leise, dass der Nachtwind sie fast ungehört davongeweht hätte. Doch Clemens verstand ihre Worte und nickte dazu.

»Niemals hätte sie jemanden, der ihr am Herzen lag, im Stich gelassen. Aber ich … ich habe es getan. Ich habe sie im Stich gelassen.«

»Das glaube ich nicht!«, widersprach Hedda. »Du bist der verlässlichste Mensch, den ich kenne. Und du hast einen Orden für deine Tapferkeit bekommen.«

»Es war leicht, tapfer zu sein, als mir alles egal war«, sagte er. »Und ich habe ohne jedes Bedenken mein Leben aufs Spiel gesetzt, weil ich versagt hatte, als es darum ging, die Frau, die ich liebte, zu retten.«

»Was ist passiert?« Er spürte den Blick, mit dem sie ihn von der Seite ansah, wie eine Berührung.

»Jemand muss Anita und ihre Freundin verraten haben. Vielleicht ein Nachbar, der Geräusche auf dem Dachboden gehört hat. Du weißt selbst, dass es überall Spitzel gibt, die für ihren eigenen Vorteil das Leben anderer opfern, als ginge es darum, eine Mücke zu erschlagen.«

Aus dem Augenwinkel sah er, wie sie fassungslos den Kopf schüttelte.

»Anita und Rebekka wurden ins KZ gebracht. Als ich Fronturlaub hatte, fand ich ein leeres Haus vor. Ich hörte mich um, ließ Verbindungen spielen und war doch vollkommen hilflos. Wer sich auf die Seite der KZ-Häftlinge stellte, riskierte, selbst festgenommen zu werden. Deshalb stieß ich auf eine Mauer des Schweigens. Und auch ich wagte mich kaum aus der Deckung. Wäre ich ebenfalls inhaftiert worden, hätte ich Anita nicht mehr helfen können, redete ich mir ein.« Clemens umklammerte fest die Zügel, als könnten sie ihm Halt geben.

»Genauso ist es doch auch«, sagte neben ihm Hedda und berührte vorsichtig seine Schulter. Er tat, als hätte er nichts bemerkt.

»Ich war feige. Ich hätte mehr tun müssen«, widersprach er. »Als ich das nächste Mal Urlaub hatte, erfuhr ich nur noch …« Seine Kehle war so eng, dass er nicht weitersprechen konnte.

»Hat man sie im KZ … getötet?« Auch Hedda schien es schwerzufallen, das Wort herauszubringen.

»Ich weiß nicht, auf welche Weise sie gestorben sind. Alle beide, Anita und Rebekka. Nach allem was ich herausfinden konnte, herrschte im Lager eine furchtbare Typhus-Epidemie. Es gab auch eine Abteilung, in der medizinische Tests an Frauen durchgeführt wurden. Grausame Versuche.« Wieder versagte seine Stimme.

»Es tut mir so leid.« Dieses Mal ließ Hedda ihre Hand auf seiner Schulter liegen.

»Es ist meine Schuld, dass meine Frau und ihre beste Freundin tot sind. Ich habe sie im Stich gelassen.« Wieder und wieder schüttelte er den Kopf.

»Du hättest nichts tun können«, sagte Hedda leise.

»Wie willst du das wissen? Man kann immer etwas tun«, fuhr er sie an. Als er sah, wie sie zusammenzuckte, bereute er seinen heftigen Ton. Sie konnte schließlich nichts dafür.

»Du hast viele andere Menschen gerettet«, sagte Hedda nach einer Weile.

»Das zählt nicht. Man kann nicht ein Menschenleben gegen ein anderes aufwiegen. Indem ich Fremden helfe, kann ich nicht wiedergutmachen, dass ich den Menschen, für den ich mehr als für alle anderen verantwortlich war, im Stich gelassen habe. Ich hätte aus der Deckung kommen müssen. Hätte offen Anitas Freilassung verlangen müssen.«

»Du weißt doch selbst, wie es in diesem Staat zugeht. Wem hätte es genützt, wenn du nun auch tot wärst?«

»Mir hätte es genützt«, erwiderte er.

Der tiefe Seufzer, den Hedda ausstieß, berührte eine verborgene Saite in seinem Inneren. Sie fühlte mit ihm, spürte seinen Schmerz, denn sie widersprach nicht, wie es die meisten anderen Menschen in diesem Moment getan hätten.

Lange saßen sie stumm nebeneinander und sahen geradeaus.

»Verstehst du nun«, sagte er schließlich, »dass ich dich nicht in mein Herz und in mein Leben lassen darf?«

»Nein.« Ihre Antwort kam ohne jedes Zögern. »Was mich betrifft, würde ich nie auf den Gedanken verfallen, dass ein Mann, der mich liebt, mich unter allen Umständen wird beschützen können. Das geht einfach nicht.«

»Aber er sollte es mit allen Mitteln versuchen. Und da ich mir offenbar in dieser Beziehung nicht trauen kann, werde ich nie wieder eine Beziehung wagen«, erwiderte er ebenso rasch. »Bitte akzeptiere das.«

»Wie lange werden wir noch brauchen, um das Nachtlager des Trecks zu erreichen?«, fragte sie.

»Mindestens noch drei Stunden. Vielleicht legst du dich doch besser hin.« Er wandte den Kopf und war erstaunt, ihrem Blick zu begegnen. Sie sah ihn nicht wütend an. Nur traurig.

»Ich kann hier schlafen.« Hedda legte den Kopf an seine Schulter und sagte lange Zeit nichts mehr. Ob sie tatsächlich schlief, wusste er nicht. Er spürte ihr Gewicht, hörte ihren Atem und ertappte sich dabei, dass er diese Augenblicke unendlich genoss. Weil er wusste, so würde es nie wieder sein.

28. Kapitel

Elise
Schleswig-Holstein, Mitte März 1945

Schon lange hatte Elise aufgehört, die Tage zu zählen, seit sie Gut Falkensee verlassen hatten. Manchmal überkam sie das Gefühl, seit einer Ewigkeit unterwegs zu sein und ein Leben ohne all die Dinge zu führen, die sie früher für selbstverständlich gehalten hatte und die ihr nun nur noch eine ferne Erinnerung zu sein schienen. So wie ihr großes, hübsches Zimmer und ihr Bett mit dem geblümten Baldachin. Es hatte so viel Wunderbares gegeben, für das sie nicht einmal dankbar gewesen war, wie die warmen Öfen in jedem Zimmer und die köstlichen Sonntagsbraten.

Nun besaßen sie nur noch ihre beiden Wagen und ihre Pferde. Ihre Schätze bestanden aus den Federbetten, ein paar Koffern und Taschen mit warmer Kleidung und den Körben mit Lebensmitteln, in denen nur noch wenige Reste lagen.

Baldur, ihr neuer kleiner Bruder, von dem sie die meiste Zeit nur die winzige Nase und die riesigen blauen Augen sah, so dick war er eingepackt, wusste gar nicht, wie es war, in einem richtigen Haus zu leben. Und manchmal fragte sich Elise, ob er es jemals erfahren würde.

Vielleicht würden die Rote Armee, die polnische Armee und die anderen Soldaten aus England und Amerika und Frankreich sie immer weiter und weiter jagen. Durch die ganze Welt. Schließlich hatten vorher die deutschen Soldaten die Menschen aus anderen Ländern verjagt.

Die Tage und Wochen, während denen sie mit dem Treck unterwegs waren, glichen einander wie Perlen auf einer endlosen Schnur. Das Entladen der Wagen am Abend und das Beladen am Morgen. All die Stunden auf der Straße, die kärglichen Mahlzeiten, die sie kaum noch satt machten, die unzähligen Fragen, die durch Elises Kopf tanzten und die sie nicht zu stellen wagte, weil sie Angst vor den Antworten hatte. Falls jemand eine Antwort kannte.

Doch etwas änderte sich. Es wurde langsam wärmer. Nicht wirklich warm, nicht so wie im Frühling. Inzwischen reichte eine einzige dicke Jacke, und die Menschen aus dem Treck sahen nicht mehr alle dick und unbeweglich aus. Als der Schnee zu schmelzen begann, trug Elise ihre Handschuhe nur noch selten. Und als sie eines Tages im Vorbeifahren Schneeglöckchen am Straßenrand blühen sah, begann sie zu weinen. Sie wusste nicht warum, aber die Tränen liefen ihr in Strömen über die Wangen. Vielleicht weil die kleinen weißen Blüten sie an den Park hinter dem Herrenhaus von Gut Falkensee erinnerten. Vielleicht aber auch vor Freude. Weil sie wusste, der Winter würde bald vorüber sein, wenn diese Blumen ihre Köpfchen aus dem Boden streckten. Auf Gut Falkensee hatte sie sich auch immer über die Schneeglöckchen gefreut. Nur hatte sie damals gar keine Ahnung gehabt, wie hart ein Winter wirklich sein konnte.

Weiter westwärts gab es keine verlassenen Dörfer mehr. Nun schliefen sie in Ställen, in denen man ihnen Stroh in den Mittelgang schüttete. Manchmal war es sogar ein Schulzimmer mit einem Ofen, das sie als Nachtlager benutzen durften. Da viele von ihnen kaum noch etwas zu essen hatten, war es ein Segen, dass viele der Bauern Mitleid mit ihnen hatten. Sie gaben ihnen Milch, manchmal etwas Brot oder ein Stück Wurst.

Einmal übernachteten sie in einem Gasthof. Die Wirtin war eine freundliche alte Frau, die Kinder liebte. Der kleine Baldur mit seiner winzigen Knopfnase und den seidigen blonden Haarsträhnen, die ihm inzwischen gewachsen waren, hatte es ihr besonders angetan. Aber auch Elise und die anderen größeren Kinder scharten sich um sie wie Küken um eine Henne.

»Ihr seid die Enkelchen, die ich nie haben durfte«, sagte sie immer wieder und gab ihnen Leckereien aus ihrer Speisekammer.

Mit Herrn Schickedanz besprach die Wirtin, dass der Treck in ihrem Gasthof einen Ruhetag einlegen durfte. Es wurde einer der besten Tage, die Elise seit dem Aufbruch von Falkensee erlebt hatte. Sie hatte die ganze Zeit warme Füße und einen vollen Bauch, und die Wirtsfrau schenkte ihr ein paar Wollreste und eine Häkelnadel und zeigte ihr, wie sie winzige Wollsocken für ihren Bruder häkeln konnte. In der Schule und zu Hause auf Falkensee hatte Elise Handarbeiten nicht gemocht. Aber nun war es schön, einfach nur auf einem Stuhl im Warmen zu sitzen, zu häkeln und nebenbei immer wieder von einem Apfel abzubeißen. Im Keller des Wirtshauses lagerten Hunderte von Äpfeln, und sie durften so viele essen, wie sie mochten.

Dieser herrliche Tag war viel zu schnell vorüber gewesen. Sie waren weitergezogen, weiter und immer weiter.

Und dann kamen sie doch ans Ziel. An einem Märztag, an dem der Himmel wie graue Watte über ihnen hing, fuhr der Teil des Trecks, zu dem die Wagen vom Gut gehörten, in das kleine Dorf Kattrepel in Schleswig-Holstein ein, und es hieß, dort würden ihnen Unterkünfte zugewiesen werden. Einige Wagen waren in anderen Dörfern geblieben, fünf oder sechs würden noch weiterfahren. Doch sie alle waren nun angekommen.

Während sie die Dorfstraße entlangfuhren, kletterte Elise zu Tante Hedda auf den Kutschbock und schaute sich neugierig um. »Wo ist unser neues Haus?«, fragte sie.

»Ach, Elise, mein Liebling.« Die Tante seufzte schwer. »Ein Haus für uns allein werden wir für lange Zeit nicht bewohnen. Wir müssen uns freuen, wenn wir ein Dach über dem Kopf haben und hoffentlich einen Ofen, auf dem wir kochen können.«

Elise sah, wie der Blick der Tante suchend über die Häuser glitt, die alle an einer einzigen Straße standen. Gerade fuhren sie an einem großen Backsteingebäude mit lang gestreckten Stallungen daneben vorbei. Das Wohnhaus war nicht ganz so groß wie auf Falkensee, und es sah auch anders aus. Aber es hätte Elise als neues Zuhause gefallen. Vorerst jedenfalls, bis sie vielleicht doch nach Westpreußen zurückkehren konnten. Denn ihre Heimat war Falkensee.

»Aber wo werden wir denn wohnen?«, fragte Elise unsicher. Immerhin waren sie vier Personen und dazu der kleine Baldur, der allerdings nicht viel Platz wegnahm und meistens in den Armen ihrer Mutter schlief.

»Wir wurden eingewiesen.« Tante Hedda warf einen Blick auf den Zettel in ihrer Hand und schaute dann wieder die Straße hinunter. »Nummer 9«, murmelte sie dabei vor sich hin.

»Sind wir bald da?« Elises Mutter streckte den Kopf zwischen Tante Hedda und Elise vorn aus dem Wagen und schaute sich ebenfalls um. »Ich wünsche mir so sehr, mal wieder in einem richtigen Bett zu schlafen. Vielleicht finde ich eine Wiege für Baldur. Vielleicht …«

»Hier ist es. Nummer 9.« Tante Hedda brachte Lotte und Lina zum Stehen.

Alle drei starrten sie das winzige Häuschen an, neben dessen Tür das rostige Schild mit der Nummer 9 befestigt war.

»Bist du sicher?«, flüsterte Elises Mutter, und Baldur fing im gleichen Moment an zu schreien.

»Es ist die richtige Hausnummer.« Tante Hedda sprang vom Kutschbock.

»Wieso haltet ihr denn hier?«, rief aus dem anderen Wagen, der hinter ihnen fuhr, Großtante Alice. »Ich will endlich ankommen.«

»Wir sind da«, rief Tante Hedda zurück und ging mit großen Schritten auf die niedrige Haustür zu, die wohl irgendwann mal grün angemalt gewesen war, was man aber nur noch an ein paar Flecken erkannte. Der Rest der Farbe war abgeblättert.

*

Elise bückte sich nach der rostigen Konservenbüchse, die sie am Rand des Straßengrabens erspäht hatte, und hielt sie gegen die Sonne, um nachzusehen, ob der Boden ein Loch hatte. Die Dose schien heil zu sein.

Als sich mit lautem Motorengeräusch ein Traktor näherte, trat Elise auf den Grasstreifen am Straßenrand, um das Gefährt vorbeizulassen. Zu ihrer Verwunderung hielt der große rote Trecker direkt neben ihr, und ein älterer Mann mit grauem Haar und Augen in derselben Farbe beugte sich auf seinem hohen Sitz vor und betrachtete sie aufmerksam.

Elise runzelte misstrauisch die Stirn, machte einen Schritt rückwärts und versteckte die rostige Dose hinter dem Rücken.

»Wozu brauchst du die?«, erkundigte sich der Traktorfahrer freundlich.

»In unserem Zimmer tropft es von der Decke. Die Luft ist feucht, sagt Tante Hedda, und wenn wir kochen oder heizen, wird die Feuchtigkeit zu Regen.« Elise warf den Kopf in den Nacken. »Es tropft überall. So viele Gefäße haben wir nicht.«

Der Mann zog eine Braue so hoch, dass sie unter seinen grauen Haaren verschwand. »Du bist ein Flüchtlingsmädchen, nicht wahr?«

Elise überlegte und zuckte dann mit den Schultern. Es gefiel ihr nicht, so genannt zu werden. Früher hatten die Leute im Dorf sie »das Mädchen vom Gut« genannt. Wirklich gefallen hatte ihr das auch nicht. Schließlich hatte sie einen Namen. Aber Flüchtlingsmädchen fand sie erst recht nicht gut.

»Ich heiße Elise«, sagte sie. »Ich komme aus Westpreußen. Aus Falkensee.«

»Ach«, sagte der Mann. »Und bei wem seid ihr einquartiert?«

»Bei Frau Gangers«, antwortete Elise. »Und bei ihrem Mann.« Dass es einen Herrn Gangers gab, vergaß sie manchmal, weil er den ganzen Tag still in der Ecke saß und vor sich hin starrte, während seine Frau immerzu nachguckte, dass *die Flüchtlinge* ja nichts machten, was sie nicht tun sollten. Es war zum Beispiel verboten, nach zehn Uhr abends das Licht in dem Zimmer brennen zu lassen, das sie im hinteren Teil des Häuschens bewohnten.

»Und da tropft es von der Decke?« Wieder wanderte die Braue nach oben.

»Nicht in der Stube von den Gangers, aber in dem Zimmer, wo wir wohnen«, stellte Elise richtig.

»Das tut mir leid.«

Erstaunt sah sie den Fremden an. Es hatte sich angehört, als würde er wirklich bedauern, dass sie sich mit dem Wasser herumplagen mussten, das in manchen Nächten sogar aufs Bett tropfte.

»Wenn es noch wärmer wird, wird es besser, sagt Tante Hedda«, tröstete Elise ihn.

Als würde er über eine schwierige Frage nachdenken, rieb sich der Mann mit dem Zeigefinger über die Nase. »Hatte deine Familie Landbesitz in Westpreußen?«, sagte er dann.

Elise nickte. »Warum fragen Sie das? Und wer sind Sie überhaupt?«, platzte sie dann heraus.

»Ich bin Heinrich Hinnerksen, der Bürgermeister von Kattrepel. Ich wohne in dem Haus da drüben.« Er deutete auf den größten Bauernhof im Dorf. Ihm gehörte also das schöne Wohnhaus, das Elise gemeinsam mit Tante Hedda und ihrer Mutter betrachtet hatte, als sie zum ersten Mal ins Dorf gefahren waren.

»Herr Schickedanz, unser Treckführer, ist auch Bürgermeister«, sagte Elise, um dem Fremden klarzumachen, dass sie nicht so leicht zu beeindrucken war. »Bürgermeister von Falkensee. Und Falkensee ist ein richtiges Dorf. Mit einer Kirche in der Mitte und einem Rathaus und mehreren Straßen. Kattrepel ist irgendwie … anders. Hier gibt es nur eine einzige Straße und außer einem Bäckerladen und ein paar Häusern nichts.« Sie schaute ihn herausfordernd an, überlegte aber gleichzeitig, dass es vielleicht dumm war, dem Mann zu erklären, dass er Bürgermeister von einem Dorf war, das sie nicht als Dorf durchgehen lassen wollte.

Zu Elises Erleichterung fing er laut an zu lachen. »So sind die meisten Dörfer hier in Schleswig-Holstein. Man nennt das Straßendorf. Es tut mir leid, dass Kattrepel dir nicht gefällt, Elise. Aber du bist ja auch nicht freiwillig hier.«

»Bin ich nicht. Aber es gefällt mir, *überhaupt irgendwo zu bleiben.*« Elise trat unruhig von einem Fuß auf den anderen. Sie verstand nicht, was der Mann von ihr wollte.

»Ich wünschte, ich hätte so eine Enkeltochter wie dich, Elise.«

»Wollen Sie mich etwa kaufen?«, erkundigte sie sich streng. »Das geht nämlich nicht, auch wenn ich ein Flüchtlingsmädchen bin.«

Wieder lachte der Mann. Dabei legte er den Kopf in den Nacken und öffnete weit den Mund.

»Du bist nicht nur ein Flüchtlingsmädchen«, sagte der Bauer, als er aufgehört hatte zu lachen, »du bist eine kesse Deern. So wie ich mir meine Enkelin wünschen würde. Ich hoffe, wenn mein Krischan aus dem Krieg zurückkommt, heiratet er sehr bald, und dann bekomme ich einen Haufen Enkel.«

»Mein Papa ist auch noch im Krieg«, teilte Elise ihm mit.

»Dann hoffe ich, dass auch er bald zurückkommt.« Mit diesen Worten ließ er den Motor seines Treckers wieder an und fuhr die kurze Strecke bis zu der breiten Einfahrt seines Hofs.

Elise stand noch einen Augenblick da und folgte seinem Traktor mit den Blicken. Dann lief sie mit ihrer Konservendose zurück zu dem Haus, in dem sie seit fast einer Woche wohnten.

Ihre Pferde waren bei verschiedenen Bauern im Dorf untergestellt. Platz hatten sie fast alle, denn ihre eigenen Pferde waren bis auf die paar, die unbedingt zum Bestellen der Felder nötig waren, zum Kriegsdienst eingezogen worden. So mussten Lotte, Lina und die beiden Wallache nun für ihr Futter und ihren Platz im Stall auf fremden Feldern arbeiten, die um diese Jahreszeit bestellt wurden. Elise fragte sich manchmal, ob die Pferde, genau wie sie, Heimweh nach Westpreußen hatten.

Als sie die niedrige Stube betrat, in der sie alle zusammen wohnten, kochten und schliefen, wäre sie am liebsten sofort wieder nach draußen gegangen. Es war so traurig hier. Nicht nur weil es eng und feucht war, Elise fand es vor allem schlimm, mit anzusehen und anzuhören, wie krank Großtante Alice war.

Sie hatte schon unterwegs auf der Flucht viel gehustet und manchmal gekeucht, als würde sie nicht genug Luft bekommen. Jetzt hustete sie noch mehr und stand kaum noch von dem schmalen Klappbett in der Ecke auf. Ihr Gesicht war vom Fieber gerötet, und Tante Hedda legte ihr mehrmals in der Stunde einen frischen Lappen mit kühlem Wasser auf die Stirn.

Elises Mutter hustete nicht, blieb aber auch den ganzen Tag im Bett. Sie war immer noch schwach von Baldurs Geburt und davon, dass sie ihm Milch aus ihrer Brust geben musste. Das funktionierte aber zum Glück, sodass Elises kleiner Bruder munter strampelte und gluckste. Er war sogar schon ein bisschen gewachsen.

Stolz zeigte Elise ihrer Tante, die vor dem Herd stand und in ihrem einzigen Topf rührte, die Konservendose.

»Schön«, lobte Tante Hedda sie zerstreut. »Stell sie dort hinten in die Ecke.«

Elise tat, wie ihr geheißen, kam zurück und schielte in den dampfenden Topf. Obwohl sie es nicht wollte, entfuhr ihr ein Seufzer. Es gab schon wieder eine dünne Suppe, in der ein paar Kartoffel- und Möhrenstückchen schwammen.

»Ich weiß, Elise.« Tröstend fuhr ihr Tante Hedda mit der Hand durchs Haar. »Aber wir haben nichts anderes.«

»Herr Hinnerksen und seine Frau haben bestimmt was anderes«, sagte Elise. »Er ist der Bürgermeister von Kattrepel. Ich habe heute mit ihm gesprochen. Er hätte gern eine Enkeltochter wie mich.«

Mit einem Ruck hob Tante Hedda den Kopf. »Weißt du, wo er wohnt?«

Elise nickte. »In dem schönen, großen Haus.«

»Hat er erwähnt, ob schon Flüchtlinge bei ihm einquartiert sind?«

»Nein.« Elise schüttelte den Kopf. »Aber sein Haus ist zehn Mal so groß wie dieses hier. Da ist eine Menge Platz. Und es tropft bestimmt nicht von der Decke, wenn man kocht.« Wie zur Bestätigung von Elises Worten fiel in diesem Moment ein großer Wassertropfen von der Decke in eine der aufgestellten Schüsseln.

Ihre Tante sah Elise so durchdringend an, dass sie unruhig wurde. Hatte sie etwas falsch gemacht?

»Wir brauchen eine vernünftige Unterkunft«, sagte die Tante, mehr zu sich selbst als zu Elise. »Hier wird Tante Alice niemals gesund. Und für den Säugling ist es auch nicht gut. Für niemanden ist das hier gut.« Mit einer fast wütenden Handbewegung deutete sie auf die nassen Flecke an der Decke.

»Ich finde es hier auch nicht schön«, sagte Elise leise.

»Schön muss es nicht unbedingt sein. Aber wenigstens trocken und warm. Komm Elise. Die Suppe kann noch eine Weile kochen. Wir machen einen Besuch.«

Nachdem sie sich vergewissert hatte, dass die beiden Kranken versorgt waren und Baldur neben seiner Mutter ruhig schlief, nahm sie Elise an die Hand, und sie verließen das Haus. Mit großen Schritten marschierte Tante Hedda die Straße entlang auf das schöne, große Haus zu.

Als sie die Einfahrt entlanggingen, die sich in einen breiten Weg zu den Stallungen und einen schmaleren zur Haustür teilte, sah Elise, dass es hier wirklich schön war. Nicht so schön wie auf Falkensee, aber viel schöner als dort, wo sie jetzt lebten.

Vor der braun lackierten Haustür blieb Tante Hedda stehen, strich Elise über die Haare, die zu zwei ordentlichen Zöpfen geflochten waren, und zupfte ihr eigenes Kleid zurecht. Dann klopfte sie an.

Es dauerte eine Weile, bis eine junge Frau in einem dunklen Kleid mit einer blaugeblümten Schürze darüber öffnete. Offenbar war sie so etwas wie ein Hausmädchen, obwohl sie keine weiße Schürze trug.

»Was is?« Auch das hätten die Hausmädchen auf Falkensee niemals zu einem Gast gesagt.

»Ich möchte Herrn Hinnerksen sprechen«, erklärte Tante Hedda mit fester Stimme.

»Wer sind Sie denn? Kennt der Bauer Sie?« Misstrauisch kniff das Mädchen die Augen zusammen.

»Hedda … Bargelow.« Im letzten Moment hatte Tante Hedda das »von« vor ihrem Namen verschluckt. Warum tut sie das, fragte sich Elise. Weil eine Flüchtlingsfrau besser nicht »von« hieß?

»Helga Bargelau«, wiederholte das Mädchen, und die Tante korrigierte sie nicht. »Sie gehör'n zu den Flüchtlingen, nich?«

»Wir kommen aus Westpreußen«, sagte Tante Hedda mit starrer Miene. »Kann ich dann bitte Herrn Hinnerksen sprechen? Soweit ich weiß, ist er hier der Bürgermeister.«

»Ich hol ihn. Warten Sie hier.« Das Mädchen machte einen Schritt rückwärts, sodass sie in die große Diele treten konnten, dann ging sie fort.

»Es ist schön hier«, stellte Elise mit leiser Stimme fest. »Aber natürlich nicht so schön wie auf Falkensee.«

»Pst«, machte Tante Hedda.

Da erschien auch schon Herr Hinnerksen. Als er Elise sah, blieb er stehen und rief über seine Schulter: »Mathilde, komm mal her. Hier ist die kesse Kleine, die mich gefragt hat, ob ich sie kaufen will.«

Hinter Herrn Hinnerksen tauchte eine ältere Frau auf. Ihre Haare waren ebenso grau wie seine und im Nacken zu einem Knoten aufgesteckt. Sie hatte ein schönes dunkles Kleid mit einem weißen Spitzenkragen an, und als sie lächelte, sahen ihre hellblauen Augen aus wie kleine Sonnen mit einem Kranz aus Strahlenfältchen drum herum.

Mathilde Hinnerksen guckte über die Schulter ihres Mannes und nickte. »Niedlich, die Kleine.«

Elise öffnete den Mund und schloss ihn wieder, als Tante Hedda ihr energisch die Hand auf die Schulter legte.

»Guten Tag«, sagte Tante Hedda mit fester Stimme, als das ältere Paar vor ihnen stehen blieb. »Ich bin Hedda Bargelow aus Westpreußen, und das ist meine Nichte Elise. Wir leben zu fünft in einer Unterkunft, in der es von der Decke tropft, wenn wir kochen oder auch nur den Ofen einheizen.«

»Und Sie suchen eine bessere Unterkunft«, stellte Herr Hinnerksen fest, während seine Frau die Stirn runzelte.

»Das Gesindehaus ist voll, Heinrich«, sagte Mathilde Hinnerksen. »In den beiden freien Zimmern wohnt die Familie aus Pommern.«

»Ich weiß, Tilde«, erwiderte Herr Hinnerksen sanft. »Aber hier im Haus haben wir noch eine Menge Platz.«

»Meine Mutter ist krank und meine Großtante Alice auch«, mischte Elise sich in die Diskussion ein. »Das kommt bestimmt von der feuchten Decke.«

»Kranke im Haus. Ich weiß nicht …« Die Stirn von Frau Hinnerksen legte sich in noch tiefere Falten.

»Es ist nichts Ansteckendes«, beeilte Tante Hedda sich zu sagen und schaute Elise strafend an. »Meine Schwägerin liegt im Kindbett und ist sehr geschwächt nach der langen Flucht. Aber ihr neugeborener Sohn ist kräftig und gesund. Und meine Tante Alice … sobald sie aus dem feuchten Loch herauskommt, wird es ihr sicher besser gehen.«

»Ein Säugling lebt da auch. Es hört sich nicht an, als könnte es dort gut für das Würmchen sein.« Herr Hinnerksen war ein *wirklich* netter Mann, befand Elise im Stillen.

»Wir können die Leute nur aufnehmen, wenn sie uns auf dem Hof helfen. Im Stall und auf den Feldern. Hier drinnen brauche ich niemanden. Wir haben die beiden Mädchen.« Seine Frau dagegen schien die Idee nicht gut zu finden, dass sie alle in ihr schönes Haus zogen.

Herr Hinnerksen heftete den Blick seiner grauen Augen auf Tante Hedda. »Die Kleine sagte mir, dass Sie Landbesitz hatten. Kennen Sie sich mit Kühen aus? Unsere Milchmagd hat während des Kriegs geheiratet und erwartet Nachwuchs. Wir könnten jemanden gebrauchen, der sie unterstützt und in ein paar Wochen ihre Arbeit ganz übernimmt.«

»Wir hatten in Westpreußen einen Hof. Natürlich kenne ich mich mit Kühen aus«, sagte Tante Hedda in einem so festen Ton, dass selbst Elise ihr fast geglaubt hätte. Dabei konnte sie sich noch sehr gut daran erinnern, wie lange die Tante gebraucht hatte, um während der Flucht die Kuh zu melken, die im verlassenen Dorf herumgelaufen war.

»Dann können Sie morgen hier einziehen«, beschloss Herr Hinnerksen. An seine Frau gewandt fügte er hinzu: »Die Leute können die beiden Zimmer ganz hinten im Flur haben. Die stehen sowieso leer. In einem davon richten wir ihnen eine provisorische Küche ein.«

Mathilde Hinnerksen seufzte tief, widersprach aber nicht.

Als sie kurz darauf die Auffahrt entlang zurück zur Straße ging, zupfte Elise an Tante Heddas Ärmel. »Was willst du machen, wenn sie merken, dass du gar nicht melken kannst?«

»Das kann man lernen. Man kann alles lernen«, antwortete die Tante, aber irgendwie klang sie nicht mehr ganz so überzeugend wie eben noch im Haus der Hinnerksens.

29. Kapitel

Hedda
Kattrepel, Schleswig-Holstein, Anfang April 1945

»Kannst du es mir noch mal zeigen, Dörte? Die Milch kommt nur tröpfchenweise. Irgendwas mache ich falsch. So schaffe ich es niemals, die restlichen Kühe zu melken, bevor die Molkerei die vollen Kannen abholt.«

Als keine Antwort kam, richtete Hedda sich auf und schaute über den Rücken der Schwarzbunten hinüber zur Stalltür, von wo aus sich Schritte näherten. Erschrocken stellte sie fest, dass es sich nicht um die kleinen Trippelschritte der Kuhmagd handelte.

»Ich habe gehört, Sie kennen sich mit dem Melken aus. Könnte es sein, dass das nicht ganz richtig ist?« Der junge Mann, der neben ihr stehen blieb, schaute sie aus ernsten grauen Augen an. Augen, die ihr merkwürdig bekannt vorkamen, obwohl sie sicher war, ihn nie zuvor gesehen zu haben.

»Natürlich kenne ich mich mit Kühen aus«, behauptete sie und musterte den Fremden kühl. »Allerdings wüsste ich nicht, was Sie das angeht. Wer sind Sie überhaupt?«

»Tut nichts zur Sache, wer ich bin.« Er lehnte sich gegen die Mauer und schloss die Augen, als wäre er sehr müde. Als er die Lider wieder öffnete, sah er sie lange und sehr direkt an. »Sie sind Hedda? Aus Westpreußen?«

Sie nickte knapp, und plötzlich begriff sie, an wen seine grauen Augen sie erinnerten. »Sie sind der Sohn von Herrn und Frau Hinnerksen, nicht wahr? Da sind die beiden sicher sehr froh, dass Sie von der Front zurück sind.«

Ohne Vorwarnung machte er einen großen Schritt nach vorn, packte sie so fest bei den Oberarmen, dass es schmerzte, und schüttelte sie kräftig. »Wenn Sie irgendjemandem sagen, dass ich hier bin, fliegen Sie und Ihre ganze Familie auf der Stelle wieder raus. Ist das klar?«

Sie nickte verblüfft und befreite sich mit einer energischen Drehung aus seinem Griff. »Wem sollte ich etwas sagen? Ich kenne hier niemanden. Und Sie kenne ich auch nicht.«

»Der Krieg ist verloren. Das weiß jeder, auch wenn nicht jeder wagt, es auszusprechen.« Hinnerksens Sohn strich sich das strähnige blonde Haar aus der Stirn. »Mit vier Kameraden habe ich mich von Frankreich aus nach Hause durchgeschlagen. Wir waren der klägliche Rest unserer Truppe. Kein Kommandant mehr. Alle tot oder vermisst.« Er wischte sich mit der flachen Hand über die Augen, deren Lider gerötet waren.

Hedda schwieg, nickte nur und hörte zu. Sie konnte nicht beurteilen, ob dieser Mann desertiert war und sein Verhalten nur schönredete. Ohnehin stand ihr kein Urteil darüber zu. In diesen Tagen und Wochen versuchte jeder, irgendwie sein nacktes Leben zu retten. Der Krieg war verloren, das wusste auch sie längst. Nur Hitler und seine Getreuen schienen es nicht wahrhaben zu wollen. Wieder und wieder forderte der kleine Mann mit der schrillen Stimme und dem Oberlippenbart die deutschen Männer auf, bis zum bitteren Ende zu kämpfen.

»Ich weiß selbst nicht, wie wir den weiten Weg geschafft haben. Wir sind Umwege gegangen, haben die Ortschaften gemieden, sind durch die Wälder und über Felder marschiert. Ohne Proviant und ohne warme Kleidung.«

Hedda schaute ihn ernst an und schwieg. Warum erzählte er ihr das? Um sich zu rechtfertigen?

»Sie hatten Glück«, sagte sie. »Man hört, dass die meisten der Soldaten, die jetzt ungeordnet auf dem Rückzug sind, in Kriegsgefangenschaft geraten.«

»Ja.« Wieder fuhr er sich mit der Hand über die hohlen Wangen. »Und Sie? Hatten Sie auch Glück?« Fragend zog er die blonden Brauen hoch.

Hatte er ihr die Gedanken von der Stirn abgelesen? Den leisen Neid, weil sein Weg durch Schnee und Eis ihn nach Hause, sie aber in die Fremde geführt hatte? Hedda schaute hinüber zu dem verlassenen Schwalbennest in der Ecke neben der Tür. Seit sie hier im Stall arbeitete, fragte sie sich, ob die Schwalben wiederkommen und dort oben einziehen würden. So als wäre nichts geschehen. Kein Krieg, keine Flucht, keine ratlosen Menschen ohne Heimat und ohne Zukunft.

»Wir leben«, stellte sie schließlich knapp fest. »Mehr kann man wohl in diesen Zeiten nicht erwarten.«

»Warten Sie auf jemanden, der noch an der Front ist?«

»Mein Bruder. Und meine Mutter ist …« Sie stockte und beschloss, dass es besser war, ihren polnischen Vater, seine Verletzung beim Widerstand gegen die deutschen Besatzer und den Aufenthalt ihrer Mutter in Polen nicht zu erwähnen.

»Kein Ehemann?«, bohrte der junge Hinnerksen.

»Mein Verlobter ist gefallen.«

»Das tut mir leid«, sagte er und verzog gleich darauf die Lippen zu einem schiefen Lächeln. Dabei entblößte er eine Zahnlücke oben links.

»Ich trauere noch um ihn«, erklärte sie vorsichtshalber, weil ihr der Blick, mit dem der junge Bauer sie betrachtete, nicht gefiel.

»Die Zeit heilt alle Wunden«, sagte er lapidar und hielt ihr die Hand hin. »Ich bin Krischan. Krischan Hinnerksen.«

Zögernd nahm Hedda die dargebotene Hand und ließ zu, dass er ihren Arm wie einen Pumpenschwengel auf und ab bewegte.

»Ich werde vorerst nicht im Dorf herumlaufen, sondern nur hier auf dem Hof sein. Dann haben wir Zeit, uns kennenzulernen. Ich verlasse mich darauf, dass du mich nicht verrätst, Hedda.«

Sie nickte und deutete auf die Kuh, neben der sie stand. »Ich muss weitermachen. Die Milch wird bald abgeholt, und Dörte ist nicht da. Es geht ihr oft nicht gut, dann muss sie die Beine hochlegen. Weil das Kind in ein paar Wochen kommt.«

Hedda hatte den Verdacht, dass die schwangere Kuhmagd die Tatsache, dass Hedda auf die Arbeit im Stall der Hinnerksens angewiesen war und sich nicht bei den Bauersleuten beklagen würde, schamlos ausnutzte. Ohnehin würde Hedda schon bald allein klarkommen müssen, also war es egal.

»Ich werde dich auch nicht verraten«, sagte Krischan mit gesenkter Stimme und zwinkerte ihr zu.

Als sie ihn verdutzt ansah, deutete er auf den Melkeimer, der nicht einmal zu einem Viertel gefüllt war. »Du hast keine Ahnung vom Melken.«

»Wir hatten während des Kriegs Kühe auf unserem Hof«, stellte Hedda richtig. »Es gehörte nur nicht zu meinen Aufgaben, sie zu melken. Das heißt nicht, dass ich das nicht lernen kann. So gut wie Dörte und jede andere auch.« Sie reckte das Kinn vor und sah ihn herausfordernd an.

Er zuckte mit den Schultern. Sein Hemdkragen stand offen, und sie konnte sein vorstehendes Schlüsselbein sehen. Hedda selbst hatte während der langen Wochen der Flucht viel Gewicht verloren, und wenn sie die dunkelgraue Melkschürze nicht fest um die Taille knotete, schlackerte ihr Kleid um ihren Körper. Krischan Hinnerksen war jedoch noch magerer als sie, und für einen Moment tat er ihr fast leid. Aber nur so lange, bis sie sich erinnerte, dass seine Eltern ihn in kürzester Zeit aufpäppeln würden. Die Bauern hatten mehr als genug zu essen. So wie es noch vor wenigen Monaten auch auf Gut Falkensee gewesen war.

Wenn Krischan wollte, konnte er sich wochenlang ausruhen und sich dabei vollstopfen. Es gab nicht den geringsten Grund, ihn zu bedauern, nun da er die Zeit an der Front und den Weg nach Hause hinter sich hatte. Seine Gegenwart war gut und seine Zukunft noch besser.

Dennoch war Hedda fest entschlossen, weder ihn noch sonst irgendjemanden zu beneiden. Sie wusste, dass sie in ihrem Leben schon von vielen Menschen beneidet worden war. Weil sie auf einem Gestüt aufgewachsen war, ein Pensionat in der Schweiz besucht und anschließend eine gute Stelle bei einer Bank gehabt hatte. Vielleicht war dieses Leben tatsächlich beneidenswert gewesen. Und dann ihr Glück mit Eckhardt, ihre Verlobung, der Familienbesitz in Westpreußen. Doch was man besaß, konnte man verlieren. So wie sie Eckhardt verloren hatte. Und ihre Familie Gut Falkensee.

Letztlich ging es darum, sich auf die eigenen Kräfte zu besinnen. Daran zu glauben, dass es immer wieder möglich war, neu anzufangen. Auch wenn dieser Neuanfang in einer Arbeit als Kuhmagd und zwei Zimmern für fünf Menschen bestand. Es war nicht viel, aber es war alles, was sie momentan besaß.

Nun wohnten und schliefen sie trocken und warm. Und neben dem Dach über dem Kopf erhielt sie für jedes Mal Kühemelken eine kleine Kanne Milch. Milch, die satt machte. Milch, die Florentine Kraft gab und ihr half, ihren Säugling zu nähren. Selbst der schreckliche Husten ihrer Tante war während der knappen Woche, die sie nun auf dem Hof der Hinnerksens lebten, schon deutlich besser geworden.

Außer der Milch bekamen sie getrocknete Erbsen und Linsen und manchmal Kartoffeln oder Möhren. Vielleicht wurde sie ausgenutzt, weil sie für einen ganzen Tag schwerer Stallarbeit nur die kleinen Zimmer und das bisschen Nahrung erhielt. Und doch war sie über ihre gut bezahlte Stellung bei der Schliefenbach-Bank nicht halb so froh gewesen wie über diese Arbeit als Kuhmagd. Deshalb würde sie um diese Stelle kämpfen. Sie funkelte Krischan Hinnerksen entschlossen an.

»Ich kann das, und ich werde noch viel schneller darin werden«, wiederholte sie mit Nachdruck.

»Wir haben eine Abmachung.« Krischans Lächeln war müde, aber es war ein Lächeln. »Du verrätst mich nicht und ich dich nicht.«

Er wandte sich um und entfernte sich in Richtung Tür. Nach zwei oder drei Schritten blieb er stehen und sagte über seine Schulter, ohne sie noch einmal anzublicken: »Du bist die schönste Frau, die ich je gesehen habe.«

Hedda erstarrte und rührte sich nicht, bis er den Stall verlassen hatte. Dann blies sie die Wangen auf und ließ die Luft langsam durch die gespitzten Lippen entweichen, während sie nervös an dem Kopftuch zupfte, das sie sich fest um die Haare gebunden hatte.

Nach ihrem ersten Tag im Stall hatte Hedda abends festgestellt, dass ihre Haare nach Kuhdung stanken. Und sie konnte sie unmöglich jeden Tag nach der Arbeit waschen. Sie hatten kein fließendes Wasser. Nur eine Zinkwanne für ihre Wäsche und für ein gelegentliches Bad. Zwischendurch mussten sie sich in der Blechschüssel waschen. Und jeden Liter Wasser vom Brunnen auf dem Hof herbeitragen. So hatte Hedda sehr schnell begriffen, warum Kuhmägde seit jeher wenig kleidsame Kopftücher trugen.

Wieso Krischan Hinnerksen sie in diesem Aufzug »schön« finden konnte, war ihr mehr als schleierhaft. Vielleicht lag es daran, dass er so lange an der Front gewesen war. Man hörte immer wieder, die Soldaten seien völlig ausgehungert nach Frauen und Liebe.

Bei diesem Gedanken durchlief sie ein Schauer. Sie war oft allein im Stall. Frühmorgens schliefen im Haus noch alle. Hedda nahm sich vor, ab sofort in der Schürzentasche das Küchenmesser bei sich zu tragen.

Während Hedda sich weiter mit den Kühen abmühte, tauchte Dörte nicht wieder auf. Dennoch, und obwohl Krischan sie ziemlich lange von der Arbeit abgehalten hatte, schaffte sie es, die Milch in die großen Metallkannen zu füllen und mit dem Leiterwagen nach vorn an die Straße zu fahren. Dort würde der Wagen von der Molkerei die Kannen in wenigen Minuten abholen.

Müde kehrte Hedda ins Haus zurück. Es war bald Zeit zum Mittagessen. Nach der schweren Arbeit war sie längst wieder hungrig. Ihr Frühstück hatte nur aus einer Tasse Milch und einer trockenen

Brotscheibe bestanden, auf die sie ganz wenig von dem Honig gekratzt hatte, den Frau Hinnerksen ihnen am Sonntag auf einem kleinen, flachen Teller gegeben hatte.

In der Küche, dem größeren der beiden Zimmer, die ihnen zur Verfügung standen, saßen ihre Tante und ihre Schwägerin am Tisch. Zu Florentines Füßen stand der große Korb, in dem sie auf dem Wagen ihre Lebensmittel aufbewahrt hatten, und der jetzt Baldurs Bettchen war. Der Säugling schlief fest. Die runde Stirn in Falten gelegt, die Händchen über der Brust zu Fäusten geballt. Ein bisschen sah er so aus, als wollte er bereit sein, sich gegen alles Schlimme zu verteidigen, das ihm widerfahren könnte.

Florentine hatte vor sich die Linsen, die Frau Hinnerksen ihnen gegeben hatte, auf einem Tuch ausgebreitet. Sie sortierte die kleinen Steinchen und die leeren Hülsen aus. Heddas Tante schabte eine der schrumpeligen Möhren, die Hedda in einem Kasten im Pferdestall entdeckt und in ihrer Schürzentasche ins Haus geschmuggelt hatte. Sie aßen den Pferden ihre Leckerbissen weg, doch deswegen hatte niemand ein schlechtes Gewissen. Die Tiere mussten nicht hungern. Wenn keine Möhren da waren, bekamen sie eben mehr Heu.

Auch vom Hafer hatte Hedda etwas genommen. Ihre Tante mahlte die Körner in der Kaffeemühle, die sie von Gut Falkensee mitgebracht hatten, und kochte Haferbrei daraus, der mit etwas Zucker gar nicht so schlecht schmeckte. Nur hatten sie leider keinen Zucker mehr, und der Honig war zu kostbar, um die letzten Teelöffel für den Brei zu verbrauchen. Er machte auch ohne Zucker satt, und das war die Hauptsache.

Es war erstaunlich, wie nützlich sich ihre Tante Alice plötzlich machte. Während Hedda tagsüber im Stall arbeitete, Elise schon seit einigen Tagen die Dorfschule von Kattrepel besuchte und Florentine immer noch viel ruhen musste, damit sie genug Milch für Baldur hatte, sorgte sie dafür, dass sie alle satt wurden. Manchmal erkannte Hedda die Frau nicht wieder, die im Herrenhaus von Gut Falkensee wegen jeder Kleinigkeit gejammert hatte. Nur ihre schmerzenden Füße sorgten ab und zu noch dafür, dass sie den Mund zu einem schmalen Strich zusammenpresste und ein paar klägliche Töne ausstieß. Sie trug immer noch tagein, tagaus ihre schmutzigen Filzpantoffeln mit den ausgerissenen Nähten, obwohl dieses unzulängliche Schuhwerk wahrscheinlich schuld daran war, dass sie sich auf der Flucht so schrecklich erkältet hatte.

Inzwischen war der schlimme Husten so gut wie vergessen, und sie kochte aus dem Wenigen, was sie hatten, Mahlzeiten, die zwar nicht unbedingt schmackhaft, aber meistens genießbar waren.

Hedda trat an den Herd, der an diesem kühlen Frühlingstag die Küche mollig warm heizte. Holz bekamen sie in ausreichender Menge von Hinnerksens. Noch ein Grund mehr, aus dem sie um ihre Stelle als Kuhmagd kämpfen würde: Sie mussten niemals mehr frieren. Zwar würden die Temperaturen draußen bald steigen, doch der Gedanke, auch nur noch einen einzigen Tag ohne wärmenden Ofen zu verbringen, war ihr unerträglich.

Sie hob den Deckel von dem Topf, der auf der Herdplatte vor sich hin blubberte. Wieder einmal Linsensuppe.

»Es kommen noch ein paar von den Möhren hinein. Und Frau Hinnerksen hat mir ein Stückchen fetten Speck gegeben. Den werde ich auslassen. Das gibt Geschmack und Kraft.« Ihre Tante trat neben Hedda und schob mit ihrem Messer die klein geschnittenen Möhren vom Holzbrett in den Topf.

»Woher kannst du eigentlich so gut kochen, Tante Alice?«, platzte Hedda erstaunt heraus. »Ich hätte nie gedacht ...«

Das leise Lachen ihrer Tante klang fast heiter. »Du hättest nie gedacht, dass ich zu etwas nütze sein kann, nicht wahr? Nun, zu meiner Zeit gingen die Mädchen aus unseren Kreisen auf eine höhere Töchterschule. Deine Mutter war auch dort. Bei ihr wunderst du dich nicht, dass sie kochen kann, hab ich recht?«

»So war das nicht gemeint«, beeilte sich Hedda zu beteuern. »Nur dachte ich nicht, dass du weißt, wie man Speck auslässt und dergleichen. Ich kann das nicht. Höchstens theoretisch.«

Wieder ein verhaltenes Lachen aus dem Mund der Tante, der nur noch selten verkniffen war. »Unsere Ausbildung in der höheren Töchterschule sollte zwar nur dazu dienen, uns in die Lage zu versetzen, einem großen Haushalt vorzustehen, den Speiseplan mit der Köchin zu besprechen und sparsam zu wirtschaften. Dass ich mein Wissen über die Zubereitung von Speisen irgendwann einmal ganz praktisch würde gebrauchen können, hätte ich mir nicht träumen lassen.«

Liebevoll berührte Hedda die Schulter ihrer Tante. »Ich bin sehr froh, dass es so ist.«

In diesem Moment wurde die Tür aufgestoßen, und Elise kam herein.

»Wie war es in der Schule?«, erkundigte sich Hedda, nachdem sie Florentine etwas Zeit gegeben hatte, ihre Tochter nach ihren Erlebnissen zu fragen, was jedoch nicht geschah.

Elise zuckte mit den Schultern. »Ein bisschen langweilig und ein bisschen interessant. Manches, was wir hier lernen, kann ich schon lange. Manches aber auch nicht.«

»Und die anderen Kinder?«, mischte sich nun doch Florentine ein.

Wieder ein Schulterzucken, nun begleitet von einem Stirnrunzeln. »Früher war ich das Mädchen vom Gut. Jetzt bin ich das Flüchtlingsmädchen. Die gucken mich ganz anders an als in Falkensee.«

»Aber sie sagen keine schlimmen Sachen zu dir?«, fragte Hedda besorgt.

»Nein. Sie gucken eben nur. Weil meine Kleidung … Ich hab ja immer das Gleiche an, und es ist ein bisschen …« Sie zuckte mit den Schultern und zupfte an ihrem Wollrock, den sie schon während der Flucht ständig getragen hatte. »Ich hoffe, ich hab früher in der Schule die armen Kinder nicht so angeguckt, wie die anderen mich jetzt angucken«, fügte Elise unglücklich hinzu.

Mit zwei Schritten war Hedda bei ihrer Nichte und zog sie in die Arme. »Wir besorgen dir neue, schöne Sachen. Sobald ich frei habe, fahren wir alle zusammen nach Marne. Das ist eine größere Stadt hier in der Nähe. Dort kaufen wir das Nötigste, was wir brauchen, und du bekommst etwas Hübsches anzuziehen.«

»Aber wir sind doch jetzt arme Leute. Ohne Gut und ohne … alles.« Obwohl Elise sich ganz offensichtlich bemühte, tapfer zu sein, waren ihre Augen feucht.

»So ist es nicht ganz«, mischte sich Heddas Tante ein. »Wir haben unsere Ersparnisse, wenn auch in diesen Zeiten Geld nicht viel wert ist. Meinen Schmuck können wir auch eintauschen.«

»Und ein paar silberne Leuchter und solche Sachen. Natürlich dürfen wir das, was wir haben, nicht sinnlos verprassen, aber ein bisschen was können wir uns schon leisten«, fiel auch Hedda ein. Tatsächlich waren sie besser dran als viele andere Flüchtlinge, die nur mit den buchstäblichen Kleidern am Leib dastanden.

Ihre Tante nickte. »Ich könnte als Erstes meinen Pelzmantel hergeben. Er ist zwar warm, aber hässlich. Und ich habe nicht vor, jemals wieder wochenlang durch Eis und Schnee zu fahren. Also kann das Ding weg.«

»Dann bekomme ich wirklich ein paar neue Sachen?« Es schnitt Hedda ins Herz, dass Elise an etwas bisher so Selbstverständliches wie ein neues Schulkleid kaum glauben konnte. Sie konnte sich noch sehr gut erinnern, wie gleichgültig ihrer Nichte früher die Kleider gewesen waren, die ihre Mutter für sie hatte anfertigen lassen.

»Du bekommst das schönste Kleid überhaupt, Elise«, sagte Hedda mit Nachdruck. »Und wir versuchen, ein ordentliches Stück Fleisch zu besorgen. Einen Sonntagsbraten.« Wahrscheinlich würde sie dazu einen Schwarzmarkt besuchen müssen, doch da sie genug einzutauschen hatten, würde das schon funktionieren. Sie mussten nur aufpassen, nicht erwischt zu werden.

Eine Weile herrschte fast ergriffenes Schweigen im Raum. Dann atmeten alle gleichzeitig tief durch. Es war etwa drei Monate her, seit sie auf Falkensee zuletzt einen Braten gegessen hatten, aber das schien in einem anderen Leben gewesen zu sein. Zwischen damals und heute lag eine Wüste aus Eis und Schnee, lagen Angst, Verzweiflung und Hunger.

»In der Schule hier in Kattrepel sind auch Kinder aus Neufeld«, sagte Elise in die Stille hinein.

»Ach?«, machte Hedda und ignorierte ihr Herzklopfen.

»Eines der Mädchen hat mir erzählt, dass Herr Schickedanz auf ihrem Hof einquartiert ist.«

»Ach?« Hedda griff nach dem Kochlöffel und rührte so heftig im Topf, dass die Suppe fast überschwappte.

Seit Clemens mit einem Teil des Trecks in den nächsten Ort weitergefahren war, hatte sie nichts von ihm gehört. Das war nun fast zwei Wochen her.

Clemens hatte seine Aufgabe erfüllt, und es gab keinen Grund mehr, sich um sie, ihre Familie oder irgendjemand sonst aus Falkensee zu kümmern. Schließlich war er nicht ihr Kindermädchen. Er war nicht einmal mehr ihr Bürgermeister.

Dennoch spürte Hedda einen merkwürdigen Druck in Brust und Magen, wenn sie daran dachte, dass er so stumm und ohne Abschied einfach aus ihrem Leben verschwunden war.

Da war die Nacht in Berlin gewesen, nach der er sofort einen Rückzieher gemacht hatte. Doch wenn sie ihm vollkommen egal war, warum war er dann in jener Nacht nach Baldurs Geburt losgeritten, um sie zurück zu seinem Treck zu holen? Warum hatte er sie beim Wiedersehen in Schnee und Eis in den Armen gehalten, sie getröstet und geküsst? Und dann, während der langen Fahrt durch die Dunkelheit, hatte er endlich sein Schweigen gebrochen und ihr erzählt, was ihm so schwer auf der Seele lastete. In diesen Momenten hatte sie sich ihm so nahe gefühlt wie keinem anderen Menschen vor ihm. Näher als ihrer Mutter, ihrem Vater und auch näher als Eckhardt. Was ihren toten Verlobten anging, bereitete ihr diese Erkenntnis ein schlechtes Gewissen, aber sie konnte es nicht ändern.

Clemens Schickedanz hatte eine Saite in ihr zum Schwingen gebracht, die bis zu ihrer Begegnung mit ihm stumm geblieben war. Er hatte etwas in ihr berührt, von dem sie zuvor nicht gewusst hatte, dass es existierte. Ein Gefühl wie das Funkeln des Sternenhimmels und die Wärme der Sonne. Eine Sehnsucht, süß wie Honig und stark wie schwerer roter Wein.

Oder bildete sie sich das alles nur ein? Konnte so etwas einseitig sein, ohne eine Resonanz von seiner Seite? Clemens hatte während der vielen Wochen, die ihr Weg in den Westen nach Baldurs Geburt noch angedauert hatte, niemals wieder ein persönliches Wort mit ihr gesprochen. Sie hatten durchaus geredet. Über die gebrochene Achse eines Wagens, über geschwächte Pferde, über fehlende Nahrung für die Menschen und den sechs Monate alten Säugling, der unterwegs gestorben war. Der Tod des kleinen Mädchens trieb Hedda noch jetzt die Tränen in die Augen.

Durch dieses tragische Ereignis war ihr besonders klar geworden, wie fragil das Leben war, ganz besonders in Eis und Schnee, ohne Dach über dem Kopf und ohne regelmäßige Versorgung. Was, wenn es den winzigen Baldur traf? Oder Elise? Viele Kinder hatten Fieber gehabt und konnten vor Schwäche kaum noch laufen. Oder wenn Tante Alice gestorben wäre, die von Tag zu Tag stärker hustete? Oder Florentine, deren Kindbett in einem rüttelnden Wagen bei eisiger Kälte stattfand?

War es unter diesen Umständen ein Wunder gewesen, dass Hedda sich instinktiv in Clemens' Nähe getröstet gefühlt hatte? Er schien niemals den Mut zu verlieren und immer zu wissen, wie es weiterging. Und gleichzeitig hatte er Hedda klargemacht, dass auch sie stark war, selbst wenn sie es in manchen Momenten vergaß. Wenn er bemerkte, dass eine der Frauen im Treck drohte, die Hoffnung zu verlieren, hatte er Hedda gebeten, mit ihr zu reden. Oft sprach sie mit der Mutter der kleinen Lena, die sie hatten im Schnee begraben müssen, weil der Boden hart gefroren war. Doch diese Frau war untröstlich gewesen, und Hedda hatte sie nur in den Armen halten können, während sie weinte.

So hatten Clemens und sie während des langen Wegs nach Westen zusammengearbeitet. Sie hatte sich um die Menschen gekümmert, er um die Tiere, die Unterkünfte, die Wagen und den Weg. Aber nun war die Flucht vorüber. Sie hatten ein Dach über dem Kopf, einen Ofen in der Stube und meistens etwas zu essen. Für Clemens schien es damit keinen Grund mehr zu geben, sie sehen zu wollen.

Diese Erkenntnis schmerzte sie – gleichzeitig spürte sie jedoch auch Erleichterung. Wenn sie an ihn dachte, war sie verwirrt und unsicher. Oft hatte seine Gegenwart sie an Eckhardt erinnert. Weil es ihr ein schlechtes Gewissen gemacht hatte, sich womöglich neu zu verlieben, und weil sie Angst gehabt hatte, sich noch einmal auf einen Mann einzulassen und ihn vielleicht wieder zu verlieren. Aber auch weil ihre Gefühle so anders gewesen waren als das, was sie für Eckhard empfunden hatte.

Bei Eckhardt hatte es kein Auf und Ab der Emotionen gegeben. Kein Vibrieren in ihrem Bauch und keine Schauer, die wie Stromstöße durch ihren Körper geprickelt hatten. Mit ihm war alles ruhig und selbstverständlich gewesen. Bei Clemens hatte sie nie gewusst, woran sie war. Und doch hatte sie immer gespürt, dass sie sich auf ihn verlassen konnte. Dass er stark, zuverlässig und klug war. Nicht gewusst hatte sie auch, ob sie ihm etwas bedeutete, mehr bedeutete als die anderen Menschen, die er versucht hatte vor dem grausamen Regime ihres Staates zu schützen.

Und dann hatte er ihr von seiner Frau erzählt, und in seiner Stimme war so viel Traurigkeit und unendlich viel Liebe gewesen. Wie sollte er etwas für sie empfinden, wenn da diese Tote war, die sich für ihre Freundin geopfert hatte? Eine Frau, die ebenso stark und liebevoll gewesen war wie Clemens. Nein, gegen seine Erinnerung an Anita würde sie niemals ankommen. Also war es besser, wenn sie einander nicht wiedersahen.

»Meinst du, wir werden ihn niemals wiedersehen, Tante Hedda?« Als Elise an ihrem Ärmel zupfte, schreckte Hedda aus ihren Gedanken auf. Fragend schaute sie ihre Nichte an.

»Hörst du mir nicht zu?«, erkundigte sich Elise in strafendem Ton. »Warum kommt Herr Schickedanz uns niemals besuchen?«

Hedda schluckte und zuckte dann mit den Schultern. »Die Flucht ist vorüber. Es gibt keinen Grund für ihn, sich noch länger um die Leute aus Falkensee zu kümmern. Er ist nicht mehr unser Bürgermeister.«

»Das finde ich schade.« Elise runzelte die Stirn. »Er ist sehr nett, und wenn wir mal Hilfe brauchen, kennen wir nun niemanden mehr ...«

»Bitte, Elise.« Hedda hob die Hand, um ihre Nichte zu unterbrechen. »Herr Schickedanz ist nicht dafür zuständig, uns zu helfen. Wir kommen doch klar, nicht wahr?«

»Hm. Aber Papa ist nicht da.«

»Viele Männer sind nicht da. Und wir Frauen haben es jahrelang allein geschafft. Auf Gut Falkensee, auf der Flucht und jetzt hier. Wenn du Hilfe brauchst, kommst du zu mir.« Sie stockte und warf Florentine einen Seitenblick zu, bevor sie hinzufügte: »Oder du gehst zu deiner Mutter.«

»Oder zu Großtante Alice«, ergänzte Elise, nun schon wieder fröhlich.

»Hast du Hausaufgaben auf?«, mischte sich Florentine ein, während sie die guten Linsen, die sie aussortiert hatte, in die kleine Vorratsdose füllte.

»Hmhm. Ich muss nachher das Rechenbuch von Dora abholen. Mit ihr und mit Anne teile ich es mir. Anne holt das Buch dann um fünf Uhr bei mir ab.«

Weil es nicht genug Schulbücher gab, mussten die Kinder sich auf diese Weise behelfen. Es war schwierig genug gewesen, ein paar Hefte für Elise zu besorgen. Diese mussten sie zusätzlich zum Geld mit Altpapier bezahlen. Zum Glück hatten die Hinnerksens ihnen einen Stapel alter Zeitungen überlassen.

»Wasch dir bitte die Hände, Elise. Wir essen gleich.« Hedda holte Teller und Löffel aus dem Schrank.

30. Kapitel

Clemens
Kattrepel, Schleswig-Holstein, Mitte Juni 1945

Clemens hatte den Besuch bei Hedda immer wieder aufgeschoben. Nun gab es keine Möglichkeit mehr, noch länger zu warten. Seine wenigen Sachen waren gepackt, und am Nachmittag würde er in den Zug nach Kiel steigen.

Der Weg von Neufeld nach Kattrepel betrug nur etwa zwei Kilometer, und er legte ihn zu Fuß in kaum zwanzig Minuten zurück. Als er sich jedoch dem Bauernhof näherte, auf dem Hedda und ihre Verwandten untergekommen waren, wurden seine Schritte ohne sein Zutun immer langsamer. Seit Wochen sehnte er sich nach einem Wiedersehen mit Hedda, schreckte nachts hoch, wenn er von ihr träumte, und meinte, im Schlaf ihre Lippen zu spüren. Und ebenso lange hatte er sich verboten, diese Frau zu treffen oder auch nur an sie zu denken.

Allerdings funktionierte es absolut nicht, Hedda aus seinen Gedanken und Gefühlen zu verbannen. Dennoch musste er sich von ihr fernhalten. Denn immer noch waren da auch die Albträume von Anita, die ihm weinend die Hände entgegenstreckte, während er nicht in der Lage war, sich zu rühren. Unfähig, ihr zu helfen.

Noch einmal würde er es nicht ertragen können, die Frau, die er liebte, nicht beschützen zu können. Und wer konnte schon ahnen, welches Schicksal den Flüchtlingen beschieden war, ob sie fortan in Frieden leben würden und was Hedda noch zustoßen würde. Wann immer er an sie dachte und sich nach ihr sehnte, war da auch sofort die Angst, sie an ein grausames Schicksal zu verlieren und nichts tun zu können, um ihr zu helfen. Eine Angst, die er nicht ertragen konnte und vor der es nur eine Rettung gab: der endgültige Abschied von Hedda.

Er blieb vor dem offenen Tor stehen, das zum Hof der Hinnerksens führte. Es war ein prächtiges Anwesen, auf dem Hedda und ihre Familie untergekommen waren. Hoffentlich behandelten die Bauersleute sie gut und versorgten sie mit dem Nötigsten. Clemens wusste, dass viele der Menschen, die er mit dem Treck hergebracht hatte, immer noch Hunger litten.

Er atmete tief durch, legte die letzten Schritte bis zur Tür des großen Wohnhauses aus dunkelrotem Backstein rasch und entschlossen zurück und klingelte. Es dauerte einige Zeit, bis ihm geöffnet wurde. Die ältere Frau im dunklen Kleid musterte ihn misstrauisch. Dann trat sie zur Seite.

»Gehen Sie nach hinten durch in die Küche.« Sie deutete auf eine der geschlossenen Türen auf der anderen Seite der Diele. »Das Mädchen ist gerade beim Kochen. Lassen Sie sich von ihr ein Stück Brot und einen Apfel geben.«

»Ich wollte nicht …« Ganz kurz nur senkte er verlegen den Kopf und schaute an sich hinab. Den einzigen guten Anzug, den er auf die Flucht mitgenommen hatte, würde er erst anziehen, wenn er seine neue Stelle in Kiel antrat. Allerdings war er der Meinung gewesen, auch so ordentlich gekleidet zu sein. Dennoch hatte die Bauersfrau offenbar auf den ersten Blick erkannt, dass er ein Flüchtling war. Einer jener Hungerleider, die in ihrer Not an Türen klopften und um ein Stück Brot baten.

Entschlossen sah er der Frau in die Augen. »Vielen Dank. Ich habe keinen Hunger«, erklärte er und hoffte, dass sein Magen nicht knurrte. Er konnte sich nicht erinnern, wann er sich zum letzten Mal wirklich sattgegessen hatte. Aber deshalb war er noch lange nicht bereit, Almosen anzunehmen. Für sein Essen arbeitete er auf dem Hof in Neufeld, wo er eine winzige Kammer bewohnte.

»Ich gebe Ihnen gern was«, beharrte die Frau. »Sie haben im Krieg gekämpft, und deshalb möchte ich …«

»Nein«, unterbrach er sie unhöflich. »Ich bin gekommen, um die Familie zu besuchen, die bei Ihnen einquartiert ist. Hedda von Bargelow – ist sie da?«

Nun kniff die Frau die Augen zu schmalen Schlitzen zusammen. »*Von* Bargelow? Sind diese Leute etwa adlig?«

Clemens begriff sofort, dass Hedda und ihre Angehörigen offenbar einen kleinen Teil ihres Namens unterschlagen hatten. Und er verstand auch, warum. Die Flüchtlinge waren nun allesamt Habenichtse, darauf angewiesen, dass die Einheimischen sie in ihre Häuser aufnahmen und ihnen zu essen gaben, wenn sie im Laden nichts kaufen konnten oder die Marken nicht reichten. Das alles war noch peinlicher, wenn man allen Leuten erzählte, dass man aus einer adeligen Familie stammte und in Westpreußen ein Gut besaß. Oder besessen hatte.

Die erstaunte Frage der Bauersfrau beantwortete er mit einem Schulterzucken. »Ich bin mir nicht sicher. Wahrscheinlich täusche ich mich.«

»Ich hätt nichts dagegen, dass mein Sohn sich für eine Frau aus so guter Familie interessiert«, stellte die Bäuerin gelassen fest. Offenbar hatte sie sich schnell von ihrer Überraschung erholt.

Ein leiser Schreck durchfuhr Clemens, aber er verbot sich auf der Stelle das Gefühl des Verlusts, das diesen Schreck ausgelöst hatte. Es war gut, wenn sich ein wohlhabender Mann für Hedda interessierte. Ein Mann, der für sie sorgen und sie beschützen konnte.

Wieder wurden die Augen der Bauersfrau schmal. »Sie haben doch nichts mit ihr. Oder? Sie hat gesagt, sie sei nicht verlobt oder verheiratet.«

Er zögerte kurz, bevor er den Kopf schüttelte. »Wir sind nur Bekannte, und ich möchte mich verabschieden.«

»Verabschieden?« Die Frau musterte ihn immer noch misstrauisch.

»Ich gehe nach Kiel. Dort habe ich eine Stelle in einer Fabrik gefunden«, erklärte er, obwohl das die Bauersfrau nichts anging.

»Hedda ist hinten auf der Wiese. Sie sammelt Löwenzahn für die Kühe und für Likör. Einfach ums Haus rum, am Küchengarten vorbei und über die Streuobstwiese.« Ohne ein weiteres Wort schloss die Frau die Tür, und Clemens machte sich auf den Weg, Hedda zu suchen.

Er sah sie schon von Weitem, während er über das weiche Gras unter den Apfelbäumen ging. Allerdings hätte er sie auf den ersten Blick fast nicht erkannt. Ihr üppiges, glänzendes Haar war unter einem fest geknoteten grauen Tuch verborgen, und über ihrem schlichten Kleid trug sie eine ebenfalls graue lange Schürze. Doch dann fiel ihm ihre Art, sich zu bewegen, auf. Obwohl sie die Kleidung einer Magd anhatte, waren ihr Gang, die Haltung ihres Kopfes und sogar die Art, wie sie sich bückte, immer noch die einer Gutsherrin.

Er sah sie an und wusste plötzlich mit überwältigender Klarheit, dass er niemals wieder einer Frau wie ihr begegnen würde. Einer Frau, die sein Herz zum Explodieren brachte, nur indem sie sich nach einer sonnengelben Löwenzahnblüte bückte.

Weil seine Knie plötzlich weich wurden, lehnte er sich gegen den Stamm eines Apfelbaums. Am liebsten hätte er sofort kehrtgemacht und wäre davongelaufen. Die Gefühle, die Hedda in ihm auslöste, ließen gleichzeitig seine Angst ins Unermessliche wachsen. Und doch musste er sich von ihr verabschieden. Alles andere wäre nach allem, was zwischen ihnen geschehen war, absurd gewesen.

Mit gesenktem Kopf ging Hedda über die Wiese und blieb vor einem Nest aus blühendem Löwenzahn stehen, das selbst aus der Ferne aussah wie eine Versammlung von kleinen Sonnen. Sie wollte sich bücken und erstarrte mitten in der Bewegung. Stand sekundenlang wie erstarrt da und wandte dann langsam den Kopf.

Sie hatte seine Gegenwart gespürt, und nun verhakte ihr Blick sich mit seinem, hielt ihn fest, gab ihn nicht wieder frei. Aber das wollte er auch gar nicht. Es war wunderbar, auf diese Weise mit ihr verbunden zu sein, wenigstens noch für einen Augenblick.

Gleichzeitig setzten sie sich in Bewegung. Gingen langsam aufeinander zu und blieben dicht voreinander stehen. So dicht, dass er ihren unverwechselbaren Duft nach Vanille wahrnahm. Ein Aroma, das er selbst in Eis und Schnee auf ihrer Haut gerochen hatte, süß und zart wie der Frühling.

»Hedda«, sagte er und umschloss mit der linken Hand fest seinen rechten Arm, damit er ihn nicht nach ihr ausstreckte. Dennoch kribbelten seine Fingerspitzen, als könnte er ihre Wärme und ihre weiche Haut spüren.

»Clemens«, antwortete sie und drehte den Stiel der Löwenzahnblüte, die sie in der Hand hielt, zwischen ihren Fingern. »Ich habe mich schon gefragt, ob wir uns noch einmal sehen würden.«

»Ich bin hier, um …«, setzte er an und stockte, weil der Rest des Satzes nicht über seine Lippen wollte.

Sie legte den Kopf ein wenig schief und sah ihn fragend an.

»Wir haben uns lange nicht gesehen«, stellte er fest, um die Worte aufzuschieben, die er ihr zu sagen hatte.

Auf Heddas Lippen erschien ein kleines Lächeln. »Ja«, sagte sie. Mehr nicht.

»Ich habe dich vermisst.« Erst als die Worte heraus waren, wurde ihm bewusst, was er da redete. Hastig fuhr er fort: »Wir haben gut zusammengearbeitet. Während des Trecks und auch schon vorher. Zum Beispiel als wir die Weihnachtsfeier vorbereitet haben.«

Ihr Lächeln hatte sich vertieft. Sie nickte. »Es war immer gut, dich an meiner Seite zu wissen.« Für einen kurzen Moment gruben sich ihre weißen Zähne in ihre Unterlippe, und er meinte, einen Hauch von Röte auf ihren Wangen zu erkennen.

»Ein gutes Gespann«, wiederholte er hilflos, unfähig den Blick von ihren Lippen zu lösen.

Im nächsten Augenblick spürte er sie. Er hatte seine Arme nicht mehr daran hindern können, sie an sich zu reißen. Sein Mund strich über ihre Wange, die trotz des Lebens einer Magd, das sie nun führte, immer noch weich und zart war.

Hedda wandte den Kopf, und ihre Lippen fanden sich. Gierig wie ein Verdurstender trank er ihren Atem. Hielt sie, als wollte er sie nie wieder loslassen. Strich mit seiner Zungenspitze sanft und zärtlich über ihren Mund. Sie ließ ihn ein, und es fühlte sich an, als würde er nach einem langen Irrweg durch die Kälte ein warmes Haus betreten. Ein Haus, in dem er sehnsüchtig erwartet und freundlich willkommen geheißen wurde.

Aus ihrer Kehle stieg ein leiser Ton auf, zärtlich und sanft wie das Gurren einer Taube. Seltsamerweise brachte dieses Geräusch Clemens auf den Boden der Tatsachen zurück. Er legte die Hände auf ihre Schultern und schob sie sachte von sich.

»Wehe, du entschuldigst dich wieder!« Sie wischte sich mit dem Handgelenk eine glänzende Haarsträhne aus dem erhitzten Gesicht und funkelte ihn an.

»Ich bin gekommen, um mich zu verabschieden«, stieß er hervor.

»Verabschieden? Wo willst du denn hin?« Ihr Blick irrte an ihm vorbei hinauf in den Himmel und in die Spitze eines Apfelbaums, als wolle sie die ersten Fruchtansätze zählen. Sie war offenbar nicht mehr bereit, ihn anzusehen, und das tat ihm weh.

»Ich habe eine Stelle in einer Fabrik in Kiel gefunden. Es ist eine Maschinenfabrik, und sie brauchen dringend Ingenieure.«

»Nun, da endlich der Krieg vorbei ist, ist es gut, einen Neuanfang zu wagen.« Das klang wie auswendig gelernt, während sie immer noch an ihm vorbeischaute.

Mit dem Neuanfang hatte sie recht. Am 8. Mai hatte Deutschland kapituliert. Der Krieg war endlich zu Ende. Hitler war den Konsequenzen seiner Taten aus dem Weg gegangen, indem er sich umgebracht hatte. Hier in Schleswig-Holstein fuhren Jeeps mit englischen Soldaten durch die Straßen. Sie waren freundlich und schenkten den Kindern Schokolade. Ansonsten gab es immer noch nicht viel zu essen, doch es gab Hoffnung. Aber nicht für Hedda und ihn.

»Ich bin gekommen, um mich zu verabschieden«, wiederholte er.

»Für immer?«, flüsterte sie.

»Die Bauersfrau … Ihr Name ist Hinnerksen, nicht wahr?«, sagte er anstatt ihre Frage zu beantworten. Als Hedda nichts erwiderte, fuhr er fort: »Sie erwähnte, dass ihr Sohn Interesse an dir hat.«

Sie wurde blass und fuhr sich mit der Hand über die Schürze, an der ein paar verdorrte Blütenblätter hingen, mit denen wohl der Wind gespielt hatte.

»Krischan«, sagte sie dann, ohne Clemens anzusehen. »Am Anfang hatte ich Angst vor ihm und habe ein Messer in der Kittelschürze mit mir herumgetragen, wenn ich allein im Stall war. Dann habe ich begriffen, dass er mir niemals etwas tun würde … Er meint es ernst, aber …« Sie schüttelte den Kopf, und ihre Augen füllten sich mit Tränen.

»Wie es aussieht, ist das Land im Osten für immer verloren. Und das hier ist ein schöner Hof«, gab er zu bedenken.

Mit einem Ruck wandte sie ihm wieder ihr Gesicht zu. »Was willst du damit sagen? Dass ich ihn nehmen soll, damit ich zu neuem Landbesitz komme?« Sie starrte ihn wütend an, obwohl ihr gleichzeitig eine Träne über die Wange rollte.

»Natürlich nicht. Ich wollte nur sagen, dass du noch viele Chancen auf einen Neuanfang haben wirst. Du bist eine wunderbare Frau, Hedda. Aber ich … Ich kann nicht …«

Sie schnaubte verächtlich. »Du kommst also an, küsst mich wieder einmal, als ginge es um dein Leben, und erklärst mir dann, du wärst hier, um dich für immer zu verabschieden. Was soll das?«

Wie ein überführter Bankräuber hob er beide Hände in die Luft. »Ich habe es dir doch schon erklärt. Ich ertrage den Gedanken nicht, dass ich möglicherweise noch einmal die Frau, die ich liebe, im Stich lassen werde.«

»Die Frau, die du liebst?«, wiederholte sie und sah ihn fragend an.

Er weigerte sich, ihre Frage zu beantworten. »Ich kann Anita und meinen Verrat an ihr nicht vergessen«, sagte er stattdessen. »Verstehst du wirklich nicht, dass es deshalb keinen Platz für eine neue Frau in meinem Leben gibt?«

»Das war kein Verrat«, widersprach sie. »Du hast getan, was du tun konntest, ohne selbst im KZ zu landen.«

»Das zu beurteilen musst du schon mir überlassen.« Clemens verschränkte die Arme vor der Brust. »Ich trage an dieser Schuld und werde es mein Leben lang tun.«

»Würde Anita das wollen?« Mit einer heftigen Handbewegung hatte sich Hedda die Augen trocken gewischt und schob nun trotzig das Kinn vor.

»Das spielt keine Rolle. Es ist das Gefühl, das mich beherrscht. Von morgens bis abends und nachts in meinen Träumen. Bitte verzeih mir, Hedda.«

Lange starrte sie ihn an, die Augen wütend zusammengekniffen. »Hör endlich auf, dich bei mir zu entschuldigen! Du hast mir nichts versprochen. Du hättest auch gehen können, ohne dich zu verabschieden. Aber du bist gekommen. Dafür danke ich dir. Nun weiß ich wenigstens Bescheid.« Die letzten Worte sprach sie mit weicher Stimme, der Zorn in ihrem Gesicht schmolz dahin, ein trauriges Lächeln hob ihre Mundwinkel ein winziges Stück.

Seltsamerweise machte ihr Verständnis es ihm viel schwerer, endgültig zu gehen. Er stand da und konnte sich nicht rühren, als wären seine Füße auf der Wiese festgewachsen. Als müsste er auf ewig dort stehen und sie ansehen.

»Leb wohl, Hedda«, sagte er schließlich, und jedes einzelne Wort fiel ihm schwer. »Ich wünsche dir von Herzen, dass du glücklich wirst.«

»Das wünsche ich dir auch«, flüsterte sie. »Und ich wünsche dir, dass du irgendwann wieder wagst zu lieben.«

Er schüttelte den Kopf. »Wenn ich es bei dir nicht konnte, wird es mir erst recht bei keiner anderen Frau gelingen.«

»Doch, das wird es. Du bist ein Mann, der viel zu geben hat. Das wirst du eines Tages wieder spüren.« Ihr Blick tauchte so tief in seine Seele, dass es wehtat, als hätte sie ihre Finger tief in sein wundes Innerstes gebohrt.

»Leb wohl«, wiederholte er und wollte sich endlich abwenden, um zu gehen.

Da machte Hedda einen Schritt nach vorn, schlang die Arme um seinen Hals und legte noch einmal die Lippen auf seine. Für wenige Sekunden nur, aber ihr Kuss brannte wie Feuer auf seinem Mund, auch als sie sich schon längst wieder von ihm gelöst hatte.

»Nun kannst du gehen. Vorhin wusste ich nicht, dass es unser letzter Kuss war.« Wieder klang sie fast trotzig, doch er sah die Tränen in ihren Augen.

Wortlos ging er unter den Apfelbäumen her über die Streuobstwiese. Erst als er am Ende angekommen war, drehte er sich noch einmal um. Hedda verharrte immer noch an derselben Stelle. Dort, wo sie ihn zum allerletzten Mal geküsst hatte. Die Sonne stand schon tief und malte einen goldenen Rahmen um ihre schlanke Gestalt. Als das Bild verschwamm, bemerkte Clemens, dass auch er Tränen in den Augen hatte. Hastig wandte er sich ab und eilte davon.

»Werde glücklich, geliebte Hedda«, murmelte er vor sich hin. »Werde glücklicher, als ich dich machen könnte.«

31. Kapitel

Hedda
Kattrepel, Schleswig-Holstein, Mitte November 1945

Hedda schlang den schwarzen Ledergürtel um ihre Körpermitte und stellte fest, dass sie ein zusätzliches Loch hineinstechen musste. Sie hatte früher schon eine schmale Taille gehabt, doch während der Flucht und auch nach Kriegsende hatte sie deutlich an Gewicht verloren. Die Arbeit auf dem Hof war hart und das Essen immer noch knapp.

»Du siehst hübsch aus. Bestimmt gibt es in dem Lokal, wo du mit Krischan hingehst, ganz leckere Sachen zu essen.« Elise stand plötzlich in dem engen Schlafzimmer, in das Hedda sich zum Umziehen zurückgezogen hatte. Hier schlief sonst Florentine mit ihren beiden Kindern, während Hedda und ihre Tante in der Küche übernachteten, die alte Dame auf dem Sofa in der Ecke, Hedda auf einem Feldbett, das sie abends aufbaute und morgens wieder zusammenklappte.

»Vielleicht kann ich heimlich eine kleine Kostprobe einstecken und dir mitbringen.« Hedda beschloss, dass der Gürtel ruhig locker sitzen konnte. Einem Mann, der sich für eine Frau interessierte, die normalerweise nur in einer riesigen grauen Schürze, in klobigen Schuhen und mit einem hässlichen Tuch um den Kopf herumlief, würde wahrscheinlich gar nicht auffallen, dass ihr Kleid nicht richtig saß. Und falls er es bemerkte, spielte das auch keine Rolle. Sie wollte ihn nicht beeindrucken.

»Eine Kostprobe wäre toll.« Elise schenkte ihr ein strahlendes Lächeln. »Wirst du Krischan heiraten? Großtante Alice hat gesagt, er führt dich heute aus, weil er dir einen Antrag machen will.«

»Ich weiß nicht.« Damit waren aus ihrer Sicht beide Fragen beantwortet. Tatsächlich war sie nicht sicher, was sie tun sollte, falls Krischan sie tatsächlich bat, ihn zu heiraten. Er war ein freundlicher, wenn auch etwas seltsamer Mann. Aber welcher Kriegsheimkehrer war nicht seltsam? Sie musste nur an Clemens denken. Seine Erlebnisse im Krieg und in Hitlers Staat, dem seine Frau Anita zum Opfer gefallen war, hatten ihn zu einem Menschen gemacht, der nicht mehr wagte zu lieben.

Hedda kämmte sich mit energischen Bewegungen die Haare, als könnte sie auf diese Weise die Gedanken an Clemens vertreiben. Was ihr natürlich nicht gelang. Die Erinnerung an ihn überfiel sie immer wieder aus dem Hinterhalt. Wie ein bohrender Schmerz in einem Backenzahn, der gelegentlich Pause machte, um wieder zu pochen zu beginnen, wenn man es am wenigsten erwartete.

Dann sagte sie sich jedes Mal aufs Neue, dass es zwischen Clemens und ihr kein Versprechen gegeben hatte, nicht einmal ein Liebesgeständnis. Doch seine Blicke hatten eine vollkommen andere Sprache gesprochen. Und dann war da die Nacht in Berlin gewesen. Und seine Küsse, die ihr den Boden unter den Füßen weggezogen und ihr gleichzeitig Flügel verliehen hatten.

Aber das alles war vorbei. Seit er sich unter den Apfelbäumen von ihr verabschiedet hatte, war nun fast ein halbes Jahr vergangen. Irgendwann würde sie aufhören, an ihn zu denken. Dann würde er nur eine ferne, traurige Erinnerung sein, so wie Eckhardt.

Hedda beschloss, den Lippenstift, den sie nach langer Suche ganz unten in einer Tasche gefunden hatte, wegzulassen, und wandte sich der Tür zu. Ihre Nichte folgte ihr.

»Wirst du?« Elise hüpfte auf einem Bein um Hedda herum.

»Was meinst du denn?«, fragte Hedda nervös.

»Na, dass du ihn heiratest. Er mag dich, und Großtante Alice sagt, er wäre eine gute Partie. Wo wir doch jetzt kein Gut mehr haben und so.«

»Leise. Man kann dich im ganzen Haus hören.« Hedda legte den Zeigefinger an die Lippen, bevor sie die Tür zum Flur öffnete.

»Findest du ihn denn nett?«, fuhr Elise mit gesenkter Stimme fort. »Wenn man einen Mann heiraten will, muss man ihn nett finden, das ist klar.«

»Ich muss ihn erst besser kennenlernen«, erwiderte Hedda ausweichend. Wäre sie sicher gewesen, dass sie Krischans Antrag, für den es tatsächlich Anzeichen gab, ablehnen wollte, hätte sie seine Einladung in den Dorfkrug nicht angenommen. Bisher hatten sie sich nicht einmal geküsst. Krischan staunte sie seit ihrer ersten Begegnung an wie eine Prinzessin, die sich aus einem fernen Märchenreich auf den Hof seiner Eltern verirrt hatte.

Vielleicht war es genau das, was ihr an ihm gefiel. Er sah nicht den armen Flüchtling in ihr, sondern eine Frau, die er bewunderte. Bei einem seiner regelmäßigen Besuche im Stall hatte er ihr entlockt, dass ihre Vorfahren ein Gut besessen hatten und sie selbst auf einem Gestüt aufgewachsen war.

Neulich hatte er plötzlich gesagt: »Du stammst aus einer guten und vornehmen Familie und solltest nicht als Kuhmagd arbeiten. Ich könnte dafür sorgen, dass du wieder einen Hof leiten kannst.«

Er hatte auch schon Andeutungen gemacht, dass seine Eltern über eine Verbindung wohlwollend dächten.

Zweifellos hätte sie es schlechter treffen können, zumal sie sicher war, dass im Falle einer Heirat ihre Verwandten auf dem Hof bleiben dürften und ebenfalls versorgt wären. Immer wenn sie in ihren Überlegungen so weit gekommen war, hatte sie das Gefühl, Krischans Antrag, falls er tatsächlich kam, annehmen zu müssen.

Wie die Dinge lagen, würde es für Florentine mit ihren beiden Kindern schwierig sein, sich selbst zu versorgen. Und was sollte aus ihrer Tante Alice werden? Ob und wann Ludwig zurückkehren würde, wusste niemand. Vieles sprach dafür, dass er in russische Kriegsgefangenschaft geraten war, und es wurde allgemein angenommen, dass die Russen ihre Gefangenen viele Jahre für sich arbeiten lassen würden, bevor sie sie freiließen.

So würde Hedda noch lange Zeit für ihre Familie verantwortlich sein. Und wenn sich ihr die Möglichkeit bot, durch die Heirat mit einem seltsamen, aber durchaus freundlichen Mann für sie alle eine sichere Zukunft zu schaffen – durfte sie dieses Angebot dann ausschlagen?

Die hochhackigen Pumps, das einzige Paar, das sie aus Westpreußen mitgebracht hatte, fühlten sich an ihren Füßen ungewohnt an. Sie waren schmal und leicht, ganz anders als die Schnürschuhe, die sie bei der Arbeit trug.

»Bekommst du einen Ring, wenn du dich verlobst?«, wisperte Elise hinter ihr, während sie zur Haustür ging. Krischan hatte gesagt, er würde pünktlich um sieben draußen auf sie warten.

»Schlaf schön, Elise.« Hedda drückte ihrer Nichte einen Kuss auf die Stirn. Sie würde ganz sicher nicht länger mit ihr über Antrag, Verlobung und nun auch noch Ring diskutieren.

»Morgen musst du mir alles erzählen«, beharrte Elise.

»Das sehen wir dann.« Hedda schlüpfte in ihren Mantel und trat hinaus in den Novemberabend. Um die Laternen, die die Auffahrt der Hinnerksens beleuchteten, waberten Schleier aus Herbstnebel.

Krischan lehnte am Zaun des Vorgartens und erweckte den Eindruck, als würde er schon sehr lange auf sie warten.

»Bin ich zu spät?«, fragte sie, während sie zu ihm trat.

»Du bist pünktlich. Wie immer. Du bist eine sehr zuverlässige Frau. Auch das mag ich an dir.«

Krischan trug einen dunklen Anzug. So förmlich gekleidet hatte sie ihn noch nie gesehen, nicht mal sonntags. Er reichte ihr den Arm, und sie spazierten die Auffahrt entlang zur Straße und weiter zum Gasthaus.

»Ich hoffe, das Essen wird dir schmecken. Du bist sicher sehr feine Speisen gewohnt«, sagte Krischan, als sie sich der Tür zum Dorfkrug näherten.

Hedda lachte auf. »Das ist schon lange her. Heute bin ich froh, wenn ich satt werde.«

»Man merkt aber immer noch, dass du adelig bist und dass deine Familie ein Gut hatte.«

Sie zuckte mit den Schultern. »Tatsächlich?«

»Mir gefällt es sehr, wie du bist.« Er legte seine Hand über die ihre, die in seiner Armbeuge ruhte. Seite an Seite gingen sie die drei Stufen zum Eingang des Gasthofs hinauf. Bevor sie eintraten, blieb Krischan plötzlich stehen.

»Ich kann nicht warten.« Er klang atemlos wie nach einem Sprint. »Ich muss es jetzt sofort wissen. Willst du meine Frau werden, Hedda? Ich möchte für dich sorgen und für deine Familie auch. Als meine Frau musst du nicht mehr die Kühe melken.«

Hedda sah ihm im trüben Licht der Lampe über dem Eingang zur Gaststätte ins Gesicht. Ihr Blick blieb an seinen Lippen hängen. Sie waren für einen Mann sehr voll, wirkten aber ein wenig rissig. Ob sie sich rau anfühlten?

»Ich brauche eine Antwort, Hedda«, drängte er.

»Wir haben uns nicht mal geküsst«, sagte sie, ohne nachzudenken.

Als er sich ihr entgegenbeugte, schloss sie die Augen.

Gegen zehn Uhr kehrten Hedda und Krischan zum Hinnerksen-Hof zurück. Wieder hatte Hedda sich bei ihm eingehakt. Der Nebel war jetzt so dicht, dass sie nur wenige Schritte weit sehen konnten und die Laternen am Straßenrand wie ferne Planeten auftauchten und wieder verschwanden.

Deshalb standen sie schon fast direkt vor der hochgewachsenen Gestalt, als sie sie sahen. Der Nebel war wohl auch schuld, dass Hedda erst auf den zweiten Blick erkannte, wer die Frau war, die bei ihrem Anblick einen kleinen Koffer fallenließ und die Arme ausbreitete.

»Mama!«, rief Hedda, zerrte ihre Hand aus Krischans Armbeuge hervor und schlang ihrer Mutter schluchzend die Arme um den Hals. Sie schmiegte die Wange an ihre Schulter und spürte, wie ihre Freudentränen im dicken Stoff des Wollmantels versickerten. Sie nahm ihren vertrauten Duft wahr und spürte die mütterliche Hand, die ihren Rücken streichelte.

Dann schoss Hedda ein Gedanke durch den Kopf, der sie zusammenzucken ließ. Sie hob den Kopf und spähte an ihrer Mutter vorbei in den Nebel. »Wo ist Papa?«

Der tiefe Seufzer, mit dem ihre Mutter auf ihre Frage reagierte, jagte ihr einen eisigen Schauer über den Rücken.

»Ist er in Polen geblieben?« Ihre Kehle war fast zu eng, um die wenigen Worte hervorzupressen.

»Später«, sagte ihre Mutter leise und sah hinüber zum Tor, das auf die Einfahrt zum Hinnerksen-Hof führte. »Ich hoffe, ich kann zumindest vorübergehend bei euch unterkommen? Es war ein Glücksfall, dass ich euch über das Rote Kreuz so schnell gefunden habe.«

»Natürlich kannst du bei uns wohnen. Ich meine …« Plötzlich fiel Hedda ein, dass sie nicht allein waren. Sie wandte sich zu Krischan um, der abwartend im Hintergrund stand. »Deine Eltern und du, ihr habt doch hoffentlich nichts dagegen? Das ist meine Mutter. Charlotte von Bargelow.«

Automatisch stellte sie ihre Mutter mit ihrem Mädchennamen vor, den auch sie noch benutzte. Ein wenig kam es ihr vor, als würde sie ihren Vater verraten. Aber er würde verstehen, dass es so vorerst leichter für sie war. Polen waren immer noch die Feinde in Deutschland. Diejenigen, die den Russen geholfen hatten, die Ostgebiete zu besetzen. Was vorher den Polen und auch den Russen angetan worden war, schien niemanden zu interessieren.

Krischan hatte es so eilig, neben die beiden Frauen zu treten, dass er fast gestolpert wäre. Er hielt sich jedoch aufrecht und streckte Heddas Mutter zur Begrüßung die Hand hin.

»Krischan Hinnerksen, der Sohn und Erbe des Hofs«, stellte er sich vor. »Natürlich können Sie bleiben, Frau von Bargelow. Schließlich sind wir so gut wie verwandt.«

Heddas Mutter ließ ihren Blick zwischen Hedda und Krischan hin und her wandern, sagte aber nichts zur Bemerkung des jungen Mannes. Gemeinsam gingen sie die Auffahrt entlang zum Wohnhaus. Krischan trug den Koffer von Heddas Mutter und machte noch weitere Bemerkungen darüber, wie sehr er sich freue, sie kennenzulernen.

Hedda achtete nicht auf seine Worte. Ihre Gedanken waren bei ihrem Vater. Mit jedem Schritt tat ihr Herz einen ängstlichen Schlag. Sie wollte wissen, was mit ihm war, und fürchtete sich gleichzeitig vor dem Moment, in dem ihre Mutter es ihr erzählen würde.

In der Diele wünschte Krischan den beiden Frauen eine gute Nacht, nicht ohne nochmals darauf hinzuweisen, wie sehr er sich über die neue Bekanntschaft freue, die ja die Mutter der lieben Hedda sei.

Heddas Mutter nickte auf ihre typische Art, die gleichzeitig freundlich und hoheitsvoll wirkte. »Was meint er damit, dass er praktisch zur Familie gehört?«, erkundigte sie sich mit gerunzelter Stirn, nachdem er die Treppe hinauf verschwunden war.

Hedda hielt für einen Moment die Luft an und stieß sie dann in einem Schwall wieder aus. Sie konnte genauso gut sofort mit der Sprache herausrücken. »Er hat mir einen Antrag gemacht. Heute Abend.«

Jetzt war es ihre Mutter, die nach Luft schnappte. »Du liebst diesen Mann?«

Hedda zuckte verlegen mit den Schultern. »Er ist freundlich, und er mag mich sehr.«

Als ihre Mutter sie lange stumm anschaute, ohne etwas zu

sagen, fiel es Hedda schwer, den Blick nicht zu senken. Doch sie hielt durch.

»Wir brauchen einen Neuanfang«, erklärte sie schließlich und konnte selbst den trotzigen Unterton in ihrer Stimme hören. »Was sollen wir tun, ohne Haus, ohne Land? Wir wissen nicht, ob und wann Ludwig zurückkommt, und wir brauchen alle ein Dach über dem Kopf. Wir können nicht ewig zu fünft oder nun zu sechst in zwei Zimmern wohnen und uns von Linsen und Kartoffeln ernähren. Wenn ich Krischan heirate, wird er meine Verwandten wie die seinen behandeln, das hat er mir versprochen.«

»Können wir uns irgendwo hinsetzen und reden?« Erst als ihre Mutter sie am Arm packte, wurde Hedda bewusst, dass sie immer noch flüsternd in der Diele standen.

»Wir können in die große Küche gehen, da ist um diese Zeit niemand. In unserer Küche schlafen deine Schwester und ich, und Tante Alice hat sich sicher schon hingelegt. Oder möchtest du sie wecken?«

Ihre Mutter schüttelte den Kopf. »Lassen wir sie schlafen. Nun war ich so lange fort, da kommt es auf ein paar Stunden auch nicht mehr an. Ich werde sie morgen begrüßen. Vorher sollten wir zwei uns in Ruhe unterhalten.«

In diesem Moment erkannte Hedda die tiefe Traurigkeit in den Augen ihrer Mutter, und erneut wurde ihr eiskalt. Sie nahm ihre Hand und ging mit ihr den breiten Flur entlang zur Küche der Hinnerksens. Tagsüber war hier fast ständig eines der Hausmädchen mit Kochen oder dem Abwasch beschäftigt, doch nach zehn Uhr abends lagen alle längst im Bett. Im Herd glühten die letzten Kohlen nach, sodass es noch angenehm warm war. Manchmal, wenn Hedda nicht einschlafen konnte, zog sie ihre dicke Wolljacke an und ging hierher, um zu lesen oder nachzudenken.

Als sie an diesem Abend mit ihrer Mutter eintrat, stocherte sie energisch in der Glut und legte ein Stück Holz nach, sodass die Flammen noch einmal aufloderten. Dann stellte sie den gefüllten

Wasserkessel auf den Herd. Weil sie im Stall arbeitete, bekam Hedda wie die anderen Angestellten tagsüber Tee und Muckefuck. Daher beschloss sie, an diesem besonderen Tag, an dem ihre Mutter wieder zur Familie gefunden hatte, für sie beide Tee aufzubrühen.

Während Hedda sich mit der Blechkanne und den Steinguttassen zu schaffen machte und wartete, dass das Wasser kochte, saß ihre Mutter still auf einem der Holzstühle am Tisch. Erst als Hedda die dampfenden Tassen auf die von zahllosen Küchenmessern ramponierte Platte des Tischs stellte, hob sie den Kopf. Erschrocken bemerkte Hedda die Träne, die im Augenwinkel ihrer Mutter schimmerte, bevor sie über die von der Abendkälte gerötete Wange rollte.

Hedda wühlte in ihrer Rocktasche nach einem sauberen Taschentuch und reichte es ihrer Mutter. Dann ließ sie sich auf den Stuhl neben sie fallen.

»Er ist … tot, nicht wahr?«, fragte sie, als sie endlich genügend Mut gefasst hatte.

An den aufeinandergepressten Lippen ihrer Mutter erkannte Hedda, wie sehr diese sich bemühte, ihr Schluchzen zu unterdrücken.

»Manchmal gelingt es mir, daran zu glauben, dass es besser so für ihn ist«, stieß sie schließlich mühsam hervor.

»Was ist denn passiert?« Hedda umschloss mit ihren Fingern die Faust, in der ihre Mutter das zerknüllte Taschentuch hielt. »Du hast uns doch vor Monaten geschrieben, dass es ihm besser ginge. Habt ihr kein sicheres Versteck gefunden? Haben ihn die Deutschen am Ende doch erwischt?«

»Er hat das Kriegsende noch erlebt, und seine Wunden sind zwar langsam, aber letztlich gut verheilt. Wir konnten in dem leer stehenden Haus eines seiner Freunde leben, der zur polnischen Exilregierung in London gehört. Es war ein abgelegenes Gebäude am Waldrand, fast wie …« Als könnte sie durch Hedda hindurchblicken, schaute sie vor sich hin. Ihre Augen waren feucht, aber um ihren Mund spielte ein trauriges Lächeln.

Hedda wusste, woran ihre Mutter dachte. Ihre Eltern hatten sich vor vielen Jahren in dem abgelegenen Jagdhaus von Karols Tante kennen und lieben gelernt. Dort hatte Karol, damals ein Mann ohne Vaterland, da Polen zur Hälfte von Russland und zur Hälfte von Deutschland besetzt gewesen war, ebenfalls eine schwere Verletzung auskuriert. Er war bei einer Aktion des polnischen Widerstands verletzt worden und hatte sich verstecken müssen, um einer möglichen Todesstrafe zu entgehen.

Hedda sprang spontan auf und umschlang ihre sitzende Mutter von hinten mit beiden Armen. Fast körperlich spürte sie den Schmerz, aber auch die Liebe, die ihre Mutter auf immer mit ihrem Mann verbinden würde.

»Er war so tapfer. Ich bin schrecklich stolz auf ihn«, flüsterte Hedda. Obwohl ihre Mutter es noch nicht ausgesprochen hatte, wusste sie, dass sie ihren Vater niemals wiedersehen würde. »Und er liebte sein Vaterland so sehr. Fast so sehr wie dich und wie uns, seine Familie.«

»Ja. Aber diese Liebe zu Polen hat ihm letztlich den Tod gebracht. Er konnte noch mehr Leid um sein Vaterland einfach nicht ertragen.«

Hedda, die ihre Wange gegen die ihrer Mutter gelegt hatte, spürte die Tränen, die nun wieder liefen. »Was ist geschehen?«

Mit einer müden Bewegung wischte sich ihre Mutter über die Augen. Doch die Tränen flossen immer weiter. »Als Deutschland endlich kapituliert hatte und der Krieg zu Ende war, haben wir unser Versteck verlassen und uns zum Gestüt Darranowski durchgeschlagen. Es war entsetzlich. Die Deutschen hatten sämtliche Gebäude dem Erdboden gleichgemacht. Nur vom Haupthaus standen noch ein paar Mauern. Den Rest hatten sie abgebrannt. Es gab nicht einmal einen trockenen Platz, um für ein oder zwei Nächte unterzukriechen. Selbst die Zäune um die Koppeln existieren nicht mehr.«

Sie ließ das zerknüllte Taschentuch in ihren Schoß fallen, als hätte sie es aufgegeben, gegen die Tränen anzukämpfen.

Auch Hedda weinte nun. Sie presste sich die geballte Faust gegen die Lippen, um das qualvolle Stöhnen, das in ihrer Kehle lauerte, zurückzuhalten. Sie hatte nicht nur ihren Vater verloren, den sie sehr geliebt und aus tiefster Seele bewundert hatte. Nach Gut Falkensee, dem Anwesen ihrer Vorfahren, an dem innerhalb kürzester Zeit ihr Herz gehangen hatte, war nun auch ihr Elternhaus vernichtet. Sie hatte zwei Mal eine Herzensheimat besessen und beide fast gleichzeitig verloren. Es kam ihr vor, als würde sie sich im freien Fall befinden. Als würde sie in eine Schlucht ohne Boden stürzen.

Aber immerhin hatte sie ihre Mutter noch. Hedda griff nach ihrer Hand und hielt sie fest umklammert, während sie ihren Stuhl, so dicht es ging, neben den ihren rückte.

»Karol und ich sind dennoch für ein paar Tage auf unserem Gestüt geblieben«, fuhr ihre Mutter mit ihrer Erzählung fort, während ihr die Tränen weiter über die Wangen strömten. »Du weißt, dass einige unserer Pferdeknechte etwas abseits vom Gestüt wohnten. Zwei von ihnen lebten noch dort. Ihnen hat man das Dach über dem Kopf gelassen. Worüber sie froh sein mussten, weil sie schließlich für eine Deutsche gearbeitet haben.« Ihre Stimme klang so bitter, dass Hedda schlucken musste.

»Dort haben wir einige Male übernachtet und überlegt, ob wir das Gestüt wieder aufbauen wollten. Ob wir es könnten.« Sie schloss die Augen, als wäre sie sehr müde, dann fuhr sie fort: »Als wir uns die niedergerissenen Zäune der kleinen Koppel beim Haus anschauten, tauchte Piotr auf. Ein Nachbar, du wirst dich an ihn erinnern, Hedda. Wir kennen ihn seit vielen Jahren. Er sah uns, kam auf uns zu, und ich glaubte, er wolle uns Hilfe anbieten, denn sein Haus stand noch. Doch er fing an, uns zu beschimpfen. Hauptsächlich mich, aber auch Karol, weil er mit mir, einer deutschen Schlampe, verheiratet war. Erst in diesem Moment begriff ich, dass zumindest für mich ein Neuanfang in unserem alten Zuhause nur sehr schwer möglich sein würde. Ich habe als junge Ehefrau lange gebraucht, das Vertrauen von Karols Landsleuten zu gewinnen. Aber nun ist alles verspielt. Deutsche Soldaten haben in Polen eine Spur der Verwüstung hinterlassen, sie haben Männer getötet und Frauen geschändet. Man will mich dort nicht mehr und euch, meine Kinder, sicher auch nicht. Wie sollte Karol an einem Ort, in einem Land, wo seine Familie nicht erwünscht ist, von Neuem beginnen?«

»Aber was ist geschehen?«, wiederholte Hedda. »Er hätte mit dir hierherkommen können. Wieso … Woran ist er gestorben?« Obwohl Hedda sich verzweifelt bemühte, ruhig und gleichmäßig zu atmen, war ihr schwindelig. Immer noch hatte sie das entsetzliche Gefühl, ins Bodenlose zu stürzen. Erst angesichts der Tatsache, dass sie ihn für immer verloren hatte, wurde ihr bewusst, dass ihr Vater ihr selbst aus der Ferne Halt gegeben hatte.

Clemens. Ohne jede Vorwarnung hallte sein Name durch ihren Kopf, und Hedda begriff, dass er ebenso ein Anker für sie gewesen war. Auch er war fort.

Und ihre Mutter, das hatte sie schon während der ersten Minuten des Wiedersehens begriffen, war nicht als die starke, unbesiegbare Frau zurückgekehrt, als die sie gegangen war. Sie hatte während Heddas Kindheit und Jugend nur äußerst selten geweint. Sie war wütend gewesen, gelegentlich auch traurig, doch falls sie Tränen vergossen hatte, war das insgeheim geschehen. Für ihre Kinder war sie ein Fels in der Brandung gewesen.

Nun war wohl Hedda diejenige, die ihre Mutter stützen und ihr in ihrer Trauer beistehen musste. Zwar hatte sie ihren geliebten Vater verloren, aber das war trotz allen Schmerzes der Lauf der Dinge. Kinder verloren ihre Eltern, wenn sie erwachsen waren.

Für ihre Mutter war jedoch eine ganze Welt zusammengebrochen. Sie und Karol hatten im jungen Erwachsenenalter durch die politischen und gesellschaftlichen Umstände, die damals in Westpreußen geherrscht hatten, auf Umwegen zusammengefunden. Sie hatten Schmerzen und Verletzungen ertragen und trotz einer langen Trennung niemals das tiefe Gefühl verloren, das sie verbunden hatte. Seinetwegen hatte sie ihr geliebtes Zuhause auf Gut Falkensee verlassen und war ihm in sein Heimatland gefolgt, als Polen nach dem Ersten Weltkrieg wieder eigenständig geworden war. Sie hatten gemeinsam aus bescheidenen Anfängen ihr erfolgreiches Gestüt aufgebaut, hatten Charlottes Sohn aus erster Ehe und ihre gemeinsame Tochter Hedda liebevoll großgezogen und waren glücklich gewesen, auch wenn sie schwer arbeiten mussten und es viele Rückschläge gegeben hatte.

»Die Hauptsache ist, dass wir zusammen sind«, hatten sie immer wieder gesagt und einander auf eine Weise angesehen, die für Hedda stets das Sinnbild von Liebe und Vertrauen gewesen war. Sie hatte gemeint, diese Liebe bei Eckhardt gefunden zu haben, doch es war ihr nicht beschieden gewesen herauszufinden, ob sie mit ihm eine Ehe führen konnte, wie ihre Eltern es getan hatten. Eine Ehe, in der Mann und Frau einander alles bedeuteten, einander blind vertrauten und bereit waren, für den anderen bedenkenlos einzustehen. Eine Ehe, wie es nur eine unter vielen gab. Und all das hatte ihre Mutter nun verloren.

Als diese sie zart an der Schulter berührte, schreckte Hedda aus ihren Gedanken hoch. Sie erinnerte sich, dass sie ihre Frage, wie ihr Vater gestorben war, immer noch nicht beantwortet hatte.

»Weißt du«, sagte ihre Mutter, und wieder legte sich ein schmerzliches Lächeln auf ihre Lippen, »vielleicht rede ich es mir nur ein, damit ich seinen Tod irgendwie ertragen kann, aber ich glaube, so ist es besser für ihn.«

»Wie kannst du das sagen?« Hedda starrte sie fragend an. »Papa war stark. Er hätte noch einmal neu anfangen können. Vielleicht nicht mit einem Gestüt. Aber ihr hättet gemeinsam einen Weg gefunden …«

»Wie hätten wir etwas daran ändern sollen, dass sein Schmerz darüber, was nun wieder mit Polen passieren wird, ihn innerlich auffraß.« Ihre Mutter schüttelte den Kopf.

»Aber Polen ist wieder frei. Der Krieg ist zu Ende«, protestierte Hedda.

»Karol hatte immer noch Verbindungen bis ganz nach oben. Zwar haben inzwischen die Alliierten der Exilregierung die Anerkennung entzogen, aber auf dem Weg über seine Freunde, die teilweise noch in London leben, hat er erfahren, was mit großer Wahrscheinlichkeit mit seinem Heimatland geschehen wird.«

»Und was wird mit Polen geschehen?«, drängte Hedda, als ihre Mutter eine lange Pause machte und blicklos in die Luft starrte.

»Stalin hat schon 1944 zusammen mit der Roten Armee die Macht in Polen übernommen«, sagte sie langsam. »Und wieder werden Polen aus ihrer Heimat vertrieben.«

Irritiert schüttelte Hedda den Kopf. »Polen gehört im Krieg gegen Deutschland zu den Siegermächten. Es gibt eine polnische Besatzungszone im Emsland.«

»Stalin plant, die polnischen Ostgebiete der Sowjetunion einzuverleiben und dafür die eroberten deutschen Landstriche Polen zuzuordnen. Wieder werden polnische Bürger ihrer Heimat beraubt werden. Man wird sie ins ehemalige Ost- und Westpreußen umsiedeln. Zwangsweise.«

Hedda schnappte nach Luft. »Dann ist Falkensee für immer verloren.« Natürlich war ihr klar gewesen, wie gering die Wahrscheinlichkeit war, dass ihre Familie auf das Gut zurückkehren würde. Doch es war etwas anderes, so konkrete Pläne zu hören, was mit den Ostgebieten geschehen sollte.

»Ja«, erwiderte ihre Mutter. »Auch das. Und die Menschen, die dort leben werden, tun es wahrscheinlich nicht einmal freiwillig. Die Umsiedlungen haben schon begonnen. Man nennt die Polen, die in ehemalige deutsche Gebiete ziehen, Repatrianten und behauptet, das historische Polen wieder erschaffen zu wollen. Wieder einmal musste dein Vater zusehen, wie seinen Landsleuten großes Leid zugefügt wurde. ›Soll ich wieder kämpfen und wieder und wieder? Es hört einfach nicht auf‹, sagte er Dutzende von Malen jeden Tag. Ich versuchte, ihn mit dem Gedanken aufzurichten, dass wir nach Deutschland zu unseren Kindern und Enkeln gehen könnten.«

»Du hast einen gesunden Enkelsohn«, fiel Hedda in diesem Moment ein. Es tat gut, etwas Positives sagen zu können. »Er heißt Baldur, nach Ludwigs leiblichem Vater.«

Ein kaum wahrnehmbares Lächeln glitt über das Gesicht ihrer Mutter. Es würde wohl sehr lange dauern, bis sie mit der Bewegung, die Hedda seit ihrer Kindheit vertraut war, den Kopf in den Nacken werfen und herzhaft lachen würde. Falls das jemals wieder geschehen würde.

Angst stieg in Hedda auf, auch sie zu verlieren. Das durfte nicht geschehen. Noch lange nicht. Sie umklammerte die Hand ihrer Mutter noch fester, während diese mit erstickter Stimme fortfuhr: »Eines Morgens ist Karol nicht wieder aufgewacht. Sein Herz hatte einfach aufgehört zu schlagen. Es war zu viel Kummer und zu viel Kampf gewesen. Und doch …« Ein tiefer Seufzer hob ihre Brust. »Wir hatten sehr, sehr glückliche Zeiten. Ich weiß, dass Karol glücklich war, auch wenn am Ende der Schmerz überwog.«

»Vielleicht war er einfach müde«, flüsterte Hedda. »Er hat wirklich viel gekämpft in seinem Leben.«

»Ja«, sagte ihre Mutter. »Sogar unsere Liebe war am Anfang ein Kampf. Aber diesen Kampf haben wir gewonnen. Für immer.«

Lange saßen die beiden Frauen noch miteinander in der großen, stillen Küche. Sie leerten die Kanne mit Kamillentee, hielten sich bei den Händen und trauerten still um den Mann, der ihnen viele Jahre lang ein wunderbarer Ehemann und ein liebevoller Vater gewesen war.

»Eine Liebe wie eure«, sagte Hedda irgendwann leise, »gibt es nur selten. Sie zu finden ist, als würde man unverhofft auf der Straße einen Goldklumpen liegen sehen.«

Ihre Mutter kniff die rotgeränderten Augen zusammen und schaute sie prüfend an. »Und doch solltest du dich nicht mit weniger zufriedengeben. Hast du tatsächlich Krischan Hinnerksen die Ehe versprochen?«

»Ich habe mir Bedenkzeit erbeten. Aber allzu lange wird er nicht warten wollen. Er ist ein guter Mann. Es könnte mich weitaus schlimmer treffen.«

Charlottes Augen wurden noch schmaler. »Baldur war auch *ein guter Mann.*« Sie wiederholte die Worte, die Hedda für Krischan benutzt hatte, in einem so schneidenden Ton, dass Hedda zusammenzuckte.

»Du hast uns oft erzählt, dass die Zeit nach Ludwigs Geburt eine gute Zeit war«, erinnerte Hedda sie.

»Durchaus. Baldur war ein verlässlicher Freund und ein liebevoller Vater für Ludwig. Ich war zufrieden. Bis ich den Mann wiedersah, den ich wirklich liebte. Mach diesen Fehler nicht, Hedda. Warte auf die Liebe.«

»Ich habe ebenso eine Verantwortung meiner Familie gegenüber, wie du sie hattest, Mama. Und bei mir ist es anders. Eckhardt ist tot. Er wird nicht zurückkommen.«

In diesem Moment tauchte vor ihrem inneren Auge das Bild eines anderen Mannes auf, doch auch er würde nicht zurückkehren.

Ernst schaute sie ihrer Mutter an. »Mir bleibt noch ein wenig Zeit zu überlegen. Aber ich bin entschlossen, das Richtige zu tun.«

32. Kapitel

Elise
Kattrepel, Schleswig-Holstein, März 1946

»Kannst du nicht versuchen, dass Lotte hierher auf den Hof kommt? Bei Klaasens ist dieser alte Mann, der im Stall arbeitet. Der ist böse zu den Tieren, und besonders zu Lotte. Wenn sie den Pflug zu langsam zieht, schlägt er sie mit der Peitsche. Und du sagst doch immer, dass wir es auch unseren braven Pferden verdanken, dass wir überhaupt hier und am Leben sind. Und jetzt sind sie bei fremden Leuten untergestellt und werden schlecht behandelt.«

Damit ihre Tante die Tränen in ihren Augen nicht bemerkte, wandte Elise den Kopf ab und schaute aus dem Fenster hinaus auf den Hof.

»Ich rede mit Krischan. Auf jeden Fall besuche ich Lotte und sehe nach ihr.« Tante Hedda zog Elise auf ihren Schoß und umschlang sie mit den Armen. Wie immer duftete die Tante nach Vanille und ein bisschen nach Seife. Sofort brannten die Tränen noch mehr in Elises Augen.

»Aber den anderen Pferden geht es bei den Bauern, wo sie untergestellt sind, gut, nicht wahr?«, erkundigte sich die Tante.

Stumm nickte Elise. Wenn sie jetzt noch etwas sagte, würde sie schluchzen müssen. Und dann merkte Tante Hedda, dass sie nicht nur wegen Lotte weinte, sondern weil sie fortmusste.

»Warum können wir nicht alle zusammen nach München gehen?«, murmelte Elise und verbarg ihr Gesicht an Tante Heddas Schulter. »Ich will nicht so weit weg von dir wohnen.«

»Aber du hast doch jetzt deinen Papa wieder«, erinnerte Tante Hedda sie und streichelte sanft ihren Rücken.

»Hmhm«, machte Elise und hatte sofort ein schlechtes Gewissen, dass sie traurig war. Sie hätte eigentlich die ganze Zeit hüpfen und springen und vor Glück singen müssen. Denn tatsächlich war ihr Vater wieder da, und er hatte eine Arbeit gefunden und eine Wohnung für sich und Mama und Baldur und Elise. Dort würden sie zusammen wohnen, und Elise würde ihn jeden Abend sehen und mit ihm sprechen können. Vor allem musste sie keine Angst mehr um ihn haben.

Es war eben nur schrecklich traurig, dass sie nun nicht mehr alle zusammen sein konnten, dass Tante Hedda, Großmama und Großtante Alice hierbleiben würden. Weil das so war, bekam sie noch größere Sehnsucht nach Falkensee.

»Ja«, sagte Elise zu ihrer Tante und zog unauffällig die Nase hoch. »Jetzt habe ich Papa wieder, und das ist wirklich, wirklich schön. Aber … es wäre auch schön, wenn wir weiter alle zusammenwohnen könnten.«

»Wir werden einander oft besuchen«, sagte ihre Tante. Aber Elise wusste, wenn Erwachsene von »oft« sprachen, bedeutete das höchstens ein oder zwei Mal im Jahr und nicht *wirklich oft.*

»Hm«, machte Elise wieder, zögerte, und sprach es dann doch aus. »Ich habe Papa natürlich immer noch ganz schrecklich lieb. Aber seit er zurück ist, ist er ganz anders als früher. Das war schon manchmal so, wenn er auf Gut Falkensee im Heimaturlaub war, aber jetzt ist es … manchmal richtig unheimlich. Dann zuckt er plötzlich zusammen und starrt in die Luft, als würde er irgendetwas sehen, das wir anderen nicht sehen können. Und wenn ich ihm etwas erzähle, dann hört er gar nicht richtig zu. Als wäre nur sein Körper da.«

»Ach, Elise.« Ihre Tante pustete ihr in den Nacken. Das hatte sie früher oft gemacht, um sie zum Lachen zu bringen. Dieses Mal funktionierte es nicht.

»Dein Papa hat dich immer noch sehr lieb. Daran darfst du niemals zweifeln«, sagte ihre Tante dann mit ernster Stimme. »Es ist nur so, dass er aus dem Krieg schlimme Erinnerungen mitgebracht hat. Die sind immer noch ganz lebendig und machen ihm manchmal Angst. Aber je mehr Zeit vergeht, umso mehr werden die Bilder verblassen. Bis dahin musst du geduldig sein und ihn so doll lieb haben, wie du nur kannst, auch wenn er ist, wie er jetzt eben ist.«

»Aber wenn man schlimme Dinge erlebt hat, vergisst man die bestimmt nie. Ich glaube nicht, dass ich irgendwann vergessen werde, wie wir von Gut Falkensee weggefahren sind, und dann immer weiter und weiter durch den Schnee.« Misstrauisch spähte Elise in das Gesicht ihrer Tante. Sie wollte nicht, dass diese ihr Lügen erzählte, um sie zu trösten. Das hatte sie früher auch nie getan, sondern ihr immer gesagt, dass der Krieg gefährlich für die Männer da draußen war, auch für ihren Papa. Auch jetzt wollte Elise die Wahrheit über ihren Vater wissen.

»Natürlich vergisst man schlimme Erlebnisse nicht«, gab ihre Tante zu, und darüber war Elise froh. Ihre Mutter sagte immer Dinge, die die Menschen beruhigen sollten, ganz gleich, ob es die Wahrheit war oder nicht. Wahrscheinlich wollte sie am allermeisten sich selbst beruhigen.

»Aber es wird mit der Zeit besser. Meistens. So sagt man«, fuhr ihre Tante fort.

Elise legte die Stirn in Falten, denn plötzlich fiel ihr etwas ein. »Du erinnerst dich an Herrn Schickedanz, nicht wahr?«

Das Lachen, das ihre Tante hervorstieß, klang ganz komisch. »Natürlich erinnere ich mich an Herrn Schickedanz. Er war unser Bürgermeister, er hat uns als Treckführer hierhergebracht, und so lange ist er noch nicht in Kiel.«

»Gut.« Elise nickte, und nachdem sie ihrer Tante einen Seitenblick zugeworfen hatte, fuhr sie fort: »Er war auch im Krieg und hat schlimme Sachen erlebt. Das konnte jeder sehen, weil sein Gesicht verbrannt war. Und einmal habe ich ihn gefragt, wie es war, da draußen. Wegen Papa, weil ich doch so Angst hatte und alles.«

Mit einem scharfen Zischen sog ihre Tante Luft durch ihre Zähne ein, und Elise, die auf ihrem Schoß saß, spürte, wie ein Ruck durch ihren Körper ging.

»Und da hat Herr Schickedanz mir gesagt, richtig schlimme Dinge, die ihm passiert sind, würde er niemals vergessen. Und weil er immer noch daran denken muss, fehlt ihm jetzt für manches der Mut.« Nachdenklich legte Elise ihren Finger an die Nasenspitze. »Dabei war Herr Schickedanz ziemlich mutig. Findest du nicht, Tante Hedda?«

»Nun, in einigen Dingen vielleicht nicht, wenn er das selbst sagt«, erwiderte die Tante. »Mut heißt ja nicht nur, keine Angst zu haben, wenn Tiefflieger kommen oder so was.«

»Was denn sonst noch?«, fragte Elise neugierig.

Wieder seufzte die Tante leise. »Manche Menschen kostet es mehr Mut, sich auf einen anderen Menschen einzulassen, als es sie kosten würde, im Krieg an einem schweren Gefecht teilzunehmen.«

»Warum?« Elise starrte ihre Tante an, die plötzlich ganz blass war.

»Weil sie nicht darüber hinwegkommen, dass einmal etwas passiert ist, von dem sie befürchten, es könnte sich wiederholen.«

Das verstand Elise nicht, aber sie kam nicht dazu nachzufragen, weil in diesem Moment die Tür aufgestoßen wurde und ihre Mutter mit Baldur auf dem Arm hereinkam. Als sie Elise auf dem Schoß ihrer Tante sitzen sah, blies sie ungeduldig die Wangen auf.

»Ach hier seid ihr! Wir sind zum Aufbruch bereit und suchen dich überall, Elise. Und du wolltest dich doch bestimmt auch von deinem Bruder und von uns verabschieden, Hedda.«

Irgendwie guckte Elises Mutter, als würde ihr nicht gefallen, was sie sah. Elise rutschte von den Knien ihrer Tante, beeilte sich dabei aber nicht allzu sehr. Ihre Mutter hatte es noch nie gemocht, wenn

Elise mit Tante Hedda flüsterte. Das war schon auf Gut Falkensee so gewesen. Dabei war jetzt auf Mamas Knien überhaupt kein Platz mehr, weil da immer Baldur saß.

»Ist es schon so weit?« Ihre Tante stand nun auch auf, ging zu Elises Mutter und kniff Baldur in die runde Wange. Er gluckste. Baldur gluckste immer, weil er noch nichts verstand. Er wusste nicht, dass er heute an einen fremden Ort fahren würde, wo er von nun an leben würde. Vielleicht war es ihm auch egal. Für Baldur gab es keinen Ort, nach dem er Heimweh hatte. Er kannte nicht einmal Gut Falkensee.

»Krischan bringt uns mit dem neuen Wagen seines Vaters zum Bahnhof.« Mama guckte Elises Tante streng an. »Du solltest wirklich froh sein, dass du in diese Familie einheiraten kannst. Sie sind wohlhabend und freundlich.«

Elise ließ ihren Blick zwischen den beiden Frauen hin und her wandern. Ihre Tante nickte zu den Worten ihrer Mutter, aber irgendwie sah sie gar nicht glücklich aus. Und selbst Elise wusste, dass eine Braut strahlen musste. Aber es waren ja noch ein paar Wochen Zeit bis zu Tante Heddas Hochzeit. Vielleicht fing sie erst kurz vorher mit dem Strahlen an.

»Wir kommen zur Hochzeit, nicht wahr? Ich darf Blumen streuen, das hat Tante Hedda mir versprochen.« Bittend heftete Elise den Blick auf ihre Mutter.

»Wenn wir es einrichten können.« Mama wirkte abwesend, so als wäre sie schon längst zur Tür hinausgegangen und in den Zug nach München gestiegen. »Wir müssen uns erst einmal in unserer neuen Wohnung einrichten. Und dein Vater muss sich in der neuen Stellung bewähren. Das ist wichtig, Elise. Denn das ist unsere Zukunft.«

»Aber die Hochzeit ist Tante Heddas Zukunft.« Elise schaute ihre Tante hilfesuchend an.

Diese guckte mit Augen wie aus Glas. »Es wird keine große Hochzeit.«

»Aber wir sind eingeladen, also …«

»Komm jetzt, sonst verpassen wir den Zug.« Elises Mutter umschloss ihr Handgelenk fest mit den Fingern und zog sie mit sich in die Diele. Dort waren alle versammelt, um Abschied zu nehmen, und sofort brannten in Elises Augen wieder Tränen, die sie verzweifelt wegblinzelte. Ihr Papa sollte nicht glauben, dass sie sich nicht freute, wieder mit ihm zusammen zu sein.

Sie befreite sich aus dem Griff ihrer Mutter und warf sich ein letztes Mal in die Arme ihrer Tante. »Du wirst mir schrecklich fehlen. Ich schreib dir jede Woche einen Brief, mindestens«, flüsterte die Tante an ihrem Ohr.

»Du wirst mir auch so doll fehlen wie nur irgendwas.« Nun musste Elise doch schluchzen. Sie konnte auch nicht aufhören zu weinen, während sie ihre Großmutter und ihre Großtante umarmte.

»Du kannst uns in den Ferien besuchen und ein paar Wochen bleiben«, sagte Großmama. »Falls du dann überhaupt noch aus der Stadt wegwillst.«

»Es ist traurig, dass ich meinen großen Bruder gleich wieder verliere, nachdem er zurückgekommen ist. Ich wünsche dir, dass du für dich und deine Familie in München ein gutes Leben aufbauen kannst.« Als Elise sich umdrehte, umarmte ihre Tante gerade Elises Vater.

»Es wird nicht leicht sein.« Auf die komische Art, wie er guckte, seit er zurück war, starrte er über die Schulter seiner Schwester in die Luft. »Ich war auf Falkensee und in der Zuckerfabrik immer mein eigener Herr. Aber ich muss froh sein, dass ich überhaupt eine Arbeit gefunden habe.«

»Falkensee ist in deinem Herzen und wird immer dort sein.« Ihre Tante legte die Hand auf Papas Brust. »Nun geht schon«, rief sie dann, »bevor ich mich in Tränen auflöse und nicht mehr aufhöre zu weinen. Außerdem verpasst ihr euren Zug. Krischan sitzt schon im Auto und wartet auf euch.«

Sie lief zur Tür, um sie zu öffnen, und strich im Vorbeigehen Elise über den Kopf. Diese Berührung spürte Elise noch fast eine Stunde später, als sie schon mit ihren Eltern und ihrem kleinen Bruder im Zug saß. Irgendwie half ihr die Erinnerung an Tante Heddas schmale Hand auf ihren Haaren dabei, nicht mehr zu weinen. Sie nahm sich vor, sofort einen langen Brief an sie zu schreiben, wenn sie in München angekommen waren.

Elise ließ ihren Blick durch das Zugabteil wandern, das sie für sich allein hatten. Ihre Mutter hielt den schlafenden Baldur auf dem Schoß und hatte die Augen geschlossen. Forschend sah Elise ihren Vater an, der ihr gegenübersaß und schon wieder diesen komischen Blick hatte, als würde er durch eine dicke Glasscheibe schauen. Sah er dahinter das russische Kriegsgefangenenlager, wo er so lange gewesen war? Den schlimmen Krieg mit Bomben und Granaten? Die Männer, die er gekannt hatte und die im Lager und im Kampf gestorben waren? Über all das redete er nie, machte nur manchmal, eher aus Versehen, Andeutungen, und wenn sie fragte, tat er, als wüsste er nicht, worum es überhaupt ging.

»Papa?«, flüsterte Elise und schob die Hand in ihre Rocktasche, wo sie mit den Fingerspitzen nach kurzem Tasten die kleine Blechschachtel berührte.

Er schaute sie fragend an. Sein Lächeln war müde, aber die Glasscheibe vor seinen Augen war fast so durchscheinend wie ein Fenster geworden.

»Ich hab was von Falkensee mitgebracht.« Mit klopfendem Herzen schloss sie die Hand um die Schachtel und zog sie aus der Tasche. Dann hielt sie ihrem Vater die Faust hin und öffnete sie, sodass das bunte Blechdöschen auf ihrer flachen Hand lag.

»Was ist das?« Papa kniff die Augen zusammen und runzelte die Stirn.

»Guck doch.« Elise streckte den Arm aus.

»Die Grammophonnadeln«, stellte Papa fest. »Das ist …« Er schien einen Moment zu überlegen, dann hoben sich seine Mundwinkel, und dieses Mal erkannte Elise sein Lächeln. Es sah fast so aus wie früher.

»Was hast du da, Elise?« Ihre Mutter hatte die Augen geöffnet.

Ihr Vater legte seine große, warme Hand über Elises kleine und ließ die Schachtel darunter verschwinden. Dabei zwinkerte er Elise zu.

»Das ist unser kleines Geheimnis«, sagte er zu Mama. »Etwas, worauf Elise und ich uns gemeinsam freuen können.«

»Ach, Ludwig.« Elises Mutter seufzte, als hätte er etwas Dummes gesagt.

Doch er lächelte immer noch, und als er seine Hand wieder wegzog, war die Schachtel verschwunden, und Elise sah, wie er sie in seine Hosentasche schob.

Da wurde ihr Herz ganz leicht, als wollte es sich in die Luft erheben. Und sie wusste, dass das Leben irgendwann wieder schön sein würde.

33. Kapitel

Hedda
Kattrepel, Schleswig-Holstein, Ende März 1946

Zwei Wochen waren vergangen, seit Ludwig mit seiner Familie den Hinnerksen-Hof verlassen hatte und Hedda die beiden Zimmer nur noch mit ihrer Mutter und ihrer Großtante teilte. Es kam ihr geradezu luxuriös vor, so viel Platz zu haben, doch die Stille war manchmal bedrückend.

Hedda und ihre Mutter saßen in der Küche am Tisch und bereiteten das Mittagessen vor. Es gab wieder einmal weiße Bohnen mit Kartoffeln und sehr wenig Speck. Hedda schälte die Kartoffeln, während ihre Mutter sich mit dem stumpfen Messer abmühte, den Speck in winzige Stückchen zu schneiden, die sie in der Pfanne auslassen wollte.

»Wo ist Alice denn schon wieder?« Heddas Mutter warf einen ratlosen Blick auf die Wanduhr. »Sie ist jeden Tag stundenlang unterwegs. Als wir noch auf Falkensee wohnten, hat sie das Haus so gut wie nie verlassen.«

»Sie sagt, die Bewegung täte ihr gut. Und sie scheint sogar in den neuen Schnürschuhen ganz gut laufen zu können. Ihre Pantoffeln zieht sie nur noch hier drinnen an«, erklärte Hedda und überlegte, ob sie die Gelegenheit nutzen sollte, mit ihrer Mutter zu reden.

Diese kam ihr jedoch zuvor und schnitt ein Thema an, das sie schon häufiger erwähnt hatte. »Du musst unseretwegen wirklich nicht auf eine vernünftige Mahlzeit verzichten. Ich weiß, dass Krischan dich immer wieder einlädt, mit seiner Familie zu essen.

Du solltest die Einladung annehmen, du wirst immer schmaler. Schließlich arbeitest du hart. Was du im Grunde auch nicht mehr müsstest.«

Als Hedda den forschenden Blick ihrer Mutter spürte, senkte sie den Kopf.

Tatsächlich bot Krischan ihr fast jeden Tag an, wenigstens die Mittagsmahlzeit mit ihm und seinen Eltern einzunehmen. Und fast ebenso häufig sagte er ihr, dass sie als seine Verlobte nicht mehr als Kuhmagd arbeiten musste. Aber sie bestand ebenso nachdrücklich darauf, wenigstens bis zur Hochzeit für ihren Lebensunterhalt und die Unterkunft für sich und ihre Angehörigen zu arbeiten. Mittlerweile wusste sie, dass diese Entscheidung genau richtig gewesen war.

Hedda schluckte mehrmals, bevor sie mit einem entschiedenen Ruck den Kopf wieder hob und ihre Mutter über den kleinen Tisch hinweg ansah. »Ich habe mich entschlossen, die Verlobung zu lösen. Ich kann ihn nicht heiraten. Wenn Florentine und ihre beiden Kinder noch davon abhängig wären, hier zu leben, hätte ich es getan. Aber jetzt ... Meinst du nicht, wir drei Frauen können uns woanders eine Unterkunft suchen? Sicher finde ich auch eine andere Arbeit.«

Nachdem sie einmal angefangen hatte, sprudelten die Worte nur so über ihre Lippen. Sie hörte nicht eher auf, als bis sie alles gesagt hatte, was ihr nun schon seit Wochen auf der Seele brannte. Dann sah sie ihre Mutter ängstlich an. Als sich auf deren Gesicht ein strahlendes Lächeln ausbreitete, blinzelte Hedda verwirrt.

»Endlich!« Noch verdutzter war Hedda, als ihre Mutter aufstand, um den Tisch herumeilte, sie von ihrem Stuhl hochzog und in ihre Arme riss. »Ich habe so sehr gehofft, dass du dich am Ende richtig entscheidest.«

Eine Weile hielt Hedda in der Umarmung ganz still, dann legte sie den Kopf in den Nacken und schielte in das Gesicht ihrer Mutter. »Danke, dass du mich nicht gedrängt hast. Es war immer so, dass wir alles für die Familie getan haben. Du hast damals Ludwigs Vater geheiratet, um Gut Falkensee für die Familie zu retten. Ich wollte es tun, damit die Familie versorgt ist. Ihr hättet alle hier mit mir leben können.«

Charlotte nickte bedächtig. »Ich habe Baldur geheiratet, weil wir sonst Falkensee verloren hätten. Das stimmt. Und jetzt haben wir es dennoch verloren.«

»Würdest du es nicht wieder tun? Heiraten, um die Familie zu retten?« Heddas Stimme war rau, als sie ihrer Mutter diese Frage stellte.

»Ich weiß es nicht. Ich weiß nur, dass ich dir eine solche Ehe nicht wünsche. Weil ich sicher bin, du findest einen Mann, den du von ganzem Herzen liebst und mit dem du zusammen sein willst, auch wenn er absolut nichts besitzt und deiner Familie nichts geben kann. Vielleicht hast du ihn sogar schon gefunden.« Wieder ein prüfender Blick ihrer Mutter, dem Hedda hastig auswich. »Es ist nicht deine Aufgabe, für die gesamte Verwandtschaft zu sorgen, aber du musst selbst entscheiden, ob dich am Ende nicht dein Gewissen quält, wenn du ablehnst, was zum Vorteil deiner Familie gewesen wäre. Meinetwegen musst du dir auf keinen Fall Sorgen machen. Und ich denke, auch Alice wird zurechtkommen. Sie ist längst nicht mehr die Frau, die sie auf Falkensee war. Manche Menschen wachsen an einem Schicksalsschlag, auch wenn ich Alice niemals gewünscht hätte, dass sie ihr Zuhause verliert.«

Hedda befreite sich sanft aus den Armen ihrer Mutter. »Ich danke dir, dass du gewartet hast, bis ich meine eigene Entscheidung getroffen hatte. Ich glaube, ich werde gar nicht heiraten. Vielleicht finde ich wieder eine Stelle bei einer Bank. Mehr brauche ich nicht: eine Arbeit, die mir Spaß macht, meine Familie, vielleicht eine gute Freundin. Wir müssen froh sein, dass wir diesen furchtbaren Krieg und die Flucht überlebt haben. Die meisten Männer sind ohnehin gefallen.«

»Es ist dein Leben«, sagte Charlotte knapp, strich Hedda liebevoll über die Schulter und machte sich daran, die letzten Kartoffeln zu schälen.

Es dauerte drei Tage, bis Hedda eine passende Gelegenheit und den Mut fand, mit Krischan zu sprechen. Sie kam nach dem morgendlichen Melken aus dem Stall, als er soeben durch die Haustür ins Freie trat. Bei ihrem Anblick verzog er den Mund zu einem breiten Grinsen, eilte auf sie zu und drückte ihr einen Kuss auf die Lippen, wie er es immer tat, wenn sie sich im Haus oder auf dem Hof begegneten. Und wie jedes Mal machte Hedda sich ein wenig steif und ließ die Lippen fest geschlossen. Krischan schien das nicht aufzufallen.

»Guten Morgen, Hedda. Es sieht nach Regen aus«, sagte er, nachdem er sie wieder losgelassen hatte.

Sie nickte. »Lass uns einen Spaziergang machen.«

»Hast du denn keinen Hunger? Du hast doch sicher noch nicht gefrühstückt. Wir könnten …«

»Ich bin nicht hungrig«, unterbrach sie ihn energisch. Sie musste diese Sache endlich hinter sich bringen. »Lass uns den Weg durch die Felder nehmen.« Wie bei allen Bauern im Dorf lagen auf dem Hinnerksen-Hof Wohnhaus und Wirtschaftsgebäude zur Straße hin, während sich Felder und Wiesen hinter den Ställen und der großen Scheune bis zum Wald erstreckten.

Stumm gingen sie nebeneinanderher, ließen die Scheune hinter sich, spazierten unter den noch kahlen Apfelbäumen über die Streuobstwiese und erreichten den Weg, der durch die Felder führte, auf denen das Wintergetreide schon zu sprießen begann.

Für einen Moment schweiften Heddas Gedanken ab. Es war nun fast ein Jahr her, seit Clemens sich unter den Apfelbäumen von ihr verabschiedet hatte. Seitdem hatte sie nichts von ihm gehört. Er war aus ihrem Leben verschwunden, und wahrscheinlich war es gut so.

»Krischan«, sagte sie und riss sich von ihrer Erinnerung los.

»Du bist ein guter Mann, dieser Hof ist wunderschön, und deine Eltern sind nett.«

Obwohl sie ihn nur aus dem Augenwinkel sah, bemerkte sie den Ruck, der durch seinen Körper ging. Er blieb stehen, streckte die Hand aus und hielt sie fest, sodass sie auch nicht weitergehen konnte.

»Willst du … Wir sind verlobt. Das ist ein Versprechen«, sagte er mit erstickter Stimme.

»Die Verlobungszeit ist eine Zeit, in der man sein Herz prüfen soll«, widersprach Hedda und befreite ihren Arm aus seinem Griff.

»Und du hast festgestellt, dass du mich doch lieber nicht heiraten willst.« Sein Ton klang so bitter, dass nun sie diejenige war, die zusammenzuckte.

Sie öffnete den Mund zu weiteren Erklärungen, und um ihm nochmals zu sagen, dass er ein wirklich netter Mann sei, den sie nur leider nicht heiraten konnte. Dann wurde ihr klar, dass es zu nichts führen würde, wenn sie versuchte, es ihm zu erklären.

»Es tut mir wirklich von Herzen leid«, sagte sie stattdessen.

»Erzähl keinen Quatsch!« Er fuhr mit der Hand durch die Luft, sodass sie im ersten Augenblick dachte, er würde sie schlagen, aber es war nur eine Geste der Hilflosigkeit. »Du magst mich nicht. Nicht genug jedenfalls.«

Sie sagte nichts, denn im Grunde war das die Wahrheit. Als ihr Blick sein Gesicht streifte, sah sie, wie seine Augen schmal wurden.

»Du brauchst mich jetzt nich mehr, stimmt's? Jetzt wo dein Bruder aus der Gefangenschaft gekommen ist.«

»So ist es nicht«, widersprach sie, konnte aber selbst hören, dass sie nicht sonderlich überzeugend klang. »Ich mag dich wirklich, aber es … es reicht nicht.«

»Glaub nicht, dass ich keine andere Frau finde. Ich finde jederzeit eine, die sich alle zehn Finger nach mir leckt. Ich bin ein Hoferbe. Der einzige Erbe.«

»Ich wünsche dir, dass du eine Frau findest, die dich von

Herzen liebt und mit der du glücklich wirst«, beteuerte sie. »Der Hinnerksen-Hof ist wirklich schön. Ich will dich aber nicht wegen dieses schönen Hofs heiraten.«

»Vielleicht nicht schön genug für eine ›von‹ wie dich.« Er spuckte ihr die Worte geradezu vor die Füße.

»Auch das ist nicht wahr.« Sie schüttelte heftig den Kopf. »Ich wäre stolz, auf diesem Hof die Herrin zu sein. Aber ich kann das nicht tun.«

»Du hast in Westpreußen alles verloren. Ich dachte, du bist froh, wenn ich dir diese Möglichkeit biete. Aber es reicht dir nicht. Das hätte ich mir denken können. Schon als du mich das erste Mal gesehen hast, war dein Blick so seltsam. Jedenfalls hast du mich nicht angeschaut, wie eine Frau einen Mann anguckt, der ihr gefällt. Du findest mich … abstoßend.«

»Nein, Krischan. Du bist nicht abstoßend. Du bist freundlich und lieb.« Spontan legte sie ihm in einer Geste des Abschieds und der Dankbarkeit die Arme um den Hals. Auf die übliche keusche Weise küsste sie ihn und ließ sogar zu, dass er sich fester an sie presste.

Erst als er leise anfing zu stöhnen, schob sie ihn hastig von sich. Sein Blick war glasig, seine Wangen waren gerötet.

»Du liebst mich doch!«, keuchte er und streckte erneut die Arme nach ihr aus.

Mit einem Sprung nach hinten brachte Hedda sich in Sicherheit. Sie geriet ins Taumeln, landete im Gras am Feldrand und rappelte sich im letzten Moment hoch, bevor Krischan, der plötzlich über ihr war, sie wieder nach unten drücken konnte.

»Ich wollte nur … Ich wollte dir nur zeigen, dass ich dankbar bin und dich wirklich mag. Dass du nicht abstoßend oder sonst was bist. Aber ich liebe dich nicht, und ich werde dich nicht heiraten.« Sie wich vor ihm zurück und atmete auf, als er stehen blieb.

Sein Atem ging immer noch viel zu schnell, und seine Hände waren zu Fäusten geballt. Wie war sie nur auf die Idee gekommen, diese Unterhaltung mit ihm hier draußen in den Feldern zu führen? Nach ihrer ersten Begegnung mit ihm hatte sie beschlossen, fortan ein Messer mit sich herumzutragen. Vielleicht war ihr Eindruck damals gar nicht so falsch gewesen. Als Krischan nach kurzer Zeit seine überaus ehrenwerten Absichten kundgetan hatte, hatte sie jede Angst vor ihm abgelegt. Niemals forderte er mehr als einen flüchtigen Kuss mit geschlossenen Lippen. Nur deshalb hatte sie gewagt, ihn noch einmal zu küssen. Zum Abschied. Zum Trost. Doch das war ein riesiger Fehler gewesen. Jetzt begriff sie, dass sie es ihm damit nur noch schwerer gemacht hatte.

»Ich gehe jetzt zurück zum Haus«, erklärte sie mit fester Stimme und setzte sich in Bewegung, die kahlen Äste der Apfelbäume fest im Blick.

»Ihr müsst euch ein neues Zuhause suchen«, rief Krischan hinter ihr her. »Du, deine Mutter und deine Tante.«

»Ich weiß. Das werden wir«, rief sie zurück, und auch in diesem Moment, in dem er aussprach, was sie erwartet hatte, bereute sie ihren Entschluss nicht. Sie konnten hier ohnehin nicht mehr bleiben.

34. Kapitel

Hedda
Kattrepel/Marne, Schleswig-Holstein, Herbst 1946 bis Frühjahr 1947

Nachdem Hedda die Verlobung gelöst hatte, blieben ihnen nur wenige Tage, um sich eine neue Unterkunft zu suchen. Selbst wenn Krischan und seine Mutter nicht darauf bestanden hätten, dass sie ihren Hof verließen, wären sie ausgezogen. Schon die kurze Zeit, die sie brauchten, um alles zu regeln, war fast unerträglich für Hedda.

Wann immer sie Krischan oder seiner Mutter im Haus oder auf dem Hof über den Weg lief, erdolchten die beiden sie quasi mit ihren Blicken. Sie verstand gut, dass es besonders für Krischan schwierig war, sie ständig zu sehen.

Nur Heinrich Hinnerksen verhielt sich neutral. Er redete mit Hedda über die Kühe und die Arbeit im Stall, die sie natürlich weiterhin pflichtbewusst verrichtete. Die geplatzte Verlobung erwähnte er nicht.

Zum Glück fand Hedda im Dorf rasch eine andere Flüchtlingsfamilie, die mit Freuden bereit war, die Unterkunft mit ihnen zu tauschen. Zwei geräumige Zimmer im schönen, großen Haus der Hinnerksens, eins davon eine eigene Küche – das war sehr viel besser als das kleine Zimmer mit Kochstelle im zugigen Anbau eines heruntergekommenen Bauernhauses.

Heddas Mutter nahm diese Veränderung klaglos hin. Ihre Tante wurde jedoch nicht müde, sich darüber aufzuregen, dass Hedda durch ihr Verhalten schuld an der Verschlechterung ihrer Wohnverhältnisse war. Dabei hielt sie sich nur selten in der neuen Unterkunft auf. Sie war fast den ganzen Tag fort. Eine Tages tauchte sie wie aus dem Nichts mit der Idee auf, man könne sich Haus und Grund anschaffen. Nichts Großes, nur ein kleines Stück Land und ein altes Haus. Sie hätten doch ihr Erspartes, vor allem aber die Pferde, Schmuck und andere Wertgegenstände wie silberne Leuchter, Meißner Porzellan und dergleichen. Zunächst konnten Hedda und ihre Mutter nicht glauben, dass es möglich sein sollte, so einfach aus ihren beengten Verhältnissen zu entfliehen, aber natürlich gefiel ihnen der Gedanke.

Zum Erstaunen der anderen beiden Frauen erklärte Heddas Tante, sie werde sich umhören. Am Rande erwähnte sie dabei den Pastor, aber niemand dachte sich etwas dabei. Schließlich besaß ein Dorfpfarrer naturgemäß einiges Wissen über die örtlichen Verhältnisse.

Tatsächlich fügte sich alles so, dass es Hedda wie ein Wunder erschienen war. Sie erfuhren von einem heruntergekommenen, aber bewohnbaren Häuschen mit einer großen Wiese am Rand des nahe gelegenen Städtchens Marne.

Erst im Nachhinein wurde klar, dass im Hintergrund der Pastor die Fäden gezogen hatte. Möglicherweise hatte er vorher mit der verwitweten Eigentümerin des Häuschens gesprochen. Geld war in diesen Zeiten nicht viel wert. Dennoch war die Frau bereit, den Betrag, der durch den Verkauf von drei ihrer vier Pferde auf eine ansehnliche Summe angewachsen war, zu akzeptieren. Zusammen mit dem Schmuck und den anderen Wertgegenständen, die sie aus Falkensee mitgebracht hatten, war die Frau zufrieden. Sie hatte schon lange zu ihrer Schwester nach Neufeld ziehen wollen.

»So ist uns allen geholfen. Das sieht unser lieber Herrgott sicher gern«, erklärte sie und betrachtete mit funkelnden Augen die Schmuckschatulle, in der die Ketten, Ringe und Armbänder von Heddas Tante lagen. Vielleicht stammte dieser Ausspruch von Pastor Kruger, der der Witwe geraten hatte, ihr Stückchen Land und ihr kleines Haus für diesen Gegenwert zu verkaufen.

Sie waren schon dabei, ihre Sachen für den Umzug zu packen, als Heddas Tante die Bombe platzen ließ: Sie würde nicht mit ihrer Schwester und ihrer Nichte umziehen, sondern in Kattrepel bleiben.

»Wegen Ottokar«, erklärte sie in so selbstverständlichem Ton, als wäre das die logische Folge der Geschehnisse.

»Ottokar?« Hedda runzelte die Stirn. »Wer ist das?«

»Pastor Kruger.« Wieder gab ihre Tante sich den Anschein, dass jeder denkende Mensch das wissen musste.

Fragend starrte Hedda ihre Mutter an, die ebenso irritiert zurückstarrte. Hatte Heddas Tante eine Affäre mit dem Dorfpastor begonnen? Ausgerechnet sie, die niemals so etwas wie Leidenschaft erkennen ließ und Männer stets nur als Versorger betrachtet hatte, die man weniger mit dem Herzen auswählte als nach ihren Besitztümern? Ein Pastor war keinesfalls reich. Was hatte er ihr zu bieten?

»Du willst nicht in dem Haus leben? Wieso hat Pastor Kruger dann das alles für dich getan? Hedda und mich kennt er schließlich kaum«, fragte Heddas Mutter vorsichtig. »Außerdem haben wir zu einem nicht geringen Teil das Haus von deinem Schmuck bezahlt.«

»Ihr seid meine Familie.« Tante Alice lächelte milde. Ein solches Lächeln hatte Hedda bisher noch nie bei ihr gesehen. »Da ist es selbstverständlich, dass ich euch helfe. Schließlich braucht ihr eine vernünftige Unterkunft. Für mich wird fortan gesorgt sein.«

»Aber du kannst doch nicht einfach beim Pastor einziehen.« Heddas Mutter schüttelte den Kopf.

»Selbstverständlich nicht. Ottokar hat mir ein Zimmer im Nachbarhaus besorgt. Dort lebt eine sehr kultivierte Witwe. Ins Pfarrhaus werde ich erst nach unserer Hochzeit ziehen.«

»Hochzeit?«, stieß Hedda mit schwacher Stimme hervor. »Du kennst den Mann doch kaum. Wie kommt das alles so plötzlich?«

»Ottokar und ich kennen einander seit vielen Monaten. Ich helfe ihm schon sehr lange bei der Arbeit in der Gemeinde. Zum

Beispiel richte ich die Kirche vor dem Gottesdienst her. Vielleicht erinnert ihr euch?«

Hedda und ihre Mutter nickten gleichzeitig. Tatsächlich hatte sie gelegentlich erwähnt, dass sie die Kirche mit Blumen oder zum Erntedank mit Obst und Gemüse dekoriert hatte. Wer hätte jedoch ahnen sollen, dass sie ganz nebenbei eine Liebschaft mit dem Pastor anfangen würde?

»Gönnt ihr mir mein Glück nicht?«, erkundigte sie sich streng.

Mutter und Tochter beeilten sich zu beteuern, dass sie sich selbstverständlich mit ihr freuten. Was sie trotz aller Überraschung auch taten.

»Wann soll denn Hochzeit sein?«, fragte Hedda.

»Im Frühjahr«, erklärte ihre Tante Alice mit einem strahlenden Lächeln. »*Wir* jedenfalls werden an unserem Plan festhalten.«

Da war sie wieder, die vertraute Alice von Sandtberg, die ihre Nichte strafend musterte. Sie hatte Hedda die Auflösung ihrer Verlobung mit Krischan Hinnerksen offenbar immer noch nicht verziehen. Schließlich war er der Erbe eines großen Hofs. Wie hatte Hedda, die allen Grundbesitz verloren hatte, diese hervorragende Möglichkeit ausschlagen können?

Hedda und ihre Mutter waren überrascht, wie begeistert sich die alte Dame auf ihren künftigen dritten Ehemann einließ und wie sehr ihr der Gedanke zu gefallen schien, als Frau eines Pastors zu leben. Sie entwickelte schon vor der Hochzeit eine Tatkraft, die sie als Gutsherrin niemals an den Tag gelegt hatte. Das Arrangieren von Blumen in der Kirche entsprach noch in etwa dem, was sie auf Falkensee sehr gut und auch gern getan hatte. Hinzu kamen jedoch die Leitung eines Bibelkreises für die Bäuerinnen aus dem Dorf, die Organisation diverser Dorffeste und die Vorbereitung und Durchführung des Kindergottesdienstes. All das erledigte sie mit großem Eifer und auf eine Weise, die ihr vielleicht nicht unbedingt die Zuneigung der Dorfbewohner einbrachte, aber auf jeden Fall den Respekt.

Ottokar Kruger war ein ruhiger, fast wortkarger Mann, der in seinen Sonntagspredigten erstaunlich kluge Dinge sagte. Hedda und ihre Mutter mochten ihn, und ihnen gefielen die liebevollen Blicke, mit denen er seine Verlobte anschaute, die wiederum ganz verklärt dreinblickte, wenn er in der Nähe war.

So ließen die beiden Frauen die Schwester und Tante in Kattrepel zurück und zogen zu zweit in ihr neu erworbenes Haus. Es bedrückte Hedda, dass sich die Familie immer weiter zerstreute. Manchmal schien es ihr, als würden sie damit den letzten Rest ihrer Heimat verlieren, denn auf Falkensee hatten sie alle zusammen im Herrenhaus gelebt.

Als Hedda und ihre Mutter Mitte September in ihr Haus zogen, waren die Nächte bereits kühl, und sie mussten sich beeilen, ihr neues Heim winterfest zu machen. Der Wind pfiff durch die Fenster und unter den Türen hindurch, und nur in der Küche gab es einen Ofen, der allerdings nicht richtig zog. Außer der kleinen Küche befanden sich im Erdgeschoss drei weitere Zimmer, und im Spitzgiebel lag eine zusätzliche Schlafkammer.

Seitlich ans Haus war ein Stall angebaut, in dem nach Aussage der Witwe Gehrke zuletzt zwei Schweine und eine Ziege gelebt hatten. In diesem Stall sollte Lotte untergebracht werden, das einzige der vier Pferde, das sie nicht verkauft hatten.

Zudem gab es einen Schuppen voller Gerümpel, von dem sich ein Teil als äußerst nützlich entpuppte. Zum Beispiel fanden sie hier einen Ofen, der noch wunderbar funktionierte und im Winter ein weiteres Zimmer unten im Haus heizen würde – falls es ihnen gelang, genug Holz zu sammeln.

Das Stück Land hinter den Gebäuden reichte für eine Pferdekoppel und einen Garten, in dem sie Obst und Gemüse ziehen wollten.

Während Hedda sich abmühte, die Fenster und Türen abzudichten, machte sich ihre Mutter daran, den Garten umzugraben.

Sie hatte sich in den Kopf gesetzt, einige Beete schon jetzt im Herbst zu bepflanzen, und verfolgte diesen Plan mit Begeisterung. Zu den Mahlzeiten erschien sie mit Dreckstreifen auf den Wangen und Erde unter den Fingernägeln, die sie nicht einmal entfernen konnte, wenn sie abends mit einer Bürste ihre Hände schrubbte.

»Grünkohl und Lauch«, dozierte sie eines Tages während des Mittagessens. »Das sind Wintergemüse, die unseren Speiseplan erweitern werden.«

Erstaunt stellte Hedda fest, dass die Augen ihrer Mutter funkelten, während sie ihre Gartenpläne darlegte. Morgens waren ihre Lider oft gerötet, und manchmal hörte Hedda sie nachts im Nebenzimmer leise schluchzen. Die Arbeit an der frischen Luft schien ihr gutzutun und sie von ihrer Trauer abzulenken, die sie in manchen Stunden umgab wie ein dunkler Witwenschleier.

Als der Winter mit Frost und eisigen Winden hereinbrach, fand Hedda in Marne eine Stelle als Buchhalterin bei einer Firma, die aus alten Wehrmachtshelmen Kochgeschirr herstellte. Da die Produktion klein war – in der Fabrik waren nur zwölf Leute beschäftigt –, arbeitete sie nur zwei bis drei Tage in der Woche im Büro.

Die langen Winterabende verbrachten Hedda und ihre Mutter gemeinsam in der kleinen Wohnstube, wo sie nach dem Abendessen den Ofen anheizten und mit dünnen Häkelnadeln aus Garn, das Heddas Mutter in einem Geschäft in Marne aufgetrieben hatte, Gardinen häkelten. Nebenher schmiedeten sie Zukunftspläne.

All diese Pläne begannen mit: »Falls wir tatsächlich nicht nach Westpreußen zurückkehren können …« Ganz wollten sie die Hoffnung auf eine Rückkehr nach Falkensee nicht aufgeben. Aber sie wollten auch realistisch sein und sich mit einer Zukunft hier im Norden Deutschlands auseinandersetzen.

Der Erwerb des kleinen Hauses war ein erster Schritt in diese Richtung gewesen. Sie hatten immer Grund und Boden besessen und in einem Haus mit vielen Zimmern gewohnt. Nun lebten sie in einem baufälligen Häuschen, und ihr Stück Land war so klein, dass sie die Augenfarbe einer Katze erkennen konnten, die am anderen Ende des Grundstücks entlangstrich.

Doch es waren ihr Land und ihr Haus, und als die Monate vergingen, wurden die kleinen Zimmer heimeliger und die Wege und Straßen ringsum vertrauter. Sie hatten Farbe für die Wände aufgetrieben, die wenigen Möbel abgeschliffen und repariert, die selbst gehäkelten Gardinen vor die Fenster gehängt, und als der Frühling kam, stellten sie in allen Zimmern Sträuße aus Wildblumen auf und ernteten die ersten Kräuter in ihrem Garten.

Noch immer hätte Hedda das Häuschen nicht aus freien Stücken ihr Zuhause genannt. Zu sehr schmerzte sie die Sehnsucht nach dem Gestüt Darranowski und nach Gut Falkensee. Oft träumte sie von den weiten Feldern Westpreußens und von den edlen Pferden auf den Koppeln ihrer Eltern. Dann erwachte sie mit Tränen in den Augen und konnte lange nicht wieder einschlafen.

Ob es ihrer Mutter ebenso ging, wusste Hedda nicht. Immer noch hörte sie sie nachts oft weinen. Neben ihrem Bett stand ein ramponiertes Foto von Karol, das sie all die Jahre mit sich herumgetragen hatte. Darauf blickte er auf seine typische entschlossene Art in die Kamera.

Aber sobald Hedda ihren Vater erwähnte und über ihre Erinnerungen an ihn sprechen wollte, schüttelte ihre Mutter den Kopf, presste die Lippen aufeinander und brachte kein einziges Wort hervor. Hedda vermutete, dass sie nicht wagte zu reden, weil sie wusste, dass sie dann anfangen würde zu weinen und Angst hatte, nie wieder aufhören zu können. Manchmal ging es Hedda mit ihrer Sehnsucht nach Polen und Westpreußen so. Dann war ihre Kehle eng von all den unterdrückten Seufzern und ungeweinten Tränen. Und ihr war klar, wenn sie der Traurigkeit nachgäbe, würde sie lange, sehr lange weinen. Also vermied sie es, so gut sie konnte. Nur nachts gelang es ihr manchmal nicht, dann schluchzte sie stundenlang in die Kissen.

Also vergruben Hedda und ihre Mutter Trauer und Sehnsucht die meiste Zeit tief in ihren Herzen und konzentrierten sich auf die Gegenwart. Auf ihr neues Leben, das schwer war, aber Hoffnung in sich barg. Zumindest Hedda hoffte insgeheim, dass der Schmerz mit den Wochen und Monaten, die vergingen, immer mehr verblassen würde. Ebenso hoffte sie, dass ihre Mutter ihre tiefe Trauer überwinden und wieder mehr Freude am Leben empfinden würde, während die Zeit verging. Ein gutes Zeichen war, dass die Arbeit im Garten ihr Kraft zu schenken schien.

An einem milden Aprilnachmittag saßen Hedda und ihre Mutter auf der Bank vor ihrem Haus und genossen die Frühlingssonne. Heddas Mutter blätterte in ein paar Büchern, die sie vor sich auf dem alten Holztisch ausgebreitet hatte. Hedda schrieb einen Brief an ihre Nichte, die sie seit ihrem Umzug nach München nicht mehr gesehen hatte.

Liebe Elise,

der Frühling ist gekommen, hoffentlich auch zu Euch nach München. Hier haben die Bäume schon zarte Blätter, und in Großmama Charlottes Garten wachsen die ersten Kräuter.

Seit Großmama unter ihren Erinnerungsstücken das alte Rezeptbuch von Großvater Karols Tante Agata gefunden hat, macht sie von morgens bis abends Pläne. Bei den Rezepten geht es nämlich nicht um Suppen, Braten oder Kuchen. Es sind Anleitungen zur Herstellung von Salben und Cremes, Tees und anderen Dingen, die man aus Garten- und Wildkräutern machen kann. Nun möchte Großmama ein paar dieser Kräuter anbauen oder sie im Wald suchen, um dann Creme herzustellen. Die gibt es nämlich fast gar nicht zu kaufen. Unsere Hände sind schon ganz rissig, und auch die Haut unserer Gesichter fühlt sich rau an. Das ist bestimmt ein Problem, welches Du nicht kennst, liebe Elise, weil Du noch so beneidenswert jung bist.

Stell dir vor, ich soll Dich von Klara grüßen! Bevor sie damals zusammen mit Jan von Gut Falkensee fortgegangen ist, hat Großmama ihr die Adresse vom Gestüt Darranowski gegeben. Einige unserer ehemaligen Angestellten leben noch in der Nähe, und tatsächlich ist es Klara und Jan gelungen, unseren alten Pferdeknecht Alek zu finden. Ihm hat Großmama vor ihrer Abreise aus Polen unsere neue Adresse in Schleswig-Holstein dagelassen. (Du erinnerst dich, damals hat sie uns über das Rote Kreuz gefunden.) So erreichte uns vergangene Woche auf dem Umweg über Kattrepel ein Brief von Klara. Sie schreibt, dass sie ein wunderhübsches, gesundes Töchterchen hat und inzwischen mit Jan verheiratet ist. Sie leben auf dem Hof von Jans Onkel und sind wohl sehr glücklich. Darüber freuen Großmama und ich uns sehr, und Du sicher auch.

Ich habe vor Freude gelacht, als ich las, dass es Deinem Papa gelungen ist, ein altes Grammophon zu besorgen und dass Ihr nun jeden Sonntag eine Stunde lang gemeinsam Musik hört, während Deine Mama und Baldur ihren Mittagschlaf halten.

Dass Dein Papa immer noch Albträume hat und nachts manchmal so laut schreit, dass du im Nebenzimmer aufwachst, tut mir leid. Du fragst, wie Du ihm helfen kannst. Hab ihn einfach weiterhin so lieb, wie Du es sowieso schon tust. Auch wenn er manchmal »komisch« ist, wie Du schreibst. Du kannst sicher sein, dass auch er dich sehr, sehr liebhat. Wenn die Erinnerungen an die schlimme Zeit im Krieg über ihn kommen, stehen sie vielleicht in manchen Momenten zwischen Euch, und er kann Dich nicht richtig sehen und Dir nicht aufmerksam zuhören. Aber Du kannst sicher sein, dass sein Herz Dich niemals vergisst, niemals vergessen hat und niemals vergessen wird. Er ist Dein Papa, und das wird er für immer bleiben.

Alle fanden es sehr schade, dass Du mit Deinen Eltern und dem kleinen Baldur nicht zur Hochzeit von Tante Alice und Pastor Ottokar Kruger kommen konntest. Es war eine schlichte Zeremonie in der Kirche, die ein Kollege von Pastor Kruger abhielt. Anschließend gab es für das ganze Dorf im Gemeindehaus Blechkuchen und Blümchenkaffee.

Tante Alice trug ein neues dunkelblaues Kleid mit weißem Kragen und wirkte äußerst vornehm. Sie mag Pastor Kruger offenbar sehr und ist stolz, nun die Frau des Pastors zu sein. Sie hat nun auch noch einen Nähzirkel und einen Wohltätigkeitsverein gegründet. Großmama und ich wissen gar nicht, wie sie das alles schafft. Aber es gelingt ihr, und sie wirkt fröhlicher denn je. Einmal im Monat sind Großmama Charlotte und ich für den Sonntagnachmittag zu Kaffee und Kuchen ins Pfarrhaus eingeladen. Wenigstens Tante Alice sehen wir auf diese Weise regelmäßig.

Ach, Elise, Du fehlst uns sehr, aber nun ist es gar nicht mehr so lang hin bis zu Deinen Sommerferien. Großmama und ich freuen uns ganz schrecklich darauf, Dich dann für mindestens vier Wochen bei uns zu haben. Wir haben schon die Kammer unter dem Spitzdach für Dich eingerichtet. Sie ist klein, aber ich denke, sehr hübsch. Und wir haben eine besondere Überraschung für Dich. Du wirst schon sehen.

Bis zu Deinem Besuch werden wir aber sicher noch einige Briefe hin und her schreiben. Es ist jedes Mal schön, einen Umschlag mit Deiner Handschrift im Briefkasten zu finden.

Schreib bald, hab weiterhin Freude in der Schule und grüß Deine Eltern und den kleinen Baldur von mir.

Deine Tante Hedda

Wie immer auch die herzlichsten Grüße von Großmama Charlotte!

35. Kapitel

Hedda
Stadtrand von Marne, Schleswig-Holstein, Juli 1946

»Das war Nummer 20«, erklärte Elise strahlend, nachdem sie den Deckel des letzten Gläschens zugeschraubt hatte. Sie hatte die Cremetöpfe in vier Fünferreihen auf dem Küchentisch geordnet und tippte noch einmal mit dem Finger auf jeden Deckel, als müsse sie sich vergewissern, dass es auch wirklich zwanzig Stück waren.

»Darf ich auch eins haben?«, fragte Elise anschließend ihre Großmutter, die noch dabei war, die Schüssel zu reinigen, in der sie die Creme angerührt hatten. »Das duftet so gut und macht die Haut ganz weich.« Sie strich sich über den Handrücken. Offenbar hatte ihre Großmutter ihr erlaubt, etwas von der Creme auszuprobieren.

»Wenn wir das nächste Mal welche machen, kriegst du dein eigenes Gläschen«, versprach Heddas Mutter. »Diese da sind schon alle reserviert. Wir gehen gleich in die Stadt und liefern sie aus.«

Hedda, die soeben von ihrer Arbeit zurückgekehrt war, lehnte im Türrahmen und sah lächelnd zu, wie Großmutter und Enkelin die Döschen sorgfältig in den Einkaufskorb stellten und mit einem sauberen Geschirrtuch abdeckten.

»Das ist eine ganze Menge«, stellte Elise fest. »Wer bekommt das denn alles?« Sie war erst vor drei Tagen zu ihrem Ferienaufenthalt in Marne eingetroffen, und es schien ihr viel Spaß zu machen, am Leben ihrer Großmutter und ihrer Tante teilzuhaben.

Vor ihrer Ankunft waren Hedda und Charlotte vor Vorfreude ganz aufgeregt gewesen. Sie hatten ein halbes Huhn aufgetrieben, um Hühnerfrikassee, Elises Lieblingsessen, zu kochen. Am meisten hatten sie sich jedoch darauf gefreut, Elise ihre Schlafkammer im Spitzgiebel zu zeigen. Durch einen wunderbaren Zufall hatte Heddas Mutter in Marne einen Stoff mit kleinen blauen Blümchen aufgetrieben. Daraus hatte sie einen Baldachin für Elises Bett genäht. Ihr Bett dort oben war schmal und das Zimmer winzig, aber der Baldachin sah fast so aus wie der in Elises Zimmer auf Gut Falkensee.

Als das Mädchen die Kammer betreten hatte, war es in Tränen ausgebrochen. Erschrocken hatten Hedda und ihre Mutter sich angesehen. War das mit dem Baldachin ein Fehler gewesen? Hatten sie damit Elises Heimweh nach Falkensee nur schlimmer gemacht?

Doch dann hatte Elise sich die Tränen abgewischt und strahlend gelächelt. »Wie auf Falkensee. Vielen, vielen Dank. Ich werde unter meinem blauen Blütenhimmel sooo gut schlafen.« Abwechselnd war sie Hedda und ihrer Mutter um den Hals gefallen.

Fast noch begeisterter als über ihren blauen Baldachin war Elise über das Wiedersehen mit Lotte gewesen, die im Spätherbst, nachdem sie den kleinen Stall winterfest gemacht hatten, bei ihnen eingezogen war.

Auch der Stute war Elise quasi um den Hals gefallen. »Jetzt hast du es wieder gut«, hatte sie ein ums andere Mal gesagt. Seitdem besuchte sie Lotte mehrmals am Tag im Stall und brachte ihr Leckerbissen in Form von Möhren und frühen Äpfeln, die sie jetzt im Sommer zum Glück in Hülle und Fülle ernteten.

Heute hatte Elise zum ersten Mal bei der Cremeherstellung geholfen, die mehrmals wöchentlich in der Bargelow'schen Küche stattfand. Vor lauter Eifer schimmerten die Wangen des hübschen Mädchens rosig, und ihre Augen leuchteten.

»Zehn hat die Drogerie bestellt, die anderen sind für Kundinnen, die ich schon seit einiger Zeit regelmäßig beliefere.« Heddas Mutter warf einen Blick auf die Wanduhr. »Wir müssen uns beeilen. Die Drogerie schließt um sechs.«

»Bei den Mengen, die du mittlerweile verkaufst, solltest du dir jemanden suchen, der die Auslieferung übernimmt. Das wird sonst einfach zu viel für dich, Mama.« Hedda stieß sich vom Türrahmen ab und machte Platz für ihre Mutter, die mit dem Korb in der Hand und Elise im Schlepptau in den schmalen Flur eilte.

Ihre Mutter schnaubte leise. »Wenn jemand für mich ausliefert, muss ich denjenigen auch bezahlen. Und so schrecklich groß sind die Einnahmen für das bisschen Creme nun auch nicht.«

»Wie viel hast du denn diese Woche schon verkauft?«, beharrte Hedda.

»Um die hundert Gläschen.« Ihre Mutter setzte sich den Hut auf und rückte ihn vor dem Spiegel neben der Haustür zurecht.

»Das ist eine Menge!« Hedda war gar nicht klar gewesen, wie schnell das Geschäft mit den selbst gemachten Kräutercremes in Schwung gekommen war.

»Ich habe eine Anfrage von einer weiteren Drogerie und von einer Apotheke«, sagte ihre Mutter nebenbei, während sie Elises Blusenkragen zurechtzupfte.

»Wie willst du das alles schaffen? Schließlich musst du dich noch um deine Kräuterbeete kümmern und die Creme anrühren und abfüllen. Du wirst dir einen Burschen mit einem Fahrrad suchen müssen. Dein erster Angestellter.« Hedda lachte leise und zwinkerte ihrer Nichte zu. »Deine Großmutter ist auf dem besten Wege, sich ein Kosmetikimperium aufzubauen.«

»Toll«, sagte Elise. »Wenn ich groß bin, will ich auch deine Angestellte werden, Großmama.«

»Wenn es so weit ist, bin ich eine uralte Frau und überschreibe dir die Firma, Elise. Du bekommst ein schickes Büro mit Ledersesseln und riesigen Fenstern«, erklärte ihre Großmutter mit todernster Miene und öffnete die Haustür. »Aber jetzt marschieren wir erst einmal in die Stadt und liefern die Creme aus.«

»Ich möchte weißes Leder«, erklärte Elise. »Und einen ganz großen Schreibtisch aus hellem Holz.«

Was ihre Mutter darauf antwortete, hörte Hedda nicht mehr, denn die Tür war hinter den beiden ins Schloss gefallen.

Besorgt schaute Hedda durchs Fenster hinauf zum Himmel. Nach einem sonnigen Tag zogen am Horizont Wolken auf, und es sah aus, als würde es schon bald anfangen zu regnen. Hoffentlich hatte ihre Mutter daran gedacht, einen Schirm mitzunehmen.

Sie ging in die Küche, um das Abendessen vorzubereiten, damit sie essen konnten, wenn Großmutter und Enkelin aus der Stadt zurückkamen.

Noch während Hedda am Tisch saß und die Kartoffeln schälte, die es mit Rühreiern und frischem Salat aus dem Garten zum Abendessen geben sollte, zerplatzten die ersten Tropfen auf der Scheibe des Küchenfensters. Gleichzeitig hörte sie leises Donnergrollen aus der Ferne. Erschrocken sprang sie auf. Lotte war draußen auf der Koppel. Regen machte der Stute nichts aus, erst recht nicht im Sommer. Doch seit der Treck auf der Flucht von Tieffliegern angegriffen worden war, war sie bei Gewittern schreckhaft.

Hedda eilte durch die hintere Tür aus dem Haus und lief an dem kleinen Stall vorbei. Lotte, die, anders als die anderen drei Pferde, in ihrem Behelfszuhause ganz offensichtlich unglücklich gewesen war, hatte sich innerhalb weniger Wochen in ihrem neuen Stall, bei den vertrauten Menschen eingelebt und wirkte wieder ruhig und gelassen. Glücklich, falls man dem Blick der seelenvollen braunen Augen glauben wollte.

Viel zu tun gab es für Lotte nicht, aber das war nur gut so, denn langsam kam sie in die Jahre, und ohnehin waren sie alle der Meinung, dass die Pferde, die auf dem Treck dabei gewesen waren, im Grunde für ein ganzes Pferdeleben genug gearbeitet hatten.

Im Frühjahr hatten sie sich einen Pflug ausgeliehen und einen Großteil des Gemüsegartens umgepflügt. Das war mit Lottes Hilfe innerhalb einer Stunde erledigt gewesen. Sie besaßen jetzt auch einen kleinen Wagen, in dem sie mehrmals im Monat zum Einkaufen in die Stadt fuhren, wenn viele oder schwere Dinge besorgt werden mussten.

Falls die Nachfrage nach der Creme ihrer Mutter weiterhin so stieg, gab es natürlich die Möglichkeit, die Döschen mit dem Wagen in die Stadt zu schaffen. Doch auch dazu war Zeit notwendig, die weder Hedda noch ihre Mutter auf Dauer würden aufbringen können. Noch immer war im Haus viel zu reparieren, ganz zu schweigen von Verschönerungsarbeiten. Und mittlerweile arbeitete Hedda fünf Tage in der Woche in der Topffabrik, weil auch dort die Produktion, und damit die Arbeit in der Buchhaltung, stetig zunahm.

Als Hedda den Stall umrundete, fiel der Regen schon in silbrig schimmernden Schnüren, und am Horizont zuckte ein Blitz durch die Wolken. Lotte stand am anderen Ende der Koppel und wieherte ängstlich.

Hedda angelte durch die offene Stalltür nach ihrer alten Kapuzenjacke, die am Haken neben dem Eingang hing, und warf sie über. Als sie sich wieder umwandte, kniff sie erstaunt die Augen zusammen. Neben Lotte war im Regen eine hochgewachsene Gestalt aufgetaucht, die der Stute beruhigend auf den Hals klopfte.

»Was machen Sie da?«, rief Hedda. »Vorsicht! Bei Gewitter wird sie nervös und neigt dazu auszukeilen.«

Der Mann, der ihr den Rücken zukehrte, rührte sich nicht von der Stelle.

Leise vor sich hin schimpfend lief Hedda am Kräuterbeet vorbei und weiter quer über die Koppel.

»Nicht anfassen!«, rief sie, als sie sah, dass der Fremde Lotte beim Halfter fasste und in ihre Richtung führte. »Sind Sie verrückt? Das ist gefährlich!«

Mittlerweile trennten sie nur noch wenige Meter von dem Mann und dem Pferd.

»Kann sein, dass ich verrückt bin«, hörte sie im Rauschen des Regens eine tiefe, wohlklingende Stimme. »Aber ich konnte nicht anders. Hier bin ich.«

Als hätte sie ein Blitz des nahenden Gewitters getroffen, fuhr Hedda zusammen und blieb wie angewurzelt stehen.

»Clemens?«, flüsterte sie ungläubig. Das musste ein Trugbild sein. Der dicht fallende Regen spielte ihr sicher einen Streich. Verzweifelt wischte sie sich mit dem Handrücken übers Gesicht, doch die Tropfen rannen weiter unablässig in ihre Augen, und die Welt ringsum, ebenso wie die Männergestalt, schien hinter einem Vorhang aus Wasser verborgen.

Wieder grollte in der Ferne der Donner, und Lotte warf nervös den Kopf zurück und wieherte. Das brachte Hedda zur Besinnung.

»Du hast Angst. Ich bringe dich in den Stall.« Ihre Hand zitterte, als sie das Halfter packte und sich umwandte. Den Mann neben dem Pferd ignorierte sie. Ebenso wie das wilde Klopfen ihres Herzens und ihren Purzelbäume schlagenden Magen. Das alles hier war ein Traum, ein Trugbild, das der Regen ihr vorspiegelte.

»Hedda. Bitte!«

Die Hand auf ihrer Schulter war real. Sie spürte den Druck, sogar die Wärme der Finger, und sie begann, am ganzen Körper zu zittern. Angestrengt fixierte Hedda den Stall, von dem sie höchstens zwanzig Schritte trennten. Sie war jedoch nicht in der Lage, sich zu rühren. Ebenso unmöglich war es ihr, den Kopf zu wenden und Clemens anzusehen. So stand sie bebend im Regen, voller Angst, wenn sie sich umdrehte, würde er verschwunden sein. Oder aber er würde noch da sein. Sie wusste nicht, wovor sie sich mehr fürchtete.

»Hedda?« Der Druck seiner Hand verstärkte sich. »Bitte schick mich nicht fort. Ich muss mit dir reden, muss dir erklären …«

»Ich kann das nicht!«, schrie sie in den Regen. »Nicht schon wieder.«

Blind stolperte sie vorwärts, lief mit Lotte neben sich auf die rettende Stalltür zu, kümmerte sich nicht darum, ob er ihr folgte. Sie würde sich in den Stall retten, die Tür hinter sich schließen und hoffen, dass er ginge. Mühsam hatte sie gelernt, die Verzweiflung zurückzudrängen, die stets aufs Neue in ihr aufgestiegen war, wenn sie an ihn gedacht hatte. Sie war immer noch traurig. Wegen ihres Vaters, wegen Eckhardt, wegen Gut Falkensee – auch wegen Clemens. Aber diese Trauer verlor langsam an Schärfe. Hedda wusste, Traurigkeit und Sehnsucht würden sie für immer begleiten, aber irgendwann würden sie zu ihrem Leben gehören wie eine Narbe, die nur noch schmerzte, wenn der Wind von Osten wehte.

Die Ruhe, die sie während der vergangenen Monate immer häufiger gespürt hatte, würde sie sich von Clemens nicht wieder kaputtmachen lassen. Sie zog Lotte mit sich ins warme Dämmerlicht des Stalls, knallte die Tür zu und lehnte sich von innen dagegen. Leider gab es nur außen einen Riegel. Aber das war egal. Sie würde hier so lange stehen bleiben und Clemens den Eintritt verwehren, bis er endlich wieder verschwand.

Lotte, die normalerweise als Erstes in ihrem Futtertrog nach Leckerbissen schaute, wenn sie in den Stall kam, blieb dicht neben Hedda stehen. Wahrscheinlich weil die Gegenwart vertrauter Menschen sie bei Gewitter beruhigte, vielleicht spürte sie aber auch Heddas Verzweiflung und wollte sie trösten. Tatsächlich beruhigten der heiße Pferdeatem in ihrem Nacken und die leichten Stupser der samtigen Nüstern Hedda ein wenig.

Sie legte ihr Ohr gegen das Holz der Tür und lauschte angespannt. Von draußen hörte sie nur das Rauschen des Regens. Nach einer Weile ließ das Donnergrollen nach. Das Gewitter schien vorbeigezogen zu sein. Und Clemens? War er gegangen? Es sah ihm nicht ähnlich, so rasch aufzugeben. Er konnte doch nicht ernsthaft geglaubt haben, sie würde ihm nach all den Monaten einfach in die Arme fallen, nur um dann wieder eine Entschuldigung für etwaige Küsse und Zärtlichkeiten von ihm zu hören? Das hatte sie schon oft genug getan – nur um immer wieder fortgestoßen zu werden.

Ob ihre entsetzte Reaktion bei seinem Anblick ihm endgültig klargemacht hatte, dass sie sich nicht noch einmal auf ihn einlassen würde? Aber war er überhaupt ihretwegen gekommen? Vielleicht hatte er etwas anderes gewollt. Vielleicht gab es Nachrichten aus

Westpreußen. Oder von Leuten aus dem Treck. Hatte sie sich mit ihrem Verhalten lächerlich gemacht? Schließlich konnte sie sich wenigstens anhören, weshalb er gekommen war.

Zögernd legte sie die Hand auf die Türklinke. Sofort war die Aufregung wieder da, die sich für einen Moment gelegt hatte. Ihr war schwindelig, und ihr Herz klopfte so laut, dass es sogar das Plätschern des Regens auf dem Stalldach übertönte.

Hedda atmete tief durch und riss mit einem Ruck die Tür auf. Der Regen fiel immer noch wie ein Vorhang. Clemens war fort.

War das Gefühl in ihrem Magen Enttäuschung oder Erleichterung? Egal. Es war gut, dass er keine Gelegenheit mehr haben würde, ihr erneut zu erklären, dass er zwar mutig genug war, an der Front sein Leben zu riskieren, ihm aber der Mut fehlte, sie zu lieben.

Sie ging zurück in den Stall, gab Lotte etwas Hafer und eine Möhre, erklärte ihr, dass sie unbesorgt sein könne, weil das Gewitter vorübergezogen sei, und trat wieder hinaus in den Regen. Sie war ohnehin klatschnass und musste sich nicht beeilen. Langsam spazierte sie ums Haus herum zurück zur Veranda. Wieder lief das Wasser über ihr Gesicht, und das war gut. Auf diese Weise musste sie sich keine Gedanken darüber machen, ob es Tränen waren, die ihren Blick verschwimmen ließen.

Clemens lehnte an einem der Stützbalken, die das Dach der Veranda trugen. Energisch wischte Hedda sich mit dem Handrücken über Gesicht und Augen. Nun sah sie ihn zum ersten Mal deutlich. Ebenso wie sie war er vollkommen durchnässt. Es tropfte von seiner Kleidung auf den Holzboden, die Haare klebten ihm an der Stirn.

Sein Gesicht war ihr immer noch viel zu vertraut. Sie liebte seine kantigen Züge, liebte die hellgrauen Augen mit dem dunklen Rand. Augen, die schimmerten wie das Wasser im Falkensee. Ja, sie liebte sogar die Narben auf seiner linken Wange und der Schläfe.

Hör auf damit, befahl sie sich energisch und wusste doch längst, dass nun alles wieder von vorn beginnen würde. Die Liebe, die sie sich so mühsam aus dem Herzen gerissen hatte, war innerhalb weniger Minuten mit voller Wucht zurückgekehrt. Aber was sie einmal geschafft hatte, würde ihr auch ein weiteres Mal gelingen. Energisch schob sie das Kinn vor und sah ihm fest in die Augen.

»Hedda«, sagte er wieder. Er sprach ihren Namen aus, als gäbe es für ihn kein wichtigeres Wort auf der Welt, doch das war ihr egal.

»Du musst gehen«, flüsterte sie. »Ich kann das nicht.«

»Was kannst du nicht?« Er stieß sich vom Balken ab und machte einen Schritt auf sie zu, während sie vor den Stufen zur Veranda verharrte.

»Du wirst ohnehin wieder verschwinden. Also geh sofort. Bitte!«

Er trat zu ihr hinaus in den Regen, kam die drei Stufen herunter und blieb direkt vor ihr stehen.

Hedda wollte fliehen, aber sie konnte sich nicht rühren. Längst war sie im Falkensee seiner Augen ertrunken, während sie verzweifelt nach dem letzten Rest ihrer Vernunft suchte.

»Ich bin gekommen, um bei dir zu bleiben, Hedda.«

Ein fast schmerzhafter Ruck zuckte durch ihren Körper. Ein heftiger Blitz, obwohl das Gewitter längst weitergezogen war.

»Wie meinst du das?«, flüsterte sie.

»Wenn du mich noch willst«, fügte er hinzu, ohne auf ihre Frage einzugehen.

»Aber du hast mir immer wieder gesagt, du könntest nicht … Wegen deiner Frau und deiner Ängste … Wie soll ich dir glauben, dass du es dir nicht wieder anders überlegst?«

»Du weißt, wie viel Zeit verstrichen ist, seit ich nach Kiel gegangen bin. Seitdem hat es keinen einzigen Tag gegeben, an dem ich mich nicht mit all meiner Kraft nach dir gesehnt hätte. Nachts fühlte es sich manchmal an, als müsste ich sterben, wenn ich dich nicht endlich wieder sehen und berühren kann. Und wenn ich etwas weiß, dann eines: Das kann und will ich nicht länger ertragen. Nicht freiwillig. Wenn du mich fortschickst, werde ich es aushalten müssen, aber die Vorstellung bringt mich fast um.«

Hedda starrte ihn an. Wie oft hatte sie sich gewünscht, diese Worte von ihm zu hören? Und nun – konnte sie ihm wirklich glauben? Ihm vertrauen? Ihr Blick folgte einem großen Wassertropfen, der über seine linke Wange rann. Oder war es eine Träne? Ohne ihr Zutun hob sich ihre Hand, und sie strich mit den Fingerspitzen über die Narben, die der Krieg und das Leben ihm geschlagen hatten.

Sie warf den Kopf in den Nacken. »Ich werde nicht wieder von hier fortgehen. Es ist nicht unser Gestüt und auch nicht Falkensee, aber es fühlt sich inzwischen ein bisschen wie ein Zuhause an. Und meine Mutter ist hier.«

»Du sollst hier nicht fortmüssen. Wir finden einen Weg. Ich kann mich in der Nähe nach Arbeit umsehen. Vielleicht können wir die Wiese dort hinten dazukaufen. Dann wäre genug Platz für ein neues, größeres Haus, in dem wir alle zusammen leben könnten. Und vielleicht, eines Tages, können wir doch zurück nach Westpreußen. Gemeinsam. Wer weiß?«

Immer noch sah Hedda ihn prüfend an. Meinte er das alles wirklich ernst?

Plötzlich hielt er eine kleine Schachtel in der Hand und klappte sie im strömenden Regen auf. Darin lag auf blauem Samt ein schmaler Goldring. »Bitte verzeih mir, Hedda. Und bitte heirate mich.«

»Heiraten?« Es verschlug ihr den Atem.

Er nickte. »Du würdest mich zum glücklichsten Mann der Welt machen.«

Hedda brach in Tränen aus. Selbst der Regen in ihrem Gesicht konnte das wahrscheinlich nicht mehr verbergen. »Aber wenn wir … verheiratet sind«, schluchzte sie, »dann kannst du dir nicht mehr plötzlich überlegen, dass du nicht perfekt darin bist, mich vor allem auf der Welt zu beschützen. Dann musst du an meiner Seite bleiben und einfach dein Bestes geben.«

Wieder nickte er. »Genau das habe ich vor. Ich will, dass du weißt, dass ich niemals mehr davonlaufen werde. Ich werde als dein

Mann mein Bestes geben. Mehr kann ich nicht tun, aber weniger kommt nicht infrage. Falls du also …«

Mit einem unterdrückten Aufschrei schlang Hedda die Arme um seinen Hals und spürte endlich, endlich wieder seine Lippen. Regennass, ein wenig salzig von ihren und wohl auch von seinen Tränen, warm und zärtlich und leidenschaftlich.

Ihre Körper, an denen die nasse Kleidung klebte, schmiegten sich aneinander, spürten einander. Hedda dachte, dass sich auch das wie Heimat anfühlte. Anders als Falkensee und das Gestüt ihrer Eltern, aber dennoch unendlich gut.

»Steckst du mir jetzt endlich den Verlobungsring an?«, fragte sie, als sie sich wieder voneinander gelöst hatten und zu Atem gekommen waren.

Seine Finger zitterten ein wenig, ebenso wie ihre, als er den goldenen Reif über ihren nassen Finger streifte. Er passte perfekt. Und es fühlte sich perfekt an, dass sie sich ihr Versprechen im strömenden Regen gaben.

Ihr Weg zueinander war steinig gewesen. Nicht nur wegen der Ängste und der gebrochenen Herzen, die sie beide als Hypothek mitgebracht hatten. Auch der Verlust der Heimat, die Flucht durch Eis und Schnee und der schwierige Neuanfang hatten sie viel Kraft und Mut gekostet, die sie in manchen Augenblicken für ihre Liebe gebraucht hätten. Und dennoch hatten sie einander nicht vergessen können – und endlich verstanden, dass die Liebe ihnen am Ende Kraft schenken würde. Weil sie gemeinsam stärker waren. Um sich ein neues Leben und ein neues Zuhause aufzubauen oder vielleicht doch eines Tages nach Westpreußen zurückzukehren.

Nachdem Hedda und Clemens ihre Verlobung mit einem weiteren zärtlichen Kuss besiegelt hatten, gingen sie Arm in Arm ins Haus.

Dass es wenige Augenblicke später aufhörte zu regnen, die Sonne durch die Wolken brach und einen Regenbogen auf den Himmel malte, sahen sie nicht mehr.

Nachwort und Dank

Wieder habe ich viele Wochen mit den Menschen von Gut Falkensee verbracht. Fantasiegestalten, die, ebenso wie die Handlung, einen mehr oder weniger großen Anteil Realität enthalten. Insbesondere die Beschreibung der Flucht von Westpreußen nach Schleswig-Holstein beruht auf den Erinnerungen meiner damals neunjährigen Mutter. Im Roman ist sie das Mädchen »Elise«, und es war ein ganz besonderes Gefühl für mich, meine Mutter zu beschreiben, wie ich sie mir aufgrund der beschriebenen Ereignisse als Kind vorstelle.

Viele der Szenen entsprechen exakt den Erzählungen, die mich seit meiner Kindheit begleiten. Ich habe mir aber auch erlaubt, einige Änderungen vorzunehmen. Elises geliebter Vater kehrt aus dem Krieg zurück – meiner Mutter blieb nur die Erinnerung an ein altes Grammophon.

Mein herzlicher Dank geht an die Menschen, die mir die Grundlage für meine Romanwelt und den Boden unter den Füßen schenken, die meine Arbeit unterstützen und die Geduld mit mir haben, wenn meine Zeit knapp wird.

Insbesondere danke ich …

… Mamms, für deine Erinnerungen, mit denen du mir gezeigt hast, wo ich herkomme und ein bisschen auch, warum ich bin, wie ich bin.

… Michael, für deine liebevollen Ermahnungen, wenn ich mal wieder zu viel arbeite, und auch sonst für alles.

… Vincent, für die Feststellung, dass du die Geschichte um Gut Falkensee »ziemlich gut« findest, obwohl du »eigentlich nicht die Zielgruppe bist«.

… Elke Seidel, fürs Testlesen, mit dem du mir Sicherheit gibst, und für die Spannung, mit der du die Fortsetzung der Geschichte erwartet hast. Dein Interesse inspiriert mich immer wieder aufs Neue.

… Joanna Sobczyk für die großzügige Hilfe mit den polnischen Begriffen und Speisen. Dein Lob zur Darstellung der Geschichte Polens und deine Unterstützung als Bloggerin bedeuten mir viel.

… Karin Schmidt, meiner Verlagslektorin, für das Vertrauen, das du mir und meinen Romanen immer wieder entgegenbringst.

… Stefanie Kruschandl für die Durchsicht des Exposés. Ich habe während der Arbeit an Band 1 und 2 viel von dir gelernt.

… Dr. Ulrike Brandt-Schwarze, meiner neuen Außenlektorin, für die großartige Arbeit am Text, die Zielgenauigkeit, mit der du sprachliche und inhaltliche Ungenauigkeiten aufspürst, und deinen freudigen und unerschrockenen Einstieg in die laufende Reihe. Meine aktuelle, inflationär verwendete Lieblingsformulierung, die sich von Roman zu Roman ändert, hast du auch gefunden.

… allen, die ich aus Platzgründen nicht erwähnen kann, die aber wissen, dass sie mir wichtig sind. Ihr alle habt einen bedeutenden Anteil an meiner Arbeit, denn man kann nicht nur mit Fantasiegestalten leben.

… meinen Leserinnen und Lesern, den Bloggerinnen und Rezensenten, für euer Interesse an der Geschichte um Gut Falkensee und für eure Zeit, die ihr mit diesem Roman verbracht habt. Ohne euch würde das alles hier keinen Sinn machen.

Luisa von Kamecke